LAURELL K. HAMILTON

Laurell K. Hamilton est née en 1963 dans une petite ville de l'Arkansas. Après un passage dans une école religieuse et des études d'anglais et de biologie, elle se tourne vers l'écriture. Son premier livre, *Nightseer*, un roman de fantasy qu'elle définit comme un mélange de Tolkien et de Howard, paraît en 1992. Dès l'année suivante, elle crée le personnage d'Anita Blake auquel elle consacrera un roman chaque année, écrivant parallèlement des novélisations pour les séries *Star Trek* et *Ravenloft*.

Sa persévérance finit par payer à la fin des années 90. Portées par un bouche-à-oreille exceptionnel, rééditées, les aventures de sa tueuse de vampires sont aujourd'hui d'énormes best-sellers aux Etats-Unis.

Elle savoure son triomphe en famille à Saint Louis dans le Missouri, la ville des exploits de sa chère Anita.

DANSE MORTELLE

COLLECTION THRILLER FANTASTIQUE

LAURELL K. HAMILTON

DANSE MORTELLE

Traduit de l'anglais (États-Unis)
par Isabelle Troin

Fleuve Noir

Titre original :
The Killing Dance

Ouvrage proposé par
Patrice Duvic

© 1997 by Laurell K. Hamilton
© 2004, Fleuve Noir, département d'Univers Poche,
pour la traduction en langue française

ISBN : 2-265-07828-X

1

Le plus beau cadavre que j'aie jamais vu était assis derrière mon bureau.

La chemise blanche de Jean-Claude scintillait dans la lumière de la lampe, le bouillonnement de dentelle qui ornait son plastron dépassant par le col de sa veste en velours noir. Je me tenais derrière lui, dos au mur, les bras croisés sur le ventre, ce qui mettait ma main droite à une portée raisonnable de mon Browning Hi Power dans son holster d'épaule. Je n'avais aucune intention de le braquer sur Jean-Claude. C'était l'autre vampire qui m'inquiétait.

Ma lampe de bureau était la seule source de lumière dans la pièce : le vampire avait demandé qu'on éteigne le plafonnier. Il s'appelait Sabin et il se tenait contre le mur d'en face, recroquevillé dans la pénombre. Avec la cape noire qui l'enveloppait de la tête aux pieds, il ressemblait à un personnage d'un vieux film de Vincent Price. Je n'avais jamais vu de vrai vampire s'habiller ainsi.

Le dernier membre de notre joyeux petit groupe était Dominic Dumare. Il avait pris place dans une des chaises réservées aux clients. Bien que très élancé, il n'avait rien de frêle. Une seule de ses grandes mains aurait suffi à me couvrir le visage. Il portait un costume trois pièces noir, semblable à celui d'un chauffeur à l'exception de l'épingle en diamant qui se détachait sur sa cravate. Une barbe et une fine moustache soulignaient l'ossature vigoureuse de sa figure.

Quand il avait pénétré dans mon bureau, je l'avais

senti comme un vent psychique soufflant le long de ma colonne vertébrale. Jusque-là, je n'avais rencontré que deux autres personnes qui me fassent cet effet-là. La première avait été la plus puissante prêtresse vaudou que j'aie jamais connue. Le second était le deuxième plus puissant prêtre vaudou que j'aie jamais connu. La femme était morte. L'homme travaillait pour Réanimateurs Inc., comme moi. Mais Dominic Dumare n'était pas venu postuler pour un emploi.

— Mademoiselle Blake, asseyez-vous donc, m'enjoignit-il. Sabin trouve très impoli d'être assis en présence d'une dame debout.

Par-dessus son épaule, je jetai un coup d'œil au vampire.

— Je m'assiérai s'il s'assoit, répliquai-je.

Dumare fixa Jean-Claude avec un sourire aimable mais condescendant.

— Avez-vous donc si peu d'autorité sur votre servante humaine ?

Je n'eus pas besoin de voir la figure de Jean-Claude pour savoir qu'il souriait.

— Oh, vous devrez vous débrouiller seul avec ma petite, répondit-il sur un ton affable. Elle est ma servante humaine, déclarée comme telle devant le conseil, mais elle ne s'incline devant personne.

— Vous semblez en tirer une grande fierté, fit remarquer Sabin avec un accent anglais archi distingué.

— Anita est l'Exécutrice. Elle a plus de vampires à son tableau de chasse que n'importe quel autre humain. Et c'est une nécromancienne si puissante que vous avez dû traverser la moitié de la planète pour venir la consulter. Elle est ma servante humaine, sans qu'aucune marque la lie à moi. Elle sort avec moi, sans que j'aie eu besoin d'utiliser mon glamour vampirique pour l'y contraindre. Pourquoi cela me mécontenterait-il ?

A l'écouter parler ainsi, on aurait pu croire que l'idée venait de lui. La vérité, c'est qu'il avait essayé de me marquer, et que j'avais réussi à y échapper. Nous ne sortions ensemble que parce qu'il me faisait du chantage : ou bien j'acceptais, ou bien il tuait mon autre petit ami. Jean-Claude avait réussi à retourner la situation à son avantage. Pourquoi cela ne me surprenait-il pas ?

— Jusqu'à sa mort, vous ne pourrez pas marquer d'autre humain. Vous vous privez d'un grand pouvoir, observa Sabin.

— Je suis parfaitement conscient des implications de mes actes, affirma Jean-Claude sans se troubler.

Sabin éclata d'un rire amer.

— Nous faisons tous d'étranges choses par amour.

J'aurais donné cher pour voir la tête de Jean-Claude à cet instant. Mais je ne voyais que ses longs cheveux noirs qui cascadaient sur le dos de sa veste, leur couleur était identique à celle du velours.

Ses épaules se raidirent ; ses mains glissèrent sur le buvard de mon bureau. Puis il se figea, saisi par cette horrible immobilité dont seuls les vieux vampires sont capables, cette immobilité qui donne l'impression qu'ils vont finir par disparaître si elle dure trop longtemps.

— Est-ce ce qui vous amène ici, Sabin ? interrogea-t-il sur un ton neutre. L'amour ?

Le rire de Sabin crissa dans l'air comme du verre brisé. Rien que de l'entendre, ça me faisait mal à l'intérieur. Je n'aimais pas ça du tout.

— Assez joué, lançai-je brusquement. Venons-en au fait.

— Est-elle toujours aussi impatiente ? s'enquit Dumare.

— Toujours, acquiesça Jean-Claude.

Dumare eut un sourire aussi vide et éblouissant qu'une ampoule allumée.

— Jean-Claude vous a-t-il dit pourquoi nous souhaitions vous voir, mademoiselle Blake ?

— Il m'a dit que Sabin avait contracté une sorte de maladie en essayant de se sevrer à froid.

Le vampire s'esclaffa de nouveau, projetant son rire à travers de la pièce comme une arme.

— A froid. Très drôle, mademoiselle Blake.

Son rire me lacérait comme un millier de lames minuscules. Je n'avais jamais ressenti une chose pareille à cause d'une simple voix. Durant un combat, ça m'aurait distrait dangereusement. Ça me perturbait déjà bien assez dans les circonstances présentes.

Je sentis quelque chose couler sur mon front. J'y portai ma main gauche, et retirai mes doigts barbouillés de sang. Je dégainai mon Browning et, m'écartant du mur, le braquai sur la silhouette noire à l'autre bout de la pièce.

— S'il recommence, je tire.

Jean-Claude se leva lentement. Son pouvoir déferla sur moi comme un vent froid, hérissant les poils de mes bras. Il leva une main d'une pâleur presque translucide. Du sang dégoulinait le long de sa peau scintillante.

Dumare resta assis, mais lui aussi saignait d'une coupure presque identique à la mienne. Il l'essuya sans se départir de son sourire.

— Le pistolet ne sera pas nécessaire, déclara-t-il.

— Vous avez abusé de mon hospitalité, dit Jean-Claude.

Sa voix emplit la pièce d'un écho sifflant.

— Je n'ai pas d'excuse à vous fournir, sinon que ce n'était pas intentionnel. Je dois mobiliser une si grande partie de mon pouvoir pour me stabiliser, que je ne possède plus autant de contrôle qu'autrefois, expliqua Sabin.

Je m'avançai lentement, le canon de mon flingue toujours braqué sur lui. Je voulais voir le visage de Jean-Claude. J'avais besoin de savoir à quel point il était affecté. Je contournai le bureau jusqu'à ce que je puisse l'apercevoir du coin de l'œil. Son visage était intact, toujours aussi parfait et nacré qu'une perle.

Il leva la main ; un mince filet de sang coulait le long de ses doigts.

— Ce n'était pas un accident, contra-t-il.

— Approchez, mon ami, dit Dumare à Sabin. Venez

dans la lumière. Vous devez leur permettre de vous voir ; sans quoi, ils ne comprendront pas.

— Je ne veux pas qu'on me voie.

— Ma patience ne va pas tarder à atteindre ses limites, prévint Jean-Claude.

— La mienne aussi, renchéris-je.

J'espérais pouvoir bientôt, soit tirer sur Sabin, soit reposer mon flingue. Même en le tenant à deux mains, je ne pourrais pas maintenir ma position indéfiniment. Mes avant-bras ne tarderaient plus à se mettre à trembler.

Sabin glissa vers le bureau. Sa cape noire s'étala autour de ses pieds comme une flaque de ténèbres. Tous les vampires étaient gracieux, mais à ce point, c'en devenait presque ridicule. Puis je compris qu'il ne marchait pas : il lévitait.

Son pouvoir se répandit sur ma peau comme de l'eau glacée. Soudain, ma poigne retrouva toute sa fermeté. Rien de tel que de voir plusieurs siècles de mort-vivant s'approcher de vous pour provoquer un sursaut de vigueur.

Sabin s'arrêta de l'autre côté du bureau. Il gaspillait du pouvoir juste pour se déplacer, comme si, tel un requin, il risquait de mourir s'il cessait de bouger.

Jean-Claude me contourna d'un mouvement fluide. Son pouvoir dansa sur ma peau, faisant se dresser les petits cheveux dans ma nuque et me picotant tout le corps. Il s'immobilisa à la limite de la portée de l'autre vampire.

— Que vous est-il arrivé, Sabin ?

Sabin se tenait à la limite de la lumière. La lampe aurait dû projeter un peu de clarté à l'intérieur de sa capuche, mais ce n'était pas le cas. Les profondeurs du tissu étaient aussi lisses, noires et vides qu'une caverne. Et sa voix émanait de ce rien. Je sursautai.

— L'amour, Jean-Claude, répondit-il amèrement. Voilà ce qui m'est arrivé. Ma bien-aimée s'est laissée pousser une conscience. Elle a déclaré que c'était mal de se nourrir d'êtres humains. Après tout, nous en étions nous aussi, autrefois. Pour l'amour d'elle, j'ai tenté de boire du sang froid. Puis du sang d'animaux. Mais ça n'a pas suffi à me sustenter.

Je fixais ces ténèbres. Je continuais à les tenir en joue, mais je commençais à me sentir idiote. Sabin ne semblait pas du tout avoir peur de mon flingue, ce qui était assez effrayant. Peut-être s'en fichait-il. Ce qui était encore plus effrayant.

— Elle vous a convaincu de devenir végétarien, résumai-je. Génial. Vous paraissez bien assez puissant comme ça.

Sabin éclata de rire. Alors, les ombres de sa capuche se dissipèrent lentement, comme un rideau qui se lève. D'un geste vif et théâtral, il la repoussa en arrière.

Je parvins à ne pas hurler, mais je poussai un hoquet et, instinctivement, reculai d'un pas. Quand je compris ce que je venais de faire, je me forçai à avancer de nouveau et à soutenir son regard sans frémir.

Ses cheveux épais, raides et dorés, tombaient en une pluie scintillante sur ses épaules. Mais sa peau… Sa peau avait pourri sur la moitié de sa figure. C'était comme la lèpre au stade terminal, mais en pire. Sa chair était gonflée de pus, gangrenée, et aurait dû puer à des kilomètres à la ronde. L'autre moitié était toujours magnifique : le genre de visage que les peintres médiévaux donnaient à leurs chérubins. Un œil d'un bleu cristallin roulait dans son orbite décomposée, menaçant de tomber sur sa joue. L'autre restait fermement en place et surveillait mes réactions.

— Tu peux ranger ton arme, ma petite, déclara Jean-Claude. En fin de compte, c'était bien un accident.

Je baissai le Browning mais ne rengainai pas. Au prix d'un gros effort, je demandai calmement :

— C'est arrivé parce que vous avez cessé de vous nourrir d'êtres humains ?

— Nous le pensons, répondit Dumare.

Détachant mon regard du visage ravagé de Sabin, je reportai mon attention sur lui.

— Et vous croyez que je pourrais vous aider à le

guérir ? m'enquis-je sans parvenir à masquer mon incrédulité.

— Votre réputation nous est parvenue jusqu'en Europe, déclara Dumare sans se mouiller.

Je haussai les sourcils.

— Ne soyez pas si modeste, mademoiselle Blake. Vous avez acquis une certaine notoriété dans le milieu des gens qui s'intéressent à ce genre de choses.

Notoriété. Pas célébrité. Mmmh.

— Range ton arme, ma petite, insista Jean-Claude. Sabin en a terminé avec la mise en scène pour ce soir. N'est-ce pas, Sabin ?

— Je le crains, acquiesça le vampire. Tout m'est si difficile à présent…

Je rengainai mon flingue et secouai la tête.

— Honnêtement, je n'ai pas la moindre idée de ce que je pourrais bien faire pour vous aider.

— Mais si vous le saviez, le feriez-vous ? demanda Sabin.

Je hochai la tête.

— Oui.

— Bien que je sois un vampire et vous une exécutrice ?

— Avez-vous commis en ce pays quelque crime qui justifie que je vous tue ?

Il éclata de rire. Sa peau pourrie se tendit, et un ligament céda avec un bruit mouillé. Je dus détourner les yeux.

— Pas encore, mademoiselle Blake. Pas encore. (Il redevint sérieux, toute bonne humeur désertant abruptement son visage.) Vous êtes très doué pour ne rien manifester de vos sentiments, Jean-Claude, mais je lis l'horreur dans vos yeux.

La peau de Jean-Claude avait recouvré son habituelle perfection laiteuse. Son visage était toujours ravissant ; du moins avait-il cessé de luire. Ses yeux bleu nuit étaient redevenus de simples yeux. Il restait très beau, mais d'une beauté presque humaine.

— C'est assez compréhensible, non ?

Sabin sourit, et je regrettai qu'il ne se soit pas abstenu. Les muscles de son côté pourri ne fonctionnaient plus, et un coin de sa bouche demeura affaissé tandis que l'autre se relevait. Malgré tout, je me forçai à ne pas le quitter des yeux. S'il pouvait être prisonnier de ce visage, je pouvais bien le regarder.

— Dans ce cas, vous acceptez de m'aider ?

— Je vous aiderais si je le pouvais, mais c'est Anita que vous êtes venu voir. C'est à elle de vous donner sa réponse.

— Alors, mademoiselle Blake ?

— J'ignore comment vous aider, lui rappelai-je.

— Comprenez-vous l'horreur de ma situation, mademoiselle Blake ? Le désespoir qui y est le mien ?

— La gangrène ne vous tuera pas, mais j'imagine qu'elle va continuer à progresser…

— Oh que oui ! Et de manière très virulente.

— Je vous aiderais si je le pouvais, Sabin, mais que puis-je faire dont M. Dumare ne soit capable ? C'est un nécromancien aussi puissant que moi, voire davantage. Pourquoi avez-vous besoin de moi ?

— Je comprends, mademoiselle Blake, que vous ne détenez pas de solution spécifique au problème de Sabin, intervint Dumare. Pour ce que j'en sais, il est le seul vampire qui ait jamais souffert de cette affliction, mais j'ai pensé que si nous nous assurions les services d'un autre nécromancien aussi puissant que moi… (Il eut un sourire modeste.) … Ou presque aussi puissant que moi, ensemble, nous pourrions peut-être trouver un sort qui permette de remédier à sa condition.

— Un sort ?

Je jetai un coup d'œil à Jean-Claude. Il eut un de ces haussements d'épaules typiquement français qui veulent tout dire et rien dire à la fois.

— Je ne suis pas très calé en nécromancie, ma petite. Si un tel sort a des chances de fonctionner, tu es mieux placée que moi pour le savoir.

— Ce ne sont pas seulement vos capacités de nécromancienne qui nous ont poussés à nous adresser à vous, révéla Dumare. Vous avez également servi de focus à au moins deux réanimateurs différents – je crois que c'est le terme américain qui désigne les membres de votre profession.

J'acquiesçai.

— Le terme est exact, mais où avez-vous entendu dire que je pouvais servir de focus ?

— Allons, mademoiselle Blake. La capacité à combiner le pouvoir d'un autre réanimateur avec le vôtre – et donc, à les magnifier tous les deux –, est un talent très rare.

— Pouvez-vous servir de focus ?

Dumare tenta de prendre une mine humble, mais ne réussit qu'à avoir l'air très satisfait de lui-même.

— Oui, je l'avoue. Songez à ce que nous pourrions accomplir ensemble.

— Nous pourrions relever une armée de zombies, mais ça ne guérirait pas Sabin, objectai-je.

— En effet.

Dumare se pencha en avant. Son visage mince et séduisant s'empourpra de ferveur, tel celui d'un converti en quête de disciples.

Personnellement, je ne suis fidèle qu'en amour. Et encore cela me devenait-il difficile ces derniers temps.

— Je pourrais offrir de vous enseigner la véritable nécromancie, et non ces tours de passe-passe vaudou que vous exécutez.

Jean-Claude émit un petit bruit à mi-chemin entre rire et toux. Je le foudroyai du regard et répliquai :

— Ces tours de passe-passe m'ont toujours suffi jusqu'ici.

— Je ne voulais pas vous insulter, mademoiselle Blake, se récria Dumare. Tôt ou tard, vous aurez besoin d'un professeur. Si ce n'est moi, vous devrez trouver quelqu'un d'autre.

— J'ignore de quoi vous parlez.

— De contrôle, mademoiselle Blake. Le pouvoir brut, aussi impressionnant soit-il, ne peut accomplir autant de choses qu'un pouvoir manié avec prudence et maîtrise.

Je secouai la tête.

— Je vous aiderai si je le peux, monsieur Dumare. J'irai même jusqu'à participer au lancement d'un sort, si vous me laissez le soumettre d'abord à l'approbation d'une sorcière de ma connaissance.

— Vous craignez que je tente de dérober votre pouvoir ?

Je souris.

— Non. A moins de me tuer, le mieux que vous pourriez faire – le mieux que quiconque pourrait faire – serait de me l'emprunter.

— Vous êtes bien savante pour quelqu'un d'aussi jeune, mademoiselle Blake.

— Vous n'êtes pas beaucoup plus vieux que moi.

Une expression étrange passa sur son visage, et je sus.

— Vous êtes son serviteur humain, n'est-ce pas ?

Dumare sourit en écartant les mains.

— Oui.

Je soupirai.

— Vous aviez dit que vous ne me cacheriez rien.

— Le travail d'un serviteur humain consiste à servir d'yeux et d'oreilles à son maître pendant la journée. Je ne serais d'aucune utilité au mien si les chasseurs de vampires pouvaient m'identifier au premier coup d'œil, se justifia Dumare.

— Moi, je vous ai identifié.

— Mais en d'autres circonstances, sans Sabin à mes côtés, y seriez-vous parvenue ?

Je réfléchis quelques secondes.

— Peut-être. Je ne sais pas.

— Merci pour votre honnêteté, mademoiselle Blake.

— Je suis sûr que vous avez d'autres chats à fouetter, déclara Sabin. Jean-Claude nous a prévenus que vous n'auriez pas beaucoup de temps à nous accorder, parce que vous aviez déjà pris un engagement plus important que mon petit problème.

Le mordant de sa dernière phrase ne m'échappa pas.

— Anita a rendez-vous avec son autre soupirant.

Sabin dévisagea Jean-Claude.

— Ainsi, vous l'autorisez vraiment à voir quelqu'un d'autre. Je pensais que cela au moins était une rumeur infondée.

— Très peu des choses que vous entendrez dire au sujet d'Anita sont des rumeurs infondées. Croyez tout ce qu'on vous racontera.

Sabin émit un gloussement étouffé, comme s'il luttait pour empêcher son rire de se déverser de sa bouche ravagée.

— Si j'avais cru tout ce qu'on m'a raconté, je serais venu ici avec une armée.

— Vous êtes venu avec un seul serviteur parce que je ne vous en ai pas permis d'en emmener plus, répliqua Jean-Claude.

Sabin sourit.

— C'est exact. Viens, Dominic. Ne gaspillons pas davantage du temps précieux de Mlle Blake.

Dumare se leva docilement. Il était beaucoup plus grand que nous deux. Sabin faisait à peu près ma taille. Evidemment, je n'étais pas sûre que ses jambes soient toujours là. Peut-être avait-il été plus imposant autrefois.

— Vous ne me plaisez pas beaucoup, Sabin. Cela dit, jamais je ne laisserais volontairement quelqu'un dans l'état où vous êtes. Mes projets de ce soir sont importants pour moi, mais si je pensais pouvoir vous guérir immédiatement, je les annulerais.

Le vampire me fixa de ses yeux si bleus, pareils aux flots d'un océan limpide. Ils n'avaient rien d'hypnotique. Ou bien Sabin se maîtrisait, ou bien, comme la plupart des vampires, il était désormais incapable de m'envoûter de cette façon.

— Merci, mademoiselle Blake. Je vous crois.

Une main gantée se tendit vers moi depuis les plis de sa cape volumineuse.

J'hésitai avant de la prendre. Ses doigts avaient quelque chose de spongieux, et je réprimai un mouvement de recul. Je me forçai à lui serrer la main, à sourire, à la lâcher et à ne pas m'essuyer sur ma jupe.

Dumare aussi me serra la main. La sienne était fraîche et sèche.

— Merci pour cet entretien, mademoiselle Blake. Je vous contacterai demain pour que nous puissions discuter plus longuement.

— J'attendrai votre coup de téléphone, monsieur Dumare.

— Appelez-moi Dominic, je vous en prie.

Je hochai la tête.

— Dominic. Nous parlerons si vous le désirez, mais je déteste l'idée de prendre votre argent alors que je ne suis pas certaine de pouvoir vous aider.

Puis-je vous appeler Anita ?

J'hésitai et haussai les épaules.

— Pourquoi pas…

— Ne vous inquiétez pas pour ce qui est de l'argent, déclara Sabin. J'en ai des tas, et il ne m'a pas servi à grand-chose jusqu'ici.

— Comment votre bien-aimée réagit-elle à votre… changement d'apparence ? s'enquit Jean-Claude.

Sabin lui jeta un regard qui n'avait rien d'amical.

— Elle trouve ça répugnant, tout comme moi. Elle éprouve une immense culpabilité. Elle ne m'a pas abandonné, mais elle n'est plus vraiment avec moi.

— Vous avez déjà vécu près de sept siècles. Pourquoi tout gâcher pour une femme ? interrogeai-je.

Sabin se tourna vers moi, un filet de liquide sombre coulait le long de sa joue telle une larme noire.

— Etes-vous en train de me demander si ça en valait la peine, mademoiselle Blake ?

Je déglutis et secouai la tête.

— Ça ne me regarde pas. Je suis désolée d'avoir posé la question.

Sabin ramena sa capuche sur sa tête. Quand il reporta son attention sur moi, il n'y avait plus qu'un puits de ténèbres à l'endroit où son visage aurait dû se trouver.

— Elle allait me quitter, mademoiselle Blake. Je me croyais prêt à n'importe quel sacrifice pour la garder à mes côtés, dans mon lit. J'avais tort. (Il tourna ces ténèbres vers Jean-Claude.) Nous nous verrons demain soir.

— Avec plaisir.

Ils ne firent pas mine de se serrer la main. Sabin glissa vers la porte, sa robe vide balayant le sol derrière lui. Je me demandai ce qui restait de la moitié inférieure de son corps, puis je décidai que je ne voulais pas le savoir.

Dominic me serra de nouveau la main.

— Merci, Anita. Vous nous avez redonné espoir. (Sans lâcher ma main, il scruta mon visage comme s'il cherchait à y lire quelque chose.) Et réfléchissez à mon offre de vous servir de professeur. Très peu d'entre nous sont de véritables nécromanciens.

Je me dégageai.

— J'y réfléchirai, promis-je. Et maintenant, il faut vraiment que j'y aille.

Dominic sourit et alla ouvrir la porte pour Sabin. Il le laissa passer devant lui, puis sortit à sa suite.

Jean-Claude et moi gardâmes le silence pendant un moment.

— Vous leur faites confiance ? demandai-je enfin.

Il s'assit sur le bord de mon bureau.

— Bien sûr que non, répondit-il en souriant.

— Dans ce cas, pourquoi avez-vous accepté de les laisser venir ?

— Le conseil a décrété que les maîtres vampires installés aux Etats-Unis ne devaient pas se quereller entre eux jusqu'à ce que Washington ait examiné et rejeté ce maudit projet de loi. Une seule guerre entre morts-vivants, et le lobby antivampires ferait pression pour qu'elle passe, pour que nous perdions notre statut légal.

Je secouai la tête.

— A mon avis, la loi de Brewster n'a pas plus de chances qu'une boule de neige en plein soleil. Les vampires sont des citoyens américains à part entière. Que ça me plaise ou non, ça m'étonnerait que ça change.

— Comment peux-tu en être aussi sûre ?

— C'est difficile de décréter qu'un groupe de personnes est vivant et possède des droits, puis de changer d'avis et de déclarer que les tuer à vue est de nouveau acceptable. L'Union Américaine des Libertés Civiles ferait un massacre.

Jean-Claude sourit.

— Peut-être. Quoi qu'il en soit, le conseil nous force à nous tenir tranquilles jusqu'à ce qu'ils aient tranché dans un sens ou dans l'autre.

— Donc, résumai-je, vous pouvez laisser Sabin se balader sur votre territoire : s'il se tient mal, le conseil le traquera et l'éliminera.

Jean-Claude acquiesça.

— Mais vous serez mort quand même, ajoutai-je.

Il écarta gracieusement les mains.

— La perfection n'est pas de ce monde.

J'éclatai de rire.

— Il faut croire que non.

— Ne crains-tu pas d'être en retard pour ton rendez-vous avec M. Zeeman ?

— Vous le prenez un peu trop bien. C'est louche.

— Demain, tu seras avec moi, ma petite. Je serais mauvais joueur si je refusais sa soirée à Richard.

— Généralement, vous *êtes* mauvais joueur, lui rappelai-je.

— Tu es injuste, ma petite. Richard est toujours en vie, n'est-ce pas ?

— Seulement parce que vous savez que si vous le tuez, je vous tuerai tout de suite après. (Je levai une main avant qu'il puisse répliquer.) J'essaierais de vous tuer, rectifiai-je, et vous essayeriez de me tuer, etc.

Nous avions déjà eu cette discussion des dizaines de fois.

— Donc, Richard continue à vivre, tu sors avec nous deux, et je me montre patient. Plus patient que je ne l'ai jamais été avec personne.

J'étudiai son visage. Il faisait partie de ces hommes qui sont beaux plutôt que mignons, mais ses traits étaient indubitablement masculins. Malgré ses cheveux longs et l'abondance de dentelle dont il aimait à se parer, jamais on n'aurait pu le prendre pour une femme.

Quelle que soit sa mise, il semblait toujours terriblement viril.

Et il aurait pu être à moi, de la tête aux pieds en passant par la pointe de ses crocs. Simplement, je n'étais pas sûre de le vouloir.

— Il faut que j'y aille.

Jean-Claude se leva du bureau. Soudain, il était assez près de moi pour que je puisse le toucher.

— Dans ce cas, vas-y, ma petite.

Je sentais son corps à quelques centimètres du mien comme une énergie scintillante. Je dus déglutir avant de protester :

— Nous sommes dans mon bureau. C'est à vous de partir.

Il m'effleura les bras du bout des doigts.

— Amuse-toi bien, ma petite.

Ses mains se posèrent sur mes épaules. Il ne se pencha pas vers moi, et ne m'attira pas non plus vers lui. Il se contenta de me tenir et de me fixer.

Je soutins le regard de ses yeux bleu marine. Il n'y a pas si longtemps, je n'aurais pu le faire sans me perdre dans leurs profondeurs. A présent, ils n'avaient plus de pouvoir sur moi, mais d'une certaine façon, ils m'hypnotisaient toujours autant. Je me dressai sur la pointe des pieds pour rapprocher mon visage du sien.

— J'aurais dû vous tuer depuis une éternité.

— Tu as eu des tas d'occasions, ma petite. Au lieu de quoi, tu n'arrêtes pas de me sauver.

— Ma bonté me perdra.

Il rit, et ce son glissa sur mon corps comme de la fourrure sur de la peau nue. Je frissonnai dans ses bras.

— Ne faites pas ça !

Il m'embrassa tout doucement, frôlant mes lèvres sans me faire sentir ses crocs.

— Je te manquerais si je n'étais plus là, ma petite. Admets-le.

Je m'écartai de lui. Ses mains glissèrent le long de mes bras et retombèrent mollement.

— Il faut que j'y aille.

— Tu l'as déjà dit.

— Fichez le camp, Jean-Claude. J'en ai assez de ce petit jeu.

Toute expression déserta son visage, comme si celui-ci était un tableau noir que quelqu'un venait d'effacer.

— Je ne joue plus, ma petite. Va voir ton autre amant. (A son tour, il leva une main et ajouta :) Je sais que vous n'êtes pas vraiment amants. Que tu te refuses à nous deux. C'est très courageux de ta part, ma petite.

Une lueur indéchiffrable – peut-être était-ce de la colère – passa dans son regard et s'évanouit aussitôt, comme une vaguelette engloutie par de sombres flots.

— Demain soir, tu seras avec moi, et ce sera le tour de Richard de ronger son frein. (Il secoua la tête.) Même pour toi, je ne ferais pas ce que Sabin a fait. Même pour ton amour, il est des choses dont je serais incapable. (Il me fixa d'un regard soudain intense.) Mais il me semble que j'en fais déjà bien assez.

— Ne montez pas sur vos grands chevaux. Si vous n'aviez pas interféré dans nos vies, à l'heure qu'il est, Richard et moi serions fiancés, et peut-être plus.

— Et tu vivrais dans une jolie maison avec une barrière blanche en compagnie de vos je ne sais combien d'enfants. Tu te mens autant que tu me mens, Anita.

Ce n'était jamais bon signe quand il m'appelait par mon prénom.

— Qu'est-ce que c'est censé signifier ? me hérissai-je.

— Ça signifie, ma petite, que tu es faite pour le bonheur domestique presque autant que moi.

Sur ces mots, il glissa jusqu'à la porte et sortit.

Le bonheur domestique ? Moi ? Ma vie était un croisement entre un film d'action et une comédie à l'eau de rose, avec une pincée de surnaturel en prime. Un mélange de *Rambo*, de *Jules et Jim* et de *Dracula*. Les barrières blanches n'y avaient pas leur place. Jean-Claude avait raison sur ce point.

Je ne devais pas travailler de tout le week-end. C'était la première fois que ça se produisait depuis des mois. Toute la semaine, j'avais attendu cette soirée avec impatience. Mais en vérité, ce n'était pas le visage parfait de Jean-Claude qui me hantait. Je cessais de repenser à celui de Sabin. Vie éternelle, douleur éternelle, hideur éternelle.

Vive l'immortalité.

2

Il y avait trois sortes de gens au dîner organisé par Catherine : les vivants, les morts et les occasionnellement poilus. Sur huit personnes, six seulement étaient humaines, et je n'étais pas certaine que ce qualificatif puisse vraiment s'appliquer à deux d'entre nous – moi incluse.

Je portais un pantalon noir, une veste de velours noir avec des revers de satin blanc, plus un gilet blanc trop grand pour moi qui faisait office de chemise. Mon Browning était assorti à ma tenue, mais je préférais le planquer. C'était la première soirée que Catherine organisait depuis son mariage. Me pointer avec un flingue bien en vue risquait de refroidir l'atmosphère.

J'avais dû ôter le crucifix en argent que je porte toujours autour du cou, parce qu'un vampire se tenait devant moi et que la croix avait commencé à briller quand il était entré dans la pièce. Si j'avais su qu'il y aurait un suceur de sang, j'aurais mis un haut avec un col pour la dissimuler. En règle générale, les crucifix ne brillent que lorsqu'ils sont à découvert.

Robert, le vampire en question, était grand, musclé et très séduisant dans le genre mannequin. Autrefois, il était strip-teaseur au *Plaisirs Coupables*. A présent, il occupait le poste de gérant du club. Commencer au bas de l'échelle pour la gravir jusqu'au sommet : le rêve américain, quoi. Ses cheveux blonds bouclés étaient coupés très courts. Il portait une chemise de soie brune parfaitement ajustée, assortie à la robe de sa compagne.

Le bronzage aux UV de Monica Vespucci commençait à pâlir sur les bords, mais son maquillage était toujours nickel, ses courts cheveux auburn impeccablement coiffés. Elle était suffisamment enceinte pour que je le remarque, et suffisamment réjouie pour que je m'en irrite.

Elle m'adressa un sourire éblouissant.

— Anita, ça faisait longtemps.

« Pas assez à mon goût », eus-je envie de répliquer. La dernière fois que je l'avais vue, elle m'avait balancée au maître vampire du coin. Mais Catherine croyait qu'elle était son amie, et j'aurais eu du mal à l'en dissuader sans lui raconter toute l'histoire. Or, l'histoire en question comportait quelques exécutions illégales, dont certaines perpétrées par moi. Catherine est avocate, et plutôt à cheval sur la loi. Je ne voulais pas la mettre dans une position délicate, la forcer à s'asseoir sur ses valeurs pour me couvrir.

Donc, Monica était toujours son amie, ce qui signifiait que je m'étais montrée polie envers elle pendant tout le dîner, depuis les hors-d'œuvre jusqu'au dessert. Essentiellement parce que nous étions assises chacune à un bout de la table. Mais, maintenant, nous étions passés au salon, et je n'arrivais pas à me débarrasser d'elle.

— Vraiment ? répondis-je sur un ton neutre. Le temps file à toute allure.

— Ça fait presque un an. (Elle sourit à Robert, qui lui tenait la main.) Nous nous sommes mariés. (De son verre, elle toucha le haut de son ventre protubérant.) Et nous attendons un bébé, gloussa-t-elle.

Je les fixai tour à tour.

— Un cadavre vieux de plus d'un siècle ne peut pas mettre une femme enceinte.

Je sais, je sais. Mais comme ma patience, ma politesse a ses limites.

Monica grimaça.

— Si, à condition d'augmenter sa température corporelle assez longtemps, et d'essayer assez souvent.

Mon obstétricien pense que c'est le jacuzzi qui nous a porté bonheur.

C'était plus que je ne voulais en savoir.

— Tu as déjà fait ton amnio ?

La bonne humeur s'évanouit de son visage, laissant ses yeux hantés. Je regrettai presque d'avoir posé la question.

— Encore une semaine à attendre.

— Je suis désolée, Monica. J'espère que les tests seront négatifs.

Je ne mentionnai pas le syndrome de Vlad, mais son spectre flotta tout de même entre nous. Il était rare, mais plus autant qu'autrefois. Après trois ans de vampirisme légalisé, c'était le défaut de naissance qui connaissait la croissance la plus spectaculaire dans le pays. Il pouvait entraîner des infirmités atroces, sans compter la mort du bébé. Avec des enjeux pareils, vous pourriez croire que les gens feraient attention. Mais non.

Robert serra Monica contre lui. Il n'y avait plus la moindre lumière dans son regard. Elle était livide, et j'avais l'impression d'être un monstre sans cœur.

— Aux dernières nouvelles, les vampires de plus de cent ans étaient stériles. Il faudrait vraiment que les docteurs actualisent leurs fichiers.

J'avais dit ça pour les réconforter, pour faire comme s'ils n'avaient pas été affreusement imprudents.

Monica me fixa avec dureté.

— Tu t'inquiètes ?

Je la dévisageai et, aussi pâle et aussi enceinte soit-elle, j'eus envie de la gifler très fort. Je ne couchais pas avec Jean-Claude. Mais il était hors de question que je me justifie devant Monica Vespucci – ou devant quiconque, d'ailleurs.

Richard Zeeman entra dans la pièce. En réalité, je ne le vis pas : je le sentis. Pivotant, je le regardai se diriger vers nous. Il mesurait un mètre quatre-vingt-deux, soit vingt-cinq centimètres de plus que moi. Deux ou trois de plus, et nous n'aurions pas pu nous embrasser sans que je grimpe sur une chaise. Mais ça en aurait valu la peine.

Il se faufila entre les autres invités, lançant un mot par-ci par-là. Son sourire étincelant se détacha contre sa peau bronzée douze mois par an tandis qu'il bavardait avec les nouveaux amis qu'il avait réussi à charmer pendant le dîner. Pas grâce à son sex-appeal ou à son pouvoir, mais avec sa seule bonne volonté. Richard est le type le plus affable du monde, un vrai boy-scout. Il aime les gens et il sait écouter : deux qualités qu'on n'apprécie pas à leur juste valeur.

Ce soir-là, il portait un costume marron foncé, une chemise d'un orange tirant sur le doré et une cravate orange vif avec une ligne de petits personnages qui courait tout le long. Il fallait se tenir très près de lui pour réaliser que c'était des personnages de dessins animés de la Warner Bros.

Il avait tressé ses cheveux mi-longs dans sa nuque, de sorte que, de face, on avait l'impression qu'ils étaient coupés ras. Cette coiffure dégageait son visage, mettant en valeur ses pommettes hautes parfaitement ciselées. Ses traits étaient virils et séduisants, adoucis par une fossette. Le genre qui m'aurait paralysée de timidité quand j'étais encore lycéenne.

Il se rendit compte que je le fixais et me sourit. Ses yeux bruns s'éclairèrent, se remplissant d'une chaleur qui ne devait rien à la température de la pièce.

Alors que je le regardais parcourir les derniers mètres qui le séparaient de moi, je sentis une rougeur monter depuis mon cou et gagner ma figure. Je mourais d'envie de le déshabiller, de toucher sa peau nue, de voir ce qu'il y avait sous ce costume. Mais je ne pouvais pas, parce que je ne couchais pas avec lui non plus. Je ne couchais ni avec le vampire ni avec le loup-garou. Richard était le loup-garou. C'était son seul défaut. D'accord, il en avait peut-être un autre : il n'avait jamais tué personne. Ce qui risquait de provoquer sa mort un de ces quatre.

Je glissai mon bras autour de sa taille, sous sa veste

déboutonnée. La tiédeur qui émanait de lui battait contre mon corps comme un pouls. Si nous ne faisions pas l'amour très bientôt, j'allais tout bonnement exploser. Tel est le prix de la morale…

Monica me fixa sans ciller, étudiant mon visage.

— Joli collier, commenta-t-elle. Qui te l'a offert ?

Je souris et secouai la tête. Je portais un tour de cou en velours noir, orné d'un camée incrusté de filigranes d'argent. Monica était presque sûre que ça n'était pas un cadeau de Richard, et en déduisait que ça devait être un cadeau de Jean-Claude. Cette bonne vieille Monica. Elle ne changera jamais.

— Je me le suis acheté pour aller avec cette tenue, répondis-je.

Elle écarquilla des yeux surpris.

— Vraiment ? murmura-t-elle comme si elle ne me croyait pas.

— Vraiment. Je ne suis pas trop branchée cadeaux, et encore moins si ce sont des bijoux.

Richard me serra contre lui.

— C'est la pure vérité. Elle est très difficile à gâter.

Catherine nous rejoignit. Ses boucles cuivrées encadraient son visage en une masse ondulante. C'est la seule personne que je connaisse dont les cheveux soient plus frisés que les miens, mais leur couleur est infiniment plus spectaculaire. En général, c'est la première chose que les gens remarquent d'elle, et celle qu'ils évoquent en priorité quand ils la décrivent. Un maquillage délicat dissimulait ses taches de rousseur et focalisait l'attention sur ses yeux d'un gris-vert pâle. Sa robe avait la teinte des bourgeons fraîchement éclos. Je ne l'avais jamais vue aussi ravissante.

— Le mariage te va bien, dis-je en souriant.

Elle me rendit mon sourire.

— Tu devrais essayer, toi aussi.

Je secouai la tête.

— Merci beaucoup.

Elle se tourna vers Richard.

— Je dois t'enlever Anita quelques instants.

Du moins n'avait-elle pas dit qu'elle avait besoin d'aide dans la cuisine. Il aurait immédiatement su qu'elle mentait : il est bien meilleur cuisinier que moi.

Catherine m'entraîna vers la chambre d'amis où s'entassaient les manteaux de ses invités. Une véritable fourrure était drapée sur le haut de la pile. J'aurais parié que je savais à qui elle appartenait. Monica adorait les choses mortes.

Dès qu'elle eut refermé la porte, Catherine me prit les mains et se mit à glousser. Il n'y a pas d'autre mot.

— Richard est merveilleux. Au collège, je n'ai jamais eu de prof qui lui ressemble.

Je ne pus réprimer un grand sourire béat, le genre de sourire stupide qui affirme que vous êtes salement mordue et qui vous fait tellement de bien, même si vous savez qu'il vous donne l'air nunuche.

Nous repoussâmes les manteaux pour nous asseoir sur le lit.

— Il est plutôt beau gosse, acquiesçai-je sur un ton aussi neutre que possible.

— Pas de ça avec moi, Anita, me réprimanda gentiment Catherine. Je ne t'ai jamais vue rayonner autant en compagnie de quelqu'un.

— Je ne rayonne pas, me défendis-je.

Elle grimaça et hocha la tête.

— Bien sûr que si.

— Bien sûr que non, insistai-je. (Mais j'avais du mal à faire la mauvaise tête tant j'étais aux anges.) D'accord, il me plaît. Il me plaît beaucoup. Tu es contente ?

— Tu sors avec lui depuis presque sept mois. Où est ta bague de fiançailles ?

Cette fois, je fronçai les sourcils.

— Catherine, ce n'est pas parce que tu nages dans un bonheur délirant depuis ton mariage que tout le monde doit passer devant monsieur le maire.

Elle haussa les épaules et éclata d'un rire bon enfant.

Je secouai la tête. Décidément, Bob devait avoir des tas de qualités cachées. Il pesait environ quinze kilos de trop, commençait à perdre ses cheveux, et son visage n'avait rien de remarquable à l'exception de ses petites lunettes rondes. Côté personnalité, il ne faisait pas d'étincelles non plus. Je n'aurais jamais pensé que ce soit le mec qu'il fallait à Catherine, si je n'avais pas vu la façon dont il la regardait. Comme si elle était tout son univers – un univers merveilleux de douceur et de sécurité. Je connais des tas de gens brillants, et il suffit d'allumer la télé pour tomber sur un type doté d'un sens de la repartie éblouissant, mais la fiabilité… C'est une qualité assez rare.

— Je n'ai pas amené Richard pour que tu me donnes ton approbation. Je savais que tu l'adorerais.

— Dans ce cas, pourquoi me l'as-tu caché jusqu'ici ? J'ai essayé de faire sa connaissance au moins une douzaine de fois.

Je haussai les épaules. La vérité, c'est que je me doutais que ses yeux se mettraient à briller ainsi, de cette lueur obsessionnelle qui s'allume dans le regard de vos copines quand vous êtes célibataire et que vous sortez avec quelqu'un. Ou pis encore, quand vous ne sortez avec personne et qu'elles essayent de vous dégoter un petit ami.

— Ne me dis pas que tu as organisé cette soirée dans le seul but de rencontrer Richard !

— En partie, admit Catherine. Quelle autre solution me restait-il ?

Quelqu'un frappa.

— Entrez, lança-t-elle.

Bob ouvrit la porte. Il me semblait toujours aussi ordinaire, mais à en juger la façon dont le visage de Catherine s'éclaira, elle ne devait pas voir la même chose que moi. Puis il lui sourit. Tout son visage s'illumina, et je décelai alors quelque chose d'éblouissant en lui. L'amour nous rend tous beaux.

— Désolé d'interrompre votre conversation de filles, s'excusa-t-il, mais quelqu'un demande Anita au téléphone.

— Il t'a donné son nom ?

— C'est un certain Ted Forrester. Il dit que c'est professionnel.

J'écarquillai les yeux. Ted Forrester était l'une des identités d'emprunt d'Edward, un assassin spécialisé dans les vampires, les lycanthropes et autres créatures pas tout à fait humaines. Nos chemins se croisent assez souvent, et il se peut même que nous soyons amis.

— Qui est Ted Forrester ? s'enquit Catherine.

— Un chasseur de primes, répondis-je.

Ce n'était pas un mensonge : il avait tous les papiers pour le prouver. Je me levai et me dirigeai vers la porte.

— Quelque chose ne va pas ? demanda Catherine.

Rien ne lui échappe. C'est l'une des raisons pour lesquelles je l'évite quand je suis plongée dans des affaires louches jusqu'aux oreilles. S'il se passe un truc pas franchement réglo, elle est assez maligne pour le comprendre, mais elle ne porte jamais de flingue. Or, dans les cercles où je gravite, les gens incapables de se défendre ne font pas long feu. La seule chose qui a empêché Richard de se transformer en chair à canon, bien qu'il refuse de tuer des gens, c'est sa lycanthropie. Et ça ne durera peut-être pas.

— J'espérais juste ne pas être obligée de bosser ce soir, soupirai-je.

— Je croyais que tu avais tout ton week-end de libre, contra Catherine.

— Je le croyais aussi.

Je pris la communication dans la chambre qu'ils avaient transformée en bureau. Elle était divisée en deux : une moitié décorée en style country avec des nounours et des bibelots pastel, l'autre plus masculine avec des lithographies de chasse et un bateau en bouteille. Si ça n'est pas du compromis…

Je portai le combiné à mon oreille.

— Allô ?

— C'est Edward.

— Comment as-tu eu ce numéro ?

Il garda le silence quelques instants.

— C'était un simple jeu d'enfant.

— Pourquoi t'es-tu donné la peine de me traquer jusqu'ici ? Que se passe-t-il ?

— C'est marrant que tu aies choisi ce mot…

— De quoi parles-tu ?

— On vient de m'offrir un contrat sur ta tête, avec assez de fric à la clé pour que ça vaille le coup de l'accepter.

Ce fut mon tour de garder le silence.

— Et tu l'as accepté ? demandai-je enfin.

— T'appellerais-je si c'était le cas ?

— Peut-être.

Il éclata de rire.

— Exact. Mais je n'en ai pas l'intention.

— Pourquoi pas ?

— Parce que tu es mon amie.

— Essaye encore.

— Je me suis dit que je pourrais tuer plus de gens en te protégeant. Alors que si j'acceptais le contrat, je ne pourrais tuer que toi.

— C'est très réconfortant, raillai-je. Tu as parlé de me protéger ?

— Je serai en ville demain.

— Es-tu à ce point certain que quelqu'un d'autre prendra ce contrat ?

— Je n'ouvre même pas ma porte pour moins de cent milles dollars, Anita. Quelqu'un le prendra, et ce sera quelqu'un de bon. Pas aussi bon que moi, mais quand même.

— Un conseil à me donner pour survivre jusqu'à ton arrivée ?

— Je ne leur ai pas encore donné ma réponse. Ça va les retarder. Une fois que j'aurai dit non, il leur faudra un peu de temps supplémentaire pour contacter un autre assassin. Tu devrais être en sécurité cette nuit. Profite bien de ton week-end de repos.

— Comment sais-tu que je suis de repos ?

— Craig est un secrétaire très bavard. Très serviable.

— Il faudra que je lui en touche deux mots.

— Bonne idée.

— Tu es sûr que personne ne va me tomber dessus ce soir ?

— Rien n'est jamais sûr en ce monde, Anita, mais je n'aimerais pas du tout qu'un client tente de m'engager et refile le boulot à quelqu'un d'autre sans attendre ma réponse.

— Tu perds beaucoup de clients pour les avoir éliminés toi-même ?

— Sans commentaire.

— Donc, j'ai droit à une dernière nuit de tranquillité, résumai-je.

— Probablement. Mais sois prudente quand même, me recommanda Edward.

— Qui a lancé ce contrat ?

— Je l'ignore.

— Comment ça, tu l'ignores ? Il faut bien que tu le saches, pour te faire payer.

— La plupart du temps, je passe par des intermédiaires. Ça diminue le risque de tomber sur des flics sous couverture.

— Dans ce cas, comment retrouves-tu les clients qui t'ont joué un sale tour ?

— Avec du temps et des efforts. Mais si tu as un assassin vraiment doué à tes trousses, le temps est un luxe dont tu ne disposes pas.

— Merci de me rassurer.

— Je n'essayais pas de le faire. Vois-tu quelqu'un qui te déteste à ce point et qui aie autant de fric à gaspiller ?

J'y réfléchis pendant une bonne minute.

— Non, déclarai-je enfin. La plupart des gens qui correspondent à cette description sont déjà morts.

— Un bon ennemi est un ennemi mort, approuva Edward.

— Absolument.

— Je me suis laissé dire que tu sortais avec le maître de la ville. C'est vrai ?

J'hésitai. Et réalisai que ça m'embarrassait de l'admettre devant Edward.

— Ouais.

Je crus presque l'entendre secouer la tête à l'autre bout du fil.

— Putain, Anita, tu sais bien que ça ne peut que mal se terminer.

— Je sais.

— Tu as plaqué Richard ?

— Non.

— Avec lequel des deux monstres es-tu ce soir : le suceur de sang ou le bouffeur de chair ?

— Ça ne te regarde pas.

— Comme tu voudras. Passe ta dernière nuit de tranquillité avec le monstre de ton choix et éclate-toi. Demain, nous commencerons à tâcher de te garder en vie.

Il raccrocha. Si ç'avait été n'importe qui d'autre, j'aurais juré qu'il était furax que je sorte avec un vampire. Ou peut-être « déçu » serait-il un terme plus approprié.

Je reposai le combiné et restai assise quelques minutes dans le bureau, m'efforçant d'assimiler ce qu'il venait de m'apprendre. Quelqu'un voulait ma peau. Rien de nouveau de ce côté-là, mais ce quelqu'un voulait engager un expert pour se charger du boulot. Ça, ça ne m'était encore jamais arrivé. Avoir un assassin aux trousses…

J'attendis de sentir la peur me submerger, mais rien ne se produisit. Bien entendu, j'avais vaguement la trouille, mais pas autant que je l'aurais dû. Ce n'était pas que je n'y croyais pas. C'est juste qu'il m'était arrivé tellement de mésaventures au cours de l'année passée qu'à force, je devenais un peu blasée. Si l'assassin me sautait dessus et se mettait à tirer, je gérerais la situation. Plus tard, je ferais peut-être une crise de nerfs. Mais ça m'étonnerait. J'étais en train de m'endurcir comme un vétéran de l'armée. Les raisons de me faire du mouron se multipliaient à tel point que je n'avais plus de mouron en réserve. Je le regrettais presque. La peur vous maintient en vie. Pas l'indifférence.

Quelque part là dehors, d'ici demain matin, quelqu'un aurait mon nom sur sa liste de choses à faire. Récupérer mes chemises au pressing, acheter des yaourts, tuer Anita Blake.

3

Je revins dans le salon et captai le regard de Richard. J'étais plus ou moins prête à rentrer à la maison. Curieusement, savoir que j'avais un assassin à mes trousses, ou que j'en aurais bientôt un, m'avait un peu gâché la soirée.

— Qu'est-ce qui ne va pas ? demanda Richard.

— Rien.

Je sais, je sais : il fallait que je lui dise. Mais comment dire à votre chéri que des gens essayent de vous tuer ? Vous ne pouvez pas faire ça dans une pièce pleine de monde. Dans la voiture, peut-être.

— Je vois bien que quelque chose ne va pas, insista Richard. Ton front est tout tendu entre tes sourcils, comme quand tu te retiens de les froncer.

— Je te promets que non.

Il massa la zone incriminée du bout de l'index.

— Si.

Je le foudroyai du regard.

— Non.

Il sourit.

— Maintenant, tu fronces les sourcils. (Il redevint sérieux.) Dis-moi ce que tu as.

Je soupirai et me rapprochai de lui. Pas pour me blottir dans ses bras, mais pour avoir un peu d'intimité. Les vampires possèdent une ouïe très développée, et je ne voulais pas que Robert m'entende. Il rapporterait tout à Jean-Claude. Or, si je voulais que Jean-Claude soit au courant, je le lui dirais moi-même.

— Je viens d'avoir Edward au téléphone.

— Qu'est-ce qu'il te voulait ?

A présent, Richard aussi fronçait les sourcils.

— Quelqu'un a tenté de l'engager pour me tuer.

Une expression de stupeur absolue s'inscrivit sur son visage, et je me réjouis qu'il tourne le dos au reste de la pièce. Il ferma la bouche, la rouvrit et articula enfin :

— Je te demanderais bien si tu plaisantes, mais je sais déjà que ça n'est pas le cas. Pourquoi quelqu'un voudrait-il te tuer ?

— Il y a des tas de gens qui souhaiteraient me voir morte, Richard. Mais aucun d'eux ne dispose de la somme qu'on a proposée à Edward.

Comment peux-tu rester si calme ?

— Tu crois vraiment que ça s'arrangerait si je pétais les plombs ?

Il secoua la tête.

— Ce n'est pas ça. (Il réfléchit quelques secondes.) Tu devrais être scandalisée à l'idée que quelqu'un essaye de te tuer. Au lieu de quoi, tu l'acceptes comme si c'était normal. Mais ça ne l'est pas.

— Avoir un assassin aux trousses n'a rien de normal, même pour moi.

— C'est vrai : d'habitude, tu te contentes de vampires, de zombies et de loups-garous.

Je souris.

— Exact.

Il me serra très fort contre lui et chuchota :

— Tu sais que c'est très effrayant de t'aimer, parfois ?

Je glissai mes bras autour de sa taille et me laissai aller contre sa poitrine. Puis je fermai les yeux et humai profondément son odeur. Pas juste celle de son after-shave : celle de sa peau, de sa chaleur. L'espace d'un instant, je m'abandonnai. Je laissai ses bras devenir mon refuge. Je savais qu'une balle bien placée pouvait tout détruire, mais pendant quelques secondes, je me sentis en sécurité. Se faire des illusions, c'est souvent le seul moyen de ne pas devenir fou.

Je m'écartai de lui en soupirant.

— Allons présenter nos excuses à Catherine et filons d'ici.

Richard m'effleura la joue en me fixant dans les yeux.

— Nous pouvons rester si tu veux.

Je frottai mon visage contre sa main et secouai la tête.

— Si le ciel doit me tomber sur la tête demain, je ne veux pas passer cette soirée à faire la conversation à des gens que je connais à peine pour la plupart. Je préfère rentrer et faire un câlin.

Il m'adressa un sourire qui me réchauffa jusqu'aux orteils.

— J'aime bien ton plan.

Je lui rendis son sourire, parce qu'il m'aurait été impossible de ne pas le faire.

— Je vais dire bonsoir à Catherine.

— Et moi, je vais chercher nos manteaux.

Nous nous acquittâmes de nos tâches respectives et partîmes de bonne heure. Catherine me gratifia d'un sourire lourd de sous-entendus. J'aurais aimé qu'elle ait raison. M'éclipser de sa soirée pour une séance de gymnastique horizontale avec Richard eût été beaucoup plus agréable que la vérité.

Monica nous suivit des yeux tandis que nous nous dirigions vers la porte. Je savais que Robert et elle feraient leur rapport à Jean-Claude. Et ça m'était égal. Jean-Claude savait que je sortais avec Richard. Je n'avais menti à personne. Monica était avocate et travaillait dans le même cabinet que Catherine – une idée déjà effrayante en soi –, elle avait donc une bonne raison d'être invitée à ce dîner. Jean-Claude ne l'avait pas envoyée là, mais je déteste qu'on m'espionne de quelque façon que ce soit.

Le retour jusqu'à la voiture mit mes nerfs à rude épreuve. Chaque ombre devenait soudain une cachette potentielle. Chaque son, un bruit de pas. Je ne dégainai pas mon Browning, mais ma main brûlait de le faire.

— Et merde, dis-je tout bas.

Mon engourdissement initial commençait à se dissiper. Je n'étais pas certaine que ce soit une bonne chose.

— Qu'est-ce qui t'arrive ? s'enquit Richard.

Soudain, il scrutait les ténèbres, ne me regardant même plus tandis qu'il me parlait. Ses narines frémissaient presque imperceptiblement, et je compris qu'il humait l'air en quête d'une odeur suspecte.

— Je suis un peu nerveuse, c'est tout. Je n'ai vu personne.

— Je ne sens personne non plus. Evidemment, si quelqu'un nous tend une embuscade, il pourrait être sous le vent, mais le seul flingue que je sens est le tien.

— Tu peux sentir mon flingue ? m'étonnai-je.

Il acquiesça.

— Tu l'as nettoyé récemment. Je sens la graisse que tu as utilisée.

Je souris et secouai la tête.

— Tu es tellement normal… Parfois, j'en oublie presque que tu deviens tout poilu une fois par mois.

— Venant de quelqu'un qui est aussi doué pour détecter les lycanthropes, c'est un sacré compliment. (Il grimaça.) Crois-tu que des assassins tomberaient des arbres si je te prenais par la main ?

— Je crois que nous sommes en sécurité pour le moment.

Ses doigts enveloppèrent les miens, et un frisson remonta le long de mon bras comme s'il avait touché un de mes nerfs. Du pouce, il frotta le dos de ma main en cercle et prit une profonde inspiration.

— C'est presque bon de savoir que cette histoire te flanque aussi les jetons. Je n'aime pas que tu aies peur, mais parfois, j'ai du mal à accepter que tu sois plus courageuse que moi. Est-ce que ça fait de moi un horrible macho ?

Je levai les yeux vers lui.

— Un macho, peut-être. Horrible, jamais.

— Te laisserais-tu embrasser par ce loup sexiste ?

— Toujours.

Il inclina la tête vers moi, et je me dressai sur la

pointe des pieds pour venir à la rencontre de sa bouche, une main posée sur sa poitrine pour maintenir mon équilibre. Nous pouvions nous embrasser sans que je me donne cette peine, mais pas sans que Richard attrape un torticolis.

Ce fut un baiser plus rapide que d'habitude, parce que ça me démangeait entre les omoplates. Je savais que c'était juste mon imagination, mais je me sentais trop vulnérable à découvert.

Richard s'en rendit compte et s'écarta de moi. Il contourna sa voiture, se glissa dans le siège conducteur et se pencha pour déverrouiller ma portière de l'intérieur. Mais il ne me l'ouvrit pas. Il me connaissait mieux que ça. Ce que les autres femmes nomment galanterie tend à m'horripiler prodigieusement. Je suis tout à fait capable d'ouvrir une porte moi-même, merci bien.

La caisse de Richard était une vieille Mustang soixante-quelque chose, une Mach Un. Je le savais parce qu'il me l'avait dit. Elle était orange avec une raie noire sur le côté, comme les voitures de course. Les sièges baquets étaient en cuir noir, assez rapprochés pour que nous puissions nous tenir la main quand il n'utilisait pas le levier de vitesse.

Richard s'engagea sur la 270 Sud. La circulation du vendredi soir se déversa autour de nous comme un joyeux torrent de lumières. Tous les gens étaient dehors, occupés à profiter de ce début de week-end. Je me demandais combien d'entre eux avaient un assassin aux trousses. J'aurais parié que j'étais sans doute une des seules.

— Tu ne dis rien, fit remarquer Richard.

— Mmmh.

— Je ne te demanderai pas à quoi tu penses. Je crois pouvoir le deviner.

Je le fixai. L'obscurité nous enveloppait. La nuit, les voitures sont pareilles à de petits mondes privés, silencieux et intimes. Les phares des autres véhicules balayaient son visage, soulignant brièvement ses traits avant de céder de nouveau la place aux ténèbres.

— Comment peux-tu être certain que je ne suis pas en train d'imaginer à quoi tu ressembles sans tes fringues ?

Il grimaça.

— Allumeuse.

Je souris.

— Désolée. Pas d'allusions sexuelles à moins que je sois prête à te sauter dessus.

— C'est toi qui as fixé cette règle, pas moi, me rappela-t-il. Je suis un grand garçon. Balance-moi toutes les allusions sexuelles que tu veux. Je suis capable d'encaisser.

— Ça semble un peu injuste, du moment que je ne suis pas prête à coucher avec toi.

— C'est mon problème, pas le tien.

— Monsieur Zeeman, seriez-vous en train de m'inciter à vous aguicher ? le taquinai-je.

Son sourire s'élargit, croissant de blancheur dans l'obscurité.

— Et comment !

Je me penchai vers lui autant que ma ceinture de sécurité m'y autorisait, une main derrière le dossier de son siège et mon visage à quelques centimètres de la colonne lisse de son cou. Je pris une profonde inspiration et expirai lentement, si près de sa chair que mon propre souffle me revint tel un nuage tiède. Je déposai un baiser dans le creux de son épaule, puis laissa courir mes lèvres sur sa peau.

Richard émit un petit bruit de contentement.

Je repliai mes genoux sous moi et tirai sur la ceinture de sécurité pour pouvoir embrasser la veine qui battait dans son cou, la courbe de sa mâchoire. Il tourna la tête vers moi et chercha ma bouche. Mais mes nerfs n'étaient pas solides à ce point, et je le forçai à reporter son attention sur la route.

— Regarde où tu vas, s'il te plaît.

Comme il passait la cinquième, le haut de son bras effleura mes seins. Je poussai un soupir et posai ma main sur la sienne, l'immobilisant paume sur le levier et bras plaqué contre moi.

Nous restâmes figés pendant une seconde, puis Richard se mit à frotter doucement son épaule contre ma poitrine. Je me rejetai en arrière dans mon siège, la gorge soudain serrée. Je me recroquevillai sur moi-même et frissonnai. Le contact de son corps provoquait à l'intérieur du mien une agitation très localisée à laquelle je préférais ne pas trop penser.

— Qu'est-ce qui ne va pas ? demanda-t-il tout bas.

Je secouai la tête.

— Nous ne pouvons pas continuer comme ça.

— J'espère que tu ne t'es pas arrêtée à cause de moi, parce que ça me plaisait bien.

— A moi aussi. C'est justement le problème.

Richard soupira.

— Ce n'est un problème que parce que tu en fais un problème, Anita.

— Je sais.

— Epouse-moi, et tu n'auras plus besoin de te sur-veiller constamment.

— Je ne veux pas t'épouser uniquement pour pou-voir coucher avec toi.

— Si c'était juste pour le sexe, je ne voudrais pas que tu m'épouses. Mais c'est aussi pour toutes les fois où on se pelotonne sur le canapé pour regarder *Chantons sous la pluie*. Pour toutes les fois où on mange chinois et où je sais qu'il faut prendre une portion supplémentaire de crabe rangoon. Je peux commander pour nous deux dans la plupart des restaurants de cette ville.

— Insinuerais-tu que je suis prévisible ?

— Ne fais pas ça. Ne tourne pas notre relation en ridicule.

— Désolée, Richard. Je ne voulais pas faire ça. C'est juste que…

Je ne savais pas quoi dire, parce que je savais qu'il avait raison. Ma journée était toujours plus belle si j'en avais partagé une partie avec Richard. Quelques semaines plus tôt, je lui avais acheté une chope que j'avais vue en passant dans un magasin. Il y avait des loups dessus, et une citation de John Muir : « Dans la nature sauvage de Dieu réside l'espoir du monde – la grande nature sauvage que rien n'est venu souiller et qui jamais ne s'excuse. » Ça n'était pas pour une occasion spéciale : simplement, j'avais deviné qu'elle plairait à Richard, et j'avais voulu lui en faire cadeau.

Dix fois par jour, j'entendais quelque chose à la radio ou dans une conversation, et je me disais : « Il faudra que je pense à en parler à Richard. » Et c'était Richard qui m'avait emmenée observer les oiseaux pour la première fois depuis la fin de mes études.

J'ai un diplôme en biologie surnaturelle. Autrefois, je pensais faire une carrière sur le terrain, devenir le pendant surnaturel de Jane Goodall. J'avais adoré cette sortie, en partie parce que Richard était avec moi, en partie parce que ça m'avait rappelé des tas de bons souvenirs. Comme si j'avais oublié qu'il y avait une vie hors du canon d'un flingue ou des entrailles d'une tombe. Ça faisait si longtemps que je baignais dans le sang et la mort… Puis Richard était arrivé. Richard, qui baignait aussi dans la bizarrerie jusqu'au cou, mais qui réussissait quand même à mener une existence presque normale.

Je n'imaginais rien de mieux que de me réveiller près de lui, de savoir qu'il m'attendrait à la maison quand je rentrerais le soir. D'écouter sa collection de disques de Rodgers et Hammerstein, de regarder son expression pendant qu'il materait des comédies musicales avec Gene Kelly.

Je faillis ouvrir la bouche pour dire « Faisons-le. Marions-nous ». Mais je m'abstins. J'étais amoureuse de Richard ; je voulais bien me l'admettre, mais ça ne suffisait pas. J'avais un assassin aux trousses. Comment aurais-je pu impliquer un gentil prof de sciences dans le genre de vie que je menais ?

Richard faisait partie des monstres, mais il ne l'acceptait pas. Depuis plusieurs mois, il était engagé dans une bataille pour prendre le commandement de la meute de loups-garous locale. Par deux fois déjà, il avait vaincu son chef actuel, Marcus, en combat singulier ; et par deux fois, il avait refusé de le tuer. Or, il ne pourrait prendre sa place qu'en le tuant. Mais il était du genre à s'accrocher à sa morale. A s'accrocher à des valeurs qui ne sont valables que quand personne n'essaye d'avoir votre peau. Si je l'épousais, tous ses espoirs de mener une existence normale s'évanouiraient. Je vivais dans une zone de tir permanent. Richard méritait mieux que ça.

Jean-Claude, lui, vivait dans le même monde que moi. Il ne nourrissait aucune illusion sur les bonnes intentions des inconnus – ou de quiconque, d'ailleurs. Il ne serait pas choqué en apprenant que quelqu'un avait placé un contrat sur ma tête. Il m'aiderait juste à prendre les mesures nécessaires pour éviter de me faire descendre. Ça ne le perturberait pas plus que ça. Je pense souvent que Jean-Claude et moi nous méritons l'un l'autre.

Richard tourna dans Olive. Nous n'allions pas tarder à atteindre mon appartement, et le silence devenait un peu trop épais à mon goût. D'habitude, le silence ne me dérange pas. Mais cette fois…

— Je suis désolée, Richard. Sincèrement.

— Si je n'étais pas certain que tu m'aimes, ça serait beaucoup plus facile. Sans ce maudit vampire, tu accepterais de m'épouser.

— Sans ce maudit vampire, nous ne nous serions jamais rencontrés, lui rappelai-je.

— Et ne crois pas qu'il ne regrette pas de nous avoir présentés l'un à l'autre chaque jour que Dieu fait.

Je le fixai.

— Qu'est-ce que tu en sais ?

Il secoua la tête.

— Il me suffit de voir sa tête quand nous sommes ensemble. Je ne l'apprécie guère, et j'apprécie encore moins de te savoir avec lui, mais nous ne sommes pas les seuls à souffrir de cette situation. C'est un triangle amoureux ; ne te fais pas d'illusion à ce sujet.

Accablée, je me pelotonnai dans mon siège. Si un assassin avait jailli des ténèbres pour me tirer dessus, j'aurais presque été soulagée. La mort, je pige. L'amour, j'ai un peu plus de mal. Les relations de couple, c'est difficile à comprendre. Celle-ci l'était encore davantage que la moyenne, et pas seulement à cause du nombre de personnes impliquées.

Richard pénétra dans le parking de mon immeuble, se gara et coupa le moteur. Nous restâmes assis dans le noir, avec l'éclairage lointain d'un lampadaire pour seule lumière.

— Je ne sais pas quoi dire, Richard. (Je fixais le côté du bâtiment à travers le parc-brise, trop lâche pour le regarder pendant que je lui parlais.) Je ne t'en voudrais pas si tu décidais que tu en avais marre. Je ne supporterais pas ce genre d'indécision de ta part, et je refuserais de te partager avec une autre femme.

Enfin, je tournai la tête vers Richard. Lui aussi regardait droit devant.

Les battements de mon cœur accélérèrent. Si j'avais vraiment été aussi courageuse que je le pensais, je l'aurais laissé s'en aller. Mais je ne l'étais pas, et je l'aimais. Le mieux que je puisse faire, c'était de ne pas coucher avec lui. De ne pas passer au stade supérieur. C'était déjà assez difficile. Même mon self-control a des limites. Si nous avions prévu de nous marier, j'aurais pu attendre. Avec le bout du tunnel en vue, mon self-control n'aurait plus connu de bornes. Les résolutions de chasteté sont plus faciles à tenir quand on ne les met pas à l'épreuve constamment. Mais là…

Je défis ma ceinture de sécurité, déverrouillai la portière et l'ouvris. Richard me toucha l'épaule avant que je puisse descendre.

— Tu ne m'invites pas à monter ?

Je relâchai le souffle que je n'avais pas eu conscience de retenir et pivotai de nouveau vers lui.

— Est-ce que tu as envie que je le fasse ?

Il hocha la tête.

— Je ne comprends vraiment pas comment tu fais pour me supporter.

Il sourit et se pencha vers moi. Ses lèvres effleurèrent les miennes.

— Parfois, je ne comprends pas moi-même, avoua-t-il.

Nous sortîmes de la Mustang. Richard me tendit la main, et je la pris.

Une autre voiture vint se garer derrière nous, à côté de ma Jeep. C'était ma voisine, Mme Pringle. Un énorme poste de télévision était attaché à son coffre.

Nous nous immobilisâmes sur le trottoir pour attendre qu'elle descende. C'était une grande femme âgée, d'une minceur presque douloureuse à contempler. Ses cheveux d'un blanc de neige étaient attachés en chignon. Mayonnaise, son Loulou de Poméranie, sauta à terre et se mit à aboyer dans notre direction. Il ressemblait à une houppette dorée avec de petites pattes de chat. Il s'approcha en sautillant, renifla le pied de Richard et leva le museau vers lui en poussant un léger grognement.

Mme Pringle tira sur sa laisse.

— Mayonnaise, sois sage.

Le chien se calma, mais je soupçonnais que c'était dû au regard sévère de Richard plutôt qu'aux admonestations de sa maîtresse.

Mme Pringle nous sourit. Ses yeux brillaient de la même façon que ceux de Catherine. Elle adorait Richard, et elle n'en faisait pas de mystère.

— Vous tombez bien. J'ai besoin de jeunes bras musclés pour porter ce monstrueux poste de télévision dans l'escalier.

Richard lui rendit son sourire.

— Avec plaisir.

Il se dirigea vers le coffre de sa voiture et commença à lutter pour défaire les nœuds.

— Qu'avez-vous fait de Mayonnaise pendant que vous étiez dans le magasin ? demandai-je.

— Je l'ai emmené avec moi. J'ai déjà dépensé beaucoup d'argent dans cet endroit. Les vendeurs se mettent à saliver dès que je franchis la porte, aussi ferment-ils les yeux sur sa présence.

Je ne pus m'empêcher de sourire.

Il y eut un bruit sec alors que la corde cédait.

— Je vais aider Richard.

A mon tour, je contournai la voiture. La corde, qui devait faire deux bons centimètres d'épaisseur, gisait rompue sur le bitume. Je haussai les sourcils et chuchotai :

— Mère Grand, comme vous avez des mains puissantes…

Richard grimaça.

— Je pourrais porter ce truc seul, mais ça risquerait d'éveiller les soupçons.

C'était un écran de soixante-quinze centimètres.

— Tu en serais vraiment capable ?

— Sans problème.

Je secouai la tête.

— Mais tu ne vas pas le faire, parce que tu es un simple prof de sciences et pas un loup-garou alpha.

— Tout à fait. Et c'est pour ça qu'il va falloir que tu m'aides.

— Vous avez des difficultés à défaire cette corde ? demanda Mme Pringle en revenant vers nous, Mayonnaise sur ses talons.

— Pas du tout, la rassurai-je en jetant un coup d'œil à Richard.

Si ça venait à se savoir qu'il était un lycanthrope, il perdrait son boulot. La discrimination était illégale, ce qui ne l'empêchait pas de se produire tout le temps. Richard enseignait à des adolescents. Il serait traité de monstre, et la plupart des gens refuseraient qu'un monstre approche leurs enfants – à plus forte raison, qu'il se charge de leur éducation.

Mme Pringle et Mayonnaise ouvrirent le chemin. J'entrai dans l'immeuble à reculons, m'efforçant de stabiliser le poste, mais c'était Richard qui en soutenait tout le poids. Il monta l'escalier comme si son fardeau ne pesait rien, poussant avec ses jambes et attendant que je prenne pied sur la marche du dessus. Il m'adressa une petite grimace secrète et se mit à fredonner tout bas avec la mine de quelqu'un qui s'ennuie. Les lycanthropes sont beaucoup plus costauds que les humains ordinaires. Je le savais pertinemment, mais ça me perturbait toujours de le constater de visu.

Quand nous prîmes pied à l'étage, il me laissa prendre en charge une partie du poids. Le poste était très lourd, mais je serrai les dents. Nous longeâmes le couloir en direction de l'appartement de Mme Pringle, qui se trouvait juste en face du mien.

— Je vous ouvre la porte, nous lança-t-elle.

Nous étions en train de manœuvrer pour franchir le seuil quand Mayonnaise fila entre nos jambes, traînant sa laisse derrière lui. Mme Pringle était coincée derrière le poste.

— Mayonnaise, reviens ici !

Richard cala ses avant-bras sous le poste.

— Va le chercher, me suggéra-t-il. Je peux finir tout seul.

Je le laissai faire semblant de lutter pour pénétrer dans l'appartement et m'élançai à la suite du chien. Je m'attendais à devoir le courser jusqu'à l'autre bout de l'escalier, mais il s'était arrêté devant ma porte et la reniflai en gémissant. Je m'agenouillai, saisit l'extrémité de sa laisse et l'attirai vers moi.

Mme Pringle s'effaça pour laisser passer Richard, puis s'avança sur le seuil de son appartement.

— Je vois que vous avez attrapé mon petit fugueur.

Je lui tendis la laisse.

— Il faut que j'aille chercher quelque chose chez moi. Je suis certaine que Richard pourra vous aider à mettre votre nouvelle télévision en service.

— Merci beaucoup, lâcheuse ! s'exclama-t-il depuis l'intérieur de l'appartement.

Mme Pringle éclata de rire.

— Je vais vous servir du thé glacé. A moins que vous n'ayez mieux à faire ?

La lueur taquine dans ses yeux bleus me fit rougir.

Elle m'adressa un clin d'œil – je vous jure que je ne mens pas.

Quand la porte se fut refermée sur elle, je m'éloignai dans le couloir. Je dégainai mon Browning et ôtai la sécurité. Puis je revins vers mon appartement en rasant le mur. Peut-être que j'étais parano. Peut-être que Mayonnaise n'avait senti personne chez moi. Mais jamais encore il ne s'était mis à gémir devant ma porte. Peut-être que le coup de fil d'Edward m'avait rendue nerveuse. Mais mieux vaut être nerveuse que morte. Va pour la parano.

Je m'accroupis près de ma porte, pris une profonde inspiration et expirai lentement. De la main gauche, je sortis mes clés de ma poche. J'étais aussi près du sol que possible pour conserver une posture de tir décente. S'il y avait un méchant là-dedans, il tirerait sans doute à hauteur de poitrine. A genoux, j'étais beaucoup plus petite que ça.

J'introduisis ma clé dans la serrure. Il ne se passa rien. L'appartement devait être vide, à l'exception de mon poisson qui devait se demander ce que je pouvais bien faire. Je tournai la poignée et poussai le battant vers l'intérieur. Un trou explosa à travers le bois, résonnant au-dessus de ma tête comme un coup de tonnerre ou de canon.

L'espace d'une seconde, le silence retomba. Sous la force de l'impact, la porte se referma, et par le trou, je vis un homme brandir un fusil à pompe. Je tirai à travers le trou. La porte se rouvrit, vibrant encore sur ses gonds. Je me jetai sur le côté, mon flingue braqué devant moi.

Le fusil à pompe cracha une nouvelle cartouche, et une pluie d'éclats de bois s'abattit dans le couloir. Je tirai encore deux fois, et atteignis l'intrus à la poitrine. Il tituba, une tache de sang fleurissant sur le devant de son manteau, et bascula en arrière, raide comme une planche. Le fusil à pompe tomba sur la moquette à ses pieds.

Je me redressai sur les genoux, le dos collé au mur

près de ma kitchenette. Je n'entendais qu'un rugissement dans mes oreilles, le bruit de mon sang s'engouffrant dans mes veines.

Soudain, Richard apparut sur le seuil de l'appartement, comme une cible.

— A terre ! Il n'est peut-être pas seul !

J'ignorais avec quelle force j'avais hurlé. Mes tympans bourdonnaient encore.

Richard s'accroupit près de moi. Je crois qu'il prononça mon nom, mais je n'avais pas le temps de le rassurer. Je me relevai, dos au mur, tenant mon flingue à deux mains. Il voulut en faire autant. Je lui ordonnai de ne pas bouger, et il s'exécuta. Un bon point pour lui.

D'où j'étais, je pouvais voir qu'il n'y avait personne dans mon salon. Donc, à moins que quelqu'un soit planqué dans la chambre, le tireur était venu seul. Je m'approchai lentement de lui, en le tenant en joue. S'il avait ne serait-ce que frémi, je l'aurais plombé, mais il ne bougea pas. Le fusil à pompe était près de ses pieds. Je n'avais encore jamais vu personne tirer avec les pieds, aussi le laissai-je là.

L'homme gisait sur le dos, un bras replié sur son visage et l'autre inerte contre son flanc. Ses traits étaient flasques, ses yeux écarquillés et aveugles. Je n'avais pas vraiment besoin de confirmation, mais je cherchai quand même son pouls. Rien. Il avait trois trous dans la poitrine. Je l'avais touché la première fois, mais je ne l'avais pas tué. Et ça avait bien failli me coûter la vie.

Richard s'approcha derrière moi.

— Il n'y a personne d'autre dans l'appartement, Anita.

Je ne discutai pas avec lui. Je ne lui demandai pas si c'était son odorat ou son ouïe qui l'en avait informé. Franchement, je m'en foutais. Par acquit de conscience, j'inspectai rapidement la chambre et la salle de bains. Quand je ressortis, Richard fixait l'homme mort à ses pieds.

— Qui est-ce ? demanda-t-il.

Je compris que j'entendais de nouveau. Tant mieux pour moi. Mes oreilles bourdonnaient encore un peu, mais ça passerait.

— Je l'ignore.

Richard leva les yeux vers moi.

— Tu crois que c'était… l'assassin ?

— Il y a de fortes chances.

Il y avait dans ma porte d'entrée un trou assez gros pour qu'un adulte puisse s'y faufiler. Le battant était toujours ouvert. De l'autre côté du couloir, la porte de Mme Pringle était fermée, mais un bout du chambranle avait volé en éclats comme si quelque chose avait mordu dedans. Si elle s'était tenue là au moment de la fusillade, elle serait morte.

Au loin, des sirènes hurlaient. Je ne pouvais pas en vouloir à mes voisins d'avoir appelé la police.

— J'ai un ou deux coups de fil à passer avant l'arrivée des flics.

— Et ensuite ? interrogea Richard.

Je le dévisageai. Il était tout pâle, et on voyait un peu trop le blanc de ses yeux.

— Ensuite, nous accompagnerons les gentils officiers de police au commissariat pour répondre à quelques questions.

— C'était de la légitime défense.

— Oui, mais ce type est quand même mort sur ma moquette.

Je retournai dans la chambre pour chercher le téléphone. J'avais un peu de mal à me souvenir où il était, comme si ça lui arrivait souvent de quitter ma table de nuit pour aller faire un petit tour. Quand on est sous le choc, on a toujours des réactions bizarres.

Richard s'immobilisa sur le seuil.

— Qui comptes-tu appeler ?

— Dolph, et peut-être Catherine.

— Ton copain flic, je peux comprendre. Mais pourquoi Catherine ?

— Elle est avocate.

— Oh.

Par-dessus son épaule, il jeta un coup d'œil à l'homme mort, qui pissait le sang sur ma moquette blanche.

— Je t'accorde au moins une chose : quand on sort avec toi, on ne s'ennuie jamais.

— Et on est souvent en danger. Ne l'oublie surtout pas.

Je composai le numéro de Dolph de mémoire.

— Pas de risque. Je n'oublie jamais que tu es dangereuse, Anita.

Richard me fixa, et ses yeux étaient ambrés, de la couleur de ceux d'un loup. Sa bête apparut derrière ses prunelles pour me contempler. Sans doute avait-elle été attirée par l'odeur du sang frais. Je soutins le regard de Richard, et sus que je n'étais pas la seule personne dangereuse dans cette pièce. Evidemment, j'étais armée. L'homme mort pouvait en témoigner.

Un petit rire me picota l'arrière de la gorge. Je tentai de le ravaler, mais il se déversa hors de ma bouche, et j'étais encore en train de glousser lorsque Dolph décrocha. Rire, c'était toujours mieux que pleurer, je suppose. Même si je ne suis pas certaine que Dolph fût de cet avis.

4

J'étais assise sur une chaise à dossier droit, devant une petite table à la surface constellée de marques dans une salle d'interrogatoire. Pardon : une salle d'entretien. C'est comme ça qu'on les appelle, maintenant. Quelque nom qu'on lui donne, elle puait toujours la sueur rance et la cendre froide, avec des relents de désinfectant par-dessus. Je sirotais mon troisième gobelet de café, et mes mains étaient toujours glacées.

L'inspecteur divisionnaire Rudolph Storr était adossé au mur d'en face. Les bras croisés sur la poitrine, il faisait de son mieux pour ne pas se faire remarquer, mais c'est plutôt difficile quand vous mesurez deux mètres et que vous êtes bâti comme un lutteur professionnel. Il n'avait pas pipé mot durant l'entretien : il était seulement là pour observer.

Catherine était assise près de moi. Elle avait enfilé un blazer noir par-dessus sa robe verte, amené son attaché-case et endossé son masque d'avocate.

L'inspecteur Branswell était assis de l'autre côté de la table. Âgé d'environ trente-cinq ans, il avait les cheveux noirs, les yeux noirs et le teint presque noir. Malgré son nom à consonance anglaise, il avait une apparence toute méditerranéenne, comme s'il venait juste descendre du bateau qui amenait les olives. Mais son accent, lui, venait à n'en pas douter du Missouri.

— Vous voulez bien me répéter tout ça depuis le début, mademoiselle Blake ? demanda-t-il. S'il vous plaît.

Il tenait son stylo au-dessus de son bloc-notes comme s'il voulait noter ma déposition une deuxième fois.

— Nous avons aidé ma voisine à monter son nouveau poste de télévision.

— Mme Edith Pringle, acquiesça-t-il. Elle nous l'a confirmé. Mais pourquoi êtes-vous passée par votre appartement ?

— Je voulais y prendre un tournevis pour l'aider à installer son poste.

— Vous avez beaucoup d'outils chez vous, mademoiselle Blake ?

Il gribouilla quelque chose sur son calepin.

— Non, inspecteur, mais j'ai un tournevis.

— Mme Pringle vous a-t-elle demandé d'aller le chercher ?

— Non, mais elle s'en était déjà servie quand elle avait acheté sa chaîne stéréo.

Ce qui était la stricte vérité. Je m'efforçais de mentir le moins possible.

— Donc, vous avez supposé qu'elle en aurait besoin.

— Oui.

— Et ensuite ?

Il avait posé la question comme s'il n'avait pas déjà entendu la réponse. Ses yeux noirs étaient vides et intenses, à la fois avides et indéchiffrables. Nous arrivions à la partie de l'histoire qui lui posait problème.

— J'ai déverrouillé ma porte et fait tomber mes clés. Je me suis accroupie pour les ramasser, et le premier coup de feu est parti au-dessus de ma tête. J'ai riposté.

— Comment ? La porte était fermée.

— J'ai tiré par le trou que le fusil avait fait.

— Vous avez tiré sur un homme à travers un trou dans votre porte, et vous l'avez touché.

— C'était un gros trou, inspecteur, et je n'étais pas certaine de l'avoir touché.

— Pourquoi le second coup de feu ne vous a-t-il pas abattue, mademoiselle Blake ? Le battant était trop endommagé pour vous dissimuler. Où étiez-vous à cet instant ?

— Je vous l'ai déjà dit : l'impact avait poussé la porte vers l'intérieur. Je me suis jetée sur le côté. Le second coup de feu est passé au-dessus de moi.

— Et vous avez encore touché l'homme deux fois à la poitrine.

— Oui.

Il me fixa un long moment, étudiant mon visage. Je soutins son regard sans broncher. Ce n'était pas très difficile. Je me sentais engourdie, détachée de tout. Mes oreilles bourdonnaient encore vaguement à cause des deux détonations du fusil à pompe qui avaient éclaté si près de moi. Mais ça finirait par s'arranger. Comme d'habitude.

— Connaissiez-vous l'homme que vous avez tué ?

Catherine posa une main sur mon bras.

— Inspecteur Branswell, ma cliente s'est montrée plus que coopérative. Elle vous a déjà dit plusieurs fois qu'elle ne connaissait pas le défunt.

Il feuilleta son calepin.

— Vous avez raison, maître. Mlle Blake s'est prêtée à cet… entretien avec beaucoup de patience. (Il marqua une pause avant de révéler :) Le tireur était James Dugan, surnommé Jimmy le Fusil. Il avait un casier judiciaire plus long que vous n'êtes haute, mademoiselle Blake. C'était un porte-flingue, le genre de type qu'on appelle quand on veut se débarrasser de quelqu'un rapidement et pour pas trop cher, et peu importe que ce soit fait salement.

Il ne m'avait pas quittée du regard tandis qu'il parlait, guettant une lueur révélatrice dans mes yeux. Je clignai des paupières.

— Connaissez-vous quelqu'un qui souhaite votre mort, mademoiselle Blake ?

— Pas a priori.

Branswell referma son calepin et se leva.

— Je vais recommander l'homicide en état de légitime défense au substitut du procureur. Je doute que vous soyez obligée de comparaître devant un tribunal.

— Quand pourrai-je récupérer mon flingue ? demandai-je.

— Quand nos services balistiques en auront terminé avec lui. Et à votre place, je serais déjà bien contente de le récupérer tout court. (Il secoua la tête.) J'ai entendu parler de vous par les gars qui sont passés à votre appartement la dernière fois que vous vous y êtes fait agresser. Le coup des deux zombies tueurs. Ne le prenez pas mal, mais avez-vous songé à déménager ? A changer de juridiction ?

— Mon proprio va sans doute me suggérer la même chose.

— Je n'en doute pas. Maître, divisionnaire Storr…

— Merci de m'avoir laissé assister à cet entretien, Branswell, lança Dolph.

— Vous m'avez dit qu'elle bossait pour vous. Et puis, je connais bien Gross et Brady – les premiers officiers qui sont arrivés sur les lieux la nuit des zombies. Ils ne m'ont dit que du bien d'elle. J'ai parlé à une demi-douzaine d'autres officiers qui ont affirmé que Mlle Blake leur avait sauvé les miches ou s'était fait canarder avec eux et n'avait même pas cillé. Ça vous donne un sacré capital confiance, mademoiselle Blake, mais un capital qui n'est pas illimité. Surveillez vos arrières, et tâchez de ne pas flinguer de passants innocents.

Sur ces mots, il sortit de la pièce.

Dolph baissa les yeux vers moi.

— Je vais te ramener chez toi.

— Inutile, déclinai-je. Richard m'attend.

— Que se passe-t-il, Anita ?

— J'ai dit à Branswell tout ce que je savais.

Catherine se leva.

— Anita ne répondra plus à aucune question ce soir.

— Ça va, lâchai-je sur un ton las. Dolph est un ami.

— Mais aussi un flic. (Elle sourit.) N'est-ce pas, divisionnaire Storr ?

Dolph la fixa pendant une bonne minute.

— C'est tout à fait exact, madame Maison-Gillette. (Il s'écarta du mur.) On se parlera plus tard, Anita.

— Je sais.

— Viens, dit Catherine. Fichons le camp d'ici avant qu'ils changent d'avis.

— Tu ne me crois pas ?

— Je suis ton avocate. Evidemment que je te crois.

Je la fixai. Elle me fixa. Nous partîmes.

Je me demandai si Richard me croirait. Probablement pas.

5

Richard et moi traversâmes le parking du commissariat en direction de sa Mustang. Il n'avait pas décroché un mot depuis que j'étais ressortie de la salle d'entretien, se contentant de serrer la main de Catherine et de tourner les talons.

Il monta de son côté, et je me glissai dans le siège passager. Puis il démarra et sortit de sa place en marche arrière.

— Tu fais la gueule, constatai-je.

Il s'engagea dans la rue en première. Il conduisait toujours archi lentement quand il était en colère.

— Quelle raison pourrais-je bien avoir de faire la gueule ? répliqua-t-il.

Le sarcasme contenu dans sa voix était assez épais pour qu'on le mange à la petite cuillère.

— Tu crois que je savais qu'il y avait un tireur embusqué dans mon appartement ?

Il me jeta un regard de rage pure.

— Tu le savais, et tu m'as laissé rentrer chez Mme Pringle pour installer ce fichu poste de télé. Tu as détourné mon attention pour être sûre qu'il ne m'arriverait rien.

— Je n'en étais pas certaine, Richard.

— Je parie que tu avais déjà ton flingue à la main avant qu'il ouvre le feu.

Je haussai les épaules.

— Et merde, Anita, tu aurais pu te faire tuer !

— Mais je suis toujours là.

— C'est ta réponse à tout, pas vrai ? Si tu survis, on ne peut rien te reprocher.

— Et si je ne survis pas, les reproches me passeront au-dessus de la tête.

— Ne plaisante pas avec ça, aboya-t-il.

— Ecoute, Richard, ce n'est pas moi qui ai cherché les embrouilles. Ce type m'a agressée.

— Pourquoi ne m'as-tu rien dit ?

— Qu'est-ce que tu aurais bien pu faire ? Entrer le premier ? Tu te serais mangé une livre de plomb en pleine poitrine et tu t'en serais tiré. Comment aurais-tu expliqué ça ? Tout le monde aurait su que tu es un lycanthrope. Tu aurais perdu ton boulot, et je ne te parle même pas du reste.

— Nous aurions pu appeler les flics.

— Pour leur dire quoi ? Que Mayonnaise avait reniflé ma porte ? S'ils étaient venus fouiller l'appartement, c'est eux qui se seraient fait descendre. Ce type était une tête brûlée. Il a tiré à travers la porte, tu te souviens ? Il ne savait pas qui il visait.

Richard tourna dans Olive en secouant la tête.

— Tu aurais quand même dû me prévenir.

— Qu'est-ce que ça aurait changé ? A part que tu aurais essayé de jouer les héros et fichu ta carrière en l'air.

— Putain de merde. (Il tapa du plat de la main sur le volant et tourna vers moi un regard ambré.) Je n'ai pas besoin que tu me protèges, Anita, gronda-t-il.

— Pareil pour moi, répliquai-je.

Le silence emplit la voiture comme de l'eau glacée. Personne n'était mort, à part le méchant. J'avais fait ce qu'il fallait. Alors pourquoi était-ce si difficile de le lui faire comprendre ?

— Je ne suis pas furieux parce que tu as risqué ta vie, mais parce que tu t'es débarrassée de moi avant de le faire. Tu ne m'as même pas laissé une chance. Je n'ai jamais interféré avec ton boulot.

— Parce que tu considères que ce genre de choses fait partie de mon boulot ?

— En tout cas, ça ressemble au tien plutôt qu'au mien.

Je réfléchis quelques instants.

— C'est vrai. Une des raisons pour lesquelles nous sortons encore ensemble, c'est que tu ne te conduis jamais comme un sale macho avec moi. Je m'excuse. J'aurais dû t'en parler.

Il me coula un regard toujours aussi pâle et animal.

— Tu veux dire qu'on vient de se disputer, et que j'ai gagné ?

Je souris.

— J'ai admis que j'avais eu tort. Tu crois que c'est la même chose ?

— Blanc bonnet et bonnet blanc.

— Dans ce cas, tu peux t'accorder un point.

Il grimaça.

— Pourquoi je n'arrive jamais à rester en colère contre toi, Anita ?

— Parce que tu es très indulgent. Il faut bien que l'un de nous deux le soit.

Il pénétra dans le parking de mon immeuble pour la troisième fois ce soir-là.

— Tu ne peux pas dormir chez toi cette nuit. Ta porte d'entrée est en miettes.

— Je sais.

Si j'avais été virée de mon appartement parce qu'on était en train de le repeindre, j'aurais pu m'incruster chez des amis ou louer une chambre dans un hôtel. Mais les méchants avaient prouvé qu'ils se fichaient pas mal de faire des victimes innocentes. Je ne voulais pas risquer la vie de quiconque – même pas celle du parfait inconnu qui occuperait la chambre d'hôtel voisine.

— Viens chez moi, suggéra Richard.

Il se gara sur la place vacante la plus proche de l'escalier.

— Je ne crois pas que ce soit une bonne idée, Richard.

— Un coup de fusil à pompe ne m'aurait pas tué. J'aurais guéri, parce qu'il n'était pas chargé avec des balles en argent. Combien de tes autres amis peuvent en dire autant ?

— Pas beaucoup, reconnus-je.

— Et ma maison est en retrait de la route. Aucun passant ne serait en danger.

— Je sais comment est ta maison. J'y ai passé suffisamment de dimanches après-midi.

— Dans ce cas, tu sais que j'ai raison. (Il se pencha vers moi, et je vis que ses yeux avaient repris leur couleur normale.) J'ai une chambre d'amis, Anita. Tu ne seras pas obligée de partager mon lit.

Je le fixai, mon visage à quelques centimètres du sien. Je sentais son corps comme une force juste hors de ma portée. Et ça n'avait rien à voir avec ses pouvoirs de lycanthrope. C'était de la simple, de la bonne vieille attirance physique. Je risquais gros en acceptant de passer la nuit chez lui. Peut-être pas ma vie, mais d'autres choses.

Si Jimmy le Fusil avait emmené un partenaire, je serais déjà morte. Je m'étais tellement concentrée sur lui qu'un deuxième tireur aurait pu me faire sauter la tête pendant que je le flinguais. Edward avait dû donner sa réponse à son contact, et il faudrait un peu de temps pour dégoter un autre assassin de son calibre. Donc, au lieu d'attendre, les gens qui m'en voulaient avaient engagé de la main-d'œuvre locale bon marché, sans doute dans l'espoir d'économiser quelques centaines de milliers de dollars. A moins qu'ils aient été très pressés de se débarrasser de moi, pour une raison que j'ignorais.

D'une façon ou d'une autre, ils ne semblaient pas décidés à lâcher le morceau. Et d'habitude, quand quelqu'un est aussi déterminé que ça à éliminer quelqu'un d'autre, il finit par y arriver. Peut-être pas dans les vingt-quatre heures, mais à moins qu'Edward et moi réussissions à identifier son mystérieux commanditaire, les tueurs à gages continueraient à se bousculer sur le pas de ma porte.

Je fixai le visage de Richard, si proche du mien que

j'aurais pu l'embrasser. J'imaginais comment ce serait de ne jamais le revoir. De ne plus jamais le toucher. De ne jamais assouvir la soif qui me dévorait chaque fois que j'étais près de lui. Je levai la main et effleurai sa joue.

— D'accord.

— Tu sembles bien sérieuse tout à coup. A quoi penses-tu, Anita ?

Je me penchai vers lui et déposai un baiser sur ses lèvres.

— Au sang, à la mort et au sexe. Pourquoi, il existe quelque chose d'autre ?

Nous descendîmes de la voiture.

Je remplis le distributeur automatique de mon aquarium avec assez de nourriture pour une semaine. D'ici là, si j'étais toujours en vie et si l'assassin était toujours à mes trousses, je devrais repasser à mon appartement. Tout ce que les méchants avaient à faire, c'était monter la garde près de mon poisson, et ils finiraient par m'avoir avec un peu de patience. Mais ça m'aurait beaucoup étonnée qu'ils choisissent cette option.

Je fourrai quelques affaires dans mes deux valises : Sigmund, mon pingouin en peluche favori, toutes les armes que je possédais, des vêtements de rechange et une tenue pour mon rancard du lendemain soir avec Jean-Claude. Je n'irais probablement pas, mais je ne voulais pas avoir à repasser chez moi pour quelque raison que ce soit.

Puis je laissai un message sur le répondeur de ma copine Ronnie. D'habitude, on va à la gym ensemble le samedi matin, mais je ne voulais pas qu'elle se retrouve dans le champ de tir. Ronnie est détective privé, mais contrairement à moi, ce n'est pas une flingueuse. Elle a un certain respect envers la vie qui pourrait bien la faire tuer.

Richard attendit dans le salon pendant que je me changeais. Un jean noir, un polo bleu roi, des chaussettes de jogging blanches avec une bande bleue, des Nike noires, et je me sentis redevenir moi-même. Je déposai le holster d'épaule de mon Browning sur le dessus d'une des valises. Le Browning était mon arme principale, et il me manquait. Il m'aurait déjà manqué dans des circonstances normales, mais là, ça me démangeait de sentir son poids froid et réconfortant.

J'imagine que c'est à ça que servent les flingues de rechange. Mon Firestar est une arme fiable, qui a l'énorme avantage de bien tenir dans ma main – contrairement à la plupart des 9 millimètres, beaucoup trop gros pour moi. J'ai déjà du mal à refermer mes doigts sur la crosse du Browning. Je portais le Firestar dans un holster de taille, prêt pour un dégainer croisé. Ce qui signifie qu'il était visible. Je n'étais pas certaine de m'en soucier.

Je fixai les fourreaux de mes deux couteaux sur mes avant-bras. C'était les deux derniers d'un lot de quatre que j'avais fait fabriquer sur mesure, avec la plus grande proportion d'argent possible dans l'acier de la lame. J'avais dû remplacer les deux autres : des monstres les avaient mangés. Je mis les deux nouveaux à l'intérieur de la valise, sans les sortir de leur boîte doublée de feutrine. Ils étaient très beaux, et assez bien affûtés pour vous couper le pouce si vous vous avisiez de tester leur tranchant.

En même temps qu'eux, j'avais commandé un cinquième couteau. Celui-ci mesurait plus de trente centimètres de long, et ressemblait presque à une épée courte. Je m'étais fait fabriquer un harnais en cuir pour pouvoir le porter le long de ma colonne vertébrale, avec la poignée entre les omoplates. Je ne m'en étais pas encore servi, mais je l'avais vu dans un catalogue et je n'avais pas pu résister.

J'avais aussi un Derringer, un fusil à canon scié, deux fusils à pompe de taille normale, un douze coups et un mini-Uzi. Le Derringer, le fusil et l'Uzi étaient des cadeaux d'Edward. Pas des cadeaux de Noël ou d'anniversaire. En général, chaque fois que nous partons chasser le monstre ensemble, il me donne un nouveau joujou. C'est moi qui avais réclamé le fusil à canon scié.

Les deux fusils à pompe ne pouvaient rentrer ni dans mes valises, ni dans mes sacs de sport. Je les rangeai dans leurs étuis individuels munis d'une bandoulière. Les sacs de sport contenaient déjà mon matériel de réanimation et de chasse aux vampires. J'y ajoutai des munitions de rabe. Réflexion faite, j'en mis aussi dans les valises. Après tout, on n'en a jamais trop.

J'aperçus mon reflet dans le miroir. Le Firestar se détachait contre le bleu vif de mon polo. Je me décidai à enfiler une veste noire par-dessus – une veste à la coupe masculine, suffisamment large pour que je bénéficie d'une liberté de mouvement maximale. Ses manches retroussées révélaient sa doublure de soie. J'aimais bien cette veste, et il me suffit de fermer un seul bouton pour dissimuler mon flingue. D'accord, on pouvait quand même le voir quand je bougeais, mais au moins, les gens ne s'enfuiraient pas en courant dès qu'ils poseraient les yeux sur moi.

Je me sentais toute nue sans mon Browning. C'était ridicule, vu que j'avais un Uzi dans ma valise. Mais c'est comme ça. En temps normal, je dors avec ce Browning.

Richard ne fit pas le moindre commentaire sur les deux fusils à pompe. Il aurait peut-être protesté que j'en faisais un peu trop s'il avait vu le reste de mon arsenal. Là, il se contenta de saisir une des valises, d'enfiler la bandoulière d'un des sacs de sport et celle d'un des étuis à fusil, et d'attendre que je me charge de ma part des bagages.

— Tu pourrais prendre les deux valises ? m'enquis-je.

— Bien sûr, mais je suis surpris que tu me le demandes. La dernière fois que j'ai essayé de porter quelque chose pour toi sans en avoir été prié, tu m'as pratiquement arraché la tête.

— Je veux garder une main libre pour mon flingue.

— Ah. Evidemment.

Sans rien ajouter, il s'empara de l'autre valise. C'est vraiment un homme sage.

Mme Pringle sortit de son appartement à l'instant où nous partions. Elle tenait Mayonnaise dans ses bras. Le petit chien grogna en montrant les dents à Richard, et elle le fit taire.

— Il me semblait bien vous avoir entendus. Comment allez-vous, Anita ?

Je jetai un coup d'œil au chambranle explosé de sa porte d'entrée.

— Bien. Et vous ?

Elle serra le minuscule corps poilu de Mayonnaise un peu plus fort contre elle.

— Ça va aller. Passerez-vous en jugement ?

— Ça n'en prend pas le chemin.

— Tant mieux.

Elle avisa mes deux valises. Une pour les fringues, une pour les flingues.

— Vous partez ?

— Je suis un peu trop dangereuse à fréquenter en ce moment.

Elle scruta mon visage comme si elle s'efforçait de lire dans mon esprit.

— Cette histoire… C'est sérieux ?

— Assez sérieux, acquiesçai-je.

Elle m'effleura gentiment les cheveux.

— Faites très attention à vous.

Je souris.

— Comme d'habitude. Pareil pour vous.

— Mayonnaise et moi, nous prendrons soin l'un de l'autre.

Je grattai le petit animal entre ses oreilles dorées.

— Je te dois une grosse boîte de biscuits pour chien, peluche.

Il me lécha la main de sa minuscule langue rose.

— Quand vous pourrez, donnez-moi votre nouveau numéro de téléphone, réclama sa maîtresse.

— Quand je pourrai, je reviendrai.

Elle me sourit, mais l'inquiétude se lisait encore dans ses yeux clairs.

Nous partîmes parce que nous n'avions pas le choix. J'ai toujours eu une imagination beaucoup trop développée pour la paix de mon esprit. Dans ma tête, je voyais très clairement Mme Pringle scotchée contre le mur, son doux visage ridé complètement explosé. Si elle avait ouvert sa porte au mauvais moment, ça n'aurait pas été qu'une image mentale. C'était passé près. Beaucoup trop près.

6

Richard habitait un ranch en brique de plain-pied qui ressemblait à une maison pour enfants, le genre où une jolie maman prépare des biscuits dans la cuisine. Il n'était pas tant que ça en retrait par rapport à la route, mais il y avait pas mal de terrain sur les côtés, et l'arrière donnait directement sur un petit bois. On ne pouvait pas voir les voisins, sauf en hiver quand les arbres nus révélaient quelques habitations de l'autre côté de la vallée. Par la baie vitrée du devant, on apercevait bien l'angle d'une autre maison à moitié dissimulée par des broussailles, mais celle-ci était à l'abandon depuis que je connaissais Richard. L'endroit était un peu isolé. Mais ça plaisait à Richard, et même si ça n'était pas forcément mon cas en temps normal, ça m'arrangeait dans les circonstances présentes.

Ici, il serait facile de tendre une embuscade, mais au moins, personne ne risquerait de se faire toucher par une balle perdue. En règle générale, les méchants s'efforcent de ne pas massacrer trop de passants. Pas parce que ça pèserait sur leur conscience, mais parce que c'est mauvais pour les affaires. Les flics veulent bien fermer les yeux quand les truands se flinguent entre eux, mais quand il commence à y avoir trop de victimes innocentes, ils ont tendance à intensifier leurs recherches. Malheureusement, Jimmy le Fusil avait eu l'air de s'en foutre royalement. Et ce serait peut-être aussi le cas de ses successeurs.

Richard ouvrit la porte du garage à l'aide de sa télécommande et gara la Mustang près de son 4×4. J'attendis dans la rue qu'il sorte le 4×4 pour que je puisse mettre ma Jeep à sa place. La laisser bien en vue devant sa maison, ç'eut été faciliter le boulot des méchants. Loin de moi cette idée.

Richard rangea le 4×4 dans l'allée et me rejoignit à pied dans le garage. Tandis que je déchargeais mes bagages, il appuya sur le bouton près de la porte intérieure.

Celle-ci s'ouvrit sur la cuisine. Des lithographies de chiens de Hogarth et des scènes de chasse plus modernes s'alignaient le long des murs. Des canettes de soda à l'effigie de Titi, de Bugs Bunny et autres personnages de la Warner Bros trônaient en haut des placards blanc cassé, assortis au plan de travail. Un verre, un bol et une cuillère séchaient sur un torchon près de l'évier, même si Richard avait un lave-vaisselle. Avant de partir, il avait nettoyé les couverts dont il s'était servi pour son petit déjeuner. A sa place, j'aurais versé de l'eau dedans et je les aurais laissés dans l'évier. Evidemment, je ne prends jamais de petit déjeuner.

Il entra dans le salon, une valise à la main. La plus légère. Je le suivis avec l'autre et avec les deux sacs de sport. Le féminisme a un prix.

La moquette du salon était vert foncé, et les murs jaune pâle. Des lithographies de dessin animé occupaient l'intégralité de celui du fond. Contre celui de gauche, il y avait un meuble hi-fi/télé que Richard avait fabriqué lui-même. Il abritait un écran géant, un système stéréo miniature à côté duquel le mien semblait émettre un vilain bourdonnement – comme si quelqu'un fredonnait à travers les dents d'un peigne – et des tas de bouquins. Deux petites portes dissimulaient une impressionnante collection de cassettes vidéo et une partie de ses CD. Le reste de ses livres se trouvait à la cave, rangé sur les étagères qui recouvraient tous les murs ou dans des cartons qu'il n'avait pas pu déballer faute de place.

Un grand canapé vert et brun disparaissait à moitié

sous une couverture jaune tricotée par sa grand-mère. Une table basse en bois et un buffet antique complétaient l'ameublement de la pièce.

Richard déposa ma valise dans la plus petite des deux chambres, au pied du lit pour une personne flanqué d'une table de chevet. Les murs, les rideaux et le couvre-lit étaient uniformément blancs, comme s'il n'avait pas encore décidé de quelle façon il voulait la décorer.

Je laissai tomber les deux sacs de sport sur le lit, posai à terre la valise qui contenait tout mon arsenal et les fixai d'un air vaguement incrédule. Toute ma vie tenait dans ces pauvres bagages. Il me semblait qu'il aurait dû y en avoir plus que ça.

Richard s'approcha dans mon dos et m'entoura les épaules de ses bras.

— C'est sans doute là que je suis censé te demander ce qui ne va pas, mais je crois déjà connaître la réponse. Je suis désolé que les méchants aient envahi ton appartement.

C'était exactement ça. Les méchants n'étaient pas censés rentrer à la maison avec vous. Ça aurait dû être interdit. Je savais que ça ne l'était pas, et ça s'était déjà produit, mais pas comme ça. Jamais encore je n'avais eu la certitude de ne pas pouvoir retourner chez moi. Même quand cette histoire serait terminée, je ne pourrais pas me résoudre à mettre Mme Pringle et mes autres voisins en danger.

Je pivotai dans l'étreinte de Richard, qui la relâcha légèrement pour me permettre de lui faire face. Je glissai mes bras autour de sa taille.

— Comment as-tu su que c'était exactement ce à quoi je pensais ?

Il sourit.

— Je t'aime, Anita.

— Ce n'est pas une réponse.

Il m'embrassa sur le front.

— Si. (Puis il déposa un baiser sur mes lèvres et

recula.) Je vais enlever ma cravate. Profites-en pour te mettre en pyjama, si tu veux.

Il sortit, refermant la porte derrière lui. Je la rouvris et lançai :

— Je peux utiliser le téléphone ?

— Fais comme chez toi.

Je pris ça pour un oui et passai dans la cuisine. Le combiné était fixé au mur. Je sortis une carte de visite de ma banane, que j'avais été forcée de porter comme un sac à main parce que je ne pouvais pas refermer ma veste dessus.

La carte était blanche. Pour toute inscription, elle portait un numéro à l'encre noire. Je le composai et tombai sur la messagerie vocale d'Edward. Je lui demandai de me rappeler le plus tôt possible, et lui laissai le numéro de Richard.

Le répondeur de Richard était posé sur le comptoir, relié au téléphone par un fil électrique. La diode clignotait, mais comme je n'étais pas chez moi, je m'abstins d'écouter les messages.

Richard entra dans la cuisine. Ses cheveux tombaient sur ses épaules en vagues serrées et plus ondulées que d'habitude d'avoir passé la soirée emprisonnés dans une tresse. Ils étaient bruns, mais il suffisait d'un rien de lumière pour faire ressortir leurs reflets dorés, d'une couleur semblable à celle du bronze. Il portait un jean et une chemise en flanelle vert foncé, dont les manches retroussées jusqu'à ses coudes révélaient les muscles de ses avant-bras. Je connaissais bien cette chemise. Elle était aussi douce qu'une couverture. Pieds nus, il s'approcha de moi.

A cet instant, le téléphone sonna. Il était une heure du matin. Qui cela pouvait-il être, sinon Edward ?

— J'attends un appel.

— Je t'en prie.

Je décrochai. C'était bien Edward.

— Qu'est-ce qui t'arrive ? me demanda-t-il.

Je le lui racontai.

— Quelqu'un est très pressé de se débarrasser de toi, conclut-il.

— C'est aussi ce que j'ai pensé. Quand tu lui as dit non, il s'est rabattu sur un porte-flingue local.

— On a ce pourquoi on paye.

— S'ils avaient été deux, je ne serais plus de ce monde.

— J'ai une nouvelle pour toi. Une nouvelle qui ne va pas te plaire.

— Je ne vois pas bien comment ça pourrait encore empirer.

— J'ai répondu à un autre message juste avant le tien. Ils ont augmenté leur offre à cinq cent mille dollars, à condition que tu disparaisses dans les vingt-quatre heures.

— Doux Jésus, Edward, je ne vaux pas autant de fric !

— Ils savaient que tu avais descendu leur homme, Anita. Ils savaient qu'il avait échoué.

— Comment ?

— Pour l'instant, je l'ignore. J'essaye d'identifier la source du contrat, mais ça va me prendre un peu de temps. Les précautions que je prends pour ma sécurité protègent aussi le client.

Je n'arrêtais pas de secouer la tête, tellement j'avais du mal à y croire.

— Pourquoi veulent-ils se débarrasser de moi sous vingt-quatre heures ?

— Parce qu'il va se passer quelque chose d'important, et qu'ils préfèrent que tu sois hors jeu quand ça se produira.

— Mais quoi ?

— Tu le sais déjà, Anita. Tu n'en as peut-être pas conscience, mais tu dois le savoir. Quelque chose qui vaut une somme pareille, et que tu risquerais d'empêcher. Il ne doit pas y avoir tant de possibilités que ça.

— J'ai beau réfléchir, je ne vois vraiment pas.

— Creuse-toi la tête. Je serai là le plus tôt possible

demain matin. D'ici là, surveille tes arrières et évite de prendre ta voiture.

— Pourquoi ?

— Elle pourrait être piégée. Avec une bombe.

— Une bombe, répétai-je.

— Anita, pour un demi-million de dollars, ils vont dégoter quelqu'un de bon. Il existe un tas de professionnels qui pourraient te régler ton compte à distance, histoire de ne pas se mettre en danger. Si ce n'est pas avec une bombe, un fusil à longue portée pourrait faire l'affaire.

— Tu me fais peur.

— Tant mieux. Comme ça, tu seras prudente.

— Je suis toujours prudente, Edward.

— C'est vrai. Excuse-moi. Mais sois-le encore plus que d'habitude. Je ne m'attendais pas à ce qu'ils s'adressent à un gars du coin.

— Tu t'inquiètes pour moi, réalisai-je.

Edward garda le silence quelques secondes.

— On peut continuer à déquiller les assassins, mais à un moment ou à un autre, il faudra remonter jusqu'au commanditaire. Parce que tant que le contrat courra, il y aura toujours quelqu'un pour le prendre.

— C'est difficile de refuser une somme pareille, acquiesçai-je à regret.

— La plupart des professionnels n'aiment pas qu'on leur impose une limite dans le temps. Certains des meilleurs vont décliner l'offre à cause de ça. Personnellement, je ne prends jamais contrat qui comporte ce genre de clause.

— Je sens venir un « mais »…

Edward rit tout bas.

— Mais pour un demi-million de dollars, beaucoup de gens sont prêts à oublier leurs règles habituelles.

— Ce n'est pas très réconfortant comme idée.

— Ça n'était pas censé l'être. Je serai chez Richard de bonne heure demain matin.

— Tu sais où il habite ?

— Je pourrais le découvrir assez facilement, mais le

moment est mal choisi pour ce genre de petit jeu. Donne-moi l'adresse.

Je m'exécutai.

— Je te conseillerais bien de rester planquée, mais tu sors avec Richard depuis des mois. Un bon assassin sera capable de te trouver. Je ne sais pas si tu seras plus en sécurité chez lui ou en cavale.

— J'ai assez de munitions pour soutenir un siège, et je serai encore plus parano que d'habitude, promis-je.

— Parfait. A demain.

Il raccrocha. L'espace de quelques instants, je restai immobile, à peine consciente de la tonalité dans le combiné toujours plaqué contre mon oreille.

Puis je vis que Richard me fixait.

— Je t'ai bien entendue parler d'un délai de vingt-quatre heures pour ton assassinat ?

Je reposai le combiné.

— J'en ai peur.

Machinalement, j'appuyai sur le bouton de lecture du répondeur. Celui-ci se mit à rembobiner avec un léger bourdonnement.

— Mais pourquoi, pour l'amour du ciel ? s'exclama Richard.

— J'aimerais le savoir.

— Tu as parlé d'argent deux fois. Combien ?

Je le lui dis.

Il se laissa tomber dans une des chaises de cuisine, l'air choqué. Je ne pouvais pas lui en vouloir.

— Anita, ne le prends pas mal. Pour moi, tu vaux tout l'or du monde, mais pourquoi quelqu'un payerait-il un demi-million de dollars pour se débarrasser de toi ?

Pour quelqu'un qui n'y connaissait pas grand-chose au monde du crime, il avait très vite mis le doigt sur le problème. Je m'approchai de lui et passai mes mains dans ses cheveux.

— Edward pense que je pourrais empêcher quelque chose d'important de se produire, et que je dois déjà savoir de quoi il s'agit, même si je ne m'en rends pas compte. D'après lui, je ne vaudrais pas autant de fric en si peu de temps si je n'étais pas déjà au cœur de l'histoire.

Il leva les yeux vers moi.

— Et tu ne vois pas ce que ça pourrait être ?

— Je n'en ai pas la moindre idée.

Il me saisit par les hanches, m'attira contre lui et me passa les bras autour de la taille.

Le répondeur démarra avec un cliquetis, et nous sursautâmes tous les deux. Puis nous éclatâmes d'un rire nerveux, et pas seulement parce que nous avions peur. Quand Richard me fixait ainsi, il y avait dans ses yeux une chaleur intense qui me donnait envie de rougir ou de l'embrasser. Je n'avais pas encore décidé lequel des deux.

Deux personnes avaient raccroché. Son jeune frère Daniel, disait qu'il regrettait que Richard ait annulé leur sortie d'escalade prévue pour le lendemain.

Je me penchai vers Richard. Ses lèvres étaient les plus douces que j'aie jamais embrassées, et leur goût me faisait tourner la tête. Comment avais-je pu songer un seul instant à renoncer à lui ?

Le dernier message de la bande commença à se dérouler.

— Richard, c'est Stephen. Décroche, je t'en supplie. Décroche. Il faut que tu sois là.

Nous nous figeâmes.

— Ils essayent de me forcer à tourner dans un de leurs films. Raina refuse de me laisser partir. Richard, où es-tu ? Ils arrivent. Je dois raccrocher. Oh, mon Dieu, Richard…

Un cliquetis. Puis une voix mécanique annonça :

— Fin de vos messages.

Richard se leva, et je le laissai faire.

— Je croyais que Raina avait cessé de faire des films pornos.

— Elle a promis de ne plus faire de snuff, c'est tout.

Il réécouta le message. Celui-ci avait été enregistré à 00:03.

— C'était il y a moins d'une heure, calculai-je.

— Je ne peux pas te laisser seule ce soir. Que se passerait-il si un autre assassin se pointait ici ? (Il se mit à faire les cent pas.) Mais je ne peux pas non plus abandonner Stephen.

— Je t'accompagne.

Il secoua la tête et se dirigea vers sa chambre.

— Je peux survivre aux petits jeux pervers de la meute, Anita. Toi, tu es humaine. Ils te tailleraient en pièces.

— Ils te tailleront en pièces aussi si tu te mêles de leurs affaires.

Il continua à marcher.

— Je suis un grand garçon. Je peux prendre soin de moi.

Je lui emboîtai le pas.

— Vas-tu au moins appeler les membres de la meute qui sont de ton côté, histoire d'avoir des renforts ?

Il s'assit sur son lit pour enfiler une paire de chaussettes. Puis il leva les yeux vers moi et secoua la tête.

— Si j'emmène mon armée, ça va tourner à la bataille rangée. Des gens mourront.

— Alors que si tu y vas seul, tu ne mettras que ta propre vie en danger, c'est bien ça ?

— Exactement.

— Qu'adviendra-t-il de Stephen si tu te fais tuer ? protestai-je. Qui le sauvera ?

Cela l'arrêta enfin. Les sourcils froncés, il tâtonna sous le lit à la recherche de ses chaussures.

— Ils ne me tueront pas.

— Pourquoi ?

— Parce que si Marcus me tue hors du cercle des défis, il perdra son statut de chef. Ce serait comme s'il avait triché. La meute se retournerait contre lui.

— Et si tu mourrais accidentellement durant un combat avec quelqu'un d'autre ?

Soudain, Richard parut très intéressé par les lacets qu'il s'efforçait de nouer.

— Je suis un grand garçon. Je peux prendre soin de moi, répéta-t-il.

— Donc, j'ai raison. Si quelqu'un d'autre te tue en combat légitime, Marcus sera débarrassé de toi sans avoir compromis sa position.

Il se leva.

— J'imagine que oui.

— Richard, Raina est la compagne de Marcus. Elle a peur que tu finisses par le tuer. C'est un piège.

Il secoua la tête avec obstination.

— Si j'appelle les loups qui sont de mon côté et que nous débarquons en force, ils se feront massacrer. Si j'y vais seul, j'arriverai peut-être à négocier.

Je m'adossai au chambranle de la porte. J'avais envie de lui hurler dessus, mais je me retins.

— Je t'accompagne.

— Tu as déjà bien assez de tes propres problèmes.

— Stephen a risqué sa vie pour moi il n'y a pas si longtemps. J'ai une dette envers lui. Si tu veux jouer les politiciens, ça ne me dérange pas, mais je veux le protéger autant que toi.

— Te balader à découvert alors que tu as un assassin aux trousses n'est pas franchement une bonne idée.

— Ça fait des mois que nous sortons ensemble, Richard. Si un professionnel me cherche, il ne mettra pas longtemps à me trouver ici.

Il me foudroya du regard, les mâchoires crispées.

— Si je t'emmène, tu tueras quelqu'un.

— Seulement si c'est nécessaire.

Il secoua la tête.

— Je te l'interdis.

— Même pour sauver ma peau ? Ou celle de Stephen ?

Il détourna la tête un instant, puis reporta son attention sur moi, les yeux presque noirs de colère.

— Evidemment que tu es autorisée à te défendre.

— Dans ce cas, je viens.

— D'accord. Pour Stephen, capitula-t-il à contre-cœur.

— Je vais chercher ma veste.

Je sortis le mini-Uzi de ma valise. Il était étonnamment petit. J'aurais pu le manier d'une seule main, mais pour plus de précision, j'avais besoin des deux. Même si la précision et les pistolets mitrailleurs, ça fait deux. Le truc, c'est de viser un peu plus bas que l'endroit qu'on veut atteindre et de bien s'accrocher. Les balles étaient en argent, bien entendu.

Je passai la bandoulière sur mon épaule droite. Elle était munie d'un clip qui s'attachait à ma ceinture dans le dos, pour empêcher l'Uzi de se balader dans tous les sens tout en me laissant assez de jeu pour le sortir et tirer avec. L'arme était calée au creux de mes reins, ce qui me gênait un peu. Mais quoi que j'aie pu raconter à Richard, j'avais les jetons, et je voulais emporter au moins deux flingues. Les flics avaient mon Browning. Je n'avais pas de holster assez gros pour le fusil à canon scié – et pas de permis de port, non plus. A bien y réfléchir, je n'avais pas non plus de permis de port pour un pistolet-mitrailleur. Un permis de détention, oui. Mais c'est pratiquement impossible pour un civil d'obtenir l'autorisation de se balader avec une arme entièrement automatique. Si je me faisais choper avec l'Uzi, j'irais probablement au tribunal, en fin de compte.

J'enfilai ma veste par-dessus le tout. Elle était assez large pour que l'Uzi ne se remarque pas. Incroyable. Mon Firestar était beaucoup plus en évidence dans son holster de taille que je portais sur le devant.

Mon pouls battait si fort que je le sentais marteler ma peau. J'avais la trouille. Richard allait tenter de négocier avec une meute de loups-garous. En règle générale, les lycanthropes sont plus portés sur le massacre que sur la négociation. Mais j'avais une dette envers Stephen, et je n'étais pas certaine que Richard soit capable de le sauver. Je ferais n'importe quoi pour assurer sa sécurité. Pas Richard. Richard hésiterait. Un jour, ça finirait par le tuer. Et ce soir, pour la première fois, je réalisais que ça pourrait aussi me tuer.

Nous n'aurions jamais dû nous jeter tête la première dans un piège tendu par Raina sans le moindre renfort. Jean-Claude n'aurait pas toléré les petits jeux de Marcus et de Raina. Ils seraient déjà morts à l'heure qu'il était, et nous aurions tous été en sécurité. J'aurais fait confiance à Jean-Claude pour couvrir mes arrières dans ce genre de situation. Il n'aurait pas frémi. Evidemment, il aurait amené sa petite armée de vampires et fait de la confrontation à venir une véritable bataille. En agissant à la manière de Richard, nous sauverions Stephen, nous survivrions, nous nous échapperions, et Raina serait toujours en vie. Rien ne serait réglé. C'était peut-être plus civilisé, mais ça n'était pas vraiment pratique.

Richard m'attendait près de la porte d'entrée, les clés à la main, en trépignant d'impatience. Je ne pouvais pas l'en blâmer.

— Stephen n'a pas dit où il était. Tu sais où ils tournent leurs films ?

— Oui.

Je le fixai d'un air interrogateur.

— Raina m'a emmené assister à un tournage deux ou trois fois. Elle espérait que je surmonterais ma timidité et que je participerais.

— Mais tu ne l'as pas fait.

Ça n'était pas une question.

— Bien sûr que non. Allons chercher Stephen.

Richard me tint la porte, et pour une fois, je ne le rabrouai pas.

7

Je m'attendais à ce que Richard nous conduise en ville, vers un entrepôt décrépit dans un quartier mal famé. Au lieu de quoi, il s'enfonça plus avant dans Jefferson County. Nous longeâmes l'ancienne autoroute 21 entre des collines en pente douce que le clair de lune nimbait d'une lueur argentée. Nous étions début mai, et les branches étaient déjà chargées de feuilles.

La route traversait un bois. De temps en temps, nous apercevions une maison entre les arbres qui la bordaient, mais pour l'essentiel, nous étions seuls dans le noir, comme si la route s'étirait devant nous à l'infini et qu'aucun autre humain n'y avait jamais mis les pieds.

— C'est quoi, ton plan ? demandai-je.

Richard me jeta un coup d'œil, puis reporta son attention sur la route.

— Mon plan ?

— Oui, ton plan. Si Raina est là-bas, elle ne sera pas seule, et ça m'étonnerait qu'elle te laisse emmener Stephen.

— Raina est la femelle alpha, la lupa. Je ne suis pas autorisé à me battre contre elle.

— Pourquoi donc ?

— Un mâle alpha devient Ulfric, le roi des loups, en tuant le chef précédent, mais la lupa est choisie par le vainqueur.

— Donc, Raina n'a pas eu à conquérir sa place au sein de la meute ?

— Elle n'a pas eu à se battre pour devenir lupa, mais

elle a dû le faire pour devenir la femelle la plus dominante.

— Tu m'as dit une fois que la meute me considère comme une dominante. Quelle est la différence entre une dominante et une femelle alpha ? Je veux dire, est-ce que je pourrais être une alpha ?

— Un alpha est plus ou moins l'équivalent d'un maître vampire.

— Et un dominant, alors ?

— Toute personne qui n'est pas un lukoi – autrement dit, qui n'appartient pas à la meute – mais qui a gagné notre respect. Jean-Claude est un dominant. Il ne peut être rien d'autre à moins d'intégrer la meute.

— Donc, tu es un alpha, mais tu n'es pas le chef.

— Nous avons environ une demi-douzaine d'alpha mâles et femelles. J'étais le second de Marcus, son Freki.

— Freki est le nom d'un des loups d'Odin. Pourquoi le second du chef de la meute porterait-il un titre tiré de la mythologie ?

— La meute est très ancienne, Anita. Entre nous, nous nous appelons lukoi. Il peut y avoir deux seconds, Freki et Geri.

— Pourquoi cette leçon d'histoire et ce nouveau vocabulaire ?

— Nous tâchons de faire simple vis-à-vis des gens extérieurs à la meute. Mais je veux que tu saches qui et ce que nous sommes.

— Lukoi est un terme grec, pas vrai ?

Il sourit.

— Exact. Mais connais-tu son origine ?

— Non.

— Le roi Lykaon d'Arcadie était un loup-garou. Il n'a jamais essayé de le cacher. Nous nous appelons lukoi pour honorer sa mémoire.

— Si tu n'es plus Freki, qu'est-ce que tu es ?

— Fenrir, le défiant.

— Le loup géant qui tue Odin à Ragnarok.

— Je suis très impressionné. Peu de gens le savent.

— A la fac, je me suis tapé deux semestres de religion comparative, grimaçai-je. Une femelle peut-elle être Ulfric ?

— Oui, mais c'est assez rare.

— Pourquoi ?

— Parce qu'elle devrait remporter un combat sans pitié. Tout le pouvoir du monde n'empêcherait pas son adversaire de la piétiner.

J'aurais aimé protester, mais je m'abstins. Richard avait raison. Et ça n'était pas seulement une question de femme ou pas femme. Les hommes aussi peuvent se faire botter le cul s'ils ne sont pas assez costauds. A entraînement égal, c'est toujours le plus balèze qui gagne.

— Pourquoi les femelles alpha n'ont-elles pas besoin de se battre pour s'installer au sommet de la hiérarchie ?

— Parce que l'Ulfric et sa lupa forment un couple. L'Ulfric n'a aucune envie de se retrouver coincé avec une femelle qu'il ne peut pas sentir.

Je le fixai.

— Une minute. Tu es le prochain chef potentiel de la meute. Si tu vaincs Marcus, seras-tu obligé de coucher avec ta lupa ?

— Techniquement, oui.

— Techniquement ?

— Je refuserai d'en choisir une. Je ne coucherai pas avec quelqu'un juste pour que le reste de la meute se sente en sécurité.

— Je suis ravie de l'entendre. Mais est-ce que ça risque de compromettre ta position ?

Il prit une profonde inspiration et la relâcha dans un soupir.

— J'ai beaucoup d'alliés au sein de la meute, mais certains d'entre eux sont préoccupés par mes choix moraux. Ils pensent que je devrais prendre une compagne.

— Mais tu ne veux pas, à cause de moi, devinai-je.

— Essentiellement, acquiesça-t-il. Ça ne serait pas juste un coup d'un soir, Anita. Un couple d'alpha s'apparie pour la vie. C'est comme un mariage. D'ailleurs, en règle générale, ils se marient aussi selon les lois des hommes – pas seulement selon celles de la meute.

— Je commence à comprendre pourquoi le chef a le droit de choisir sa compagne.

— J'ai choisi la mienne.

— Mais je ne suis pas un loup-garou.

— Non, mais la meute te considère comme une dominante.

— Uniquement parce que j'ai tué plusieurs de ses membres.

— Ça a tendance à impressionner les survivants.

Richard ralentit. Une ligne de pins bordait le côté gauche de la route, trop régulière et trop épaisse pour être naturelle. Il tourna dans un chemin qui la traversait.

Le chemin descendait vers un vallon, au fond duquel se dressait une ferme encerclée par des collines boisées. S'il y avait eu des champs à cet endroit autrefois, la forêt les avait envahis.

Le chemin déboucha sur un petit parking de gravier encombré de voitures. J'en comptai au moins une douzaine. Richard se gara et bondit hors de sa Mustang avant même que j'aie pu défaire ma ceinture de sécurité. Je dus courir pour le rattraper, et le rejoignis à l'instant où il ouvrait à la volée la porte de la grange. Un épais rideau pendait à l'intérieur, semblable à une barrière de tissu. Quand il l'écarta d'un geste vif, de la lumière se déversa autour de nous. Il fonça à l'intérieur, et je le suivis.

Il y avait des projecteurs partout, suspendus aux poutres tels de gros fruits hideux. Une vingtaine de personnes se tenait dans la grange. Deux caméras étaient braquées sur un plateau constitué de deux murs et d'un lit king size. Penchés dessus, les cameramen attendaient.

Une longue table chargée de sacs en papier de traiteur et de pizza froide se dressait près de l'entrée. La plupart des occupants de la grange se pressait autour. Ils levèrent les yeux vers nous. Une poignée d'humains détournèrent hâtivement le regard et reculèrent. Mais les lycanthropes continuèrent à nous fixer sans ciller. Soudain, je sus ce que devait ressentir une gazelle cernée par une meute de lions.

Au moins deux tiers des personnes présentes étaient des métamorphes. Probablement pas toutes des loups-garous. Je ne pouvais pas deviner d'un simple coup d'œil en quel animal elles se changeaient, mais je savais qu'elles pouvaient se changer en animal. Leur énergie brûlait dans l'air comme les prémices de foudre. Malgré mon Uzi, si la situation dérapait, je serais salement dans la merde. La colère m'envahit. Nous n'aurions jamais dû venir seuls. C'était beaucoup trop imprudent.

Une femme se détacha du groupe. Elle portait à l'épaule ce qui ressemblait à un kit de maquillage professionnel. Ses cheveux noirs coupés à ras mettaient en valeur son visage nu et ravissant.

Elle s'approcha d'un pas hésitant, comme si elle craignait de se faire mordre. L'air vibrait autour d'elle en une ondulation presque imperceptible, comme si la réalité était un peu moins solide qu'elle ne l'aurait dû à son abord. Une lycanthrope. J'ignorais de quelle espèce, mais ça n'avait pas vraiment d'importance. Toutes étaient dangereuses.

— Richard, le salua-t-elle. (Elle s'écarta de la foule qui continuait à nous mater, ses petites mains courant nerveusement le long de la bandoulière de son sac.) Qu'est-ce que tu fais ici ?

— Tu le sais pertinemment, Heidi, répliqua-t-il. Où est Stephen ?

— Ils ne vont pas lui faire de mal. Son frère est là. Son propre frère ne permettrait pas qu'il lui arrive quoi que ce soit, n'est-ce pas ?

— On dirait que c'est vous que vous essayez de convaincre, fis-je remarquer.

Elle tourna son regard vers moi.

— Vous devez être Anita Blake. (Par-dessus son épaule, elle jeta un coup d'œil aux gens qui nous observaient.) S'il te plaît, Richard, va-t'en.

L'aura d'énergie qui l'enveloppait vibrait de plus en plus fort. Elle me picotait la peau comme une armée de fourmis.

Richard tendit la main vers Heidi. Celle-ci frémit, mais ne recula pas. Il passa sa main devant son visage, sans vraiment toucher sa peau. Alors, les ondulations de l'air s'apaisèrent comme des remous dans l'eau.

— Tout va bien, Heidi. Je sais dans quelle situation Marcus t'a placée. Tu voudrais intégrer une autre meute, mais tu as besoin de sa permission. De ce fait, tu es obligée de faire tout ce qu'il te demande ; sans quoi, tu seras prisonnière à jamais. Quoi qu'il arrive, je ne t'en tiendrai pas grief.

L'anxiété d'Heidi se dissipa. Son énergie surnaturelle s'apaisa jusqu'à devenir imperceptible. Elle aurait presque pu passer pour une simple humaine.

— Très impressionnant.

Un homme s'avança. Il mesurait au moins un mètre quatre-vingt-dix, voire un mètre quatre-vingt-douze. Son crâne était aussi chauve qu'un œuf ; seuls ses sourcils formaient deux barres noires au-dessus de ses yeux clairs. Son T-shirt noir était tendu sur les muscles de ses bras et de sa poitrine, telle la peau d'un insecte sur le point de se fendre pour révéler le monstre en dessous. Des vagues d'énergie émanaient de lui comme une canicule estivale. Il se mouvait avec l'assurance d'une brute épaisse, et le pouvoir qui rampait sur ma peau me disait qu'il en avait les moyens.

— Un nouveau, constatai-je.

— C'est Sebastian, révéla Richard. Il nous a rejoints après la mort d'Alfred.

— C'est le nouvel exécuteur de Marcus, chuchota Heidi.

Elle recula, à mi-distance entre les deux hommes, le dos tourné au rideau que nous avions franchi pour entrer.

— Je te défie, Richard. Je veux devenir Freki.

Une simple phrase, et le piège se déclenchait.

— Nous sommes tous les deux alpha, Sebastian.

Nous n'avons pas besoin de faire quoi que ce soit pour le prouver.

— Je veux devenir Freki, et pour ça, je dois te battre.

— Je suis Fenrir désormais. Tu peux être le Freki de Marcus sans te battre avec moi.

— Marcus dit le contraire.

Richard fit un pas en avant.

— Ne te bats pas contre lui, aboyai-je.

— Je n'ai pas le choix. Je suis obligé de relever le défi.

Je fixai Sebastian. Richard n'est pas petit, mais à côté de lui, il en avait l'air. Il ne se déroberait pas pour sauver sa propre peau. Mais pour sauver celle de quelqu'un d'autre, peut-être.

— Si tu te fais tuer, qu'est-ce que je vais devenir ?

Il tourna la tête vers moi et me dévisagea longuement. Puis il reporta son attention sur Sebastian.

— J'exige la garantie que vous ne toucherez pas à Anita.

Sebastian grimaça et secoua la tête.

— C'est une dominante. Pas de sauf-conduit pour elle. Elle est capable se battre aussi bien que nous.

— Elle ne peut pas accepter de défi. Elle est humaine.

— Après ta mort, nous ferons d'elle l'une de nous.

— Raina nous a interdit de changer Anita en lukoi, intervint Heidi.

Le regard dont Sebastian la foudroya la fit frémir et reculer contre le rideau. Ses yeux étaient écarquillés de frayeur.

— C'est vrai ? demanda Richard.

— C'est vrai, grogna Sebastian. Nous pouvons la tuer, mais pas la transformer. (Il découvrit ses dents en un rictus cruel.) Aussi nous contenterons-nous de la tuer.

Je dégainai mon Firestar, utilisant le corps de Richard pour dissimuler mon geste aux lycanthropes. Nous étions dans la merde. Même avec l'Uzi, je ne pourrais pas tous les descendre. Si Richard tuait Sebastian, nous aurions une chance de reprendre le contrôle de la situation, mais je savais qu'il ferait tout son possible pour ne pas en arriver là. Les autres métamorphes nous observaient de leurs yeux patients et avides. Tout se passait comme ils l'avaient prévu. Mais il devait bien y avoir une porte de sortie pour nous.

J'eus une idée.

— Tous les exécuteurs de Marcus sont-ils des enfoirés ?

Sebastian se tourna vers moi.

— C'était une insulte ?

— Si vous êtes obligé de le demander… Oui, c'en était une.

— Anita, dit Richard à voix basse, qu'est-ce que tu fiches ?

— Je me défends.

Ses yeux s'écarquillèrent, mais restèrent rivés sur le grand loup-garou. Il comprenait. Et il n'avait pas le temps de discuter avec moi.

Sebastian fit un pas en avant, les poings serrés, tentant de contourner Richard pour m'atteindre. Richard s'interposa entre nous. Il tendit une main, paume vers l'extérieur comme il l'avait fait avec Heidi, et l'énergie bouillonnante de Sebastian se dispersa, se déversant de lui comme l'eau d'une tasse cassée. Je n'avais jamais rien vu de semblable. Calmer Heidi, c'était une chose. Forcer un lycanthrope à ravaler un pouvoir aussi féroce, c'en était une autre.

Sebastian recula en titubant presque.

— Sale bâtard.

— Tu n'es pas assez fort pour me défier, Sebastian. Ne l'oublie jamais.

La voix de Richard était toujours aussi calme, avec juste une pointe de colère sous-jacente. C'était la voix de la raison, la voix de la négociation.

Je me tenais derrière lui, le bras ballant et le Firestar plaqué contre ma cuisse pour que personne ne le remarque. Le combat était annulé. Mon petit numéro de bravoure n'avait servi à rien, en fin de compte. J'avais sous-estimé le pouvoir de Richard. Je m'excuserais plus tard.

— Maintenant, où est Stephen ? demanda Richard.

Un Noir très mince s'approcha de nous, se mouvant tel un danseur dans le sillage scintillant de sa propre énergie. Il portait ses cheveux mi-longs en tresses africaines ornées de perles multicolores. Ses traits étaient fins et précis, sa peau d'un brun chocolaté.

— Tu pourrais peut-être nous contrôler un par un, Richard, mais pas tous à la fois.

— Tu t'es fait éjecter de ta meute précédente pour avoir foutu la merde, Jamil, répliqua Richard. Ne commets pas la même erreur deux fois.

— Pas de danger. Marcus gagnera cette putain de bataille parce que tu as le cœur trop tendre. Tu n'as toujours pas compris, Richard. Nous ne sommes pas les Jeunes Républicains. (Jamil s'arrêta à trois mètres de lui.) Nous sommes une meute de loups-garous, et nous ne sommes pas humains. Si tu refuses de l'accepter, tu mourras.

Sebastian recula pour se placer à côté de lui. Les autres lycanthropes se massèrent derrière eux. Leur énergie combinée flotta vers nous, emplissant la pièce comme une rivière tiède et grouillante de piranhas et mordant ma peau comme un millier de minuscules chocs électriques. Elle monta dans ma gorge jusqu'à ce que j'aie du mal à respirer, et que mes cheveux se mettent au garde-à-vous dans ma nuque.

— Ça t'ennuierait vraiment si j'en tuais quelques-uns ? demandai-je d'une voix dure et étranglée.

Je voulus me rapprocher de Richard, mais ne le pus pas. Son pouvoir se déversait sur moi comme quelque chose de vivant. Il était très impressionnant, mais il y avait une vingtaine de lycanthropes en face, et il n'était pas impressionnant à ce point.

Un hurlement déchira le silence. Je sursautai.

— Anita, dit Richard.

— Oui ?

— Va chercher Stephen.

86

— C'est lui qui a crié ?

— Va le chercher.

Je fixai la masse des lycanthropes.

— Tu pourras te débrouiller seul ?

— J'arriverai à les contenir.

— Tu n'arriveras pas à tous nous contenir, contra Jamil.

— Si, affirma calmement Richard.

Le hurlement se fit de nouveau entendre, plus aigu, plus pressant. Il venait du fond de la grange, qui avait été divisée en plusieurs pièces. Au milieu, je distinguai un couloir improvisé. J'hésitai.

— Tu m'en voudras si je tue des gens ?

— Fais ce que tu as à faire, répondit Richard.

Sa voix était devenue très basse, avec un soupçon de grognement.

— Si elle tue Raina avec un flingue, elle ne sera toujours pas ta lupa, déclara Jamil.

Je fixai la nuque de Richard. Jusque-là, je n'avais pas su que j'étais en lice pour le poste.

— Vas-y, Anita. Maintenant, gronda-t-il.

Il n'eut pas besoin d'ajouter : « Dépêche-toi ». J'étais consciente du fait que le temps pressait. Il réussirait peut-être à repousser le moment de la confrontation, mais seul contre tous, il n'aurait aucune chance.

Heidi se dirigea vers moi dans le dos de Richard. Il ne tourna même pas la tête vers elle : de toute évidence, il ne la considérait pas comme un danger. Elle n'était pas très puissante, mais nul besoin d'être puissant pour frapper quelqu'un dans le dos, que ce soit avec un couteau ou avec des griffes.

Je braquai mon flingue sur elle. Elle passa à quelques centimètres de Richard, et il ne réagit pas. Seul mon Firestar protégeait ses arrières. Malgré les circonstances, il faisait confiance à Heidi. Il n'aurait pas dû faire confiance à quiconque, moi exceptée.

— Gabriel est avec Raina, annonça Heidi.

Elle avait prononcé son nom comme si elle avait peur de lui.

Gabriel n'était même pas membre de la meute. C'est un léopard-garou, et néanmoins un des acteurs favoris de Raina. Il était déjà apparu dans plusieurs de ses films pornos, dont un snuff. Je faillis demander à Heidi qui elle craignait le plus, de Gabriel ou de Raina. Mais ça n'avait pas d'importance : j'étais sur le point de les affronter tous les deux.

— Merci pour l'avertissement, dis-je à Heidi.

Elle hocha la tête.

Je me dirigeai vers le couloir et la source des hurlements.

8

Je m'engageai dans le couloir et suivit les bruits de voix jusqu'à la deuxième porte sur la gauche. Je distinguais au moins deux voix masculines différentes, douces, qui s'exprimaient dans un murmure. Je ne parvins pas à comprendre ce qu'elles disaient. Les hurlements se changèrent en supplications.

— Arrêtez, je vous en prie ! Arrêtez ! Non !

Un troisième homme. À moins que Raina ait décidé de torturer plus d'une personne ce soir, ça devait être Stephen.

Je pris une profonde inspiration, la relâchai et tendis ma main gauche vers la poignée, le Firestar toujours serré dans ma droite. J'aurais bien voulu connaître à l'avance la disposition de la pièce.

— Ne faites pas ça ! s'époumona Stephen. Par pitié !

Assez. J'ouvris la porte à la volée, avec suffisamment de force pour qu'elle aille cogner contre le mur et me donne la certitude que personne ne se planquait derrière. J'avais eu l'intention de me ruer dans la pièce, mais ce que je vis sur le sol m'arrêta net, comme une image figée extraite d'un cauchemar.

Stephen gisait sur le dos, son peignoir blanc ouvert révélant son corps nu. Du sang dégoulinait de sa poitrine en minces rubans écarlates, bien qu'il ne portât aucune blessure apparente. Gabriel tenait ses bras, coincés sous lui comme s'ils étaient déjà entravés. Les longs cheveux blonds de Stephen s'étaient déployés en éventail sur le pantalon de cuir noir du léopard-garou. Celui-ci était torse nu ; il avait un anneau en argent dans le téton droit. Ses cheveux noirs bouclés tombaient devant ses yeux, et quand il leva les yeux vers moi, j'eus l'impression qu'il était aveugle.

Un deuxième homme était agenouillé de l'autre côté de Stephen. Ses cheveux blonds ondulés lui tombaient jusqu'à la taille. Il portait un peignoir blanc identique à celui de Stephen, mais dont la ceinture était nouée. Quand il jeta un coup d'œil vers la porte, je vis que son beau visage mince était le reflet de celui de Stephen. Son frère, sans doute. Il tenait un couteau en acier avec lequel il était en train de l'entailler lorsque je franchis le seuil de la pièce. Du sang tout frais jaillit de la peau de Stephen.

Stephen hurla.

Une femme nue le chevauchait, immobilisant ses jambes sous elle. Elle était penchée sur lui, si bien que ses longs cheveux auburn tombaient comme un rideau sur son bas-ventre, masquant le suprême outrage qu'elle était en train de lui infliger. Elle leva la tête. C'était Raina. Ses lèvres pleines s'étirèrent en un sourire réjoui. Elle avait réussi à lui donner une érection. Malgré toutes les protestations de Stephen, son corps avait entamé les réjouissances sans lui.

Il me fallut un battement de cœur pour assimiler toute la scène.

Je perçus un mouvement sur ma droite et voulus pivoter, mais il était déjà trop tard. Quelque chose de poilu et seulement à moitié humain me percuta de tout son poids. J'allai heurter le mur du fond assez fort pour le faire trembler. Mon Firestar vola dans les airs et je m'écroulai, sonnée. Un loup de la taille d'un poney me surplombait. Il ouvrit des mâchoires assez grandes pour m'arracher la tête d'un coup de dents ; un grondement sourd monta de sa gorge. Je crus que mon cœur allait s'arrêter.

J'étais encore en état de bouger, mais sa gueule se trouvait à moins de cinq centimètres de ma joue. Je sentais son souffle sur mon visage. Un filet de salive tomba de sa gueule et glissa au coin de ma bouche. Il baissa la tête, les babines retroussées comme s'il allait me mordre. L'Uzi était coincé entre mon dos et le mur. Je tentai de dégainer un de mes couteaux, en sachant très bien que je n'y arriverais pas à temps.

Des bras humains se refermèrent sur le loup et l'arrachèrent à moi. Je levai les yeux. Raina ceinturait le loup qui se débattait comme si ça ne lui coûtait pas le moindre effort. Des muscles qu'on ne pouvait pas voir tant qu'elle ne les utilisait pas saillaient tout le long de son magnifique corps nu.

— Interdiction de la faire saigner. Je te l'ai déjà dit.

Elle projeta le loup vers le mur d'en face. Celui-ci se fendit et plia sous l'impact. Le loup tomba à terre, immobile, les yeux retournés dans leurs orbites.

Cela me laissa le temps dont j'avais besoin. Je fis passer l'Uzi devant moi. Quand Raina reporta son attention sur moi, il était braqué sur elle.

Elle me toisait, nue et parfaite, mince là où elle devait être mince, voluptueuse là où elle devait être voluptueuse. Mais comme je l'avais vue modeler son corps à volonté, je n'étais pas si impressionnée que ça. Si tout le monde pouvait manipuler son apparence comme elle, les cliniques de chirurgie esthétique feraient faillite.

— J'aurais pu la laisser te tuer, Anita. Tu ne sembles pas très reconnaissante.

Je restai assise par terre, dos au mur, pas encore certaine de pouvoir me relever sans que mes jambes flanchent. Mais mes mains ne tremblaient pas.

— Merci beaucoup. Maintenant, reculez lentement, ou je vous coupe en deux.

Raina éclata d'un rire joyeux.

— Tu es si dangereuse. Si excitante. Tu ne trouves pas, Gabriel ?

Gabriel se leva et la rejoignit. Me retrouver en position d'infériorité face à deux métamorphes aussi brutaux était plus que je n'en pouvais supporter, aussi me relevai-je en prenant appui sur le mur. Je tenais debout. Génial. Je commençais même à croire que j'étais capable de marcher. Encore mieux.

— Reculez, ordonnai-je.

Gabriel contourna Raina, et se retrouva si près de moi que j'aurais presque pu le toucher.

— Elle est parfaite pour quiconque souffre et souhaite en finir rapidement.

Il tendit la main comme pour me caresser la joue. Je pointai mon pistolet-mitrailleur vers sa taille, parce que je savais qu'il tirerait plus haut que le point visé, et que je ne voulais pas manquer ma véritable cible.

— La dernière fois que vous m'avez poussée à bout, Gabriel, je n'avais qu'un couteau pour me défendre. Je vous ai éventré, et vous avez survécu. Mais même vous, vous ne vous remettriez pas d'une rafale d'Uzi. A cette distance, je vous couperais en deux.

— Tu me tuerais vraiment, juste parce que j'ai essayé de te toucher ?

Cette idée semblait l'amuser. Ses étranges yeux gris brillaient d'une lueur presque fiévreuse tandis qu'il me fixait derrière le rideau de ses cheveux emmêlés.

— Après ce que je viens de voir, sans problème. (Je m'écartai du mur.) Reculez, ou nous ne tarderons pas à découvrir combien de dommages vous pouvez encaisser.

Raina et lui obtempérèrent. Je fus presque déçue. Avec des balles en argent, mon Uzi aurait produit exactement l'effet que j'avais annoncé. J'aurais pu les tuer sans verser une goutte de transpiration. Ç'aurait été un carnage. Et j'en avais tellement envie… Je les fixai l'espace d'une seconde, songeant sérieusement à appuyer sur la détente et à nous épargner à tous un tas d'ennuis.

Raina continua à reculer sans me quitter des yeux, entraînant Gabriel vers le mur au pied duquel le loup était en train de se redresser. Sur son visage, je lus qu'elle savait combien c'était passé près pour elle et pour son petit copain. Jusque-là, elle n'avais pas réalisé que j'aurais pu la tuer sans en perdre le sommeil. Après tout, la laisser en vie me coûterait bien plus que mon sommeil.

Un rugissement s'éleva depuis l'autre moitié de la grange, faisant vibrer l'air autour de nous. Il y eut un instant de silence durant lequel nous retînmes notre souffle, puis des grondements et des cris aigus. Le plancher frissonna sous l'impact distant d'un ou plusieurs corps. Richard était en train de se battre sans moi.

Raina me sourit.

— Richard a besoin de toi, Anita. Va le rejoindre. Nous nous occuperons de Stephen.

— Non, merci.

— Richard pourrait être en train de mourir pendant que tu perds du temps.

La peur me submergea telle une vague glaciale. Elle avait raison. Ils l'avaient attiré ici pour le tuer. Je secouai la tête.

— Richard m'a demandé de récupérer Stephen, et c'est ce que je vais faire.

— Je ne pensais pas que tu sois capable de suivre les ordres aussi sagement.

— Je suis ceux qui me plaisent.

Stephen s'était recroquevillé sur son flanc, tirant un pan de son peignoir par-dessus son corps nu. Assis près de lui, son frère lui caressait les cheveux en murmurant :

— Tout va bien, Stephen. Tu n'es pas blessé.

— Vous l'avez taillardé, fils de pute ! aboyai-je.

Il écarta le peignoir de Stephen, exposant sa poitrine. Stephen tenta faiblement de se couvrir. Son frère lui donna une gentille tape sur la main, puis essuya le sang qui maculait sa poitrine. Dessous, sa peau était intacte. Les coupures avaient déjà guéri.

— Ecartez-vous de lui immédiatement, ou je vous fais sauter la cervelle, menaçai-je.

Il s'exécuta, les yeux écarquillés. Il me croyait. Tant mieux pour lui, parce que ça n'était pas du bluff.

— Viens, Stephen. Il faut qu'on y aille.

Stephen redressa la tête et me fixa, des larmes roulaient sur ses joues.

— Je ne peux pas me lever.

Il tenta de se traîner vers moi à quatre pattes, mais s'écroula sur le plancher.

— Qu'est-ce que vous lui avez donné ? crachai-je.

— Un petit quelque chose pour qu'il se détente, répondit Raina.

— Sale chienne !

Elle me sourit.

— Presque.

Je jetai un coup d'œil au frère de Stephen.

— Contre le mur, avec eux, ordonnai-je.

Il tourna vers moi un visage si semblable à celui de Stephen que c'en était presque incroyable.

— Je ne les aurais pas laissé lui faire du mal. Il aurait aimé ça, s'il s'était laissé aller.

— Pourtant, ils lui ont fait du mal, fils de pute ! Maintenant, dépêchez-vous ! Contre le mur, ou je vous descends. Vous me comprenez ? Je vous tuerai, et sans aucun remords.

Il se releva et rejoignit Gabriel et Raina.

— Je l'ai protégé, dit-il doucement.

Les murs frémirent. Il y eut un bruit de bois brisé. Quelqu'un venait d'être projeté à travers le mur de la pièce voisine. Je devais nous faire sortir de là. Je devais rejoindre Richard. Mais si je me montrais imprudente, je n'y arriverais jamais. Richard n'était pas la seule personne en danger de se faire arracher la gorge.

Avec tant de lycanthropes dans un espace aussi restreint, ils étaient beaucoup trop proches de moi. Ils pourraient me sauter dessus si j'allais aider Stephen à se relever, mais je tenais un pistolet-mitrailleur à la main, et j'aurais parié que la plupart d'entre eux mourraient avant de m'atteindre. C'était une pensée réconfortante.

Je repérai le Firestar dans un coin de la pièce. Je le ramassai et le rengainai sans regarder ce que je faisais. L'habitude. Je gardai l'Uzi dans les mains. Il me rassurait.

Puis je m'agenouillai près de Stephen sans détacher mes yeux des autres. Ce fut difficile de ne pas lui jeter au moins un coup d'œil, mais à cette distance, les lycanthropes n'auraient eu besoin que d'une seconde d'inattention de ma part pour me tailler en pièces. Le loup s'était montré incroyablement rapide, et je ne pen-

sais pas que Raina me sauve la mise une deuxième fois.
J'avais de la chance qu'elle ne veuille pas que je sois
blessée par un des siens.

Je passai un bras autour de la taille de Stephen, et il
parvint à me mettre les siens autour du cou. Je me relevai. Il était pratiquement inerte, mais avec mon aide, il
parvint à tenir sur ses pieds. Je me réjouis qu'il soit à
peine plus grand que moi ; ou alors, j'aurais eu du mal à
le soutenir.

Son peignoir s'ouvrit. Il ôta un bras de mes épaules
et tenta de le refermer, mais n'y arriva pas. Il fit mine de
dégager son autre bras.

— Laisse tomber, Stephen, s'il te plaît. Nous devons
y aller.

— Je ne veux pas qu'ils me voient.

Il me fixa, son visage était à quelques centimètres du
mien. Son regard était vague et avait du mal à se focali-
ser sur moi, mais je vis une larme couler au coin d'un
de ses yeux aussi bleus que des fleurs de maïs.

— Je t'en prie…

Et merde. Je le serrai contre moi pour le stabiliser.

— Vas-y.

Je fixai Raina pendant qu'il nouait la ceinture de son
peignoir, avec des gestes lents et maladroits à cause des
drogues qu'elle lui avait fait avaler. Le temps qu'il réussisse, un gémissement sourd montait de sa poitrine.

— D'une certaine façon, tu es aussi sentimentale que
Richard, commenta Raina. Mais tu pourrais tous nous
tuer, y compris le frère de Stephen, sans rien ressentir.

Je soutins son regard couleur de miel.

— Oh, si, je ressentirais quelque chose, la détrompai-je.

— Quoi donc ?

— Du soulagement.

Je reculai vers la porte, entraînant Stephen, et dus jeter
un coup d'œil par-dessus mon épaule pour m'assurer que
personne ne se tenait derrière nous. Quand je reportai
mon attention sur eux, Gabriel s'était avancé, mais Raina
avait posé une main sur son bras pour l'arrêter. Elle me

dévisageait comme si elle me voyait pour la première fois. Comme si je l'avais surprise. C'était un sentiment mutuel. Avant cette soirée, je savais qu'elle était perverse, mais même dans mes cauchemars les plus fous, je n'aurais jamais imaginé qu'elle soit capable de violer l'un des siens.

Stephen et moi sortîmes dans le couloir. Je pris une profonde inspiration et sentis une tension de relâcher dans ma poitrine. Les bruits de combat résonnaient autour de nous. Je voulais m'élancer vers leur source. Richard était vivant ; sinon, je n'aurais entendu que les lycanthropes en train de le démembrer. J'avais encore le temps. Il le fallait.

— Ne pointez pas votre joli museau dehors avant que nous soyons partis, lançai-je à Raina, ou je vous l'explose.

Pas de réponse. Je devais rejoindre Richard.

Stephen trébucha et faillit nous faire tomber tous les deux. Il s'accrocha à mes épaules, ses deux bras pressant la chair de mon cou, et parvint à ramener ses pieds sous lui.

— Tu es avec moi, Stephen ?

— Je vais bien. Contente-toi de me faire sortir de là.

Sa voix était faible et filante, comme s'il était en train de perdre connaissance. Je ne pouvais pas à la fois le porter et tirer, ou du moins, je n'avais pas envie d'essayer. Je raffermis ma prise sur sa taille et ordonnai :

— Reste avec moi, Stephen, et je te ferai sortir. Je te le promets.

Il acquiesça, et ses longs cheveux se répandirent autour de son visage.

— D'accord.

Il avait parlé si bas que j'eus du mal à l'entendre par-dessus les bruits de combat.

Nous atteignîmes l'extrémité du couloir. Le chaos régnait dans l'autre moitié de la grange. Je ne pus même pas voir Richard : juste une masse de corps, de bras et de jambes que surplombait une silhouette griffue – un homme-loup de plus de deux mètres de haut. Il se baissa et, d'une patte, extirpa Richard du grouillement. Richard lui enfonça sous la gorge une main trop longue pour être humaine, et pas assez poilue pour être celle d'un loup. Le lycanthrope s'étrangla et se mit à cracher du sang.

Un loup presque aussi long que Richard était haut lui bondit sur le dos. Il tituba, mais ne tomba pas. Des crocs s'enfoncèrent dans son épaule. Des pattes griffues et des mains humaines l'agrippèrent de tous côtés. Et merde !

Je tirai dans le plancher de bois. Ç'aurait été plus impressionnant si j'avais visé les projecteurs au-dessus de nos têtes, mais les balles redescendent à la vitesse où elles sont montées, et je ne voulais pas me faire toucher par un ricochet. Manier un pistolet-mitrailleur d'une seule main, ce n'est pas de la tarte. Mais je m'accrochai et arrosai tout ce qui se trouvait entre moi et le lit.

Quand j'achevai mon arc de cercle, le canon de l'Uzi était pointé sur la mêlée. Tous les occupants de la pièce s'étaient figés, choqués.

Richard s'extirpa de la masse de ses adversaires. Il saignait de partout. Il se releva avec quelque difficulté, vacillant mais visiblement capable de se déplacer seul. Ça tombait bien. Je n'aurais jamais pu porter deux hommes en même temps, et je ne parle même pas de l'Uzi.

Richard s'immobilisa devant le rideau, attendant que je le rejoigne. Stephen s'était affaissé contre moi, ses bras mollement pendus autour de mon cou. Je crois qu'il s'était évanoui.

Il me sembla mettre un temps interminable à atteindre la porte. Si je trébuchais et m'étalais, ils seraient sur moi instantanément. Ils me regardaient m'éloigner d'eux avec leurs yeux d'humain ou de loup, comme s'ils se demandaient quel goût j'avais et qu'ils avaient très envie de le découvrir par eux-mêmes. On ne négocie pas avec ces yeux-là.

L'homme-loup géant prit la parole. Ses mâchoires poilues avaient du mal à former les mots.

— Tu ne pourras pas tous nous tuer, humaine.

Il avait raison. Je relevai légèrement le canon de l'Uzi.

— Exact. Mais qui veut être ma première cible ?

Personne ne bougea.

Quand j'atteignis Richard, il me soulagea du poids de Stephen, le berçant dans ses bras comme il l'eût fait avec un enfant. Du sang dégoulinait d'une coupure de son front, recouvrant la moitié de son visage tel un masque écarlate.

— Stephen ne devra pas revenir ici. Jamais, gronda-t-il.

— Tu n'es pas un tueur, Richard, répliqua l'homme-loup. C'est ta grande faiblesse. Même si nous ramenions Stephen ici, tu ne nous tuerais pas pour nous punir. Tu nous ferais mal, mais tu ne nous tuerais pas.

Richard ne répondit pas. Il avait probablement vu juste. Et merde !

— Moi, je vous tuerais, déclarai-je.

— Anita, tu ne te rends pas compte de ce que tu dis, protesta Richard.

Je lui jetai un coup d'œil, puis reportai mon attention sur la masse des lycanthropes immobiles.

— La mort, c'est le seul langage qu'ils comprennent. Si tu n'es pas prêt à les tuer, Stephen n'est pas en sécurité. Or, je veux qu'il le soit.

— Assez pour tuer ceux qui voudraient le contraire ?

— Oui.

L'homme-loup me dévisagea.

— Tu n'es pas l'une de nous.

— Peu importe. Vous ne toucherez pas à Stephen. Dites à Raina que si quelqu'un le ramène ici de force, je l'en tiendrai personnellement responsable.

— Tu n'as qu'à me le dire toi-même.

Raina se tenait au bout du couloir, nue, et aussi à l'aise que si elle avait été vêtue de la plus fine des soies. Gabriel était juste derrière elle.

— Si quelqu'un ramène Stephen ici et tente de le forcer à participer à un tournage, je vous tuerai.

— Même si je n'y suis pour rien ?

Je souris. Comme si j'allais avaler ça !

— Même si. Peu importe qui le fera ou pourquoi, c'est vous qui paierez.

Elle inclina la tête.

— Qu'il en soit ainsi, Anita Blake. Mais sache que tu viens de me défier devant ma meute. Je ne peux pas laisser passer ça. Si tu étais une métamorphe, nous nous battrions en duel, mais le fait que tu sois humaine pose un problème.

— Vous le savez parfaitement, salope. Je suis humaine ; alors, si vous espérez que je vais lâcher mon flingue pour me battre contre vous à mains nues, vous pouvez toujours courir.

— Ça ne serait pas très équitable, n'est-ce pas ?

— Ça m'étonnerait que vous vous souciiez d'équité, après ce que je viens de voir dans la pièce du fond.

— Oh, ça ! lâcha-t-elle sur un ton désinvolte. Stephen ne s'élèvera jamais dans la hiérarchie de la meute. Il ne reste personne qui soit assez bas pour le défier. Ce qui fait de lui le jouet potentiel de quiconque le souhaitera.

— Plus maintenant, contrai-je.

— Tu lui offres ta protection ?

On m'avait déjà posé cette question, et je savais qu'elle avait des implications plus complexes qu'il n'y paraissait, mais je m'en fichais. Je voulais que Stephen soit en sécurité, et pour ça, je ferais ce qu'il faudrait – y compris tuer ou devenir une cible. De toute façon, l'assassin n'allait probablement pas tarder à avoir ma peau.

— Oui, il est sous ma protection.

— Il est déjà sous la mienne, Anita, intervint Richard.

— A moins que tu sois prêt à tuer pour le défendre, ça ne signifie pas grand-chose pour ces gens, répliquai-je.

— Mais toi, tu serais prête à le faire ? insista Raina.

— Elle ne comprend pas ce que tu lui demandes, aboya Richard. Elle ne peut pas te répondre en pleine connaissance de cause.

— Dans ce cas, explique-lui, susurra Raina. Mais

pas ce soir. Il se fait tard, et si nous voulons mettre un film en boîte, nous devons nous dépêcher. Emmène ta petite humaine et explique-lui les règles. Fais-lui mesurer la profondeur de la tombe qu'elle vient de se creuser. Quand elle en aura conscience, appelle-moi. Je trouverai un moyen de rendre notre duel aussi équitable que possible. Je pourrais peut-être me bander les yeux ou m'attacher un bras dans le dos.

J'ouvris la bouche pour dire quelque chose, mais Richard me prit de vitesse.

— Viens, Anita. Il faut y aller maintenant.

Il avait raison. J'aurais pu tuer un paquet de lycanthropes, mais je n'aurais pas pu les tuer tous. Je n'avais pas apporté de chargeur de rechange pour le pistolet-mitrailleur. Je ne pensais pas en avoir besoin. Ce que je peux être naïve, parfois…

Nous sortîmes. Je marchais à reculons, prête à canarder quiconque ferait mine de nous suivre. Mais personne ne bougea. Richard, qui portait toujours Stephen, ne jeta pas le moindre coup d'œil par-dessus son épaule, comme s'il n'avait pas besoin de ça pour en avoir la certitude.

J'ouvris la portière de la Mustang, et il déposa Stephen sur la banquette arrière.

— Tu pourrais conduire jusque chez moi ? me demanda-t-il.

— Oui. Pourquoi, tu es blessé ?

— Rien de grave, mais je préfère rester à côté de Stephen au cas où il se réveillerait.

Je pris le volant sans discuter. Nous étions en sécurité. Nous avions tous survécu. Mais si les lycanthropes s'étaient jetés sur nous, ça ne serait pas le cas. Maintenant que nous ne risquions plus rien, je pouvais laisser éclater ma colère.

— Nous nous en sommes tirés. Mais ce n'est pas grâce à ton plan.

— Personne n'est mort, et ça, c'est grâce à mon plan, rétorqua Richard.

— Non : c'est parce que j'étais mieux armée que d'habitude.

— Tu avais raison. C'était un piège. Satisfaite ?

— Oui.

— Ravi de l'entendre.

Sous le sarcasme, je décelai de la fatigue dans sa voix.

— Qu'es-tu censé m'expliquer, Richard ?

Je lui jetai un coup d'œil par le rétroviseur, mais ne pus distinguer son visage dans le noir.

— Raina exécute les ordres de Marcus. C'est sa lupa. Il se sert d'elle pour faire les choses qu'il n'approuve pas – torturer des gens, par exemple.

— Donc, je viens de déclarer que j'étais ta lupa.

— Oui. Je suis le Fenrir. Normalement, j'aurais déjà dû choisir ma lupa. La meute est divisée, Anita. J'ai accordé ma protection à mes partisans, ce qui signifie que si Marcus s'en prend à eux, je m'en prendrai à lui en retour, ou que mes partisans agiront pour se protéger les uns les autres avec ma bénédiction. Sans un Fenrir ou un chef de meute pour couvrir tes arrières, c'est plus ou moins un acte de mutinerie que d'aller à l'encontre des ordres du chef de meute.

— Et quelle est la punition pour les mutins ?

— La mort ou la mutilation.

— Je croyais que les lycanthropes pouvaient guérir de n'importe quelle blessure, pourvu qu'elle ne soit pas fatale.

— Pas si on verse dessus du métal en fusion. Le feu purifie et interrompt le processus de régénération, à moins qu'on rouvre la plaie.

— Ça marche de la même façon avec les vampires.

— Je l'ignorais, avoua Richard, sur le ton de quelqu'un qui s'en fichait comme de l'an quarante.

— Comment as-tu pu t'élever jusqu'à la position de prochain chef de meute sans tuer personne ? Tu as dû livrer des tas de duels pour arriver au sommet de la hiérarchie de la meute.

— Seul le combat pour la position d'Ulfric est obligatoirement un combat à mort. Tout ce que j'ai eu à faire, c'est vaincre les autres.

— C'est pour ça que tu suis des cours de karaté et que tu fais de la muscu.

Nous en avions déjà discuté une fois, quand je lui avais demandé si pousser sur de la fonte alors qu'il était capable de soulever une petite voiture en développé-couché n'était pas un peu redondant. Il m'avait répliqué : « Pas quand les gens contre lesquels tu te bats peuvent en faire autant. » J'avais compris son point de vue.

— Oui.

— Mais si tu refuses de tuer, ta menace n'a pas beaucoup de mordant… Sans mauvais jeu de mots.

— Nous ne sommes pas des animaux, Anita. Ce n'est pas parce que les choses se sont toujours passées ainsi au sein de la meute qu'elles ne peuvent pas changer. Nous conservons une part d'humanité, ce qui signifie que nous pouvons nous contrôler. Il doit bien y avoir une meilleure façon de faire que de nous entre-tuer.

Je secouai la tête.

— Ne rejette pas la faute sur le dos des animaux. Les véritables loups ne s'entre-tuent pas pour la domination de la meute.

— Seulement les loups-garous, soupira-t-il d'un air las.

— J'admire tes objectifs, Richard.

— Mais tu ne les approuves pas.

— En effet.

Sa voix s'éleva depuis les ténèbres de la banquette arrière.

— Stephen n'est pas blessé. Pourquoi hurlait-il ?

Mes épaules étaient voûtées. Je me forçai à me redresser. Je m'engageai sur l'ancienne autoroute 21 et cherchai un moyen délicat de lui annoncer la nouvelle, mais le viol n'a rien de délicat. Je lui racontai ce que j'avais vu.

Le silence se prolongea un long moment. J'avais presque atteint l'embranchement qui conduisait à sa maison quand il dit :

— Et tu crois que si j'avais tué une poignée de gens en chemin, ça ne serait pas arrivé ?

— Je pense qu'ils ont plus peur de Marcus et de Raina que de toi.

— Si tu appuies ma menace en tuant, tu iras à l'encontre de tout ce en quoi je crois, de tout ce que j'ai tenté de faire jusqu'à maintenant.

— Je t'aime, Richard, et j'admire ce que tu essayes de faire. Je ne veux pas te contrarier, mais s'ils touchent encore à Stephen, je mettrai ma menace à exécution. Je les tuerai.

— Ce sont mes semblables, Anita. Je ne veux pas qu'ils meurent.

— Ce ne sont pas tes semblables, Richard. Juste un paquet d'étrangers qui souffrent de la même maladie que toi. Stephen est ton semblable. Tout métamorphe qui t'a accordé son soutien au risque de se mettre Marcus à dos est ton semblable. Ils ont tout risqué pour toi.

— Quand Stephen a rejoint la meute, c'est moi qui ai dit à Raina qu'elle ne pouvait pas l'avoir. Je l'ai toujours défendu.

— Tes intentions sont très louables, Richard, mais elles ne l'ont pas protégé ce soir.

— Si je te laisse tuer pour moi, c'est comme si je le faisais moi-même.

— Je ne t'ai pas demandé la permission.

Il se pencha entre les sièges avant, et je réalisai qu'il ne portait pas sa ceinture de sécurité. Je voulus lui dire de la mettre, mais je m'abstins. Après tout, c'était sa voiture, et il survivrait probablement à une traversée du pare-brise.

— Tu veux dire que s'ils s'en prennent encore à Stephen, tu les tueras parce que tu as dit que tu les tuerais, pas pour donner plus de poids à ma parole.

— Une menace ne vaut rien si tu n'es pas prêt à la mettre à exécution.

— Tu tuerais pour Stephen. Pourquoi ? Parce qu'il t'a sauvé la vie ?

Je secouai la tête. C'était dur à expliquer.

— Pas seulement. Quand je l'ai vu tout à l'heure, quand j'ai vu ce qu'ils lui faisaient… Il pleurait, Richard. Il était… (Je pris une profonde inspiration.) Et merde : il est à moi, maintenant. Il existe une poignée de gens pour lesquels je tuerais. Pour les garder en sécurité, ou pour les venger. Le nom de Stephen vient de s'ajouter à la liste ce soir.

— Le mien y figure-t-il aussi ?

Il posa son menton sur mon épaule. Comme il frottait sa joue contre la mienne, je sentis un début de repousse de barbe, rugueux et réel.

— Tu sais bien que oui.

— Je ne comprends pas comment tu peux parler de tuer des gens avec autant de désinvolture.

— Je sais.

— J'aurais moins de mal à devenir Ulfric si j'étais prêt à tuer, mais je ne suis pas certain que ça en vaudrait la peine.

— Si tu veux te sacrifier au nom de tes idéaux, pas de problème. Ça ne me plaît pas, mais pas de problème. Par contre, les gens qui te font confiance ne méritent pas de devenir les martyrs de ta cause. Ils valent plus que n'importe quels idéaux. Tu as failli te faire tuer ce soir.

— On ne peut pas croire en quelque chose seulement quand c'est facile, Anita. Tuer, c'est mal.

— D'accord. Mais tu as aussi failli me faire tuer ce soir. Tu comprends ça ? S'ils s'étaient rués sur nous, je n'en serais pas sortie vivante. Je refuse de mourir parce que tu te prends pour Gandhi.

— Tu n'auras qu'à rester à la maison la prochaine fois.

— Putain, ce n'est pas ce que je veux dire, et tu le sais très bien ! m'emportai-je. Tu essaies de vivre dans un monde à la *Ozzie et Harriet*[1], Richard. Autrefois, ça fonctionnait peut-être comme ça, mais ce n'est plus le cas. Si tu continues à t'accrocher à tes illusions, tu vas te faire tuer.

1. *Ozzie and Harriett*, série télé très populaire dans les années 50 qui mettait en scène une « parfaite » famille américaine. (*N.d.T.*)

— Si je pensais vraiment que je devais devenir un meurtrier pour survivre, je préférerais ne pas survivre.

Je lui jetai un coup d'œil. Son expression était sereine comme celle d'un saint. Mais on ne devient un saint qu'après avoir cassé sa pipe.

Je reportai mon attention sur la route. J'aurais pu renoncer à Richard, mais si je l'abandonnais, il ne ferait pas long feu. Si je l'avais laissé faire, il serait allé à la ferme tout seul, et il n'en serait pas ressorti vivant.

Des larmes me brûlèrent les yeux.

— Je ne crois pas que j'y survivrais si tu te faisais tuer, Richard. Ça ne compte pas pour toi ?

Il m'embrassa la joue, et quelque chose de chaud et de liquide coula dans mon cou.

— Je t'aime aussi.

Ce n'était que des mots. Il allait se faire tuer. Il allait tout faire pour ça, à part peut-être se suicider.

— Tu me saignes dessus.

Il soupira et se retrancha dans les ténèbres.

— Je perds beaucoup de sang. Dommage que Jean-Claude ne soit pas là pour le lécher.

Il émit un petit bruit de gorge amer.

— Tu as besoin d'un médecin ?

— Ramène-moi à la maison, Anita. Si j'ai besoin d'un médecin, je connais un rat-garou qui fait les visites à domicile.

Il avait dit ça sur un ton las, comme s'il n'avait plus envie de discuter avec moi. Ni de ses blessures, ni de la meute, ni de ses grands idéaux. Je laissai le silence s'étirer entre nous parce que je ne savais pas comment le rompre. Puis un son très doux emplit les ténèbres, et je compris que Richard pleurait.

— Je suis désolé, Stephen, chuchota-t-il. Je suis désolé.

Je ne dis rien, parce que je n'avais rien de bien à dire. Récemment, j'avais remarqué que je pouvais tuer des gens sans un battement de cils. Sans remords de conscience, sans cauchemars, sans rien. C'était comme si une partie de ma conscience s'était mise aux abonnés absents.

Ça ne m'ennuyait pas de pouvoir tuer aussi facilement. Ce qui m'ennuyait, c'est que ça ne m'ennuie pas. Mais c'était parfois utile : ce soir, par exemple. Les lycanthropes avaient cru jusqu'au dernier que j'étais prête à les massacrer tous. Parfois, ça a du bon d'être effrayante.

9

Il était 4 h 40 du matin quand Richard transporta Stephen toujours inconscient dans sa chambre. En séchant, son sang avait collé le dos de sa chemise à sa peau.

— Va te coucher, Anita. Je m'occuperai de Stephen.

— Il faut que j'examine tes blessures.

— Je vais bien.

— Richard…

Il me fixa, la moitié de son visage couverte de sang coagulé, ses yeux écarquillés et presque fous.

— Non, Anita. Je ne veux pas de ton aide. Je n'en ai pas besoin.

J'inspirai profondément par le nez et soufflai par la bouche.

— D'accord, comme tu voudras.

Je m'attendais à ce qu'il s'excuse de m'avoir parlé sur ce ton, mais il ne le fit pas. Il se contenta de passer dans la pièce voisine et de fermer la porte derrière lui.

Pendant une minute, je restai plantée dans le salon sans savoir quoi faire. Je l'avais vexé, j'avais peut-être même porté atteinte à son sens de l'honneur masculin. Qu'il aille se faire foutre ! S'il refusait de regarder la vérité en face, qu'il aille se faire foutre ! Des vies étaient en jeu. Je ne pouvais pas lui servir de mensonges réconfortants alors que des gens risquaient de se faire tuer.

Je regagnai la chambre d'amis et me mis au lit, vêtue d'un maxi T-shirt avec une caricature d'Arthur Conan Doyle imprimée sur le devant. J'avais emporté quelque chose d'un peu plus sexy. D'accord, je l'avoue : j'aurais pu m'épargner cette peine.

Le Firestar formait une bosse sous mon oreiller. Je glissai le pistolet-mitrailleur sous le lit, à portée de main. A côté, je déposai un chargeur de rabe. Je n'aurais jamais cru avoir besoin d'une puissance de feu pareille, mais entre les tentatives d'assassinat et la meute de loups-garous, je commençais à me sentir vaguement en danger.

Ce fut en fourrant mes couteaux en argent sous le matelas – pour pouvoir m'en saisir très vite en cas de besoin – que je réalisai à quel point j'avais la trouille. Ce qui ne fit pas changer d'avis. Mieux vaut être effrayée et paranoïaque que morte.

J'attrapai Sigmund dans ma valise et me pelotonnai sous les couvertures avec lui. J'avais vaguement pensé que cette nuit chez Richard pourrait être romantique. Autant dire que je m'étais gravement plantée. Nous nous étions disputés trois fois en une nuit – un record, même pour moi. Ça ne présageait sans doute rien de bon pour la longévité de notre relation. Cette pensée me serra la poitrine, mais qu'étais-je censée y faire ? Aller le voir pour m'excuser ? Lui dire qu'il avait raison, alors que ça n'était pas le cas ? Lui dire que ça ne me posait pas de problème qu'il se fasse tuer, et qu'il nous entraîne tous dans sa chute ? Ça me posait un problème. Un sacré problème.

Je serrai Sigmund contre moi jusqu'à le couper en deux, ou presque. Mais je refusai de pleurer. Question : pourquoi l'idée de perdre Richard me faisait-elle plus peur que les assassins lancés à mes trousses ? Réponse : je me moquais bien de devoir tuer pour survivre, mais survivre sans Richard…

Je m'endormis avec mon pingouin en peluche serré contre moi, en me demandant si Richard et moi sortions toujours ensemble. Qui le garderait en vie si je n'étais plus là ?

Quelque chose me réveilla. Je clignai des yeux dans le noir et glissai une main sous l'oreiller pour prendre mon Firestar. Quand mes doigts se furent refermés sur sa crosse, je tendis l'oreille. Des coups. Quelqu'un toquait à la porte de ma chambre. Doucement, comme s'il hésitait. Richard était-il venu s'excuser ? Ça m'aurait bien arrangée.

Je repoussai les couvertures, et Sigmund tomba par terre. Je le remis dans la valise, baissai le couvercle sans le verrouiller et me dirigeai pieds nus vers la porte. Je m'immobilisai sur le côté et appelai :

— Qui est là ?

— C'est Stephen.

Je relâchai un souffle que je n'avais pas eu conscience de retenir. Le flingue toujours à la main, je passai de l'autre côté du battant et fis tourner la clé dans la serrure. Puis je l'ouvris très lentement, tous les sens en alerte pour m'assurer que Stephen était bien seul.

Il se tenait devant moi, vêtu d'un des pantacourts de jogging de Richard. L'ourlet lui arrivait presque aux chevilles. Un T-shirt emprunté dissimulait ses genoux. Ses longs cheveux blonds étaient tout ébouriffés.

— Qu'est-ce qui ne va pas ?

Je baissai mon flingue, et il suivit ma main des yeux.

— Richard est sorti, et j'ai peur de rester seul.

Il ne m'avait pas regardée en face pendant qu'il parlait, frémissant comme s'il craignait ce qu'il allait lire sur mon visage.

— Comment ça, il est sorti ? Pour aller où ?

— Dans les bois. Il a dit qu'il monterait la garde, au cas où des assassins viendraient. Tu crois qu'il parlait de Raina ?

Alors, son regard croisa le mien. Ses yeux si bleus étaient écarquillés, et un début de panique se faisait jour dans ses prunelles.

Je lui touchai le bras sans être sûre que c'était la bonne chose à faire. Certaines personnes ne veulent pas qu'on les touche après avoir été sexuellement molestées. Mais mon geste parut réconforter Stephen. Pardessus son épaule, il jeta un coup d'œil au salon vide et frotta ses mains le long de ses bras nus.

— Richard m'a dit de rester ici. Il a dit que j'avais besoin de me reposer. (De nouveau, il refusait de soutenir mon regard.) J'ai peur de rester seul, Anita. Je... (Il baissa la tête, et ses longs cheveux blonds tombèrent comme un rideau devant sa figure.) Je n'arrive pas à m'endormir. Je n'arrête pas d'entendre des bruits.

Du bout de l'index, je le forçai gentiment à relever la tête.

— Tu me demandes si tu peux dormir avec moi ?

— Richard a dit que je pouvais, bredouilla-t-il, les yeux écarquillés et remplis de douleur.

— Refais-la-moi.

— Je lui ai dit que je ne supporterais pas de rester seul. Il a dit : « Anita est là, elle te protégera. Va dormir avec elle. »

Il me fixa d'un air gêné. Il dut lire quelque chose sur mon visage, car il lâcha :

— Tu es en colère contre moi. Je ne t'en veux pas. Je suis désolé. Je...

Il fit mine de se détourner. Je lui saisis le bras.

— Ça va, Stephen. Je ne suis pas en colère contre toi. Richard et moi... On s'est disputés, c'est tout.

Je ne voulais pas qu'il dorme avec moi. Le lit était trop petit pour deux personnes, et si je devais le partager avec quelqu'un, j'aurais préféré que ce soit Richard. Mais il n'y avait aucune chance pour que ça se produise, maintenant. Ni jamais, à l'allure où ça allait.

— Tu peux rester ici.

Je n'ajoutai pas : et pas de mains baladeuses. Tout son être exprimait un besoin qui n'avait rien à voir avec le sexe. Il avait besoin que quelqu'un le prenne dans ses bras, lui dise que le monstre sous le lit n'existait pas. De ce côté-là, je ne pouvais rien faire pour lui. Les monstres étaient bien réels. Mais pour ce qui était de le prendre dans mes bras... Ça devait être dans mes cordes. J'ai beau être une tueuse de sang-froid, je pouvais peut-être partager mon pingouin en peluche avec lui.

— Tu veux bien aller chercher un deuxième oreiller dans la chambre de Richard ?

Il acquiesça et obtempéra. Quand il revint, il le serrait contre lui comme s'il aurait préféré dormir avec plutôt que dessus. Le pingouin en peluche, c'était une bonne idée, en fin de compte.

Je verrouillai la porte derrière lui. J'aurais pu déménager dans la chambre de Richard. Le lit était plus grand, mais la fenêtre aussi : c'était une baie vitrée qui donnait sur une terrasse munie de mangeoires à oiseaux. Alors que la chambre d'amis n'avait qu'une petite fenêtre. Elle serait plus facile à défendre. A moins que je veuille m'enfuir par la fenêtre, les deux pièces étaient des pièges à rats, et je préférais dormir dans la plus sûre. Et puis, il aurait fallu que je déplace toutes mes armes, et je soleil se serait levé avant que j'aie fini.

Je rabattis les couvertures.

— A toi l'honneur.

Si quelqu'un entrait par la porte, je voulais être la première à lui souhaiter la bienvenue, mais je me gardai bien de le dire à Stephen. Il était déjà assez perturbé.

Il s'assit sur le lit et cala son oreiller contre le mur, parce qu'il n'y avait pas vraiment la place d'en mettre deux. Puis il s'allongea sur le dos, les yeux levés vers moi, ses boucles blondes cascadant autour de son visage et sur ses épaules nues comme celles de la Belle au Bois Dormant. Je ne rencontre pas souvent de mecs qui ont les cheveux plus longs que les miens. Stephen fait partie de ces hommes qui sont mignons plutôt que beaux, aussi ravissants qu'une poupée. Quand il tirait cette tête-là, il avait l'air d'avoir douze ans. Comme s'il s'attendait à ce que je lui file un coup de pied, et qu'il me laisserait faire parce qu'il se savait incapable de m'en empêcher.

Alors, je compris ce que Raina avait voulu dire en affirmant qu'il était le jouer de toute la meute. Il n'y avait rien de dominant chez Stephen, ce qui m'amena à m'interroger sur son enfance. Les gamins battus affichent souvent ce genre d'expression. Et ils ne pensent même pas à se rebeller, parce que c'est normal pour eux.

— Qu'est-ce qui ne va pas ? demanda Stephen.

Je me rendis compte que je le fixais depuis un bout de temps.

111

— Rien. Je réfléchissais, c'est tout.

Le moment était mal choisi pour l'interroger sur ses parents. Je songeai à enfiler un jean, mais ça m'aurait tenu trop chaud, et je n'aurais pas été à l'aise pour dormir. Le printemps touchait à sa fin. La canicule estivale n'était pas encore arrivée, et il ne devait pas faire plus de dix degrés dehors, mais à l'intérieur, il ne faisait pas assez froid pour dormir en jean, surtout avec quelqu'un d'autre à côté.

En outre, je n'étais pas certaine de la façon dont Stephen réagirait si je me rhabillais avant de m'allonger près de lui. Peut-être qu'il se sentirait insulté. C'était trop compliqué pour moi. J'éteignis la lumière et me glissai sous les couvertures. Si nous n'avions pas été aussi menus, nous n'aurions jamais tenu dans un lit à une place. Même en l'état, Stephen fut obligé de se tourner sur le côté.

Il se blottit contre mon dos, le corps incurvé et un bras posé en travers de ma taille, comme si c'était moi la peluche. Je me raidis, mais il ne parut pas s'en apercevoir. Il enfouit son visage entre mes omoplates et soupira.

Je n'arriverais jamais à m'endormir. Deux mois plus tôt, après que j'eus failli me changer en vampire, j'avais eu des difficultés à trouver le sommeil. Frôler la mort, je pouvais gérer. Frôler la transformation en mort-vivant m'effrayait davantage. Mais j'avais fini par surmonter ma trouille rétrospective. Mes nuits étaient redevenues paisibles et réparatrices... Jusqu'à maintenant.

J'appuyai sur le petit bouton qui permettait d'éclairer le cadran de ma montre. Il n'était que 5 h 30. Je n'avais même pas dormi une heure. Génial.

La respiration de Stephen s'alourdit, et son corps tiède se détendit contre le mien un muscle à la fois. Il gémit doucement dans son sommeil, et son bras se convulsa autour de moi. Puis son rêve se termina, et il redevint immobile.

Je m'assoupis, serrant son bras contre moi. Il était presque aussi réconfortant qu'une peluche, à ceci près qu'il avait tendance à remuer quand je ne m'y attendais pas.

La lumière du jour se déversait à travers les fins rideaux blancs. Au début, je crus que c'était elle qui m'avait réveillée. J'étais pleine de courbatures, dans la position même où je m'étais endormie, comme si je n'avais pas bougé d'un poil pendant toute la nuit. Stephen était toujours blotti contre moi ; il avait jeté une jambe par-dessus les miennes comme s'il essayait de se rapprocher de moi le plus possible, même dans son sommeil.

Je restai immobile un instant, son corps drapé autour du mien, et compris que c'était la première fois que je me réveillais à côté d'un homme. J'avais eu un fiancé à la fac, et j'avais même couché avec lui, mais nous n'avions jamais passé la nuit ensemble. Je n'avais jamais dormi dans le même lit qu'un homme. C'était plutôt bizarre. Enveloppée par la chaleur de Stephen, je ne pus m'empêcher de souhaiter que Richard soit à sa place.

J'avais vaguement l'impression que quelque chose m'avait réveillée, mais quoi ? Je m'extirpai des couvertures et de l'étreinte de Stephen. Il se tourna de l'autre côté en soupirant et en émettant de petits grognements de protestation. Je le bordai et sortis le Firestar de sous mon oreiller.

D'après ma montre, il n'était pas loin de dix heures et demie. J'avais dormi environ cinq heures. J'enfilai un jean, pris ma brosse à dents, des sous-vêtements et des chaussettes propres dans ma valise. J'empaquetai le tout dans un polo et déverrouillai la porte. Je gardai le Firestar à la main. Je le poserais sur l'abattant des toilettes pendant que je me laverais, comme je fais parfois chez moi.

Un bruit de pas devant ma porte. Deux voix qui discutaient : une masculine, l'autre féminine. Je posai les vêtements par terre, ôtai la sécurité du Firestar et saisis la poignée de la main gauche.

— Je ne viens pas d'entendre le cran de sécurité

d'une arme ? demanda la voix masculine de l'autre côté du battant.

Alors, je la reconnus.

Je remis la sécurité du Firestar, le fourrai dans la ceinture de mon jean et rabattis mon T-shirt par-dessus. Comme ça, j'étais armée, mais ça ne se voyait pas. Puis j'ouvris la porte.

Jason se tenait devant moi, le visage fendu par un large sourire. Il fait à peu près ma taille. Ses cheveux blonds sont raides et fins comme ceux d'un bébé, coupés au ras de ses épaules. Ses yeux ont le bleu innocent d'un ciel printanier, mais leur regard, lui, n'a rien d'innocent. Il se tordit le cou pour regarder par-dessus mon épaule et aperçut Stephen recroquevillé sur le lit.

— Après, c'est mon tour ?

Je soupirai, ramassai mes fringues, les coinçai sous mon bras et refermai la porte derrière moi.

— Qu'est-ce que tu fiches ici, Jason ?

— Tu n'as pas l'air contente de me voir.

Il portait un T-shirt en résille et un jean délavé, tout doux, dont un des genoux était déchiré. Agé de vingt ans, il était étudiant avant de rejoindre la meute. A présent, il était le loup de Jean-Claude. Jouer le garde du corps et le petit déjeuner du Maître de la Ville semblait être sa seule occupation.

— Ce n'est pas un peu tôt dans la journée pour la résille ? raillai-je.

— Attends de voir ce que je porterai ce soir pour l'ouverture du club de Jean-Claude.

— Je ne pourrai peut-être pas venir.

Jason haussa les sourcils.

— Tu passes une nuit sous le toit de Richard et tu poses un lapin à Jean-Claude. (Il secoua la tête.) Je ne crois pas que ce soit une bonne idée.

— Ecoute, je n'appartiens ni à l'un ni à l'autre, d'accord ?

Il recula, les mains levées en un geste de reddition feinte.

— Hé, ne descends pas le messager. Tu sais bien que

114

ça énervera Jean-Claude, et qu'il pensera que tu as couché avec Richard.

— Je ne l'ai pas fait.

Il jeta un coup d'œil à la porte fermée.

— Je m'en rends compte, et puis-je me permettre de dire que je suis un peu choqué par le choix de ton compagnon de lit ?

— Quand tu diras à Jean-Claude que j'ai dormi avec Stephen, assure-toi qu'il comprenne que nous avons partagé un lit, et rien d'autre. Si Jean-Claude lui tombe dessus à cause de tes jeux de mots, ça me foutra en pétard. Je pense que tu n'as pas envie de me foutre en pétard.

Il me fixa l'espace d'un ou deux battements de cœur. Quelque chose remua au fond de ses yeux, comme si sa bête s'agitait. Jason avait un soupçon de ce que Gabriel possédait en quantité. Une fascination pour le danger et la douleur, doublée de dispositions certaines pour jouer les casse-couilles.

Jason était tolérable : l'un dans l'autre, ça n'était pas un méchant, alors que Gabriel était un vrai pervers. Mais ça partait du même trait de caractère, aussi atténué soit-il. Après ce que j'avais vu la nuit précédente, je me demandais ce que Jason aurait pensé du divertissement concocté par Raina. J'étais presque certaine qu'il aurait désapprouvé, mais je n'en étais pas certaine à cent pour cent, ce qui est assez significatif en soi.

— Tu as vraiment menacé Raina et Gabriel avec un pistolet-mitrailleur la nuit dernière ?

— Ouais.

Une femme sortit de la chambre de Richard avec une brassée de serviettes de toilette. Elle mesurait environ un mètre soixante-cinq, et ses courts cheveux bruns étaient tellement frisés que ça ne pouvait pas être le résultat d'une permanente. Elle portait un pantalon bleu marine, un sweat-shirt à manches courtes et des sandales qui découvraient ses orteils. Elle me détailla de la tête aux pieds, d'un air désapprobateur ou peut-être déçu.

— Vous devez être Anita Blake.

— Et vous êtes ?

— Sylvie Barker.

Elle me tendit une main, et je la serrai. A l'instant où je touchai sa peau, je sus ce qu'elle était.

— Vous appartenez à la meute ?

Elle retira sa main et cligna des yeux.

— Comment le savez-vous ?

— Si vous essayez de vous faire passer pour une humaine, évitez de toucher les gens qui savent ce qu'ils cherchent. Votre pouvoir me picote la peau.

— Dans ce cas, je ne me donnerai pas la peine de le dissimuler.

Son pouvoir me souffla à la figure comme une bouffée de chaleur quand on ouvre la porte d'un four.

— Très impressionnant, commentai-je sur un ton neutre.

Elle eut un léger sourire.

— C'est un sacré compliment, venant de votre part. Maintenant, il faut que je porte ces serviettes à la cuisine.

— Que se passe-t-il ?

Jason et elle échangèrent un regard. Puis elle secoua la tête.

— Vous saviez que Richard était blessé ?

Mon estomac se noua.

— Il m'a affirmé que ça irait.

— Après voir reçu les soins appropriés, oui.

Je sentis mon visage pâlir.

— Où est-il ?

— Dans la cuisine, répondit Jason.

Je ne courus pas – ça n'était pas si loin –, mais ce ne fut pas l'envie qui m'en manqua.

Richard était assis à la table de la cuisine, torse nu. Son dos n'était plus qu'une masse de sillons boursouflés. Il y avait une trace de morsure sur son épaule gauche, et il lui manquait un bout de chair.

Le docteur Lilian essuyait le sang avec un torchon. C'est une petite femme d'environ cinquante-cinq ans, avec de courts cheveux poivre et sel coupés de façon pratique plutôt que seyante. Elle m'avait déjà soignée deux fois quand j'étais blessée, dont une où elle était poilue et ressemblait à un hybride de rat géant.

— Si tu t'étais fait examiner la nuit dernière, je ne serais pas obligée de faire ça, Richard, le morigéna-t-elle. Je n'aime pas faire souffrir mes patients.

— Marcus était de garde la nuit dernière, répliqua Richard. Etant donné les circonstances, j'ai pensé qu'il valait mieux faire sans.

— Tu aurais pu laisser quelqu'un nettoyer et panser tes plaies.

— Oui, Richard, tu aurais pu me laisser t'aider.

Il me jeta un coup d'œil par-dessus son épaule. Il avait un pansement sur le front.

— Tu m'avais déjà assez aidé pour une nuit, lâcha-t-il froidement.

— Pourquoi ? Parce que je suis une femme, ou parce que j'avais raison ?

A l'aide d'un petit couteau d'argent, Lilian incisa la moitié inférieure d'une trace de griffes afin de rouvrir la plaie. Richard prit une profonde inspiration et la relâcha.

— Que faites-vous ? demandai-je.

— Les métamorphes guérissent, mais parfois, faute de soins, nous conservons des cicatrices, expliqua-t-elle. La plupart des blessures de Richard se refermeront toutes seules, mais quelques-unes sont assez profondes pour qu'il ait besoin de points de suture. Je suis obligée de les rouvrir et de recoudre les bords afin que la peau ne repousse pas de travers.

Sylvie lui tendit les serviettes.

— Merci.

— Vous vous disputiez à quel sujet, les tourtereaux ? interrogea Sylvie.

— Richard va vous le dire, s'il le désire.

— Anita est d'accord avec toi. Elle pense que je devrais commencer à tuer des gens, révéla Richard avec raideur.

Je le contournai pour qu'il puisse me regarder sans se tordre le cou. Adossée à un placard, je m'efforçai de fixer son visage plutôt que le couteau de Lilian.

— Je ne veux pas que tu commences à tuer des gens sans discrimination, Richard. Juste que tu mettes tes menaces à exécution. Tue une seule personne, et les autres y réfléchiront à deux fois avant d'enfreindre tes interdictions.

Il leva les yeux vers moi.

— Tu voudrais que je fasse un exemple ? s'exclama-t-il, outré.

Présenté comme ça, ça paraissait assez brutal, mais la vérité reste la vérité.

— Oui, c'est ce que je voudrais.

— Elle me plaît, sourit Sylvie.

— Je m'en doutais, gloussa Jason.

Ils échangèrent un regard dont la signification m'échappa, mais qui eut l'air de beaucoup les amuser.

— C'est quoi la plaisanterie ? demandai-je un peu sèchement.

Ils secouèrent la tête à l'unisson.

Je laissai filer. Richard et moi étions toujours fâchés, et je commençais à penser que ça ne s'arrangerait pas, cette fois. Il frémit alors que Lilian rouvrait une autre de ses blessures. Elle ne faisait qu'ajouter un point de suture ici et là, mais c'était quand même plus que je n'en aurais souhaité si j'avais été directement concernée. Je déteste qu'on me recouse.

— Pas d'anesthésie ? m'étonnai-je.

— Ça ne fonctionne pas sur nous. Nous métabolisons les substances étrangères trop rapidement, expliqua Lilian. (Elle essuya son couteau sur une des serviettes propres et ajouta :) Une des traces de griffe descend sous ton jean. Enlève-le pour que je puisse l'examiner.

Je jetai un coup d'œil à Sylvie. Elle me sourit.

— Ne faites pas attention à moi. Je préfère les filles.

— C'est pour ça que tu te marrais, dis-je à Jason sur un ton de reproche.

Il hocha la tête avec une grimace joyeuse.

— Les autres ne tarderont pas à arriver pour la réunion. J'aimerais éviter de me pavaner le cul à l'air devant eux. (Richard se leva.) Finissons dans ma chambre.

Il y avait un arc de cercle de petits trous ronds sous sa clavicule. Je me souvins de l'homme-loup qui l'avait soulevé avec ses griffes la veille.

— Tu aurais pu te faire tuer.

Il me jeta un coup d'œil.

— Mais je suis toujours en vie. C'est bien l'excuse que tu me sers à chaque fois, n'est-ce pas ?

Je détestais qu'il me renvoie mes propres paroles à la gueule.

— Si tu avais tué Jamil ou Sebastian, les autres ne se seraient pas jetés sur toi.

— Tu as déjà décidé qui je devrais tuer.

La colère assourdissait sa voix.

— Oui.

— En fait, je trouve son choix excellent, intervint Sylvie.

Richard tourna vers elle ses yeux sombres, si sombres.

— Toi, tu restes en dehors de ça.

— Si ce n'était qu'une querelle d'amoureux, je le ferais volontiers, répliqua-t-elle en venant se planter devant lui. Mais Anita n'a rien dit que je ne t'aie déjà répété des dizaines de fois. Que la plupart d'entre nous ne t'aient déjà supplié de faire. Pendant quelques mois, j'ai essayé de procéder à ta façon. J'espérais que tu avais raison, mais ça ne marche pas, Richard. Ou bien tu es un mâle alpha, ou bien tu ne l'es pas.

— C'est un défi ? demanda-t-il très calmement.

Son pouvoir balaya la pièce comme un vent tiède. Sylvie recula d'un pas.

— Tu sais bien que non.

— Vraiment ?

Le pouvoir enfla, croissant en intensité comme une décharge électrique. Les poils de mes bras se hérissèrent. Sylvie cessa de reculer, les poings serrés le long de ses flancs.

— Si je pensais pouvoir vaincre Marcus, je le ferais. Si je pouvais tous nous protéger, je le ferais. Mais j'en suis incapable, Richard. Tu es notre seule chance.

Richard la surplombait, et ce n'était pas juste une

question de taille. Son pouvoir se déversait autour d'elle, épais au point qu'il m'étouffait presque.

— Je ne tuerai pas parce que tu penses que je le devrais, Sylvie. Personne ne m'y forcera. Personne.

Il tourna son regard vers moi, et j'eus besoin de toute ma volonté pour le soutenir. Il y avait une force dans ses yeux, une force lourde et brûlante. Pas aussi redoutable et hypnotique que celle d'un vampire, mais quand même. L'énergie surnaturelle qui émanait de lui fit frissonner ma peau. Je fixai les blessures en dessous de son cou et sus que j'avais failli le perdre. C'était inacceptable.

Je me rapprochai suffisamment pour pouvoir le toucher en tendant le bras. Son pouvoir tourbillonna autour de moi jusqu'à ce que j'aie du mal à respirer.

— Il faut qu'on parle, Richard.

— Je n'ai pas le temps pour le moment, Anita.

— Trouve-le.

Il me foudroya du regard.

— Tu n'auras qu'à me parler pendant que Lilian finira de me recoudre. Des gens doivent arriver pour une réunion dans un quart d'heure.

— Quelle réunion ? demandai-je.

— Nous devons discuter du problème posé par Marcus, répondit Sylvie. Richard a fixé le rendez-vous avant votre expédition de la nuit dernière.

Richard la fixa d'un regard qui n'avait rien d'amical.

— Si j'avais voulu qu'Anita soit au courant pour cette réunion, je l'en aurais informée moi-même.

— Y a-t-il autre chose que tu m'aies caché, Richard ?

De nouveau, il tourna son regard furieux vers moi.

— Et toi ? répliqua-t-il.

Je clignai des yeux avec une surprise qui n'avait rien de feint.

— Je ne vois pas de quoi tu parles.

— Quelqu'un te tire dessus avec un fusil à pompe, et tu ne vois pas de quoi je parle.

Oh, ça.

— J'ai fait ce qu'il fallait, Richard.

— Tu as toujours raison, n'est-ce pas ?

Je fixai le plancher et secouai la tête. Quand je relevai le nez vers lui, il était toujours en colère, mais la mienne commençait à retomber. Une première. Ça allait être *la* dispute. Celle qui mettrait un terme à notre relation. Je n'avais pas tort, et nous pourrions en discuter pendant des heures que ça n'y changerait rien. Mais si nous devions rompre, que notre rupture soit flamboyante.

— Finissons-en, Richard. Tu voulais aller dans ta chambre.

Il se leva, le corps raidi par une rage dont la profondeur m'échappait. Une rage contrôlée dont je ne comprenais pas l'origine. C'était mauvais signe.

— Tu es sûre que tu supporteras de me voir nu ?

Sa voix était pleine d'amertume, et je ne savais pas pourquoi.

— Qu'est-ce qui ne va pas, Richard ? Qu'est-ce que j'ai encore fait ?

Il secoua la tête avec trop de véhémence, et frémit alors que le mouvement ravivait la douleur de son épaule blessée.

— Rien. Rien du tout.

Il sortit de la cuisine. Lilian me jeta un coup d'œil et le suivit sans mot dire.

Je soupirai et leur emboîtai le pas. Les prochaines minutes promettaient d'être sportives, mais je n'avais aucune intention de me dérober. Nous nous balancerions tout ce que nous avions à nous balancer, sans retenir nos coups. Le problème, c'est que je n'avais rien de vraiment méchant à jeter à la tête de Richard. Ce qui rendait la dispute en perspective beaucoup moins amusante pour moi.

Alors que je passai près de lui, Jason murmura :

— Courage, Anita, courage.

Je ne pus réprimer un sourire.

Sylvie me fixait d'un regard impassible.

— Bonne chance.

Elle ne me parut pas complètement sincère.

— Vous avez un problème ?

J'aurais préféré me battre avec elle plutôt qu'avec Richard, et de loin.

— S'il ne sortait pas avec vous, il se choisirait probablement une compagne. Ça faciliterait les choses.

— Le boulot vous intéresse ?

— Oui, mais le sexe fait partie du contrat, et ça ne me dit rien.

— Dans ce cas, je ne constitue pas un obstacle pour vous.

— Pas pour moi, non.

Ce qui impliquait qu'il y avait d'autres volontaires, mais là tout de suite, je m'en fichais complètement.

— Il est trop tôt dans la journée pour faire de la politique. Si quelqu'un veut ma peau, qu'il fasse la queue comme les autres.

Sylvie pencha la tête sur le côté tel un chien curieux.

— Cette queue, elle est longue ?

— Ces derniers temps… Pas mal, oui.

— Je croyais que tous tes ennemis étaient morts, fit remarquer Jason.

— Je n'arrête pas de m'en faire de nouveaux.

Il sourit.

— Sans blague.

Je secouai la tête et me dirigeai vers la chambre. J'aurais préféré affronter Raina plutôt que Richard. J'espérais presque que l'assassin jaillirait des bois et me fournirait une cible. Ça me ferait moins mal que de rompre avec Richard.

10

La chambre de Richard était peinte en vert pâle. Un tapis aux couleurs chatoyantes comme celles d'un vitrail s'étendait au pied du lit à baldaquin. Malgré sa blessure, Richard avait pris la peine de rabattre son couvre-lit rouge vif. Il en avait trois qu'il utilisait en alternance : un bleu, un vert et un rouge, chacun d'eux assorti à une des teintes du tapis et du tableau accroché au-dessus de la tête du lit. Celui-ci représentait des loups dans un paysage hivernal. On aurait dit que les animaux vous regardaient, comme si vous veniez de les surprendre au détour d'un tronc d'arbre. Un daim à la gorge lacérée gisait dans la neige.

C'était un drôle de tableau à mettre dans une chambre à coucher ; pourtant, il semblait parfaitement à sa place. Et puis, je l'aimais bien. Il donnait cette impression étrange que donnent tous les bons tableaux, comme s'il allait se mettre à remuer dès que vous sortiriez de la pièce, comme s'il capturait un instant de vie suspendue. Le couvre-lit vert soulignait l'éclat de la végétation persistante ; le bleu reflétait la couleur du ciel et celle des ombres, et le rouge rappelait la tache de sang sur la neige.

Richard était allongé sur le ventre en travers du lit. Il avait jeté son jean dans un coin de la pièce, et il était complètement nu. Sa peau bronzée se détachait contre le tissu écarlate, sombre, lisse et incroyablement appétissante. Je sentis le rouge me monter aux joues tandis que mes yeux suivaient la courbe de son dos. Lilian achevait juste de recoudre la trace de griffes qui descendait jusqu'à ses fesses. Je détournai la tête.

J'avais déjà vu Richard tout nu, une fois, lors de notre première rencontre. Mais jamais depuis. A l'époque, nous ne songions même pas à sortir ensemble. Si je me forçai à ne pas le regarder, ce fut surtout parce que je mourais d'envie de le regarder, et que c'était trop embarrassant.

Au lieu de quoi, j'étudiai le contenu des étagères fixées au mur comme si je voulais le mémoriser. Des bouts de quartz, un petit nid d'oiseau. Il y avait un morceau de corail fossilisé aussi gros que mon poing, d'un doré sombre et riche avec des striures blanches. Je l'avais trouvé pendant que je campais, et je lui en avais fait cadeau parce qu'il collectionnait ce genre de trucs, et moi pas. Je le tripotai maladroitement, histoire de ne pas me retourner.

— Tu as dit que tu voulais parler, lança Richard. Je t'écoute.

Je jetai un coup d'œil par-dessus mon épaule. Lilian rompit le fil qu'elle avait utilisé pour recoudre sa plaie.

— Là, dit-elle. Tu ne devrais pas garder de cicatrice.

Richard croisa ses bras sur le couvre-lit et appuya son menton dessus. Ses cheveux s'étaient répandus autour de son visage, mousseux et invitant les caresses. Je savais qu'ils étaient aussi doux qu'ils en avaient l'air.

Le regard de Lilian passait de Richard à moi, et vice versa.

— Je crois que je vais vous laisser seuls.

Elle remit ses affaires dans son sac de cuir brun, qui ressemblait à une besace de pêcheur plutôt qu'à une trousse de médecin.

— Ecoutez le conseil d'une vieille dame. Ne fichez pas tout en l'air.

Richard et moi la suivîmes des yeux tandis qu'elle sortait.

— Tu peux te rhabiller, maintenant.

Il jeta un coup d'œil à son jean roulé en boule, mais ne bougea pas. Quand son regard se posa à nouveau sur moi, il contenait plus de colère que je n'en avais jamais vu chez lui.

— Pourquoi ?

Je me concentrai pour ne pas détourner les yeux et m'efforçai de ne pas fixer son corps nu. C'était plus difficile que je ne l'aurais admis à voix haute.

— Parce que c'est difficile de se disputer avec quelqu'un qui est nu.

Il se redressa sur les coudes, et ses cheveux tombèrent devant son visage jusqu'à ce qu'il m'observe à travers un rideau de mèches brunes. Cela me rappela Gabriel, et ne fit qu'ajouter à mon malaise.

— Je sais que tu me désires, Anita. Je le sens.

Ça, c'était réconfortant. Je rougis pour la seconde fois en l'espace de quelques minutes.

— D'accord, tu as un corps splendide. Et alors ? Quel rapport avec ce qui nous préoccupe ?

Il se mit à quatre pattes, et je me détournai si vite que ça me donna le vertige.

— Remets ton jean, s'il te plaît.

Je l'entendis glisser à bas du lit.

— Tu n'arrives même pas à me regarder en face, pas vrai ?

Quelque chose dans le ton de sa voix me donna envie de voir son visage, mais je ne pouvais pas me retourner. Je ne pouvais tout simplement pas. Si ça devait être notre dernière dispute, je ne voulais pas que l'image de son corps reste gravée dans mon esprit. Ç'eût été trop cruel.

Je le sentis s'approcher derrière moi.

— Qu'est-ce que tu attends de moi, Richard ?

— Regarde-moi.

Je secouai la tête. Il me posa une main sur l'épaule, et je me dégageai dans un sursaut.

— Tu ne supportes même pas que je te touche, n'est-ce pas ?

Pour la première fois, j'entendis de la souffrance dans sa voix.

Alors, je pivotai vers lui. Je devais voir son visage.

Ses yeux brillaient de larmes qu'il refusait de verser ; il les écarquillait pour ne pas qu'elles se mettent à couler. Il avait repoussé ses cheveux en arrière, mais déjà, quelques mèches retombaient devant sa figure.

Mon regard descendit vers sa poitrine musclée, et j'eus envie de laisser courir mes mains sur ses tétons, sur sa taille mince et plus bas encore. Je me forçai à relever les yeux vers son visage. Le mien devait être tout pâle à présent. J'avais du mal à respirer, et mon cœur battait si fort qu'il m'assourdissait presque.

— J'adore quand tu me touches.

Il me fixait de ses yeux pleins de larmes et de douleur. Je crois que je préférais encore la colère.

— Avant, je t'admirais de ne pas céder à Jean-Claude. Je sais que tu le désires, et tu le repousses quand même. Je trouvais ça très noble de ta part.

Il secoua la tête. Une larme s'échappa du coin de son œil et coula sur sa joue comme au ralenti. Je l'essuyai du bout des doigts. Il saisit ma main et la serra un peu trop fort – un geste qui ne me fit pas mal, mais qui me surprit. C'était ma main droite, et si je devais dégainer avec la gauche, ça n'allait pas être facile. Je ne pensais pas en avoir besoin, mais il se comportait de manière si étrange…

— Mais Jean-Claude est un monstre, et tu ne couches pas avec les monstres, reprit-il sans me quitter des yeux. Tu te contentes de les tuer. (D'autres larmes glissèrent de ses deux yeux, et je les laissai tomber.) Tu ne couches pas non plus avec moi, parce que je suis aussi un monstre. Mais ça ne te dérange pas de nous tuer, pas vrai, Anita ? Simplement, tu ne baises pas avec nous.

Je me dégageai brusquement, et il ne tenta pas de me retenir. Il aurait pu soulever son lit en bois de cerisier en développé-couché, mais il ne tenta pas de me retenir. Ce qui ne me plut pas tant qu'on pourrait le croire.

— C'était très méchant, ce que tu viens de dire.

— Mais c'est la vérité.

— Je te désire, Richard, tu le sais bien.

— Tu désires aussi Jean-Claude, alors, ce n'est pas

très flatteur. Tu me demandes de tuer Marcus, comme si c'était facile. Crois-tu que ça ne me dérangerait pas de le faire parce que Marcus est un monstre, ou parce que j'en suis un ?

— Richard…

Ça, c'était un argument que je n'avais pas vu venir. Je ne savais pas quoi répondre, mais je devais répondre quelque chose. Il se tenait face à moi, ses larmes séchant sur son visage. Même nu et splendide, il avait l'air complètement paumé.

— Je sais que ça te dérangerait de tuer Marcus. Je n'ai jamais prétendu le contraire.

— Dans ce cas, comment peux-tu m'y inciter ?

— Je pense que c'est un mal nécessaire.

— Toi, tu pourrais le faire ? Tu pourrais le descendre avec ton flingue ?

Je réfléchis quelques instants et acquiesçai.

— Oui, je pourrais.

— Et ça ne te dérangerait pas ?

Je le fixai droit dans ses yeux douloureux et répondis :

— Non.

— Si tu es sincère, ça fait de toi un monstre bien pire que moi.

— Je suppose que oui.

Il secoua la tête.

— Ça ne te pose pas de problème de savoir que tu pourrais prendre une vie humaine sans broncher ? (Il éclata d'un rire amer.) A moins que tu ne considères pas Marcus comme humain.

— L'homme que j'ai tué la nuit dernière était humain, lui rappelai-je.

Richard me fixa, une horreur nouvelle pointant dans ses yeux.

— Et ça ne t'a pas empêchée de dormir, pas vrai ?

— Pas tellement, si on considère que tu as envoyé Stephen me rejoindre dans mon lit.

L'espace d'un instant, je lus une interrogation dans son regard.

— Doux Jésus, m'exclamai-je, tu me connais mieux que ça !

Il baissa les yeux.

— C'est vrai. Mais j'ai tellement envie de toi, et tu n'arrêtes pas de me dire non. Ça me fait douter de tout.

— Merde alors ! Je ne vais pas flatter ton ego en plein milieu d'une dispute. Tu m'as envoyé Stephen parce que tu étais en rogne. Tu lui as dit que je le protégerais. As-tu seulement pensé que je n'avais encore jamais dormi avec un homme ?

— Et ton fiancé de la fac ?

— J'ai couché avec lui, mais nous n'avons jamais dormi ensemble. La première fois que je me suis réveillée le matin avec un homme pelotonné contre moi, j'aurais voulu que ce soit toi.

— Je suis désolé, Anita. Je ne savais pas. Je…

— Tu n'as pas réfléchi. Génial. Et maintenant, tu peux m'expliquer pourquoi tu ne te rhabilles pas ?

— Tu as assisté au combat de la nuit dernière. Tu as vu de quoi je suis capable.

— En partie, oui.

Il secoua la tête.

— Tu veux savoir pourquoi je ne tue pas ? Pourquoi je m'arrête toujours juste avant ?

Son regard était fou, presque désespéré.

— Dis-le-moi, murmurai-je.

— J'aime ça, Anita. J'aime sentir mes mains, mes griffes déchirer de la chair. (Il serra ses bras contre lui.) Le goût du sang tiède dans ma bouche… Ça m'excite. (Il secoua la tête un peu plus fort, comme s'il voulait effacer cette sensation.) La nuit dernière, je brûlais d'envie de déchiqueter Sebastian. C'était comme une tension dans mes bras, dans mes épaules. Mon corps désirait le tuer, de la même manière qu'il désire te faire l'amour.

Il me fixa, les bras toujours croisés sur le ventre, mais son corps parlait pour lui. L'idée de tuer Sebastian l'excitait. Elle l'excitait vraiment.

Je déglutis.

— Et tu crains d'aimer ça aussi si tu te laisses aller et que tu tues, n'est-ce pas ?

Dans ses yeux, je lus l'horreur : la peur d'être un monstre, la peur que j'aie raison de ne pas le toucher et de ne pas le laisser me toucher. Tu ne baises pas avec les monstres, tu te contentes de les tuer.

— Ça te plaît de tuer ? demanda-t-il.

Je dus y réfléchir une seconde ou deux avant de faire un signe de dénégation.

— Non, ça ne me plaît pas.

— Qu'est-ce que tu ressens quand tu le fais ?

— Rien du tout. Je ne ressens rien du tout.

— C'est impossible. Tu dois bien éprouver quelque chose.

Je haussai les épaules.

— Le soulagement que ça n'ait pas été moi. La satisfaction d'avoir été plus rapide, plus brutale. Ça ne me dérange pas de tuer. Je n'en suis pas fière : c'est comme ça, un point c'est tout.

— Et ça a toujours été comme ça ?

— Non. Avant, ça me dérangeait.

— A partir de quand ça a cessé ?

— Je ne sais pas. Pas la première fois ni la seconde, mais quand tu arrives au stade où tu perds le compte de tes victimes... Ou bien ça cesse de te déranger, ou bien tu te trouves un autre boulot.

— Je veux que ça me dérange, Anita. Nous ne devrions pas tuer que pour le goût du sang, pour le plaisir que ça procure ou même pour notre survie. Sinon, je me trompe, et nous ne sommes que des animaux.

Son corps réagit aussi à cette pensée. Il ne la trouvait pas excitante. Il avait l'air vulnérable et effrayé. Je voulus lui demander de se rhabiller, mais je ne le fis pas. Il avait délibérément choisi d'être nu pendant cette conversation, comme pour prouver une bonne fois pour toutes que je ne le désirais pas, ou le contraire.

Je n'aime pas beaucoup qu'on me mette à l'épreuve, mais c'était difficile de jouer les chieuses face à la peur dans ses yeux. Il s'éloigna de moi et alla se planter devant le lit, en se frottant les bras comme s'il avait froid. Nous étions en mai, à St Louis. Il n'avait pas froid – du moins, pas ce genre de froid.

— Tu n'es pas un animal, Richard.

— Comment sais-tu ce que je suis ?

Et je compris que cette question s'adressait à lui davantage qu'à moi.

Je m'approchai de lui. Je sortis le Firestar de ma ceinture et le déposai sur sa table de chevet, près de sa lampe en verre dépoli. Il me regarda faire d'un air méfiant. Comme s'il s'attendait à ce que je le blesse. J'allais essayer très fort de ne pas le faire.

Je lui touchai doucement le bras, et il se figea.

— Tu es l'une des personnes les plus morales que j'aie jamais rencontrées. Tu peux tuer Marcus sans devenir une bête sauvage pour autant. Je le sais, parce que je te connais.

— Gabriel et Raina tuent, et regarde comment ils sont.

— Tu n'es pas comme eux, Richard. Fais-moi confiance.

— Que se passera-t-il si je tue Sebastian ou Marcus, et que j'aime ça ?

Cette seule idée tordait de terreur son séduisant visage.

— Peut-être que ça te plaira. (Je serrai son bras un peu plus fort.) Mais si c'est le cas, tu n'auras pas à en avoir honte. Tu es ce que tu es. Tu n'as pas choisi de devenir un lycanthrope : c'est la lycanthropie qui t'a choisi.

— Comment peux-tu dire qu'il n'y a rien de honteux dans le fait de tuer et d'aimer ça ? J'ai chassé le daim, et j'adore ça. J'adore la poursuite, la mise à mort, le goût de la viande tiède.

De nouveau, cette pensée l'excita. Je m'efforçais de ne pas quitter son visage des yeux, mais c'était dur.

— Chacun de nous bande pour des choses différentes, Richard, répliquai-je crûment. J'ai entendu pire. J'ai même vu pire.

130

Il me fixait comme s'il voulait me croire, et qu'il avait peur de me croire.

— Pire que ça ?

Il leva sa main droite devant ma figure. Son pouvoir me picota la peau, et je poussai un hoquet. Je dus faire appel à toute ma volonté pour ne pas reculer.

Les doigts de Richard s'allongèrent, devinrent impossiblement longs et fins. Ses ongles se changèrent en griffes recourbées. Ce n'était pas une patte de loup, et ce n'était plus tout à fait une main humaine. Pour ce que je pouvais voir, rien d'autre n'avait changé. Le reste de son corps demeurait normal.

J'avais du mal à respirer, mais plus pour les mêmes raisons que précédemment. Je fixai sa main griffue, et pour la première fois, je compris qu'il avait raison. Regarder ses phalanges s'étirer et se déboîter me donnait la nausée.

Je laissai ma main sur son autre bras, mais je tremblais. Quand je retrouvai l'usage de la parole, ma voix aussi tremblait.

— J'ai vu Raina faire ça, une fois. Je croyais que c'était une capacité très rare.

— Au sein de la meute, seuls Raina, Marcus et moi la possédons.

— C'est comme ça que tu as blessé Sebastian hier soir.

Il acquiesça en scrutant mon visage. Je faisais de mon mieux pour conserver une expression neutre, mais ce qu'il vit ne dut pas le rassurer suffisamment. Il se détourna, et je n'eus pas besoin de voir ses yeux pour percevoir sa souffrance.

Je lui pris la main et entrelaçai mes doigts avec ces longs os fins. Sous ma paume, je sentis des muscles inconnus. Je dus mobiliser toute ma volonté pour ne pas le lâcher. Pour rester en contact avec cette main étrangère. Cet effort me laissa toute secouée, incapable de soutenir son regard. Je craignais trop ce qu'il pourrait lire dans le mien.

De sa main libre, il me prit le menton et me fit doucement pivoter vers lui.

— Je sens ta peur, et j'aime ça, dit-il, les yeux baissés vers moi. Tu entends ? J'aime ça.

Je dus me racler la gorge pour répondre.

— J'avais remarqué.

Il eut la décence de rougir.

Lentement, il se pencha pour m'embrasser. Je ne tentai pas de l'arrêter, mais je ne fis rien pour l'aider non plus. D'habitude, je me dresse sur la pointe des pieds pour venir à sa rencontre. Là, je restai figée, trop effrayée pour bouger, forçant son grand corps à s'incliner, à se ployer vers moi. Sa main droite se convulsa dans la mienne, et ses griffes effleurèrent mon avant-bras nu.

Je me tendis. Son pouvoir se déversa sur moi. Je m'accrochai à sa main tandis que ses muscles et ses os reprenaient leur place initiale, et que ma peau frissonnait sous la caresse de son énergie surnaturelle.

Ses lèvres se posèrent sur les miennes. Je lui rendis son baiser en vacillant presque. Lâchant sa main redevenue humaine, je pétris sa poitrine nue aux tétons durcis. Ses mains glissèrent autour de ma taille et remontèrent le long de ma colonne vertébrale.

— Tu ne portes rien là-dessous, chuchota-t-il dans ma bouche.

— Je sais.

Il passa ses mains sous mon T-shirt pour me caresser le dos et me serra un peu plus fort contre lui. A travers mon jean, le contact de son bas-ventre me fit frissonner. Je voulais sentir sa chair nue contre la mienne ; je le voulais tellement que ça me faisait presque mal. D'un geste vif, je me débarrassai de mon T-shirt, et il émit un petit bruit de surprise.

Quand il baissa les yeux vers mes seins, il n'était plus le seul qui soit excité. Il effleura mes mamelons et, voyant que je ne l'arrêtai pas, se laissa tomber à genoux devant moi. Lorsqu'il leva la tête, ses yeux étaient emplis d'une lumière sombre.

Je l'embrassai comme si je voulais le dévorer. L'aiguille de mon compteur sensoriel, qui était déjà dans le rouge, commença à s'affoler.

Richard mit fin à notre baiser pour poser sa bouche sur mes seins. Je ne pus réprimer un gémissement. J'attendais ça depuis si longtemps...

Quelqu'un frappa à la porte. Nous nous figeâmes. Une voix de femme que je ne reconnus pas lança :

— Je ne suis pas venue jusqu'ici pour t'écouter peloter ta copine, Richard. Puis-je te rappeler que nous avons tous une ouïe excessivement développée ?

— Sans parler de notre odorat, ajouta Jason.

— Et merde, souffla Richard.

Je me penchai pour enfouir mon visage dans ses cheveux.

— Si ça ne t'ennuie pas, je crois que je vais filer par la fenêtre.

Il m'étreignit et se releva, caressant mes seins une dernière fois au passage.

— Si tu savais depuis combien de temps j'avais envie de faire ça...

Il tendit la main vers son jean. Je lui touchai le bras.

— Je te désire, Richard. Je t'aime. Je tiens à ce que tu le saches.

Il me fixa d'un air étrangement solennel.

— Tu ne m'as pas encore vu me transformer en loup. Tu devras le voir avant que nous puissions aller plus loin.

Cette idée ne m'excitait pas du tout, et je me réjouis d'être une fille – au moins, ça ne se voyait pas.

— Tu as raison. Mais si tu avais insisté, nous aurions peut-être fait l'amour avant.

— Ça n'aurait pas été juste pour toi.

— Es-tu en train de me dire que même si nous avions été seuls, tu te serais interrompu pour te métamorphoser ?

Il acquiesça.

— Parce que ça ne serait pas juste de coucher avec moi avant que j'aie vu ton autre forme ?

— Exactement.

— Un vrai boy-scout, murmurai-je, plus incrédule que moqueuse.

— Je crois que je viens de perdre un de mes badges de mérite.

Son expression me donna chaud partout.

Grimaçant, il passa son caleçon et son jean, dont il tira prudemment la fermeture Eclair. Je le regardai s'habiller avec une mine de propriétaire. Un air d'anticipation.

Je ramassai mon T-shirt abandonné sur le tapis et l'enfilai. Richard s'approcha derrière moi, glissa ses mains dessous et me pétrit doucement les seins. Je me laissai aller contre lui. Il s'interrompit de son propre chef, me prenant par la taille et me soulevant à peine pour me faire pivoter. Puis il me donna un baiser rapide.

— Quand tu décides de faire quelque chose, tu vas jusqu'au bout, pas vrai ?

— Toujours.

Il prit une profonde inspiration par le nez et la relâcha par la bouche.

— Je tâcherai d'en finir le plus vite possible, mais…

— Peu importe. De toute façon, Edward ne va pas tarder à arriver.

Il acquiesça, et ses épaules s'affaissèrent.

— J'avais presque oublié que quelqu'un essayait de te tuer.

Il prit mon visage dans ses deux mains en coupe et m'embrassa.

— Sois prudente, me recommanda-t-il en me fixant d'un regard intense.

J'effleurai le bandage de son épaule.

— Toi aussi.

Il sortit un T-shirt noir d'un tiroir, l'enfila et le rentra dans son jean tandis que je restais à bonne distance.

— Rejoins-nous après t'être habillée.

Je hochai la tête.

— D'accord.

Il sortit, refermant la porte derrière lui.

Je soupirai et me laissai tomber sur le bord du lit. Et

merde. Je ne voulais pas perdre Richard. Je ne voulais vraiment pas. Je voulais coucher avec lui. Mais je n'étais pas certaine de ma réaction quand je le verrais se changer en animal. Son truc de la main m'avait déjà assez perturbée. Et si je ne le supportais pas ? Et si ça me dégoûtait trop ? Mon Dieu, j'espérais que non. J'espérais valoir mieux que ça. Etre plus forte que ça.

Richard avait peur. Peur de se mettre à tuer et d'y prendre goût. Ce n'était pas une crainte dénuée de fondement. Je serrai mes bras contre moi. La sensation de son corps contre le mien s'attardait sur ma peau. Le contact de sa bouche… Je frissonnai, et ce ne fut pas de frayeur. C'était idiot d'aimer Richard. Et encore plus de coucher avec lui. Ça ne ferait qu'empirer la situation. S'il ne se débarrassait pas de Marcus, il ne tarderait pas à mourir. C'était aussi simple que ça.

Jean-Claude ne se serait jamais mis en danger de cette façon. Jamais. On pouvait lui faire confiance pour mettre en œuvre toutes les mesures nécessaires à sa propre survie. C'était l'un de ses grands talents. Et j'étais presque sûre que ça n'était pas l'un de ceux de Richard. La nuit dernière aurait dû me prouver sans l'ombre d'un doute que je devais le plaquer. Ou qu'il devait me plaquer. On peut ne pas partager les mêmes opinions politiques ou religieuses, mais soit on tue les gens, soit on ne les tue pas. L'homicide n'est pas un sujet par rapport auquel on peut rester neutre.

Jean-Claude se fichait bien de tuer des gens. Autrefois, j'aurais considéré que ça faisait de lui un monstre. A présent, j'étais d'accord avec lui. Le véritable monstre veut-il bien se lever ?

11

J'avais fini par m'habiller : un polo rouge, un jean noir, des Nike noires, le Firestar dans son holster de taille. Il était très visible contre le rouge de mon polo, mais pourquoi aurais-je cherché à le cacher ? D'autant plus que je sentais le pouvoir bouillonner de l'autre côté de la porte. Celui de métamorphes qui n'étaient pas tous très contents. Ils ont toujours plus de difficultés à masquer leur énergie quand ils sont en proie à des émotions violentes. De tous ceux que j'avais rencontrés jusque-là, Richard était probablement celui qui parvenait le mieux à dissimuler la sienne. Pendant un bon moment, il avait même réussi à me berner, à me faire croire qu'il était humain. Personne d'autre n'y était jamais parvenu.

Je me regardai dans la glace et réalisai que ça n'était pas l'idée d'affronter une pièce pleine de métamorphes qui me tracassait : juste l'idée d'affronter une pièce pleine de gens qui savaient que Richard et moi étions en train de nous peloter quelques minutes plus tôt. Entre la honte et le danger, je choisis toujours le danger. J'y suis plus habituée.

La salle de bains donnait sur le salon, de sorte que lorsque j'ouvris la porte, je me retrouvai face à eux. Ils étaient tous rassemblés sur ou autour du canapé. Ils levèrent les yeux vers moi, et je les saluais de la tête.

— Bonjour.

— Bonjour, Anita, lança Rafael.

Rafael est le Roi des Rats, l'équivalent d'un chef de meute chez les rats-garous. Grand et séduisant, il a le teint mat et des traits mexicains assez marqués qui lui donnent une apparence austère. Seules ses lèvres indiquent qu'il sourit plus souvent qu'il ne fronce les sourcils.

Ce jour-là, il portait une chemise à manches courtes qui révélait la marque en forme de couronne sur son avant-bras. Il n'y a pas d'équivalent chez les loups. La lycanthropie n'a pas la même signification pour tous ceux qu'elle affecte. Chaque forme animale possède sa culture propre.

— J'ignorais que les rats étaient intéressés par les luttes internes de la meute.

— Marcus voudrait unifier tous les métamorphes sous le commandement d'un seul chef.

— Laisse-moi deviner. Avec son altruisme habituel, il se porte volontaire pour se charger de cette corvée.

Rafael eut un petit sourire.

— C'est ça.

— Donc, tu t'es allié avec Richard parce qu'il était le moindre des deux maux ?

— Je me suis allié avec Richard parce que c'est un homme de parole, me détrompa-t-il. Marcus n'a plus d'honneur. Sa chienne y a veillé.

— Je continue à penser que si nous tuions Raina, Marcus serait peut-être prêt à discuter avec nous.

Cette remarque venait d'une femme qu'il me semblait avoir déjà vue, mais que je ne parvenais pas à replacer. Assise par terre, elle sirotait du café dans une chope. Elle avait de courts cheveux blonds et portait un jogging en nylon rose, dont la veste était ouverte sur un T-shirt de la même couleur. C'était un jogging fait pour se pavaner, pas pour courir ou soulever de la fonte.

Alors, je me souvins d'elle. Je l'avais aperçue au *Lunatic Café*, le restaurant de Raina. Elle s'appelait Christine, et elle n'était pas un loup, mais un tigre-garou. Sans doute était-elle venue pour s'exprimer au nom des métamorphes indépendants : ceux qui n'étaient pas assez nombreux pour avoir un chef. Toutes les formes de lycanthropie ne sont pas également contagieuses. Vous pourriez vous faire tailler en pièces par un tigre-garou sans qu'il vous infecte. Par contre, une seule égratignure infligée par un loup-garou, et vous risquez de vous couvrir de poils. Aucune des formes de lycanthropie féline n'est aussi contagieuse que le loup et le rat. Personne ne sait pourquoi. C'est comme ça, voilà tout.

Richard me présenta à une quinzaine d'autres personnes, dont il ne m'indiqua que le prénom. Je les saluai et m'adossai au mur près de la porte. Le canapé était déjà occupé, et le plancher aussi. Et puis, je préfère me tenir hors de portée des lycanthropes que je ne connais pas. Simple précaution.

— En fait, j'ai déjà rencontré Christine.

— C'est vrai, acquiesça Christine. La nuit où vous avez tué Alfred.

Je haussai les épaules.

— Oui.

— Pourquoi n'avez-vous pas tué Raina la nuit dernière, quand vous en avez eu l'occasion ? me demanda-t-elle.

Avant que je puisse répondre, Richard déclara :

— Si nous tuons Raina, Marcus nous traquera tous jusqu'au dernier.

— Je ne crois pas qu'il en soit capable, répliqua Sylvie.

Richard secoua la tête.

— Je refuse d'abandonner tout espoir pour lui.

Les autres ne dirent rien, mais leur expression était assez éloquente. Ils étaient d'accord avec moi. Richard allait se faire tuer et laisser ses partisans dans la merde.

Louie sortit de la cuisine avec deux chopes de café. Il me sourit. Louie est le meilleur ami de Richard, et il nous accompagne souvent quand nous partons en randonnée. Il mesure un mètre soixante-cinq, et ses yeux sont plus sombres que les miens – vraiment noirs plutôt que marron très foncé. Ses cheveux noirs aussi fins que ceux d'un bébé avaient été coupés récemment. Il les portait longs depuis que je le connaissais, mais contrairement à Richard, ce n'était pas pour faire beau : il n'avait pas le temps d'aller chez le coiffeur, c'est tout. A présent, ses cheveux étaient assez courts pour découvrir ses oreilles. Du coup, il avait l'air plus vieux ; il ressemblait davantage à un professeur titulaire d'un doctorat en biologie (ce qu'il était). Louie est un rat-garou, et un des lieutenants de Rafael. Il me tendit une des chopes.

— Ces réunions sont beaucoup plus agréables depuis que Richard a investi dans une cafetière. Grâce à toi.

J'inspirai le café fumant et me sentis tout de suite mieux. Le café n'est peut-être pas un remède universel, mais il s'en rapproche.

— Je ne suis pas certaine que tout le monde soit content de me voir.

— Ils ont peur. Ça tend à les rendre hostiles.

Stephen sortit de la chambre d'amis. Il portait des vêtements qui lui allaient trop bien pour appartenir à Richard : une chemise bleue assez chic, rentrée dans un jean délavé. Le seul homme dans la pièce qui faisait à peu près la même taille que lui était Jason. Et Jason ne rechigne jamais à prêter ses fringues.

— Pourquoi ont-ils tous l'air aussi sérieux ? m'enquis-je.

Louie s'adossa au mur près de moi en buvant son café.

— Jean-Claude a retiré son soutien à Marcus pour s'allier avec Richard. J'ai du mal à croire qu'aucun des deux ne te l'ait dit.

— Ils ont vaguement parlé d'un marché qu'ils avaient conclu, mais ça n'a pas été plus loin. (Je réfléchis à ce qu'il venait juste de m'apprendre.) Marcus doit avoir les boules.

Le sourire de Louie s'effaça.

— C'est l'euphémisme du siècle. (Il me dévisagea.) Tu ne comprends pas, hein ?

— Je ne comprends pas quoi ?

— Sans le soutien de Jean-Claude, Marcus n'a aucune chance de forcer les autres lycanthropes à lui prêter allégeance. Ses rêves de construction d'un empire tombent en miettes.

— Dans ce cas, pourquoi les autres semblent-ils si inquiets ?

Il eut un rictus plein de tristesse.

— Ce que Marcus ne peut pas contrôler, il essaye généralement de le détruire.

— Tu veux dire qu'il pourrait déclencher une guerre ?

— Oui.

— Pas seulement avec Richard et la meute, mais avec tous les autres métamorphes de la ville ?

Louie acquiesça.

— Excepté les léopards-garous. Gabriel est leur chef, et il est allié avec Raina.

J'y réfléchis quelques secondes.

— Doux Jésus ! Ce serait un bain de sang.

— Et il n'y aurait aucun moyen de le contenir, Anita. Ça aurait forcément des répercussions sur le monde des humains. Il reste encore trois États dans ce pays qui paieraient une prime de plusieurs centaines de dollars pour un métamorphe mort, sans poser la moindre question. Une guerre comme celle-là pourrait remettre ce genre de pratique à la mode.

— Vous avez quelque chose de mieux à faire, tous les deux ? nous lança Christine.

Elle commençait à me courir sur le haricot. C'était elle qui avait frappé à la porte de la chambre tout à l'heure, elle qui nous avait interrompus, Richard et moi. Franchement, je lui en étais presque reconnaissante. L'idée que les autres nous entendent passer à la vitesse supérieure aurait été trop embarrassante. Mais ma gratitude avait des limites.

Louie alla s'asseoir par terre avec les autres. Je restai adossée au mur avec ma chope de café.

— Vous ne venez pas ? insista Christine.

— Je suis très bien où je suis.

— Vous êtes trop bien pour vous mêler à nous ? aboya un homme de trente-cinq ou quarante ans, avec des yeux bleu foncé.

Il devait mesurer un mètre soixante-dix, mais c'était difficile à dire, vu qu'il était assis en tailleur. Il portait un costard cravate comme s'il devait se rendre à son travail en sortant de la réunion. Il s'appelait Neal.

— Pas assez bien, rectifiai-je sur un ton doucereux. Pas assez bien, et de loin.

— Qu'est-ce que c'est censé signifier ? (Il tourna la tête vers Richard.) Je n'ai pas envie de discuter de ça devant une normale.

— Laisse tomber, Neal, lui ordonna Richard.

— Pourquoi ? Elle se moque de nous.

Depuis son bout du canapé, Richard leva les yeux vers moi.

— Tu viens t'asseoir, Anita ?

Sylvie s'était installée à côté de lui – pas trop près, mais il ne restait quand même pas assez de place pour moi entre eux. Rafael occupait l'autre extrémité du canapé, le dos très droit et une cheville croisée sur le genou opposé.

— Vous êtes déjà assez serrés, répondis-je.

Richard me tendit la main.

— On va te faire de la place.

— Elle ne fait même pas partie de la meute, protesta Sylvie. Je ne me lèverai pas pour elle. Sans vouloir vous offenser, Anita. Ce n'est pas votre faute si vous êtes une normale.

Elle s'était exprimée sans aucune hostilité envers moi, comme si elle se contentait d'énoncer une évidence. En revanche, le regard qu'elle jeta à Richard n'avait rien d'amical.

— Pas de problème, affirmai-je.

De toute façon, je n'étais pas certaine de vouloir m'asseoir au milieu de lycanthropes, fussent-ils les alliés de Richard. Chacun des occupants de la pièce était plus costaud et plus rapide que moi – et ça aussi, c'était une simple évidence. Le seul avantage que j'avais sur eux, c'était mon flingue. Si je m'asseyais parmi eux, je ne parviendrais jamais à le dégainer à temps.

— Je veux ma petite amie près de moi, Sylvie, c'est tout. Je ne conteste pas ta position au sein des lukoi.

La voix de Richard contenait une patience infinie, comme s'il s'était adressé à une enfant.

— Qu'est-ce que tu viens de dire ? s'exclama Sylvie.

— Nous sommes les lukoi. Anita le sait.

— Tu as partagé nos mots avec elle ? s'écria Neal, outré.

Je voulus dire que ça n'était que des mots, mais je m'abstins. Qui a dit que je suis incapable de tenir ma langue quand la situation l'exige ?

— Il fut un temps où partager nos secrets avec les normaux t'aurait valu une sentence de mort, déclara Sylvie.

— Même Marcus a renoncé à ça.

— Quels autres de nos secrets connais-tu, humaine ?

Je haussai les épaules.

— Juste quelques mots.

Sylvie me fixa.

— Tu veux que ta petite amie humaine vienne s'asseoir près de toi, c'est bien ça, Richard ?

— Oui, acquiesça-t-il sans la moindre trace de colère dans la voix.

Personnellement, je n'aimais pas la façon dont elle prononçait le mot « humaine ». Mais bon.

Sylvie s'écarta légèrement de Richard sans me quitter des yeux.

— Viens, humaine. Viens t'asseoir avec nous.

Je fronçai les sourcils.

— Pourquoi avez-vous changé d'avis ?

— Parce que tout ce que nous faisons ne doit pas obligatoirement être lié à la hiérarchie de la meute. C'est ce que Richard ne cesse de nous seriner. Viens t'asseoir près de ton amant. Je vais me pousser.

Elle se rapprocha encore de Rafael. Le Roi des Rats me dévisagea d'un air interrogateur. Je n'avais pas confiance en Sylvie, mais j'avais confiance en lui. Et j'avais confiance en Richard – sur ce point, du moins. Je compris que j'aurais fait confiance à Rafael la veille. Il n'aurait pas fait preuve des mêmes réticences morales que Richard. Le pauvre Richard était une voix solitaire qui hurlait à la lune. Que Dieu me vienne en aide, parce que je partageais le point de vue des païens.

Louie et Stephen étaient pelotonnés sur le plancher, tout près. J'étais entourée d'amis. Même Jason, qui me fixait en grimaçant, ne laisserait personne me blesser. Comme Stephen, il était le loup de Jean-Claude. S'ils laissaient quelqu'un me tuer, ils ne survivraient probablement pas beaucoup plus longtemps que moi.

— Anita ? appela doucement Richard.

Je soupirai et m'écartai du mur. J'étais entourée d'amis, me répétai-je ; alors, pourquoi les muscles de mon dos étaient-ils tellement noués que ça me faisait mal ? Paranoïaque ? Qui, moi ?

Chope de café dans ma main gauche, je me dirigeai vers le canapé. Sylvie tapota les coussins avec un sourire qui manquait de sincérité.

Je m'assis près de Richard. Il glissa un bras autour de mes épaules. Mon bras droit se retrouva pressé contre son flanc, mais pas trop fort. Il sait que je déteste avoir coincée la main avec laquelle je tire.

Je me laissai aller contre la chaleur de son corps, et la raideur de mes épaules s'estompa quelque peu. Je bus une gorgée de café. Nous nous montrions tous terriblement civilisés.

Richard approcha ses lèvres de mon oreille.

— Merci, chuchota-t-il.

Ce simple mot lui valut des tas de bons points. Il savait combien ça me coûtait de m'asseoir parmi les loups, les rats et les félins. Mais refuser de le faire aurait sapé son autorité face à la meute et aux autres chefs de groupe. Je n'étais pas là pour lui causer des difficultés.

— Qui t'a sauvé la nuit dernière, Stephen ? interrogea Sylvie, sur un ton aussi aimable que l'expression de son visage.

Je ne lui faisais aucune confiance.

Tous les regards se tournèrent vers Stephen. Il se recroquevilla sur lui-même comme s'il pouvait devenir invisible en se faisant assez petit, sauf que ça ne fonctionna pas. Puis il fixa Richard, les yeux écarquillés.

— Vas-y, Stephen, dis-leur la vérité, l'encouragea Richard. Je ne t'en voudrai pas.

Stephen déglutit.

— C'est Anita qui m'a sauvé.

— A ce moment-là, Richard était en train de se battre contre vingt lycanthropes, précisai-je. Il m'a dit d'aller chercher Stephen, et c'est ce que j'ai fait.

Neal renifla Stephen, laissant courir son nez le long de son visage et de son cou jusqu'au creux de son épaule. Ce n'était pas un geste humain, et il me mit d'autant plus mal à l'aise qu'il venait d'un homme en tenue si distinguée.

— Il a son odeur sur la peau. (Il me foudroya du regard.) Il a été avec elle.

Je m'attendais à un concert d'exclamations outrées. Au lieu de quoi, les autres se pressèrent autour de Stephen, humant sa peau, le touchant et reniflant leurs propres doigts. Seuls Sylvie, Jason, Rafael et Louie restèrent assis. Un par un, les autres se tournèrent vers Richard et moi.

— Il a raison, déclara Christine. Son odeur s'accroche à lui. Elle ne serait pas si forte si elle s'était contentée de le porter.

La main de Richard se contracta sur mon épaule. Je lui jetai un coup d'œil. Son visage était calme ; seule une légère tension autour de ses yeux trahissait ses sentiments.

— Je patrouillais dans les bois en quête d'assassins, expliqua-t-il. Stephen ne voulait pas rester seul. Je l'ai envoyé à Anita.

— Nous sommes au courant que quelqu'un a tenté de te tuer, révéla Sylvie.

J'écarquillai les yeux.

— Ah bon ?

— Richard veut que nous l'aidions à te protéger. Si nous devons prendre une balle pour toi, nous voulons savoir pourquoi.

Je soutins son regard. Son joli visage était dur ; les os de ses pommettes ressortaient.

— Je ne demande à personne de prendre une balle pour moi, me récriai-je.

Je me dégageai de l'étreinte de Richard, ce qui m'amena plus près de Sylvie. Ce n'était pas une amélioration.

Richard ne tenta pas de me retenir. Il ramena son bras contre lui.

— J'aurais dû t'en parler avant de le leur dire.

— Et comment !

Sylvie allongea ses bras sur le dossier du canapé, ce qui amena son visage à quelques centimètres du mien.

— As-tu l'intention de réprimander notre futur chef de meute, humaine ?

— Vous prononcez le mot « humaine » comme si c'était une insulte, fis-je remarquer négligemment. Vous êtes jalouse, peut-être ?

Elle eut un mouvement de recul comme si je l'avais frappée. Une expression faite à la fois de rage et de douleur passa brièvement sur ses traits.

— La plupart des métamorphes ici présents ont survécu à une attaque, humaine. Nous n'avons pas choisi de devenir ce que nous sommes.

Sa voix était cinglante comme un coup de fouet.

Je m'attendais à beaucoup de choses de sa part, mais pas à la souffrance d'une survivante. Je regrettai de n'avoir pas tenu ma langue.

— Désolée. Je ne voulais pas en faire une attaque personnelle.

— Tu ne peux pas savoir à quel point c'est personnel.

— Ça suffit, Sylvie, intervint Richard.

Elle se redressa sur ses genoux pour le toiser pardessus ma tête.

— N'as-tu même pas assez de couilles pour être furieux qu'elle ait couché avec un mâle subordonné ?

— Une minute, protestai-je. Stephen et moi n'avons pas couché ensemble. Nous avons dormi dans le même lit, rien de plus.

Neal plongea son visage entre les jambes de Stephen et renifla. Stephen le laissa faire. Ça non plus, ce n'était pas une attitude humaine.

Jason se pencha pour renifler ma jambe.

Je posai ma chope de café en équilibre sur mon genou, devant son nez.

— N'y pense même pas.

Il leva les yeux vers moi et grimaça.

— Tu ne peux pas m'en vouloir d'essayer.

— Mais moi, je peux, dit doucement Richard.

Jason lui sourit et s'écarta de moi.

Neal se redressa et secoua la tête.

— Ils n'ont pas fait l'amour.

— Richard avait dit qu'elle me protégerait, se justifia Stephen.

Le silence se fit si épais qu'on aurait pu marcher dessus.

— C'est vrai ? demanda enfin Sylvie en se tournant vers Richard, et en le dévisageant comme s'il avait fait quelque chose de très vilain.

Richard prit une inspiration si profonde que ses épaules tremblèrent.

— Oui, c'est vrai.

— Stephen, enchaîna Sylvie d'une voix dure, as-tu cru qu'Anita te protégerait ? Si Raina était entrée dans la chambre, lui aurais-tu fait confiance pour te sauver ?

Stephen baissa les yeux, puis les releva. Son regard passa de Richard à moi et vice versa, avant de s'arrêter finalement sur moi.

— Elle m'a fait dormir contre le mur pour être devant moi au cas où quelqu'un entrerait par la porte.

Et moi qui croyais avoir été subtile…

— Qu'aurais-tu fait si Raina était venue ? me demanda Sylvie.

Tous les autres me fixaient, à l'exception de Richard. La gravité dans leurs regards me fit comprendre que la question était plus lourde de signification qu'elle ne l'aurait dû.

— Je l'aurais tuée, répondis-je simplement.

— Tu ne te serais pas contentée de lui tirer dessus ou de la blesser ? insista Christine.

Je secouai la tête.

— Je l'ai déjà épargnée une fois la nuit dernière. Si elle s'en prend de nouveau à Stephen, je la tuerai.

— Tu es sérieuse, n'est-ce pas ? interrogea Sylvie.

— Toujours.

Il y eut un bourdonnement d'énergie dans la pièce, comme si tous les métamorphes partageaient un message télépathique. Je ne pensais pas que ce soit le cas, mais il se passait définitivement quelque chose. Le niveau de pouvoir augmentait, et je n'aimais pas ça du tout. Je posai ma chope de café par terre. Je voulais avoir les deux mains libres.

Sylvie me saisit par la taille et nous fit rouler à bas du canapé. Avant de pouvoir réagir, je me retrouvai allongée sur le ventre, avec une lycanthrope à califourchon sur mon dos. Je fis mine de dégainer, mais elle me prit de vitesse. Sa main arracha le flingue de son holster et le projeta dans un coin de la pièce. Sa rapidité tenait du miracle. Cette fois, j'étais dans la merde tellement profond que je ne pensais pas pouvoir m'en extirper.

Le creux de son coude était logé sous mon menton comme si elle voulait m'étrangler, positionné de telle façon qu'elle puisse provoquer un évanouissement sans me tuer. Ses jambes m'enserraient la taille. Nous n'aurions pas pu être plus proches à moins de nous déshabiller.

Une demi-douzaine de loups-garous s'interposa d'un mouvement fluide entre Sylvie et Richard. Celui-ci se tenait debout, les poings serrés contre ses flancs. Son pouvoir se déversa dans la pièce, de plus en plus profond et intense, jusqu'à ce que j'aie l'impression d'être ensevelie vivante sous une charge statique.

— Non, chuchotai-je.

Et je ne parlais pas à Richard.

Je sentis quelque chose s'ouvrir à l'intérieur de Sylvie, et une vibration tremblante s'échappa de son corps pour courir le long du mien. Elle était presque brûlante, comme si quelqu'un venait d'ouvrir la porte d'un four. Aux endroits où sa peau touchait la mienne, je frissonnai. C'était douloureux, comme une série de minuscules chocs électriques.

— Qu'est-ce que tu fabriques, Sylvie ? gronda Richard.

Sa voix était si basse qu'elle n'avait plus rien d'humain. Je m'attendais à ce que ses yeux aient viré à l'ambre, mais ils demeuraient brun foncé. Des yeux humains. Contrairement à leur regard. C'était la bête qui fixait Sylvie par les yeux de Richard.

Alors, je sus qu'il était vraiment dangereux. Et je sus aussi que son pouvoir impressionnant ne me sauverait pas si Sylvie voulait m'arracher la tête. Mon pouls battait contre son bras comme les ailes d'un papillon prisonnier et affolé.

— Que se passe-t-il ? me forçai-je à demander calmement.

— Je vais faire de toi la compagne de Richard. Sa louve.

— Vous n'êtes pas contagieuse sous votre forme humaine.

— Vraiment ?

Le bras passé autour de ma gorge tiédit et se mit à pulser comme un cœur. Je sentis ses muscles onduler sous sa peau.

— Richard.

Ma voix résonna aiguë et ténue à mes propres oreilles. La peur a souvent ce genre d'effet sur vous.

Rafael et Louie s'étaient levés. Les loups-garous qui soutenaient Sylvie se déployèrent pour couvrir les rats.

Je ne pouvais pas voir Stephen. La dernière fois que je l'avais aperçu, il se tenait quelque part derrière nous, pelotonné sur le plancher.

Jason s'accroupit aux pieds de Richard, faisant face aux autres lycanthropes. Mais au moins une dizaine de ceux-ci demeurèrent assis sans bouger, refusant de prendre position.

— Tu nous avais caché que tu étais capable de ça, commenta Jason.

Sylvie fléchit le bras qu'elle avait passé autour de ma gorge. J'eus le temps d'entrevoir une main griffue.

— Seule Raina possède un statut plus élevé que le mien au sein de la meute, Jason, répliqua-t-elle.

Richard tendit les mains devant lui dans le même geste apaisant que je l'avais vu faire sur le plateau de tournage. L'énergie qui avait envahi la pièce et me picotait la peau retomba d'un cran. Il forçait les autres à ravaler leur pouvoir.

— Il suffirait d'une égratignure, Richard, menaça Sylvie. Tu ne nous atteindras jamais à temps.

— Je te l'interdis, gronda Richard. Personne ne doit être infecté contre son gré. Surtout Anita.

— Pourquoi ? Parce que si elle n'était pas humaine, tu ne voudrais pas d'elle ? lança Sylvie. Ne pas t'accoupler avec une femelle de la meute, c'est une autre façon de nier ce que tu es.

Quelque chose passa sur le visage de Richard, derrière la colère et le pouvoir. De l'hésitation.

A cet instant, je sus que Sylvie avait vu juste.

— Regarde la tête qu'il fait, me souffla-t-elle à l'oreille. (Je sentis son haleine tiède sur ma joue.) Il t'accuse de ne pas vouloir coucher avec lui parce que tu le prends pour un monstre, mais si je fais de toi l'une d'entre nous, il cessera de te désirer. A ses yeux, nous sommes tous des monstres, sauf lui. Ce bon vieux Richard vaut mieux que nous tous réunis.

— Tu ne t'en tireras pas comme ça, Sylvie, cracha Richard. Si tu la touches, je te saignerai. Tu m'entends ?

— Mais tu ne me tueras pas, pas vrai ? répliqua-t-elle.

Elle fléchit à nouveau son bras, et ses longues griffes effleurèrent mon visage.

Je lui saisis le coude et tentai de l'écarter de ma gorge, mais sans succès.

— Moi, je te tuerai, promis-je.

Je la sentis se raidir contre moi.

— Pour avoir fait de toi l'une de nous ? Pour te

149

condamner à perdre l'amour de Richard quand il te verra toute monstrueuse et poilue ?

Très doucement, très prudemment, j'articulai :

— Tu détestes ce que tu es, Sylvie.

Son bras se convulsa, si fort que j'en eus le souffle coupé l'espace d'une seconde.

— Je ne déteste pas ce que je suis. J'accepte ce que je suis, se défendit-elle.

Je pris une inspiration tremblante et tentai une nouvelle approche.

— J'ai vu la tête que tu as fait quand je t'ai accusée d'être jalouse. Tu es jalouse de mon humanité. Tu ne peux pas le nier.

Elle leva son autre main devant mon visage pour que je puisse bien voir ses longues griffes effilées. Pendant ce temps, celles de la main qui me tenait s'enfoncèrent dans mes cheveux.

— Tu sais que Raina nous a interdit de te changer en lukoi. Elle a peur que tu sois une meilleure chienne qu'elle.

— Comme c'est flatteur, chuchotai-je.

Je cherchai Richard entre le dos des loups-garous qui nous entourait. Ses yeux avaient viré à l'ambre, et ils n'avaient plus rien d'humain. Pourtant, je savais que même dans cet état, il ne tuerait pas Sylvie. Même si elle me saignait dessus, même si elle m'infectait, il ne la tuerait pas. Je le lisais dans la douleur sur son visage. Dans la confusion qui remplaçait la peur.

Peut-être Sylvie le vit-elle aussi. Peut-être jugeat-elle que son message était passé. Quoi qu'il en soit, elle se déplia et se releva prudemment de l'autre côté de moi.

Je m'écartai d'elle à quatre pattes, aussi vite que je le pus. Ce n'était pas très élégant, mais c'était efficace, et ça me suffisait.

Je continuai à ramper jusqu'à ce que j'atteigne le mur du fond. Je me laissai tomber adossée à lui, le plus loin possible des autres occupants de la pièce.

Les loups-garous s'étaient dispersés. Sylvie et Richard

restaient seuls l'un face à l'autre. Les yeux de Sylvie avaient adopté une étrange couleur d'un gris liquide. C'était les yeux d'un loup.

Richard projeta son énergie en avant. Elle me dévora la peau, m'arrachant un hoquet de douleur.

Sous cet assaut pareil à un raz de marée, Sylvie ne broncha pas.

— Ton pouvoir est très impressionnant, Richard, mais il ne nous servira à rien tant que Marcus vivra, lâcha-t-elle.

Il lui assena un revers si vif que mon œil ne put le suivre. Elle alla s'écraser contre le mur et glissa à terre, sonnée.

— Je suis chef de meute, rugit Richard en levant des mains griffues vers le ciel.

Il tomba à genoux, et je ne me relevai pas pour l'aider. Je restai recroquevillée sur moi-même, regrettant de ne pas avoir emporté un flingue supplémentaire.

Richard s'accroupit en se balançant sur ses talons. Il se roula en boule, et je le sentis ravaler son pouvoir. Longtemps après que celui-ci se fut dissipé, il resta lové sur lui-même, les bras croisés sur son ventre et la tête baissée, ses cheveux dissimulant son visage.

Sylvie se redressa sur les genoux et se traîna vers lui. Levant une main, elle lissa ses cheveux sur un côté.

— Nous te suivrions n'importe où si tu tuais pour nous, dit-elle presque tendrement. Elle, elle le ferait. Si ta compagne, ta lupa, est prête à tuer pour nous, ça peut peut-être suffire.

Richard leva la tête en frissonnant.

— Personne ne doit être infecté contre son gré. Telle est ma volonté.

Lentement, il se déplia.

Sylvie resta prostrée par terre, le visage au ras du sol en signe de soumission.

— Mais tu ne tueras pas pour la faire respecter, insista-t-elle.

— Moi, je tuerai pour protéger Anita, déclara brusquement Rafael.

151

Tous les regards se tournèrent vers lui. Il les soutint sans frémir.

— Si quelqu'un la touche à nouveau contre son gré, moi et les miens l'abattrons sans pitié.

— Rafael, ne fais pas ça, protesta Richard.

Rafael le fixa durement.

— Tu amènes une humaine parmi nous, mais tu ne la protèges pas. Il faut bien que quelqu'un s'en charge.

Je voulus dire que je pouvais me protéger toute seule, mais c'était faux. J'avais beau être bonne à ce petit jeu-là, je n'étais qu'une humaine. Ça ne suffisait pas.

— Je ne peux pas te laisser faire le sale boulot à ma place, insista Richard.

— Je suis ton ami, se radoucit Rafael. Ça ne m'ennuie pas.

Sylvie s'aplatit sur le sol aux pieds de Richard.

— Laisseras-tu le Roi des Rats tuer des membres de ta meute ? Est-il notre chef désormais ?

Richard baissa les yeux vers elle, et quelque chose passa sur son visage. Rien de surnaturel ou de bestial : juste de la tristesse. Si j'avais eu un flingue, j'aurais pu buter Sylvie rien que pour lui avoir soutiré cette expression.

— Je tuerai quiconque enfreindra mes ordres, déclara-t-il enfin. Telle est ma parole, et telle est ma loi.

Sylvie s'aplatit encore davantage, et les autres loups s'approchèrent en rampant pour se prosterner devant lui. Certains lui léchèrent les mains ou touchèrent son corps, se massant autour de lui jusqu'à le dissimuler presque.

Richard se redressa et se fraya un chemin parmi eux tandis que leurs mains s'accrochaient à ses jambes. Il se pencha pour ramasser le Firestar et se dirigea vers moi. Comme il me tendait mon flingue crosse la première, je vis qu'il avait repris son apparence normale, que la bête était de nouveau enfouie en lui.

— Ça va ?

Je serrai convulsivement le Firestar dans mes deux mains.

— Pourquoi ça n'irait pas ?

— Je chéris ton humanité, Anita. Sylvie a raison. Comment puis-je te demander d'étreindre ma bête, quand j'en suis incapable moi-même ? (La souffrance sur son visage me brisait le cœur.) Je tuerai pour te protéger. Tu es contente ?

Je levai la tête vers lui.

— Non. Je pensais que je le serais, mais ça n'est pas le cas.

J'éprouvais la même chose que Rafael. J'aurais pu tuer pour lui. Tuer pour ne plus lire cette douleur dans ses yeux.

Je rengainai mon flingue et lui tendis la main droite. Ses yeux s'écarquillèrent. Il comprenait la signification de mon geste. Il prit ma main et m'aida à me relever. Puis il m'entraîna vers les loups qui nous attendaient.

Je résistai.

— J'ai dit que je tuerais pour toi, Anita. (Sa voix était dure et douce à la fois.) Ne m'en crois-tu pas capable ?

Son regard était d'une tristesse absolue. Comme si la chose qu'il avait lutté pour maintenir en vie à l'intérieur de lui pendant toutes ces années était morte à présent. Je croyais son regard. Il tuerait pour me protéger, et cette décision lui avait coûté très cher.

Les loups-garous nous encerclèrent. Je pourrais dire qu'ils rampaient, mais ça ne serait pas rendre justice à la grâce et à la sensualité de leurs mouvements. Ils se déplaçaient comme s'ils avaient des muscles dans des endroits où les humains n'en possèdent pas. Quand je croisai leur regard, chacun d'eux détourna la tête, à l'exception de Sylvie. Elle, elle soutint mon regard. C'était un défi, mais j'ignorais de quelle façon j'étais censée y répondre.

Une main me toucha, et je reculai dans un sursaut. Seule la main de Richard sur la mienne m'empêcha de saisir mon flingue. Il prit mes deux mains dans les siennes et m'attira vers lui, sans que nos corps se touchent tout à fait. Puis il chercha mon regard et le soutint. Il n'avait pas peur. J'essayai de me détendre, mais sans succès.

— Anita est ma lupa. Imprégnez-vous de son odeur et de sa peau. Elle a fait couler notre sang, et elle a versé le sien pour nous. Elle s'est posée en protectrice pour les plus faibles qu'elle. Elle tuera pour nous si nous le lui demandons. Elle est votre alpha.

Sylvie et Neal se levèrent. Tous deux sortirent du cercle et s'immobilisèrent en nous fixant, Richard et moi. Les autres restèrent tapis sur le sol à nous observer.

— Elle n'est pas ma dominante, affirma Sylvie.

— Elle n'est même pas l'une d'entre nous, ajouta Neal. Je ne m'inclinerai pas devant elle. Je pourrais la briser en deux d'une seule main. (Il secoua la tête.) Elle n'est pas mon alpha.

— Que se passe-t-il, Richard ? demandai-je.

— J'ai tenté de te faire intégrer la meute, de faire de toi l'une d'entre nous sans te contaminer.

— Pourquoi ?

— Si tu dois protéger Stephen, tu mérites la protection de la meute en retour.

— Sans vouloir t'offenser, ta protection ne m'a pas beaucoup impressionnée jusqu'à présent.

Ces mots n'avaient pas plus tôt quitté ma bouche que j'aurais donné n'importe quoi pour les ravaler. Le visage de Richard se décomposa.

— La nuit dernière, tu as lancé un défi personnel à Raina, Anita. Tu ne te rends pas compte à quel point elle est dangereuse. Je voulais que tu bénéficies de la protection de tous les autres au cas où il m'arriverait quelque chose.

Je levai les yeux vers lui.

— Tu tueras Marcus s'il t'attaque à nouveau, pas vrai ? Tu ne t'embarrasseras plus de scrupules. (Je lui touchai le bras et le dévisageai.) Réponds-moi, Richard.

Il hocha la tête à contrecœur.

— Je ne le laisserai pas me tuer.

— Tu le tueras. Promets-le-moi.

154

Ses mâchoires se contractèrent, et je vis tressaillir leurs muscles.

— Je te le promets.

— Halléluiah, s'exclama Sylvie. (Elle me fixa.) Je retire mon défi. Tu n'es pas ma dominante, mais tu peux être sa femelle alpha. Tu as une bonne influence sur lui. (Elle regagna le cercle, sans toutefois s'agenouiller.) Viens, Neal. Laisse tomber.

Il secoua obstinément la tête.

— Non. Elle n'est pas l'une d'entre nous. Elle ne peut pas l'être. Je ne la reconnaîtrai pas comme alpha.

— Tout ce que tu as à faire, c'est prouver à Neal que tu es sérieuse, me dit Sylvie. Il te suffira de lui faire un peu mal.

— Vu qu'il survivrait probablement à une collision avec un trente-huit tonnes, comment suis-je censée lui faire mal ?

Elle haussa les épaules.

— Je ne pensais pas que quelqu'un te défierait. Je suis désolé, dit Richard.

— Tu t'attends à ce que les gens soient gentils. C'est ta plus grande qualité et ta plus grande faiblesse.

— Refuse le défi, Anita.

— Si je le fais, que se passera-t-il ?

— Ça en restera là. Tu ne seras pas membre de la meute, mais je pourrai ordonner à tous ceux qui le sont de te protéger contre Raina. Ce sera presque aussi bien.

— Je te l'ai déjà dit : je ne veux pas que quiconque soit obligé de prendre une balle pour moi. Et puis, il n'est pas question que je me porte volontaire pour affronter un lycanthrope à un contre un. Je garderai mon flingue, mais merci quand même.

On sonna à la porte. C'était probablement Edward. Et merde. Je balayai le petit groupe du regard. Même s'ils étaient tous sous leur forme humaine, Edward les démasquerait au premier coup d'œil. Il est encore plus doué que moi pour repérer les monstres, du moins, les monstres vivants.

— Si vous voulez la mettre un peu en veilleuse, je vais aller ouvrir.

— C'est Edward ? s'enquit Richard.

— Il y a des chances.

Il se tourna vers les lycanthropes prosternés.

— Tout le monde debout. C'est un normal.

Ils se levèrent à regret. Ils semblaient presque intoxiqués, comme si le pouvoir qui emplissait la pièce leur était monté à la tête.

Je me dirigeai vers la porte. J'étais à mi-chemin quand Richard hurla :

— Non !

Je plongeai à terre, effectuai un roulé-boulé et sentis l'air siffler au-dessus de moi, à l'endroit qu'avait frappé Neal. S'il avait été un peu plus doué, il m'aurait eue. Son coup manqué le déséquilibra. Je lui balayai les jambes, mais il se releva d'un bond avant que je puisse esquisser le moindre geste, comme s'il était monté sur ressort. C'était foutrement impressionnant.

— Arrête ça, Neal, aboya Sylvie.

— Elle n'a pas refusé le défi. C'est mon droit.

Toujours à terre, je rampai en arrière en m'aidant de mes mains et de mes pieds. Je ne savais pas quoi faire d'autre. Si je me redressais, je me retrouverais dos aux rideaux tirés de la baie vitrée. Je n'étais pas sûre que ce soit une bonne idée.

— Que quelqu'un m'explique les règles. Vite.

— Combat au premier sang. Forme humaine seulement, dit Sylvie.

— S'il se métamorphose, tu peux lui tirer dessus, ajouta Richard.

— Entendu, acquiesça Sylvie.

Les autres murmurèrent leur approbation.

Génial.

Neal bondit sur moi. Ses pieds quittèrent complètement le sol, et ses mains se tendirent vers ma gorge. Je me redressai sur un genou, empoignai les revers de sa veste et roulai sur le dos en laissant son incroyable élan nous emporter tous les deux. Puis je lui calai mes deux

156

pieds sur l'estomac et poussai de toutes mes forces. Il vola au-dessus de moi en décrivant un arc presque parfait. Coup de bol : il s'était positionné de manière parfaite pour une projection *tomoe nage* dans les règles de l'art.

Il passa à travers la fenêtre, emmenant le rideau avec lui. Je culbutai en arrière et me relevai dans le même mouvement, fixant la vitre brisée. Des éclats de verre jonchaient la moquette et le jardin au-delà. Neal gigota pour se dépêtrer du rideau, du sang dégoulinant d'une dizaine de coupures sur son visage.

Edward était accroupi en position de combat, flingue à la main. Il braqua son arme sur Neal pendant que celui-ci se débattait.

— Ne tire pas, ordonnai-je. Je crois que le combat est terminé.

Neal se redressa, se débarrassant du rideau d'un coup de pied rageur.

— Je vais te tuer, gronda-t-il.

Je dégainai mon Firestar et le mis en joue.

— Ça m'étonnerait, répliquai-je froidement.

Richard vint se planter près de moi.

— Elle a fait couler le premier sang, Neal. Le combat est terminé... A moins que tu veuilles que j'intervienne.

— Et moi aussi, ajouta Sylvie en venant se placer de l'autre côté de lui.

Le reste de la meute se massa derrière nous. Stephen s'accroupit à mes pieds.

— A présent, elle fait partie de la meute, déclara Sylvie. Attaque l'un d'entre nous, et tu auras affaire à tous les autres.

Edward me fixa en haussant les sourcils.

— Que se passe-t-il, Anita ?

— Je crois que je viens d'être adoptée.

Neal me foudroya du regard.

— Nous t'écoutons, Neal, dit Sylvie.

Il s'agenouilla sur le rideau constellé d'éclats de verre. Les coupures de son visage commençaient déjà à se refermer. Elles auraient mis plus de temps que ça si elles avaient été causées par une lame en argent ou par les griffes d'un autre monstre, mais là, c'était presque magique.

— Tu es dominante. Tu es une alpha, articula-t-il comme si ces mots lui arrachaient la gorge. Mais si cette fenêtre n'avait pas été là, tu n'aurais pas réussi à me faire saigner.

— Pourquoi crois-tu que je me sois placée juste devant ? répliquai-je.

Il plissa les yeux.

— Tu avais tout prévu ?

J'acquiesçai et levai mon flingue vers le ciel.

— Je ne suis pas seulement jolie.

Richard prit ma main gauche et la pressa doucement.

— Ça, c'est la vérité de Dieu.

Je rengainai mon Firestar.

Edward secoua la tête en souriant, mais il garda son flingue à la main. Par contre, il cessa de braquer Neal.

— De tous les gens que je connais, tu es la seule dont la vie soit plus intéressante que la mienne, commenta-t-il simplement.

Jason me tapota le dos.

— Demain soir, nous t'emmènerons chasser le daim.

— J'aurais cru que vous chassiez uniquement les voitures.

Il gloussa.

— C'est beaucoup moins marrant. Les voitures ne saignent pas.

J'avais à peine esquissé un sourire que celui-ci se flétrit sur mes lèvres. Les yeux de Jason étaient aussi innocents qu'un ciel printanier, aussi joyeux. Et j'avais beau les fixer, je ne parvenais pas à déterminer s'il plaisantait ou non. Je faillis lui demander, mais je m'abstins. Je n'étais pas du tout sûre de vouloir le savoir.

12

Edward mesure un mètre soixante-dix. Avec ses cheveux blonds coupés très courts et ses yeux bleus, il ressemble au parfait rejeton d'une famille anglo-saxonne protestante. C'est aussi l'homme le plus dangereux que j'aie jamais rencontré, vivant ou mort.

La réunion de lycanthropes eut l'air de beaucoup l'amuser. Ayant réglé tous les problèmes à l'ordre du jour, les invités de Richard partirent peu de temps après son arrivée. Ils ne s'étaient rassemblés que dans un dernier effort pour convaincre Richard de s'asseoir sur sa morale et de tuer quelqu'un. Ou, à défaut, de choisir une lupa prête à tuer pour lui. Nous avions fait d'une pierre deux coups. Mais j'étais consciente que j'avais eu beaucoup de chance avec Neal. S'il avait eu ne serait-ce que des notions d'arts martiaux, s'il avait su se battre un tant soit peu, j'y serais restée.

Richard avait rebouché la fenêtre brisée et appelé un vitrier qui, pour un prix exorbitant, avait accepté de venir la changer tout de suite. J'avais offert de payer la facture, puisque j'étais la cause des dégâts.

Puis Edward, Richard et moi nous étions assis autour de la table de la cuisine. Edward et moi sirotions du café. Richard buvait du thé. Il déteste le café ; c'est l'un de ses rares défauts vraiment graves. Difficile de faire confiance à un homme qui ne boit pas de café.

— Qu'est-ce que tu as découvert ? m'enquis-je.

Edward secoua la tête.

— Pas grand-chose. Le contrat a été accepté.

— Malgré l'échéance imposée ?

Il acquiesça.

— Quand les vingt-quatre heures s'achèveront-elles ?

— Disons, vers deux heures du matin. L'offre m'a été présentée à une heure hier soir, mais je préfère nous garder une marge de sécurité.

— Une marge de sécurité, répéta Richard sur un ton sarcastique.

— Qu'est-ce qui ne va pas ? lui demandai-je.

— Suis-je le seul à m'inquiéter dans cette pièce ?

— Paniquer ne nous avancera à rien, Richard.

Il se leva, vida sa chope dans l'évier et la rinça automatiquement. Puis il fit volte-face et s'adossa aux placards, les bras croisés sur la poitrine.

— Tu as besoin d'avoir les idées claires pour te préparer ?

— Oui.

Il nous fixa tour à tour, et je vis bien qu'il pensait à quelque chose de sérieux. Enfin, il déclara :

— Je ne comprends pas comment vous pouvez rester aussi calmes, tous les deux. Je suis choqué que quelqu'un ait lancé un contrat sur la tête d'Anita. Pas vous.

Edward et moi nous entre-regardâmes. Nous partageâmes un bref instant de parfaite compréhension, et je sus que je ne pourrais pas l'expliquer à Richard. Je n'étais même pas certaine de pouvoir me l'expliquer.

— Si j'ai survécu si longtemps, c'est parce que je ne réagis pas comme la plupart des gens.

— Si tu as survécu si longtemps, c'est parce que tu es prête à faire des choses qui répugneraient à la plupart des gens, contra Richard.

Je hochai la tête.

— Aussi.

Son expression était très grave, comme celle d'un petit garçon qui interroge ses parents sur les choses de la vie.

— Laisse-moi poser une dernière question stupide ; ensuite, je me tairai.

Je haussai les épaules.

160

— Vas-y.

— Anita dit qu'elle n'aime pas tuer. Qu'elle ne ressent rien quand elle le fait.

Je saisis alors que la question s'adressait à Edward. Je n'étais pas sûre qu'il le prenne bien.

— Et toi, tu aimes tuer ?

Edward ne broncha pas dans sa chaise, se contentant de siroter calmement son café. Son regard était aussi neutre et indéchiffrable que celui de n'importe quel vampire, et d'une certaine façon, tout aussi mort. Pour la première fois, je me demandai si le mien ressemblait parfois à ça.

— Pourquoi veux-tu le savoir ?

— J'ai accepté de tuer Marcus, annonça Richard. Je n'ai encore jamais tué personne.

Edward leva les yeux vers lui. Il reposa sa chope d'un geste presque délicat et soutint son regard.

— Oui.

— Oui, tu aimes tuer ? répéta Richard.

Edward acquiesça.

Richard attendait qu'il s'explique. Ça se voyait à sa tête.

— Il t'a répondu, Richard, soupirai-je.

— Mais est-ce qu'il aime les sensations qu'il éprouve quand il tue ? Est-ce que c'est quelque chose de physique ? Ou est-ce la préparation qui l'excite ?

Edward reprit sa chope de café.

— L'interrogatoire est terminé, Richard, dis-je doucement.

Une expression à la fois obstinée et frustrée passa sur son visage.

— Mais j'ai besoin de savoir ! protesta-t-il.

— Après avoir tué Marcus, tu pourras me reposer la question, précisa Edward.

— Et tu me répondras ? insista Richard.

Edward hocha imperceptiblement la tête.

Pour la première fois, je compris qu'il aimait bien Richard. Peut-être pas comme un ami, mais à défaut d'autre chose, il ne le considérait pas comme un gaspillage d'espace et d'air respirable.

Richard le dévisagea pendant un long moment, puis secoua la tête.

— D'accord. (Il se rassit.) Je n'ai pas d'autre question. Quel est votre plan ?

Je lui souris.

— Empêcher l'assassin de m'avoir.

— C'est tout ? s'exclama-t-il, incrédule.

— Et neutraliser le gars qui finance l'opération, ajouta Edward. Tant que le fric sera sur le marché, Anita ne sera pas en sécurité.

— Et vous avez une idée sur la façon de vous y prendre ? interrogea Richard.

Edward acquiesça et renversa la tête en arrière pour boire les dernières gouttes de son café. Il se leva, s'approcha du comptoir et se resservit comme s'il était chez lui. Puis il revint s'asseoir à la table. Ce bon vieil Edward, toujours à l'aise où qu'il se trouve.

Je gardai le silence, attendant qu'il s'explique. Je savais qu'il parlerait quand il serait prêt, et pas avant. Richard dansait pratiquement sur place.

— Alors ? demanda-t-il enfin, n'y tenant plus.

Edward sourit. Peut-être à Richard, ou peut-être à cette musique éternelle qu'il est le seul à entendre. Le rythme qui l'aide à rester maître de lui-même et vivant.

— L'assassin peut venir ici aujourd'hui ; nous allons prendre toutes nos précautions au cas où. Un troupeau de métamorphes, c'était l'arme de dissuasion parfaite. Même moi, je n'aurais pas essayé d'agir avant leur départ.

Je promenai un regard nerveux à la ronde. Mon dos me démangeait entre les omoplates.

— Tu crois que nous sommes en danger en ce moment même ?

— Possible. (Il n'avait pas l'air trop inquiet.) mais je crois qu'il essaiera de t'avoir ce soir, pendant ton rendez-vous avec le Maître de la Ville.

— Comment sais-tu que j'ai rendez-vous avec lui ce soir ?

Edward se contenta de sourire.

— Je sais que le Maître de la Ville emmène l'Exécutrice à l'ouverture de sa boîte de nuit, la *Danse mortelle*. Je sais aussi qu'ils arriveront en limousine.

— Même moi, je l'ignorais.

Il haussa les épaules.

— Ça n'a pas été très difficile de le découvrir, Anita.

— Je comptais annuler mon rendez-vous pour rester planquée.

— Si tu restes ici, l'assassin viendra certainement t'y chercher.

Je jetai un coup d'œil à Richard.

— Oh !

— Je suis un grand garçon. Je me débrouillerai, affirma Richard.

— Serais-tu capable de tuer un être humain ?

Il cligna des yeux.

— Qu'entends-tu par là ?

— Si quelqu'un te menaçait avec un flingue, pourrais-tu le tuer ? reformulai-je.

— Je t'ai déjà dit que je tuerais pour te protéger.

— Ce n'est pas ce que je t'ai demandé, Richard, et tu le sais très bien.

Il se leva et se mit à faire les cent pas.

— S'il avait des munitions ordinaires, il ne réussirait pas à me tuer.

— Tu ne saurais pas s'il utilise des balles en argent avant qu'il soit trop tard, fis-je remarquer.

Il se frotta le haut des bras comme s'il avait froid, passa les mains dans ses cheveux et se tourna vers moi.

— Une fois que tu décides de commencer à tuer, ça ne s'arrête jamais, n'est-ce pas ?

— Non, acquiesçai-je.

— Je ne sais pas si je serais capable de tuer un être humain.

— Merci pour ton honnêteté.

— Mais si tu vas à ton rendez-vous, tu entraîneras un

assassin dans un club bondé de gens. Tu serais prête à mettre toute une foule en danger pour me protéger ?

— Je mettrais presque n'importe qui en danger pour te protéger.

Edward émit un son léger qui ressemblait à un gloussement. Mais quand je reportai mon attention sur lui, son expression était toujours aussi neutre et vacante. Il but une gorgée de café.

— C'est pour ça que je ne veux pas de Richard dans la ligne de tir, me dit-il calmement. Tu serais trop occupée à te faire du souci pour lui ; ça risquerait de distraire.

— Mais tous ces gens…, protesta Richard.

Edward me fixa et s'abstint de dire ce qu'il pensait. Je lui en fus très reconnaissante.

— Je pense qu'Edward a tout prévu, Richard, affirmai-je sur un ton rassurant.

— A mon avis, l'assassin tentera de frapper quand tu rentreras chez toi après l'inauguration, confirma Edward. Pourquoi s'embarrasserait-il de gêneurs et de témoins potentiels, alors qu'il lui suffirait de mettre une bombe dans la limousine ou d'attendre que tu sois seule sur le chemin du retour ?

— A sa place, c'est ce que tu ferais ? interrogea Richard.

Edward le fixa un moment avant d'acquiescer.

— Probablement. Les bombes, ce n'est pas mon genre, mais je tirerais sur la limousine.

— Pourquoi pas une bombe ? voulut savoir Richard.

Je m'étais gardée de poser la question, parce que je connaissais déjà la réponse. Edward me jeta un coup d'œil. Je haussai les épaules.

— Parce que j'aime tuer de près, m'impliquer personnellement et prendre des risques.

Richard étudia longuement son visage.

— Merci de m'avoir répondu, lâcha-t-il enfin.

Edward hocha la tête comme pour dire « de rien ». Richard était en train d'accumuler les bons points auprès de nous deux. Mais je savais qu'il se faisait des illusions. Si Edward avait l'air de bien l'aimer, Richard supposerait qu'il n'avait rien à craindre de lui. Moi, je le connaissais mieux que ça. Si la situation l'exigeait, Edward serait capable de flinguer n'importe qui. Moi y compris, probablement.

— Admettons que tu aies raison, dis-je. Je vais à mon rendez-vous, et je laisse l'assassin se mettre en place. Et ensuite ?

— On l'élimine.

— Une minute, intervint Richard. Vous partez du principe que vous serez meilleurs qu'un assassin professionnel. Que vous le neutraliserez avant qu'il puisse avoir Anita.

Edward et moi acquiesçâmes avec un bel ensemble.

— Et si vous n'êtes pas meilleurs ? insinua Richard.

Edward le fixa comme s'il venait de suggérer que le soleil pourrait ne pas se lever le lendemain.

— Edward sera meilleur, affirmai-je.

— Tu es prête à parier ta vie là-dessus ? insista Richard.

— C'est déjà ce que je fais.

Il pâlit mais hocha la tête.

— Je suppose que oui. Que puis-je faire pour vous aider ?

— Tu as entendu Edward. Tu restes ici.

Il fit un signe de dénégation.

— J'ai entendu. Mais parmi une foule de gens, même Superman aura besoin d'yeux et d'oreilles supplémentaires. La meute peut l'aider à surveiller tes arrières.

— Ça ne te pose pas de problème de les mettre en danger ?

— Tu as dit que tu serais prête à risquer la vie de n'importe qui pour me protéger. C'est pareil pour moi.

— S'ils se portent volontaires, c'est une chose, mais je ne veux pas que tu les y obliges. Les gens ne font pas de bons gardes du corps si leur cœur n'y est pas.

Richard éclata de rire.

— Très pratique. L'espace d'une seconde, j'ai vraiment cru que tu t'inquiétais pour mes loups.

— L'esprit pratique me gardera en vie, répliquai-je. Pas le sentimentalisme.

— Si nous avions des gardiens de rabe, j'aurais les mains plus libres, fit remarquer Edward.

Je le fixai.

— Tu ferais confiance à des monstres pour surveiller mes arrières ?

Il eut un sourire qui n'avait rien de plaisant.

— Les monstres font de l'excellente chair à canon.

— Mes loups ne sont pas de la chair à canon, contra Richard.

— Tous les gens sont de la chair à canon. Ou ils le deviennent un jour ou l'autre, affirma Edward.

— Si je pensais vraiment que nous mettrions des innocents en danger, je n'irais pas au club. Tu le sais, Richard.

Il me dévisagea une seconde, puis acquiesça.

— Oui, je le sais.

Edward émit un petit bruit de gorge.

— Des innocents. (Il secoua la tête.) Allons nous préparer. Je t'ai apporté de nouveaux joujoux pour ce soir.

— Des joujoux dangereux ? demandai-je.

— Pourquoi, il en existe d'un autre genre ?

Nous nous entre-regardâmes en grimaçant.

— Tout ça vous amuse, constata Richard sur un ton presque accusateur.

— Si ça ne nous amusait pas, nous aurions choisi un autre boulot, rétorqua Edward.

— Anita ne tue pas pour de l'argent, aboya Richard. Toi, si.

Je vis la bonne humeur d'Edward s'évaporer de ses yeux comme la lumière du soleil quand un nuage passe devant, les laissant vides et glaciaux.

— Pense ce que tu veux, mais Anita aurait pu opter pour une autre carrière, une qui ne la mette pas en

166

danger au quotidien. Et pourtant, c'est celle-là qu'elle a choisie. Il doit bien y avoir une raison.

— Elle n'est pas comme toi, s'obstina Richard.

Edward me fixa de son regard vacant.

— Elle s'en rapproche de plus en plus.

Sa voix était douce, presque neutre, mais elle me fit frissonner.

Je soutins son regard, et pour la première fois depuis très longtemps, je me demandai à quoi j'avais renoncé pour être capable d'appuyer sur la détente. La même chose à laquelle Edward avait renoncé pour pouvoir tuer si facilement ?

Reportant mon attention sur Richard, je m'interrogeai : en serait-il capable ? Quand la fourrure volerait, arriverait-il vraiment à tuer quelqu'un ? Certaines personnes en sont totalement incapables, et il n'y a pas de honte à ça. Mais si Richard revenait sur ses bonnes résolutions, il mourrait. Pas ce soir ni demain, mais un jour, parce que Marcus y veillerait.

Richard avait vaincu Marcus deux fois, et par deux fois, il avait refusé de l'achever. Je doutais que Marcus lui laisse une troisième chance. Raina et Gabriel avaient enlevé Stephen la veille, parce qu'ils savaient très bien comment Richard réagirait. Si je n'avais pas été avec lui, il se serait probablement fait massacrer. Et merde.

Tout ce que j'avais à faire, c'était tuer l'assassin avant qu'il ou elle me tue. Croire que Richard ne laisserait pas Marcus le tuer. Empêcher Raina de me tuer. Et, voyons… J'étais sûre que j'oubliais quelque chose. Ah, oui : décider si j'allais coucher avec Richard, et le cas échéant, ce que ça signifierait pour Jean-Claude et pour moi. Il y a des jours où ma vie est trop compliquée, même pour moi.

13

Trouver des vêtements de soirée sous lesquels on
puisse dissimuler un flingue, ce n'est pas de la tarte. A
l'origine, je n'avais pas prévu de me pointer armée à
mon rendez-vous avec Jean-Claude. Mais c'était avant
d'avoir un assassin aux trousses. A présent, il était hors
de question que je me passe de flingue.

Si j'avais su que j'en aurais besoin ce soir-là, j'aurais
gardé mon tailleur pantalon en réserve. Mais je ne pouvais pas deviner, et mes jeans mis à part, je n'avais
emmené qu'une petite robe noire dans ma valise. Ses
bretelles étaient juste assez larges pour que je puisse
planquer un soutien-gorge dessous, à condition de ne
pas trop remuer. Par prudence, j'avais fait l'emplette
d'un soutien-gorge noir. Une bretelle de soutif blanc
qui dépasse d'une robe noire, je trouve ça franchement
vulgaire.

En guise de veste, j'avais emmené un boléro de
velours noir qui m'arrivait à la taille, avec des perles
noire brodées sur le col et l'ourlet. Il était accroché à la
poignée de la penderie de Richard.

Assis sur son lit, Richard me regardait tristement
appliquer mon rouge à lèvres. Penchée en avant, je
m'examinai dans le miroir au-dessus de sa commode.
Ma jupe était si courte que j'avais décidé de porter une
combinaison noire dessous, pas en guise de sous-vête-
ment, mais pour recouvrir mes collants. Ronnie n'avait
pas cru un seul instant que je ne finirais pas cul par-
dessus tête au moins une fois pendant la soirée.
Apparemment, elle avait vu juste.

Même si je m'agitais davantage que la distinction ne le commande, la combinaison protégerait ma pudeur. Livrée à moi-même, je n'en aurais jamais acheté d'aussi courte. Ronnie a une mauvaise influence sur moi. Si elle avait su que je la porterais pour Jean-Claude, elle aurait sans doute choisi quelque chose d'autre. Elle l'appelle « face de crocs ». Ou pire. Elle adore Richard.

— Jolie robe, commenta Richard sur un ton morne.

— Merci.

Je fis une pirouette devant le miroir. La jupe était juste assez ample pour tourner autour de mes jambes. Les fourreaux noirs sur mes avant-bras étaient assortis au reste de ma tenue, et les couteaux qu'ils contenaient ajoutaient une élégante touche argentée. Ils réussissaient presque à masquer mes cicatrices, ne laissant visible que la petite bosse sur mon coude gauche, là où un vampire m'a déchiqueté le bras autrefois. Ce même vampire m'a également mordue à la clavicule.

Les cicatrices font partie de moi, depuis le temps. Mais parfois, je surprends quelqu'un en train de les fixer. Quand il s'aperçoit que je l'ai vu, il détourne hâtivement les yeux. Ce n'est pas qu'elles soient si atroces, sincèrement. Mais elles racontent une histoire de douleur qui sort de l'ordinaire. Elles disent que j'ai été dans des endroits inconnus de la plupart des gens, et que j'ai survécu. Ce qui vaut bien un ou deux regards appuyés, j'imagine.

Les lanières noires qui soutenaient mon nouveau couteau le long de ma colonne vertébrale se voyaient un peu aux épaules. Mes cheveux dissimulaient le manche, mais je ne pourrais pas enlever le boléro sans révéler la lame.

— Pourquoi ne l'as-tu pas portée hier soir ? s'enquit Richard.

— Le tailleur pantalon me semblait plus approprié.

Il détailla ma silhouette d'un air sévère et secoua la tête.

— C'est un peu sexy pour une soirée en compagnie

de quelqu'un avec qui tu n'as pas l'intention de coucher, non ?

Je n'avais pas prévu de montrer cette robe à Richard, du moins, pas la nuit où je la porterais pour sortir avec Jean-Claude. Je ne savais pas trop quoi répondre, mais j'essayai quand même.

— J'ai plus confiance en moi pour ne pas craquer avec Jean-Claude, que je n'ai confiance en moi pour ne pas craquer avec toi. Donc, il a droit à la robe courte, et pas toi.

Ce qui était la stricte vérité.

— Je n'ai pas droit à la robe sexy parce que je suis irrésistible ?

— Quelque chose comme ça.

— Si je passais mes mains sous ta jupe, je trouverais des collants ou des bas ?

Il semblait si solennel, si blessé… Avec tout ce qui se passait d'autre, je n'aurais pas dû avoir à me soucier de ménager mon petit ami. Mais voilà : la vie continue, même quand vous êtes dans la merde jusqu'au cou.

— Des collants.

— Jean-Claude aura-t-il l'occasion de le découvrir ?

— Il pourrait me poser la question, comme tu viens de le faire.

— Tu sais que ça n'est pas ce que je voulais dire.

Je soupirai.

— Franchement, je ne vois aucun moyen de te faciliter les choses, Richard. Si je peux faire quoi que ce soit pour te rassurer, demande-le-moi.

A sa décharge, il ne me demanda pas de ne pas y aller. Je crois qu'il savait que la réponse ne lui plairait pas.

— Viens là, dit-il en me tendant la main.

Je m'approchai de lui. Il m'assit sur ses genoux, les jambes de côté comme si j'étais une petite fille venue réclamer des cadeaux et lui le Père Noël. Il me glissa un bras autour de la taille et posa son autre main sur ma cuisse.

— Promets-moi que tu ne coucheras pas avec lui ce soir.

— Avec des assassins prêts à me sauter sur le râble au premier moment d'inattention, ça ne risque pas.

— Ne plaisante pas avec ça, Anita, je t'en prie.

Je passai ma main dans ses cheveux. Il semblait si sérieux, si malheureux…

— Ça fait très longtemps que je lui résiste, Richard. Pourquoi t'inquiètes-tu spécialement ce soir ?

— A cause de la robe.

— D'accord, elle est courte, mais…

Sa main remonta le long de ma cuisse jusqu'à disparaître sous la jupe, et s'arrêta sur l'ourlet en dentelle de ma combinaison.

— Tu portes de la lingerie, pour l'amour de Dieu ! D'habitude, tu n'en mets jamais.

Je voulus lui expliquer que c'était une précaution pour ne pas me retrouver le cul à l'air dans le feu de l'action, mais curieusement, je ne pensais pas que ça le réconforte beaucoup.

— D'accord, je te promets de ne pas coucher avec Jean-Claude ce soir. De toute façon, je n'en ai jamais eu l'intention.

— Promets-moi que tu reviendras, et que tu coucheras avec moi.

Cette fois, il avait souri en le disant. Je lui rendis son sourire et me laissai glisser de ses genoux.

— Il faudra d'abord que tu te transformes. Je dois voir ta bête. Ou du moins, c'est ce que tu ne cesses de me répéter.

— Je pourrais me métamorphoser quand tu reviendras, suggéra-t-il.

— Et reprendre ta forme humaine assez vite pour qu'on profite du reste de la nuit ?

— Je suis un Ulfric potentiel, Anita. Donc, assez puissant pour changer de forme à volonté, ou presque. Contrairement à la plupart des lycanthropes, je ne m'évanouis pas quand je reprends ma forme humaine.

— C'est pratique, grimaçai-je.

Il sourit.

— Reviens ici ce soir, et je me métamorphoserai pour toi. Sylvie a raison. Je dois accepter ce que je suis.

— Et pour ça, tu dois me le montrer, n'est-ce pas ?

Il acquiesça.

— Je le pense.

Fixant son visage solennel, je sus que s'il se transformait pour moi et que je n'arrivais pas à le supporter, cela détruirait quelque chose en lui. J'espérai être à la hauteur.

— Quand je reviendrai ce soir, je te regarderai te transformer.

Il acquiesça avec raideur, comme s'il s'attendait à ce que je m'enfuie en courant.

— Embrasse-moi et fiche le camp.

J'obtempérai. Il se lécha les lèvres.

— Du rouge à lèvres. Mais dessous, je sens quand même ton goût.

Debout face à lui, je le dévisageai. Je n'avais presque plus envie de sortir avec Jean-Claude. Presque.

Puis quelqu'un sonna à la porte, et je sursautai. Mais pas Richard, comme s'il avait entendu approcher son visiteur.

— Sois prudente. J'aimerais pouvoir t'accompagner.

— Il y aura des journalistes et des caméras partout. Mieux vaut que tu ne te fasses pas filmer ou prendre en photo avec un paquet de monstres. Ça risquerait de bousiller ta couverture.

— Je la bousillerais sans hésiter pour te protéger.

Il adorait l'enseignement, et pourtant, je le croyais. Il sortirait du placard pour moi.

— Merci, mais Edward a raison. Je serais si inquiète pour toi que ça me déconcentrerait.

— Tu ne seras pas inquiète pour Jean-Claude ?

Je haussai les épaules.

— Il est capable de se débrouiller. Et puis, il est déjà mort.

Richard secoua la tête.

— Ça, tu n'y crois plus vraiment.

— Tu te trompes. Il est mort, j'en ai parfaitement conscience. Ce qui le maintient en vie est une forme de nécromancie. Elle est différente de mes pouvoirs, mais c'est de la magie quand même.

— Tu as beau le dire, dans ton cœur, tu as du mal à y croire.

De nouveau, je haussai les épaules.

— Peut-être. Mais ça ne change rien aux faits.

On frappa à la porte.

— Ton cavalier est là, dit Richard.

— J'y vais. Laisse-moi juste une seconde pour me remettre du rouge à lèvres.

Il passa une main sur sa bouche et la retira barbouillée de traînées écarlates.

— Au moins, je saurai si tu l'as embrassé. Ce truc-là se verra comme du sang sur sa chemise blanche.

Je ne discutai pas. Jean-Claude ne porte que du noir et du blanc. J'ai dû le voir une seule fois avec une chemise qui ne soit pas blanche – mais noire, pour changer un peu.

J'appliquai une nouvelle couche de rouge à lèvres et fourrai le tube dans le sac de soirée brodé de perles que j'avais posé sur la commode. C'était une pochette rectangulaire, trop petite pour contenir mon Firestar. J'ai bien un Derringer, mais il n'est vraiment efficace qu'à bout portant. Et j'aimais mieux ne pas trop m'approcher de l'assassin.

Edward avait une solution à mon problème. Il m'avait prêté son Seecamps .32 à chargement automatique. Qui faisait à peu près la même taille qu'un petit .25 : il était juste un peu plus large que ma main, et j'ai des mains minuscules. C'était un très chouette flingue, et je n'avais jamais vu mieux en rapport taille-calibre. J'en avais aussitôt voulu un à moi. Edward m'avait informé qu'il avait dû attendre le sien près d'un an. On les fabriquait plus ou moins à la demande. Sinon, il m'en aurait fait cadeau. D'accord. Je m'en commanderais un – si je survivais assez longtemps pour ça. Sinon, je n'en aurais plus besoin.

Jusque-là, j'avais réussi à ne pas trop penser à ça. Je m'étais concentrée sur ma tenue, sur le camouflage de mes armes, sur Richard – bref, sur n'importe quoi à part le fait que j'allais servir d'appât à un assassin assez balèze pour gagner un demi-million de dollars par victime. Je devais faire confiance à Edward pour me garder en vie. Parce que si Edward aurait arrêté ma limousine et n'aurait tiré que quand il aurait vu mon visage, tel n'était pas le cas de tous les assassins. Beaucoup de professionnels préfèrent abattre leur cible depuis une confortable distance de sécurité. Qui peut aller jusqu'à plusieurs kilomètres, pour peu qu'ils possèdent un fusil assez puissant. Ni Edward ni moi ne pourrions faire grand-chose dans ce cas de figure.

Par ailleurs, je n'y connaissais rien en explosifs. Je devrais m'en remettre à Edward pour localiser et désamorcer une éventuelle bombe. Bref, j'étais en train de confier ma vie à Edward comme je ne l'avais encore jamais fait jusque-là. Une perspective plutôt effrayante.

Je vérifiai le contenu de mon sac de soirée. Carte d'identité, rouge à lèvres, porte-monnaie, flingue. En temps normal, j'aurais ajouté une petite brosse à cheveux, mais il n'y avait pas la place. Je pourrais bien supporter d'être décoiffée pendant une malheureuse soirée.

A cette pensée, je pivotai automatiquement vers le miroir pour arranger mes cheveux une dernière fois. Franchement, ils étaient superbes. C'est ce que j'ai de mieux. Même Ronnie ne peut pas les améliorer. Ils frisent naturellement, formant une masse de boucles serrées autour de mon visage. La dernière fois que je suis allée en Californie, une femme s'est énervée parce que je ne voulais pas lui donner le nom du coiffeur qui avait réalisé ma permanente. Elle avait refusé de croire que c'était naturel.

Je passai le sac de soirée autour de mon cou et sous mon bras gauche, de sorte que la fine lanière se positionna en travers de ma poitrine. Comme elle était de la même couleur que ma robe, ça ne choquait pas trop.

Mais le sac lui-même m'arrivait à hauteur des hanches, un peu plus bas que mon holster habituel. Je tentai d'en sortir mon flingue deux ou trois fois. Ça pourrait aller. Ce n'était pas aussi bien qu'un holster, mais bon.

Puis j'enfilai mon boléro et m'examinai dans la glace pour la énième fois. On ne voyait ni les couteaux ni le flingue. Génial. Enfin, je passai mon crucifix autour de mon cou, le glissai dans le décolleté de ma robe et le fixai entre mes seins avec un petit bout de scotch opaque. Comme ça, je l'aurais sous la main en cas de besoin, mais il ne risquait pas de tomber hors de ma robe et d'irradier Jean-Claude.

Je saisis la brosse à cheveux et la reposai sans l'avoir utilisée. J'essayais de gagner du temps. Ce n'était pas seulement de l'assassin que j'avais peur. Je redoutais le moment où Richard et Jean-Claude allaient se retrouver face à face. Je ne savais pas trop comment ils allaient réagir, et je n'étais pas d'humeur pour une confrontation émotionnelle. Je le suis rarement.

Je pris une profonde inspiration et me dirigeai vers la porte. Richard me suivit. Après tout, nous étions chez lui. Je ne pouvais pas lui demander de se planquer dans la chambre à coucher.

Jean-Claude se tenait près de la télévision, fixant les étagères de cassettes vidéo comme s'il déchiffrait leur titre. Il est grand et mince – un peu moins grand que Richard, quand même. Ce soir-là, il portait un pantalon noir et une veste assortie qui, comme la mienne, lui arrivait juste à la taille. Des cuissardes de cuir moulaient ses jambes ; leur revers souple était maintenu en place par de fines lanières ornées d'une petite boucle en argent. Ses cheveux noirs flottaient librement sur ses épaules, plus longs de quelques centimètres que lorsque je l'avais rencontré pour la première fois.

Il pivota enfin vers nous, comme s'il venait juste de se rendre compte de notre présence. Malgré moi, je laissai échapper un hoquet. Sa chemise était rouge, un rouge écarlate brillant qui flamboyait entre les revers de sa veste. Son col haut était attaché par trois perles noires antiques. En dessous, les pans entrouverts révélaient un large ovale de chair pâle, encadrant comme un tableau la brûlure en forme de croix sur sa poitrine avant de descendre jusqu'à son ventre de marbre et de disparaître à l'intérieur de son pantalon.

Il y avait quelque chose de magnifiquement décadent dans le contraste entre le tissu rouge, ses cheveux noirs ondulés et ses yeux bleu marine comme un ciel de minuit. Je refermai la bouche et commentai :

— Epatant.

Jean-Claude sourit.

— Ah, ma petite… Toujours le mot qu'il faut.

Il glissa vers moi avec ses bottes de pirate, et je réalisai que je brûlais d'envie de lui ôter sa veste. Je voulais voir ses cheveux se répandre sur sa chemise. Le rouge et le noir. Je savais que ce serait superbe.

Richard se tenait derrière moi. Il ne me touchait pas, mais je le sentais. Comme une présence tiède et désapprobatrice dans mon dos. Je ne pouvais pas l'en blâmer. Jean-Claude était du bois dont on fait les rêves mouillés. Normal que Richard soit jaloux.

Jean-Claude s'immobilisa devant moi, assez près pour que je puisse le toucher en tendant la main. Je me retrouvai entre eux deux : une position dont le symbolisme n'échappa à aucun de nous.

— Où est Edward ? parvins-je à articuler.

Ma voix me parut presque normale. Un bon point pour moi.

— Il fouille la voiture. Je crois qu'il cherche des explosifs, répondit Jean-Claude avec un léger sourire.

Mon estomac se noua. Quelqu'un voulait vraiment ma peau, de préférence avant deux heures du matin. Edward cherchait une bombe dans la limousine. J'ai l'habitude du danger, et pourtant, ça ne me paraissait pas réel.

— Tu vas bien, ma petite ? interrogea Jean-Claude en me prenant la main. Tu es glacée.

— Vous êtes mal placé pour vous en plaindre, répliqua Richard.

Jean-Claude lui jeta un coup d'œil par-dessus mon épaule.

— Je ne me plaignais pas. Je ne faisais que constater.

Sa main à lui était tiède, et je savais qu'il avait volé cette tiédeur à quelqu'un. D'accord : probablement quelqu'un qui n'avait rien contre. Il n'est pas difficile de trouver des gens prêts à se laisser sucer le sang par le Maître de la Ville. Mais aussi beau soit-il, il restait un cadavre animé. Le problème, c'est qu'en le regardant, je compris qu'une partie de moi n'y croyait plus. Ou ne s'en souciait plus. Et merde.

Lentement, il porta ma main à ses lèvres, les yeux rivés non pas sur mon visage, mais sur celui de Richard. Je me dégageai. Alors, il daigna reporter son attention sur moi.

— Si vous voulez me baiser la main, ça ne me gêne pas, mais ne le faites pas seulement pour asticoter Richard, dis-je, les sourcils froncés.

— Toutes mes excuses, ma petite. Tu as parfaitement raison. (De nouveau, il fixa Richard.) Toutes mes excuses à vous aussi, monsieur Zeeman. Nous sommes dans… une position délicate. Il serait puéril de la rendre encore plus inconfortable avec mes petits jeux.

Je n'eus pas besoin de voir la tête de Richard pour savoir qu'il s'était rembruni.

Puis Edward entra et nous sauva la mise. Avec un peu de chance, nous pourrions mettre un terme à cette conversation et partir.

— La voiture est nickel, annonça-t-il.

— Ravie de l'entendre.

Edward s'était habillé pour sortir. Un long pardessus descendait jusqu'à ses chevilles, remuant comme quelque chose de vivant à chacun de ses mouvements. A certains endroits, le cuir semblait curieusement tendu. Curieusement, pour quelqu'un à qui Edward n'aurait pas montré l'arsenal qu'il dissimulait à l'intérieur. Je savais qu'un garrot était planqué sous le col blanc amidonné de sa chemise. Le genre d'arme qu'Edward affectionne et que je déteste, parce qu'il faut vraiment être tout près de la victime pour l'utiliser.

Ses yeux se posèrent tour à tour sur chacun des deux hommes de ma vie, mais il se contenta de dire :

— Je suivrai la limousine. Ne me cherche pas pendant la soirée, Anita. Je serai là, mais je ne veux pas que l'assassin se rende compte que tu as un garde du corps.

— Un second garde du corps, corrigea Jean-Claude. Votre assassin sait déjà que je serai avec elle.

Edward acquiesça.

— Oui. S'il s'en prend à la limousine, il sait qu'il devra compter avec vous et vous éliminer aussi. Ce qui signifie qu'il disposera d'une puissance de feu plus que sérieuse.

— Je suis à la fois un obstacle et une invitation à faire grimper les enjeux, pas vrai ? lança Jean-Claude.

Edward le dévisagea comme s'il venait enfin de dire quelque chose d'intéressant. Mais il ne soutint pas son regard. Je ne connais aucun autre humain que moi qui soit capable de regarder le Maître de la Ville dans les yeux sans être hypnotisée. Etre une nécromancienne, ça a ses avantages.

— Exactement.

Il avait dit ça comme s'il ne s'attendait pas à ce qu'un vampire comprenne la situation. Mais s'il y a une chose pour laquelle Jean-Claude est doué, c'est bien la survie.

— Y allons-nous, ma petite ? On nous attend au club.

Jean-Claude fit un geste vers la porte, sans toutefois prendre ma main. Il jeta un coup d'œil à Richard, puis reporta son attention sur moi. Il faisait preuve d'une diplomatie étonnante. D'habitude, c'est le champion olympique des casse-couilles, toutes catégories confondues. A côté de lui, Jason est un petit joueur. Cette attitude ne lui ressemblait guère.

Je consultai Richard du regard.

— Vas-y, m'enjoignit-il. Si nous nous embrassons, ça va encore faire baver ton rouge à lèvres.

— Et tu y as déjà suffisamment goûté, acquiesça Jean-Claude.

Pour la première fois de la soirée, je décelai une pointe de jalousie dans sa voix.

Richard fit deux pas en avant, et la tension qui régnait dans la pièce fit un bond vers le haut.

— Je pourrais l'embrasser encore, si ça vous ennuie à ce point.

— Arrêtez, tous les deux, ordonnai-je.

— Mais je t'en prie, dit aimablement Jean-Claude. Anita est à moi pour le reste de la soirée. Je peux bien me montrer généreux.

Richard serra les poings. Son pouvoir commença à suinter hors de lui.

— Faites ce que vous voulez. Moi, je m'en vais.

Je me dirigeai vers la porte sans regarder derrière moi. Jean-Claude me rattrapa avant que je l'atteigne. Il tendit la main vers la poignée, puis se ravisa et me laissa l'ouvrir seule.

— J'oublie toujours que tu as des idées bien arrêtées sur les portes.

— Moi pas, dit doucement Richard.

Je pivotai. Il se tenait immobile dans son jean et son T-shirt qui moulait les muscles de ses bras et de sa poitrine. Il était toujours pieds nus, et ses cheveux formaient une masse ondulante autour de son visage.

Si j'avais passé la soirée à la maison, nous nous serions pelotonnés sur le canapé devant un de ses films préférés. Nous avions déjà nos films, nos chansons, nos rituels. Peut-être aurions-nous été nous promener au clair de lune. Sa vision nocturne est presque aussi bonne que la mienne. Quand je rentrerais, peut-être pourrions-nous finir ce que nous avions commencé avant la réunion.

Jean-Claude entrelaça ses doigts avec les miens, ramenant mon attention vers lui. Je fixai ses yeux si bleus – bleus comme un ciel avant la tempête, ou un océan aux flots profonds et glacés. J'aurais pu toucher ces trois boutons pour voir si c'était vraiment des perles antiques.

Mon regard descendit vers l'ovale pâle de sa poitrine. Je savais déjà que sa brûlure en forme de croix était légèrement rugueuse. Mon cœur se serra. Il était si beau… Mon corps subirait-il toujours l'attirance du sien, comme un tournesol qui se tend vers la lumière ? Peut-être. Mais ça ne suffisait pas.

Jean-Claude et moi pourrions avoir une liaison très excitante, mais je me voyais bien passer ma vie avec Richard. Et l'amour, est-ce que ça suffisait ? Même si Richard tuait pour se protéger ou pour protéger les siens, serait-il capable d'accepter le nombre de mes victimes ? Et moi, serais-je capable d'accepter sa bête, ou me répugnerait-elle autant qu'à lui ?

Jean-Claude m'acceptait avec tous mes défauts et mes sales manies. Mais moi, je ne l'acceptais pas. Ce n'était pas parce que nous regardions tous deux le monde à travers des lunettes noires que j'aimais ça.

Je poussai un soupir. Si c'était la dernière fois que je voyais Richard, j'aurais dû lui sauter dessus et lui donner un baiser qu'il n'oublierait jamais. Mais je ne pouvais pas. Je tenais la main de Jean-Claude, et je ne pouvais pas. Ç'aurait été trop cruel pour nous tous.

— A tout à l'heure, Richard.

— Sois prudente.

Il semblait si seul…

— Tu vas au ciné avec Louie ce soir, pas vrai ? demandai-je.

Il acquiesça.

— Il ne devrait plus tarder à arriver.

— Tant mieux.

J'ouvris la bouche pour ajouter quelque chose, mais me ravisai. Il n'y avait rien à ajouter. Je sortais avec Jean-Claude, et rien de ce que je pourrais dire n'y changerait rien.

— Je t'attendrai, promit-il.

— J'aimerais mieux pas.

— Je sais.

Je sortis de la maison, et me dirigeai d'un pas un peu

trop vif vers la limousine qui nous attendait. Une limousine blanche.

— Vous vouliez m'en mettre plein la vue ? Pour la discrétion, vous repasserez, raillai-je.

— J'ai pensé qu'une limousine noire ressemblerait trop à un corbillard, expliqua Jean-Claude.

Edward aussi était sorti. Il referma la porte derrière lui.

— Je serai là quand tu auras besoin de moi, Anita.

Je soutins son regard.

— Je n'en doute pas.

Il m'adressa un bref sourire.

— Mais juste au cas où, surveille quand même tes arrières comme le lait sur le feu.

— C'est ce que je fais toujours, non ? grimaçai-je.

Il jeta un coup d'œil au vampire planté près de la limousine.

— Pas autant que je le croyais jusqu'ici.

Avant que je puisse trouver une réponse, il s'éloigna en direction de sa voiture, et l'obscurité l'engloutit. C'était aussi bien. Il avait raison. Les monstres avaient fini par m'avoir. Me séduire, c'était presque aussi efficace que de me tuer.

14

Le nom du club, *Danse mortelle*, flamboyait en lettres de néon rouge hautes de près de trois mètres. Des cursives inclinées, comme tracées par la main d'un géant. La boîte de nuit occupait l'ancien entrepôt d'une distillerie, au bord du fleuve. Avant que Jean-Claude en fasse l'acquisition, le bâtiment était à l'abandon, portes et fenêtres bouchées par des planches clouées en travers, telle une verrue à la face d'une avenue bordée de restaurants chics, de clubs privés et de bars à la mode. Ce quartier est également appelé le District ou le Carré Sanglant, mais jamais à portée d'oreille des vampires civilisés. Pour une raison qui m'échappe, ce surnom les dérange.

La foule s'était déversée depuis le trottoir jusque sur la chaussée, si compacte que notre limousine fut obligée de s'arrêter. Je repérai un flic en uniforme qui forçait les gens à reculer pour laisser passer les voitures. A travers les vitres teintées, je scrutai les visages qui nous entouraient. L'assassin était-il là dehors ? Une de ces personnes bien habillées et souriantes était-elle venue uniquement pour me tuer ? J'ouvris mon sac de soirée et en sortis le Seecamps.

Jean-Claude le fixa.

— Nerveuse, ma petite ?

— Oui, admis-je.

Il m'observa, la tête penchée sur le côté.

— Pourquoi un seul assassin humain te préoccupe-t-il davantage que toutes les créatures surnaturelles que tu as déjà affrontées ?

— Jusqu'ici, chaque fois qu'on a essayé de me tuer, c'était personnel. Je pouvais comprendre. Mais cette fois, c'est professionnel. Purement professionnel.

— En quoi est-ce plus effrayant ? Quelle que soit la motivation de ton agresseur, tu seras tout aussi morte.

— Merci beaucoup.

Il posa une main sur la mienne, celle dont les doigts étaient crispés sur le flingue.

— J'essaye de comprendre, ma petite. C'est tout.

— Je ne peux pas vous expliquer pourquoi ça me tracasse. C'est comme ça. J'aime mettre un visage sur mes ennemis. Si quelqu'un doit me tuer, ça ne devrait pas être que pour de l'argent.

— Donc, le meurtre rétribué offense ta sensibilité morale ? demanda-t-il sur un ton neutre – trop neutre, comme s'il se retenait d'éclater de rire.

— Bon sang, oui !

— Pourtant, tu es amie avec Edward.

— Je n'ai jamais dit que j'avais de la suite dans les idées, Jean-Claude.

— De toutes les personnes que j'aie jamais connues, tu es celle qui as le plus de suite dans les idées, ma petite.

— Ça doit être pour ça que je sors avec deux hommes, raillai-je.

— Crois-tu vraiment qu'être incapable de choisir entre nous fasse de toi quelqu'un de frivole ?

Il se pencha vers moi, et sa main remonta le long de la manche de mon boléro en lissant le tissu.

Le problème, c'est que j'avais presque choisi. Je faillis le lui dire, mais je me retins. D'abord parce que je n'étais pas sûre à cent pour cent. Ensuite, parce que Jean-Claude m'avait fait du chantage pour que je sorte avec lui. Si j'avais refusé, il aurait tué Richard. Il voulait une chance de me séduire. Et pour ça, il fallait que nous nous fréquentions. Comme il me l'avait dit une fois, « Si tu embrasses Richard, tu dois me laisser t'embrasser aussi. Autrement, ça ne serait pas juste. »

En théorie, si je choisissais Richard, Jean-Claude

s'effacerait. C'est ce qu'il avait promis, et il était assez imbu de sa propre personne pour le penser. Le Maître de la Ville n'imaginait même pas qu'on puisse lui résister sur le long terme. Pas si on avait accès à son corps délicieux. Il n'arrêtait pas de me l'offrir, et je n'arrêtais pas de décliner. Si je lui préférais Richard, se retirerait-il vraiment de bonne grâce, ou déclencherait-il un bain de sang ?

Je plongeai mon regard dans ses yeux bleu marine et ne fus pas plus avancée. Je le connaissais depuis des années. Je sortais avec lui depuis des mois. Mais il restait un mystère pour moi. Je ne savais tout simplement pas comment il réagirait. Je n'étais pas prête à appuyer sur ce bouton, pas encore.

— A quoi penses-tu pour avoir une mine aussi sérieuse, ma petite ? Ne me dis pas que c'est à l'assassin : je ne te croirais pas.

Je ne voyais pas quoi répondre ; aussi me contentai-je de secouer la tête.

Sa main glissa autour de mes épaules jusqu'à ce que je me retrouve lovée dans le creux de son bras. La proximité de nos deux corps me donnait des palpitations. Il se pencha comme pour m'embrasser. Je posai ma main gauche sur sa poitrine pour l'en empêcher. Du coup, je touchais sa peau nue. Je n'étais pas sûre que ça m'aide beaucoup.

— Vous vous êtes conduit en parfait gentleman pendant tout le trajet. Pourquoi cesser maintenant ?

— J'essaye juste de te réconforter, ma petite.

— Ben voyons.

Il passa son autre bras autour de ma taille et fit pivoter mon torse vers lui. J'avais toujours le flingue à la main, mais je commençais à me sentir idiote. Je n'allais pas l'utiliser contre Jean-Claude, et l'assassin ne risquait pas d'arracher la portière pour se jeter sur nous. Une telle démonstration de violence dans une foule aussi dense, en présence des flics qui canalisaient la circulation, ça aurait été un peu trop risqué, même pour un professionnel.

Sans lâcher mon flingue, je glissai mon bras dans le dos de Jean-Claude.

— Si vous m'embrassez, il faudra que je me remette du rouge à lèvres.

Il inclina la tête vers moi et, sa bouche à un cheveu de la mienne, souffla :

— Je serai très prudent.

Il déposa un baiser sur ma joue et fit courir ses lèvres le long de ma mâchoire. Du canon de mon flingue, je le forçai à relever la tête. A présent, ses yeux étaient d'un bleu liquide.

— Pas de suçon dans le cou, dis-je sévèrement.

Je ne m'étais portée volontaire qu'une seule fois pour lui faire un don de sang, et c'était parce qu'il allait mourir si je ne faisais rien. Je ne partage pas mes fluides corporels avec le Maître de la Ville.

Jean-Claude frotta sa joue contre le Seecamps.

— Je pensais viser un peu plus bas.

De nouveau, il inclina la tête, et je sentis sa langue me caresser la clavicule. L'espace d'une seconde, je me demandai quel endroit il visait exactement, puis le repoussai avec un peu moins de conviction que je n'aurais voulu.

— Et puis quoi encore ? protestai-je avec un petit rire qui sonna faux, même à mes oreilles.

— Te sens-tu mieux à présent, ma petite ?

Je le fixai, incrédule, puis éclatai d'un rire sincère.

— Vous êtes un fils de pute pervers, vous savez ça ?

— On me l'a déjà dit, acquiesça-t-il en souriant.

Les flics avaient réussi à repousser la foule, et la limousine put de nouveau avancer.

— Vous n'avez fait ça que pour me remonter le moral, dis-je sur un ton presque accusateur.

Jean-Claude écarquilla les yeux.

— Tu m'en crois vraiment capable ?

Je le dévisageai, et mon sourire s'évanouit. Un instant, je n'avais pas vu en lui le plus bel objet de désir de la planète, mais juste Jean-Claude. Le Maître de la Ville se souciait de mes sentiments. Je secouai la tête. Ou bien il mollissait en vieillissant, ou bien je me faisais des illusions.

— Pourquoi cet air solennel, ma petite ?

— Oh, comme d'habitude : j'essaye de deviner à quel point vous êtes sincère, répondis-je avec une désinvolture feinte.

Son sourire s'élargit.

— Je suis toujours sincère, ma petite, même quand je mens.

— C'est pour ça que vous êtes si doué pour embobiner les gens.

Il inclina la tête comme pour saluer ma clairvoyance et accepter le compliment.

— Tout à fait. (Puis il jeta un coup d'œil à la route.) Nous allons nous embarquer sur une mer de caméras et d'appareils photos, ma petite. Si tu pouvais ranger ton arme… Je ne voudrais pas que la presse en fasse ses choux gras.

— La presse ? Vous voulez parler des journaux du coin ?

— Entre autres.

— Vous ne pourriez pas être un peu plus précis ?

— Quand la portière s'ouvrira, prends mon bras et souris, s'il te plaît.

Je fronçai les sourcils.

— Que va-t-il se passer ?

— Tu vas être présentée au monde.

— Jean-Claude, que mijotez-vous ?

— Moi ? Rien du tout. Ce n'est pas moi qui ai convoqué ces journalistes. Je n'aime pas la lumière des projecteurs à ce point. Le conseil m'a choisi pour être son représentant auprès des médias.

— Je sais que vous avez dû révéler votre identité à la communauté vampirique locale après avoir remporté votre dernier défi, mais ça, ce n'est pas un peu dangereux ? Jusqu'ici, vous avez fait semblant d'être le bras droit d'un mystérieux maître vampire ; c'est ce qui a empêché que des maîtres extérieurs à St Louis viennent vous défier à leur tour.

186

— La plupart des maîtres s'expriment à travers un porte-parole. Ça leur évite d'être ennuyés par leurs congénères et par des assassins humains.

— Je sais tout ça. Alors, pourquoi vous montrer au grand public ce soir ?

— Le conseil pense qu'en restant tapis dans l'ombre, nous ne faisons que fournir des munitions à nos détracteurs. Il a donc ordonné à ceux d'entre nous qui présentent bien de… paraître dans la lumière.

Je le fixai.

— Sans mauvais jeu de mots… Vous pourriez être un peu plus clair ?

— Range cette arme, ma petite. Le portier va nous ouvrir, et il y aura des caméras.

Je le foudroyai du regard, mais glissai quand même le flingue dans mon sac.

— Dans quoi m'avez-vous entraînée, Jean-Claude ?

— Souris, ma petite. Ou au moins, tâche de ne pas trop faire la tête.

La portière s'ouvrit avant que je puisse rien ajouter. Un homme en smoking esquissa une courbette. Des flashes crépitèrent, projetant des éclairs aveuglants, et je savais que les yeux de Jean-Claude devaient en souffrir plus que les miens. Pourtant, il me tendit la main en souriant. S'il pouvait supporter une lumière d'une telle intensité sans ciller, je pouvais bien me montrer gracieuse. Nous aurions tout le temps de nous disputer plus tard.

Je sortis de la limousine et me réjouis d'avoir accepté sa main. Les flashes nous mitraillaient comme des explosions de soleils miniatures. La foule se pressa en avant, et des micros se tendirent vers nous comme des couteaux. Si Jean-Claude n'avait pas fermement tenu ma main, j'aurais battu en retraite dans la limousine. Je me rapprochai de lui juste pour garder mon équilibre. Mais que fichaient donc les vigiles ?

Un micro m'effleura la joue. Une voix de femme hurla beaucoup trop près de mon oreille :

— Est-ce qu'il est doué au lit ? Ou devrais-je dire, au cercueil ?

— Quoi ? bredouillai-je.

— Est-ce qu'il est doué au lit ?

Il y eut un moment de quasi-silence pendant que tout le monde attendait ma réponse. Avant que je puisse ouvrir la bouche et rembarrer l'indiscrète, Jean-Claude s'interposa avec son affabilité habituelle.

— Elle n'est pas du genre à… Comment dit-on, déjà ?… A cafter, n'est-ce pas, ma petite ?

Jamais son accent français n'avait été aussi épais.

— Ma petite, c'est le surnom que vous lui donnez dans l'intimité ? interrogea un homme.

— Oui.

Je levai la tête vers Jean-Claude, et il se pencha comme pour m'embrasser sur la joue.

— Tu me fusilleras du regard plus tard, ma petite, chuchota-t-il. Nous sommes cernés par les caméras.

Je voulus lui dire que je m'en fichais comme de l'an quarante, mais c'était faux. Je me sentais comme un lapin pris dans les phares d'une voiture. Si l'assassin avait bondi en brandissant son flingue à cet instant précis, je serai restée plantée là et je n'aurais même pas essayé de me défendre.

Plus que toute autre chose, cette pensée m'arracha à ma paralysie physique et mentale. Je tentai d'y voir au-delà des projecteurs, de la forêt de caméras et de micros. J'aperçus les logos d'au moins deux chaînes de télévision nationales sur les caméras. Génial.

Jean-Claude répondait aux questions comme un pro, distribuant des sourires charmeurs à qui mieux mieux. Le parfait mannequin vampire pour couvertures de magazine. Je souris, me plaquai contre lui et me dressai sur la pointe des pieds. Mes lèvres se retrouvèrent si près de son oreille que j'aurais pu la lécher, mais j'espérais juste empêcher les micros de capter ce que j'allais dire. Je devais avoir l'air de la fifille moyenne, mais hé, rien n'est parfait en ce monde.

— Faites-moi sortir de là tout de suite, soufflai-je, ou

188

je dégaine mon flingue et je me fraye un chemin moi-même.

Il s'esclaffa, et son rire courut le long de ma peau comme de la fourrure – tiède, soyeux et vaguement obscène. Les journalistes poussèrent des exclamations ravies. Je me demandais si le rire de Jean-Claude conserverait ses propriétés une fois restitué par un magnéto ou une caméra. Ça, c'était une idée effrayante.

— Oh, ma petite… Vilaine fille.

— Ne m'appelez plus jamais comme ça, chuchotai-je férocement.

— Toutes mes excuses.

Jean-Claude sourit, agita la main et entreprit de nous ouvrir un chemin parmi la foule des journalistes. Deux portiers vampires étaient sortis du club pour nous prêter main-forte. Ils étaient larges d'épaules et musclés, et ni l'un ni l'autre n'était mort depuis très longtemps. Ils avaient les joues roses et l'air presque vivant. J'en déduisis qu'ils s'étaient nourris ce soir. D'un autre côté, Jean-Claude aussi. Jeter la pierre aux monstres me devenait de plus en plus difficile.

La porte s'ouvrit, et nous nous faufilâmes à l'intérieur. Un silence glorieux nous enveloppa. Je me tournai vers Jean-Claude.

— Comment avez-vous osé me jeter en pâture aux médias ? m'exclamai-je, furieuse.

— Je ne t'ai pas mise en danger, ma petite.

— Et l'idée ne vous a pas effleuré que si je finissais par choisir Richard, je n'aurais peut-être pas envie que le monde entier sache que j'étais sortie avec un vampire ?

Il eut un léger sourire.

— Je suis assez bien pour que tu sortes avec moi, mais pas assez pour que tu te montres en public avec moi ?

— Nous sommes déjà allés partout ensemble : à des concerts classiques, à des ballets… Je n'ai pas honte de vous, me défendis-je.

— Vraiment ? (Son sourire avait disparu, remplacé

189

par quelque chose qui n'était pas tout à fait de la colère, mais qui s'en rapprochait.) Dans ce cas, pourquoi m'en veux-tu ?

J'ouvris la bouche et la refermai aussitôt. La vérité, c'est que j'aurais préféré moins de publicité autour de notre relation, parce que je n'avais jamais pensé que je finirais par choisir Jean-Claude. C'était un vampire, un homme mort.

A cet instant, je compris combien de préjugés je nourrissais encore. Oui, il était assez bien pour que je sorte avec lui. Pour que je lui tienne la main, et peut-être un peu plus. Mais il y avait des limites. Un seuil dont j'avais toujours su que je refuserais de le franchir, parce que Jean-Claude était un cadavre. Un cadavre exquis, mais un cadavre quand même.

Je ne pouvais pas tomber amoureuse d'un vampire. Ni coucher avec lui. Sous aucun prétexte. J'avais contrevenu à l'unique règle que Jean-Claude m'avait imposée : je ne lui avais jamais réellement donné la même chance qu'à Richard. Et maintenant que nous avions été filmés ensemble par plusieurs chaînes de télé nationales, j'étais gênée à l'idée que tout le monde pense que je sortais avec lui de mon plein gré. Que je puisse éprouver une réelle affection pour un mort-vivant.

Ma colère s'évanouit face à la certitude de ma propre hypocrisie. J'ignore si cela se lut sur mon visage, mais Jean-Claude pencha la tête sur le côté.

— Des tas de pensées défilent dans tes yeux, ma petite, mais lesquelles ?

Je le fixai.

— Je crois que je vous dois des excuses.

Il haussa les sourcils.

— Ça, c'est un événement historique. Pourquoi ?

Je ne savais pas trop comment le formuler.

— Parce que vous avez raison et que j'ai tort.

Il porta une main à sa poitrine en un geste de surprise feinte.

— Tu admets que tu m'as traité comme un secret honteux. Que tu m'as caché dans un coin sombre, exilé de ton cœur pendant que tu câlinais Richard et sa chair vivante.

Je me rembrunis.

— N'en rajoutez pas, ou ce sera la première et la dernière fois que je m'excuserai de quoi que ce soit auprès de vous.

— Une danse me suffirait.

— Je ne danse pas. Vous le savez bien.

— C'est la soirée inaugurale de ma boîte de nuit, ma petite. Et tu es ma cavalière. Vas-tu vraiment me refuser une misérable petite danse ?

Présenté de cette façon, ça paraissait mesquin.

— Une seule.

Il eut un sourire charmeur. Le sourire que le serpent avait dû adresser à Eve.

— Je suis certain que nous ferons un couple magnifique sur la piste, ma petite.

— J'en doute.

— Je suis certain que nous ferions un couple magnifique dans des tas d'endroits.

— Je vous accorde une danse, et vous voulez la totale. Vous êtes vraiment incroyable.

Il esquissa une courbette, sourire aux lèvres et les yeux brillants.

Une femelle vampire se dirigea vers nous. Elle mesurait cinq bons centimètres de plus que Jean-Claude, et devait donc faire au moins un mètre quatre-vingts. Avec ses cheveux blonds, ses yeux bleus, ses traits nordiques et sa carrure d'amazone, elle ressemblait à une publicité ambulante pour la race supérieure. Elle portait un académique violet dans lequel des trous avaient été découpés en plusieurs endroits stratégiques. Le corps qu'ils révélaient était musclé et pourtant voluptueux. Des cuissardes de la même couleur moulaient ses longues jambes.

— Anita, je te présente Liv.

— Laissez-moi deviner. C'est Jean-Claude qui a choisi votre tenue.

Liv me toisa depuis sa hauteur considérable, comme

si le seul fait d'être grande la rendait intimidante. Voyant que je ne frémissais pas, elle sourit.

— C'est lui le patron.

Les yeux levés vers elle, je faillis lui demander pourquoi. Je sentais son âge presser sur moi comme un fardeau. Elle avait six cents ans. Elle était au moins deux fois plus vieille que Jean-Claude. Alors, pourquoi n'était-ce pas elle la patronne ? La réponse courait le long de ma peau comme une brise fraîche. Pas assez puissante. Liv n'était pas un maître vampire, et elle pourrait vivre des millénaires que ça n'y changerait rien.

— Qu'est-ce que tu mates ? (Elle me fixa droit dans les yeux et secoua la tête.) Elle est vraiment immunisée à notre regard, constata-t-elle, étonnée.

— A votre regard, corrigeai-je.

Elle posa les mains sur ses hanches.

— Qu'est-ce que c'est censé signifier ?

— Que vous n'avez pas assez de jus pour m'hypnotiser.

Elle fit un pas vers moi.

— Et si je me contentais de t'écrabouiller pour faire sortir le tien ?

C'était dans ce genre de circonstances qu'avoir mon flingue dans un sac plutôt que dans un holster risquait de me faire tuer. J'aurais pu dégainer un couteau, mais à moins que je sois prête à la laisser approcher, il ne me servirait pas à grand-chose.

J'aurais pu glisser ma main dans la pochette brodée de perles. La plupart des gens ne s'attendent pas à voir une arme à feu sortir d'un sac aussi minuscule. Evidemment, si Liv captait ce que je mijotais, elle serait sur moi avant que j'aie fini mon geste. Si j'avais porté le Seecamps dans un holster, j'aurais tenté le coup. Mais là, je n'osai pas. Les vampires sont vraiment rapides.

— Combien de vampires as-tu à ton tableau de chasse, Anita ? interrogea Jean-Claude.

Sa question me surprit, et ma réponse plus encore.

— Plus d'une vingtaine, officiellement.

— Et officieusement ?

192

— Je ne sais pas.

Je devais en être à une trentaine, en comptant ceux que j'avais exécutés sans mandat légal, mais franchement, je ne me rappelais pas le nombre exact. Je ne savais pas combien de vies j'avais prises. C'était mauvais signe.

— Liv est à moi, ma petite. Tu peux t'exprimer librement devant elle.

Je secouai la tête.

— Je n'admettrai jamais avoir commis un meurtre devant des inconnus. C'est une règle incontournable.

Liv me dévisagea. Elle n'eut pas l'air d'aimer ce qu'elle vit.

— Ainsi donc, c'est l'Exécutrice. (Elle secoua la tête.) Elle ne paye pas de mine, hein ? Je l'aurais cru plus grande que ça.

Elle me contourna en m'examinant sous toutes les coutures, comme si j'étais un cheval à vendre. Quand elle passa dans mon dos, j'ouvris mon sac. Le temps qu'elle revienne face à moi, j'avais sorti le Seecamps et je l'avais planqué sous la pochette. En cas de besoin, je pourrais tirer à travers le tissu. Mais je ne le ferais que si elle m'y obligeait.

De nouveau, Liv secoua la tête.

— Elle est jolie, mais pas très impressionnante.

Elle se planta derrière Jean-Claude, laissant courir ses mains puissantes sur ses épaules et le long de ses bras avant de les immobiliser de chaque côté de sa taille.

Elle commençait à me fatiguer.

— Je peux faire des choses dont aucune humaine n'est capable, Jean-Claude, susurra-t-elle.

— Ne sois pas impolie envers Anita. Je ne le répéterai pas.

Il s'était exprimé sur un ton égal, mais personne n'aurait pu ignorer la menace froide contenue dans sa voix.

Liv laissa retomber ses bras et vint s'interposer entre nous, les mains posées sur ses hanches.

— Le grand Jean-Claude contraint à l'abstinence par une humaine. Les gens rient de toi dans ton dos.

— A l'abstinence ? répétai-je sans comprendre.

Jean-Claude soupira.

— Jusqu'à ce que tu renonces à tes manières de nonne, je joue les moines, clarifia-t-il.

J'écarquillai les yeux. Je ne pus m'en empêcher. Je savais que Richard et moi avions eu un partenaire chacun, et choisi l'abstinence après nos ruptures respectives. Mais je n'avais jamais pensé à ce que Jean-Claude pouvait bien faire pour satisfaire ses propres besoins. L'idée qu'il renonce totalement à les assouvir ne m'avait même pas effleurée.

— Tu sembles surprise, ma petite, constata-t-il.

— C'est que je n'aurais jamais cru ça de la part de quelqu'un qui suinte le sexe par tous les pores.

— Pourtant, si tu découvrais que j'avais couché avec une autre femme, vivante ou morte, pendant que nous sortions ensemble, comment réagirais-tu ?

— Je vous laisserais tomber dans la seconde.

— Exactement.

Liv éclata d'un rire désagréable, pareil au braiement d'un âne.

— Même ton humaine ne te croit pas.

Jean-Claude se tourna vers elle, les yeux flamboyants.

— Tu as dit que les gens riaient derrière mon dos.

Elle acquiesça en continuant à s'esclaffer.

— Mais tu es la seule qui me rie au nez.

Elle s'interrompit brusquement, comme si quelqu'un venait d'appuyer sur un interrupteur.

— J'aimerais un peu plus de docilité de ta part, Liv. A moins, bien sûr, que tu ne souhaites défier mon autorité ? insinua Jean-Claude.

Liv sursauta.

— Non, je ne… Je ne voulais pas…, balbutia-t-elle.

Jean-Claude la fixa d'un regard dur.

— Dans ce cas, tu ferais mieux d'implorer mon pardon, tu ne crois pas ?

194

La femelle vampire se laissa tomber sur un genou. Elle ne semblait pas effrayée ; c'était plutôt comme si elle venait de commettre une gaffe monstrueuse dont elle devait s'excuser.

— J'implore votre pardon, maître. Je me suis oubliée.

— En effet, Liv. Tâche de ne pas en faire une habitude.

Elle se releva, souriante, comme si tout était effacé. Ça sentait la manœuvre politique à plein nez.

— C'est juste qu'elle ne paraît pas aussi dangereuse que tu nous l'avais décrite.

— Anita, ordonna Jean-Claude, montre-lui ce que tu as à la main.

J'écartai la pochette brodée de perles, révélant mon flingue.

— J'aurais pu t'arracher la gorge avant que tu le braques sur moi, se vanta Liv.

— Non, vous n'auriez pas pu, rétorquai-je.

— Est-ce un défi ?

— Six siècles d'existence, à dix ans près. Ne fichez pas tout ça en l'air par orgueil mal placé, lui conseillai-je.

— Comment connais-tu mon âge ?

Je souris.

— Je ne suis pas d'humeur à bluffer ce soir, Liv. Ne me poussez pas à bout.

Elle me fixa en plissant ses yeux extraordinaires.

— Tu es une nécromancienne, pas seulement une réanimatrice. Je te sens à l'intérieur de ma tête, un peu comme je sentirais un autre vampire. (Elle se tourna vers Jean-Claude.) Pourquoi ne l'ai-je pas sentie avant ?

— Son pouvoir flamboie quand elle se sent menacée, expliqua-t-il.

Ça, c'était nouveau pour moi. A ma connaissance, je n'étais pas en train d'utiliser mon pouvoir. Mais je me gardai bien de le préciser à voix haute. Le moment était mal choisi pour poser des questions stupides, ou même des questions intelligentes.

Liv s'écarta de moi comme si elle avait peur.

— Nous ouvrons dans une heure. J'ai beaucoup de travail.

Puis elle se dirigea vers la porte sans jamais détacher son regard de moi.

Je la regardai partir. J'étais ravie de sa réaction, mais du diable si j'y comprenais quelque chose.

— Viens, Anita, m'enjoignit Jean-Claude. Je veux te montrer mon club.

Je le laissai me conduire dans la salle principale. Les ouvriers avaient éventré l'entrepôt, de sorte qu'un puits central montait jusqu'au toit, bordé par des passerelles à hauteur de chacun des trois étages, rez-de-chaussée inlus. La piste de danse était immense ; lisse et luisante, elle scintillait dans la lumière tamisée. Les projecteurs étaient dissimulés, de sorte qu'il était difficile de dire d'où provenait l'éclairage.

Des choses pendaient au plafond. Au début, je crus que c'était des corps, puis je réalisai que c'était des mannequins grandeur nature, des poupées de caoutchouc comme on en utilise pour les simulations d'accident de voiture. Certains étaient nus, d'autres enveloppées de cellophane ou vêtus de cuir noir et de vinyle. L'un d'eux portait un bikini métallique. Tous étaient suspendus à des chaînes de hauteur variée, comme les éléments d'un mobile.

— Original, commentai-je, le nez en l'air.

— C'est un nouvel artiste très prometteur qui a réalisé cette installation spécialement pour le club, s'enthousiasma Jean-Claude.

— Pour être spécial, c'est spécial, marmonnai-je.

Je rangeai le Seecamps dans ma pochette, mais laissai celle-ci ouverte. Comme ça, je pourrais le ressortir plus vite en cas de besoin. Je ne pouvais pas me balader toute la nuit un flingue à la main : outre le fait que ça risquerait de mal passer, je finirais par choper une crampe.

Jean-Claude se dirigea vers la piste de danse d'un pas glissant, et je le suivis.

— Liv avait peur de moi. Pourquoi ?

Il pivota gracieusement vers moi.

— Tu es l'Exécutrice, répondit-il en souriant.

Je secouai la tête.

— Elle a dit qu'elle me sentait dans sa tête, comme si j'étais un vampire. Qu'est-ce que ça signifie ?

Il poussa un soupir.

— Tu es une nécromancienne, ma petite. Plus tu utilises ton pouvoir, plus il augmente.

— En quoi cela peut-il effrayer une femelle vampire vieille de six siècles ?

— Tu ne lâches jamais le morceau, hein ?

— C'est l'une de mes plus grandes qualités, admis-je.

— Si je réponds à ta question, profiteras-tu de cette soirée avec moi ? Te comporteras-tu comme ma cavalière jusqu'à ce que l'assassin se manifeste ?

— Merci de me le rappeler.

— Tu n'avais pas oublié.

— Bien sûr que non. D'accord : répondez à ma question, et je jouerai les cavalières.

— Tu joueras ?

— Cessez de mégoter et répondez à ma question. (Une idée me traversa l'esprit.) A mes deux questions, rectifiai-je.

Jean-Claude haussa les sourcils mais acquiesça.

— Le folklore et les mythes populaires attribuent aux vampires des pouvoirs que nous ne possédons pas : le contrôle du temps, la métamorphose en animal… Les nécromanciens sont censés pouvoir contrôler tous les types de morts-vivants.

— De contrôler ? Vous ne parlez pas seulement des zombies, n'est-ce pas ?

— Non, ma petite.

— Donc, Liv a peur que je la manipule ?

— Quelque chose comme ça.

— Mais c'est absurde ! Je ne peux pas forcer un vampire à m'obéir !

J'avais à peine terminé ma phrase que je regrettai de l'avoir prononcée. Parce que c'était faux. Une fois, j'avais relevé un vampire. Une seule fois. Et ça avait suffi.

Mon trouble dut se lire sur mon visage, car Jean-Claude me toucha la joue.

— Qu'y a-t-il, ma petite ? Pourquoi tant d'horreur dans tes yeux ?

J'ouvris la bouche et mentit.

— Si je pouvais forcer les vampires à m'obéir, Seraphina n'aurait pas réussi à m'hypnotiser il y a deux mois.

Son expression se radoucit.

— Elle est morte, ma petite. Définitivement morte. Tu y as veillé.

Il se pencha en avant et déposa un baiser sur mon front. Ses lèvres étaient douces comme de la soie. Ses bras m'entourèrent les épaules et me serrèrent contre lui pour me réconforter.

Je me sentais épouvantablement coupable. Je faisais encore des cauchemars à propos de Seraphina, et le seul fait de prononcer son nom à voix haute me nouait l'estomac. De tous les vampires que j'avais affrontés, c'était elle qui était passée le plus près de m'avoir. Pas de me tuer : ça, ça finirait par arriver un jour ou l'autre. Non, Seraphina avait presque réussi à me transformer en l'une d'eux. Avait presque réussi me faire désirer être l'une d'eux. Elle m'avait offert quelque chose de plus précieux que le sexe ou le pouvoir : la paix. Ça avait été un mensonge, mais un mensonge foutrement tentant.

Pourquoi ne pas dire la vérité à Jean-Claude ? Parce que, bon, ça ne le regardait pas. Franchement, ce que j'avais fait m'effrayait. Je ne voulais même pas y penser. Ne voulais surtout pas m'interroger sur les ramifications philosophiques du fait que j'avais relevé un vampire pendant la journée. J'ai toujours été très douée pour ignorer les choses qui me dérangent.

— Ma petite, tu trembles.

Jean-Claude me repoussa doucement pour scruter mon visage.

— J'ai un assassin aux trousses, lui rappelai-je. Pas étonnant que je tremble.

Il secoua la tête.

— Je te connais trop bien, ma petite. Ce n'est pas à cause de ça.

— Je n'aime pas que vous m'utilisiez comme une sorte de croquemitaine pour vampires. Je ne suis pas si impressionnante.

— Non, mais il est vrai que j'ai encouragé cette illusion.

Je m'écartai de lui.

— Vous avez dit à d'autres vampires que je pouvais les contrôler, c'est ça ?

— Il se peut que j'aie émis quelques sous-entendus dans ce sens, grimaça-t-il.

— Pourquoi, pour l'amour de Dieu ?

— Parce que j'ai vu faire notre très diplomatique M. Zeeman, et que j'ai retenu la leçon. Il a attiré de nombreux loups dans son camp grâce à la simple promesse de bien les traiter, de ne pas les forcer à faire de qu'ils n'auraient pas envie de faire.

— Et alors ?

— J'ai invité des vampires à rejoindre mon troupeau, non pas en les intimidant ou en suscitant leur crainte, mais en faisant le serment de les protéger.

— Des vampires comme Liv ? suggérai-je.

Il acquiesça.

— Comment pouvez-vous être certain qu'ils ne comploteront pas pour vous renverser ?

— C'est justement là que tu interviens.

— Vous vous êtes servi de moi comme d'une menace pour les faire tenir tranquilles, réalisai-je.

Jean-Claude sourit.

— Exact.

— Et vous pensez vraiment qu'ils vous ont cru, quand vous leur avez dit que j'étais une nécromancienne capable de les contrôler ?

— Je ne peux pas m'exprimer pour les autres, mais en ce qui me concerne… Certainement pas, déclara une voix.

15

Je pivotai et me retrouvai face à un autre vampire. Il était grand et mince, avec une peau de la couleur d'un drap blanc tout juste sorti de la machine. Sauf que les draps n'ont pas de muscles qui roulent en dessous, que les draps ne descendent pas les escaliers en glissant et ne se déplacent pas à travers une pièce comme si celle-ci leur appartenait.

Les cheveux qui tombaient plus bas que ses épaules étaient d'un rouge très pur, quasiment le même que celui du sang, et formaient un contraste saisissant avec la pâleur de son teint. Il portait une redingote noire du genre qui avait dû être à la mode au XVIIIᵉ siècle, mais entre ses revers, sa poitrine était nue et lisse. Le lourd tissu était recouvert de broderies d'un vert si vif qu'elles brillaient presque. Le vert des yeux d'un chat ou d'une émeraude – et, incidemment, de ses yeux à lui.

En bas, il portait un collant de gym en lycra vert qui ne laissait pas grand-chose à l'imagination. Un foulard noir frangé de vert soulignait sa taille comme une ceinture de pirate. Des bottes noires qui lui montaient jusqu'aux genoux complétaient sa tenue.

Je croyais connaître tous les suceurs de sang de la ville, mais je venais d'en rencontrer deux nouveaux en l'espace de cinq minutes.

— Vous avez combien de nouvelles recrues ? demandai-je à Jean-Claude.

— Quelques-unes, répondit-il. Voici Damian. Damian, voici Anita.

— Je me sens stupide dans cette tenue, déclara Damian d'un air mécontent.

— Mais tu es splendide, lui assura Jean-Claude. N'est-ce pas, ma petite ?

Je hochai la tête.

— C'est une façon de voir les choses.

Jean-Claude contourna Damian, époussetant des moutons imaginaires de sa redingote.

— Tu n'approuves pas ?

Je poussai un soupir.

— C'est juste que… Pourquoi obligez-vous tous les gens qui vous entourent à s'habiller comme s'ils tournaient un film érotique à gros budget ?

Il éclata de rire, et le son m'enveloppa, faisant frémir des endroits de ma personne situés bien plus bas que je ne l'avais jamais autorisé à s'aventurer.

— Arrêtez, aboyai-je.

— Tu aimes ça, ma petite.

— Peut-être, mais arrêtez quand même.

— Jean-Claude a toujours eu des goûts très particuliers en matière de mode, et le sexe a toujours été l'un de ses passe-temps favoris – n'est-ce pas, Jean-Claude ? lança Damian sur un ton qui me fit deviner que pour lui, ça n'était pas un compliment.

Jean-Claude lui fit face.

— Et pourtant, malgré mes inclinaisons douteuses, tu te trouves sur mon territoire, et tu sollicites ma protection, rétorqua-t-il.

Les pupilles de Damian furent englouties par un flamboiement vert.

— Merci de me le rappeler.

— N'oublie jamais qui est le maître ici, Damian, ou tu seras banni. Le conseil lui-même a intercédé auprès de ton ancien maître, t'a arraché à ses griffes. Elle ne voulait pas te laisser partir. J'ai parlé en ta faveur. Je t'ai racheté à elle parce que je me souviens trop bien ce que c'est d'être prisonnier. Forcé à faire des choses répugnantes. Utilisé et torturé.

Damian se raidit, mais ne détourna pas les yeux.

— Vous avez raison. Je vous suis très reconnaissant de m'avoir amené ici. (Il baissa la tête.) Très reconnaissant de m'avoir libéré d'elle.

Quand il releva la tête, ses yeux étaient redevenus normaux. Il esquissa un sourire forcé.

— Porter un costume, ce n'est pas la pire chose que j'aie jamais faite.

Le chagrin dans sa voix me donna envie de supplier Jean-Claude de lui laisser enfiler un pantalon, mais je me retins. C'était une situation très délicate qu'il s'efforçait de gérer là. Damian avait plus de cinq siècles. Il n'était pas un maître, mais il possédait quand même un sacré pouvoir. Jean-Claude pouvait peut-être leur tenir tête, à lui et à Liv, mais s'il y en avait beaucoup d'autres comme eux, Maître de la Ville ou non, il n'était pas de taille à les contrôler. Ce qui signifiait que ces petits jeux de domination étaient nécessaires. Il ne pouvait pas laisser les autres oublier qui était le maître ; sinon, il était cuit. S'il m'avait demandé mon avis avant de lancer les invitations, je lui aurais fortement déconseillé.

Une porte s'ouvrit dans le fond de la pièce. Elle était noire tout comme les murs, si bien que lorsqu'une femme apparut sur son seuil, on aurait dit qu'elle venait d'être conjurée magiquement. Elle faisait à peu près ma taille. Ses longs cheveux bruns ondulés moussaient sur les épaules du pardessus noir qui lui battait les chevilles. Dessous, elle portait un collant de gym turquoise avec une brassière assortie. Des bretelles croisées reliaient les deux, soulignant sa taille mince. Ses bottes de vinyle noir montaient jusqu'à ses genoux, qu'ils recouvraient de leur languette.

Elle descendit les marches et traversa la piste de danse d'un pas rapide. Elle se mouvait avec une assurance divine, comme si elle se sentait chez elle où qu'elle se trouvât. Quand elle s'arrêta devant nous, elle nous sourit, et la bande de tissu turquoise qui entourait son cou fit ressortir les éclats verts dans ses prunelles noisette.

— Alors, qu'est-ce que vous en pensez ? demanda-t-elle.

— Tu es ravissante, Cassandra, répondit Jean-Claude.

— Ton costume te va mieux que le mien, renchérit Damian sur un ton maussade.

— Question de point de vue, lâchai-je.

Cassandra détailla Damian de la tête aux pieds. Puis elle reporta son attention sur moi. Nos regards se croisèrent, et nous éclatâmes de rire.

Damian eut l'air perplexe. Jean-Claude haussa les sourcils.

— Tu veux bien nous expliquer ce qu'il y a de si drôle, ma petite ?

De nouveau, mon regard croisa celui de Cassandra. Je me mordis les lèvres pour ne pas me remettre à rire et secouai la tête. Puis je pris une profonde inspiration et, quand je fus à peu près certaine de pouvoir parler sans m'esclaffer, je déclarai :

— C'est de l'humour de fille. Vous ne comprendriez pas.

— Très diplomatique, acquiesça Cassandra. Je suis impressionnée.

— Si tu savais à quel point la diplomatie est un comportement peu naturel pour ma petite, tu le serais encore plus, affirma Jean-Claude.

Il avait saisi la plaisanterie, comme je m'en doutais. En revanche, Damian semblait toujours aussi perplexe. C'était probablement mieux ainsi.

Le regard de Jean-Claude passa de Cassandra à moi, et vice versa.

— Vous vous connaissez, toutes les deux ?

Nous secouâmes la tête à l'unisson.

— Cassandra, Anita. Ma nouvelle louve, je suis ravi de te présenter la lumière de ma vie. Anita, Cassandra sera l'un de tes gardes du corps ce soir.

— Vous êtes très douée, la félicitai-je. Je ne m'en serais pas doutée.

Son sourire s'élargit.

— Richard m'a dit que vous n'aviez pas su tout de suite pour lui non plus.

Je ressentis un pincement de jalousie. Evidemment, si Cassandra était une lycanthrope et qu'elle faisait partie de l'entourage de Jean-Claude, elle devait être l'une des fidèles de Richard.

— Vous n'étiez pas à la réunion tout à l'heure.

— Jean-Claude avait besoin de moi ici. Il ne pouvait pas se passer à la fois de Jason et de moi.

Je me tournai vers Jean-Claude. Je savais ce que Jason faisait pour lui. Il le laissait boire son sang quand il se réveillait, et boire le sang de quelqu'un, c'est presque comme lui faire l'amour pour un vampire.

— Vraiment ? lâchai-je sur un ton plus sec que je ne l'aurais voulu.

— Ne t'inquiète pas, ma petite. Cassandra non plus ne veut pas partager son sang avec moi. Richard et elle possèdent de nombreuses similarités. Je pense que Richard l'a choisie pour moi parce qu'elle présente une certaine ressemblance avec toi. Et pas seulement physique.

— Vous pouvez être plus précis ?

— Je crains que non. C'est une… qualité qui transcende le vocabulaire.

— Il parle bien, hein ? me lança Cassandra en grimaçant.

— Il a ses moments, convins-je. Jean-Claude, vous ne pouvez pas drainer Jason tous les jours. Même un loup-garou a besoin d'un temps de récupération.

— Stephen est toujours volontaire pour le remplacer.

— Puisqu'on parle de lui… Pourquoi n'était-il pas avec vous la nuit dernière ?

Jean-Claude haussa les sourcils.

— C'est une accusation ?

— Contentez-vous de répondre à la question.

— Il m'avait demandé sa soirée pour passer du temps avec son frère. Qui suis-je pour interférer avec ses obligations familiales ?

Tout en parlant, il m'avait fixée comme si cette conversation lui déplaisait. Dommage pour lui. Elle me déplaisait aussi. Le propre frère de Stephen l'avait trahi, avait servi d'appât pour amorcer le piège tendu par Raina. Salaud !

— Où est Stephen en ce moment ?

— Dans l'arrière-salle, révéla Cassandra. Il m'a aidée à enfiler ce truc. Je n'arrivais pas à atteindre toutes les lanières.

Elle laissa glisser le pardessus de ses épaules et pivota pour me montrer son dos. Les lanières formaient une toile d'araignée complexe, et la plupart d'entre elles s'attachaient dans des endroits que seul un contorsionniste aurait pu atteindre sans aide. Elle rajusta son pardessus et se tourna à nouveau vers moi.

— Vous prenez votre statut de femelle alpha très au sérieux, n'est-ce pas ?

Je haussai les épaules.

— Je prends la sécurité de Stephen très au sérieux.

Cassandra acquiesça avec une expression solennelle et pensive.

— Ça me plaît. Trop souvent, le terme de femelle alpha ne sert qu'à désigner la compagne du chef de meute. La plupart ne sont pas aussi actives que Raina.

Elle grimaça en prononçant ce nom, comme si elle venait d'avaler un truc amer.

— Je vais vous laisser à votre conversation, intervint Jean-Claude. J'ai encore des choses à faire avant l'ouverture du club.

Il me baisa la main et s'en fut, me laissant seule au milieu de la piste de danse avec Cassandra. Damian l'avait suivi comme son ombre sans qu'il ait besoin de le lui demander.

Je me sentais mal à l'aise. Nous étions beaucoup trop à découvert.

— Allons nous asseoir là-bas, suggérai-je en désignant l'escalier qui conduisait à l'étage du dessus.

Je m'installai sur la deuxième marche en lissant ma jupe sur mes cuisses. Ce qui ne servit pas à grand-chose. Je serais obligée de garder les pieds et les genoux serrés pour ne pas montrer ma culotte au reste de la pièce. Génial.

— Laissez-moi deviner. Raina a voulu vous embaucher pour un film.

— Elle veut embaucher tous les gens qu'elle rencontre, pour peu qu'ils soient un tantinet bien roulés, ricana Cassandra. Mais parfois, on peut y échapper en couchant avec elle pour un bout d'essai. Pour le mien, elle m'a offerte à Gabriel. Ce foutu léopard-garou n'est même pas membre de la meute !

— S'il l'était, elle aurait déjà fait de lui son chef, déclarai-je.

Cassandra secoua la tête.

— Gabriel ne pourrait pas vaincre Marcus, et encore moins Richard. Il n'est le chef des léopards-garous que par défaut, parce qu'il n'y a personne de plus balèze que lui. C'est un alpha, mais sa perversion le rend faible.

— Je ne vois pas en quoi sa perversion sexuelle l'empêcherait de remporter un combat, fis-je remarquer.

— Ce n'est pas ça. Il aime la baise dangereuse. Et les lycanthropes peuvent encaisser de sacrés dommages. (Elle frissonna.) Les choses qu'il voulait me faire… (Elle me fixa, et je lus de la peur dans ses yeux.) Il a dit que vous l'aviez pratiquement éventré une fois.

Je détournai le regard.

— Ouais.

Elle me toucha le bras, et je ne sentis aucun pouvoir. Elle était aussi douée que Richard pour dissimuler sa véritable nature. A côté d'elle, Sylvie faisait figure de débutante.

— Il vous veut, Anita. Je ne l'ai pas dit à Richard parce que je suis nouvelle dans la meute. Je suis arrivée en ville il y a deux semaines à peine, et j'avais peur qu'il fasse quelque chose de stupide si je lui rapportais les paroles de Gabriel. Mais maintenant que je vous connais, je peux vous le dire, et ce sera à vous de décider si Richard doit savoir.

Elle avait l'air si sérieux que cela m'effraya.

— Qu'a dit Gabriel ?

Cassandra prit une profonde inspiration.

— Il a un fantasme. Il veut vous donner des couteaux et vous laisser essayer de le tuer, pendant que la caméra filmera et qu'il vous violera.

Je la fixai. J'aurais voulu m'exclamer « Vous plaisantez ! », mais je savais que ça n'était pas le cas. Gabriel était pervers à ce point.

— Et dans son fantasme, comment le film se termine-t-il ?

— Il vous tue.

— Tout en me baisant ?

Elle acquiesça.

Je me frottai les bras comme si j'avais froid, raidissant le dos et sentant sous mes doigts les armes que j'avais apportées. J'avais de quoi me défendre, mais... Merde, merde, merde.

Cassandra me posa une main sur l'épaule.

— Ça va aller ? s'inquiéta-t-elle.

— Comme c'est touchant, lança une voix masculine dans l'escalier derrière nous.

Cassandra se leva d'un bond et fit face au nouveau venu, pendant que je glissais la main dans ma pochette ouverte et en tirais le Seecamps. Le canon accrocha la doublure de satin, ce qui me coûta une ou deux secondes. Mais dès qu'il fut dans ma main, je me sentis mieux. J'avais pivoté en appui sur un genou, sans même prendre la peine de me lever. Parfois, on fait une meilleure cible debout.

Sabin se tenait cinq marches plus haut. Terriblement près et pourtant aucune de nous ne l'avait senti. Il était vêtu comme lors de notre entretien dans mon bureau, d'une cape qui le recouvrait de la tête aux pieds. Mais cette fois, la lumière des projecteurs me permettait de voir à l'intérieur. Il n'avait pas de pieds. Il flottait au-dessus de l'escalier.

— J'aimerais que vous puissiez voir votre tête, mademoiselle Blake.

Je déglutis avec difficulté et répliquai :

— J'ignorais que vous deviez venir ce soir, Sabin.

Cassandra fit un pas vers lui, un grondement sourd montant de sa gorge.

— Je ne vous connais pas.

— Du calme, louve. Je suis l'invité de Jean-Claude, n'est-ce pas, mademoiselle Blake ?

— Il dit la vérité, confirmai-je.

Je cessai de le braquer avec mon flingue mais ne rengainai pas pour autant. Sabin était affreusement doué pour avoir réussi à surprendre une nécromancienne et une lycanthrope.

— Vous le connaissez ? s'enquit Cassandra.

Elle se tenait toujours au-dessus de moi, bloquant le chemin au vampire. Visiblement, elle prenait son devoir de garde du corps très au sérieux.

— Je l'ai déjà rencontré, acquiesçai-je.

— Il est inoffensif ?

— Non, mais il n'est pas là pour me faire du mal.

— Alors, pour faire du mal à qui ? insista Cassandra, qui n'avait pas cédé un pouce d'escalier.

Sabin glissa vers nous, sa cape ondulant bizarrement autour de lui comme la manche d'un amputé.

— Je suis venu assister aux divertissements organisés par Jean-Claude, rien de plus.

Cassandra recula et s'immobilisa sur la marche supérieure à la mienne. Je me relevai, le Seecamps à la main. J'étais plus nerveuse que d'habitude. Je me souvenais comment Sabin m'avait saignée à distance avec son rire. Garder un flingue prêt à tirer me semblait une bonne idée.

— Où est Dominic ? m'enquis-je.

— Quelque part par là.

La capuche de Sabin était une mare de ténèbres, lisse et vide, mais je savais qu'il m'observait. Je sentais le poids de son regard.

Il s'arrêta deux marches au-dessus de moi, et une au-dessus de Cassandra.

— Qui est votre charmante compagne ? interrogea-t-il.

— Sabin, voici Cassandra. Cassandra, Sabin.

Une main gantée de noir émergea de la cape et se tendit vers Cassandra comme pour lui caresser le visage. Elle eut un mouvement de recul.

— Ne me touchez pas, aboya-t-elle.

La main se figea à mi-mouvement, et une immobilité surnaturelle s'empara de Sabin. J'avais déjà vu d'autres vampires faire ça, mais je croyais que c'était le produit d'indices visuels. Je ne voyais pas Sabin, et pourtant, il émanait de lui la même impression d'immobilité absolue. L'illusion semblait presque meilleure de cette façon, comme si c'était juste une cape vide qui lévitait au-dessus de l'escalier.

Puis sa voix émana de cette immobilité. C'était très perturbant.

— Mon contact serait-il si répugnant ?

— Vous puez la maladie et la mort, cracha Cassandra.

Il ramena sa main à l'intérieur de sa cape.

— Je suis un maître en visite. J'aurais le droit de réclamer un peu de… compagnie. Je pourrais réclamer la tienne, louve.

Cassandra grogna.

— Personne ne forcera personne à partager son lit, intervins-je.

— En êtes-vous si sûre, mademoiselle Blake ? demanda Sabin.

Il contourna Cassandra en flottant. Sa cape l'effleura, et elle frémit.

Je ne pouvais pas sentir Sabin ; je ne possède pas l'odorat d'un loup-garou. Mais j'avais vu une partie de ce qui se cachait sous cette cape. Ça valait bien un frisson, ou même deux.

— Cassandra a seulement été prêtée à Jean-Claude. Elle appartient à la meute. Donc, oui : j'en suis sûre.

Cassandra me jeta un coup d'œil par-dessus son épaule.

— Vous me protégeriez ?

— Ça fait partie de mes attributions à présent, n'est-ce pas ?

Elle étudia mon visage.

— Je suppose que oui.

Sa voix était redevenue très douce, comme si le grognement n'avait été qu'un rêve lointain. Sans sa tenue, elle aurait eu l'air tout à fait normale.

— Vous avez vu ce que je suis, mademoiselle Blake. Mon contact vous ferait-il frémir ?

Je descendis à reculons les deux marches qui me séparaient du plancher. Histoire d'avoir un meilleur équilibre.

— Je vous ai serré la main la dernière fois.

Sabin flotta vers moi. Les ténèbres se dissipèrent à l'intérieur de sa capuche. Il la repoussa en arrière, révélant ses cheveux dorés et son visage ravagé.

Cassandra lâcha un sifflement et se plaqua contre la balustrade pour mettre le plus de distance possible entre eux. Si Sabin avait dégainé un flingue et lui avait tiré dessus à cet instant, je ne crois pas qu'elle aurait réagi à temps.

Il lui sourit, étirant la chair pourrie de sa joue.

— N'avez-vous jamais rien vu de pareil ?

Cassandra déglutit assez fort pour que je l'entende, comme si elle s'efforçait de ne pas vomir.

— Je n'ai jamais rien vu d'aussi horrible.

Sabin reporta son attention sur moi. Son œil intact était toujours d'un bleu aussi limpide, mais l'autre avait éclaté à l'intérieur de son orbite, dans une mare de pus et de liquide moins épais. Du coup, je n'eus pas d'autre choix que de déglutir aussi.

— Votre œil était encore là hier.

— Je vous avais dit que ma… maladie était virulente, mademoiselle Blake. Avez-vous cru que j'exagérais ?

Je secouai la tête.

— Non.

Sa main gantée ressortit des plis de sa cape. Je me souvins de la façon molle et mouillée dont ses doigts s'étaient écrasés sous les miens la veille. Je ne voulais pas qu'il me touche, mais il y avait tant de douleur dans son œil restant que je ne bronchai pas. Quoi qu'il arrive, je ne manifesterais pas la répugnance qu'il m'inspirait. J'avais de la peine pour lui. Je sais, c'est idiot, mais c'était vrai.

Le gant noir se tendit vers mon visage sans le toucher tout à fait. Le Seecamps pendait au bout de mon bras droit, momentanément oublié. Les doigts de Sabin effleurèrent mon front et l'arête de mon nez. Son gant était rempli de liquide, comme une sorte de ballon à eau obscène.

Il me fixa. Je soutins son regard. Il écarta les doigts pour me saisir la mâchoire et pressa. Il y avait quelque chose de solide à l'intérieur de son gant, des morceaux de chair et d'os, mais ce n'était plus vraiment une main. Seul le gant lui donnait une forme.

Un son étranglé s'échappa de ma gorge. Je ne pus le retenir.

— Peut-être est-ce votre compagnie que je devrais réclamer, suggéra Sabin.

Je me dégageai très doucement. Je ne voulais pas faire de mouvement brusque, de peur de lui arracher son gant. Je n'avais aucune envie de le voir se répandre en une flaque de liquide nauséabond. Il était déjà bien assez horrible comme ça.

Sabin ne tenta pas de me retenir. Peut-être nourrissait-il les mêmes craintes.

— Es-tu encore en train d'enfreindre mon hospitalité ? lança Jean-Claude.

Il se tenait sur la piste de danse, fixant Sabin. Ses yeux étaient pareils à deux rayons de lumière bleue, et sa peau était devenue pâle et lisse comme du marbre.

— Tu ne m'as pas encore témoigné de véritable hospitalité, Jean-Claude, répliqua Sabin. La coutume voudrait que tu m'offres de la compagnie.

— Je ne pensais pas que ce qui reste de toi puisse en avoir besoin.

Sabin grimaça.

— C'est une maladie cruelle. La pourriture n'affecte pas la totalité de mon corps. Mes besoins demeurent, bien que leur vaisseau soit devenu si grotesque que plus personne ne le toucherait de son plein gré.

Il secoua la tête, et sa peau se fendit sur un côté de son visage. Quelque chose de noir et de plus épais que du sang se mit à couler le long de sa joue.

Cassandra gémit. Mon garde du corps allait gerber. Peut-être que ça sentait mauvais pour elle.

— Si l'un de mes gens me met suffisamment en colère pendant que tu te trouves sur mon territoire, tu pourras l'avoir. Ce sera sa punition. Mais je ne te donnerai pas quelqu'un juste parce que tu l'as réclamé. Je craindrais que sa santé mentale n'y résiste pas.

— Il y a des jours, Jean-Claude, où je doute que la mienne y ait résisté. Ou qu'elle y résiste beaucoup plus longtemps. (Le regard de Sabin se détacha de Cassandra pour se poser sur moi.) Je pense que ça briserait ta louve. Mais ta servante… Elle tiendrait le coup.

— Elle n'est pas à ta disposition, et elle ne le sera sous aucun prétexte. Si tu abuses de mon hospitalité en portant la main sur elle, édit du conseil ou pas, je te détruirai.

Sabin se tourna vers Jean-Claude. Les deux vampires se toisèrent.

— Il fut un temps, Jean-Claude, où personne ne me parlait sur ce ton excepté les membres du conseil.

— C'était avant, répliqua Jean-Claude.

Sabin soupira.

— Oui, avant.

— Tu es libre de profiter du spectacle, mais ne me provoque plus, Sabin. Je n'ai aucun sens de l'humour quand il s'agit de ma petite.

— Tu acceptes de la partager avec un loup-garou, mais pas avec moi ?

— Ce sont nos affaires, répondit calmement Jean-Claude, et je t'interdis d'aborder de nouveau ce sujet. Si tu le fais, je considérerai ça comme un défi, et tu sais que tu n'es pas en état de te battre contre moi.

Sabin esquissa une courbette maladroite. Difficile de se plier en deux quand on n'a pas de jambes.

— Tu es le Maître de la Ville. Ta parole fait loi.

Les mots étaient respectueux, mais le ton moqueur.

Liv s'approcha derrière nous et s'immobilisa en retrait de Jean-Claude, légèrement sur le côté.

— Il est temps d'ouvrir les portes, maître.

Elle avait dû faire exprès. D'habitude, Jean-Claude interdit aux membres de son troupeau de l'appeler ainsi en public.

— Dans ce cas, que chacun gagne sa place, ordonna-t-il d'une voix étranglée.

— Je vais me trouver une table, déclara Sabin.

— Fais donc.

Sabin releva sa capuche et remonta l'escalier en flottant, se dirigeant vers les tables de l'étage. A moins qu'il se contente de léviter jusqu'au toit.

— Toutes mes excuses, ma petite, soupira Jean-Claude. Je crains que sa maladie n'ait fini par affecter son cerveau. Méfie-toi de lui. Cassandra participe au spectacle. C'est Liv qui veillera sur toi à compter de maintenant.

Je le fixai.

— Elle me déteste. Elle ne prendra pas de balle à ma place.

— Si elle échoue, si elle me déçoit encore une fois, je la donnerai à Sabin, affirma Jean-Claude.

Liv pâlit, ce qui n'est pas évident pour un vampire – même s'il vient de se nourrir.

— Maître, pitié.

— Maintenant, je veux bien croire qu'elle prendra une balle à ma place.

Si j'avais le choix entre coucher avec Sabin ou me faire tirer dessus, je préférerais me faire tirer dessus, et de loin. A en juger la tête de Liv, elle partageait mon opinion.

Jean-Claude s'éloigna pour se mettre en place.

Le regard de Cassandra croisa le mien. Elle n'était pas pâle, mais verdâtre. Elle détourna très vite la tête, comme si elle craignait ce que je pourrais lire dans ses yeux.

— Je suis désolée, Anita.

Elle se dirigea rapidement vers la porte par laquelle elle était arrivée. Elle semblait embarrassée. Je ne pouvais pas l'en blâmer.

Cassandra avait échoué au test des gardes du corps. C'était une puissante lycanthrope, mais Sabin lui avait fait perdre tous ses moyens. Elle aurait pu se défendre s'il avait essayé la violence, mais il s'était contenté de se planter devant elle et de lui pourrir dessus. Que pouvez-vous bien faire quand les monstres deviennent plus pitoyables qu'agressifs ?

Les portes s'ouvrirent, et la foule s'engouffra dans le club comme un raz de marée, se répandant dans la salle avec un vacarme pareil à un grondement de tonnerre. Je rangeai le Seecamps dans ma pochette, mais ne la refermai pas.

Liv se rapprocha de moi.

— Votre table est par ici.

Je la suivis, parce que je ne voulais pas me retrouver seule au milieu de la bousculade. Et puis, elle prenait tout à coup ma sécurité très au sérieux. Je la comprenais : le corps pourrissant de Sabin était une menace terrifiante.

Je me serais sentie mieux si je n'avais pas cru que Jean-Claude mettrait cette menace à exécution. Mais je le connaissais mieux que ça. Je savais que si Liv le décevait, il la jetterait en pâture à Sabin sans aucune hésitation. Et à en juger le regard de la femme vampire, elle le savait aussi bien que moi.

16

On m'avait placée à la plus large d'une série de petites tables en laque noire, qui se fondaient presque à la perfection avec les murs. Et avec ma tenue. Il faudrait vraiment que je songe à introduire un peu plus de couleur dans ma garde-robe. La table était dressée assez loin du mur, près de la balustrade pour que la foule de plus en plus dense ne me bouche pas la vue sur la piste de danse. Malheureusement, ça signifiait que mon dos serait exposé.

J'avais reculé ma chaise le plus possible, mais j'avais conscience que la balustrade s'incurvait sur sa droite, de sorte que quelqu'un pourrait s'approcher et me tirer dessus sans trop se faire voir. Evidemment, Liv était là pour y remédier. Elle se tenait derrière moi, les bras croisés sur la poitrine. Il ne manquait plus qu'une enseigne au néon clignotant au-dessus de sa tête pour annoncer qu'elle était mon garde du corps.

Ma pochette était ouverte. J'avais le Seecamps à portée de main, et suffisamment la trouille pour être tentée de le poser sur mes genoux. Mais je me maîtrisais. Nous avions un plan. Un plan qui n'incluait pas de faire fuir l'assassin.

Je posai une main sur le bras de Liv. Elle se pencha vers moi.

— Vous êtes censée vous montrer discrète.

Elle écarquilla les yeux.

— Je suis censée vous protéger.

— Dans ce cas, asseyez-vous et faites semblant

d'être mon amie. Le piège ne fonctionnera pas si j'ai l'air d'être trop bien gardée.

Elle s'agenouilla près de moi. Je devais être trop bas pour qu'elle se penche davantage, sans doute.

— Je ne prendrai pas le risque d'être donnée à Sabin. Je me fiche bien que votre assassin se rende compte de ma présence ou non.

C'était difficile de l'en blâmer, mais j'étais prête à faire un effort.

— Ecoutez, dis-je sévèrement, ou bien vous m'obéissez, ou bien vous fichez le camp.

— J'obéis à Jean-Claude, pas à sa catin.

Autant que je m'en souvienne, je n'avais jamais rien fait de toute ma vie pour mériter d'être traitée de catin.

— Jean-Claude a dit que si vous échouiez, il vous donnerait au cadavre en décomposition, exact ?

Liv acquiesça. Ses yeux scrutaient la foule par-dessus mon épaule. Elle essayait vraiment de faire son boulot, et ça se voyait.

— Il n'a pas dit que vous seriez punie si je me faisais blesser, n'est-ce pas ? poursuivis-je.

Elle reporta son attention sur moi.

— Où voulez-vous en venir ?

— A ceci : si vous faites peur à l'assassin et que vous bousillez mon plan, vous aurez échoué.

Elle secoua la tête.

— Ce n'est pas ce que Jean-Claude a voulu dire.

— Il a dit que vous ne deviez pas le décevoir, insistai-je.

Je la vis hésiter. J'aurais parié que la logique n'était pas son fort.

— C'est très malin, Anita, mais vous ne réussirez pas à m'embobiner. Si vous vous faites tuer, Jean-Claude me punira. Vous le savez aussi bien que moi.

J'avais tort. Elle était plus futée qu'elle n'en avait l'air.

— Mais si vous foutez notre plan en l'air, il vous punira quand même.

Une peur panique passa dans son regard.

216

— Je suis coincée.

Alors, j'eus de la peine pour elle. En l'espace d'une seule soirée, j'avais éprouvé de la pitié pour deux monstres… Non, trois. Décidément, je mollissais.

— Si je ne me fais pas tuer, je m'assurerai que vous ne soyiez pas punie.

— Vous le jurez ? demanda-t-elle sur un ton chargé d'intensité.

Pour elle, un serment n'était pas chose à prendre à la légère. Beaucoup de vampires remontent à une époque où si quelqu'un donnait sa parole, il se sentait tenu de la respecter.

— Je vous le jure.

Elle resta agenouillée encore quelques instants, puis se releva.

— Tâchez de ne pas vous faire tuer.

Elle se mêla à la foule, me laissant seule comme je le lui avais demandé.

Les autres tables se remplirent rapidement. Les invités se pressaient sur les bords de la pièce, là où le plancher avait été surélevé autour de la piste de danse. Ils étaient si nombreux à se masser contre la balustrade que si ma table avait été collée au mur, je n'aurais pas pu voir la piste de danse. En d'autres circonstances, j'aurais apprécié cette attention. Mais là… Un autre garde du corps aurait pu se pointer n'importe quand. En fin de compte, un peu de compagnie ne m'aurait pas dérangée.

La foule envahit les deux étages du dessus, où il n'y avait que des places debout. Je cherchai du regard la cape noire de Sabin, mais ne le vit nulle part.

La piste de danse était vide ; une demi-douzaine de vampires en barrait l'accès. Avec douceur mais fermeté, ils dirigeaient les gens vers les côtés de la pièce. Les hommes comme les femmes étaient vêtus de manière presque identique : collant de lycra noir, bottes et T-shirt en résille noire. La seule différence, c'est que les femmes portaient un soutien-gorge noir sous le leur. Pour une fois, j'étais d'accord avec le choix vestimentaire de Jean-Claude. Si les femmes avaient porté des minijupes, ça m'aurait fichue en rogne. L'idée me vint que Jean-Claude avait peut-être anticipé ma réaction. Il me connaissait trop bien par certains côtés… Et par d'autres, il ne me comprenait pas du tout.

Je scrutai la foule en quête d'Edward ou de quelque chose d'anormal, mais il était difficile d'isoler une personne au milieu de cette masse qui se bousculait en riant joyeusement. Je ne repérerais pas Edward. Je n'avais pas d'autre choix que d'espérer qu'il soit bien là. Et même si je lui faisais confiance pour tenir sa promesse, j'avais du mal à respirer tant ma gorge était nouée.

Edward m'avait conseillé d'agir de manière désinvolte, de ne pas me montrer ouvertement soupçonneuse. Extérieurement, j'essayais. Intérieurement, j'avais presque la nausée à force de scruter la foule et ce point vulnérable sur ma droite, un peu en retrait du côté de la balustrade.

Je croisai les mains dans mon giron et me forçai à baisser les yeux. Si l'assassin surgissait à cet instant, je ne le verrais pas venir, mais il fallait que je me reprenne. Sinon, j'allais être tellement occupée à sursauter au moindre mouvement que je ne serais pas prête pour affronter la menace réelle. Je commençais à regretter d'avoir renvoyé Liv.

Je me concentrai sur ma respiration et sur le rythme de mon propre corps. Quand mon souffle fut redevenu régulier et que je pus entendre le sang circuler dans ma tête, je relevai lentement le nez et fixai la piste de danse. Je me sentais vide, calme et distante. Beaucoup mieux.

Un vampire s'approcha de la balustrade en face de ma table. Willie McCoy portait un costume d'un vert si agressif qu'on ne pouvait le qualifier que de chartreuse. Une chemise assortie, et une large cravate avec un imprimé représentant Godzilla en train de piétiner Tokyo. Personne ne pourra jamais accuser Willie de se fondre dans un quelconque décor.

Je souris. Je ne pus m'en empêcher. Willie était l'un

des premiers vampires qui ait jamais franchi ma frontière personnelle entre monstres et amis. Il s'empara d'une des chaises et la positionna dossier tourné vers l'espace vide. Puis il s'assit nonchalamment, comme s'il n'avait pas fait exprès. Je n'eus pas à faire semblant d'être contente de le voir.

Willie fut forcé de se pencher vers moi pour se faire entendre par-dessus le brouhaha. L'odeur de la gomina dont il s'était servi pour aplatir ses cheveux en arrière me chatouilla les narines. Il était tout près de moi, et je ne me sentais même pas tendue. J'avais davantage confiance en lui qu'en Jean-Claude.

— Comment ça va, Anita ? demanda-t-il avec une grimace assez large pour découvrir ses crocs.

Willie était mort depuis moins de trois ans. C'est l'un des rares vampires que j'aie connus avant et après sa transformation.

— J'ai déjà été mieux.

— Jean-Claude a dit que nous devions te protéger, mais discrètement. Nous nous relaierons auprès de toi pour ne pas que ça ait l'air louche. Tu n'avais pas l'air dans ton assiette, alors… Me voilà.

Je secouai la tête.

— C'est si évident que ça ?

— Pour quelqu'un qui te connaît, oui.

Nous nous sourîmes. Alors que je fixais son visage à quelques centimètres du mien, je réalisai qu'il était sur ma liste. Celle sur laquelle je venais d'ajouter le nom de Stephen. Si quelqu'un tuait Willie, je le traquerais et je le buterais. Je fus surprise de me rendre compte qu'un vampire figurait sur cette liste. Mais Willie y figurait, et à bien y réfléchir, il n'était pas le seul.

Jean-Claude apparut de l'autre côté de la pièce. Quand on parle du démon… Un projecteur se braqua sur lui. Il devait être fixé sur une plateforme aérienne, mais avec la pénombre qui régnait en hauteur, c'était difficile à dire. Une plateforme aérienne… L'endroit parfait pour se poster avec un fusil à longue portée. Arrête ça, ma fille. Cesse de te torturer.

Je n'avais pas compris que cette inauguration attirerait tant de monde. Si Edward avait dû chercher tout seul un tireur solitaire dans cette foule grouillante, il aurait eu peu de chances de le localiser. Les vampires et les loups-garous étaient peut-être des amateurs, mais quelques paires d'yeux supplémentaires ne pouvaient pas nous faire de mal.

L'intensité des lumières diminua, jusqu'à ce que le seul éclairage de la pièce provienne du faisceau braqué sur Jean-Claude. Il semblait briller, et je n'aurais pas su dire si c'était une illusion ou s'il générait sa propre lumière. Quoi qu'il en soit, je me retrouvais plongée dans le noir en compagnie d'un assassin, et ça ne me plaisait pas du tout.

Et puis merde. Je sortis le Seecamps de ma pochette et le posai sur mes genoux. C'était déjà mieux. Pas encore parfait, mais mieux. Que le seul contact d'un flingue soit capable de me réconforter était sans doute mauvais signe. Que mes propres flingues me manquent était encore plus mauvais signe.

Willie me toucha l'épaule, et je sursautai si fort que les gens qui nous entouraient reportèrent brièvement leur attention sur moi.

— Je couvre tes arrières, me chuchota-t-il. Détends-toi.

Willie ferait de l'excellente chair à canon, mais il n'était pas de taille à me protéger. C'était déjà un petit joueur de son vivant, et la mort n'y avait rien changé. Je réalisai que si l'assassin se mettait à canarder et qu'il utilisait des balles en argent, je serais inquiète pour la sécurité de Willie. S'inquiéter pour son garde du corps, ce n'est pas bon du tout.

La voix de Jean-Claude s'éleva dans les ténèbres, les remplissant d'un son qui caressa ma peau. Une femme qui se tenait près de ma table frissonna comme si quelqu'un l'avait touchée. Son compagnon lui passa un bras autour des épaules, et ils se pelotonnèrent l'un contre l'autre dans le noir, enveloppés par la voix de Jean-Claude.

— Bienvenue à la *Danse mortelle*. La nuit sera pleine de surprises, dont certaines merveilleuses.

Deux projecteurs plus petits frappèrent la foule. L'un d'eux révéla Cassandra, debout en équilibre sur la balustrade du premier étage. D'un geste ample, elle repoussa son pardessus en arrière. Elle se déplaçait sur la barre métallique large d'à peine cinq centimètres comme si c'était le plancher, dansant presque. Des applaudissements enthousiastes éclatèrent.

Le second projecteur s'était braqué sur Damian, au rez-de-chaussée. Le vampire glissa hors de la foule, faisant onduler sa redingote brodée autour de lui comme une cape. S'il se sentait toujours mal à l'aise dans son costume, il n'en laissait rien paraître.

Il se faufila entre les invités, suivi par le faisceau lumineux. Au passage, il effleurait une épaule ici et là, passait ses mains dans des cheveux longs ou caressait la taille d'une femme. Quel que soit leur sexe, aucune des personnes qu'il touchait ne parut s'en offusquer. Bien au contraire, elles se laissèrent aller contre lui ou chuchotèrent dans son oreille.

Damian s'approcha d'une brune vêtue de manière assez discrète par rapport au reste des spectateurs : tailleur jupe bleu marine et chemisier blanc à lavallière – vous savez, le genre de nœud qui est censé ressembler à une cravate pour fille et qui n'y parvient jamais tout à fait. De toutes les femmes qui l'entouraient, c'était elle qui semblait la plus normale. Il la contourna de si près que son corps l'effleura. A chaque contact, la malheureuse sursautait, les yeux tellement écarquillés de peur que je pouvais le voir même depuis l'autre côté de la pièce.

J'avais envie de hurler : « Fichez-lui la paix ! », mais je ne voulais pas me faire remarquer. Jean-Claude ne cautionnerait rien d'illégal, du moins, pas devant une telle quantité de témoins. L'hypnose de masse n'a rien d'illégal, car ses effets ne sont pas permanents. Mais il n'en va pas de même avec l'hypnose individuelle. Ce qui signifiait que Damian pourrait se pointer sous la fenêtre de cette femme par une nuit sans lune et l'appeler. Même s'il laissait passer des années, elle viendrait à lui.

Willie était penché en avant sur sa chaise, ses yeux sombres fixés sur Damian et sa victime. A cet instant précis, il n'avait pas l'air trop préoccupé par mon assassin.

Je regardai toute expression déserter le visage de la femme, jusqu'à ce qu'elle ait l'air de dormir debout, son regard vacant posé sur Damian. Celui-ci lui prit la main, s'adossa à la balustrade, fit passer ses deux jambes par-dessus et se retrouva de l'autre côté sans l'avoir lâchée. La femme hésita et fit deux pas vers lui. Il la saisit par la taille et, sans le moindre effort, la souleva à bout de bras, puis la posa près de lui dans ses escarpins noirs plus confortables qu'élégants.

Les faisceaux qui éclairaient Jean-Claude et Cassandra moururent doucement, jusqu'à ce que Damian et la femme se retrouvent au centre de la seule lumière de la pièce. Il la guida vers le milieu de la piste de danse et elle le suivit, le fixant comme si le reste du monde n'existait plus.

Putain de merde ! Ce que faisait Damian était illégal. La plupart des spectateurs ne s'en rendrait pas compte. Les vampires sont autorisés à utiliser leurs pouvoirs dans un but de divertissement, de sorte que même les journalistes n'y trouveraient rien à redire. Mais je connaissais la différence ; je connaissais la loi. Jean-Claude devait se douter que je saurais ce qui se passait vraiment. Cette femme était-elle une actrice ? Une pseudo-invitée positionnée au milieu de la foule pour un meilleur effet ?

Je me penchai vers Willie, si près de lui que j'effleurai l'épaule de sa veste.

— Cette femme… C'est une actrice ?

Il tourna un regard surpris vers moi, et je vis que ses pupilles avaient été englouties par le brun de ses iris. Au bout d'un très long tunnel obscur brillait un soupçon de flamme.

Je déglutis et me rejetai en arrière.

— Ce n'est pas un tour de passe-passe, pas vrai ?

Willie se lécha nerveusement les lèvres.

— Si je te dis que c'est réel, tu vas interrompre le spectacle, et Jean-Claude sera furieux contre moi. Je ne veux pas qu'il soit furieux contre moi, Anita.

Je secouai la tête mais me gardai bien de le contredire. J'avais vu ce que Jean-Claude faisait aux vampires qui le mettaient en rogne. Torture était un mot trop faible. Je devais découvrir de quoi il retournait sans perturber le numéro de Damian, et sans attirer sur moi plus d'attention que nécessaire.

Damian fit arrêter la femme au centre de la pièce, le regard fixé sur quelque chose que nous ne pouvions pas voir. Elle resta plantée là, vide et attendant ses ordres. Il passa derrière elle, lui glissa ses bras autour de la taille et frotta sa joue contre ses cheveux. Puis il défit sa lavallière et les trois premiers boutons de son chemisier.

Quand il fit courir ses lèvres le long de son cou dénudé, je n'y tins plus. Si cette femme était une actrice, pas de problème. Mais si c'était une victime non consentante, je devais mettre un terme à cet odieux numéro.

— Willie ?

Il se tourna vers moi à contrecœur. Un peu parce que sa faim vampirique le poussait à ne pas perdre une miette du spectacle, mais surtout parce qu'il savait ce que j'allais lui demander.

— Quoi ?

— Va dire à Jean-Claude que le spectacle est terminé.

Il secoua la tête.

— Si je te laisse et que tu te fais descendre, Jean-Claude me tuera. Ce sera lent et douloureux. Je ne partirai pas avant l'arrivée de la relève.

Je soupirai. D'accord. Je me penchai par-dessus la balustrade et fis signe à un des serveurs vampires. Il jeta un coup d'œil derrière lui comme s'il pouvait voir Jean-Claude, même si ça m'était impossible, puis se dirigea vers moi.

— Qu'y a-t-il ? interrogea-t-il à voix basse.

Il était assez près de moi pour que je sente son haleine mentholée. Presque tous les vampires que je connais sucent des pastilles de menthe à longueur de nuit.

J'avais encore le Seecamps à la main. Ainsi équipée, je pensais pouvoir m'autoriser une certaine proximité physique avec un mort-vivant fraîchement sorti de sa tombe. Aussi me penchai-je davantage vers lui pour chuchoter :

— Cette femme est-elle une actrice ?

Par-dessus son épaule, il jeta un coup d'œil à Damian et à sa proie.

— C'est juste une volontaire choisie dans le public.

— Elle n'était pas volontaire, répliquai-je.

Damian avait touché une demi-douzaine de personnes qui se seraient portés volontaires, mais il en avait choisi une à qui il faisait peur. Sadique, comme beaucoup de vampires.

— Dites à Jean-Claude que s'il ne met pas immédiatement fin à ce petit numéro, je m'en chargerai moi-même.

Le serveur cligna des yeux.

— Faites-le ! aboyai-je.

Il s'éloigna en longeant le bord de la piste de danse et disparut dans l'obscurité. Je pouvais plus ou moins le suivre du regard, mais c'était juste une impression de mouvement. Je ne voyais pas Jean-Claude du tout.

Damian passa une main devant le visage de la femme. Quand il l'écarta, elle battit des paupières, enfin réveillée. Ses mains se portèrent instinctivement à sa gorge, et ses yeux s'écarquillèrent de frayeur.

— Que se passe-t-il ? demanda-t-elle d'une voix aiguë, étranglée, qui porta jusqu'à moi dans le silence fasciné du public.

Damian tenta de la prendre dans ses bras, mais elle recula d'un bond, et il ne réussit qu'à lui saisir le poignet. Elle lutta pour se dégager, mais il la retint facilement.

— Lâchez-moi ! Lâchez-moi, je vous en supplie !

(Elle tendit sa main libre vers quelqu'un dans la foule.) Aidez-moi !

Tout le monde s'était tu, de sorte que je pus entendre la réponse de son supposé ami.

— Amuse-toi. Ça fait partie du spectacle.

Damian la força à se tourner vers lui, d'une secousse si violente qu'elle en garderait probablement des bleus. Dès que ses yeux croisèrent ceux du vampire, ses traits redevinrent flasques, son regard vacant. Elle tomba mollement à genoux, toujours tenue par un poignet.

Damian la releva avec plus de douceur. Il la plaqua contre lui et repoussa ses cheveux sur le côté, exposant la ligne de son cou. Puis il pivota lentement afin que tout le monde puisse voir sa chair vulnérable.

Willie se pencha en avant, sa langue caressant sa lèvre inférieure comme s'il pouvait déjà sentir le goût de la femme. Il était mon ami, mais ça ne pouvait pas faire de mal de me souvenir qu'il était aussi un monstre.

Damian retroussa les babines et rejeta la tête en arrière afin que le public admire ses crocs. Je vis les muscles de son cou se tendre, et je sus qu'il s'apprêtait à mordre.

Le serveur revenait. Mais je n'avais plus le temps d'attendre.

Willie s'arracha à la contemplation du spectacle et leva les yeux vers moi, comme s'il avait compris qu'un incident bien différent était sur le point de se produire. Trop tard.

Je bondis sur mes pieds et hurlai :

— Ne faites pas ça, Damian !

Je braquai le flingue sur son dos, à l'endroit où devait se trouver son cœur. Même une balle en argent ne suffit pas forcément à tuer un vampire vieux de cinq siècles. Mais par tous les saints, j'étais bien décidée à essayer s'il mordait cette femme.

Willie leva la main.

— Ne te mêle pas de ça, ou tu le regretteras, aboyai-je.

Et j'étais sincère. Ce n'est pas parce que personne

225

d'autre n'était autorisé à le tuer, que je ne pouvais pas le faire moi-même.

Willie laissa retomber son bras et s'affaissa dans sa chaise.

Damian se détendit suffisamment pour tourner la tête vers moi. Puis il pivota, interposant sa victime entre nous comme un bouclier. Les cheveux de la femme pendaient toujours sur le côté, découvrant son cou. Sans me quitter des yeux, Damian laissait courir son index le long de sa chair nue. Il me provoquait.

Une lumière sourde tomba sur moi, et son intensité crût tandis que je me dirigeais très prudemment vers les deux marches qui conduisaient à la piste de danse. Bondir par-dessus la balustrade aurait eu de la gueule, mais ça m'aurait empêché de garder le Seecamps braqué sur ma cible. J'aurais pu tirer dans la tête de Damian de là où j'étais, sauf que je ne connaissais pas bien mon flingue, et que ça aurait été trop risqué. Je ne voulais pas faire sauter accidentellement la cervelle de la femme. Tuer l'otage, ce n'est jamais une bonne idée.

Les serveurs et serveuses vampires ne savaient pas quoi faire. Si j'avais été un vulgaire quidam, ils m'auraient sans doute sauté dessus pour m'arrêter. Mais j'étais la bien-aimée de leur maître, ce qui compliquait quelque peu les choses. Malgré tout, je les surveillais du coin de l'œil.

— Reculez et laissez-moi le champ libre. Tout de suite, ordonnai-je sèchement.

Ils s'entre-regardèrent, hésitants.

— Croyez-moi, vous n'aurez pas envie d'être à côté de moi si je me mets à défourailler. Bougez-vous !

Ils bougèrent.

Quand je fus assez près de Damian pour être à peu près certaine de le toucher, je m'arrêtai.

— Laissez-la partir.

— Je ne lui ferai pas de mal, Anita. Je veux juste m'amuser un peu.

— Elle n'est pas consentante. Ce serait illégal, même

dans un but de divertissement. Alors laissez-la partir, ou je fais sauter votre putain de tête, menaçai-je.

— Vous me tireriez vraiment dessus devant tous ces témoins ?

— Et comment ! De toute façon, vous avez plus de cinq siècles. Je ne crois pas qu'une balle dans la tête réussisse à vous tuer ; du moins, pas de façon définitive. Mais ça vous fera un mal de chien, et ça vous laissera peut-être des cicatrices assez moches. Vous ne voudriez quand même pas que j'abîme ce ravissant visage, si ?

Mon bras droit commençait à fatiguer. Ce n'était pas que le Seecamps pèse si lourd, mais c'est difficile de garder le bras tendu en l'air pendant longtemps sans qu'il se mette à trembler. Je ne voulais pas qu'il tremble.

Damian me fixa l'espace de quelques battements de cœur. Très lentement, il lécha le cou de la femme sans jamais me quitter de ses étranges yeux verts. Il continuait à me provoquer. S'il pensait que je bluffais, il s'était trompé d'adversaire.

J'expirai profondément, jusqu'à ce que tout mon corps soit au calme et que je puisse entendre mon sang battre dans mes tempes. Je visai le long de mon bras, le long du canon du flingue et… Il disparut. Il avait bougé si vite que je sursautai. J'écartai mon doigt de la détente et pointai le Seecamps vers le plafond, attendant que mon cœur cesse de battre la chamade.

Damian se tenait à la lisière de la lumière, dans laquelle il avait laissé la femme vide et immobile. Il me fixait.

— Allez-vous perturber nos divertissements tous les soirs ? demanda-t-il.

— Je n'aime pas beaucoup ce genre de divertissements, mais choisissez une personne volontaire, et je vous ficherai la paix.

— Un volontaire.

Il pivota sur lui-même en balayant le public du regard. Tout le monde l'observait. Il se lécha les lèvres et leva les bras.

Je m'avançai jusqu'à la femme et lui pris la main.

— Libérez-la, Damian.

Il reporta son attention sur moi et le fit. Les yeux de la femme s'écarquillèrent, dardant frénétiquement en tous sens comme ceux de quelqu'un qui se réveille d'un cauchemar et s'aperçoit qu'il est réel. Je lui tapotai la main.

— Tout va bien. Vous êtes en sécurité à présent.

— Que se passe-t-il ? Que se passe-t-il ?

Elle aperçut Damian et se mit à sangloter hystériquement.

Jean-Claude apparut au bord du rond de lumière.

— Vous n'avez rien à craindre de nous, gente dame.

Il glissa vers nous. La femme se mit à hurler.

— Il ne vous fera pas de mal. Je vous le promets. Quel est votre nom ?

— Karen, chuchota-t-elle. Je m'appelle Karen.

— Nous allons quitter cette piste de danse, Karen, et personne ne vous fera de mal, dis-je de mon ton le plus persuasif. Vous avez ma parole.

Elle acquiesça encore et encore, le souffle si rapide que je craignais qu'elle s'évanouisse.

Cassandra pénétra dans la lumière mais s'arrêta un peu en retrait.

— Je peux vous aider ?

Jean-Claude n'avait pas bougé depuis que Karen s'était mise à hurler. Il se contentait de me fixer, et je n'arrivais pas à déchiffrer son expression.

— Oui, ce serait bien, répondis-je à Cassandra.

Mais quand elle nous rejoignit, Karen recula précipitamment.

— Ce n'est pas un vampire, lui assurai-je.

Elle laissa Cassandra lui prendre l'autre bras, et nous l'entraînâmes à l'écart de la piste. Jean-Claude se planta dans la lumière du projecteur, et sa voix nous suivit dans l'obscurité.

— Avez-vous apprécié notre petit mélodrame ?

Il y eut un silence interloqué. Sa voix était pareille à une couverture de fourrure qui enveloppait le public dans le noir, absorbant sa peur et lui restituant du désir.

— Nous ne jouons pas ici, à la *Danse mortelle*. Qui aimerait goûter à la réalité du baiser de Damian ?

Quelqu'un se porterait volontaire. Comme toujours. Si quelqu'un pouvait sauver le spectacle du naufrage après la crise de Karen, c'était bien Jean-Claude.

Liv s'approcha pour nous aider. Je crois. Karen jeta un seul coup d'œil à l'amazone vampire et s'évanouit aussi sec. Elle n'était ni petite ni légère, et Cassandra et moi nous laissâmes surprendre. Elle s'affaissa sur le sol. Liv se pencha comme pour la ramasser, mais je lui fis signe de s'écarter.

Une femme sortit de la foule et se dirigea vers nous d'un pas hésitant.

— Je peux vous aider ? demanda-t-elle timidement.

Elle avait à peu près la même taille que Cassandra et moi, et elle était aussi menue. Ses longs cheveux roux, fins et raides, descendaient jusqu'à sa taille. Elle portait un large pantalon en lin brun froncé et un gilet avec juste un caraco de soie en dessous.

Je jetai un coup d'œil à Cassandra. Elle haussa les épaules.

— Merci. Si vous pouviez prendre ses pieds…

Cassandra aurait pu jeter Karen en travers de ses épaules, mais la plupart des lycanthropes détestent faire étalage de leur force physique en public. Moi aussi, j'aurais pu la porter, même si elle était foutrement grande. Mais pas très vite, et seulement sur une courte distance.

La femme coinça sa pochette de soirée sous un bras et se pencha pour saisir les pieds de Karen, toujours inconsciente. Au début, le transport fut un peu laborieux. Mais bientôt, nous trouvâmes notre rythme, et Cassandra nous guida jusqu'aux toilettes des dames. Ou devrais-je dire, au boudoir. Dans la moitié de devant, il y avait un canapé et une coiffeuse noire et blanche, que surplombait un miroir entouré de spots lumineux. La reproduction d'une estampe que je connaissais bien était accrochée au mur. Son titre : « L'amant démoniaque ». Le démon de cette version ressemblait étonnamment à Jean-Claude, et je doutais fort que ce soit une coïncidence.

Nous allongeâmes Karen sur le canapé noir. La femme qui nous aidait mouilla une poignée de serviettes en papier sans que nous ayons à le lui demander et nous les ramena. Je tamponnai le cou et le front de Karen.

— Merci.

— Vous croyez que ça va aller ? interrogea-t-elle anxieusement.

Je ne répondis pas, parce que ça dépendrait de Damian.

— Comment vous appelez-vous ?

Elle eut un sourire presque timide.

— Anabelle. Anabelle Smith.

Je lui rendis son sourire.

— Anita Blake. Et voici Cassandra.

Je réalisai que je ne connaissais pas son nom de famille. Jean-Claude appelle toujours ses loups par leur prénom seul, comme s'ils étaient des animaux domestiques.

— Désolée, je ne connais pas votre nom de famille.

— Cassandra suffit.

Elle serra la main d'Anabelle, et toutes deux se sourirent.

— Devrions-nous informer la police de ce qui vient de se passer ? s'enquit Anabelle. Je veux dire… Ce vampire allait la mordre de force. C'est illégal, non ?

Karen s'agita sur le canapé en gémissant.

— Oui, c'est illégal, confirmai-je.

Anabelle venait d'émettre une suggestion intéressante. J'aurais pu rapporter l'incident aux flics. Si un vampire accumule trois plaintes ou plus contre lui, on peut obtenir un mandat d'exécution à son nom, à condition d'avoir affaire au bon juge. Je parlerais d'abord à Jean-Claude et à Damian, mais s'ils ne me fournissaient pas les réponses que je voulais entendre, peut-être devrais-je les dénoncer aux flics. Je secouai la tête.

— A quoi pensez-vous ? demanda Anabelle.

— A rien qui vaille la peine d'être partagé.

La porte des toilettes s'ouvrit. Raina entra, vêtue d'une robe crème aussi courte que la mienne. Ses collants noirs et ses talons aiguilles donnaient l'impression que ses jambes se prolongeaient à l'infini. Par-dessus sa robe, elle avait enfilé une veste en poils couleur rouille, probablement du renard. De tous les métamorphes que je connaisse, c'est bien la seule qui porte occasionnellement une autre fourrure que la sienne. Elle avait attaché ses cheveux auburn au sommet de son crâne, en un chignon lâche dont quelques mèches s'échappaient pour venir encadrer artistiquement son visage et son cou.

Karen choisit cet instant pour revenir à elle. Je n'étais pas sûre qu'elle apprécie son réveil. Moi, en tout cas, je ne l'appréciais pas.

Je me levai. Cassandra se plaça devant moi, un peu sur le côté de façon à ne pas me gêner, mais à se trouver plus près du danger que moi. Je n'avais pas l'habitude qu'on me protège. Je trouvais ça bizarre. Je pouvais prendre soin de moi. C'était le but, non ?

— Que se passe-t-il ? interrogea Anabelle.

Karen regardait autour d'elle, de ses yeux à nouveau écarquillés.

— Où suis-je ?

— Anabelle, pouvez-vous vous asseoir près de Karen ? suggérai-je en souriant, mais sans détacher mon regard de Raina.

La porte s'était refermée derrière elle, et il n'y avait pas la place de manœuvrer – pas vraiment. Si Cassandra parvenait à la retenir quelques secondes, j'aurais le temps de sortir mon flingue. Mais je ne pensais pas que Raina soit venue pour se battre. Sinon, elle aurait porté d'autres chaussures.

Anabelle s'assit sur le canapé et prit la main de Karen pour la réconforter. Mais c'était nous qu'elle fixait. Qui pouvait l'en blâmer ? Le spectacle serait peut-être plus intéressant que celui de dehors.

— Que voulez-vous, Raina ? demandai-je sèchement.

Sa bouche peinte en rouge s'étira en un large sourire, révélant de petites dents blanches et régulières.

— Ce sont les toilettes des dames, n'est-ce pas ? Je suis venue me repoudrer le nez. Et voir comment va notre invitée.

Elle fit deux pas vers le canapé. Cassandra se déplaça pour lui barrer le chemin, et elle la toisa d'un air dur.

— Tu t'oublies, louve.

Sa voix contenait le plus infime soupçon de grognement.

— Je n'oublie rien, répliqua Cassandra.

— Dans ce cas, écarte-toi.

— Qu'avez-vous voulu dire par « notre invitée » ? m'enquis-je.

Raina me sourit.

— Je suis la partenaire de Jean-Claude dans cette petite entreprise. Ne t'en a-t-il pas parlé ?

A en juger son expression, elle connaissait déjà la réponse, et elle s'en délectait.

— J'imagine que ça a dû lui sortir de l'esprit. Dans ce cas, pourquoi ne faites-vous pas partie du spectacle ?

— Je suis une partenaire silencieuse. (Elle contourna Cassandra en l'effleurant au passage et alla s'agenouiller devant le canapé.) Comment vous sentez-vous, ma chère ?

— Je veux juste rentrer chez moi, balbutia Karen.

— Bien entendu. (Raina leva les yeux vers nous.) Si l'une de vous veut bien m'aider à la relever, un taxi attend devant la porte pour la conduire là où elle le désirera, aux frais du club. A moins que vous préfériez repartir avec vos amis ?

Karen secoua la tête.

— Ce ne sont pas mes amis.

— C'est très sage à vous de le comprendre, acquiesça gravement Raina. Tant de gens placent leur confiance dans les mauvaises personnes. (Elle me fixa avant d'ajouter :) Et ils se font blesser, ou pire.

Anabelle s'était écartée de Raina, et nous fixait en serrant son sac contre elle. Je ne pensais pas qu'elle comprenne tout ce que nous racontions, mais de toute évidence, elle ne passait pas un bon moment. Une seule bonne action, et elle était déjà punie.

— Vous pouvez vous lever ? Donnez-moi un coup de main, lui demanda Raina.

— Non. Laissez Cassandra vous aider, contrai-je.

— Tu as peur que je mange ta nouvelle amie ?

— Vous mangeriez tout ce qui est incapable de s'enfuir par ses propres moyens. Nous le savons tous.

La colère contracta son visage et flamboya dans ses yeux bruns ambrés.

— Au final, Anita, nous verrons bien qui mange qui.

Elle aida Karen à se relever.

— Jean-Claude m'a dit de vous protéger, chuchota Cassandra.

— Assurez-vous qu'elle monte bien dans un taxi qui la ramènera chez elle. Ensuite, vous pourrez me suivre comme mon ombre pendant le reste de la soirée, d'accord ?

Elle hocha la tête.

— Jean-Claude n'aimera pas ça.

— Je ne suis pas trop contente de lui non plus, en ce moment.

— Alors, et ce coup de main ? s'impatienta Raina.

Cassandra poussa un grognement, mais elle prit l'autre bras de Karen. Ensemble, elles la soulevèrent et la traînèrent vers le couloir. Quand la porte des toilettes se fut refermée derrière elles, Anabelle émit un long soupir de soulagement.

— Que se passe-t-il ?

Je pivotai vers le miroir encadré de spots, posai mes mains sur la coiffeuse et secouai la tête.

— C'est une trop longue histoire, et moins vous en saurez, plus vous serez en sécurité.

— Je dois confesser que mes intentions n'étaient pas totalement altruistes, déclara Anabelle.

Je la regardai dans le miroir. Elle semblait embarrassée.

— Je suis une journaliste, expliqua-t-elle. Pour l'instant, je bosse en freelance. Une déclaration de l'Exécutrice m'aiderait vraiment. Je pourrais vendre mon article au prix que je voudrais, surtout si vous m'expliquiez ce qui vient de se passer ici.

Je baissai la tête.

— Une journaliste. Il ne manquait plus que ça…

Anabelle s'approcha derrière moi.

— Ce qui s'est produit sur la piste de danse – c'était réel, n'est-ce pas ? Ce vampire… Damian, c'est ça ? Il allait vraiment la mordre devant tout le monde. Ça faisait partie de son numéro.

J'observai son visage dans la glace. Elle vibrait littéralement d'avidité. Elle voulait me toucher. Je voyais ses mains s'agiter fébrilement. Si je corroborais son récit, elle tiendrait un sacré scoop. Et ce serait bien fait pour Jean-Claude.

Puis le regard d'Anabelle s'assombrit, comme si un voile venait de tomber devant ses yeux.

Plusieurs choses se produirent simultanément. Elle s'empara de ma pochette et tira. La lanière cassa. Elle fit un pas en arrière et dégaina un flingue d'un holster de taille dissimulé sous son gilet.

Au même moment, la porte des toilettes s'ouvrit, et trois femmes entrèrent en riant. Quand elles nous virent, elles se mirent à hurler.

Anabelle reporta son attention sur elles l'espace d'une fraction de seconde. Je sortis un couteau de ma manche et fis volte-face. Je ne pris même pas la peine de faire les deux pas qui me séparaient d'elle. Je me laissai tomber sur un genou et projetai mon corps derrière le couteau tendu au bout de mon bras.

La lame pénétra dans son ventre, juste en dessous de ses côtes. Le flingue pivota vers moi. De ma main gauche, je balayai la main qui le tenait. Le coup fut dévié, et la balle partit dans le miroir, qu'elle fit voler en éclats.

Je poussai mon couteau sous le sternum d'Anabelle, poussai jusqu'à ce que le manche cogne contre sa chair et ses os, puis tirai vers le haut et sur le côté. Sa main se convulsa sur son flingue, et une autre balle alla se perdre dans la moquette. Le silencieux étouffait les détonations, atténuant de manière trompeuse la brutalité de la scène.

Anabelle tomba à genoux, les yeux écarquillés, la bouche s'ouvrant et se refermant sans qu'aucun son ne s'en échappe. Je fis glisser ma main le long de son bras et la délestai de son flingue. Elle cligna des paupières avec une expression incrédule, puis s'effondra brusquement comme une marionnette dont on vient de couper les fils. Encore deux petits soubresauts, et elle mourut.

Edward se tenait sur le seuil, son flingue braqué vers nous. Il me fixa brièvement, puis baissa les yeux vers le cadavre tout frais. Il vit le couteau qui dépassait encore de sa poitrine, et le flingue muni d'un silencieux dans ma main. Alors, il se détendit et laissa retomber son bras.

— Je t'ai laissée seule dans les toilettes des dames avec ton assassin, commenta-t-il en secouant la tête. Tu parles d'un garde du corps !

Je levai les yeux vers lui. J'étais tellement choquée que je me sentais engourdie, sonnée comme un boxeur.

— Elle a failli m'avoir.

— Mais elle n'a pas réussi, répliqua-t-il.

J'entendis des voix masculines crier :

— Police ! Que personne ne bouge ! Nous allons investiguer.

— Et merde, dis-je tout bas, mais avec beaucoup de conviction.

Je déposai le flingue d'Anabelle près de son corps et m'assis sur la moquette. Je n'étais pas sûre de pouvoir tenir debout plus longtemps.

Edward rengaina et s'écarta de la porte pour se mêler à la foule qui se pressait en avant, impatiente de voir la suite du spectacle. Juste un voyeur anonyme parmi tant d'autres. Ouais, c'est ça.

Je restai assise près du cadavre, essayant de trouver quelque chose à dire aux flics. Je n'étais pas sûre que la vérité soit un luxe que je puisse m'offrir pour le moment. Je commençais à me demander si je n'allais pas finir la nuit en taule. Alors que je regardais le sang imbiber le devant du gilet d'Anabelle, ça semblait plus que probable.

17

J'étais assise sur une chaise à dossier droit, dans le bureau de Jean-Claude à la *Danse mortelle*, les mains menottées dans le dos. Les flics ne m'avaient pas laissée me débarbouiller, et le sang poisseux d'Anabelle avait séché sur ma main droite. J'ai l'habitude d'être couverte de sang, mais c'était quand même désagréable.

Les officiers en uniforme m'avaient soulagée de mon autre couteau et avaient trouvé le Seecamps dans ma pochette. Mais ils n'avaient pas remarqué mon autre couteau, celui que je portais le long de ma colonne vertébrale. Ils ne s'étaient vraiment pas foulés pour louper une lame plus longue que mon avant-bras. A sa décharge, le flic qui m'avait fouillée avait d'abord supposé que je faisais partie des victimes. Il avait eu l'air sacrément secoué en apprenant que la ravissante petite nana était la meurtrière. Rectification : la présumée meurtrière.

Les murs de la pièce étaient blancs, la moquette noire. L'ameublement se composait d'un bureau qui semblait taillé dans de l'ébène, d'un paravent de laque rouge représentant un château au sommet d'une montagne et d'un kimono encadré, motifs noirs et bleu marine sur fond écarlate. Deux cadres plus petits contenaient des éventails : un noir et blanc avec une illustration de cérémonie du thé, et un bleu et blanc avec un vol de grues cendrées. C'était mon préféré, et j'avais eu tout le temps de faire mon choix.

Depuis qu'ils m'avaient amenée là, un des flics était resté avec moi dans la pièce sans me quitter. Ils avaient bu du café sans daigner m'en offrir. Le plus jeune m'aurait volontiers détachée, mais son partenaire avait menacé de lui flanquer une raclée s'il le faisait. Il avait des cheveux gris et des yeux aussi froids et vides que ceux d'Edward. Il s'appelait Rizzo et, en le regardant, je me réjouissais d'avoir posé le flingue d'Anabelle avant qu'il fasse irruption dans les toilettes.

Vous vous demandez sans doute pourquoi ils ne m'avaient pas emmenée au commissariat pour m'interroger. Réponse : à cause des médias. Quatre flics avaient suffi à contrôler la circulation et à empêcher les journalistes de sauter sur les gens – jusqu'à ce qu'ils reniflent l'odeur d'un scoop. Soudain, des caméras et des micros avaient jailli de partout, comme les champignons après une averse. Les flics avaient réclamé des renforts et barricadé le lieu du crime et le bureau. Tout le reste de la boîte avait été envahi.

Un inspecteur de la Crim' se tenait devant moi, me toisant de toute sa hauteur. L'inspecteur Greeley mesurait à peine moins d'un mètre quatre-vingts, et il avait des épaules si larges qu'il ressemblait presque à un cube. La plupart des Noirs ne sont pas vraiment noirs, mais Greeley s'en rapprochait beaucoup. Son visage était si foncé qu'il avait des reflets violets. Ses cheveux poivre et sel, coupés très court, avaient la texture de la laine.

Mais noirs, blancs ou bruns, ses yeux sombres étaient neutres, secrets : des yeux de flic. Son regard disait qu'il avait tout vu, et que rien ne l'avait impressionné. Certainement pas moi. Il avait presque l'air de s'ennuyer, mais je savais que ça n'était qu'une façade. J'ai vu Dolph arborer la même expression blasée juste avant de tomber sur quelqu'un pour tailler son alibi en pièces.

Faute d'alibi, je n'avais pas de souci à me faire de ce côté-là. J'avais raconté ma version des faits avant même qu'on me lise mes droits. Après, je m'étais contentée de réclamer mon avocate. Encore, et encore. Je commençais à ressembler à un disque rayé.

238

Greeley fit pivoter une chaise pour s'asseoir face à moi. Il courba même le dos, dans un effort louable pour paraître moins intimidant.

— Une fois que votre avocate sera là, nous ne pourrons plus vous aider, Anita.

Il ne me connaissait pas assez bien pour m'appeler par mon prénom, mais je laissai dire. Il faisait semblant d'être mon ami. Je ne m'y laissai pas prendre. Les flics ne sont jamais vos amis quand ils vous soupçonnent de meurtre. Question d'intérêts conflictuels.

— Ça ressemble à un cas d'école de légitime défense. Dites-moi ce qui s'est passé, et nous trouverons sûrement un arrangement.

— Je veux mon avocate, m'obstinai-je.

— Si nous la faisons venir, nous ne pourrons plus conclure d'arrangement.

— Vous n'avez pas l'autorité nécessaire pour conclure un arrangement. Je veux mon avocate.

Sa peau se plissa autour de ses yeux ; ceci mis à part, il conserva la même expression impassible. Mais je savais que je commençais à le gaver.

La porte du bureau s'ouvrit. Greeley leva les yeux, prêt à passer ses nerfs sur l'auteur de cette interruption. Dolph entra, son badge à la main. Il me jeta un bref coup d'œil, puis fixa toute son attention sur Greeley.

Celui-ci se leva.

— Excusez-moi, Anita. Je reviens tout de suite.

Il réussit même à me gratifier d'un sourire aimable. Il se donnait tant de mal pour se mettre dans la peau du personnage, que je m'en voulais presque de ne pas mordre à l'hameçon. D'un autre côté, s'il avait vraiment voulu me mettre à l'aise, il m'aurait enlevé ces putains de menottes.

Il tenta d'entraîner Dolph dans le couloir, mais ce dernier secoua la tête.

— Le bureau est sécurisé. Le reste du club ne l'est pas.

— Qu'est-ce que c'est censé signifier ? interrogea Greeley en plissant les yeux.

— Que plusieurs chaînes de télévision nationales sont en train de filmer votre scène du crime, cadavre de la victime compris, répondit sèchement Dolph. Vous avez ordonné que personne ne parle à la presse, si bien que les journalistes spéculent. La plupart d'entre eux penche pour des vampires qui auraient pété les plombs.

— Vous voulez que je raconte aux médias qu'une femme rattachée à une brigade de police est accusée de meurtre ?

— Vous avez trois témoins qui affirment toutes que Mlle Smith a dégainé la première. Que c'était un cas de légitime défense.

— Ça, ce sera au substitut du procureur d'en décider, répliqua Greeley.

C'est marrant : quand il s'adressait à moi, il pouvait conclure un arrangement. Quand il discutait à un autre flic, il n'avait plus aucune autorité pour décider de mon sort.

— Appelez-le, suggéra Dolph.

— Ben voyons, railla Greeley. Vous voudriez que je la relâche ?

— Elle fera sa déposition dès que nous les aurons conduites au commissariat, elle et son avocate.

L'inspecteur émit un son grossier.

— Ouais, elle n'a pas arrêté de la réclamer. C'est très touchant.

Dolph poussa un soupir.

— Allez parler aux journalistes, Greeley.

— Pour leur dire quoi ?

— Que les vampires ne sont pas impliqués dans cette affaire. Que c'est juste une coïncidence regrettable si le meurtre a eu lieu à la *Danse mortelle*.

Greeley me jeta un coup d'œil par-dessus son épaule.

— Je veux qu'elle soit là quand je reviendrai, Storr. Ne la faites pas disparaître.

— Nous serons là tous les deux, affirma Dolph.

Greeley pivota vers moi et me foudroya du regard, toute sa colère et sa frustration embrasant ses yeux l'espace d'une seconde. Son masque amical n'était plus qu'un souvenir.

— Vous avez intérêt. Les gros bonnets veulent peut-être vous mettre sur le coup, mais c'est une affaire d'homicide. *Mon* affaire. (Il brandit un index sous le nez de Dolph.) Alors, tâchez de ne pas trop me prendre la tête !

Il se dirigea vers la sortie en le bousculant au passage et claqua la porte derrière lui. Un silence assez épais pour qu'on puisse marcher dessus retomba dans la pièce.

Dolph tira une chaise devant le bureau et s'assit à califourchon, le dossier tourné vers moi. Il joignit ses deux grosses mains et me fixa. Je soutins son regard.

— Les trois femmes disent que Mlle Smith a sorti son flingue la première. Elle t'a arraché ton sac, donc, elle savait où était le tien.

— Je l'ai un peu trop exhibé ce soir, reconnus-je. C'était ma faute.

— Je me suis laissé dire que tu étais intervenue pendant le spectacle. Tu peux me donner des précisions ?

— J'ai été obligée de faire la police. La femme ne voulait pas jouer. C'est illégal d'utiliser des pouvoirs surnaturels pour forcer quiconque à faire une chose qu'il ne veut pas faire.

— Tu n'es pas flic, Anita.

C'était la première fois qu'il me le rappelait. D'habitude, Dolph me traite comme l'un de ses gars. Il m'encourage même à dire que j'appartiens à son équipe, de façon à ce que les gens supposent que je suis inspecteur.

— Tu me jettes de la brigade ? demandai-je, incrédule.

Mon estomac se noua. J'adorais bosser avec la police. J'adorais Dolph, Zerbrowski et les autres. Perdre tout ça m'aurait fait plus mal que je n'étais prête à l'admettre.

— Deux cadavres en deux jours, Anita. Des humains normaux. Ça fait beaucoup à expliquer à mes supérieurs.

— S'ils avaient été des vampires ou un autre genre

de monstres, tout le monde aurait fait comme s'il ne s'était rien passé, pas vrai ? demandai-je amèrement.

— Te disputer avec moi n'est pas ta meilleure option, Anita.

Nous nous fixâmes pendant quelques secondes. Je détournai les yeux la première et acquiesçai.

— Pourquoi es-tu venu, Dolph ?

— J'ai l'habitude de gérer les médias.

— Pourtant, tu as incité Greeley à leur parler.

— Tu dois me dire ce qui se passe, Anita.

Sa voix était très calme, mais la tension dans son regard et ses épaules me disait qu'il était en colère. Je ne pouvais pas l'en blâmer.

— Que veux-tu entendre, Dolph ?

— La vérité, ce serait bien.

— D'abord, je veux mon avocate.

Je n'allais pas vider mon sac juste parce que Dolph était un ami. Il restait un flic, et je venais de tuer quelqu'un.

Dolph plissa les yeux. Il se tourna vers le flic en uniforme qui, adossé au mur, écoutait notre conversation mine de rien.

— Rizzo, vous voudriez bien aller nous chercher des cafés ? Noir pour moi. Anita, tu veux quoi dans le tien ?

— Du café. La situation s'améliorait.

— Deux sucres, une dose de crème.

— Prenez-en un pour vous, Rizzo. Et prenez aussi tout le temps qu'il vous faudra.

Rizzo s'écarta du mur contre lequel il était appuyé.

— Vous êtes sûr de votre coup, divisionnaire ?

Dolph le fixa sans répondre. Rizzo tendit les mains devant lui comme pour repousser quelque chose.

— Je ne veux pas que Greeley me tombe sur le paletot pour vous avoir laissés seuls tous les deux.

— Allez chercher les cafés, Rizzo. J'en prends la responsabilité.

Il sortit en secouant la tête ; sans doute n'arrivait-il pas à croire que les flics en civil puissent être aussi stupides.

Lorsque nous fûmes seuls, Dolph ordonna :

— Tourne-toi.

Je me levai et lui présentai mes mains. Il m'ôta les menottes, mais ne me fouilla pas. Il supposait probablement que Rizzo l'avait déjà fait. Je me gardai bien de lui parler du couteau. S'il apprenait sa présence plus tard, ça le foutrait en rogne, mais je ne pouvais pas me laisser confisquer toutes mes armes. Et puis, je ne voulais pas finir la nuit sans défense.

Je me rassis en résistant à l'envie de me frotter les poignets. J'étais l'Exécutrice, une dure-à-cuire. Rien ne pouvait me faire mal. Ouais, c'est ça.

— Parle-moi, Anita.

— Officieusement ?

Il me fixa, le regard vide et indéchiffrable. Un regard de flic.

— Je devrais dire non.

— Mais… ?

— Officieusement, raconte-moi.

Je lui racontai tout. Je ne modifiai qu'un seul détail, affirmant que c'était un coup de fil anonyme qui m'avait avertie du contrat lancé sur ma tête. Ceci mis à part, il eut droit à toute la vérité. Je pensais qu'il serait content, mais non.

— Et tu ne vois vraiment pas pourquoi quelqu'un voudrait ta peau ?

— Sous vingt-quatre heures, et pour une somme pareille ? Non.

Il me dévisagea, comme s'il s'efforçait de déterminer si j'étais sincère.

— Pourquoi ne nous as-tu pas parlé plus tôt de cet appel anonyme ? demanda-t-il en appuyant sur le dernier mot.

Je haussai les épaules.

— Question d'habitude, je suppose.

— Non. Tu es une tête brûlée. Au lieu de te planquer, tu es venue ici pour jouer les appâts. Si l'assassin avait utilisé une bombe, beaucoup de gens auraient pu être blessés à cause de toi.

— Mais elle n'a pas utilisé de bombe, n'est-ce pas ?

Dolph prit une profonde inspiration et la relâcha lentement. Si je ne l'avais pas connu aussi bien, j'aurais juré qu'il comptait jusqu'à dix dans sa tête.

— Tu as eu de la chance, dit-il enfin.

— Je sais.

— Anabelle Smith a failli t'avoir.

— Si ces femmes ne s'étaient pas pointées comme elles l'ont fait, je ne serais pas en train de te parler, acquiesçai-je.

— Ça n'a pas l'air de te perturber plus que ça.

— Elle est morte. Pas moi. Pourquoi ça devrait me perturber ?

— Pour une somme pareille, Anita, il en viendra d'autres.

— Minuit est passé, et je suis toujours en vie. Peut-être que le contrat sera annulé.

— Pourquoi cette échéance ?

Je secouai la tête.

— Si je le savais, j'aurais plus de chances d'identifier le commanditaire.

— Et si tu identifiais le commanditaire, que ferais-tu ensuite ? s'enquit Dolph.

Je le fixai. Officieusement ou pas, Dolph est le flic ultime. Il prend son boulot très au sérieux.

— Je te le balancerais.

— J'aimerais pouvoir te croire, Anita. J'aimerais vraiment.

Je pris mon expression la plus innocente.

— Que veux-tu dire ?

— Laisse tomber ton numéro de gamine, Anita. Je te connais trop bien.

— D'accord. Mais tu sais aussi bien que moi que tant que le contrat courra, les assassins continueront à venir. Je suis bonne, Dolph, mais personne n'est bon à ce point. Un jour ou l'autre, je perdrai. Sauf si l'offre est retirée du marché. Plus de contrat, plus d'assassins.

— Nous pourrions t'attribuer une protection rapprochée, suggéra-t-il.

— Pour combien de temps ? Le reste de ma vie ? (Je secouai la tête.) Et puis, le prochain assassin utiliserait peut-être une bombe. Tu veux risquer la vie de tes gars ? Moi, non.

— Donc, tu vas traquer le commanditaire et le tuer.

— Je n'ai pas dit ça.

— Mais c'est ce que tu prévois.

— Ne continue pas à me poser la question, Dolph, parce que ma réponse ne changera pas.

Il se leva, agrippant à deux mains le dossier de sa chaise.

— Ne franchis pas la limite avec moi, Anita. Nous sommes amis, mais je suis flic avant tout.

— J'accorde beaucoup d'importance à notre amitié, Dolph, mais j'en accorde davantage à ma vie et à la tienne.

— Tu crois que je ne suis pas capable de veiller sur moi ?

— Je crois que tu es un flic, et ça signifie que tu dois respecter les règles. Quand tu as affaire à des tueurs professionnels, ce genre de scrupules peut te coûter la vie.

Quelqu'un frappa à la porte.

— Entrez, lança Dolph.

Rizzo pénétra dans la pièce. Il tenait un petit plateau rond sur lequel reposaient trois chopes de porcelaine noires hautes et minces, avec une touillette rouge dans chacune d'elles. Son regard passa de Dolph à moi, et vice versa. Il remarqua que je n'avais plus les menottes, mais s'abstint de tout commentaire.

Il déposa le plateau sur le bureau, assez loin de moi pour que je ne puisse pas le saisir au passage. L'inspecteur Rizzo ne semblait pas né de la dernière pluie, mais il me traitait comme si j'étais une personne très dangereuse. Il n'aurait probablement pas tourné le dos à Anabelle. Si elle n'avait pas voulu me délester de mon sac, elle aurait pu me tirer dans le dos. Oh, je l'aurais vue faire dans le miroir, mais je n'aurais pas pu dégainer à temps.

Jamais je n'aurais laissé un homme, aussi amical et serviable qu'il se soit montré, s'approcher ainsi derrière moi. Avec Anabelle, j'avais commis la même erreur que les gens font généralement à mon sujet. J'avais vu une mignonne petite nana, et je l'avais sous-estimée. J'étais aussi macho que le plus sexiste des mecs – un défaut qui avait failli me coûter la vie.

Dolph me tendit la chope au contenu le plus clair. C'était sans doute trop espérer que la crème soit de la vraie, mais quand même, ça sentait vachement bon. Je n'ai jamais rencontré de café que je n'adore pas. C'est juste une question de degré dans l'adoration. Je bus une gorgée de liquide fumant et émis un « mmmh » approbateur. C'était du vrai café, et de la vraie crème.

— Content que ça vous plaise, dit Rizzo.

Je levai les yeux vers lui.

— Merci, inspecteur.

Il poussa un grognement et s'éloigna de nous pour aller de nouveau s'adosser contre l'autre mur.

Dolph se rassit en soufflant sur son café.

— J'ai parlé à Ted Forrester, ton copain chasseur de primes. Le flingue que tu avais dans ton sac est enregistré à son nom.

Ted Forrester est l'une des identités d'Edward. Elle avait déjà résisté à une investigation policière, une fois où nous nous étions retrouvés avec des cadavres sur les bras.

Pour ce qu'en savait la police, Ted Forrester était un chasseur de primes spécialisé en créatures surnaturelles. La plupart des chasseurs de primes cantonnent leurs activités aux Etats de l'ouest du pays, là où on offre encore des récompenses substantielles pour la dépouille d'un métamorphe. Et tous ne se soucient pas forcément que les métamorphes qu'ils abattent constituent un véritable danger pour quiconque.

Dans certains Etats, le seul critère en vigueur, c'est que le corps soit médicalement certifié comme celui d'un lycanthrope après la mort. Et dans beaucoup de cas, une analyse sanguine suffit. Le Wyoming envisageait de modifier ses lois à cause de trois cas de morts injustifiées qui étaient remontés jusqu'à sa cour suprême.

— J'avais besoin d'un flingue assez petit pour pouvoir le dissimuler dans un sac de soirée, mais assez efficace pour arrêter un assassin, expliquai-je.

— Je n'aime pas les chasseurs de primes, Anita. Ils abusent de la loi.

Je sirotai mon café et gardai le silence. Si Dolph savait à quel point Edward abusait de la loi, il l'aurait bouclé pour très, très longtemps.

— Si ce Forrester est un assez bon ami pour te filer un coup de main quand tu as ce genre de problème, pourquoi ne l'as-tu pas mentionné plus tôt ? J'ignorais son existence jusqu'à ton récent affrontement avec ces braconniers métamorphes.

— Braconniers ? répétai-je en secouant la tête.

— Qu'est-ce qui ne va pas ?

— Quand des métamorphes se font tuer, c'est du braconnage. Quand des gens normaux se font tuer, c'est un meurtre. Tu trouves ça logique ?

— Tu milites en faveur des monstres, maintenant ? demanda Dolph d'une voix très calme.

Mais je savais qu'il luttait pour se contenir.

— Tu es en rogne après moi, constatai-je. Et pas seulement à cause de mes deux dernières victimes.

— Tu fréquentes le Maître de la Ville. C'est comme ça que tu te procures toutes tes infos sur les monstres ?

Je pris une profonde inspiration et la relâchai.

— Parfois.

— Tu aurais dû m'en parler, Anita.

— Depuis quand ma vie privée concerne-t-elle la police ?

Il se contenta de me fixer en silence.

Je baissai les yeux vers ma chope de café. Au bout d'un moment, je les relevai. J'avais du mal à soutenir le regard de Dolph – plus de mal que je l'aurais voulu.

— Que veux-tu que je te dise, Dolph ? Que ça

m'embarrasse d'avouer qu'un des monstres est mon petit ami ? C'est le cas.

— Alors, plaque-le.

— Si c'était aussi facile, crois-moi, je l'aurais fait depuis longtemps.

— Comment puis-je continuer à te faire confiance professionnellement, Anita ? Tu couches avec l'ennemi !

— Pourquoi tout le monde suppose-t-il que je couche avec lui ? m'énervai-je. Suis-je la seule à sortir avec des gens sans baiser avec eux ?

— Je m'excuse pour cette supposition, se radoucit Dolph, mais beaucoup de gens risquent de faire la même.

— Je sais.

La porte s'ouvrit, et Greeley nous rejoignit. D'un coup d'œil, il constata la disparition des menottes et la présence d'une chope de café dans mes mains.

— Vous avez bien bavardé ?

— Comment s'est passée votre déposition à la presse ? interrogea Dolph.

Greeley haussa les épaules.

— J'ai dit aux journalistes que nous interrogions Mlle Blake au sujet d'un décès survenu sur les lieux. Je leur ai précisé qu'aucun vampire n'était impliqué dans l'affaire, mais je ne suis pas certain qu'ils m'aient cru. Ils s'obstinaient à vouloir parler à l'Exécutrice. Même si la plupart d'entre eux l'ont appelé la petite amie du Maître.

Cela me fit frémir. J'avais beau avoir une carrière à moi, la presse me considérait quand même comme Madame Jean-Claude. Il était plus photogénique que moi.

Dolph se leva.

— Je veux faire sortir Anita d'ici.

Greeley le fixa.

— Pas question.

Dolph reposa son café sur le bureau et alla se planter face à l'inspecteur. Il baissa la voix, et un échange de murmures âpres s'ensuivit. Greeley secoua la tête.

248

— Non.

Nouveaux chuchotements. Greeley me foudroya du regard.

— D'accord, mais si elle ne passe pas au commissariat avant la fin de la nuit, je vous en tiendrai personnellement responsable, Storr.

— Elle viendra, affirma Dolph.

Rizzo nous observait d'un air incrédule.

— Vous allez la faire sortir d'ici, mais pas pour la conduire au commissariat ? s'exclama-t-il sur un ton accusateur.

— C'est ma décision, Rizzo, répliqua Greeley. Pigé ?

Il avait grogné ses mots plus qu'il ne les avait articulés. Dolph avait fait valoir son grade supérieur, et il n'aimait pas ça. Si Rizzo voulait servir de cible à sa frustration, ça ne me dérangeait pas.

Rizzo battit en retraite vers le mur du fond, mais il n'était pas content.

— Pigé.

— Faites-la sortir par-derrière, suggéra Greeley à Dolph. Mais je ne sais pas comment vous passerez le barrage des caméras.

— Nous nous débrouillerons. Viens, Anita.

Je posai ma chope sur le bureau.

— Que se passe-t-il, Dolph ?

— J'ai un corps à te faire examiner.

— Une suspecte de meurtre participant à l'enquête sur un autre meurtre... Les gros bonnets ne vont pas trop mal le prendre ?

— Je me suis arrangé avec mes supérieurs.

J'écarquillai les yeux.

— Comment ?

— Tu ne veux pas le savoir.

Je fixai Dolph. Il soutint mon regard, et je fus la première à détourner la tête. La plupart du temps, quand les gens me disent que je ne veux pas savoir quelque chose, ça signifie exactement le contraire. Ça signifie que j'aurais besoin de le savoir. Mais il existe une poignée de personnes que je crois sur parole quand elles me sortent ça. Et Dolph en fait partie.

— D'accord. Allons-y.

Il me laissa me laver les mains, et nous sortîmes du club.

18

Je ne suis pas du genre bavard, mais à côté de Dolph, j'ai l'air d'un vrai moulin à paroles. Nous descendîmes la 270 dans un silence que seuls rompaient le sifflement des pneus sur la route et le ronronnement du moteur. Ou bien il avait coupé sa radio, ou bien tous les criminels de St-Louis étaient restés sagement chez eux ce soir. Je penchais pour la première solution. Un des avantages d'être divisionnaire, c'est que vous n'êtes pas obligé d'écouter la radio tout le temps, parce que la plupart des appels ne vous concernent pas. Si les flics avaient besoin de Dolph quelque part, ils pourraient toujours le biper.

Je tentai de me retenir. Je voulais que Dolph se décide à parler le premier, mais au bout d'un quart d'heure, je capitulai.

— Où allons-nous ?

— A Crève-Cœur.

Je haussai les sourcils.

— Les monstres maraudent dans les quartiers chics, maintenant ?

— Il faut croire, lâcha Dolph, laconique.

J'attendis la suite. Elle ne vint pas.

— Tu es vraiment une mine d'informations, raillai-je. Merci de m'avoir mise au parfum.

Il me jeta un coup d'œil, puis reporta son attention sur la route.

— Nous y serons dans quelques minutes, Anita.

— La patience n'a jamais été mon fort.

Ses lèvres frémirent. Puis il éclata d'un rire abrupt.

— Je suppose que non.

— Ravie d'avoir allégé l'atmosphère.

— Tu es une petite marrante quand tu n'es pas occupée à descendre des gens.

Ce coup-là, je ne sus pas quoi répondre. Peut-être qu'il avait tapé un peu trop près de la vérité. Le silence retomba à l'intérieur de la voiture, et je le laissai faire. Cette fois, c'était un silence amical, encore chargé des échos du rire de Dolph. Il n'était plus en rogne contre moi. Je pouvais bien supporter son mutisme.

Crève-Cœur est l'un des plus vieux quartiers de la ville, mais ça ne se voit pas. Seule l'architecture des imposantes demeures sises au fond de longs jardins en pente trahit son âge. Certaines ont une allée circulaire et des quartiers adjacents pour la domesticité. Les rares résidences qui se sont construites ici et là n'ont pas toujours de jardin, mais les maisons sont flanquées de piscines, de massifs fleuris ou de fontaines. Pas de pavillons en préfabriqué, rien de déclassé.

Olive Street est l'une de mes rues préférées. J'adore son mélange de stations-service, d'échoppes à beignets, de boutiques qui vendent des bijoux sur commande, de concessionnaires Mercedes-Benz et de vidéoclubs. Crève-Cœur ne ressemble pas à ces bastions de l'argent en guerre contre la plèbe. Il concilie la classe et le commerce ; ses habitants peuvent aussi bien acheter des antiquités hors de prix qu'emmener leurs gamins au fast-food.

Dolph tourna dans une rue prise en sandwich entre deux stations-service. Elle descendait en pente si raide que je me surpris à freiner du pied droit. Dolph s'abstint d'en faire autant, et comme la pédale était sous son pied, la voiture dévala la colline à vive allure. De toute façon, il était de la police : qui allait lui coller une contredanse pour excès de vitesse ?

Nous dépassâmes des résidences qui se succédaient à l'écart de la route comme dans une petite ville de banlieue. Les maisons avaient toujours de la gueule, mais leur jardin était plus petit, et on devinait qu'aucune d'elles n'avait jamais eu de domesticité. Enfin, nous arrivâmes au fond d'une petite vallée, qu'une pancarte sobre et de bon goût identifiait comme Countryside Hills. Dolph mit son clignotant.

Des bagnoles de police se massaient dans les rues étroites du lotissement, leurs gyrophares pulsant dans l'obscurité. Des flics en uniforme tenaient à distance une petite foule de gens qui semblaient avoir enfilé à la hâte un manteau ou un peignoir par-dessus leur pyjama. Alors que nous descendions de la voiture de Dolph, je vis des rideaux s'agiter à la fenêtre d'une maison, de l'autre côté de la chaussée. Pourquoi sortir de chez soi quand on peut mater le spectacle depuis le confort de sa chambre à coucher ?

Dolph nous fraya un chemin parmi les flics et nous fit passer sous le ruban de plastique jaune et noir qui délimitait la scène du crime : une maison de plain-pied, entourée par un mur de brique aussi haut qu'elle. Mis à part son portail en fer forgé de style méditerranéen, elle ressemblait à un ranch typique, comme on en voit tant dans la région. Des projecteurs illuminaient le jardin clos, découpant l'ombre de chaque fleur et de chaque feuille des massifs de rosiers qui bordaient les dalles de l'allée. Quelqu'un s'était laissé un peu emporter question éclairage.

— Ouah. Même pas besoin de lampe-torche là-dedans, commentai-je.

Dolph me glissa un regard en coin.

— Tu n'étais jamais venue ici avant ?

Je le fixai et ne pus déchiffrer son expression. Il me faisait le coup du masque de flic.

— Non. Pourquoi, j'aurais dû ?

Sans répondre, il ouvrit la porte doublée d'une moustiquaire et me précéda à l'intérieur de la maison. Je le suivis. Dolph s'enorgueillit de ne jamais influencer les membres de son équipe, de les laisser débarquer sur les lieux d'un crime sans idées préconçues et tirer leurs propres conclusions. Mais là, il était exagérément mystérieux. Ça ne me plaisait pas beaucoup.

Le salon était long et étroit, avec une télévision et un magnétoscope dans le fond. Et il grouillait tellement de flics qu'on pouvait à peine remuer. C'est toujours la même bousculade sur les lieux d'un crime. Franchement, je me demande si tout ce monde ne gâche pas plus d'indices qu'il n'en débusque. Une affaire de meurtre résolue, ça peut permettre à un flic en uniforme de faire le grand saut vers le statut de flic en civil. S'il trouve une preuve décisive et se fait mousser au bon moment, il a une chance qu'on le remarque. Mais ce n'est pas seulement ça. Le meurtre est l'insulte ultime, la pire chose qu'on puisse faire à un autre être humain. Les flics en ont conscience, peut-être encore davantage que le commun des mortels.

Ceux qui étaient là s'écartèrent devant Dolph, et leurs yeux se posèrent sur moi. La plupart de ces yeux étaient mâles, et tous sans exception me détaillèrent de la tête aux pieds. Vous voyez bien de quoi je veux parler. Ce regard qui vérifie que le corps et le visage collent, que la poitrine et les jambes tiennent les promesses de la bouche et des cheveux. Ça marche aussi dans l'autre sens. Mais un mec qui commencerait par mes pieds et qui remonterait jusqu'à ma tête aurait un sacré handicap de mauvais points à remonter par la suite.

Deux petits couloirs partaient à angle droit de la salle à manger adjacente au salon. Une porte ouverte révélait un escalier moquetté conduisant à un sous-sol aménagé. Des flics montaient et descendaient les marches telle une colonie de fourmis, avec des prélèvements dans des sachets plastique.

Dolph m'entraîna dans l'un des couloirs, au bout duquel se dressait une seconde salle à manger équipée d'une cheminée. Elle était plus petite que l'autre, mais son mur du fond était entièrement en brique, ce qui lui conférait un aspect plus douillet. Sur la gauche, j'aperçus la cuisine par une porte entrouverte. La moitié supérieure du mur qui séparait les deux pièces avait été abattue et changée en passe-plat, de sorte que la maîtresse de maison puisse converser avec ses invités tout en préparant le dîner. C'est pareil chez mon père.

La pièce suivante était neuve, de toute évidence : les murs avaient encore cet aspect tout frais des constructions récentes. Des portes vitrées coulissantes remplaçaient celui de gauche. Un jacuzzi occupait la plus grande partie de l'espace au sol ; des gouttelettes d'eau s'accrochaient à sa surface lisse. Les proprios l'avaient installé avant de faire la peinture. Il y a des priorités dans la vie.

Le plancher du couloir suivant était couvert d'une bâche plastique, comme pour empêcher que les ouvriers laissent des traces avec leurs gros godillots. Il conduisait à une seconde salle de bains, plus vaste et encore inachevée. Une porte de chêne clair se dressait dans le fond. C'était la première porte fermée que j'aie vue dans cette baraque, et ça ne me disait rien qui vaille.

A l'exception des flics, je n'avais rien remarqué d'anormal pour le moment. C'était une jolie maison de style petit-bourgeois, une maison familiale. Si j'avais débarqué au beau milieu d'un carnage, je me serais sentie dans mon élément, mais la découverte sans cesse repoussée qui pendait au-dessus de ma tête comme une épée de Damoclès me nouait l'estomac et me remplissait d'appréhension. Que s'était-il passé dans cette charmante maison avec son jacuzzi flambant neuf et sa cheminée de briques ? Qu'était-il arrivé qui requière mon expertise ? Je ne voulais pas le savoir. Je voulais repartir avant de tomber sur une nouvelle horreur. Cette année, j'avais déjà vu assez de cadavres pour toute une vie.

Dolph posa sa main sur la poignée. Je lui touchai le bras.

— La victime… Ce n'est pas un gamin, n'est-ce pas ?

Il me jeta un coup d'œil par-dessus son épaule. En temps normal, il se serait contenté d'une réponse évasive, genre « Tu le verras dans une minute ». Mais ce soir, il secoua la tête.

— Non, ce n'est pas un gamin.

J'inspirai profondément par le nez et expirai lentement par la bouche.

— Tant mieux.

Ça sentait le plâtre encore humide, le ciment frais et, par-dessous, le sang. L'odeur du sang pas encore sec, très légère, de l'autre côté de la porte. Cette odeur métallique, presque artificielle. Oh, elle n'a rien de répugnant en soi. Ce n'est pas elle qui vous rend malade : c'est ce qui l'accompagne généralement.

Au fond de nous-mêmes, dans la partie la plus primitive de notre être, nous savons tous que le sang est la chose la plus importante. Sans lui, nous mourons. Si nous pouvons en dérober suffisamment à nos ennemis, ils ne constituent plus un danger pour nous. Si le sang est associé à presque toutes les religions de la planète, c'est pour une bonne raison. Une raison ancestrale. Et aussi aseptisé que soit devenu notre monde, quelque chose en nous ne l'a pas oubliée.

Dolph hésita, la main toujours sur la poignée de la porte.

— Tu me donneras ton analyse de la scène ; ensuite, je devrais te conduire au commissariat pour que mes collègues prennent ta déposition, déclara-t-il sans me regarder. J'espère que tu comprends.

— Je comprends, lui assurai-je.

— Si tu m'as menti à propos de quoi que ce soit, Anita, dis-le-moi ce soir. Deux cadavres en deux jours, ça fait beaucoup à expliquer.

— Je ne t'ai pas menti, Dolph.

Du moins, pas trop, ajoutai-je en mon for intérieur.

Il hocha la tête sans se retourner et ouvrit la porte. Puis il entra le premier et pivota de façon à voir mon expression quand je découvrirais le spectacle.

— Qu'est-ce qui ne va pas, Dolph ? demandai-je.

— Regarde, et tu comprendras.

Au début, je ne vis qu'un bout de moquette gris pâle et une coiffeuse surmontée par un grand miroir contre le mur de droite. Un groupe de flics me dissimulait le reste de la pièce. Sur un signe de tête de Dolph, ils s'écartèrent. Dolph ne m'avait pas quittée des yeux une seule seconde. Jamais il n'avait surveillé si étroitement mes réactions. Ça me rendait nerveuse.

Il y avait un corps sur le sol. Celui d'un homme aux membres en étoile, cloué au plancher par des couteaux plantés dans ses poignets et ses chevilles. Les couteaux avaient un manche noir. Il gisait au milieu d'un vaste cercle rouge – vaste, parce qu'il ne fallait pas que son sang le touche en se répandant. La moquette était complètement imbibée autour de lui.

Son visage était tourné vers le mur, si bien que tout ce que je pus voir, c'est qu'il avait de courts cheveux blonds. Sa poitrine était nue, tellement couverte de sang qu'on aurait dit qu'il portait une chemise rouge. Les couteaux ne faisaient que le maintenir en place. Ce n'était pas eux qui l'avaient tué. Non : ce qui l'avait tué, c'était la cavité béante dans son torse, juste en dessous de ses côtes. Elle ressemblait à une caverne bordée de rouge, assez grosse pour qu'on puisse plonger les deux mains dedans.

— Ils ont pris son cœur, devinai-je.

Dolph me fixa.

— Tu peux le dire de l'endroit où tu te trouves ?

— J'ai raison, n'est-ce pas ?

— Si quelqu'un a pris son cœur, pourquoi passer par là ?

— Si on avait voulu qu'il survive à l'opération, comme dans le cas d'une transplantation cardiaque, il aurait fallu lui casser les côtes et emprunter le chemin le plus direct. Mais ses agresseurs voulaient sa mort. Et c'était plus facile de passer sous les côtes.

Je me dirigeai vers le cadavre.

Dolph se déplaça devant moi pour ne pas me perdre de vue.

— Quoi encore ? m'impatientai-je.

Il secoua la tête.

— Parle-moi du corps, Anita.

Je le dévisageai.

— C'est quoi, ton problème ?

— Je n'en ai pas.

C'était un mensonge. Mais je n'insistai pas : ça n'aurait servi à rien. Quand Dolph décide de garder quelque chose pour lui, il le garde pour lui, un point c'est tout.

Il y avait un lit king size avec des draps de satin violet et une profusion d'oreillers. Les draps étaient froissés, et pas comme si quelqu'un s'était contenté de dormir dedans. Je distinguai des taches sombres, presque noires, sur le tissu brillant.

— C'est du sang ? demandai-je.

— Nous le pensons, acquiesça Dolph.

Je jetai un coup d'œil au cadavre.

— Celui de la victime ?

— Quand tu auras fini de l'examiner, nous emporterons les draps au labo.

Une invitation subtile à me mettre au boulot. Je reportai mon attention sur le cadavre en tentant d'ignorer Dolph. C'était plus facile que ça n'en avait l'air. Le corps avait de quoi mobiliser toute mon attention. Plus je m'en approchais, plus je pouvais voir de détails, et moins j'avais envie d'en voir davantage.

En dessous de tout ce sang, il y avait une poitrine pas dégueu, musclée juste ce qu'il faut. Les cheveux blonds coupés très court bouclaient au ras du crâne. Cette tête avait quelque chose de vaguement familier, même si je ne parvenais pas à l'identifier.

Du fil d'argent était entortillé autour des couteaux. Ceux-ci avaient été enfoncés dans la chair de l'homme jusqu'au manche, lui brisant les os au passage. La substance rouge à l'aide de laquelle le cercle avait été tracé était définitivement du sang. Des symboles cabalistiques couraient à l'intérieur. Je ne pus identifier que quelques-uns d'entre eux, mais cela suffit pour m'apprendre que j'avais affaire à un rituel nécromantique. Je connais les symboles qui représentent la mort, et ceux qui protègent contre elle.

Pour une raison qui m'échappait, je ne voulais pas pénétrer à l'intérieur du cercle. Je le contournai lentement jusqu'à ce que je puisse voir le visage de la victime. Le dos plaqué au mur, je fixai les yeux écarquillés de Robert le vampire. Le mari de Monica. Le futur papa.

— Et merde, dis-je tout bas.

— Tu le connais ? demanda Dolph.

Je hochai la tête.

— Robert. Il s'appelait Robert.

Logique d'avoir utilisé des symboles de mort pour sacrifier un vampire. Mais dans quel but ? Et pourquoi de cette façon ?

Je fis un pas en avant et m'arrêtai net. C'était comme si un million d'insectes m'enveloppaient et rampaient sur mon corps. Je ne pouvais plus respirer.

Je reculai précipitamment. La sensation s'évanouit. Je la sentais encore comme un souvenir sur ma peau et dans ma tête, mais tout était redevenu normal. Je pris une profonde inspiration, expirai lentement et avançai de nouveau.

Ce n'était pas comme si j'avais heurté un mur. Plutôt une couverture, une couverture suffocante et grouillante de vers. Je tentai de la traverser, de franchir la ligne rouge, et je ne pus pas. Je titubai en arrière. Si le mur n'avait pas été là, je serais tombée.

Je me laissai glisser à terre jusqu'à ce que je sois assise avec mes genoux repliés contre ma poitrine. Mes orteils ne se trouvaient qu'à quelques centimètres du cercle. Je ne voulais plus le toucher. Plus jamais.

Dolph traversa le cercle comme s'il n'était pas là et s'agenouilla devant moi.

— Anita, qu'est-ce qui t'arrive ?

Je secouai la tête.

— Je n'en suis pas sûre. (Je levai les yeux vers lui.) C'est un cercle de pouvoir, et je ne peux pas le traverser.

Il jeta un coup d'œil en arrière, sur son propre corps à cheval sur la ligne rouge.

— Moi, je peux.

— Tu n'es pas un réanimateur. Je ne suis pas une sorcière, et je n'y connais pas grand-chose en magie officielle, mais certains de ces symboles sont soit des symboles de mort, soit des symboles de protection contre les morts.

Je le fixai, la peau frissonnant encore d'avoir tenté de franchir le cercle. Une idée horrible se fit jour dans mon esprit.

— C'est un sort qui emprisonne les morts contenus à l'intérieur, tout en empêchant ceux qui sont à l'extérieur d'y pénétrer. Je ne peux pas le franchir.

— Qu'est-ce que ça signifie exactement, Anita ? s'enquit Dolph.

— Ça signifie, lança une voix féminine, que ce n'est pas elle qui a créé le cercle.

19

Une femme se tenait sur le seuil. Elle était grande et
mince, vêtue d'une jupe violette et d'une chemise
d'homme blanche. Elle entra dans la chambre d'un pas
trépidant qui me fit retrancher dix ans à mes estimations.
Elle semblait avoir la trentaine, mais ça n'était pas le
cas. Une jeunette pleine d'assurance. Nous devions
avoir à peu près le même âge, mais elle possédait quelque chose de neuf et de brillant, un enthousiasme que
j'avais perdu depuis longtemps.

Dolph se leva et me tendit la main. Je secouai la tête.

— A moins que tu veuilles me porter, je préfère
rester assise. Je ne crois pas être capable de tenir
debout.

— Anita, je te présente l'inspecteur Reynolds.

Il n'avait pas l'air trop content de la voir.

Reynolds contourna le cercle comme je l'avais fait
une minute plus tôt, mais c'était pour me voir, moi. Elle
s'arrêta du côté opposé à celui de Dolph et baissa les
yeux vers moi en souriant. Je la fixai sans rien dire, la
peau frémissant encore d'avoir tenté de franchir le
cercle.

Elle se pencha et chuchota :

— Vous montrez vos sous-vêtements à tout le
monde.

— C'est pour ça qu'ils sont assortis à ma tenue,
répliquai-je.

Elle eut l'air surpris.

Je n'avais aucun moyen d'étendre mes jambes sans
toucher le cercle. Si je voulais recouvrer un semblant de

dignité, il fallait que je me lève. Je tendis la main à Dolph.

— Aide-moi à me lever, mais quoi qu'il arrive, ne me laisse pas tomber à l'intérieur de cette chose.

L'inspecteur Reynolds prit mon autre bras sans y avoir été invitée, mais franchement, je n'étais pas en position de m'en offusquer. Mes jambes avaient la consistance de spaghetti trop cuits.

A l'instant où elle me toucha, tous mes poils se dressèrent au garde-à-vous. Je me dégageai dans un sursaut, et je serais tombée dans le cercle si Dolph ne m'avait pas retenue.

— Qu'est-ce qui ne va pas, Anita ? demanda-t-il.

Je m'appuyai lourdement sur son bras et tentai de maîtriser ma respiration.

— Je ne peux pas encaisser plus de magie là tout de suite.

— Allez lui chercher une chaise dans la salle à manger, ordonna Dolph.

Il ne s'était adressé à personne en particulier, mais un des flics en uniforme sortit aussitôt de la pièce.

Dolph me soutint pendant que nous attendions. Comme je ne tenais pas debout, je pouvais difficilement protester, mais je trouvais ça humiliant.

— Qu'est-ce que tu as dans le dos, Anita ? demanda Dolph.

J'avais complètement oublié mon couteau. A cet instant, le flic revint avec une chaise à dossier droit, m'épargnant la peine de répondre.

Dolph m'aida à m'asseoir.

— L'inspecteur Reynolds t'a-t-elle lancé un sort ?

Je secouai la tête.

— Que quelqu'un m'explique ce qui vient de se passer, s'impatienta-t-il.

Une rougeur malsaine apparut sur le cou pâle de Reynolds.

— J'ai essayé de lire son aura, avoua-t-elle.

— Pourquoi ?

— Parce que j'étais curieuse. J'ai lu beaucoup de

choses sur les nécromanciens, mais je n'en avais encore jamais rencontré.

Je levai les yeux vers elle.

— Si vous voulez procéder à d'autres expériences, inspecteur, demandez d'abord.

Elle acquiesça, l'air plus jeune et moins sûre d'elle-même.

— Je suis désolée.

— Reynolds, dit Dolph.

Elle reporta son attention sur lui.

— Oui, monsieur ?

— Allez vous mettre là-bas.

Elle nous dévisagea tous les deux et hocha la tête.

— Oui, monsieur.

Elle se dirigea vers les autres flics d'un pas qui se voulait nonchalant, mais sans cesser de nous regarder par-dessus son épaule.

— Depuis quand y a-t-il une sorcière dans l'équipe ? m'enquis-je.

— Reynolds est le premier inspecteur de police qui possède des capacités surnaturelles. Elle n'a eu que l'embarras du choix en matière d'affectation. Et elle a choisi d'intégrer notre brigade.

J'étais contente qu'il l'appelle « notre » brigade.

— Elle a dit que je n'avais pas créé le cercle. Tu croyais vraiment que j'aurais pu faire ça ? demandai-je en désignant le cadavre du menton.

Dolph me fixa, impassible.

— Tu n'aimais pas Robert.

— Si je butais tous les gens que je n'aime pas, St-Louis serait une gigantesque morgue, répliquai-je. Pourquoi m'as-tu traînée jusqu'ici ? Reynolds est une sorcière. Elle en sait probablement davantage que moi sur ce sort.

— Explique-toi.

— Je relève les morts, mais je ne suis pas une sorcière de formation. La plupart du temps, je me borne à utiliser un… don inné. (Je haussai les épaules.) J'ai étudié la théorie magique à la fac, mais je n'ai suivi que quelques UV. Si tu veux des détails sur un sort aussi complexe que celui-là, ce n'est pas moi qui pourrais te les fournir.

— Si Reynolds n'avait pas été là, que nous aurais-tu suggéré de faire ?

— Trouver une sorcière qui puisse annuler le sort pour vous.

Dolph acquiesça.

— Tu as une idée de qui aurait pu faire ça, ou pourquoi ? m'interrogea-t-il en désignant le cadavre du pouce.

— C'est Jean-Claude qui a transformé Robert. Autrement dit, il existe un lien très fort entre eux. A mon avis, le sort était destiné à empêcher Jean-Claude de se rendre compte de ce qui se passait.

— Robert aurait-il pu alerter son maître par-delà une telle distance ?

Je réfléchis quelques instants. Je n'en étais pas certaine.

— Je l'ignore, avouai-je. Peut-être. Certains maîtres vampires sont plus doués que d'autres pour la télépathie. Je ne sais pas exactement comment Jean-Claude se débrouille avec ses semblables.

— Toute cette mise en scène a dû prendre du temps. Pourquoi le tuer de cette façon ? insista Dolph.

— Bonne question. (Une idée perverse mais plausible me traversa l'esprit.) Ça va peut-être te sembler tiré par les cheveux, mais ça pourrait être un moyen de défier Jean-Claude, de contester son autorité sur son territoire.

— Comment ça ?

Dolph avait sorti son calepin et se tenait prêt à noter, comme dans le bon vieux temps.

— Robert lui appartenait, et quelqu'un l'a tué. Ça pourrait être un genre de message.

Il jeta un coup d'œil au corps.

— Mais un message destiné à qui ? Peut-être que Robert s'est fait des ennemis, et que c'était une vengeance personnelle. S'il s'agissait d'un message pour ton petit ami, pourquoi ne pas l'avoir tué dans son club ? C'est bien là qu'il travaillait, n'est-ce pas ?

Je hochai la tête.

— La personne qui a fait ça n'aurait pas pu organiser une exécution aussi élaborée à l'intérieur du club, au milieu d'un tas d'autres vampires. Elle avait besoin de tranquillité et de temps. Le sort était peut-être nécessaire pour empêcher Jean-Claude ou un autre vampire d'accourir à sa rescousse.

Je me mordillai la lèvre. Que savais-je réellement de Robert ? Pas grand-chose. C'était un des sous-fifres de Jean-Claude, le mari de Monica et le père de son futur bébé. En fait, je ne le connaissais qu'à travers les perceptions d'autres gens.

Il avait été tué dans sa propre chambre, et la seule explication que je voyais, c'est que c'était un message destiné à Jean-Claude. Je le considérais comme un sous-fifre parce que Jean-Claude le traitait ainsi. Robert n'était pas un maître vampire ; personne n'aurait eu intérêt à le tuer pour lui-même. Bordel, j'étais en train de considérer Robert comme un simple accessoire facile à remplacer. Des morts-vivants comme lui, on pouvait en fabriquer à la chaîne.

— Tu penses à quelque chose, constata Dolph.

— Pas vraiment. Ça doit faire trop longtemps que je traîne avec des vampires. Je commence à réfléchir comme eux.

— Explique-toi.

— J'ai supposé que la mort de Robert avait forcément un rapport avec son maître. Ma première pensée, ça a été que personne n'aurait pu le tuer par vengeance personnelle, parce qu'il n'était pas assez important pour ça. Je veux dire… Ce n'est pas en tuant Robert que quelqu'un deviendra Maître de la Ville, alors pourquoi se donner cette peine ?

Dolph me fixa.

— Tu commences à m'inquiéter, Anita.

— A t'inquiéter ? Ce n'est rien du tout. Moi, je me fais carrément peur.

Je tentai d'envisager la scène du crime autrement que du point de vue d'un vampire. Qui aurait pu se donner tant de mal pour tuer Robert ? Je n'en avais pas la moindre idée.

— A moins que ce soit pour défier l'autorité de Jean-Claude, je ne vois pas pourquoi quelqu'un aurait tué Robert. En réalité, je ne sais pas grand-chose sur lui. J'imagine que ça pourrait être un des groupes antivampires, comme Les Humains d'Abord ou Humains Contre Vampires. Mais il aurait fallu qu'ils disposent de connaissances magiques très poussées, et les uns comme les autres sont du genre à lapider un sorcier avec autant d'enthousiasme qu'ils empaleraient un vampire. Ils considèrent les deux comme des suppôts de Satan.

Dolph fronça les sourcils.

— Pourquoi les groupes antivampires auraient-ils choisi Robert comme cible, entre tous les morts-vivants de St Louis ?

— Parce que sa femme est enceinte ? suggérai-je.

— C'est aussi un vampire ?

— Non. Une humaine.

Les yeux de Dolph s'écarquillèrent d'une fraction de millimètre. C'était la réaction la plus surprise que je l'aie jamais vu manifester. Comme la plupart des flics, il en faut beaucoup pour l'étonner.

— Enceinte ? Et ce vampire est le père du bébé ?

— Oui.

Il secoua la tête.

— Je comprends que ça ait pu le faire passer en tête de la liste noire des groupes antivampires. Parle-moi de la reproduction vampirique, Anita.

— D'abord, il faut que j'appelle Jean-Claude, contrai-je.

— Pourquoi ?

— Pour le prévenir. Je veux bien convenir que le ou les assassins visaient sans doute Robert et lui seul. Tu as raison. Les Humains d'Abord, en particulier, l'auraient tué rien que pour ça. Mais juste au cas où, je préfère avertir Jean-Claude. (Une autre idée me vint.) C'est peut-être pour ça qu'on a essayé de me tuer.

— Que veux-tu dire ?

— Si quelqu'un voulait du mal à Jean-Claude, m'éliminer serait un bon moyen d'y arriver.

— Un demi-million de dollars, ça fait un peu beaucoup juste pour priver quelqu'un de sa petite amie. (Dolph secoua la tête.) Pour une somme pareille, c'est forcément personnel, Anita. Le commanditaire a peur de toi, pas de ton copain à crocs.

— Deux assassins professionnels en deux jours, Dolph, et je ne sais toujours pas pourquoi. (Je levai vers lui.) Si je ne le découvre pas très bientôt, j'y laisserai ma peau.

Il me posa une main sur l'épaule.

— Nous t'aiderons. Les flics sont utiles pour des tas de choses, même si les monstres refusent de nous parler.

— Merci, Dolph. (Je lui tapotai la main.) As-tu vraiment cru Reynolds quand elle t'a dit que j'aurais pu faire ça ?

Il se raidit et soutint mon regard.

— L'espace d'une seconde, oui, admit-il. Après ça, je me suis contenté de l'écouter. J'étais bien obligé. Nous l'avons engagée pour qu'elle nous aide à résoudre les affaires surnaturelles. Ç'aurait été stupide d'ignorer son avis dès sa première intervention.

Et démoralisant pour elle, ajoutai-je intérieurement.

— D'accord, mais as-tu vraiment cru que j'étais capable de faire ça ? insistai-je en désignant le cadavre de Robert.

— Je t'ai déjà vue empaler ou décapiter des vampires, Anita. Quelle différence ?

— La différence, c'est que Robert était vivant quand on lui a ouvert la poitrine. Il l'est resté jusqu'à ce qu'on lui ôte le cœur, et peut-être même après. Difficile de dire ce qui constitue une blessure mortelle pour un vampire. Parfois, ils agonisent très longtemps.

— Est-ce pour cette raison que le meurtrier ne s'est

pas contenté de lui couper la tête ? Pour qu'il souffre davantage ?

— Possible. Quoi qu'il en soit, Jean-Claude doit être informé de sa mort, au cas où ce serait une menace.

— Je vais dire à quelqu'un de l'appeler.

— Tu n'as pas confiance en moi ?

— Laisse tomber, Anita.

Pour une fois, je ne protestai pas. Il y a encore un an, je n'aurais pas fait confiance à quelqu'un qui sortait avec un vampire, moi non plus. J'aurais supposé que cette personne était corrompue. Parfois, je le suppose encore.

— D'accord, mais magne-toi. Ce serait vraiment dommage que Jean-Claude se fasse descendre pendant que nous débattons de qui devrait le prévenir.

Dolph fit signe d'approcher à un des flics en uniforme. Il griffonna quelque chose sur son calepin, arracha la page, la plia en deux et la lui tendit.

— Portez ça à l'inspecteur Perry, ordonna-t-il.

Le flic s'éloigna avec le message.

Dolph reporta son attention sur ses notes.

— Maintenant, parle-moi de la reproduction vampirique. (Il secoua la tête.) Rien que l'expression sonne faux.

— Les mâles morts depuis peu conservent souvent un peu de sperme dans leur scrotum. C'est le cas le plus fréquent. Les docteurs recommandent d'attendre six semaines après la transformation avant de recommencer à avoir des rapports sexuels non protégés, un peu comme après une vasectomie. Les bébés qui naissent de ce genre d'union sont généralement en bonne santé. Il est beaucoup plus rare de trouver des spécimens fertiles chez les vampires anciens. Franchement, jusqu'à ce que je croise Robert et sa femme à une soirée, je ne savais même pas qu'un vampire aussi vieux pouvait avoir des enfants.

— Quel âge avait Robert ?

— Cent ans et des poussières.

— Les femelles vampires peuvent-elles tomber enceintes ?

— Parfois, si elle sont mortes depuis peu de temps. Mais leur corps avorte ou réabsorbe spontanément le fœtus. Un corps mort ne peut pas donner la vie.

J'hésitai.

— Quoi ? me pressa Dolph.

— Il existe, à ma connaissance, deux cas répertoriés où une femelle vampire ancienne a donné la vie. (Je secouai la tête.) Ce n'était pas beau à voir, et ce n'était sûrement pas humain.

— Les bébés ont-ils survécu ?

— Un certain temps. Le cas le mieux documenté s'est produit au début du XXe siècle, à l'époque où le docteur Henry Mulligan essayait de trouver un remède au vampirisme dans le sous-sol de l'Hôpital Municipal du Vieux St-Louis. Une de ses patientes avait donné naissance. Mulligan a pensé que c'était le signe que son corps revenait à la vie. Mais le bébé est né avec un jeu complet de dents pointues, et plus cannibale que vampire. Le docteur Mulligan a conservé les cicatrices de la délivrance jusqu'au jour de sa mort, trois ans plus tard, quand un autre de ses patients lui a pulvérisé la tête.

Dolph baissa les yeux vers son calepin.

— J'ai tout noté. Mais franchement, c'est le genre d'info dont j'espère ne jamais avoir à me servir. Le bébé a été tué, n'est-ce pas ?

— Oui. Et avant que tu me poses la question : le père n'était mentionné nulle part. Mais si tu lis entre les lignes, tu devines qu'il était humain, et que ça aurait très bien pu être Mulligan lui-même. Pour ce que nous en savons, un vampire ne peut pas procréer sans partenaire humain.

— C'est agréable de savoir que les humains sont bons à quelque chose, à part donner du sang, railla Dolph.

Je haussai les épaules.

— Je suppose que oui.

La vérité, c'est que l'idée de donner naissance à un enfant sévèrement affecté par le syndrome de Vlad me terrifiait. Je n'avais pas l'intention de coucher avec Jean-Claude, mais si ça devait se produire, nous prendrions nos précautions. Pas de sexe spontané, à moins d'avoir une capote sous la main. Et quand je dis sous la main...

Quelque chose dut se lire sur mon visage, car Dolph lança :

— Deux sous pour tes pensées.

— Oh, je me réjouis juste d'avoir placé la barre assez haut en termes de moralité. Comme je te l'ai dit, jusqu'à ce que je tombe sur Robert et sa femme l'autre soir, j'étais persuadée qu'un vampire de plus d'un siècle était forcément stérile. Et vue la durée pendant laquelle il faut maintenir le corps du vampire à une température élevée, je ne vois pas comment il pourrait concevoir par accident. Robert et sa femme l'ont fait exprès, ils me l'ont avoué. J'ai trouvé ça très imprudent de leur part. Ils n'avaient même pas reçu les résultats de l'amnio.

— Une amnio ? Pour détecter quoi ?

— Le syndrome de Vlad.

— Sa femme est-elle en assez bonne santé pour supporter ce genre de nouvelle ? interrogea Dolph.

Je haussai les épaules.

— Elle avait l'air en parfaite forme, mais je ne suis pas médecin. Je pense qu'il faudrait éviter de le lui annoncer par téléphone, et s'assurer qu'il y ait quelqu'un auprès d'elle. Sinon... Je ne sais pas.

— Tu es amie avec elle ?

Je secouai la tête.

— Non, et n'y songe même pas. Je ne tiendrai pas la main de Monica pendant qu'elle pleurera son mari défunt.

— D'accord, d'accord. Ça ne fait pas partie de tes attributions, reconnut Dolph. Je demanderai peut-être à Reynolds de le faire.

Je jetai un coup d'œil à la jeune femme. Monica et elle se méritaient probablement l'une l'autre, mais...

— Jean-Claude connaît peut-être les amis de Monica.

Sinon, moi, j'en connais une. Elle travaille avec Catherine Maison-Gillette.

— Monica est avocate ?

J'acquiesçai.

— Génial, grogna Dolph.

— Qu'est-ce que tu comptes raconter à Jean-Claude, exactement ?

— Pourquoi tu me demandes ça ?

— Parce que je veux savoir de quoi je peux lui parler sans enfreindre le secret policier.

— On ne discute pas d'une affaire criminelle en cours avec les monstres, protesta-t-il.

— La victime a été son compagnon pendant plus d'un siècle. Il va vouloir en parler avec moi. J'ai besoin de savoir ce que tu vas lui raconter ou non, pour ne pas lui révéler accidentellement des choses que tu préfères qu'il ignore.

— Ça ne te pose pas de problème de dissimuler des informations à ton petit ami ?

— Pas dans un cas d'homicide. La personne qui a fait ça est au minimum un sorcier, voire quelque chose de plus effrayant. Probablement un monstre, d'une façon ou d'une autre. Donc, nous ne pouvons pas révéler tous les détails aux monstres.

Dolph me fixa longuement, puis hocha la tête.

— Abstiens-toi de parler du cœur et des symboles utilisés pour le sort.

— Si je ne lui parle pas du cœur, il le devinera tout seul, objectai-je. Il n'existe pas trente-six moyens de tuer un vampire vieux d'un siècle.

— Anita, tu viens de dire que tu étais prête à lui dissimuler des informations.

— Je me contente de t'indiquer ce qui passera et ce qui ne passera pas, Dolph. Ne pas mentionner l'absence du cœur ne servira à rien : Jean-Claude se doutera qu'il a été prélevé. Pour les symboles, ça devrait aller… Encore qu'il se demandera pourquoi il n'a pas senti Robert mourir.

— Dans ce cas, que pouvons-nous effectivement dissimuler à ton petit ami ?

— La nature exacte des symboles utilisés. Les couteaux. (Je réfléchis quelques instants.) Et la façon dont le cœur a été prélevé. La plupart des gens lui auraient enfoncé les côtes pour le prendre, parce qu'ils l'ont vu faire ainsi dans toutes les séries télé qui ont un hôpital pour cadre, et qu'ils n'imaginent pas de procéder autrement.

— Donc, si nous épinglons un suspect, nous devrons lui demander comment il a sorti le cœur ?

J'acquiesçai.

— Les cinglés te parleront de scies ou resteront dans le vague.

— D'accord. (Il me fixa.) Si quelqu'un haïssait les monstres, je pensais bien que c'était toi. Comment peux-tu sortir avec l'un d'eux ?

Cette fois, je soutins son regard sans frémir.

— Je ne sais pas.

Il referma son calepin.

— Greeley doit se demander où je t'ai emmenée.

— Qu'est-ce que tu lui as chuchoté ? J'aurais parié un mois de salaire qu'il refuserait de me lâcher.

— Je lui ai dit que tu étais soupçonnée dans une autre affaire de meurtre. Que je voulais observer ta réaction.

— Et il a avalé ça ?

Dolph jeta un coup d'œil au cadavre.

— Ça n'était pas si loin de la vérité, Anita.

Là, il m'avait eue.

— Greeley n'a pas eu l'air de beaucoup m'apprécier, fis-je remarquer.

— Tu venais juste de tuer une femme, Anita. Ça a tendance à faire une mauvaise première impression.

Un point pour lui.

— Faut-il que je demande à Catherine de nous rejoindre au commissariat ?

— Tu n'es pas en état d'arrestation.

— Je préférerais quand même qu'elle assiste à l'entretien.

— Tu peux l'appeler, si tu veux.

Je me levai. Dolph me toucha le bras.

— Attends. (Il se tourna vers les autres flics.) Attendez-nous dehors, ordonna-t-il. Ça ne prendra qu'une minute.

Il y eut quelques regards interloqués, mais ils obtempérèrent sans discuter. Ils avaient tous déjà bossé avec Dolph avant ce soir, et aucun d'eux n'avait un grade supérieur au sien.

Lorsqu'ils eurent refermé la porte derrière eux et que nous restâmes seuls dans la chambre, Dolph tendit la main.

— Donne-la-moi.

— Quoi ?

— Tu as une espèce d'épée dans le dos. Donne-la-moi.

Je soupirai, glissai une main sous mes cheveux et saisis le manche du couteau. Il me fallut un peu de temps pour le sortir : il était vraiment long. Je le remis à Dolph, qui le soupesa et lâcha un sifflement.

— Doux Jésus, que comptais-tu faire avec ça ?

Je le fixai sans répondre.

— Qui t'a fouillée au club ?

— Le partenaire de Rizzo.

— Il faudra que je lui en touche deux mots. Ce serait vraiment dommage de passer à côté d'une arme pareille sur quelqu'un qui risquerait de s'en servir. Est-ce la seule qu'il a manquée ?

— Oui.

— Pose tes mains sur la coiffeuse et écarte les jambes, Anita.

Je haussai les sourcils.

— Tu vas vérifier que je ne mens pas ?

— Oui.

Je faillis protester, mais je me ravisai. De toute façon, je n'avais plus rien à cacher.

Je pris la position réglementaire, et il me palpa

méthodiquement. S'il y avait eu quelque chose à trouver, il l'aurait trouvé. Dolph est du genre consciencieux, archi-méticuleux. C'est l'une des qualités qui font de lui un si bon flic.

Je le regardai dans le miroir sans me retourner.

— Satisfait ?

— Oui.

Il me tendit mon couteau, manche le premier.

Ma surprise dut se lire sur mon visage.

— Tu me le rends ?

— Si tu m'avais menti, je l'aurais gardé, avec tout ce que j'aurais trouvé d'autre sur toi. (Il prit une profonde inspiration et la relâcha.) Mais je ne te priverai pas de ta dernière arme, alors qu'il y a un contrat sur ta tête.

Je pris le couteau et le remis dans son fourreau. C'était beaucoup plus difficile que de l'en sortir ; je fus obligée de me servir du miroir et de me tordre le cou pour voir ce que je faisais.

— J'imagine qu'il est tout neuf ? interrogea Dolph.

— Oui.

Je rajustai mes cheveux dans mon dos, et pouf ! Le couteau disparut. Il faudrait vraiment que je m'entraîne à le dégainer plus vite. C'était une cachette trop géniale pour ne pas l'utiliser plus souvent.

— Tu as d'autres commentaires à faire sur la scène du crime avant que je te conduise au commissariat ?

— Y a-t-il eu effraction ?

— Non.

— Donc, c'était quelqu'un qu'il connaissait.

— Peut-être.

Je jetai un coup d'œil à la forme immobile de Robert.

— Pourrions-nous finir cette discussion dans une autre pièce ?

— Celle-ci te met mal à l'aise ?

— Je le connaissais, Dolph. Je ne l'appréciais pas beaucoup, mais je le connaissais.

Il acquiesça.

— Allons dans la nursery, suggéra-t-il.

Je le fixai et me sentis pâlir. Je n'étais pas en état de

274

voir la chambre que Monica avait préparée pour le bébé.

— Tu deviens sadique, Dolph.

— Je n'arrive pas à me faire à l'idée que tu sortes avec le Maître de la Ville, Anita. Je n'y arrive tout simplement pas.

— Tu veux me punir parce que je sors avec un vampire ?

Il me dévisagea longuement, comme s'il s'efforçait de lire en moi, et je ne détournai pas les yeux.

— Non : je veux que tu arrêtes de sortir avec lui.

— Tu n'es pas mon père, répliquai-je.

— Ta famille est-elle au courant ?

Alors, je détournai les yeux.

— Non.

— Ils sont catholiques, n'est-ce pas ?

— Je ne vais pas discuter de ça avec toi, Dolph.

— Il faudra bien que tu le fasses avec quelqu'un.

— Peut-être, mais pas avec toi.

— Regarde-le, Anita. Regarde-le, et dis-moi que tu pourrais coucher avec ça.

— Laisse tomber, aboyai-je.

— Désolé, mais c'est impossible.

Nous nous foudroyâmes du regard, aussi furax l'un que l'autre. Mais je n'avais pas l'intention d'expliquer à Dolph ma relation avec Jean-Claude. Ça ne le regardait pas.

— Dans ce cas, nous avons un problème.

Quelqu'un frappa à la porte.

— Pas maintenant, grogna Dolph.

— Entrez, lançai-je.

La porte s'ouvrit. Bien. Zerbrowski entra. Encore mieux.

Je savais que je devais sourire comme une débile, mais je ne pouvais pas m'en empêcher. La dernière fois que je l'avais vu, c'était le jour où il était sorti de l'hôpital. Il s'était pratiquement fait éventrer par une panthère-garou de la taille d'un poney. Son agresseur n'avait pas été un lycanthrope, mais un sorcier métamorphe. Ce qui lui éviterait de se couvrir de poils une fois par mois à l'avenir. Le sorcier l'avait salement lacéré. Je l'avais tué, puis j'avais appuyé mes mains sur le ventre de Zerbrowski pour ne pas que ses entrailles se répandent sur le sol. Je portais encore les cicatrices infligées par le même monstre.

D'habitude, ses cheveux noirs grisonnants sont bouclés et constamment ébouriffés. Mais depuis son séjour à l'hosto, il les avait coupés si court qu'ils tenaient en place. Ça lui donnait l'air plus sérieux, plus adulte, moins Zerbrowskiesque. Il portait un costume marron aussi froissé que s'il avait dormi avec. Sa cravate bleue n'allait pas du tout avec le reste de ses fringues.

— Blake, ça faisait un bail.

Je ne pus me retenir : je m'approchai de lui et le serrai dans mes bras. Etre une fille, ça a aussi des avantages. Avant que Richard entre dans ma vie, j'aurais sans doute résisté à mon impulsion. Ce n'est pas ma faute ; il fait ressortir mon côté féminin.

Zerbrowski me rendit maladroitement mon étreinte en riant.

— J'ai toujours su que tu en voulais à mon corps, Blake.

Je m'écartai de lui.

— Dans tes rêves.

Il me détailla de la tête aux pieds, les yeux pétillants de malice.

— Si tu t'habilles comme ça tous les soirs, je pourrais bien plaquer Katie pour toi. Si cette jupe faisait un centimètre de moins, ce serait un abat-jour.

Même s'il me charriait, j'étais ravie de le revoir.

— Depuis quand as-tu repris le boulot ?

— Pas longtemps. Je t'ai vue aux infos avec ton petit ami.

— Aux infos ? répétai-je.

J'avais complètement oublié les journalistes qui nous avaient assaillis, Jean-Claude et moi, à la *Danse mortelle*.

— Il n'est pas vilain, pour un mort, grimaça Zerbrowski.

— Et merde ! jurai-je entre mes dents.

— Quoi ? demanda Dolph.

— Ça a dû passer sur les chaînes nationales, et pas seulement locales.

— Et alors ?

— Mon père n'est pas au courant, lui rappelai-je piteusement.

Zerbrowski éclata de rire.

— Il l'est, maintenant.

— Merde, merde, merde.

— Je suppose que tu vas être obligée d'en parler avec lui, en fin de compte, lança Dolph.

Zerbrowski dut entendre quelque chose dans sa voix ou le lire sur mon visage, car son hilarité s'évanouit instantanément.

— Qu'est-ce qui vous arrive, tous les deux ? On dirait que quelqu'un a écrasé votre petit chien.

Dolph me regarda. Je regardai Dolph.

— Nous avons des… différences philosophiques, lâchai-je enfin.

Dolph n'ajouta rien. Je ne m'attendais pas vraiment à ce qu'il le fasse.

— Mmmh. D'accord, dit Zerbrowski.

Il connaissait suffisamment Dolph pour ne pas insister. Si j'avais été seule, il m'aurait harcelée jusqu'à ce que je craque. Mais il n'était pas assez stupide pour se mettre son supérieur à dos.

— Un des voisins les plus proches est un activiste d'extrême droite antivampires, annonça-t-il.

Ce qui eut le mérite de dévier la conversation.

— Explique-toi, ordonna Dolph.

— Delbert Spalding et sa femme Dora étaient assis sur leur canapé. Ils se tenaient la main. Elle m'a offert un thé glacé. Il a protesté quand j'ai dit que Robert avait été tué. Selon lui, on ne peut pas tuer un mort.

Zerbrowski sortit un calepin froissé de la poche de son costume. Il le feuilleta rapidement, tenta de lisser la page qui l'intéressait, renonça très vite et se contenta de citer :

— « Maintenant que quelqu'un a détruit cette chose, la femme devrait se débarrasser du monstre qu'elle porte. Normalement, je suis contre l'avortement, mais ceci est une abomination, une pure abomination. »

— Humains Contre Vampires, à tout le moins, décidai-je. Peut-être même Les Humains d'Abord.

— Il pourrait tout simplement ne pas apprécier d'avoir un vampire pour voisin, contra Dolph.

Zerbrowski et moi le fixâmes sans rien dire. Il poussa un soupir.

— Tu as demandé à M. Spalding s'il appartenait à l'un des deux groupes ?

— Il avait des bulletins d'HCV sur sa table de salon. Il m'en a même offert un, grimaça Zerbrowski.

— Génial, grommelai-je. Un évangéliste.

— HCV ne prêche pas ce genre de violence, objecta Dolph.

Le ton sur lequel il le dit me poussa à me demander quel genre de courrier il recevait, lui aussi. Je secouai la tête. Je ne croirais pas le pire de sa part, juste parce que ça ne lui plaisait pas que je sorte avec un mort-vivant. Il y a encore quelques mois, j'aurais réagi de la même façon.

— Mais Les Humains d'Abord, si, fis-je remarquer.

— Nous découvrirons si M. Spalding fait ou non partie de leurs membres, affirma Dolph.

— Il faudrait aussi voir si les Spalding possèdent de quelconques capacités magiques, suggérai-je.

— Comment ?

— Je pourrais te le dire si je les rencontrais, si je me trouvais dans la même pièce qu'eux. Mais pour être complètement sûre, il faudrait que je les touche – que je leur serre la main, par exemple.

— J'ai serré la main de M. Spalding, intervint Zerbrowski. Je n'ai rien senti de spécial.

— Tu es un excellent flic, Zerbrowski, mais niveau magie, tu es pratiquement un nul. Tu pourrais serrer la main du grand pooh-bah sans ressentir autre chose qu'un frémissement. Dolph, lui, est un nul total.

— Qu'est-ce que ça signifie ? demanda Dolph, les sourcils froncés.

— Un nul magique, c'est quelqu'un qui ne possède aucune capacité magique ou psychique, expliquai-je. C'est pour ça que tu as pu traverser le cercle, et moi pas.

— Donc, ça veut dire que je possède un petit don pour la magie ? s'enquit Zerbrowski, intéressé.

Je secouai la tête.

— Tu y es juste un tout petit peu sensible. Tu dois être une de ces personnes qui, de temps en temps, ont des intuitions qui s'avèrent fondées.

— Moi aussi, j'ai des intuitions, protesta Dolph.

— Mais je parie que les tiennes sont toujours basées sur ton expérience, ta connaissance du métier. Alors que Zerbrowski... Il va accoucher d'une théorie complètement tirée par les cheveux, limite illogique en apparence, mais qui collera quand même à la réalité. Je me trompe ?

Ils s'entre-regardèrent, puis reportèrent leur attention sur moi et hochèrent la tête avec un bel ensemble.

— Zerbrowski a parfois des éclairs de génie, confirma Dolph.

— Tu veux venir serrer la main des Spalding ? demanda Zerbrowski.

— L'inspecteur Reynolds peut le faire. C'est l'une des raisons pour lesquelles vous l'avez engagée, n'est-ce pas ?

De nouveau, ils s'entre-regardèrent. Zerbrowski grimaça.

— Je vais la chercher, et je retourne là-bas avec elle. (Il ouvrit la porte et s'immobilisa sur le seuil.) Au fait, Katie n'arrête pas de me tanner pour que je t'invite à dîner. Elle voudrait que tu rencontres les gamins et tout le tintouin. (Il me fixa de ses yeux bruns, sincères derrière ses lunettes à monture sombre.) Je t'aurais bien proposé d'amener Richard, mais si tu l'as plaqué pour le Comte Dracula, ça risquerait d'être gênant.

Il me fixa, posant la question sans la poser.

— Je sors toujours avec Richard, espèce d'enfoiré.

Il sourit.

— Super. On vous attendra samedi prochain. Katie vous fera son fameux poulet à la forestière.

— Si je ne sortais qu'avec Jean-Claude, l'invitation serait-elle toujours pour deux ?

— Non. Katie est un peu nerveuse. Je ne crois pas qu'elle apprécierait de rencontrer le Comte Dracula.

— Il s'appelle Jean-Claude.

— Je sais.

Zerbrowski referma la porte derrière lui, et Dolph et moi nous retrouvâmes une fois de plus seul avec le cadavre. La nuit ne s'améliorait pas.

— Que cherchons-nous au juste, Anita ?

J'étais soulagée qu'il veuille parler boulot. Ma vie personnelle avait déjà été suffisamment disséquée ce soir.

— Plus d'un meurtrier, répondis-je.

— Pourquoi ?

Je levai les yeux vers lui.

— Je ne crois pas qu'il y ait assez d'humains dans le monde pour clouer un vampire au sol de cette façon. Même si les coupables étaient d'autres vampires ou des métamorphes, ils ont dû s'y mettre à plusieurs. Je dirais au moins deux personnes possédant une force surnaturelle pour le tenir, et une troisième pour planter les couteaux. Peut-être plus pour le tenir, peut-être plus pour lancer le sort. Dans tous les cas, ils étaient au moins trois.

— Même si c'était des vampires ? insista Dolph.

J'acquiesçai.

— A moins que l'un d'eux soit assez puissant pour contrôler mentalement Robert.

Je baissai les yeux vers le corps et, prenant bien garde à ne pas toucher le cercle, me forçai à examiner ce qu'on lui avait fait.

— Non, même pas, me ravisai-je. Une fois qu'ils ont commencé à planter les couteaux, le contrôle mental aurait cessé de fonctionner de toute façon. Ils auraient pu faire ça à un humain et le forcer à sourire tout le long, mais pas à un autre vampire. Est-ce que les voisins ont vu ou entendu quelque chose ? Je veux dire, si les Spalding sont impliqués dans cette histoire, ils mentiront, mais quelqu'un d'autre a bien dû voir ou entendre quelque chose. Robert n'est pas mort en silence.

— Ils disent que non.

Au ton de Dolph, je devinai que selon lui, au moins une partie d'entre eux avait menti. Une des premières choses qu'apprennent les flics, c'est que tout le monde ment. Certains parce qu'ils ont des trucs à cacher, d'autres pour qu'on leur fiche la paix, mais tout le monde ment. Partir de ce principe permet de gagner du temps.

Je fixai le visage de Robert, sa bouche entrouverte et flasque. Il y avait des marques de frottement au coin de ses lèvres, une légère rougeur.

— Tu as vu les marques sur sa bouche ? demandai-je à Dolph.

— Oui.

— Et tu ne m'en as pas parlé ?

— Tu étais une suspecte.

Je secouai la tête.

— Tu n'y crois pas vraiment. Tu as gardé les détails pour toi comme tu le fais toujours, simplement parce que tu aimes dominer la situation. J'en ai ras-le-bol de perdre du temps à rassembler les pièces quand tu as déjà terminé le puzzle.

— Alors, que déduis-tu de ces marques ? interrogeat-il sur un ton neutre.

— Tu le sais parfaitement. Il se peut que ses agresseurs l'aient bâillonné pendant qu'ils lui faisaient ça, et que les voisins n'aient vraiment rien entendu. Mais ça ne nous dit toujours pas comment ils sont entrés dans la maison. S'il y avait des vampires parmi eux, ils n'ont pas pu franchir le seuil sans y être invités. Robert n'aurait pas invité des vampires inconnus à pénétrer chez lui. Donc, ou bien il connaissait l'un d'entre eux, ou bien l'un d'entre eux au moins n'était pas un vampire.

— Est-ce qu'un humain ou un métamorphe pourrait

entrer et inviter des vampires ensuite, même si ce n'est pas sa maison ?

— Oui.

Dolph prenait des notes sans me regarder.

— Donc, résuma-t-il, nous cherchons un groupe mixte : au moins un vampire, au moins un non-vampire, au moins un sorcier ou un nécromancien.

— Ça, c'est Reynolds qui te l'a dit.

— Tu n'es pas d'accord avec elle ?

— Si, mais comme je suis la seule nécromancienne qui réside à St-Louis, ça doit être quelqu'un d'extérieur.

A l'instant où je prononçai cette phrase, je réalisai qu'un autre nécromancien venait d'arriver en ville. Dominic Dumare.

— John Burke n'aurait pas pu faire ça ? suggéra Dolph.

J'y réfléchis.

— John est un prêtre vaudou, et ça, ce n'est pas du vaudou. J'ignore si ses connaissances en matière d'arcanes s'étendent jusque-là. Et je ne sais pas non plus s'il est assez puissant pour avoir fait une chose pareille, quand bien même il disposerait des connaissances théoriques.

— Toi, tu es assez puissante ?

Je poussai un soupir.

— Je n'en ai pas la moindre idée, Dolph. La nécromancie, c'est encore un truc assez nouveau pour moi. Ça fait des années que je relève les morts, mais pas de manière aussi formelle. (Je désignai le corps.) Et je n'avais encore jamais vu de sort comme celui-là.

Il acquiesça.

— Autre chose ?

Je détestais impliquer Dominic dans cette affaire, mais c'était une coïncidence beaucoup trop flagrante : un nécromancien puissant débarque à St-Louis, et dans les jours qui suivent, un vampire de plus d'un siècle se fait buter par nécromancie. S'il était innocent, je m'excuserais auprès de lui. S'il ne l'était pas, il encourrait la peine de mort.

— Je connais un autre nécromancien. Dominic Dumare. Il vient juste d'arriver en ville, révélai-je.

— Il aurait pu faire ça ?

— Je ne l'ai rencontré qu'une fois.

— Donne-moi ton avis, Anita.

Je repensai à la sensation de Dominic dans ma tête. A son offre de m'enseigner la véritable nécromancie. Le problème, c'est que tuer Robert et laisser son cadavre là où la police le trouverait forcément était stupide, et que Dominic Dumare ne m'avait pas donné l'impression d'être stupide.

— Il aurait pu. Et c'est le serviteur humain d'un vampire, ce qui te ferait déjà deux membres du groupe.

— Connaissait-il Robert ?

Je secouai la tête.

— Pas que je sache.

— Tu as un numéro où nous pourrions le joindre ?

— Pas sur moi, mais je peux appeler notre secrétaire de nuit et le lui demander.

— Parfait. (Dolph consulta ses notes.) Dumare est-il ton meilleur suspect ?

— Je suppose que oui, admis-je à contrecœur.

— Tu as des preuves ?

Je haussai les épaules.

— C'est un nécromancien, et ce meurtre a été perpétré par quelqu'un de calé en nécromancie.

— La raison même pour laquelle nous t'avons soupçonnée, acquiesça Dolph en souriant presque.

— Je le reconnais : moi aussi, je suis pleine de préjugés.

Il referma son calepin.

— Très bien. Si tu n'as rien à ajouter, je vais t'emmener faire ta déposition.

— D'accord. Maintenant, je peux appeler Catherine ?

— Il y a un téléphone dans la cuisine.

Zerbrowski ouvrit la porte.

— La femme de la victime est là, et elle est complètement hystérique, annonça-t-il.

— Qui est avec elle ? s'enquit Dolph.

— Reynolds.

A travers la porte ouverte, j'entendis une voix de femme, à la limite du hurlement.

— Robert, mon mari, mort ? Il ne peut pas être mort. Il faut que je le voie. Vous ne comprenez pas ce qu'il est. Il ne peut pas être mort.

La voix se rapprochait.

— Elle n'a pas besoin de voir ça, Anita.

Je hochai la tête. Je sortis dans le couloir et refermai la porte derrière moi. Je ne voyais pas encore Monica, mais je l'entendais. Sa voix montait dans les aigus sous l'effet de la panique.

— Vous ne comprenez pas. Il n'est pas vraiment mort.

J'aurais parié que si je lui affirmais le contraire, elle ne me croirait pas non plus. Si ç'avait été Jean-Claude là-dedans, je n'y aurais pas cru non plus. J'aurais dû le voir de mes propres yeux pour l'accepter. Je pris une profonde inspiration et me portai à la rencontre de la veuve éplorée. Et merde. Décidément, la nuit ne s'améliorait pas du tout.

20

Les murs de la chambre d'hôpital étaient peints en mauve, avec des tableaux représentant des bouquets de fleurs. Le lit avait un couvre-lit mauve et des draps roses. Monica gisait dessous, reliée à une intraveineuse et à deux moniteurs. Une sangle en travers de son estomac enregistrait ses contractions. Miséricordieusement, les lignes étaient redevenues droites. L'autre moniteur rapportait les battements de cœur du bébé. Au début, le son m'avait affolée : il était trop rapide, comme le cœur d'un petit oiseau. Quand les infirmières m'avaient affirmé que c'était normal, je m'étais détendue. Deux heures plus tard, les battements frénétiques faisaient un bruit de fond presque réconfortant.

Les cheveux auburn de Monica étaient plaqués en mèches humides sur son front. Son maquillage soigné avait coulé, lui barbouillant la figure. Les infirmières avaient été forcées de lui administrer un sédatif, bien que ce soit mauvais pour le bébé. Elle était tombée dans un sommeil léger, presque fiévreux. Sa tête remuait ; ses yeux papillotaient sous ses paupières closes, sa bouche s'ouvrait et se fermait comme si elle était prisonnière d'un mauvais rêve – sans doute un très mauvais rêve, après la nuit qu'elle venait de vivre. Il était presque deux heures du matin, et il fallait encore que je passe au commissariat pour faire ma déposition à l'inspecteur Greeley. Catherine était en route pour me remplacer au chevet de Monica. Je serais ravie de la voir.

J'avais des petites marques en forme de croissant sur ma main droite. Monica s'y était accrochée comme si c'était tout ce qui l'empêchait de sombrer. Au pire des contractions, quand il avait semblé qu'elle allait perdre son bébé en plus de son mari, ses longs ongles vernis avaient mordu dans ma chair. Une infirmière était intervenue en voyant des filets de sang couler le long de mon poignet. Quand Monica s'était enfin calmée, elle avait insisté pour s'occuper de moi. Une fois les plaies nettoyées, elle les avait protégées à l'aide des pansements Disney qu'ils utilisaient pour les bébés, de sorte que ma main était maintenant couverte de Mickey et de Dingo.

Il y avait un poste de télé sur une étagère fixée au mur, mais je ne l'avais pas allumé. Les seuls bruits dans la pièce étaient le bourdonnement de l'air conditionné et les battements de cœur du bébé.

Un flic en uniforme se tenait devant la porte. Si Robert avait été tué par un groupe antivampires, Monica et le bébé étaient des cibles potentielles. S'il avait été tué pour une raison personnelle, Monica saurait peut-être quelque chose. Dans un cas comme dans l'autre, elle était en danger. Aussi lui avait-on attribué un garde du corps. Ça me convenait parfaitement, vu qu'il ne me restait plus qu'un couteau. Mes flingues me manquaient terriblement.

Le téléphone posé sur la table de nuit sonna. Je bondis hors de ma chaise et me jetai dessus, terrifiée à l'idée qu'il réveille Monica. Je collai le combiné contre ma bouche et parlai tout bas, pendant que mon cœur battait la chamade.

— Oui ?

— Anita ?

C'était Edward.

— Comment as-tu su où j'étais ?

— Tout ce qui compte, c'est que si j'ai pu te trouver, quelqu'un d'autre le pourra également.

— Le contrat court toujours ?

— Oui.

— Et merde. Et la limite dans le temps ?

— Elle a été repoussée de vingt-quatre heures supplémentaires.

— Et ben… Ils veulent vraiment ma peau.

— Tu devrais disparaître de la circulation un moment, Anita.

— Tu veux dire, me planquer ?

— Ouais.

— Je croyais que tu voulais m'utiliser comme appât.

— Si tu restes à découvert, nous aurons besoin de plus de gardes du corps. Les vampires et les loups-garous ont beau être des monstres, ce sont quand même des amateurs. Nous sommes des professionnels, c'est ce qui nous donne l'avantage. Je suis bon, mais je ne peux pas être partout.

— Et tu ne peux pas me suivre dans les toilettes des dames.

Je l'entendis soupirer.

— J'ai merdé.

— Moi aussi, j'ai été imprudente, Edward.

— Donc, tu es d'accord ?

— Pour me planquer ? Ouais. Tu as un endroit en tête ?

— Il se trouve que oui.

— Je n'aime pas le ton de ta voix, Edward.

— C'est l'endroit le plus sûr de la ville, et il est déjà équipé en gardes du corps.

— De quoi veux-tu parler ? m'enquis-je, soupçonneuse.

— Du Cirque des Damnés.

— Tu as perdu la tête, ou quoi ?

— C'est la retraite diurne du Maître de la Ville, Anita. Une véritable forteresse. Jean-Claude a scellé le tunnel par lequel nous sommes passés pour atteindre Nikolaos. Plus personne ne peut y entrer sans sa permission.

— Tu voudrais que je passe la journée au milieu de vampires ? Pas question.

— Tu préfères retourner chez Richard ? Tu peux

m'expliquer comment tu seras en sécurité là-bas ? Ou n'importe où ailleurs en surface ?

— Putain, Edward…

— J'ai raison, et tu le sais.

Je voulus protester, mais il avait effectivement raison. Le cirque était l'endroit le plus sûr que je connaissais. Il possédait même ses propres donjons. Mais l'idée de m'y enfermer volontairement me faisait frémir.

— Je n'ai pas encore fermé l'œil. Comment pourrais-je me reposer entourée de vampires, aussi amicaux qu'ils soient ?

— Jean-Claude t'offre son lit. Et avant que tu te mettes en colère : il propose de dormir dans son cercueil.

— Ouais. C'est ce qu'il dit maintenant.

— Je ne m'inquiète pas pour ta vertu, Anita. Je m'inquiète pour ta vie. Et je reconnais que je ne peux pas te protéger. Je suis bon. Je suis le meilleur que l'argent puisse acheter, mais je ne suis qu'un homme seul. Un homme seul, aussi doué soit-il, ne suffira pas.

Ça, c'était terrifiant. Edward admettait que la situation le dépassait. Je croyais que ça n'arriverait jamais de mon vivant. En fait, ça avait bien failli ne pas arriver de mon vivant.

— D'accord, je vais le faire, soupirai-je. Mais pour combien de temps ?

— Tu te planques, et j'en profite pour mener mon enquête. Si je ne suis pas obligé de te surveiller, je progresserai plus vite.

— Combien de temps ? insistai-je.

— Un jour, peut-être deux.

— Et si les gens qui me cherchent découvrent que je suis au cirque ?

— Ils essaieront de te tuer là-bas, répondit Edward, pragmatique.

— Que se passera-t-il alors ?

— Si toi, une demi-douzaine de vampires et presque autant de loups-garous ne réussissez pas à les en empêcher, personne ne réussira de toute façon.

— Toi, tu sais rassurer les filles.

— Je te connais, Anita. Si je me montrais plus rassurant, tu refuserais de te planquer.

— Vingt-quatre heures, Edward. Ensuite, il faudra trouver autre chose. Je ne me tapirai pas au fond d'un trou en attendant qu'on vienne me buter.

— Entendu. Je passerai te prendre après que tu auras fait ta déposition aux flics.

— D'où tiens-tu tes informations ?

Il éclata d'un rire dur.

— Si je sais où tu seras, quelqu'un d'autre peut le savoir aussi. A ta place, je demanderais à mes copains les flics s'ils ont un gilet en rabe.

— Tu veux dire, un gilet pare-balles ?

— Un gilet de soirée ne te servirait pas à grand-chose.

— Tu essayes de me faire peur ?

— Oui.

— Tu te débrouilles vachement bien.

— Merci. Ne sors pas du commissariat avant mon arrivée. Evite de te mettre à découvert autant que tu pourras.

— Tu crois vraiment que quelqu'un d'autre tentera de me descendre ce soir ?

— A partir de maintenant, mieux vaut prévoir le pire, Anita. Je ne veux plus courir le moindre risque. A plus.

Il raccrocha avant que je puisse ajouter quoi que ce soit.

Je restai debout, le téléphone à la main et la terreur au cœur. Dans l'affolement suscité par les contractions de Monica, j'avais presque oublié que quelqu'un essayait de me tuer. Ce qui était un très mauvais réflexe.

Au lieu de raccrocher, je composai le numéro de Richard. Il décrocha à la deuxième sonnerie, ce qui signifiait qu'il était encore debout. Qu'il m'attendait. Et merde.

— Richard, c'est moi.

— Anita, où es-tu ? (Son soulagement initial laissa

très vite place à de la prudence.) Je veux dire, tu comptes rentrer ici ce soir ?

La réponse était non, mais pas pour la raison qu'il craignait. Je lui racontai ce qui s'était passé en faisant le plus court possible.

— Qui a eu l'idée de te faire héberger par Jean-Claude ? demanda-t-il avec une colère mal contenue.

— Je ne me fais pas héberger par Jean-Claude. Je me fais héberger par le Cirque des Damnés.

— Quelle est la différence ?

— Ecoute, Richard, je suis trop fatiguée pour me disputer avec toi. C'est Edward qui a eu l'idée, et tu sais qu'il apprécie Jean-Claude encore moins que toi.

— J'en doute, répliqua-t-il.

— Richard, je ne t'ai pas appelé pour me battre avec toi. Je t'ai appelé pour te tenir au courant.

— J'apprécie l'intention. (Je n'avais jamais entendu autant de sarcasme dans sa voix.) Tu auras besoin de tes fringues ?

— Et merde. Je n'avais même pas pensé à ça.

— Je te les apporterai au cirque.

— Tu n'es pas obligé de faire ça, Richard.

— Tu ne veux pas que je le fasse ?

— Pas du tout. J'adorerais avoir mes affaires, et pas seulement mes fringues, si tu vois ce que je veux dire.

— Je t'apporte le tout.

— Merci.

— Et j'apporte aussi *mes* affaires.

— Tu crois que c'est une bonne idée ?

— J'ai déjà dormi au cirque. Souviens-toi, j'étais l'un des loups de Jean-Claude autrefois.

— Je me souviens. Ne devrais-tu pas lui demander la permission avant de t'inviter chez lui ?

— Je l'appellerai avant de passer. A moins que tu ne veuilles pas que je reste, ajouta-t-il sur un ton très neutre.

— Si ça ne dérange pas Jean-Claude, j'en serai ravie. Ton soutien moral me fera du bien.

Il expira bruyamment, comme s'il avait retenu son souffle en attendant ma réponse.

— Parfait. Parfait. On se voit là-bas.

— Il faut d'abord que je fasse ma déposition aux flics à propos de l'incident à la *Danse mortelle*. Ça pourrait prendre une heure ou deux, alors, tu n'es pas obligé de te presser.

— Tu as peur que Jean-Claude me fasse du mal ? (Il garda le silence quelques instants avant d'ajouter :) Ou que je fasse du mal à Jean-Claude ?

J'y réfléchis.

— Je m'inquiète pour toi, c'est tout.

— Ravi de l'entendre, dit-il.

Et j'entendis le sourire dans sa voix.

Si je m'inquiétais pour Richard, c'est parce qu'il n'était pas un tueur. Jean-Claude, si. Richard déclencherait peut-être une bagarre, mais Jean-Claude irait jusqu'au bout. Toutefois, je me gardai bien de le mentionner. Richard n'aurait pas apprécié.

— J'ai hâte de te retrouver, ajouta-t-il.

— Même au cirque ?

— N'importe où. Je t'aime.

— Je t'aime aussi.

Nous raccrochâmes. Aucun de nous deux n'avait dit au revoir. Une omission freudienne, sans doute.

J'aurais parié que Richard et Jean-Claude trouveraient une raison de se battre, et j'étais trop lasse pour intervenir. Mais si j'avais demandé à Richard de rester en dehors de tout ça, il aurait supposé que je voulais être seule avec Jean-Claude, ce qui n'était certainement pas le cas. Donc, ils se battraient. J'étais mal placée pour m'en plaindre : moi aussi, j'avais l'intention de me battre – avec Jean-Claude et Damian. Ils avaient contrevenu à la loi, si gravement qu'en m'adressant au bon juge, j'aurais pu obtenir un mandat d'exécution au nom de Damian.

Bref, ça allait être l'empoignade générale.

Je me demandai où nous allions tous dormir, et avec qui.

21

Le Cirque des Damnés est un mélange de fête foraine ambulante, de cirque et d'un des cercles les plus inférieurs de l'enfer. Sur la devanture, des clowns à canines pointues dansent au-dessus de l'enseigne au néon. Des affiches placardées sur la façade clament : « Regardez des zombies sortir de la tombe », ou « Admirez la lamie, mi-serpent mi-femme ». Et ce n'est pas de la publicité mensongère : tout est absolument réel. Pas d'arnaque au Cirque des Damnés. C'est l'une des rares attractions vampiriques qui accueillent les enfants. Si j'avais un gamin, jamais je ne l'amènerais ici. Même moi, je ne m'y sens pas en sécurité.

Edward était passé me prendre devant le commissariat, comme promis. En fin de compte, ma déposition avait pris trois heures. Et la seule raison pour laquelle les flics m'avaient enfin lâchée, c'est que Bob, le mari de Catherine, leur avait dit de m'inculper ou de me laisser rentrer chez moi. Franchement, je pensais qu'ils allaient m'inculper. Mais j'avais trois témoins qui affirmaient que j'avais agi en état de légitime défense, des témoins que je n'avais jamais rencontrés avant ce soir. Ça avait joué en ma faveur. En général, l'adjoint du procureur n'inculpe pas dans les cas de légitime défense. En général.

Edward me guida vers une porte latérale. Il n'y avait ni lumière ni pancarte, mais il n'y avait pas non plus de poignée à l'extérieur du battant en acier blindé. Edward frappa. La porte s'ouvrit, et nous entrâmes au Cirque des Damnés.

Jason referma derrière nous. Je l'avais manqué un peu plus tôt à la boîte de nuit. Sinon, je n'aurais pas pu oublier son costume. Il portait un T-shirt en plastique sans manches moulé sur sa poitrine, et un pantalon en tissu bleu froissé qui ressemblait à de l'aluminium coloré. Des fenêtres de plastique ovales exposaient ses cuisses, ses mollets et une de ses fesses, comme je pus le voir quand il pivota sur lui-même pour que je puisse l'admirer.

Je secouai la tête en souriant.

— Dis-moi que Jean-Claude ne t'a pas obligé à porter ça dehors, là où des gens auraient pu te voir.

Jason grimaça.

— Tu n'aimes pas ?

— Pas des masses, non.

— Vous discuterez de mode plus tard, dans un endroit plus sûr, intervint Edward.

Il jeta un coup d'œil à la porte sur notre droite, qui conduisait à la partie principale du cirque. Elle n'était jamais verrouillée, même si la pancarte qui la surplombait disait « Accès réservé au personnel ». Nous nous trouvions dans une salle aux murs de pierre nue, éclairée par un unique plafonnier. Une réserve. Une troisième porte se dressait dans le mur du fond. Je savais que derrière, un escalier descendait vers le sous-sol où les vampires logeaient pendant la journée.

— Je serai bientôt six pieds sous terre, Edward, et pas de la façon qui te préoccupe.

Il me fixa un long moment.

— Tu m'as promis de rester planquée pendant vingt-quatre heures, me rappela-t-il. De ne sortir d'ici sous aucun prétexte. Ne t'aventure même pas dans la partie principale du cirque pendant les heures d'ouverture au public. Reste en bas, un point c'est tout.

— Chef, oui, chef.

— Ce n'est pas une plaisanterie, Anita.

Je tirai sur le gilet pare-balles que j'avais enfilé par-dessus ma robe. Evidemment, il était trop grand pour moi, et il me tenait horriblement chaud.

— Si je trouvais ça drôle, je ne porterais pas ce truc, fis-je remarquer.

— Quand je reviendrai, je t'apporterai quelque chose d'un peu plus seyant, promit-il.

Je croisai son regard bleu pâle et y décelai quelque chose que je n'y avais encore jamais vu. De l'inquiétude.

— Tu crois vraiment qu'ils vont me tuer, n'est-ce pas ?

Il ne détourna pas les yeux. Il ne frémit pas. Mais ce que je lus sur son visage me le fit regretter.

— Quand je reviendrai demain, j'amènerai des renforts.

— Quel genre de renforts ?

— Mon genre.

— Qu'est-ce que ça signifie ?

Il secoua la tête.

— Vingt-quatre heures, ça signifie que tu restes planquée jusqu'à demain matin, Anita. Avec un peu de chance, j'aurai trouvé le nom du commanditaire d'ici là, et nous pourrons nous occuper de lui. Ne commets pas d'imprudence pendant mon absence.

Je voulus dire quelque chose de désinvolte, voire de carrément taquin, comme « Je ne savais pas que tu tenais autant à moi ». Mais je ne pus pas. Je ne pouvais pas plaisanter face à ce regard si sérieux.

— Je serai prudente, promis-je.

Edward hocha la tête.

— Verrouillez la porte derrière moi.

Il sortit, et Jason verrouilla la porte.

— Pourquoi est-ce que ce type me fait si peur ? se demanda-t-il à voix haute, en secouant la tête d'un air incrédule.

— Parce que tu n'es pas un imbécile ? suggérai-je.

Il sourit.

— Merci.

— Dépêchons-nous de descendre.

— Tu es nerveuse ?

— La nuit a été longue, Jason. Je n'ai plus envie de jouer.

— Très bien. Je te suis.

J'ouvris la porte qui donnait sur l'escalier de pierre. Les marches étaient assez larges pour que nous puissions les descendre ensemble. En fait, elles étaient même assez larges pour laisser passer une troisième personne de front, comme si elles avaient été taillées pour des choses plus massives qu'un corps humain.

Jason referma la porte un peu trop brusquement dans mon dos, et je sursautai. Il ouvrit la bouche pour faire une remarque, mais mon expression l'en dissuada. Le petit discours d'Edward m'avait mis les nerfs à vif. Si je ne me connaissais pas aussi bien, j'aurais dit que j'avais la trouille. Nooon.

Jason me précéda dans l'escalier, exagérant son déhanchement pour mettre ses fesses en valeur.

— Laisse tomber. Je ne suis pas une voyeuse.

— Tu n'aimes pas la vue ?

Il s'adossa au mur, les mains croisées dans le dos et le torse bombé. J'éclatai de rire et le dépassai, en laissant courir mes ongles le long de son T-shirt. Celui-ci était aussi solide et lisse que la carapace d'un hanneton.

— Est-ce que c'est aussi peu confortable que ça en a l'air ? m'enquis-je, curieuse.

Il me rattrapa.

— Ça va. Et les dames ont eu l'air de beaucoup apprécier, à la *Danse mortelle*.

Je lui jetai un coup d'œil en biais.

— Je n'en doute pas.

— J'adore flirter.

— Sans déconner ?

Il gloussa.

— Pour quelqu'un qui désapprouve, tu as un sacré paquet de types aux trousses.

— Peut-être justement parce que je ne flirte pas avec eux.

Jason garda le silence quelques instants.

— Tu veux dire qu'ils en redemandent parce que tu ne réagis pas à leurs tentatives de drague ? Parce qu'ils te considèrent comme un défi ?

— Quelque chose comme ça.

Nous arrivions en vue d'un tournant. En principe, je déteste ne pas voir ce qu'il y a devant moi. Mais cette fois, j'étais invitée. Je n'étais pas venue tuer un des occupants du cirque. Les vampires se montrent beaucoup plus amicaux quand vous n'essayez pas de les tuer.

— Richard est déjà là ?

— Pas encore. (Jason tourna la tête vers moi pour me dévisager.) Tu crois vraiment que c'est une bonne idée de les faire séjourner sous le même toit ?

— Absolument pas.

— Au moins, nous sommes d'accord sur un point.

La porte qui se dressait au bas de l'escalier était en bois sombre et épais, renforcée de barres métalliques. Elle ressemblait à un portail d'une autre époque – une époque où les donjons étaient en vogue, où les chevaliers sauvaient les demoiselles en détresse ou massacraient les paysans sans que personne y trouve à redire, à part peut-être les paysans eux-mêmes.

Jason sortit une clé de la poche de son pantalon. Il déverrouilla la porte et poussa. Le battant s'ouvrit sans bruit sur ses gonds huilés.

— Depuis quand as-tu une clé ? interrogeai-je.

— Je vis ici, maintenant.

— Et la fac ?

Il haussa les épaules.

— Ça ne me paraît plus si important.

— Tu as l'intention d'être le loup de garde de Jean-Claude pendant longtemps ?

— Je m'amuse bien.

Je secouai la tête.

— Je lutte bec et ongles pour garder mon indépendance, et toi, tu t'abandonnes. Je ne te comprends pas.

— Tu as une licence, n'est-ce pas ?

— Oui.

— Moi, non. Et pourtant, nous sommes tous les deux au même endroit.

Là, il marquait un point.

Il s'effaça pour me laisser passer, avec une profonde courbette qui puait l'imitation de Jean-Claude. Quand Jean-Claude le faisait, c'était un geste galant et spontané. Venant de Jason, ce n'était que caricatural.

La porte donnait sur le salon de Jean-Claude. Le plafond était si haut qu'il se perdait dans les ténèbres, mais des draperies de soie blanche et noire formaient des murs de tissu sur trois côtés. Le quatrième était un mur de pierre nue, peint en blanc. La cheminée de pierre blanche, avec son dessus de cheminée en marbre blanc veiné de noir, semblait d'origine, mais je savais qu'elle ne l'était pas. Un pare-feu en argent dissimulait le foyer. Quatre fauteuils noir et argent étaient groupés autour d'une table de salon en bois et en verre, sur laquelle trônait un vase noir rempli de tulipes blanches. Mes talons hauts s'enfonçaient dans l'épaisse moquette noire.

Depuis ma dernière visite, Jean-Claude avait ajouté à la décoration une pièce dont la vue m'arrêta net : un tableau accroché au-dessus de la cheminée. Il représentait trois personnes vêtues et coiffées dans le style du XVIIe siècle. La femme portait une robe blanche et argent, avec un corset dont le décolleté carré laissait entrevoir une poitrine généreuse. Ses cheveux bruns étaient tire-bouchonnés en anglaises. Dans une main, elle tenait une rose rouge.

Un homme grand et mince était debout derrière elle ; lui aussi portait ses cheveux blond foncé en anglaises qui se répandaient sur ses épaules. Il avait une moustache et une barbe à la Van Dyck, d'un blond si foncé qu'elles semblaient presque brunes. Il portait un chapeau mou à large bord, orné de plumes, et des vêtements blanc et or. Mais ce fut l'autre homme qui me poussa à me rapprocher pour mieux examiner le tableau.

Assis juste derrière la femme, il portait des vêtements noirs brodés de fils d'argent, ainsi qu'un large col de dentelle et des manchettes assorties. Son chapeau noir orné d'une unique plume blanche et d'une boucle en argent reposait dans son giron. Des anglaises noires encadraient son visage rasé de près, et l'artiste avait réussi à rendre le bleu de ses yeux – un bleu dans lequel on aurait pu se noyer.

Je contemplais le visage de Jean-Claude, peint plusieurs centaines d'années avant ma naissance. Les deux autres personnages souriaient. Lui seul arborait une expression solennelle. Il était l'obscurité qui contrastait avec leur lumière. L'ombre de la mort venue planer sur le bal.

Je savais que Jean-Claude était vieux de plusieurs siècles, mais je n'en avais jamais contemplé de preuve aussi flagrante, aussi brutale. Ce portrait me mettait mal à l'aise pour une autre raison : il me poussait à me demander si Jean-Claude ne m'avait pas menti au sujet de son âge réel.

Un bruit me fit pivoter. Jason venait de s'affaler dans l'un des fauteuils. Jean-Claude se tenait derrière moi. Il avait ôté sa veste, si bien que ses boucles noires s'étaient déployées sur les épaules de sa chemise écarlate. Comme son col, ses manchettes longues et serrées aux poignets étaient fermées par trois perles noires antiques. Sans sa veste pour distraire l'œil, le pâle ovale de sa peau encadré par le tissu rouge scintillait. Les pans de la chemise recouvraient ses mamelons mais laissaient son nombril à nu, attirant le regard vers le haut de son pantalon. Ou peut-être m'attirant tout court. C'était une mauvaise idée de venir ici. Jean-Claude était aussi dangereux que l'assassin, voire davantage. Dangereux d'une façon qu'il n'existait pas de mots pour exprimer.

Il glissa vers moi dans ses bottes noires. Je le regardai approcher comme un daim pris dans les phares d'une voiture. Je m'attendais à ce qu'il flirte avec moi, ou me demande si le tableau me plaisait. Au lieu de quoi, il réclama :

— Parle-moi de Robert. Les policiers m'ont dit qu'il était mort, mais ils n'y connaissent rien. Tu as vu son corps. Est-il vraiment mort ?

Sa voix était lourde d'inquiétude, à un point qui me surprit.

— Les meurtriers ont pris son cœur.

— S'ils l'ont seulement empalé, il a une chance de survivre, pourvu qu'on enlève le pieu.

Je secouai la tête.

— Non : ils lui ont complètement enlevé le cœur. Nous ne l'avons trouvé ni dans la maison, ni dans le jardin.

Jean-Claude se figea. Brusquement, il se laissa tomber dans un fauteuil, fixant le vide... Ou quelque chose que je ne pouvais pas voir.

— Dans ce cas, il est bel et bien perdu.

Sa voix convoyait son chagrin comme elle convoie parfois son rire, et je sentis ses mots tomber sur moi comme une pluie grise et froide.

— Vous traitiez Robert comme un chien, fis-je remarquer. Pourquoi tous ces pleurs et ces gémissements ?

Il leva les yeux vers moi.

— Je ne pleure pas.

— Mais vous le traitiez si mal !

— J'étais son maître. Si je l'avais traité avec plus de gentillesse, il aurait considéré ça comme un signe de faiblesse. Il m'aurait défié, et je l'aurais tué. Ne critique pas ce que tu n'es pas en mesure de comprendre.

Cette dernière phrase contenait assez de colère pour que je sente un courant d'air chaud sur ma peau. En temps normal, je me serais rebiffée, mais ce soir...

— Je m'excuse. Vous avez raison. Je pensais que vous ne vous souciiez de Robert que dans la mesure où il pouvait augmenter votre pouvoir.

— Dans ce cas, tu ne me comprends pas du tout, ma petite. Il a été mon compagnon pendant plus d'un siècle. Au bout d'un laps de temps pareil, je déplorerais même la disparition d'un ennemi. Robert n'était pas mon ami, mais il m'appartenait. C'était à moi de le punir, à moi de le récompenser, à moi de le protéger. Et j'ai failli à ma tâche.

Il me fixa de ses yeux étranges.

— Je te suis reconnaissant de t'être occupée de Monica. La dernière chose que je puisse faire pour

Robert, c'est prendre soin de sa femme et de son enfant. Ils ne manqueront jamais de rien.

Il se leva d'un mouvement fluide.

— Viens, ma petite. Je vais te montrer notre chambre.

Je n'aimais pas beaucoup le « notre », mais je ne discutai pas. Ce nouveau Jean-Claude, version améliorée et émotive, m'avait complètement désarçonnée.

— Qui sont les deux autres personnages du tableau ? demandai-je.

Il lui jeta un coup d'œil.

— Julianna et Asher. Elle était sa servante humaine. Nous avons voyagé ensemble pendant plus de vingt ans.

Bien. A présent, il ne pouvait plus prétendre que les vêtements étaient de simples costumes.

— Vous êtes trop jeune pour avoir été mousquetaire.

Il me dévisagea, impassible.

— Que veux-tu dire, ma petite ?

— N'essayez pas de vous dérober. Vos fringues datent du XVIIe siècle, de l'époque approximative à laquelle se déroule *Les Trois Mousquetaires* de Dumas. Lors de notre première rencontre, vous m'avez affirmé que vous aviez deux cents dix ans. J'ai fini par comprendre que vous m'aviez menti, et que vous étiez plus proche des trois siècles.

— Si Nikolaos avait connu mon âge véritable, elle aurait pu me tuer, ma petite.

— Je reconnais que l'ancien Maître de la Ville était une vraie salope. Mais elle est morte à présent. Pourquoi continuer à mentir ?

— Tu veux dire, pourquoi te mentir, à toi ?

J'acquiesçai.

— Oui, c'est ce que je veux dire.

Il sourit.

— Tu es une nécromancienne, ma petite. Je pensais que tu devinerais mon âge véritable sans que j'aie besoin de te l'indiquer.

Je tentai de déchiffrer son expression et n'y parvins pas.

— Vous avez toujours été difficile à lire, vous le savez bien.

— Ravi d'apprendre que je constitue un défi pour toi sur un point au moins.

Je laissai filer. Il savait exactement à quel point il constituait un défi pour moi, mais pour la première fois depuis très longtemps, je doutais de mes propres capacités. Deviner l'âge d'un vampire faisait partie de mes talents, même si ce n'était pas une science exacte. Jamais je ne m'étais trompée d'autant.

— Un siècle de plus. Ça alors…

— Es-tu certaine que ce soit seulement un siècle ?

Je le fixai. Je laissai son pouvoir pulser sur ma peau, me concentrai sur sa sensation dans ma tête.

— Relativement certaine.

Il sourit.

— Ne fronce pas les sourcils ainsi, ma petite. Etre capable de cacher mon âge est l'un de mes dons. Quand Asher était mon compagnon, je prétendais avoir un siècle de plus. Cela nous donnait la liberté d'arpenter le territoire d'autres maîtres.

— Qu'est-ce qui vous a convaincu d'arrêter de vous faire passer pour plus vieux que vous ne l'êtes ?

— Asher avait besoin d'aide, et je n'étais pas assez puissant pour la lui apporter. (Il leva les yeux vers le portrait.) Je… me suis humilié pour le tirer d'affaire.

— Pourquoi ?

— L'église nourrissait une théorie selon laquelle les vampires pouvaient être guéris à l'aide d'objets saints. Des prêtres ont attaché Asher avec des chaînes en argent, et ils ont fait couler de l'eau bénite sur lui, goutte à goutte, pour essayer de sauver son âme.

Je scrutai son visage séduisant et souriant. Une fois, je m'étais fait mordre par un maître vampire, et j'avais demandé à Edward de nettoyer la blessure avec de l'eau bénite. J'avais eu l'impression qu'il me marquait avec un fer chauffé au rouge, que tout mon sang s'était changé en huile bouillante dans mes veines. J'avais vomi et hurlé, et je m'étais sentie très fière d'avoir réussi à ne pas m'évanouir. Et ça n'avait été qu'une seule morsure, une seule fois. Qu'on vous fasse couler dessus ce qui équivaut à de l'acide jusqu'à ce que mort s'ensuive, c'est une sale façon de casser votre pipe. Au hit-parade des choses à éviter, elle doit figurer dans les cinq de tête.

— Qu'est devenue la fille, Julianna ?

— Elle a été brûlée en tant que sorcière.

— Où étiez-vous ?

— J'avais pris le bateau pour aller voir ma mère, qui était mourante. J'étais sur le chemin du retour quand j'ai reçu l'appel d'Asher. Je n'ai pas pu arriver à temps. Par tout ce qui est saint ou maudit en ce monde, je te jure que j'ai essayé. J'ai pu sauver Asher, mais il ne m'a jamais pardonné.

— Il n'est pas mort ?

— Non.

— Dans quel état l'avez-vous retrouvé ?

— Jusqu'à ce que je rencontre Sabin, je pensais que les blessures d'Asher étaient les pires auxquelles un vampire puisse survivre.

— Pourquoi avez-vous accroché ce tableau s'il vous perturbe à ce point ? m'étonnai-je.

Jean-Claude soupira.

— Asher me l'a fait envoyer quand je suis devenu Maître de la Ville – un petit cadeau de félicitations. Julianna, lui et moi, nous étions compagnons ; nous formions presque une famille. Asher et moi étions de véritables amis, tous deux maîtres d'un pouvoir presque égal, tous deux amoureux de Julianna. Elle était sa servante, mais j'avais également ses faveurs.

— Vous voulez dire… Un ménage à trois ?

Il acquiesça.

— Et Asher ne vous en veut plus ?

— Oh que si ! Si le conseil l'y autorisait, il serait venu avec le tableau pour se venger.

— Pour vous tuer ?

— Asher a toujours eu un sens de l'ironie très développé, ma petite. C'est ta vie qu'il a réclamée au conseil, pas la mienne.

J'écarquillai les yeux.

— Mais je ne le connais même pas ! protestai-je. Qu'est-ce que je lui ai fait ?

— J'ai tué sa servante humaine ; il veut tuer la mienne. Ça lui semblerait équitable.

— Et le conseil a refusé ?

— Oui.

— Vous avez d'autres vieux ennemis de ce genre ?

Jean-Claude esquissa un faible sourire.

— Des tas, mais aucun qui soit en ville en ce moment.

Je levai les yeux vers ces visages souriants. Je ne savais pas comment le dire, mais je le dis quand même.

— Vous avez tous l'air si jeune…

— Physiquement, je n'ai pas changé, ma petite, fit remarquer Jean-Claude.

Je secouai la tête.

— Jeune n'est pas tout à fait le mot que je cherchais. Peut-être… naïf ?

Il sourit.

— A l'époque où ce portrait a été peint, naïf n'était déjà plus un terme adéquat pour me définir.

— D'accord, comme vous voudrez.

Je le dévisageai, étudiant ses traits. Il était très beau, mais il y avait quelque chose dans ses yeux qui ne figurait pas sur le tableau, une sorte de chagrin ou d'horreur contenue. Je ne savais pas comment le décrire, mais c'était bien là. Les vampires n'ont peut-être pas de rides, mais deux siècles d'existence laissent leur marque sur eux. Même si ce n'est qu'une ombre dans le regard ou une tension autour de la bouche.

Je pivotai vers Jason, toujours affalé dans son fauteuil.

— Il donne souvent ces petites leçons d'histoire ?

— Seulement à toi.

— Tu ne lui poses jamais de questions ?

— Je ne suis que son familier. Les familiers ne sont pas censés poser des questions à leur maître.

— Et ça ne t'ennuie pas ?

Il grimaça.

— Pourquoi me soucierais-je de ce tableau ? La femme est morte ; je ne peux pas la baiser.

Je sentis Jean-Claude me dépasser, mais ne pus le suivre du regard. Son poing jaillit. Le fauteuil bascula par terre, entraînant Jason dans sa chute. Une tache écarlate fleurit au coin de sa bouche.

— Ne parle plus jamais d'elle ainsi, gronda Jean-Claude.

Jason porta le dos de sa main à ses lèvres et la retira couverte de sang.

— Comme vous voudrez, répondit-il nonchalamment.

Puis il entreprit de se nettoyer la main à grands coups de langue d'une lenteur délibérée.

Je les regardai tour à tour.

— Vous êtes aussi cinglés l'un que l'autre.

— Pas cinglés, ma petite, corrigea Jean-Claude : seulement pas humains.

— Etre un vampire ne vous donne pas le droit de traiter les gens comme ça. Richard ne bat pas ses fidèles.

— C'est pourquoi il ne réussira jamais à tenir la meute.

— Qu'est-ce que c'est censé signifier ?

— Même s'il ravale ses nobles idéaux et tue Marcus, il ne fera pas preuve d'une cruauté suffisante pour effrayer les autres. On le défiera encore et encore. A moins qu'il commence à massacrer des gens, il finira par mourir.

— Brutaliser des gens ne le gardera pas en vie.

— Ça aiderait. La torture fonctionne bien, mais je doute que Richard ait assez de tripes pour y recourir.

— Je n'en aurais pas assez non plus.

— Mais tu laisses le sol jonché de cadavres dans ton sillage, ma petite. Tuer, c'est l'argument le plus dissuasif qui soit.

J'étais trop fatiguée pour poursuivre cette conversation.

— Il est cinq heures du matin. Je veux aller au lit.

Jean-Claude sourit.

— D'habitude, tu n'es pas si coopérative, ma petite.

— Vous savez très bien ce que je veux dire.

Il fit un pas glissant vers moi. Il ne me toucha pas, mais s'immobilisa à quelques centimètres de moi et me toisa.

— Je sais exactement ce que tu veux dire, ma petite.

Une vague de chaleur remonta le long de mon cou. Ses mots étaient innocents, mais dans sa bouche, ils avaient quelque chose d'intime, de presque obscène.

Jason redressa le fauteuil et se leva en léchant le sang au coin de sa bouche. Il ne dit rien, se contentant de nous observer comme un chien bien dressé, qu'on voit mais qu'on n'entend pas.

Jean-Claude recula. Je le sentis bouger, mais une fois de plus, je ne pus le suivre avec mes yeux. Il y a encore quelques mois, j'aurais eu l'impression d'assister à un tour de magie, comme s'il s'était téléporté d'un mètre en arrière.

Il me tendit la main.

— Viens, ma petite. Retirons-nous pour la journée.

Je lui avais déjà tenu la main, alors pourquoi restai-je plantée là à le fixer comme s'il m'offrait le fruit défendu, le fruit dans lequel il suffirait que je morde une fois pour que tout change ?

Il avait près de quatre siècles. Son visage d'antan me regardait d'un air solennel depuis la toile, et juste en dessous, le Jean-Claude d'aujourd'hui me fixait avec les mêmes yeux incroyablement bleus. Si j'avais jamais eu besoin de preuve, j'en tenais une. Il avait frappé Jason comme un chien pour lequel il n'avait pas d'affection particulière. Et pourtant, il était si beau que j'en avais le cœur serré.

Je voulais lui prendre la main. Glisser les miennes sous sa chemise rouge et explorer cet ovale de chair offerte. Au lieu de quoi, je croisai les bras sur mon ventre et secouai la tête.

Son sourire s'élargit jusqu'à révéler un soupçon de crocs.

— Tu m'as déjà tenu la main, ma petite. Pourquoi est-ce différent ce soir ? demanda-t-il, une pointe de raillerie dans la voix.

— Contentez-vous de m'indiquer la chambre, Jean-Claude.

Il laissa retomber son bras, mais ne parut pas offensé. Bien au contraire : il semblait presque réjoui, ce qui eut le don de m'agacer.

— Jason, dis à Richard de nous rejoindre quand il arrivera, mais annonce-le avant de le faire entrer. Je ne veux pas être interrompu.

— Comme vous voudrez, répéta Jason.

Il nous regarda, me regarda avec une grimace pleine de sous-entendus. Même les loups pensaient que je couchais avec Jean-Claude. Il avait un sacré toupet. Mais je n'osai pas le détromper : des protestations trop véhémentes auraient eu l'air louche, y compris à mes propres yeux.

— Contente-toi de nous amener Richard quand il arrivera, ordonnai-je sèchement. Tu n'interrompras rien du tout.

J'avais fixé Jean-Claude en prononçant la dernière phrase. Il éclata de rire, ce son chaud et presque tangible qui me caressait la peau comme de la soie.

— Même ta résistance à la tentation s'amenuise, ma petite.

Je haussai les épaules. J'aurais bien affirmé le contraire, mais il pouvait sentir le mensonge. Et même un loup-garou ordinaire pouvait sentir le désir. Jason n'était pas un loup-garou ordinaire. Tous les occupants de cette pièce savaient que j'avais envie de Jean-Claude. Et alors ?

— Non est l'un de mes mots préférés, Jean-Claude. Vous devriez le savoir, depuis le temps.

Le rire s'évanouit de son visage, laissant ses yeux si bleus brillants, mais pas de bonne humeur. Quelque chose de plus sombre et de plus assuré me regardait par ses prunelles.

— C'est l'espoir et l'espoir seul qui me fait survivre, ma petite.

Il écarta les draperies noires et blanches, révélant les pierres grises et nues qui composaient les murs de la pièce. Devant nous, un large couloir s'enfonçait dans les profondeurs du labyrinthe. Les flammes de plusieurs torches brillaient au-delà de la douce lumière électrique du salon. Clarté primitive et clarté moderne découpaient la silhouette immobile de Jean-Claude, projetaient des ombres sur une moitié de son visage et faisaient danser des reflets dans ses yeux. Ou peut-être ces reflets émanaient-ils de quelque chose à l'intérieur de lui.

— Y allons-nous, ma petite ?

Je m'aventurai dans la gueule béante du couloir. Jean-Claude ne tenta pas de me toucher lorsque je passai près de lui. Je lui aurais attribué un bon point pour s'être abstenu, si je ne l'avais pas connu aussi bien. Il attendait le moment opportun, voilà tout. S'il me touchait maintenant, il risquait de me mettre en colère. Alors que plus tard... Même moi, je ne pouvais pas garantir quand je serais d'humeur à le laisser faire.

Jean-Claude s'engagea à son tour dans le couloir et me dépassa en me regardant par-dessus son épaule.

— Tu m'excuseras, mais tu ne connais pas le chemin qui mène jusqu'à ma chambre.

— J'y suis déjà allée une fois.

— On t'y a déjà portée une fois, alors que tu étais inconsciente et aux portes de la mort, rectifia-t-il. Ça ne compte pas.

Il glissait devant moi, en se déhanchant un peu plus que nécessaire comme l'avait fait Jason dans l'escalier. De la part de Jason, j'avais trouvé ça comique. De la part de Jean-Claude, je trouvais ça foutrement séduisant.

— Vous vouliez juste passer devant pour que je sois forcée de mater votre cul.

Sans se retourner, il me lança :

— Personne ne te force à me mater, ma petite. Même pas moi.

Et c'était la vérité. L'horrible vérité. Si je n'avais pas été attirée par lui depuis le début, dans la partie la plus noire de mon cœur, je l'aurais buté depuis longtemps. Ou j'aurais essayé. J'avais plus de victimes officielles à mon actif que n'importe quel chasseur de primes dans tout le pays. Ce n'est pas pour rien qu'on m'appelle l'Exécutrice. Alors, comment en étais-je arrivée là ? Pourquoi étais-je plus en sécurité dans les profondeurs du Cirque des Damnés, en compagnie des monstres qui le peuplaient, qu'en surface au milieu des humains ? Parce qu'en cours de route, je n'avais pas tué le monstre que j'aurais dû.

Le monstre en question me précédait vers sa chambre. Et il avait le plus beau cul que j'aie jamais vu sur un homme mort.

22

Jean-Claude s'appuya d'une épaule contre le mur. Il avait déjà ouvert la porte, et m'invita à entrer d'un geste aussi ample que gracieux.

Mes talons hauts s'enfonçaient dans l'épaisse moquette blanche. Les murs étaient recouverts de papier peint blanc, orné de minuscules motifs argentés. Une porte blanche se découpait dans le mur de gauche, près du lit à baldaquin. Celui-ci avait des draps de satin blanc, et une douzaine d'oreillers noirs et blancs étaient regroupés à sa tête. Des draperies de couleurs identiques l'enveloppaient partiellement. La coiffeuse de laque noire et la commode occupaient toujours des coins opposés. La tapisserie et la porte étaient des installations récentes. Devinez laquelle des deux me préoccupait le plus.

— Où mène cette porte ? demandai-je.

— A la salle de bains.

Jean-Claude referma derrière lui et me dépassa pour aller s'asseoir sur le bord du lit. Il n'y avait ni chaises ni fauteuils.

— Une salle de bains. Il n'y en avait pas la dernière fois.

— Pas dans sa forme présente, mais elle était là quand même.

Il se laissa aller en arrière, appuyé sur ses coudes. Le mouvement tendit le tissu de sa chemise, révélant encore un peu plus de peau et soulignant la ligne de poils noirs qui courait depuis son nombril et disparaissait sous la ceinture de son pantalon.

Il me sembla que la température de la pièce montait

de quelques degrés. Je défis les attaches velcro de mon gilet pare-balles et l'ôtai.

— Où voulez-vous que je le mette ?

— Où tu voudras.

Sa voix était douce, bien plus intime que les mots eux-mêmes. Je contournai le lit et déposai le gilet de l'autre côté, sur les draps de satin.

Jean-Claude s'allongea totalement, et ses cheveux noirs se déployèrent autour de son visage si pâle. Qu'est-ce qu'il faisait chaud là-dedans…

— Ça vous ennuie si je me lave ?

— Fais comme chez toi, ma petite.

Je me dirigeai vers la salle de bains à reculons, me faufilai à l'intérieur et refermai la porte sur moi avec un intense soulagement. Alors seulement, je pivotai. Et articulai un « ouah » silencieux.

La pièce était longue et étroite, équipée d'un double évier et de miroirs entourés de spots ronds. Les cuvettes étaient en marbre noir veiné de blanc. Chaque robinet, chaque surface métallique brillait d'un éclat argenté. Le plancher était recouvert de moquette noire. Une demi-paroi de glaces sans tain dissimulait les toilettes noires contre le mur de la même couleur. Une autre demi-paroi lui faisait pendant du côté opposé.

Mais le plus époustouflant, c'était la baignoire. On y accédait par trois marches, et elle était assez grande pour accueillir quatre personnes. Le robinet avait la forme d'un cygne d'argent aux ailes déployées. Il n'y avait pas moyen de prendre une douche, alors que c'est ma méthode préférée pour me laver, et le cygne était un peu trop tape-à-l'œil, mais ceci mis à part, c'était ravissant.

Je m'assis sur le rebord de marbre noir et frais. Il était plus de cinq heures du matin, et le manque de sommeil me brûlait les yeux. L'adrénaline qui m'avait envahie lorsqu'Anabelle Smith avait tenté de me tuer avait reflué depuis longtemps. Ce dont j'avais vraiment besoin, c'est que quelqu'un me prenne dans ses bras pour me réconforter. Et, oui, j'avais une vague envie de sexe ; mais ce soir, ça ne figurait pas en tête de ma liste de priorités. Richard et Jean-Claude vous diraient probablement que ça ne figure jamais en tête de ma liste de priorités. Mais c'est leur problème. D'accord, c'est aussi un peu le mien.

Si ç'avait été Richard qui m'avait attendue sur le lit dans la pièce voisine, je lui aurais sauté dessus sans faire de manières. Mais ce n'était pas Richard, et une fois qu'il arriverait, nous dormirions dans le lit de Jean-Claude. Je ne suis pas très portée sur les convenances, mais quand même : coucher pour la première fois avec votre petit ami dans le lit de votre autre petit ami, ça ne se fait pas. Cela dit, les garçons n'étaient pas les seuls à souffrir de tension sexuelle. Je me noyais littéralement dedans.

Richard avait-il raison ? Le fait que Jean-Claude ne soit pas humain était-il la seule chose qui me retenait de lui céder ? Non. Ou du moins, je ne le pensais pas. La seule chose qui me retenait de céder à Richard ? La réponse, malheureusement, était oui, peut-être.

Je me rafraîchis et ne pus m'empêcher de vérifier mon apparence dans le miroir. Mon maquillage s'était un peu effacé, mais l'eyeliner faisait toujours ressortir mes grands yeux sombres, par contraste avec la pâleur de mon teint. Mon blush avait pratiquement disparu, et mon rouge à lèvres s'était mis aux abonnés absents. J'avais un bâton dans mon sac. Je pouvais m'en remettre une couche. Mais ç'eût été admettre que je me souciais de ce que Jean-Claude pensait de moi. Le problème, c'est que je m'en souciais bel et bien. Pourtant, forte tête que je suis, je m'abstins de me remaquiller. Et je regagnai la chambre en l'état – qu'il en pense ce qu'il voudrait.

En appui sur un coude, il me regarda sortir de la salle de bains.

— Comme tu es belle, ma petite…

Je secouai la tête.

— Jolie, je veux bien, mais pas belle.

Il pencha la tête sur le côté, et ses cheveux bouclés tombèrent en un rideau soyeux sur son épaule.

— Qui t'a dit que tu n'étais pas belle ?

Je m'adossai à la porte.

— Quand j'étais petite, mon père s'approchait souvent derrière ma mère. Il lui passait les bras autour de la taille, enfouissait son visage dans ses cheveux et disait : « Comment va la plus belle femme du monde aujourd'hui ? » Il faisait ça au moins une fois par jour. Elle éclatait de rire et elle protestait qu'il était bête, mais j'étais d'accord avec lui. Pour moi, elle était la plus belle femme du monde.

— Tous les enfants pensent ça de leur mère.

— Peut-être. Mais deux ans après sa mort, papa s'est remarié. Avec Judith, une grande blonde aux yeux bleus qui ne ressemblait en rien à ma mère. S'il avait vraiment pensé que ma mère était la plus belle femme du monde, pourquoi a-t-il épousé une espèce de princesse viking ? Pourquoi n'a-t-il pas choisi une petite brune comme ma mère ?

— Je ne sais pas, dit doucement Jean-Claude.

— Judith avait déjà une fille de deux ans plus jeune que moi. Ensuite, ils ont eu Josh ensemble : un garçon aux cheveux aussi blonds et aux yeux aussi bleus qu'eux tous. A partir de là, j'ai ressemblé à une vilaine petite tache noire sur les photos de famille. Une erreur de la nature.

— Ta peau est presque aussi pâle que la mienne.

— Mais j'ai les yeux et les cheveux de ma mère. Mes cheveux ne sont pas juste bruns : ils sont carrément noirs. Une fois, une femme a même demandé à Judith – devant moi – si j'étais une enfant adoptée.

Jean-Claude se laissa glisser du lit. Il s'approcha de moi, et je me forçai à fixer le plancher. Je voulais tant que quelqu'un me prenne dans ses bras et me réconforte. Si ç'avait été Richard, je me serais abandonnée contre lui. Mais ce n'était pas Richard.

Jean-Claude me caressa la joue et me prit par le menton pour que je relève la tête vers lui.

— J'ai vécu plus de trois siècles. Pendant ce temps, les canons de beauté ont changé à plusieurs reprises. Petits seins, forte poitrine, silhouette androgyne ou voluptueuse, grande ou petite : tous ces critères ont constitué un idéal à un moment ou à un autre. Mais pendant tout ce temps, ma petite, je n'ai jamais désiré quelqu'un autant que je te désire.

Il se pencha vers moi, et je ne me dérobai pas. Ses lèvres effleurèrent les miennes en un doux baiser.

Il fit le dernier pas qui nous séparait. Avant qu'il puisse se coller contre moi, je l'arrêtai d'une main posée sur sa poitrine, mais ne rencontrai que de la peau nue. Sous mes doigts, je sentis la bosselure de sa cicatrice en forme de croix. J'écartai légèrement ma main et trouvai son cœur, dont les battements pulsèrent contre ma paume. Ce n'était pas une amélioration.

Il recula légèrement et chuchota dans ma bouche.

— Tu n'as qu'à dire non, ma petite, et j'arrête tout de suite.

Je dus déglutir deux fois avant de pouvoir articuler :

— Non.

Jean-Claude s'écarta de moi. Il se rallongea sur le lit, en appui sur ses coudes et le bas des jambes pendant dans le vide. Il me fixait, comme pour me mettre au défi de le rejoindre.

Je n'étais pas si stupide. La partie ténébreuse de moi était assez tentée. Le désir est encore moins logique que l'amour, mais plus facile à combattre.

— Pendant tous ces mois, j'ai joué le mortel pour toi. En mars, quand tu as tenu mon corps nu et partagé ton sang avec moi, j'ai cru que ça marquerait un tournant dans notre relation. Que tu céderais à ton désir et que tu admettrais tes sentiments pour moi.

Une rougeur brûlante monta à l'assaut de mon visage. Je n'avais aucune excuse pour ces préliminaires trop poussés. Je m'étais laissée emporter par l'intensité du moment. Je suis faible ; faites-moi un procès.

— Je vous ai donné du sang parce que vous étiez

mourant. Sinon, je ne l'aurais jamais fait. Vous le savez pertinemment.

Il continua à me fixer, et ce ne fut pas un quelconque pouvoir vampirique qui me donna envie de détourner les yeux : ce fut une sincérité brute que je n'avais encore jamais vue sur son visage.

— Je le sais maintenant, ma petite. Quand nous sommes revenus de Branson, tu t'es jetée dans les bras de Richard comme si tu étais une naufragée et lui une bouée de sauvetage. Nous avons continué à sortir ensemble, mais tu as mis une distance entre nous. Je l'ai senti, et je n'ai pas su comment l'empêcher.

Il se redressa, les mains croisées dans son giron. Une expression faite de frustration et de confusion mêlées passa sur ses traits.

— C'est la première fois de ma longue existence qu'une femme se refuse à moi, ma petite.

J'éclatai de rire.

— A part ça, vous n'avez pas un ego démesuré.

— Ce n'est pas une vantardise, ma petite, c'est la vérité.

Adossée à la porte de la salle de bains, je réfléchis à ce qu'il venait de dire.

— En plus de trois siècles, personne ne vous a jamais dit non ?

— Tu trouves ça si difficile à croire ?

— Si je peux le faire, les autres auraient pu aussi.

Il secoua la tête.

— Tu ne te rends pas compte de la force de ta volonté, ma petite. Elle est très impressionnante. Tu ne peux pas imaginer à quel point.

— Si j'étais tombée dans vos bras lors de notre première rencontre, ou même de la douzième, vous m'auriez baisée, saignée et plaquée immédiatement après.

Je regardai la véracité de mes paroles emplir son visage. Jusque-là, je n'avais pas réalisé à quel point il contrôlait ses expressions faciales, combien c'était son absence de réaction qui le faisait paraître plus surnaturel qu'il ne l'était.

— Tu as raison, admit-il enfin. Si tu t'étais mise à glousser et à te pâmer devant moi, je ne t'aurais pas accordé un second regard. Ton immunité partielle à mes pouvoirs, c'est ce qui m'a d'abord attiré vers toi. Mais c'est ton obstination qui a retenu mon attention par la suite. Ton refus clair et net de me céder.

— Je représentais un défi pour vous.

— Oui.

Je scrutai son visage tout à coup si ouvert. Pour la première fois, il me semblait pouvoir lire la vérité dans ses yeux.

— C'est une bonne chose que j'aie résisté. Je n'aime pas qu'on se serve de moi et qu'on me jette comme un vieux Kleenex.

— Au début, tu n'étais qu'un défi, un objet à conquérir. Puis tes pouvoirs croissants m'on intrigué. J'ai entrevu la possibilité de t'utiliser pour renforcer ma position, si seulement tu voulais bien te joindre à moi.

Quelque chose qui ressemblait à de la douleur passa sur ses traits, et je voulus lui demander si c'était réel, ou si ce n'était qu'un de ses numéros d'acteur. J'avais confiance en Jean-Claude pour faire le nécessaire afin de survivre. Je n'aurais pas eu confiance en lui pour dire la vérité s'il avait prêté serment sur tout un entrepôt de Bibles.

— Je vous ai sauvé la mise une quantité de fois. Je suis votre servante humaine, et reconnue comme telle par tous. Que voulez-vous de plus ?

— Toi, ma petite. (Il se leva, mais ne s'approcha pas.) Ce n'est plus le défi ou la promesse de pouvoir qui me pousse à te regarder.

Soudain, j'avais le cœur dans la gorge, et il n'avait pas fait le moindre geste.

— Je t'aime, Anita.

Je le fixai, les yeux écarquillés. J'ouvris la bouche et la refermai. Je ne le croyais pas. Il mentait si facilement, et si bien. Il était le maître de la manipulation. Comment aurais-je pu le croire ?

— Que voulez-vous que je réponde à ça ?

Il secoua la tête, et son visage reprit son apparence ordinaire – cette perfection magnifique qui passait pour ordinaire chez lui. Mais je savais à présent que ça n'était qu'un masque qui dissimulait ses émotions profondes.

— Comment avez-vous fait ça ?

— Après avoir été forcé de te maîtriser pendant des siècles, pour présenter un visage plaisant et indéchiffrable, tu finis par perdre toute spontanéité. Ma survie a dépendu de mon expression plus d'une fois. J'aimerais que tu comprennes combien cette petite démonstration d'humanité m'a coûté d'effort.

— Qu'est-ce que vous essayez de me dire, Jean-Claude ?

— Tu es un peu amoureuse de moi. De cela, je suis certain.

Je haussai les épaules.

— Peut-être. Mais un peu, ça ne suffit pas.

— Tu es très amoureuse de Richard, n'est-ce pas ?

Je soutins son regard et voulus mentir pour ménager ses sentiments, mais ce genre de mensonge fait plus mal que la vérité.

— Oui.

— Et pourtant, tu n'as pas encore fait ton choix. Tu ne m'as pas encore demandé de vous laisser à votre félicité conjugale. Pourquoi ?

— La dernière fois que nous avons eu cette conversation, vous avez dit que vous tueriez Richard.

— Si c'est tout ce qui te retiens, ma petite, n'aies aucune crainte. Je ne tuerai pas Richard uniquement parce que tu couches avec lui et pas avec moi.

— Depuis quand ?

— Lorsque j'ai offert mon soutien à Richard, Marcus est devenu mon ennemi. On ne peut pas revenir là-dessus. (Il s'appuya de l'épaule contre le montant du lit le plus proche de moi.) J'ai songé à faire appel à une autre meute. On trouve toujours un mâle alpha ambitieux qui aimerait diriger sa propre meute, mais qui, soit par sentimentalisme, soit par manque de puissance, est condamné à jouer les seconds couteaux. Je pourrais tuer Richard et faire venir quelqu'un d'autre pour éliminer Marcus.

Je l'écoutais m'exposer son plan sur un ton si terre à terre.

— Qu'est-ce qui vous a fait changer d'avis ?

— Toi.

— Vous pouvez me la refaire ?

— Tu es amoureuse de lui, ma petite. Tu l'aimes vraiment. Sa mort détruirait quelque chose en toi. Quand Julianna est morte, j'ai cru que je ne ressentirais plus jamais rien pour personne. Et je n'ai plus rien ressenti, jusqu'à ce que je te rencontre.

— Vous ne tuerez pas Richard parce que ça me ferait souffrir ?

— Oui.

— Donc, quand Richard arrivera, je pourrais lui dire que je l'ai choisi, et vous nous laisseriez partir ensemble pour aller nous marier ou je ne sais quoi ?

— Outre moi, n'y a-t-il pas un obstacle à votre union ? insinua Jean-Claude.

— Quoi ?

— Tu dois le voir se changer en loup. (Il sourit et secoua la tête.) Si Richard était humain, tu l'attendrais à la porte avec un grand sourire et un oui. Mais tu as peur de ce qu'il est. Il n'est pas assez humain pour toi, ma petite.

— Il n'est pas assez humain pour lui-même, répliquai-je.

Jean-Claude haussa les sourcils.

— Il est vrai que Richard fuit sa bête comme tu me fuis. Mais il partage un corps avec elle. Il ne peut pas la distancer.

— Je le sais.

— Pourtant, il continue à courir, ma petite, et tu cours avec lui. Si tu étais certaine de pouvoir l'accepter dans sa totalité, tu l'aurais déjà fait depuis longtemps.

— Il ne cesse de trouver des excuses pour ne pas se transformer devant moi.

— Parce qu'il craint ta réaction.

— Ce n'est pas seulement ça, le détrompai-je. Si je peux accepter sa bête, je ne suis pas sûre qu'il pourra m'accepter, moi.

Jean-Claude pencha la tête sur le côté.

— Je ne comprends pas.

— Il déteste si ardemment ce qu'il est… Je pense que si je peux accepter sa bête, il… Il ne m'aimera plus.

— Parce que ça te rendrait perverse à ses yeux ?

J'acquiesçai.

— C'est ce que je crois.

— Tu es prisonnière d'un sale dilemme, ma petite. Il ne te fera pas l'amour ni ne t'épousera tant que tu n'auras pas contemplé et accepté sa bête. Mais si tu l'acceptes, tu crains qu'il se détourne de toi.

— Exactement.

Jean-Claude secoua la tête.

— Il n'y a que toi pour choisir deux hommes avec qui il est si difficile d'avoir une relation amoureuse. Personne d'autre ne pourrait en faire autant en l'espace de toute une vie.

— Je ne l'ai pas fait exprès, me défendis-je.

Il se leva du lit et s'approcha de moi.

— J'ai essayé de jouer le mortel pour toi, ma petite. Mais Richard est beaucoup plus doué que moi pour ça. Je n'ai pas été véritablement humain depuis si longtemps… Si je ne peux pas être le meilleur humain, laisse-moi être le meilleur monstre.

Je plissai les yeux.

— Qu'est-ce que c'est censé signifier ?

— Ça signifie, ma petite, que Jason m'a raconté ce qui s'est passé cet après-midi. Je sais que Richard et toi êtes passés tout près de céder à la tentation.

Qu'est-ce que les lycanthropes avaient entendu, au juste ? Plus que je ne l'aurais voulu, c'était certain.

— J'adore qu'on m'espionne, lâchai-je sèchement.

— Ne monte pas sur tes grands chevaux, ma petite, s'il te plaît.

Ce fut le « s'il te plaît » qui me convainquit.

— Je vous écoute.

— Lorsque tu as commencé à sortir avec nous deux, je t'ai dit que ça ne serait pas juste si Richard pouvait te toucher et moi pas. C'est toujours vrai.

Je m'écartai de la porte. Cette fois, il dépassait les bornes.

— Etes-vous en train de me demander de vous laisser me toucher là où Richard m'a touchée ?

Il sourit.

— Tant d'indignation vertueuse… Mais n'aie crainte, ma petite. M'imposer à toi d'une telle façon s'apparenterait à un viol. Je n'ai jamais été intéressé par ce genre de chose.

Je reculai pour mettre un peu d'espace entre nous. A moins d'être vraiment en colère, ce n'était pas une bonne idée de rester aussi près de Jean-Claude.

— Où voulez-vous en venir ?

— Tu m'as toujours interdit d'utiliser sur toi des tours de passe-passe vampiriques, comme tu les appelles. (Il leva une main avant que je puisse riposter.) Je ne parle pas de t'hypnotiser avec mes yeux. Je ne suis même pas certain que ce soit encore possible. Je ne peux pas être humain, ma petite. Je suis un vampire. Laisse-moi te montrer les plaisirs surhumains que je peux t'apporter en tant que tel.

Je secouai la tête.

— Pas question.

— Un baiser, ma petite, c'est tout ce que je réclame. Un chaste baiser.

— Vous avez une idée derrière la tête.

Ses yeux étaient devenus entièrement bleus, un bleu dur et scintillant. Sa peau brillait comme de l'albâtre dans la lumière électrique.

— Si tu étais sûre de Richard, je te laisserais à lui. Je m'effacerais. Mais le fait que je t'aime ne mérite-t-il pas que tu me donnes au moins un baiser ?

Il glissa vers moi. Je reculai, mais la porte était derrière moi, et je n'avais nulle part où aller.

Il était pareil à une sculpture vivante, toute de saphir et d'ivoire, trop magnifique pour qu'on puisse la décrire.

Trop magnifique pour être touchée. Ses mains descendirent le long de mes bras et de mes mains. Je poussai un hoquet. Son pouvoir courait sur ma peau comme un souffle d'air frais.

Je dus me raidir, car Jean-Claude déclara :

— Ça ne fera pas mal, je te le promets.

— Juste un baiser, chuchotai-je.

— Juste un baiser, chuchota-t-il.

Son visage s'inclina vers le mien. Ses lèvres effleurèrent les miennes, doucement, lentement. Son pouvoir se déversa depuis sa bouche à l'intérieur de la mienne. Je crois que je dus cesser de respirer l'espace d'un instant. J'avais l'impression que ma peau fondait et que j'allais m'abîmer dans son corps, être absorbée par ce pouvoir éclatant.

— On dirait que j'arrive juste à temps.

Richard se tenait sur le pas de la porte.

Je posai ma main sur la poitrine de Jean-Claude et le repoussai si fort qu'il tituba en arrière. Je cherchais mon souffle comme si j'avais été en train de me noyer. Ma peau frémissait et pulsait sous l'assaut du pouvoir qui rampait toujours sur moi, en moi.

— Richard, haletai-je.

Je voulais dire que ça n'était pas ce qu'il croyait, mais je n'arrivais pas à reprendre mon souffle.

Jean-Claude pivota en souriant. Lui, il savait exactement quoi dire.

— Richard, comme c'est aimable de te joindre à nous. Comment as-tu pu passer mon loup de garde ?

— Ça n'a pas été très difficile.

Je les fixai tous les deux. J'avais encore du mal à respirer. C'était comme si tous les nerfs de mon corps avaient été touchés en même temps. La frontière qui séparait le plaisir de la douleur était diablement mince, et je ne savais pas trop de quel côté ranger cette sensation.

La lumière s'évapora de Jean-Claude, le laissant pâle, ravissant et presque humain.

Richard se tenait dans l'encadrement de la porte. Ses yeux brillaient, non pas d'une lumière intérieure, mais de colère. Une colère qui faisait danser ses prunelles, raidissait les muscles de ses épaules et de ses bras de sorte que l'effort qu'il faisait pour se contrôler était visible depuis l'autre bout de la pièce. Jusque-là, je n'avais jamais été aussi consciente de sa puissance physique. Il semblait occuper plus d'espace qu'il ne l'aurait dû. Le premier souffle de son pouvoir m'enveloppa en me picotant la peau.

Je pris une inspiration profonde et tremblante avant de me diriger vers lui. Plus je m'en approchais, et plus le pouvoir s'épaississait. Quand j'arrivai à deux mètres de lui, j'eus l'impression de pénétrer une masse presque solide d'énergie vibrante.

Je m'immobilisai et déglutis comme pour ravaler le cœur que j'avais au bord des lèvres. Richard portait un jean et une chemise de flanelle verte dont il avait retroussé les manches sur ses avant-bras. Ses cheveux détachés tombaient sur ses épaules en une masse ondulante. Je l'avais vu comme ça des centaines de fois, mais soudain, tout était très différent. Je n'avais jamais eu peur de lui, pas vraiment. A présent, pour la première fois, je contemplais la chose en lui dont j'aurais dû avoir peur. La chose qui s'agitait derrière ses yeux et qu'il appelait sa bête. Elle était là, tapie à l'abri de son véritable regard brun, attendant qu'il la libère.

— Richard, croassai-je. (Je dus tousser et m'éclaircir la gorge avant de demander :) Qu'est-ce qui t'arrive ?

— La pleine lune est demain, Anita. Les émotions fortes me sont vivement déconseillées, là tout de suite. (La rage creusait son visage, faisait ressortir ces pommettes hautes que j'aimais tant.) Si je ne vous avais pas interrompus, aurais-tu brisé la promesse que tu m'as faite ?

— Jean-Claude ne sait toujours pas si je porte des collants ou des bas.

Il sourit, et la tension de ses traits se relâcha légèrement.

— Si tu portais des bas, on verrait les attaches de ton porte-jarretelles sous ta jupe. Donc, tu portes des collants.

Mais ils pourraient être fendus à l'entrejambe ; je n'ai pas encore eu l'occasion de vérifier.

Richard gronda.

Je jetai un coup d'œil à Jean-Claude par-dessus mon épaule.

— Si vous pouviez vous abstenir de m'aider...

Il sourit et acquiesça. Adossé à un des montants du lit à baldaquin, il laissait courir ses doigts sur sa poitrine nue d'une manière très suggestive. Et délibérée. Qu'il soit maudit...

Un grognement sourd ramena mon attention vers Richard. Il se dirigeait vers le lit comme si chaque mouvement lui faisait mal. Sa tension vibrait à travers son pouvoir croissant. Allais-je le voir se transformer, ici et maintenant ? S'il se transformait, il y aurait combat, et pour la première fois, je m'inquiétais de la sécurité de Jean-Claude autant que de la sienne.

— Ne fais pas ça, Richard, je t'en prie.

Par-dessus ma tête, il fixait Jean-Claude. Je n'osai pas regarder derrière moi pour voir ce que le vampire fabriquait ; j'avais déjà fort à faire avec le loup-garou qui se tenait devant moi.

Une expression étrange passa sur son visage, et j'eus la certitude que Jean-Claude avait fait quelque chose dans mon dos. Richard émit un son plus animal qu'humain et se rua vers le lit.

Je ne m'écartai pas. Je restai plantée où j'étais, et quand il arriva à mon niveau – quand il fut sur le point de me dépasser –, je me jetai sur lui de tout mon poids et le projetai par-dessus mon épaule. Son élan fit le reste. Si j'avais lâché son bras, nous aurions peut-être pu éviter la suite, mais je commis l'erreur classique : je pensai que Richard n'oserait pas me faire de mal.

Il saisit le bras avec lequel je le tenais et me projeta à travers la pièce. Il gisait sur le dos et n'avait pas beaucoup de marge de manœuvre – ce fut tout ce qui me sauva. L'espace d'un instant, je me sentis voler dans les airs. Puis je touchai la moquette et roulai sur moi-même. Le monde tournait encore autour de moi quand ma main se tendit vers le manche de mon couteau. Je n'entendais rien d'autre que mon sang affluant dans mes tympans, mais je savais, je savais qu'il allait se jeter sur moi.

Il toucha mon bras, me retourna, et j'appuyai la lame d'argent sur son cou. Il se figea, penché sur moi – essayant, je crois, de m'aider à me relever. Nous nous fixâmes à quelques centimètres l'un de l'autre. La colère avait déserté son visage. Ses yeux étaient normaux, aussi bruns et chauds que d'habitude, mais je maintins le couteau contre son cou, appuyant légèrement pour lui faire comprendre que je ne plaisantais pas.

Il déglutis prudemment.

— Je ne voulais pas te faire de mal, Anita. Je suis désolé.

— Recule, aboyai-je.

— Tu es blessée ?

— Recule, Richard. Tout de suite !

— Laisse-moi t'aider.

Il se pencha encore, et j'appuyai la lame assez fort pour faire couler un filet de sang.

— Lâche-moi, Richard.

Il obtempéra et s'écarta lentement, l'air stupéfait et blessé. Il porta la main à son cou comme s'il ne comprenait pas ce qu'était ce liquide tiède qui s'écoulait de lui.

Quand il fut hors d'atteinte, je me laissai aller sur la moquette. Je n'avais rien de cassé, j'en étais sûre, et je ne saignais pas. S'il m'avait projetée contre un mur avec autant de force, le résultat aurait été très différent. Je sortais avec lui depuis sept mois ; j'avais failli coucher avec lui plus d'une fois, et pendant tout ce temps, je ne m'étais jamais vraiment rendu compte que je jouais avec le feu.

— Ma petite, tu vas bien ?

Jean-Claude se tenait au pied du lit. Sans quitter Richard des yeux, il s'approcha de moi.

— Ouais, ouais. (Je le foudroyai du regard.) Qu'est-

323

ce que vous avez fait derrière mon dos pour le mettre dans cet état ?

Jean-Claude eut l'air embarrassé.

— J'ai provoqué M. Zeeman, reconnut-il. Peut-être voulais-je même déclencher une bagarre. La jalousie est une émotion stupide. Comment pouvais-je deviner que tu resterais sur le chemin d'un loup-garou en train de charger ?

— Je ne recule pour personne, répliquai-je. (Je faillis éclater de rire.) Mais la prochaine fois, je ferai peut-être une exception.

— Je ne voulais pas te faire de mal, répéta Richard. Mais vous voir tous les deux comme ça… Savoir que tu es avec lui, c'est une chose. Le voir de mes propres yeux, c'en est une autre.

Sa colère s'était évanouie à l'instant où il avait cru m'avoir blessée. Horrifié par ce qu'il venait de faire, inquiet pour ma santé, il avait recouvré ses esprits en un clin d'œil.

— Nous ne faisions que nous embrasser, Richard, et rien d'autre, même s'il voudrait te faire croire le contraire.

— Je me suis laissé submerger par la jalousie. Je suis désolé.

— Je sais que c'était un accident, Richard. Je me réjouis juste qu'il n'y ait pas eu de mur plus près.

— J'aurais pu te faire très mal. (Il fit un pas, les mains tendues vers moi, et s'arrêta net.) Et tu voudrais que je libère ma bête pour tuer. Ne comprends-tu pas combien je lutte dur pour la contenir ?

— Je comprends mieux qu'il y a quelques minutes.

— Tes bagages sont dans le couloir. Je vais te les apporter, puis je m'en irai.

Il avait l'expression que je redoutais de voir sur son visage, l'air anéanti d'un chiot qui vient de prendre un coup de pied. Sa colère aurait été plus supportable, bien qu'également plus dangereuse.

— Ne t'en va pas.

Jean-Claude et Richard me fixèrent tous les deux.

— C'est Jean-Claude qui a organisé cette mise en scène. (Je levai une main avant que l'intéressé puisse protester.) Oh, je sais que ça vous a plu, mais à la base, vous vouliez surtout que Richard nous surprenne. Vous vouliez déclencher une bagarre. Me prouver qu'il était un monstre autant que vous. Et vous avez magnifiquement réussi. Maintenant, sortez.

— Tu me chasses de ma propre chambre ? demandat-il, l'air amusé.

— Oui.

Je me relevai, et si je flageolai, ce fut uniquement à cause de mes talons hauts.

Jean-Claude soupira.

— Je suis donc relégué pour toujours dans mon cercueil, condamné à ne jamais connaître le plaisir de ta compagnie pendant mon sommeil.

— Vous ne dormez pas, Jean-Claude. Vous mourez. Peut-être que je désire votre corps quand il est tiède et qu'il respire, mais je ne suis pas encore prête à accepter la totale.

Il sourit.

— Très bien, ma petite. Je vais vous laisser discuter de ce qui vient de se passer, M. Zeeman et toi. Je ne te demande qu'une chose.

— Laquelle ?

— De ne pas faire l'amour dans mon lit si je ne suis pas autorisé à me joindre à vous.

Je soupirai.

— Ce serait assez minable de faire l'amour avec Richard dans votre lit. Vous n'avez rien à craindre de ce côté.

Jean-Claude dévisagea Richard. Ses yeux le balayèrent de la tête aux pieds, s'attardant une fraction de seconde sur la blessure de son cou. Ou peut-être n'étaitce que mon imagination.

— Si quelqu'un peut résister à la tentation, c'est bien toi, ma petite. (Il me fixa avec une expression indéchiffrable.) Je suis désolée que tu aies failli être blessée. Ce n'était pas du tout dans mes intentions.

— Vous avez toujours de bonnes intentions.

Il soupira, puis sourit et jeta un coup d'œil à Richard.

— Peut-être ne suis-je pas le meilleur monstre, en fin de compte.

— Sortez, ordonnai-je.

Il quitta la pièce en souriant toujours. Il referma la porte derrière lui, et je restai là avec son pouvoir qui me dansait sur la peau, le contact de ses mains et de ses lèvres qui s'attardait sur mon corps. Ce n'était qu'un baiser. Un préliminaire. Mais même l'adrénaline qui m'avait envahie quand Richard m'avait projetée à travers la pièce n'avait pu en effacer les vestiges.

Et Richard me fixait comme s'il le sentait.

— Je vais aller chercher les bagages, lâcha-t-il enfin.

Il aurait pu dire des tas d'autres choses, mais c'était le meilleur choix.

Il sortit à son tour de la chambre, et je m'assis sur le lit. Richard aurait pu me tuer. Jean-Claude n'aurait jamais perdu le contrôle de la sorte. Je voulais que Richard accepte sa bête, mais peut-être ne comprenais-je pas vraiment ce que ça signifiait.

23

Assise au bord du lit, j'attendais le retour de Richard. Ma peau frémissait encore du baiser de Jean-Claude. Un simple baiser, et Richard avait failli nous massacrer. Ou du moins, essayer de nous massacrer. Qu'aurait-il fait s'il nous avait surpris dans une position encore plus compromettante ? Mieux valait ne pas le savoir.

Richard déposa ma valise et mes deux sacs à l'entrée de la pièce, puis retourna dans le couloir chercher son sac. Il s'immobilisa sur le seuil en me fixant. Je soutins son regard. Un peu de sang coulait encore dans son cou à l'endroit où je l'avais blessé. Ni lui ni moi ne savions quoi dire. Le silence s'épaissit jusqu'à devenir pesant. Au sens littéral du terme.

— Je suis désolé de t'avoir fait mal, déclara-t-il enfin. Je n'avais encore jamais perdu le contrôle comme ça. (Il fit un pas vers moi.) Mais te voir avec lui…

Il tendit les mains, puis les laissa retomber d'un air découragé.

— Ce n'était qu'un baiser, Richard. Rien de plus.

— Avec Jean-Claude, ce n'est jamais qu'un baiser.

Je pouvais difficilement le contredire.

— Je voulais le tuer, reprit-il.

— J'ai remarqué.

— Tu es sûre que ça va ?

— Je pourrais te retourner la question.

Il porta une main à son cou et la retira couverte de sang frais.

— La lame était en argent. La plaie ne se refermera pas tout de suite.

Il vint se planter devant moi, si près que son jean m'effleurait quasiment les genoux. Trop près. La sensation du pouvoir de Jean-Claude s'attardant sur ma peau me faisait presque mal, et la proximité de Richard n'arrangeait rien.

Si je me levais, nos corps se toucheraient. Je restai assise, tentant de digérer les dernières traces du baiser de Jean-Claude. Je n'étais pas sûre que ce qui se produirait si je touchais Richard maintenant. C'était comme si ce que Jean-Claude m'avait fait réagissait à sa présence. Ou peut-être que ça venait de moi. Peut-être que j'en avais marre de résister, que mon corps en avait assez de se refuser.

— Tu m'aurais vraiment tué ? demanda Richard. Tu aurais pu me trancher la gorge ?

Je levai les yeux vers lui et voulus mentir à la sincérité dans ses yeux, mais je ne le fis pas. Quoi que nous fassions ensemble, quoi que nous signifiions l'un pour l'autre, ça ne pouvait pas être basé sur un mensonge.

— Oui.

— Tout simplement.

J'acquiesçai.

— Tout simplement.

— Je l'ai vu dans ton regard. Il était froid et détaché, comme si quelqu'un d'autre m'observait par tes yeux. Si j'étais certain de pouvoir tuer froidement, ça ne m'effraierait pas autant.

— Je voudrais pouvoir te promettre que tu n'aimeras pas ça, mais je ne peux pas.

— Je sais. (Il me fixa.) Moi, je ne pourrais pas te tuer. Quelles que soient les circonstances.

— Si je te perdais, ça détruirait quelque chose en moi, mais mon premier réflexe sera toujours de me protéger, à n'importe quel prix. Donc, si jamais l'incident de ce soir devait se reproduire, ne viens pas m'aider ; ne t'approche pas de moi jusqu'à ce que je sois sûre que tu ne vas pas me dévorer toute crue. D'accord ?

Il hocha la tête.

— D'accord.

La poussée d'énergie que Jean-Claude m'avait communiquée s'estompait lentement. Je me levai, et le corps de Richard toucha le mien. Aussitôt, je me sentis submergée par une vague tiède qui n'avait rien à voir avec Jean-Claude. L'aura de Richard m'enveloppait comme un courant d'air chaud. Il glissa ses bras dans mon dos. Je passai les miens autour de sa taille et appuyai ma joue sur sa poitrine. J'écoutai les battements sourds et puissants de son cœur, fis courir mes mains sur la flanelle verte de sa chemise. Dans les bras de Richard, je trouvais un réconfort qui était totalement absent de l'étreinte de Jean-Claude.

Richard passa les doigts dans mes cheveux et me prit le visage à deux mains. Il m'inclina la tête en arrière jusqu'à ce qu'il puisse voir mes yeux. Puis il se pencha vers moi, les lèvres entrouvertes. Je me dressai sur la pointe des pieds pour me porter à sa rencontre.

— Maître, dit une voix derrière lui.

Richard pivota d'un quart de tour sans me lâcher, de façon à ce que nous puissions voir la porte tous les deux. Jason rampait vers nous. Des gouttelettes écarlates tombaient sur la moquette blanche à chacun de ses mouvements.

— Mon Dieu, qu'est-ce qui t'est arrivé ? m'exclamai-je, choquée.

— Moi, répondit Richard en se dirigeant vers lui.

— Comment ça, toi ?

Jason se prosterna à ses pieds.

— Je suis désolé.

Richard s'agenouilla et l'aida à se redresser sur les genoux. Du sang dégoulinait sur son visage depuis une coupure au-dessus de son œil. La plaie était profonde, et devrait être recousue.

— Tu l'as jeté dans un mur, ou quoi ? demandai-je, abasourdie.

— Il a voulu m'empêcher de te rejoindre.

— Je n'arrive pas à croire que tu aies fait ça.

Richard leva les yeux vers moi.

— Tu veux que je sois chef de meute. Tu veux que je

sois un alpha. Eh bien, voilà ce que ça implique. (Il secoua la tête.) Si tu voyais ton expression ! Tu as l'air tellement indigné… Comment peux-tu vouloir que je tue un des miens, et t'offusquer que j'en bouscule un autre ?

Je ne sus pas quoi répondre.

— Jean-Claude a dit que tuer Marcus ne suffirait pas. Que tu devais être prêt à terroriser la meute pour régner sur elle.

— Il a raison.

Richard essuya le sang du visage de Jason. La coupure commençait déjà à se refermer. Il porta ses doigts à sa bouche et les suça pour les nettoyer.

Je restai plantée là, figée par une fascination morbide comme le témoin involontaire d'un accident de voiture.

Richard se pencha vers Jason. Je pensais savoir ce qu'il s'apprêtait à faire, mais il fallait que je le voie pour le croire. Il lécha la plaie. Il passa sa langue dessus comme l'aurait fait un chien.

Je me détournai. Ça ne pouvait pas être mon Richard, mon si rassurant, si réconfortant Richard.

— Tu ne supportes pas de me regarder, n'est-ce pas ? lança-t-il. Pensais-tu que tuer était la seule chose que je refusais de faire ?

Le ton de sa voix me força à reporter mon attention sur lui malgré moi. Il y avait une tache de sang sur son menton.

— Regarde bien, Anita. Je veux que tu voies ce que ça signifie d'être un alpha. Alors, tu pourras me dire si ça en vaut la peine. Et si tu ne l'encaisses pas, ne me demande plus jamais de le faire.

Son regard en faisait un défi. Les défis, c'est une chose que je comprends. Je m'assis sur le bord du lit et hochai la tête.

— Vas-y. Je suis toute à toi.

Il repoussa ses cheveux sur le côté, exposant la blessure de son cou.

— Je suis un alpha. Je nourris la meute. J'ai versé ton sang, et à présent, je te le rends.

330

Le souffle chaud de son pouvoir envahit la pièce.

Jason leva vers lui des yeux exorbités qui montraient beaucoup trop de blanc.

— Marcus ne fait jamais ça.

— Parce qu'il ne peut pas, répliqua Richard. Mais moi, je peux. Nourris-toi de mon sang, de mes excuses, de mon pouvoir, et ne te dresse plus jamais contre moi.

L'air était si épais de son pouvoir qu'il devenait difficile à respirer.

Jason inclina la tête et posa craintivement sa bouche sur la plaie, comme s'il avait peur que Richard le repousse ou le frappe. Voyant que Richard ne réagissait pas, il appuya ses lèvres un peu plus fort et se mit à boire. Sa mâchoire remua, et sa pomme d'Adam tressauta tandis qu'il déglutissait. Une de ses mains glissa dans le dos de Richard, et l'autre lui saisit l'épaule.

Je les contournai jusqu'à ce que je puisse voir le visage de Richard. Ses yeux étaient fermés, ses traits paisibles. Il dut sentir que je l'observais, parce qu'il rouvrit les paupières. De la colère brillait dans ses yeux, et une partie au moins était dirigée contre moi. Je ne lui demandais pas seulement de tuer Marcus, mais de renoncer à des morceaux de son humanité. Je ne l'avais pas compris jusqu'à maintenant.

Il toucha l'épaule de Jason.

— Assez.

Jason enfouit obstinément sa tête dans son cou, tel un chiot qui tète sa mère. Richard dut littéralement l'arracher à lui. Sa chair était déjà violacée autour de la plaie.

Jason se laissa aller dans ses bras. Il se lécha le coin des lèvres pour récupérer les dernières gouttes de son sang. Puis il se dégagea en gloussant comme s'il était à moitié ivre, et frotta son visage contre la jambe de Richard.

— Je n'avais jamais rien ressenti de pareil. Marcus ne peut pas partager son pouvoir ainsi. Quelqu'un d'autre dans la meute sait que tu peux partager ton sang ?

— Dis-le-leur. Dis-le-leur à tous.

— Tu vas vraiment tuer Marcus, n'est-ce pas ?

— S'il ne me laisse pas d'autre solution, oui. Maintenant, va, Jason. Ton autre maître t'attend.

Jason se leva, et manqua s'écrouler. Il reprit son équilibre, se frottant les bras et les jambes de ses mains comme s'il se baignait dans quelque chose d'invisible. Peut-être essayait-il de s'imprégner du pouvoir de Richard. Il se remit à glousser.

— Si tu es prêt à me nourrir, tu peux me jeter contre un mur aussi souvent qu'il te plaira.

— Fiche le camp ! ordonna Richard.

Jason sortit.

Richard était toujours agenouillé par terre. Il leva les yeux vers moi.

— A présent, comprends-tu pourquoi je ne voulais pas faire ça ?

— Oui.

— Si Marcus apprend que je peux partager mon sang, mon pouvoir, il se retirera peut-être.

— Tu espères encore ne pas être obligé de le tuer, constatai-je.

— Ce n'est pas seulement le fait de le tuer qui me dérange, Anita. C'est tout ce qui va avec. C'est ce que je viens juste de faire avec Jason. Et une centaine d'autres choses, dont aucune n'a rien d'humain.

Il me fixa, avec dans ses yeux bruns un chagrin que je n'avais encore jamais vu là.

Soudain, je compris.

— Une fois que tu auras pris le contrôle de la meute par le sang et la force brute, tu ne pourras le garder qu'en continuant à utiliser le sang et la force brute.

— Exactement, acquiesça-t-il. Si je pouvais forcer Marcus à se retirer, alors, j'aurais la liberté d'agir différemment. (Il se leva et vint se planter devant moi, frémissant d'excitation.) J'ai convaincu presque la moitié de la meute de se rallier à moi, ou tout au moins de rester neutre. La moitié de la meute ne soutient plus Marcus. Personne n'avait encore jamais divisé une meute de la sorte sans qu'il y ait de morts.

— Pourquoi ne pouvez-vous pas la diviser officiellement et en faire deux meutes distinctes ?

— Marcus n'y consentirait pas. Le chef de meute reçoit une dîme de chaque membre. Il n'y perdrait pas seulement du pouvoir, mais de l'argent.

— Tes partisans te donnent du fric ? m'exclamai-je, incrédule.

— Non, ils continuent à le donner à Marcus. L'argent ne m'intéresse pas ; ce serait une source de conflit supplémentaire. De toute façon, je pense que cette pratique devrait être abolie.

J'observais la lumière qui éclairait son visage, ses plans, ses rêves. Il se construisait un pouvoir politique basé sur la justice et la vertu, auprès de créatures capables d'arracher la gorge d'un humain et de le dévorer ensuite. Il pensait que ça marcherait. Et en regardant son visage si séduisant, si plein d'espoir, je faillis presque le croire aussi.

— Je pensais que tu tuerais Marcus et que ça serait terminé. Mais ça ne sera pas terminé, pas vrai ?

— Raina veillera à ce qu'on me défie. A moins je puisse instiller la peur de moi dans le cœur des autres.

— Tant que Raina vivra, elle te causera des problèmes.

— Je ne vois pas comment l'en empêcher.

— Je pourrais la tuer, suggérai-je.

L'expression de son visage fut une réponse plus que suffisante.

— Je plaisantais, dis-je.

En quelque sorte. Richard n'approuvait pas cette solution radicale, mais pour qu'il soit en sécurité, Raina devait mourir. Traitez-moi de brute si ça vous chante : j'avais quand même raison.

— A quoi penses-tu, Anita ?

— Que tu as peut-être raison, et que nous avons peut-être tous tort.

— A propos de quoi ?

— Peut-être ne devrais-tu pas tuer Marcus.

Richard écarquilla les yeux.

— Je croyais que tu m'en voulais de ne pas vouloir le tuer.

— Je ne t'en veux pas de ne pas vouloir le tuer : je t'en veux de mettre tous tes proches en danger en ne le tuant pas, rectifiai-je.

Il secoua la tête.

— Je ne vois pas la différence.

— La différence, c'est que tuer quelqu'un est un moyen, pas une fin en soi. Je veux que tu vives, que Marcus disparaisse, et que tes partisans n'aient plus rien à craindre de lui. Je ne veux pas que tu sois obligé de recourir à la torture pour conserver ta place au sein de la meute. Si nous pouvons accomplir tout cela sans que tu aies à tuer quiconque, ça me va. Je ne pense pas qu'il existe un moyen, mais si tu en trouves un, je te soutiendrai à cent pour cent.

Il étudia mon visage.

— Es-tu en train de me dire qu'à ton avis, je ne devrais tuer personne ?

— Oui.

Il éclata d'un rire plus ironique que joyeux.

— Je ne sais pas si je dois te crier dessus ou te serrer dans mes bras.

— Je provoque cette réaction chez beaucoup de gens, acquiesçai-je. Ecoute, quand nous avons été chercher Stephen, tu aurais dû appeler des renforts. Débarquer sur les lieux en position de force, avec trois ou quatre lieutenants pour couvrir tes arrières. Entre jouer les Sire Lancelot et devenir Vlad l'Empaleur, il y a un juste milieu.

Il s'assit sur le bord du lit.

— Etre capable de transmettre du pouvoir par le sang est un talent très rare chez les miens. Impressionnant, mais pas suffisant. Il faudrait que je sois beaucoup plus effrayant que ça pour inciter Marcus et Raina à se retirer. Je suis puissant, Anita, vraiment puissant. (Il avait dit ça comme si c'était une simple évidence, sans la moindre trace d'ego ou de vanité dans la voix.) Mais pas d'une puissance effrayante.

Je m'assis près de lui.

— Je ferai tout ce que je pourrai, Richard. Promets-moi seulement de ne pas commettre d'imprudence.

Il eut un sourire qui ne monta pas tout à fait jusqu'à ses yeux.

— Je ne commettrai pas d'imprudence si tu m'embrasses.

Nous nous embrassâmes. Sa salive était tiède, mais elle charriait encore le goût salé du sang et celui de l'after-shave de Jason. Je m'écartai.

— Qu'est-ce qui ne va pas ?

Je secouai la tête. Lui dire que je sentais le sang d'autres gens dans sa bouche n'allait pas nous aider beaucoup. Nous allions tout mettre en œuvre pour qu'il ne soit pas obligé de faire ce genre de chose. Ce n'était pas sa bête qui le priverait de son humanité, c'était l'accumulation d'un millier de gestes plus anodins en apparence.

— Transforme-toi pour moi, réclamai-je.

— Quoi ?

— Transforme-toi pour moi, ici, maintenant.

Il me fixa comme s'il essayait de lire quelque chose sur mes traits.

— Pourquoi maintenant ?

— Laisse-moi te voir tout entier, Richard. Laisse-moi voir la totale.

— Si tu ne veux pas partager ton lit avec Jean-Claude, tu ne voudras pas non plus le partager avec un loup.

— Tu ne serais pas prisonnier de ta forme de loup jusqu'à l'aube ; tu me l'as dit toi-même tout à l'heure.

— En effet, acquiesça-t-il doucement.

— Si tu te transformes ce soir, et que j'arrive à l'accepter, nous pourrons faire l'amour. Nous pourrons commencer à préparer notre mariage.

Il éclata de rire.

— Puis-je tuer Marcus avant d'être obligé de tuer Jean-Claude ?

— Jean-Claude a promis de ne pas te faire de mal.

Richard se figea.

— Tu lui en as déjà parlé ?

Je hochai la tête.

— Pourquoi n'était-il pas en colère après moi ?

— Il a dit qu'il s'effacerait s'il ne parvenait pas à me conquérir, et il tient parole.

Je n'ajoutai pas qu'il était amoureux de moi, désormais. Mieux valait garder cette révélation pour plus tard.

— Appelle ta bête, Richard.

Il secoua la tête.

— Ce n'est pas seulement ma bête, Anita. C'est toute la meute, les lukoi. Tu dois les voir aussi.

— Je les ai déjà vus.

— Pas au lupanar – notre lieu de pouvoir. Là-bas, nous sommes vraiment nous-mêmes. Nous ne faisons plus semblant.

— Je viens juste de dire que j'acceptais de t'épouser. Tu m'as entendue, ou ça t'est rentré par une oreille et c'est ressorti directement par l'autre ?

Richard se leva.

— Je veux t'épouser, Anita, je le veux plus que tout au monde. Je te désire si atrocement que ça me fait mal partout. Je n'ai pas suffisamment confiance en moi pour rester ici ce soir.

— Jusqu'ici, nous avons réussi à rester chastes.

— De justesse. (Il saisit son sac de voyage.) Les lukoi appellent le sexe la danse de mort.

— Et alors ?

— Nous employons la même expression pour désigner les batailles de succession.

— Je ne vois toujours pas où est le problème.

Il me fixa.

— Tu le verras. Que Dieu nous vienne en aide à tous les deux. Tu le verras.

Il semblait si triste tout à coup, si abattu que je ne voulais pas le laisser partir. Le lendemain, il affronterait Marcus, et ce n'était pas parce qu'il avait accepté de le tuer qu'il y parviendrait. Je n'étais pas certaine qu'il en soit capable au moment crucial. Et je ne voulais pas le perdre.

336

— Reste avec moi, Richard. Je t'en prie.

— Ça ne serait pas juste pour toi.

— Cesse de jouer les putains de boy-scout.

Il sourit et, en une très mauvaise imitation de Popeye, répliqua :

— Je suis ce que je suis.

Puis il sortit et referma la porte sans même m'embrasser pour me dire bonne nuit.

24

Je me réveillai dans l'obscurité, avec quelqu'un penché sur moi. Je n'y voyais pas vraiment, mais je sentais quelque chose dans l'air au-dessus de moi, comme un poids.

Ma main glissa sous l'oreiller et extirpa le Firestar de sa cachette. J'enfonçai le canon du flingue dans les côtes de mon mystérieux visiteur, qui s'évanouit instantanément comme si je l'avais rêvé. Je glissai au bas du lit, le dos collé contre le mur pour faire une cible la plus petite possible.

Une voix émergea des ténèbres. Je visai sa source, tendant l'oreille pour capter la présence d'autres intrus éventuels.

— C'est Cassandra. L'interrupteur est juste au-dessus de votre tête. Je ne bougerai pas jusqu'à ce que vous ayez allumé.

Elle s'était exprimé sur un ton égal, en détachant bien les syllabes : le genre de ton que vous employez avec les malades mentaux... Ou les gens qui vous braquent un flingue dessus.

Je déglutis avec difficulté et me redressai lentement contre le mur. De la main gauche, je tâtonnai au-dessus de moi jusqu'à ce que je trouve l'interrupteur, puis m'agenouillai les doigts posés dessus. Lorsque je me sentis en équilibre, j'appuyai. La chambre s'embrasa. L'espace d'un instant, je clignai des yeux dans la clarté aveuglante, recroquevillée sur le sol avec mon flingue pointé devant moi.

Quand je recouvrai l'usage de ma vue, Cassandra se

tenait au pied du lit, les bras ballants et le regard fixé sur moi. Ses yeux étaient un poil trop écarquillés. La dentelle de sa chemise de nuit victorienne palpitait au rythme de son souffle. Oui, vous avez bien lu : sa chemise de nuit victorienne. Ainsi vêtue, elle avait l'air d'une délicate poupée de porcelaine. La veille, je lui avais demandé si Jean-Claude avait choisi la chemise de nuit. Même pas.

Immobile sur la moquette, elle continuait à me fixer.

— Anita, vous allez bien ?

Le ton de sa voix indiquait qu'elle était persuadée du contraire.

Je pris une profonde inspiration et pointai mon flingue vers le plafond.

— Oui, oui.

— Je peux bouger ?

Je me relevai.

— N'essayez pas de me toucher quand je dors profondément. Dites d'abord quelque chose.

— Je m'en souviendrai pour la prochaine fois. Je peux bouger ?

— Bien sûr. Que se passe-t-il ?

— Richard et Jean-Claude sont dehors.

Je consultai ma montre. Il était une heure de l'après-midi. J'avais dormi presque six heures. Ou du moins, j'aurais dormi presque six heures si Cassandra et moi n'en avions pas passé une entière à bavarder. Je n'avais pas dormi avec une copine depuis des années, et franchement, fille ou pas, elle restait une lycanthrope que je connaissais à peine depuis la veille. Ça m'avait fait bizarre de lui confier ma protection. Je n'ai jamais aimé dormir en présence d'un étranger. Ça n'a rien de sexuel : c'est une question de méfiance. Nous ne sommes jamais plus vulnérables que dans notre sommeil.

— Que veulent-ils ?

— Richard dit qu'il a un plan.

Je n'eus pas besoin de davantage de précisions. Le jour de la pleine lune, il ne pouvait penser qu'à une chose : Marcus.

— Dites-leur que je m'habille et que j'arrive.

Je me dirigeai vers ma valise, et Cassandra s'approcha souplement de la porte. Elle l'entrouvrit à peine, chuchota quelques mots, la referma derrière elle et revint vers moi. Elle semblait abasourdie. Entre sa chemise de nuit et son expression, on lui aurait donné douze ans.

Agenouillée près de ma valise, une pile de vêtements à la main, je levai les yeux vers elle.

— Quoi encore ?

— Jean-Claude dit que ça n'est pas la peine de vous habiller.

Je la fixai l'espace d'un battement de cœur.

— Ben voyons. Je m'habille, un point c'est tout. Ils peuvent bien m'attendre.

Elle acquiesça et rebroussa chemin vers la porte.

Je passai dans la salle de bains et m'observai dans le miroir. J'avais l'air aussi fatigué que je me sentais. Je me brossai les dents, répondis à l'appel de Mère Nature et regrettai une fois de plus l'absence de douche. En prendre une m'aurait aidée à me réveiller. J'aurais pu me faire couler un bain, mais les garçons risquaient de s'impatienter. Et puis, je prends des bains quand je commence à m'endormir, pas quand je veux me réveiller. J'avais besoin de quelque chose de stimulant, pas de quelque chose d'apaisant.

Richard avait un plan, mais Jean-Claude était avec lui. Ça signifiait qu'il l'avait aidé à le mettre au point. Une pensée plutôt effrayante.

Ce soir, Richard affronterait Marcus. D'ici demain à la même heure, il serait peut-être mort. Cette idée me serra le cœur. Derrière mes yeux, je sentais une pression due aux larmes plutôt qu'à la fatigue. Je pourrais supportée de rompre avec Richard. Ça me ferait mal de ne plus être avec lui, mais je survivrais. Alors que s'il mourait… J'étais amoureuse de lui. Pour de bon. Je ne voulais pas renoncer à lui. Sous aucun prétexte.

Jean-Claude agissait en parfait gentleman, mais je me méfiais. Comment aurait-il pu en être autrement ? Il a toujours une douzaine de raisons différentes pour chacune des choses qu'il fait. En quoi consistait ce fameux plan ? Plus vite je m'habillerais, plus vite je le découvrirais.

J'avais attrapé des fringues un peu au hasard dans ma valise. Presque toutes celles que je possède vont bien ensemble. Un jean indigo, un polo bleu marine, des chaussettes de jogging blanches. A l'origine, je n'avais pas eu l'intention d'impressionner quiconque, mais à présent que j'étais un peu mieux réveillée, je commençais à regretter d'avoir privilégié le côté pratique. Voilà ce qui arrive quand on est amoureuse.

J'ouvris la porte. Richard se tenait près du lit. Rien que de le voir, je m'arrêtai net. Ses cheveux étaient si bien brossés qu'ils tombaient en une masse mousseuse sur ses épaules. Il ne portait rien d'autre qu'un caleçon de soie pourpre fendu très haut sur les côtés, qui révéla toute la longueur de sa cuisse quand il se tourna vers moi.

Lorsque je pus refermer ma bouche et parler, je demandai :

— Pourquoi es-tu habillé comme ça ?

Jean-Claude était appuyé d'une épaule contre le mur. Il portait une robe de chambre noire qui lui tombait jusqu'aux chevilles. Ses cheveux s'étalaient sur la fourrure noire qui recouvrait le col, de sorte qu'il était difficile de dire où commençaient les uns et où finissait l'autre. Son cou pâle et un triangle de sa poitrine se découpaient contre la fourrure avec une blancheur presque parfaite.

— On dirait que vous venez de sortir de deux films pornos très différents, commentai-je. Cassandra a mentionné un plan. De quoi s'agit-il ?

Richard jeta un coup d'œil à Jean-Claude. Ils échangèrent un regard qui, mieux que des mots, disait qu'ils avaient comploté derrière mon dos.

Richard s'assit au bord du lit. Son caleçon le moulait un peu trop pour que je puisse le regarder en face ; faute de mieux, je fixai donc mon attention sur Jean-Claude.

Non que j'en meure d'envie, mais au moins, il était à peu près couvert.

— Te souviens-tu de ce qui s'est passé il y a quelques mois, avant Noël, quand nous avons accidentellement déclenché une sorte d'énergie magique dans ton appartement ? s'enquit-il.

— Oui, je m'en souviens.

— M. Zeeman et moi pensons que nous pourrions partager notre pouvoir à tous les trois et devenir un triumvirat.

Mon regard passa de l'un à l'autre.

— Expliquez-vous.

— Il existe un lien entre moi et mes loups. Il en existe un autre entre toi, ma petite nécromancienne, et les morts. Le désir et l'amour ont toujours porté en eux une énergie magique. Je connais des sorts individuels qui utilisent le lien entre un vampire et ses animaux, ou entre un nécromancien et un vampire. Nous ne devrions pas être surpris qu'il y ait du pouvoir entre nous.

— Venez-en au fait, exigeai-je.

Jean-Claude sourit.

— Je crois qu'à nous trois, nous pourrions conjurer suffisamment de pouvoir pour faire reculer un certain Ulfric. Je connais Marcus. Il ne se battra pas s'il pense n'avoir aucune chance de gagner.

— Jean-Claude a raison, intervint Richard. Si j'arrive à dégager suffisamment de pouvoir, Marcus se retirera.

— Comment pouvez-vous être certains que nous réussirons de nouveau à conjurer ce pouvoir ? interrogeai-je, sceptique.

— J'ai fait des recherches, révéla Jean-Claude. Dans deux cas répertoriés, un maître vampire capable d'appeler des animaux a fait de l'un d'entre eux, sous sa forme garou, une sorte de serviteur humain.

— Et alors ?

— Ça signifie qu'il y a une chance pour que j'arrive à vous lier tous les deux.

Je secouai la tête.

— Pas question. Pas de marques vampiriques. J'ai déjà testé, et j'ai détesté.

— Aucun de vous deux ne portait de marques en décembre, me rappela Jean-Claude. Je pense que ça pourrait marcher sans, aujourd'hui encore.

— Pourquoi êtes-vous habillés comme ça, tous les deux ?

Richard eut l'air embarrassé.

— C'est tout ce que j'ai amené. Je pensais que nous allions dormir dans le même lit la nuit dernière.

Je désignai son caleçon.

— Ce truc ne nous aurait pas aidés à rester chastes, fis-je remarquer sévèrement.

Son visage s'empourpra.

— Je sais. Désolé.

— Dis-moi qu'il n'y a pas de lingerie dans ta valise, ma petite.

— Je n'ai jamais dit qu'il n'y en avait pas.

Ronnie m'avait convaincue d'emporter un petit quelque chose, au cas où je céderais enfin à Richard. Elle voulait bien que je couche avec lui avant le mariage si ça pouvait mettre Jean-Claude hors course.

— Pour qui l'as-tu achetée ? demanda Richard très calmement.

— Pour toi. Mais n'essaye pas de détourner la conversation. Pourquoi êtes-vous habillés comme ça ? répétai-je.

— Richard et moi avons effectué quelques tentatives de notre côté, expliqua Jean-Claude. Mais nous n'avons pas réussi à conjurer de nouveau ce pouvoir. Apparemment, ça ne fonctionne pas si nous ne sommes que tous les deux. Sans doute parce qu'il ne m'apprécie guère.

— C'est vrai, ça ? insistai-je, méfiante.

Richard acquiesça.

— Jean-Claude dit que nous avons besoin de notre troisième. Que nous avons besoin de toi.

— Quel rapport avec vos fringues ?

— La première fois, ce sont le désir et la colère qui

ont conjuré le pouvoir, ma petite. Pour ce qui est de la colère, nous sommes parés. Manque le désir.

— Attendez une petite minute, protestai-je. (De nouveau, mon regard passa de l'un à l'autre.) Etes-vous en train de suggérer que nous devenions un ménage à trois ?

— Non, répondit Richard. (Il se leva et s'approcha de moi dans son caleçon fendu, exhibant ses cuisses dans toute leur splendeur musclée.) Il n'y aura pas de sexe, je te le promets. Même pour régler le problème de Marcus, je n'aurais pas consenti à te partager avec lui.

Je laissai courir mes doigts sur la soie de son caleçon, tout doucement, comme si j'avais peur de me brûler.

— Alors, pourquoi ces costumes ?

— Le temps presse, Anita. Si ça doit fonctionner, il faut que ça fonctionne tout de suite. (Il me saisit les bras ; ses mains étaient chaudes sur ma peau.) Tu as dit que tu m'aiderais à exécuter mon plan. C'est mon plan.

Je m'écartai lentement de lui et pivotai vers Jean-Claude.

— Et vous, qu'avez-vous à y gagner ?

— Ton bonheur. Aucun loup n'osera défier Richard si nous formons un véritable triumvirat.

— Mon bonheur, ben voyons. (J'étudiai son visage si calme et si ravissant, et une idée me vint.) Vous avez goûté Jason, n'est-ce pas ? Vous avez goûté le pouvoir qu'il a sucé à Richard, n'est-ce pas ? N'est-ce pas, fils de pute ?

Je m'étais dirigée vers lui en parlant, et je dus me retenir pour ne pas le frapper lorsque je me retrouvai à portée.

— Et alors, ma petite ?

Je me plantai devant lui et lui crachai ces mots à la figure :

— Qu'avez-vous à y gagner ? Et ne me servez pas ces conneries à propos de mon bonheur. Je vous connais depuis trop longtemps.

Il arborait son expression la plus sincère, la plus désarmante.

— Je gagnerai assez de pouvoir pour qu'aucun maître vampire, les membres du Conseil exceptés, n'ose me défier désormais.

— Je le savais. Je le savais. Vous ne faites jamais rien sans une douzaine de motivations cachées.

— Je bénéficierai de cet arrangement de la même façon que M. Zeeman : chacun de nous pourra consolider sa base de pouvoir.

— D'accord. Mais moi, qu'est-ce que j'y gagnerai ?

— Mais… La sécurité de M. Zeeman, bien sûr.

— Anita, dit doucement Richard.

Il me toucha l'épaule. Je fis volte-face, mais ma colère mourut sur mes lèvres à la vue de son visage. Si sérieux, si solennel…

Il m'agrippa les épaules.

— Tu n'es pas obligée de le faire si tu ne veux pas.

— Ne comprends-tu pas ce qu'il suggère, Richard ? Si j'accepte, nous ne serons jamais débarrassés de lui. Ne nous lie pas à lui de cette façon, ou il ne nous lâchera plus.

— Si tu pensais vraiment qu'il était maléfique, tu l'aurais tué il y a longtemps, et tu seras déjà débarrassée de lui, fit-il remarquer.

Si je refusais et que Richard mourait ce soir, pourrais-je me le pardonner un jour ? Je me laissai aller contre lui, pressai mon visage sur sa poitrine et inspirai avidement son odeur. Non. S'il mourait alors que j'aurais pu le sauver, ma culpabilité me poursuivrait jusque dans ma tombe.

Jean-Claude s'approcha de nous.

— C'était peut-être un de ces phénomènes accidentels qui ne peuvent être reproduits dans des conditions contrôlées, ma petite. La magie fonctionne souvent ainsi.

Je tournai la tête vers lui et le fixai, la joue toujours appuyée sur le torse de Richard, ses bras m'entourant la taille.

— Pas de marques vampiriques. Ni sur lui, ni sur moi, d'accord ?

— Tu as ma parole. La seule chose que j'exigerai, c'est qu'aucun de nous ne se rétracte. Nous devons nous faire une idée exacte de la quantité de pouvoir que nous sommes capables d'invoquer ensemble. Si elle est insuffisante, toute cette discussion n'aura servi à rien. Dans le cas contraire, nombre de nos problèmes se trouveront résolus.

— Espèce de salaud manipulateur, soufflai-je.

— Ça veut dire oui ?

— Ça veut dire oui.

Richard me serra contre lui. Je laissai ses bras me tenir et me réconforter, mais c'était les yeux de Jean-Claude que je fixais. Son expression était très difficile à décrire. Le diable doit afficher la même quand vous venez juste de signer sur les pointillés et de lui donner votre âme. Satisfaite, impatiente. Et affamée.

25

— Je vais vous laisser quelques minutes, M. Zeeman et toi. Je vous rejoindrai dès que j'en aurai terminé dans la salle de bains.

Rien que d'entendre ces mots sortir de sa bouche me donna une furieuse envie de revenir sur ma résolution. Mais je n'en fis rien.

— Vous êtes sûr que ça n'est pas juste un moyen tordu de former un ménage à trois ?

— Me crois-tu si machiavélique ?

— Et comment…

Jean-Claude éclata de rire, et je frissonnai comme si on m'avait laissé tomber un glaçon dans le dos.

— A tout de suite.

Il se dirigea vers la salle de bains en nous effleurant au passage. Je bondis à sa suite et rattrapai la porte avant qu'elle se referme derrière lui. Il me jeta un coup d'œil par l'ouverture.

— Oui, ma petite ?

— Il vaudrait mieux pour vous qu'il y ait quelque chose sous cette robe de chambre, à part de la peau, menaçai-je.

Il eut un sourire juste assez large pour révéler un soupçon de crocs.

— Serais-je si vulgaire, ma petite ?

— Je n'en sais rien.

Il hocha la tête et referma la porte.

Je pris une profonde inspiration avant de faire face à l'autre homme de ma vie. Les vêtements de Richard étaient posés sur ma valise, soigneusement pliés. Il s'approcha de moi. Son caleçon était assez fendu pour que je puisse admirer la ligne ininterrompue de ses jambes entre les pieds et la taille.

Si nous avions vraiment été seuls, je serais allée à sa rencontre. Ce qui aurait dû être un moment romantique me mettait intensément mal à l'aise. J'étais un peu trop consciente du bruit d'eau courante en provenance de la salle de bains. Jean-Claude n'allait pas tarder à nous rejoindre. Doux Jésus.

Richard avait toujours l'air appétissant en diable, avec ses cheveux qui lui tombaient devant un œil. Il s'était arrêté à mi-distance et me fixait en hésitant. Il secoua la tête.

— Pourquoi est-ce si difficile, tout à coup ?

— Je pense que la raison principale se trouve dans la salle de bains, et qu'elle s'apprête à nous rejoindre.

Il éclata de rire, mais secoua à nouveau la tête.

— D'habitude, il ne nous faut pas si longtemps pour tomber dans les bras l'un de l'autre.

— Non, acquiesçai-je.

A ce rythme-là, nous serions encore en train de nous observer comme des lycéens au bal de promo quand Jean-Claude ressortirait.

— Retrouve-moi au milieu, suggérai-je.

Richard sourit.

— Tes désirs sont des ordres.

Il vint à ma rencontre. Les muscles de son ventre ondulaient à chacun de ses mouvements.

Soudain, je regrettais vraiment de porter un jean et un polo. J'aurais voulu qu'il me voie dans la lingerie que j'avais achetée pour lui. Voulu sentir ses mains courir sur la soie et se glisser dessous.

Richard et moi nous arrêtâmes à quelques centimètres l'un de l'autre, sans qu'aucune partie de nos corps se touche. Je sentais la légère odeur de son after-shave, et j'étais assez près pour percevoir la chaleur qui émanait de lui. Je voulais caresser sa poitrine nue. Je voulais enfiler mes mains dans son caleçon pourpre. Cette pensée était si réelle que je croisai les bras pour ne pas avoir involontairement un geste malheureux.

Richard se pencha vers moi. Il effleura mes sourcils de ses lèvres, m'embrassa les paupières tout doucement. Quand il atteignit ma bouche, je me dressai sur la pointe des pieds, et il m'entoura de ses bras.

Je me laissai aller contre lui, mes mains explorant son corps, ma bouche pressée contre la sienne. Il m'empoigna les fesses et me souleva jusqu'à ce que nos visages soient au même niveau. Je m'écartai légèrement et voulus dire : « Repose-moi », mais alors que je fixais son visage si proche, les mots refusèrent de franchir mes lèvres. Je crochetai mes jambes autour de sa taille. Il écarta les siennes pour assurer son équilibre. Je l'embrassai à nouveau, et le premier souffle de son pouvoir se déversa sur moi en un torrent tiède qui me picota la peau et me chatouilla l'estomac.

Richard émit un petit bruit de gorge qui ressemblait plus à un grognement qu'à un gémissement. Il s'agenouilla sur le sol sans me lâcher, et quand il m'allongea sur la moquette, je ne fis rien pour l'en empêcher. Il se redressa sur ses bras tendus, le torse au-dessus du mien mais la moitié inférieure de son corps pressée contre moi. Quand nos regards se croisèrent, le sien était celui du loup. Il dut le lire sur mon visage, car il détourna la tête pour que je ne le voie pas.

Je me redressai sur un coude, saisis de ma main libre une poignée de ses cheveux épais et le forçai sans douceur à tourner de nouveau la tête vers moi. Peut-être lui avais-je fait mal, ou peut-être était-ce autre chose, mais ses lèvres se retroussèrent sur un grondement. Je ne frémis pas. Je soutins son regard.

Il inclina la tête vers moi, et je me laissai aller sur le sol. Un instant, sa bouche resta en suspension au-dessus de la mienne. Puis une vague de chaleur me submergea alors que nos lèvres se rencontraient, comme si je goûtais son énergie, son essence.

La porte de la salle de bains s'ouvrit. Le bruit me figea, et malgré moi, je tournai mon regard vers sa source. Richard hésita l'espace d'une seconde, avant d'embrasser mon menton et de fourrer sa tête dans mon cou.

Jean-Claude se tenait sur le seuil, vêtu d'un pyjama de soie noire. Le haut à manches longues, déboutonné, ondula comme une cape autour de son torse nu quand il se dirigea vers nous. L'expression de son regard, de son visage, me paniqua.

Je tapotai l'épaule de Richard. Il était occupé à mordiller et à tirailler le col de mon polo, comme s'il voulait glisser sa tête à l'intérieur. Il leva vers moi ces étonnants yeux de loup ambrés, et la seule chose que je pus lire sur ses traits fut du désir, presque de la faim. Son pouvoir soufflait sur ma peau comme un courant d'air brûlant.

Mon pouls battait si fort dans ma gorge que je crus que ma peau allait se déchirer.

— Qu'est-ce qui t'arrive, Richard ?

— Ce soir, c'est la pleine lune, répondit Jean-Claude à sa place. Sa bête l'appelle.

Il se rapprocha de nous à pas feutrés.

— Pousse-toi, Richard.

Richard se redressa sur les mains et les genoux, et je me tortillai pour me dégager. Je me relevai. Il s'agenouilla devant moi et passa les bras autour de ma taille.

— N'aie pas peur.

— Je n'ai pas peur de toi, Richard, répliquai-je en fixant Jean-Claude.

Richard laissa courir ses mains le long de mes côtes, ses doigts s'enfonçant dans ma chair comme s'il me massait le dos. Ce qui ramena mon attention vers lui.

— Je ne te ferais jamais de mal volontairement. Tu le sais.

En effet, je le savais. Je hochai la tête.

— Fais-moi confiance.

Sa voix était douce et profonde, avec un roulement de basse qui n'avait rien de normal. Il entreprit de sortir mon polo de mon jean.

— Je veux te toucher, te sentir, te goûter.

Jean-Claude se mit à nous tourner autour tel un requin. Ses yeux bleu nuit étaient toujours humains – beaucoup plus, en apparence, que ceux de Richard.

Richard réussit à dégager mon polo de mon jean et le retroussa, exposant mon ventre. Il caressa ma peau nue, et je frissonnai. Mais ça n'était pas sexuel, ou du moins, ça n'était pas que sexuel. C'était comme si un courant électrique à basse tension me parcourait le corps. Ça n'était pas vraiment douloureux, mais si ça continuait comme ça, ça risquait de le devenir. Ou de me procurer un plaisir plus intense que tout ce que j'avais jamais connu. Je n'étais pas certaine de savoir lequel des deux je redoutais le plus.

Jean-Claude s'était immobilisé juste hors de notre portée. Il nous observait. Cela aussi m'effrayait.

Richard posa ses mains de chaque côté de ma taille, mon polo relevé drapé sur ses poignets.

Jean-Claude fit le dernier pas qui le séparait de nous, une main pâle tendue vers moi. Je me raidis, ma peur prenant le dessus sur mon désir. Il laissa retomber sa main sans me toucher.

Richard me lécha le ventre, en un mouvement rapide et mouillé. Je baissai les yeux vers lui, et il soutint mon regard avec ses yeux humains.

— Je ne permettrai pas qu'il t'arrive quoi que ce soit, Anita.

Je ne savais pas ce qu'il lui en avait coûté de ravaler sa bête, mais je me doutais que ça n'avait pas dû être facile. La plupart des lycanthropes sont incapables de revenir en arrière une fois qu'ils ont commencé à se transformer. Ça aurait été plus rassurant si ses yeux bruns n'avaient pas contenu leur propre part de ténèbres. Ce n'était plus sa bête, mais quelque chose de beaucoup plus basique, de beaucoup plus humain : le sexe. Même le désir n'était pas un terme assez fort pour qualifier ce regard-là.

Jean-Claude se tenait derrière moi, à présent. Je le sentais. Sans qu'il me touche, je sentais son pouvoir comme un vent frais et inquisiteur. Il frotta son visage contre mes cheveux. Mon cœur battait si fort que je n'entendais rien du tout, à part le rugissement de mon propre sang dans ma tête.

Jean-Claude écarta mes cheveux sur un côté. Ses lèvres effleurèrent ma joue et son pouvoir explosa sur moi en une détonation silencieuse, aussi froid que le vent de la tombe. Il me traversa, cherchant la chaleur de Richard. Les deux énergies se percutèrent et se mêlèrent à l'intérieur de moi. Je ne pouvais plus respirer. En moi, je sentis cette chose qui pouvait relever les morts – de la magie, faute d'un meilleur terme – se ramasser sur elle-même et flamboyer pour les repousser.

Instinctivement, je tentai de m'écarter de Richard, mais ses doigts s'enfoncèrent dans mes côtes, et les bras de Jean-Claude se raidirent autour de mes épaules.

— Laisse monter le pouvoir, ma petite. Ne le combats pas.

Haletante, je luttai contre ma panique. J'avais de plus en plus de mal à respirer. Si je ne me reprenais pas, je n'allais pas tarder à hyper-ventiler et à m'évanouir. Je chevauchais le pouvoir et ma propre peur, et ils menaçaient de me désarçonner.

Richard me mordit doucement le ventre. Sa bouche suçait ma peau. Les lèvres de Jean-Claude me mâchouillaient le cou. Ses bras me pressaient contre sa poitrine. Richard était un feu brûlant qui enflait à ma taille, Jean-Claude un feu glacé immobile dans mon dos. Je me faisais consumer par les deux bouts comme un vulgaire morceau de bois. Trop de pouvoir… Il fallait lui trouver une échappatoire. Je devais en faire quelque chose, ou il me dévorerait vive.

Mes jambes flageolèrent, et seules les mains de Richard et de Jean-Claude m'empêchèrent de m'effondrer. Ils m'allongèrent avec mille précautions, mais sans me lâcher. Une de mes épaules toucha la moquette, puis ma main, et tout à coup, je sus quoi faire de tout ce pouvoir. Je le sentis se déverser dans le sol, sondant les entrailles de la terre en quête des morts.

Je roulai sur mon ventre. Les mains de Jean-Claude

étaient sur mes épaules, son visage pressé contre le mien. Les mains de Richard étaient sous mon polo, et elles remontaient le long de mon dos, mais tout cela était secondaire. Il fallait que je canalise le pouvoir.

Je trouvai les morts dont j'avais besoin, et rien ne se produisit. Le pouvoir continua à grandir, et j'aurais hurlé si j'avais eu assez d'air. Une étape, un ingrédient... Il manquait quelque chose.

Je roulai sur le dos et levai les yeux vers eux. Ceux de Jean-Claude étaient entièrement bleu marine, à présent. Ils se penchèrent vers moi d'un même mouvement. Richard visait ma bouche, Jean-Claude mon cou. Le baiser de Richard me brûla presque. Je sentis des crocs m'effleurer alors que Jean-Claude se retenait de me mordre. La tentation était partout. Une main me pelotait sous ma chemise, et je ne savais même plus à qui elle appartenait. Puis je saisis qu'il y en avait deux.

Quelle était la chose dont j'avais besoin pour relever les morts ? Du sang. Je dus le dire à voix haute.

— Du sang.

Jean-Claude se redressa légèrement. Son visage était à quelques centimètres du mien, sa main juste sous mon sein. Je lui avais saisi le poignet sans m'en apercevoir.

— Quoi, ma petite ?

— Du sang. Nous avons besoin de sang pour finir, articulai-je péniblement.

Richard releva la tête avec l'expression hagarde d'un noyé.

— Quoi ?

— Je peux te donner du sang, ma petite.

Jean-Claude se pencha à nouveau vers moi. Je l'arrêtai d'une main posée sur sa poitrine, au moment où Richard lui agrippait l'épaule. Le pouvoir se déversait sur nous en un raz de marée calcinant, et des taches blanches dansaient dans mon champ de vision.

— Vous ne m'utiliserez pas pour planter vos crocs dans Anita pour la première fois, gronda Richard.

Sa colère alimenta la magie, et je hurlai.

— Donnez-moi du sang ou poussez-vous de là. (Je leur tendis mon poignet.) Je n'ai pas de couteau. Que quelqu'un le fasse pour moi.

Richard repoussa ses cheveux d'un côté et se pencha vers moi.

— Voilà ton sang.

Jean-Claude ne discuta pas. Il retroussa les babines et inclina la tête vers lui. Comme au ralenti, je le vis mordre le cou de Richard. Richard se tendit, laissant échapper un sifflement alors que les crocs de Jean-Claude transperçaient sa peau. La bouche de Jean-Claude adhéra à la plaie comme une ventouse et se mit à sucer.

Le pouvoir rugit à travers moi, hérissant chaque poil de mon corps, se déversant par tous mes pores jusqu'à ce qu'il me semble que j'allais me désagréger. Je le projetai vers l'extérieur, vers les morts que j'avais trouvés. Je les remplis à ras bord, et il me resta encore trop de pouvoir. Je continuai à explorer les entrailles de la terre, plus loin, toujours plus loin, jusqu'à ce que je localise ce que je cherchais. Le pouvoir s'écoula de nous en une lame glaciale et brûlante.

Je gisais sur le sol, haletante. Jean-Claude s'était laissé tomber sur ma gauche, en appui sur un coude. Du sang souillait ses lèvres et dégoulinait le long de son menton. Richard était allongé à plat ventre sur ma droite, mon bras coincé sous sa joue. Sa poitrine se soulevait et s'abaissait avec de grands hoquets, et de la sueur brillait le long de sa colonne vertébrale.

Autour de moi, le monde était doré, et il flottait presque. Les sons me revinrent lentement ; ce fut comme si j'écoutais l'oreille collée à un très long tube.

Jean-Claude lécha le sang sur ses lèvres, s'essuya le menton d'une main tremblante et la lécha aussi. Un de ses bras reposait en travers de mon ventre ; sa tête était nichée dans le creux de mon épaule, sa poitrine et son estomac nus pressés sur mon bras. Sa peau était fiévreuse, presque brûlante. Jamais je ne l'avais senti ainsi. Son cœur battait contre ma peau tel un oiseau captif et affolé.

Ses cheveux tombèrent sur mon visage. Ils avaient l'odeur d'un shampoing exotique. Il émit un rire étranglé et dit :

— C'était fabuleux, ma petite. Alors, heureuse ?

Je déglutis. J'étais trop lessivée même pour glousser.

— Vous avez toujours les mots qu'il faut.

Richard se redressa sur les mains. Du sang coulait le long de son cou, sur lequel se détachaient deux traces de crocs bien nettes. Je touchai sa morsure, et retirai mes doigts couverts de sang.

— Ça fait mal ? demandai-je.

— Pas vraiment.

Il me saisit le poignet et, doucement, lécha mes doigts jusqu'à ce qu'ils soient propres.

La main étrangement chaude de Jean-Claude caressa mon estomac sous mon polo et défit le bouton de mon jean.

— N'y pensez même pas.

— Trop tard, ma petite.

Il se pencha pour m'embrasser, et je sentis le goût métallique du sang de Richard sur sa langue. Je me redressai pour aller à sa rencontre, écrasant sa bouche sous la mienne. C'était moi qui avais réclamé ce sang : pas Jean-Claude, ni Richard. La vérité, c'est qu'il n'avait pas fini de couler pour la journée. Les choses que j'avais tirées de leur tombe devraient y être retournées. Pour ça, il faudrait encore du sang, du sang frais. La seule question était de savoir qui le verserait. Oh ! et aussi, en quelle quantité.

26

Les doigts de Jean-Claude jouaient avec la ceinture de mon jean. Richard lui saisit le poignet. Un flamboiement de colère émana de chacun d'eux, rallumant une étincelle de pouvoir partagé.

— Ne profitez pas de la situation pour la peloter, gronda Richard.

Sa voix était épaisse, assombrie par quelque chose de beaucoup plus puissant de que la colère. Sa main se crispa sur le poignet de Jean-Claude.

Jean-Claude serra le poing et plia le coude. De la concentration mêlée de fureur tordit leurs traits à tous les deux, et je sentis l'effort faire trembler leur poitrine. Leur colère me picotait la peau. Il était beaucoup trop tôt pour recommencer ces conneries.

— Désolée, les garçons, mais vous allez devoir remettre votre bras de fer à plus tard, intervins-je. Il faut d'abord voir ce que j'ai relevé de la tombe.

L'espace d'une fraction de seconde, ils hésitèrent, puis baissèrent ensemble les yeux vers moi. Les muscles de leurs bras étaient encore contractés tandis que chacun luttait pour prendre le dessus. L'effort de Richard se lisait sur son visage, mais celui de Jean-Claude était dénué de toute expression, comme si c'était un jeu d'enfant pour lui que de contrer un loup-garou. Pourtant, je sentais l'imperceptible vibration de son corps. Avec Jean-Claude, ce n'était qu'une illusion après l'autre. Avec Richard, ce n'était que nerfs à vif et réalité frémissante.

— Qu'as-tu dit, ma petite ?

— Elle a dit qu'elle avait relevé des morts, aboya Richard.

— Exact. Alors, poussez-vous de là. Vous pourrez vous battre plus tard si le cœur vous en dit. Pour le moment, nous devons vérifier ce que j'ai fait au juste.

— Ce que nous avons fait, corrigea Jean-Claude.

Il se détendit et s'écarta de Richard, et au bout d'un court moment, celui-ci lui lâcha le poignet.

— Ce que nous avons fait, acquiesçai-je.

Richard se leva, les muscles de ses jambes nues ondulant sous sa peau, et j'eus toutes les peines du monde à ne pas les toucher. Il me tendit la main pour m'aider à me relever.

— Laisse-moi une minute.

Jean-Claude se redressa d'un mouvement qui n'avait rien d'humain, comme s'il était une marionnette dont on venait de tendre les ficelles. Lui aussi m'offrit sa main.

Plantés face à face, Richard et lui se foudroyèrent du regard. Leur colère chargeait l'air d'électricité, d'étincelles minuscules et invisibles. Je semblais en bien plus mauvais état qu'eux, pauvre humaine que j'étais. Si je m'étais écoutée, je les aurais laissés m'aider – et ça ne m'arrive pas souvent. Je soupirai, ramassai mes jambes sous moi et me relevai sans prendre leurs mains tendues.

— Contrôlez-vous, ordonnai-je. Vous ne le sentez pas dans l'air autour de vous ? La colère suffit à appeler ce… pouvoir ou je ne sais quoi ; alors, arrêtez. Nous serons peut-être obligés de recommencer pour retourner à la tombe ce que nous venons d'en tirer. Economisez vos forces.

Jean-Claude eut aussitôt l'air parfaitement détendu. Il s'inclina très bas.

— Comme tu voudras, ma petite.

Richard se tordit le cou dans tous les sens, essayant de dénouer les muscles de ses épaules. Ses poings étaient toujours serrés, mais il hocha la tête.

— Je ne comprends pas comment ce que nous venons de faire a pu appeler des zombies.

— Je peux servir de focus à d'autres réanimateurs, expliquai-je. C'est un moyen de combiner nos pouvoirs respectifs pour relever un zombie ancien, ou plus d'un ou deux zombies à la fois. Je ne sais pas utiliser mon pouvoir autrement que pour relever les morts, alors quand vous en avez canalisé une telle quantité en moi… (Je haussai les épaules.) J'ai fait la seule chose que je sache faire.

— As-tu relevé tout le cimetière de Nikolaos ? s'enquit Jean-Claude.

— Avec un peu de chance.

Etonné, il pencha la tête sur le côté.

Richard baissa les yeux vers son corps aux trois quarts nu.

— Je peux me rhabiller, maintenant ?

Je souris.

— Ce sera vraiment dommage, mais… Oui.

— Je vais aller chercher ma robe de chambre dans la salle de bains, dit Jean-Claude.

— Ne vous gênez surtout pas.

— Tu ne trouves pas ça dommage ?

Je secouai la tête.

— Tu es cruelle, ma petite. Très cruelle.

Je souris et esquissai une courbette de remerciement. Il me rendit mon sourire, mais je lus un défi dans ses yeux tandis qu'il se dirigeait vers la salle de bains.

Richard se glissa dans son jean. Je le regardai tirer la fermeture Eclair et fermer le bouton. Je me régalais rien qu'à le voir se rhabiller. L'amour rend fascinant même les gestes le plus insignifiants.

Je me détournai et me dirigeai vers la porte de la chambre. Qu'il enfile une chemise si telle était son intention. Le seul moyen de l'ignorer était de lui tourner le dos. En tout cas, ça marche avec Jean-Claude, la plupart du temps.

Je venais de tendre la main vers la poignée lorsque Richard me saisit par-derrière, me souleva de terre et me porta de nouveau jusqu'au lit. Mes pieds étaient littéralement suspendus dans le vide.

— Qu'est-ce que tu fiches ? protestai-je. Repose-moi.

— Mes loups arrivent, dit-il, comme si ça expliquait tout.

— Repose-moi.

Il obtempéra mais ne me lâcha pas, craignant sans doute que je me précipite vers la porte dès l'instant où ses bras ne me retiendraient plus. Son regard était distant. Il écoutait. Personnellement, je n'entendais rien.

Puis un hurlement résonna dans le couloir, et les poils de mes bras se hérissèrent.

— Que se passe-t-il, Richard ?

— Un danger approche, chuchota-t-il presque.

— Raina et Marcus ?

Il continuait à écouter des choses que je ne pouvais pas entendre. Il me poussa derrière lui et se dirigea vers la porte, toujours torse nu, sans autre vêtement que son jean.

Je contournai précipitamment le lit et récupérai mon Firestar sous l'oreiller.

— N'y vas pas les mains vides, putain, m'affolai-je en tirant l'Uzi de sous le lit.

Un chœur de hurlements s'éleva dans les profondeurs du cirque. Richard ouvrit la porte à la volée et se rua dans le couloir. Je criai son nom, mais il n'était déjà plus là.

Jean-Claude ressortit de la salle de bains, enveloppé de sa robe de chambre bordée de fourrure.

— Qu'y a-t-il, ma petite ?

— Nous avons de la compagnie, répondis-je en enfilant la bandoulière de l'Uzi.

Les aboiements des loups se firent plus distants. Jean-Claude s'élança, le tissu noir de sa robe de chambre volant derrière lui telle une cape. Il courait comme un vent ténébreux. Lorsque j'atteignis le seuil de la chambre, il avait déjà disparu.

J'allais être la dernière sur les lieux. Et merde.

27

Foncer tête baissée vers une bataille, ce n'est pas le meilleur moyen de rester en vie. La prudence est toujours préférable. Je le savais, et je m'en fichais. Rien d'autre n'avait d'importance qu'arriver à temps. A temps pour les sauver. Oui, *les*. Je ne m'attardai pas sur cette pensée pourtant perturbante. Je courus, agrippant le Firestar dans ma main droite et l'Uzi dans ma gauche. Je devais ressembler à une folle furieuse, mais au moins, j'étais armée.

Un rugissement se répercuta sur les murs devant moi. Ne me demandez pas comment, mais je sus aussitôt que c'était Richard. Je ne pensais pas pouvoir courir plus vite. Je me trompais. Je déboulai à découvert, haletante, sans regarder à droite ou à gauche. Si quelqu'un m'avait attendue, il aurait pu me faire sauter la cervelle.

Debout au centre de la pièce, Richard portait un zombie à bout de bras au-dessus de sa tête. Un loup gros comme un poney avait cloué une autre créature au sol et la taillait en pièces. Stephen se tenait dans le dos de Richard, sous sa forme humaine, mais accroupi et prêt à bondir. Cassandra était restée un peu en retrait ; elle se tourna vers moi alors que je dérapai et m'immobilisai. Elle affichait une expression que je ne pus pas tout à fait déchiffrer, et sur laquelle je n'eus pas le temps de m'interroger.

Jean-Claude se trouvait sur la gauche, à l'écart des loups-garous. Lui aussi me fixait. J'ignorais ce qu'il me voulait, mais il n'était pas en danger. Il ne s'était pas jeté sur les zombies. Il savait que ça n'était une bonne idée. Contrairement à Richard.

A l'origine, la pièce formait un rectangle étroit, mais le mur du fond avait été défoncé, et à présent, le sol était jonché de gravats. On aurait dit que les zombies avaient émergé des entrailles de la terre derrière ce mur. D'un cimetière dont j'ignorais qu'il se trouvait à cet endroit, même si j'étais peut-être la seule.

Les morts étaient plantés parmi les ruines. Ils tournèrent leurs yeux vers moi à l'instant où je les aperçus, et je sentis le poids de leur regard comme un coup au cœur.

Toutes mes craintes pour la sécurité des occupants du cirque s'envolèrent, balayées par une vague de colère.

— Richard, repose-le, s'il te plaît. Il ne te fera pas de mal. Et dis à Jason de lâcher l'autre.

Ça devait forcément être Jason, à moins qu'il y ait un autre loup-garou sur les lieux. Et si c'en était un autre, où était donc Jason ?

Richard tourna la tête vers moi, en continuant à brandir le zombie – autrefois, un mâle humain – sans aucun effort apparent.

— Ils ont attaqué Jason.

— Ils ne font jamais rien sans qu'on leur en donne l'ordre, contrai-je. Jason a dû les provoquer.

— Ils ne nous ont pas attaqués, confirma Cassandra. Quand ils ont commencé à se déverser par le trou du mur, Jason les a chargés.

Le loup géant avait lacéré l'estomac du zombie et déchiquetait ses intestins. J'en avais assez vu.

— Emparez-vous du loup, aboyai-je.

Le zombie que Jason plaquait à terre verrouilla ses bras autour de ses pattes avant. Jason lui planta ses crocs dans la gorge et l'arracha dans un jaillissement de fluide sombre.

Le reste des créatures – il devait y en avoir entre soixante et quatre-vingts – se précipita vers le loup.

— Lâche-le, Jason, ou je te montrerai ce que ça fait d'être réellement attaqué par des zombies.

Richard plia les coudes et projeta son zombie au loin.

Le corps culbuta dans les airs et alla s'écraser dans la masse des créatures. Celles-ci tombèrent comme des quilles de bowling, sauf que ces quilles-là se relevèrent aussitôt, bien que l'une d'elles ait perdu un bras dans sa chute.

Richard s'accroupit près de ses loups.

— Tu nous attaques ? s'exclama-t-il, outré.

— Dis à ton loup de lâcher mon zombie, et ça s'arrêtera là.

— Vous croyez pouvoir nous battre ? interrogea Cassandra.

— Avec un nombre de morts pareil, je ne crois rien : je le sais.

Le visage de Stephen se chiffonna comme s'il allait se mettre à pleurer.

— Tu nous ferais du mal.

Et merde, j'avais oublié. J'étais leur lupa, à présent. J'avais menacé de tuer Raina si elle s'en prenait de nouveau à Stephen, et j'étais sur le point de le jeter en pâture à mes zombies. Il y avait comme une méchante faille dans ma logique.

— Si je suis censée vous protéger tous, alors, vous devez m'obéir. Donc, ou Jason lâche mon zombie, ou je lui file une raclée. C'est bien conforme au protocole de la meute, n'est-ce pas ?

Richard pivota vers moi. Sur son visage, je lus une chose que je n'y avais jamais vue auparavant : de la colère et de l'arrogance, ou quelque chose qui s'en rapprochait beaucoup.

— Je ne crois pas que Jason s'attendait vraiment à ce que tu réclames son obéissance. Et le reste d'entre nous, non plus.

— Dans ce cas, tu ne me connais pas si bien que ça, répliquai-je.

— Mes amis, Marcus serait trop content que nous nous entre-tuions, intervint sagement Jean-Claude.

Nous nous tournâmes tous vers lui.

— Arrêtez, ordonnai-je.

Les zombies se figèrent instantanément, comme

l'image d'un magnétoscope quand on vient d'appuyer sur la touche pause de la télécommande. Emporté par son élan, l'un d'eux s'étala de tout son long plutôt que d'achever sa foulée. Les zombies prennent tout au pied de la lettre.

Le loup géant arracha une autre bouchée de chair à sa victime. Involontairement, l'homme mort poussa un cri étranglé.

— Rappelle Jason tout de suite, crachai-je, les dents serrées, parce que je ne changerai pas d'avis. Que Marcus aille se faire foutre. Je me soucierai de lui plus tard.

— Jason, lâche-le. Maintenant, ordonna Richard.

Le loup recula, un des bras du zombie dans la gueule. J'entendis des os céder. Il remua la tête comme un terrier qui s'amuse avec un jouet en plastique. Du sang et des fluides plus épais éclaboussèrent le sol.

Richard le saisit par la peau du cou. Il le souleva de terre, l'attrapa par sa gorge poilue de sa main libre et le tourna face à lui, les muscles de ses bras tendus par l'effort. A demi étranglé, le loup racla l'air de ses pattes avant. Ses griffes massives lacérèrent la peau nue de Richard, et les sillons se remplirent aussitôt de sang.

Richard projeta le loup à travers la pièce, dans les jambes des zombies.

— Ne me désobéis plus jamais, Jason, plus jamais !

Sa voix se perdit dans un grognement. Il rejeta la tête en arrière et hurla. C'était si étrange de voir un tel son sortir de sa gorge humaine… Cassandra et Stephen se joignirent à lui, et leurs hurlements remplirent la pièce d'un écho vibrant.

Alors, je compris que même si Richard pouvait éviter de tuer Marcus, il ne réussirait jamais à contrôler les lukoi sans recourir à la violence. Déjà, il en faisait usage sans hésitation, presque aussi facilement que Jean-Claude. Etait-ce un bon ou un mauvais signe ? Je n'en étais pas sûre.

Jason s'extirpa de la masse des zombies. Il tourna

vers moi ses yeux vert pâle de loup, comme s'il attendait quelque chose.

— Ne me regarde pas. Moi aussi, je suis furax contre toi.

Il s'approcha de moi sur des pattes plus grosses que mes mains. Sa fourrure se hérissa sur son échine, et ses babines se retroussèrent sur ses crocs en un grondement silencieux.

Je pointai le Firestar sur lui.

— Ne fais pas ça, Jason.

Il continua à avancer, d'une démarche si raide et si tendue qu'on aurait dit celle d'un robot. Il se ramassa sur lui-même comme pour bondir. Je n'allais pas le laisser finir son mouvement. S'il avait été sous sa forme humaine, j'aurais cherché à le blesser, mais sous sa forme de loup, je ne pouvais pas courir le moindre risque. Une seule égratignure, et je deviendrais une femelle alpha pour de bon.

Je visai le long du canon et sentis le calme qui précède chaque tir m'envahir. Je visais Jason, et je ne ressentais rien. Rien qu'un vide blanc et froid.

— Arrêtez, tous les deux ! gronda Richard.

Il se dirigea vers nous. Je gardai mon regard braqué sur le loup, mais le vit s'approcher dans ma vision périphérique.

Il s'interposa entre Jason et moi. Alors, je dus lever le canon de mon flingue vers le ciel pour ne pas le pointer sur sa poitrine. Il me fixa d'un air pensif.

— Tu n'auras pas besoin de ça.

Puis il assomma le grand loup d'un coup de poing. Les pattes de la créature cédèrent sous elle, et elle s'effondra, immobile. Seul le mouvement de ma poitrine témoignait qu'elle était toujours vivante.

Quand Richard reporta son attention sur moi, ses yeux étaient ambrés, plus du tout humains.

— Tu es ma lupa, Anita, mais je suis toujours Ulfric. Je ne te laisserai pas me faire ce que Raina a fait à Marcus. C'est moi qui dirige cette meute.

Dans sa voix, je décelai une dureté nouvelle. Je venais enfin de découvrir son ego mâle.

Jean-Claude éclata de rire, un rire aigu et ravi qui me fit frissonner. Richard frotta ses bras nus comme s'il le sentait aussi.

— Depuis le temps, Richard, n'as-tu pas réalisé que ma petite est soit ton égale, soit ton maître ? Elle ne saurait être rien d'autre.

Il se rapprocha de nous, avec l'air de s'amuser comme un petit fou.

— Je veux qu'elle soit mon égale, affirma Richard.

— Mais pas au sein de la meute, dit Jean-Claude.

Richard secoua la tête.

— Non, je… Non. Anita est mon égale.

— Dans ce cas, de quoi te plains-tu ? lançai-je.

Il me fixa de son regard animal.

— C'est moi l'Ulfric. Pas toi.

— Dirige et je suivrai, Richard. (Je fis un pas vers lui, de sorte que nos corps se retrouvèrent à quelques centimètres l'un de l'autre.) Mais dirige pour de bon, ou écarte-toi de mon chemin.

28

— Ma petite, Richard… Aussi amusant que ce soit –
et croyez-moi, ça l'est extrêmement –, vous n'avez pas
le temps de nous disputer, déclara Jean-Claude. Pas si
Richard veut garder une chance de ne pas être obligé de
tuer ce soir.

Nous le foudroyâmes tous deux du regard, et il nous
gratifia d'un de ses gracieux haussements d'épaules qui
veulent tout dire et rien dire à la fois.

— Nous devons rappeler la magie, mais cette fois,
Richard devra essayer d'en emmagasiner une partie. Il
doit être en mesure de faire quelque chose qui impres-
sionnera la meute. Et ceci… (Il désigna les zombies.) …
bien que très impressionnant, ressemble trop à l'œuvre
d'Anita.

— J'imagine que vous avez une suggestion ?

— Peut-être. (Son regard se fit très sérieux ; tout
amusement déserta son visage jusqu'à ce que celui-ci
redevienne vide et ravissant.) Mais d'abord, j'aimerais
te poser une question ou deux, ma petite. Richard n'est
pas le seul que tu aies émasculé aujourd'hui.

— De quoi parlez-vous ?

Il inclina la tête sur le côté.

— Tu l'ignores sincèrement ? demanda-t-il, surpris.
Il y a un couloir sur ta droite. Regarde à l'intérieur.

En tournant la tête, je pus distinguer l'arche qui marquait l'entrée du couloir en question, mais les zombies
remplissaient l'espace, me dissimulant le reste.

— Avancez, ordonnai-je.

Ils se déplacèrent tel un organisme unique, leurs

yeux morts fixant mon visage comme si j'étais la seule chose qui comptât au monde. Et pour eux, je l'étais.

Ils s'écartèrent tels les pans d'un rideau loqueteux. Alors, je pus voir l'intérieur du couloir et les silhouettes qui l'occupaient.

— Arrêtez.

Les zombies se figèrent comme si j'avais appuyé sur un interrupteur.

Liv, la videuse blonde de la *Danse mortelle*, se tenait immobile au bout du couloir. Elle portait toujours son académique violet. Ses yeux d'un bleu extraordinaire me fixaient, vacants. Ma gorge se serra. Il y avait d'autres silhouettes derrière elle.

— C'est impossible, souffla Richard.

Je ne discutai pas avec lui. Ç'aurait été trop difficile.

— Fais-les approcher, ma petite. Voyons lesquels tu as tirés de leur cercueil.

Un frémissement de colère brûlait dans la voix de Jean-Claude.

— Qu'est-ce qui vous met dans cet état ?

Il éclata d'un rire amer.

— J'ai dit à mes serviteurs que tu étais capable de les contrôler ; je m'en suis servi comme d'une menace pour les faire tenir tranquilles. Mais je ne me doutais pas que c'était à ce point. Tu t'es bien gardée de me préciser que tu pouvais relever les vampires comme des zombies.

— Je ne l'avais fait qu'une seule fois jusqu'ici, me défendis-je.

— Bien entendu.

— Ne me faites pas le coup du type offensé, d'accord ?

— Je réagirai comme bon me semblera, répliqua-t-il sèchement. Ces vampires sont mes compagnons, mes serviteurs, et tu les manipules comme des marionnettes. Je trouve cela très inquiétant.

— Et moi donc…

Je reportai mon attention sur les vampires. Liv, que j'avais vue si animée la veille, était tellement immobile qu'elle ressemblait à un zombie bien conservé. Sauf que je n'aurais jamais pu la prendre pour un zombie. Je percevais la différence. Mais elle se tenait quand même là, figée, son corps musclé attendant mes ordres. Et elle n'était pas la seule. Il y en avait d'autres derrière elle. Je ne voyais pas combien, mais c'était forcément trop.

— Peux-tu les renvoyer dans leur cercueil, ma petite ?

Je continuai à observer Liv, évitant le regard de Jean-Claude.

— Je ne sais pas.

Il me prit par le menton et me força à me tourner vers lui. Puis il scruta mon visage, comme s'il espérait lire la vérité dessus. Je laissai la colère s'inscrire sur mes traits : c'est toujours un bon masque derrière lequel dissimuler ses émotions.

— Qu'as-tu fait du dernier vampire que tu as relevé, ma petite ?

Je me dégageai. Il me saisit le bras avec une rapidité incroyable. Si vite que je ne le vis pas faire.

Ce qui se passa ensuite fut le fruit d'un simple réflexe. Jean-Claude me tenait par le haut du bras droit, mais je pouvais encore plier le coude et lui pointer le Firestar dessus. L'Uzi que je tenais dans la main gauche se braqua également sur lui. Il aurait pu me broyer un bras avant que je réussisse à tirer, mais pas les deux.

Seulement… Pour la première fois, ça me posait un problème de le tenir en joue. La ceinture de sa robe de chambre s'était à moitié défaite, et le long du canon de mon flingue, je visais un triangle de chair pâle. Je voyais l'emplacement de son cœur. A une distance si rapprochée, j'aurais pu le lui exploser et sectionner sa colonne vertébrale. Sauf que je ne voulais pas le faire. Je ne voulais pas que des morceaux de ce corps magnifique éclaboussent les murs. Et merde.

Richard se rapprocha. Il ne nous toucha pas, se contentant de nous dévisager tour à tour.

— Il te fait mal, Anita ?

— Non.

— Dans ce cas, pourquoi le tiens-tu en joue ?

— Il ne devrait même pas me toucher.

— Il y a quelques minutes, il te touchait beaucoup plus que ça, fit remarquer Richard sur un ton mesuré.

— Pourquoi l'aides-tu ?

— Parce qu'il vient de m'aider. Et puis, si tu le tues pour un motif aussi insignifiant, tu ne te le pardonneras jamais.

Je pris une profonde inspiration et la relâchai. Un peu de ma tension s'échappa avec l'air de mes poumons. Je baissai l'Uzi.

Jean-Claude lâcha mon bras.

Je pointai le Firestar sur le sol et fixai Richard. Il y avait quelque chose de beaucoup trop humain dans ses yeux, même si c'était ses yeux ambrés de loup. Il savait ce que Jean-Claude représentait pour moi. Ce simple commentaire disait qu'il comprenait ma relation avec le vampire peut-être mieux que je ne la comprenais moi-même.

Je voulus m'excuser auprès de lui, mais je n'étais pas sûre qu'il saisisse. Je n'étais même pas sûre de pouvoir lui expliquer. Quand on aime quelqu'un, quand on l'aime vraiment, on ne devrait jamais lui causer de souffrance. Jamais remplir ses yeux de ce qui ressemblait tant à du chagrin.

— Je suis désolée de m'être emportée tout à l'heure. Tu ne veux que le bien de la meute, je le sais.

— Tu me considères toujours comme un imbécile, parce que je veux prendre le pouvoir sans verser de sang.

Je me dressai sur la pointe des pieds et l'embrassai doucement.

— Pas comme un imbécile : juste comme un homme terriblement naïf.

— Très touchant, ma petite. Et j'apprécie ton intervention en ma faveur, Richard, mais ces vampires sont mes gens. Je leur ai promis certaines libertés quand ils m'ont prêté allégeance. Je te le redemande, Anita :

peux-tu les libérer de ton contrôle et les renvoyer dans leur cercueil ?

Je me tournai vers Jean-Claude, une main toujours appuyée sur la poitrine de Richard.

— Je ne sais pas, répétai-je.

— Dans ce cas, tu ferais bien de le découvrir très vite.

Ça sonnait un peu trop comme une menace à mon goût, mais… Derrière Liv la videuse se tenait une silhouette dont je n'arrivais pas à détacher mon regard. Je me dirigeai vers les vampires immobiles. J'ouvris la bouche, mais aucun son n'en sortit. Mon estomac se contracta en une boule dure, et ma poitrine se serra. Enfin, je parvins à articuler :

— Willie McCoy, viens à moi.

Willie contourna la grande femelle blonde. Il portait le même costume vert qu'à la *Danse mortelle*. Ses yeux bruns semblaient me voir, mais ils étaient dénués de toute étincelle d'identité. Willie n'était pas à la maison. C'était comme regarder bouger une marionnette, et j'étais le marionnettiste. Je sentis quelque chose d'amer dans le fond de ma gorge. Mes yeux me brûlaient. Je ne savais pas si j'allais d'abord vomir ou pleurer.

Je le fis arrêter à un mètre de moi. Assez près pour que je ne puisse pas faire semblant ou l'ignorer. Je déglutis péniblement, et des larmes bouillantes coulèrent sur mes joues.

— Je ne voulais pas le savoir, chuchotai-je.

Jean-Claude vint se planter à côté de moi.

— Willie, dit-il d'une voix qui résonna à travers la pièce, et fit vibrer le corps du vampire comme un diapason. Willie, regarde-moi.

Le visage inexpressif et pourtant familier se tourna lentement vers son maître. L'espace d'un instant, quelque chose passa dans ses yeux, quelque chose que je n'avais pas de mot pour qualifier.

— Mmmh. Intéressant, commenta Jean-Claude.

— Willie, regarde-moi, ordonnai-je.

Ma voix n'était pas aussi impressionnante que celle de Jean-Claude, mais il obéit quand même.

— Non, contra Jean-Claude. Willie, regarde-moi.

Willie hésita.

— Willie, viens à moi.

Je lui tendis une main, et il fit un pas dans ma direction.

— Arrête, Willie. Ne va pas à elle.

De nouveau, Willie hésita et faillit pivoter vers Jean-Claude.

Je me concentrai sur ce tourbillon de pouvoir à l'intérieur de moi, cette chose qui me permet de relever les morts. Je la laissai me submerger, s'écouler hors de moi. J'appelais le corps de Willie à moi, et rien de ce que pouvait faire Jean-Claude ne l'empêcherait de m'obéir.

— Arrêtez, tous les deux, intervint Richard. Willie n'est pas un jouet.

— Il n'est pas non plus vivant, fis-je remarquer.

— Il mérite mieux que ça, insista Richard.

J'étais d'accord avec lui. Je me tournai vers Jean-Claude.

— Il est à moi, Jean-Claude. Ils sont tous à moi. Quand la nuit tombera, ils seront de nouveau vôtres, mais leur enveloppe vide m'appartient.

Je me rapprochai de lui, et le tourbillon de pouvoir le frappa de plein fouet. Il prit une inspiration sifflante et recula en levant la main comme si je l'avais giflé.

— N'oubliez jamais ce que je suis et ce que je peux faire. Plus de menace entre nous, jamais, ou ce sera la dernière.

Il me fixa, et l'espace d'une seconde, je vis briller dans ses yeux une chose que je n'y avais jamais vue avant. De la peur. Pour la première fois, Jean-Claude avait peur de moi. Parfait.

Willie aussi me fixait, mais ses yeux à lui étaient vides. Il était mort, bel et bien mort. Des larmes chaudes et amères inondaient mon visage. Pauvre Willie, pauvre moi. Il n'était pas humain. Toutes ces années d'amitié, et il était quand même mort. Juste mort. Et merde.

— Qu'est-il arrivé au premier vampire que tu as relevé, ma petite ? Pourquoi ne l'as-tu pas remis dans son cercueil ?

Une pensée glissa derrière les yeux de Jean-Claude. Je regardai l'idée se former et tomber de ses lèvres.

— Comment se fait-il que la moitié inférieure du corps de M. Bouvier ait fondu ?

Magnus Bouvier avait été le serviteur mortel de Seraphina. Sa maîtresse lui avait confié la mission de me garder auprès de son cercueil jusqu'à ce qu'elle se relève pour m'achever. Je me frottai le visage, tentant de me débarrasser de ces fichues larmes. Ça gâche toujours un peu l'effet quand on pleure.

— Vous connaissez la réponse, articulai-je d'une voix étranglée.

— Dis-le tout haut, ma petite. Je veux l'entendre de ta bouche.

— J'ai l'impression de louper la moitié de cette conversation, protesta Richard. De quoi parlez-vous, tous les deux ?

— Dis-lui, ma petite.

— La femelle vampire a saisi Magnus par la taille, et elle s'est accrochée. Je voulais juste le ralentir, rien d'autre. Je me suis précipitée vers la porte, et je suis sortie en courant. Le soleil est tombé sur la femelle vampire, et elle s'est enflammée. Je m'attendais à ce que Magnus retourne à l'intérieur, mais il n'en a rien fait. Il a continué à avancer en la traînant dans la lumière.

J'avais débité tout ça très vite, mais ça n'avait pas été plus facile pour autant.

Je me tenais au milieu des morts que j'avais appelés, les bras croisés si fort contre ma poitrine qu'ils m'écrasaient les seins. Je rêvais encore de Seraphina. Je revoyais encore Magnus Bouvier tendant les mains vers moi et me suppliant de le sauver. J'aurais pu lui tirer une balle dans le cœur sans en perdre le sommeil, mais le faire brûler vif, c'était de la torture. En principe, je ne fais pas dans la torture. Et c'était sans parler du fait qu'Ellie Quinlan s'était déjà transformée en vampire, ce qui la rendait légalement vivante. Je les avais tués tous les deux, et ça n'avait pas été beau à voir.

Richard me dévisageait avec une expression proche de l'horreur.

— Tu as fait brûler vifs l'homme et la femme vampire ? souffla-t-il comme s'il n'en croyait pas ses oreilles.

Je regardai le brun de ses yeux émerger de nouveau à la surface. La forme même de ses yeux se modifia. Ça devait faire mal, mais si c'était le cas, il n'en laissa rien paraître.

— Ça n'était pas prémédité, Richard. Je ne voulais pas que ça se passe ainsi, mais j'aurais fait n'importe quoi pour échapper à Seraphina. N'importe quoi.

— Je ne comprends pas.

— Je sais.

— Il n'y a pas de honte à avoir survécu, ma petite.

Je me tournai vers Jean-Claude. Lui ne semblait pas choqué le moins du monde. Son visage était toujours aussi vide et ravissant que celui d'une poupée.

— Dans ce cas, pourquoi ne manifestez-vous aucune émotion ?

La vie revint à son visage, emplissant ses yeux, remuant sous sa peau jusqu'à ce qu'il soit de nouveau là, en train de me fixer. Son regard n'était pas celui auquel je m'attendais. Dedans, il y avait toujours de la peur, mais aussi de la surprise et de l'inquiétude.

— C'est mieux ? demanda-t-il.

— Oui. (Je fronçai les sourcils.) Qu'est-ce qui vous inquiète ?

Il soupira.

— Toute honnêteté finit par être punie, mais d'habitude, ça n'arrive pas aussi vite.

— Répondez-moi, Jean-Claude.

Par-delà mon épaule, son regard se posa sur les loups-garous qui attendaient derrière Richard.

— Personne ne devra jamais parler à personne de ce qui vient de se passer ici.

— Pourquoi ? s'enquit Richard.

— Parce que ça embarrasserait ma petite.

— C'est vrai, mais ce n'est pas ce que vous avez voulu dire. Vous vous moquez bien de m'embarrasser. Sans compter que cette histoire ferait une menace géniale à agiter sous le nez de vos vampires. Ça leur flanquerait une trouille bleue.

— Justement.

Je soupirai.

— Cessez de parler par énigmes et expliquez-vous.

— Je ne veux pas que ceci… (Il désigna ses vampires d'un geste.) … Parvienne aux oreilles du conseil.

Richard et moi demandâmes d'une même voix :

— Pourquoi ?

— Tout simplement parce qu'ils te tueraient.

— Je suis votre servante humaine reconnue. Vous avez dit que ce statut me protégerait.

— Si on leur rapporte que tu es capable de choses aussi extraordinaires, ils voudront venir s'en assurer par eux-mêmes, ma petite. Et leurs envoyés sauront instantanément que tu ne portes pas mes marques : que tu n'es ma servante que de nom. Ça ne leur suffira pas. Sans lien formel entre nous, ils ne te feront pas confiance.

— Alors, ils la tueront, juste pour ça ? lança Richard.

Il se rapprocha de moi comme pour me toucher, mais ses mains hésitèrent au-dessus de mes épaules.

Sans le regarder, je lâchai :

— Je fais brûler vifs des gens une seule fois, et tu ne veux plus me toucher. Bonjour les préjugés.

J'avais voulu plaisanter, mais malgré moi, je m'étais exprimée d'une voix un peu trop dure. Ses mains m'agrippèrent fermement les épaules.

— Ce que tu as fait… Ça te perturbe beaucoup, n'est-ce pas ?

Je pivotai pour voir son visage.

— Evidemment que ça me perturbe ! Je ne me suis pas contentée de tuer Magnus, je l'ai torturé à mort. Ellie Quinlan ne méritait pas de brûler vive.

Je secouai la tête et voulus m'écarter de lui. Il laissa glisser ses bras dans mon dos et me retins avec douceur.

— Je suis désolé que tu aies dû en arriver là. (Il leva une main pour me caresser les cheveux.) Ton regard est hanté par ce que tu as fait. Ne le prends pas mal, mais ça me rassure de voir cette douleur dans tes yeux.

Cette fois, je le repoussai.

— Tu croyais vraiment que je pourrais tuer quelqu'un de la sorte et ne rien ressentir ?

Il soutint mon regard, mais je vis bien qu'il lui en coûtait.

— Je n'en étais pas sûr.

Je secouai la tête.

Jean-Claude prit ma main gauche – l'autre tenait toujours le Firestar. Il me fit pivoter vers lui, porta ma main à ses lèvres et s'inclina lentement tout en déclarant :

— Rien de ce que tu pourras jamais faire ne m'ôtera le désir de te toucher.

Il me baisa la main. Ses lèvres s'attardèrent un peu plus longtemps que la politesse ne l'aurait voulu. Sa langue me caressa la peau, et je me dégageai.

— Ça vous fait peur que je puisse relever des vampires comme ça.

— Peut-être, ma petite, mais je te fais peur depuis des années, et pourtant, tu es toujours là.

Là, il marquait un point.

Je fixai Willie.

— Voyons si nous pouvons les remettre tous à leur place.

J'espérais en être capable. Je voulais récupérer Willie, même si ce n'était qu'un faux-semblant. Il marchait, il parlait, c'était quand même Willie. Ou peut-être voulais-je seulement que ça le soit. Peut-être en avais-je besoin.

29

— Emmenez-moi à la salle des cercueils, réclamai-je.

— Pourquoi ? interrogea Jean-Claude.

Quelque chose dans la façon dont il avait prononcé ce mot me poussa à le dévisager.

— Parce que je vous le demande.

— Comment réagiraient mes serviteurs si je laissais l'Exécutrice pénétrer dans leur sanctuaire pendant qu'ils s'y reposent, impuissants ?

— Je ne vais tuer personne aujourd'hui. Du moins, pas intentionnellement.

— Je n'aime pas la façon dont tu as dit ça, ma petite.

— Le pouvoir incontrôlé est imprévisible, Jean-Claude. Toutes sortes de choses déplaisantes pourraient se produire. Si je veux contrôler le processus, j'ai besoin de voir l'endroit où je dois ramener vos vampires.

— Quelle sorte de choses déplaisantes ? s'enquit Richard.

C'était une bonne question. Comme je volais plus ou moins en aveugle, je n'avais pas de bonne réponse à y apporter.

— Remettre des morts en terre nécessite moins de pouvoir que de les relever. Si nous nous bornons à conjurer du pouvoir au hasard pour forcer vos vampires à regagner leur cercueil…

Je secouai la tête.

— Vous risquez d'éteindre leur force vitale, déclara Cassandra.

Je la fixai.

— Que voulez-vous dire ?

— Vous allez procéder de la même façon qu'avec des zombies. Or, lorsque vous remettez des zombies en terre, vous les forcez à redevenir morts, n'est-ce pas ?

Je ne l'avais pas vraiment envisagé sous cet angle, mais elle avait raison.

— Si vous forcez les vampires à regagner leur cercueil, vous les forcerez à redevenir morts comme des zombies, exact ?

— Oui.

— Mais vous ne voulez pas qu'ils restent morts en permanence.

Ma tête commençait à me faire mal.

— Non, je ne le veux pas.

— Comment se fait-il que tu sois aussi calée en nécromancie, Cassandra ? demanda Jean-Claude.

— J'ai une maîtrise en théorie magique.

— Ça doit faire bien sur un CV, grimaçai-je.

— Pas vraiment, mais dans les circonstances présentes, ça peut nous être très utile.

— Savais-tu que ta nouvelle recrue était aussi savante, Richard ? interrogea Jean-Claude.

— Oui. C'est l'une des raisons pour lesquelles je lui ai donné la permission de s'installer ici.

— La permission de s'installer ici ? répétai-je. Pourquoi avait-elle besoin de ta permission ?

— Un loup-garou doit obtenir la permission du chef de meute local avant de pouvoir pénétrer sur un nouveau territoire. S'il ne le fait pas, c'est considéré comme un défi envers l'autorité du chef de meute.

— A-t-elle dû demander ta permission ou celle de Marcus ?

— Les deux, répondit Cassandra. La plupart des loups-garous n'approcheront pas de St-Louis tant que ce conflit de pouvoir ne sera pas résolu.

— Dans ce cas, pourquoi es-tu venue, ma louve ? lui demanda Jean-Claude.

— Ce que j'avais entendu dire au sujet de Richard

me plaisait. Il essaye de faire entrer la meute dans le XXe siècle.

— Aviez-vous l'intention de devenir sa lupa ? m'enquis-je.

Eh oui : la jalousie pointait de nouveau le bout de son hideux museau.

Cassandra sourit.

— Disons que j'avais envisagé cette possibilité. Mais la place est déjà prise. Je suis venue pour éviter le combat, pas pour le déclencher.

— Dans ce cas, je crains que tu aies choisi le mauvais endroit, fit remarquer Jean-Claude.

Elle haussa les épaules.

— Si j'avais attendu que la bataille soit terminée et la sécurité rétablie, je ne vaudrais pas grand-chose, non ?

— Tu es venue te battre au côté de M. Zeeman ?

— Je suis venue parce que j'approuve ce qu'il essaye de faire.

— Vous n'approuvez pas le fait de tuer d'autres loups-garous ? demandai-je.

— Pas vraiment.

— Eh bien, Richard, on dirait que tu as trouvé une âme sœur, affirma Jean-Claude en souriant, avec un air un peu trop satisfait.

— Cassandra croit que la vie est sacrée. Comme beaucoup de gens, fit valoir Richard.

Il n'avait pas tort, mais il refusait de soutenir mon regard.

— Si tu penses qu'elle ferait une meilleure compagne pour toi, je ne vous mettrai pas de bâtons dans les roues.

Il se tourna vers moi avec un air de stupéfaction absolue.

— Anita... (Il secoua la tête.) Je suis amoureux de toi.

— Tu t'en remettras.

Faire cette offre m'avait serré le cœur, mais j'étais sincère. Richard et moi avions des différences d'opinion fondamentales. Ça ne changerait pas. L'un de nous allait être obligé de faire des concessions, et ça ne serait pas moi. Alors même si ça me faisait un mal de chien, je ne retirai pas mon offre.

Richard vint se planter devant moi, et tout ce que je pus voir fut sa poitrine nue. Il y avait des sillons sous son mamelon gauche, des traînées de sang qui fonçait en séchant sur sa peau. Il me prit le menton et me força à lever la tête jusqu'à ce que nos regards se croisent. Puis il étudia mon visage comme s'il ne l'avait jamais vu avant.

— Si je te perdais, je ne m'en remettrais jamais, Anita, affirma-t-il gravement.

— Toute une vie à passer au côté d'une meurtrière, ça risque d'être long.

— Rien ne t'oblige à être une meurtrière.

Je m'écartai de lui.

— Si tu restes avec moi dans l'espoir que je vais finir par mollir et par devenir une gentille fille bien comme il faut, tu ferais aussi bien de me plaquer tout de suite.

Il me saisit les bras et m'attira de nouveau contre lui.

— Je te veux, Anita. Je te veux tout entière.

Il m'embrassa, les bras verrouillés derrière mon dos. Je glissai mes mains autour de sa taille sans lâcher mon Firestar, et pressai mon corps contre le sien assez fort pour constater qu'il était content de me voir.

Nous dûmes nous séparer pour reprendre de l'air, et je reculai en riant à moitié, sans toutefois m'arracher à son étreinte. Du coin de l'œil, j'aperçus Jean-Claude sur ma droite, et l'expression de son visage effaça le sourire du mien. Ce n'était pas de la jalousie, mais de la faim, du désir. Nous regarder nous embrasser l'avait excité.

Je m'écartai de Richard et vis que j'avais du sang sur les mains. C'était difficile à distinguer sur mon polo bleu marine, mais je sentais des taches mouillées à l'endroit où je m'étais pressée contre ses égratignures. Certaines de ses plaies étaient assez profondes pour suinter encore du sang.

A présent, Richard aussi fixait Jean-Claude. Je pivotai vers Jean-Claude en levant ma main ensanglantée et m'approchai de lui. Son regard demeura rivé sur le sang frais, pas sur moi. Je m'arrêtai à moins de trente centimètres de lui, en lui brandissant ma main sous le nez.

— Si vous aviez le choix, que préféreriez-vous en ce moment : du sexe ou du sang ?

Il leva les yeux vers moi, les baissa vers ma main, puis les leva à nouveau vers moi au prix d'un effort visible.

— Demande à Richard ce qu'il préférerait juste après s'être changé en loup : du sexe, ou de la viande ?

Je reportai mon attention sur Richard.

— Alors ?

— Juste après m'être changé en loup, de la viande, répondit-il comme si j'aurais dû m'en douter.

Je hochai la tête, glissai le Firestar dans la ceinture de mon jean et approchai ma main des lèvres de Jean-Claude. Celui-ci me saisit le poignet.

— Ne me provoque pas, ma petite. Mon self-control n'est pas illimité.

Un frisson parcourut le bras avec lequel il me tenait. Il ferma les yeux et détourna la tête.

Je posai ma main sur sa joue et le forçai à me regarder en face.

— Qui a dit que je cherchais à vous provoquer ? demandai-je doucement. Emmenez-nous à la salle des cercueils.

Il scruta mon visage.

— Que m'offres-tu, ma petite ?

— Du sang.

— Et du sexe ?

— Lequel des deux préféreriez-vous, là tout de suite ?

Je le fixai, comme si mon regard pouvait forcer la vérité à faire surface sur ses traits.

Il eut un rire tremblant.

— Du sang.

Je souris et retirai ma main.

— Souvenez-vous : c'est vous qui avez choisi.

Une expression de surprise et d'ironie mêlées passa sur son visage.

— Touché, ma petite. Mais je commence à espérer que ça ne sera pas la dernière fois que tu me donneras ce choix.

Il y avait dans sa voix, dans son regard, une chaleur qui me fit frémir de la tête aux pieds alors que je me tenais si près de lui.

Par-dessus mon épaule, je jetai un coup d'œil à Richard. Il nous observait. Je m'attendais à ce qu'il manifeste de la jalousie ou de la colère, mais dans ses yeux, je ne lus que du désir. J'étais à peu près certaine qu'en cet instant, il aurait choisi le sexe ; néanmoins, la perspective d'un peu de sang par-dessus le marché ne semblait pas l'inquiéter. Elle avait même plutôt l'air de l'exciter.

Je commençais à me demander si, par hasard, le vampire et le loup-garou n'auraient pas des goûts identiques en matière de préliminaires. Cette idée aurait dû m'effrayer, mais ça n'était pas le cas. C'était très, très mauvais signe.

30

La dernière fois que je m'étais trouvée dans la salle des cercueils sous le Cirque des Damnés, j'étais venue pour tuer l'actuel Maître de la Ville. Et tous les autres vampires présents sur les lieux. Les choses avaient bien changé depuis…

Des spots mobiles blancs, fixés aux murs, projetaient un doux halo lumineux sur chacun des sept cercueils. Le couvercle de trois d'entre eux était ouvert, révélant l'absence de leur occupant habituel. Tous étaient modernes et spacieux, en bois de chêne vernis et teinté en noir, munis de poignées d'argent. Ceux qui étaient ouverts arboraient un capitonnage de satin de différentes couleurs : blanc, bleu, rouge. Le rouge contenait une épée dans son fourreau sur mesure – une putain d'épée à deux mains aussi longue que je suis haute. Une paire de dés en peluche absolument hideux était suspendue à l'intérieur du blanc. Ça devait être celui de Willie. Dans le bleu, j'aperçus un petit oreiller qui dégageait une odeur douceâtre. Je le palpai. Il était rempli d'herbes séchées.

— Pour aider à l'endormissement et procurer de beaux rêves, dis-je à personne en particulier.

— As-tu une raison de toucher leurs affaires personnelles, ma petite ? s'enquit Jean-Claude.

Je le fixai.

— Quel genre de gri-gri gardez-vous dans votre cercueil ?

Pour toute réponse, il me sourit.

— Pourquoi les cercueils sont-ils tous identiques ?

— Si tu venais ici pour nous tuer, par où commence-rais-tu ?

Je jetai un regard à la ronde.

— Je ne sais pas, répondis-je. Si un assassin débarquait ici, il ne pourrait pas deviner où se trouve le plus vieux d'entre vous, et encore moins le Maître de la Ville. Ça vous protège, mais ça met les autres en danger.

— Si quelqu'un venait ici dans l'intention de nous tuer, ma petite, il en irait de l'intérêt de chacun que les plus anciens d'entre nous ne soient pas éliminés les premiers. Il y aurait toujours une chance qu'ils se réveillent à temps pour sauver les autres.

J'acquiesçai.

— Mais pourquoi des cercueils si hauts et si larges ?

— Voudrais-tu passer l'éternité sur le dos, ma petite ? (Souriant, il vint s'adosser au cercueil ouvert et croisa les bras sur sa poitrine.) Il existe tant de positions plus confortables…

Je sentis mes joues s'empourprer.

Richard nous rejoignit.

— Allez-vous continuer à bavarder jusqu'au coucher du soleil, ou avez-vous l'intention d'agir ?

Il s'appuya contre l'extrémité fermée du cercueil, ses avant-bras reposant sur le bord. Il y avait une estafilade sanglante sur le haut de son bras droit. Il se comportait comme s'il était chez lui.

Jason, toujours poilu et assez énorme pour servir de monture, s'approcha en faisant cliqueter ses griffes sur le sol de pierre. Il était assez haut au garrot pour pouvoir lécher le bras blessé de Richard sans se dresser sur ses pattes postérieures. Par moments, Richard me semble trop normal pour s'intégrer à ma vie. Ça n'était pas un de ces moments-là.

— Oui, nous avons l'intention d'agir, répondis-je.

Richard se redressa et passa ses doigts dans ses cheveux épais, ce qui eut pour effet, d'une part de les écarter de son visage, et d'autre part, de mettre en valeur sa poitrine bombée. Pour la première fois, je me demandai s'il l'avait fait exprès.

Je scrutai son visage en quête de cette provocation sexuelle que je lisais parfois sur celui de Jean-Claude, cette intime conviction que chacun de ses mouvements m'affectait. Mais je ne vis rien. Le visage de Richard était aussi séduisant que dénué de malice ou d'arrière-pensées.

J'échangeai un regard avec Jean-Claude. Il haussa les épaules.

— Si tu ne le comprends pas, ne t'adresse pas à moi. Je ne suis pas amoureux de lui.

Richard eut l'air étonné.

— J'ai manqué quelque chose ?

Il gratta la gorge du loup, pressant la tête de celui-ci contre sa poitrine. Le loup émit un gémissement de plaisir aigu. Content d'être rentré dans les bonnes grâces de son chef de meute, j'imagine.

Je secouai la tête.

— Pas vraiment.

— Pourquoi sommes-nous ici ? interrogea Stephen.

Il se tenait aussi près de la porte qu'il pouvait l'être sans sortir de la pièce. Ses épaules étaient toutes voûtées. Il avait peur, mais de quoi ?

Cassandra se trouvait entre lui et nous, le visage neutre, indéchiffrable à l'exception d'une certaine lassitude autour de ses yeux. Comme Stephen, elle portait un jean et un maxi T-shirt. Le sien était vert foncé, avec une grosse tête de loup aux énormes yeux jaunes imprimée sur le devant. Celui de Stephen était bleu pâle.

— Qu'est-ce qui ne va pas, Stephen ? lança Richard.

Stephen cligna des yeux et secoua la tête.

— Nous avons tous entendu Anita dire à Jean-Claude qu'elle aurait besoin de plus de sang. De sang frais, répondit Cassandra à sa place. (Elle me fixa avant d'ajouter :) Je pense que Stephen s'inquiète de savoir d'où viendra ce sang.

— Je ne suis pas branchée sacrifice humain, la rassurai-je.

— Certaines personnes ne considèrent pas les lycanthropes comme des humains, répliqua-t-elle.

— Moi, si.

Elle me fixa, essayant de juger si j'étais sincère ou non. Certains lycanthropes sont capables de déceler le mensonge. J'aurais parié qu'elle était l'une d'entre eux.

— Dans ce cas, demanda-t-elle enfin, où allez-vous vous procurer le sang nécessaire ?

C'était une bonne question. Je n'étais pas sûre d'avoir une bonne réponse.

— Je ne sais pas, mais il n'y aura pas besoin de tuer quelqu'un.

— Vous en êtes sûre ?

— S'il y a besoin de tuer quelqu'un pour les ramener, ils resteront comme ils sont. Ils sont déjà morts ; je ne vais pas tuer quelqu'un d'autre pour les ramener.

Cela dit, je reportai mon attention sur les trois vampires qui attendaient, toujours immobiles. Liv, Willie et, à ma grande surprise, Damian. Etre capable de relever des vampires était déjà assez impressionnant en soi ; être capable de relever un vampire aussi puissant que Damian était carrément effrayant. Il n'était pas un maître vampire, ne le serait jamais, mais je n'aurais pas voulu l'affronter en combat à la loyale.

A présent, il se tenait devant moi, vêtu de son collant de lycra vert et de sa ceinture de pirate. Son torse nu scintillait comme du marbre musclé dans le doux éclat des spots, et ses yeux verts me fixaient avec la patience inébranlable dont seuls sont capables les morts.

— Tu frissonnes, ma petite.

— Si nous voulons conjurer à nouveau le pouvoir, nous avons besoin de sang. (Je fixai Jean-Claude et Richard.) Et si Richard doit affronter Marcus ce soir, je préfère que ça ne soit pas lui qui nous fournisse une deuxième tournée.

Jean-Claude pencha la tête sur le côté. Je m'attendais à ce qu'il dise quelque chose d'irritant, mais il ne le fit pas. Peut-être que même un vieux singe peut apprendre à faire la grimace.

— Il ne plantera pas ses crocs dans toi, protesta Richard.

La colère assombrissait ses yeux bruns et les faisait étinceler. Il était encore plus beau quand il était en colère. Cette aura d'énergie désormais familière flamboya autour de lui, assez près de moi pour ramper sur ma peau.

— Tu ne peux pas donner ton sang deux fois à intervalle aussi rapproché, alors que Marcus n'attend qu'une occasion de te faire la peau.

Il me saisit par le haut des bras.

— Tu ne comprends pas, Anita. Pour lui, boire le sang de quelqu'un, c'est comme lui faire l'amour.

De nouveau, je m'attendis à ce que Jean-Claude intervienne, et de nouveau, il s'abstint. J'étais bien obligée de l'avouer. Et merde.

— Ça ne sera pas la première fois, Richard.

Ses doigts s'enfoncèrent dans ma chair.

— Je le sais. J'ai vu les marques de crocs sur ton poignet. Mais souviens-toi, personne ne te contrôlait mentalement quand c'est arrivé.

— Je me souviens, acquiesçai-je. Ça m'a fait un mal de chien.

Richard m'attira vers lui, en me tenant toujours par le haut des bras, et me souleva sur la pointe des pieds comme une poupée.

— Sans contrôle mental, c'est comme un viol. Cette fois, ce sera réel.

— Tu me fais mal, Richard.

Ma voix était calme, égale, mais l'expression de son visage, la tension de son corps me faisaient peur. Leur intensité me mettait mal à l'aise.

Il se détendit, mais ne me lâcha pas pour autant.

— Prends le sang de Jason ou celui de Cassandra.

Je secouai la tête.

— Ça marcherait peut-être, et peut-être pas. Si le sang vient de l'un de nous trois, je sais que ça marchera. Et puis, as-tu vraiment le droit d'offrir le sang de quelqu'un d'autre sans lui demander d'abord son avis ?

Un doute glissa derrière ses yeux, et il me lâcha. Ses longs cheveux tombèrent en avant, dissimulant son visage.

— Tu dis que tu m'as choisi. Que tu es amoureuse de moi. Que tu ne veux pas coucher avec lui. Et maintenant, tu me dis que tu veux qu'il se nourrisse de toi. C'est aussi grave que de faire l'amour avec lui.

Il se mit à faire les cent pas dans la pièce, contournant les vampires immobiles à longues enjambées nerveuses qui emplirent l'air d'un frémissement tiède.

— Je n'ai pas dit que je comptais le nourrir.

Il se figea entre les cercueils, le regard fixé sur moi.

— Mais c'est pourtant ce que tu vas faire, non ?

— Non. Ça ne m'intéresse pas.

— Elle dit la vérité, intervint enfin Jean-Claude.

— Vous, restez en dehors de tout ça, cracha Richard en tendant un index accusateur vers lui.

Jean-Claude s'inclina courtoisement et garda le silence. Il se comportait beaucoup trop sagement. Ça me rendait nerveuse. Evidemment, Richard faisait assez de foin pour deux.

— Dans ce cas, laisse-moi le nourrir une deuxième fois.

— Ce n'est pas sexuel pour toi aussi ? m'étonnai-je.

Richard secoua la tête.

— C'était toi que je regardais, Anita, pas lui. Un peu de douleur ne me dérange pas.

Ce fut mon tour de secouer la tête.

— Es-tu en train de dire que le laisser planter ses crocs dans mon corps te perturberait autant que de le laisser planter… ? (Je n'achevai pas ma phrase : il voyait très bien ce que je voulais dire.) Je considère que lui donner mon sang est le moindre des deux maux, Richard. Pas toi ?

— Si, siffla-t-il.

Son pouvoir emplissait la pièce comme de l'eau tiède et électrique. J'aurais presque pu m'y noyer.

— Alors pourquoi tu me prends la tête ? Nous ne

l'aurions pas fait la première fois, mais tu voulais que je le fasse. Tu voulais que nous le fassions.

Je marchai sur lui. Tout à coup, j'étais en colère, moi aussi.

— Tu ne veux pas tuer Marcus ? D'accord, mais ceci est le prix à payer. Tu veux assez de pouvoir pour contrôler la meute sans renoncer à ton humanité ? Très bien, mais ce genre de pouvoir n'est pas gratuit.

Je me plantai devant lui, si près que son énergie me picota la peau comme un millier d'aiguilles très fines, comme une expérience sexuelle à la frontière du plaisir et de la douleur.

— Il est trop tard pour reculer, maintenant. Nous n'allons pas laisser Willie et les autres dans cet état parce que tu as changé d'avis.

J'avançai encore, et nos deux corps se retrouvèrent si proches qu'une inspiration profonde les aurait mis en contact. Même si je savais que ça n'empêcherait pas les autres de nous entendre, je baissai la voix et dis :

— Ce n'est pas le sang qui te préoccupe. C'est le fait d'avoir aimé ça. (Puis, encore plus bas, de sorte que seul un souffle accompagna le mouvement de mes lèvres :) Ce n'est pas seulement moi que Jean-Claude est en train de séduire. C'est nous deux.

Richard me fixait d'un air paumé, désespéré. L'air d'un petit garçon qui vient de découvrir que le monstre sous le lit est bien réel, et qu'il baise sa mère.

Le pouvoir de Jean-Claude envahit la pièce, se mêlant à la tiédeur électrique de Richard comme un vent froid sorti de la tombe. Nous pivotâmes tous deux vers le vampire. Avec un sourire presque imperceptible, il défit la ceinture de sa robe de chambre et la laissa tomber à terre. Puis il glissa vers nous, ne portant que son pyjama de soie et une expression de triomphe, ses longs cheveux noirs déployés autour de son visage par le pouvoir qui émanait de lui.

Richard me posa une main sur l'épaule, et ce simple contact projeta une ligne d'énergie frémissante le long de ma peau. Le pouvoir était là si nous voulions le conjurer, juste en dessous de la surface. Nous n'avions pas besoin de toute cette mise en scène sexuelle.

Jean-Claude tendit une main pâle vers moi. Je la pris, et ce fut suffisant. Le circuit complété, ce pouvoir à la fois glacial et brûlant me submergea, me traversa et se communiqua à Richard. Je l'entendis hoqueter derrière moi. Jean-Claude fit mine de s'avancer comme pour presser son corps contre le mien. Je le retins à bout de bras avec la main qu'il serrait dans la sienne.

— Il est là, Jean-Claude, ne le sentez-vous pas ?

Il acquiesça.

— Ton pouvoir m'appelle, ma petite.

Les mains de Richard glissèrent sur mes épaules, et son visage effleura mes cheveux.

— Et maintenant ?

— Cette fois, nous allons chevaucher le pouvoir, déclara Jean-Claude. Ne pas le laisser nous chevaucher.

— Comment ? chuchota Richard.

Jean-Claude me fixa de ses yeux aussi profonds qu'un océan, et aussi pleins de secrets.

— Je crois que ma petite a un plan.

— Oui, j'en ai un, confirmai-je. (Mon regard passa de l'un à l'autre des deux hommes de ma vie.) Je vais appeler Dominic Dumare et lui demander s'il sait comment remettre des vampires dans leur cercueil.

Dominic avait été lavé de tout soupçon dans l'affaire du meurtre de Robert. Il avait un alibi en béton armé : il était avec une femme au moment du crime. Même si ça n'avait pas été le cas, je l'aurais appelé. Je voulais sauver Willie bien plus que je ne désirais venger Robert.

Une expression étrange passa sur le visage de Jean-Claude.

— Toi, demander de l'aide, ma petite ? C'est très inhabituel.

Je m'écartai d'eux deux. Nous pouvions conjurer à nouveau le pouvoir, j'en étais à peu près certaine. Je fixai le visage inexpressif de Willie et les dés en peluche suspendus à l'intérieur de son cercueil.

— Si je commets la moindre erreur, Willie ne reviendra pas. Je veux le récupérer.

Parfois, je pense que ce n'est pas Jean-Claude qui m'a convaincue que les vampires ne sont pas nécessairement des monstres. C'est Willie, ex-flic, et Dead Dave, propriétaire de bar. C'est un tas de vampires mineurs qui, à l'occasion, se comportent comme des gens décents. Jean-Claude possède un tas de qualités, mais la décence n'en fait pas partie.

31

Dominic Dumare arriva vêtu d'un pantalon noir et d'un blouson de cuir noir ouvert sur un T-shirt de soie grise. Hors de la présence de Sabin, il semblait plus décontracté, comme un employé pendant son jour de congé. Même sa moustache et sa barbe soigneusement taillées paraissaient moins guindées.

Il contourna les trois vampires que j'avais relevés. Nous étions retournés dans la pièce jonchée de gravats, pour qu'il puisse voir en même temps les zombies et les vampires. Il examina soigneusement Liv, Willie et Dave, les touchant ici et là. Puis il m'adressa une grimace qui fit étinceler ses dents blanches au milieu de ses poils noirs.

— Merveilleux. Tout simplement merveilleux.

Je luttai contre l'envie de le foudroyer du regard.

— Vous me pardonnerez de ne pas partager votre enthousiasme, dis-je sèchement. Pouvez-vous m'aider à les remettre comme ils étaient ?

— Théoriquement, oui.

— Quand les gens commencent à utiliser le mot « théoriquement », ça signifie qu'ils ne savent pas s'y prendre dans la pratique. Vous ne pouvez pas m'aider, n'est-ce pas ?

— Allons, allons… (Dominic s'agenouilla devant Willie et leva les yeux vers lui, l'étudiant comme un insecte sous un microscope.) Je n'ai pas dit que je ne pouvais pas vous aider. Même s'il est vrai que je n'avais encore jamais vu une chose pareille. Et vous dites l'avoir déjà fait avant.

Il se releva en époussetant son pantalon.

— Une fois, oui.

— Sans le triumvirat ?

J'avais été forcée de lui raconter. Je n'étais pas très calée en magie rituelle, mais je savais que si nous lui dissimulions la façon dont nous nous étions procuré une telle quantité de pouvoir, rien de ce qu'il pourrait inventer ne fonctionnerait. Ç'aurait été comme raconter aux flics que vous avez été cambriolé alors que quelqu'un a assassiné un membre de votre famille. Ils auraient enquêté sur le mauvais crime.

J'acquiesçai.

— La première fois, j'étais seule.

— Mais les deux fois se sont produites pendant la journée ?

— Oui.

— Logique, murmura-t-il. Nous ne pouvons relever des zombies qu'après le départ de leur âme. Donc, les vampires ne peuvent être relevés que pendant la journée : parce qu'au coucher du soleil, leur âme regagne leur corps.

Je n'allais même pas discuter le fait que les vampires possèdent une âme ou non. Je n'étais plus aussi sûre de la réponse qu'autrefois.

— Je ne peux pas relever de zombies pendant la journée. Et encore moins des vampires.

Dominic désigna les deux types de morts-vivants qui nous entouraient.

— C'est pourtant ce que vous venez de faire.

Je secouai la tête.

— La question n'est pas là. Je ne suis pas censée en être capable.

— Avez-vous essayé de relever des zombies normaux pendant la journée ?

— Non. L'homme qui m'a formée m'a dit que c'était impossible.

— Donc, vous n'avez jamais essayé ? insista Dominic.

J'hésitai.

— Vous avez essayé, devina-t-il.

— Je ne peux pas le faire. Je ne peux même pas conjurer le pouvoir dans la lumière du jour.

— Seulement parce que vous ne pensez pas en être capable.

— Refaites-la-moi ?

— La foi est l'une des composantes les plus importantes de la magie.

— Vous voulez dire que si je ne crois pas pouvoir relever des zombies pendant la journée, je ne pourrai effectivement pas ?

— Tout à fait.

— Ça n'a pas de sens, intervint Richard.

Adossé contre un des murs intacts, il avait gardé le silence pendant que je discutais magie avec Dominic. Jason, toujours sous sa forme de loup, était allongé à ses pieds. Stephen avait déblayé une partie des gravats pour s'asseoir près d'eux.

— Au contraire, répliquai-je, pensive. J'ai rencontré des tas de gens qui possédaient un grand pouvoir à l'état brut, et qui étaient pourtant incapables de relever quoi que ce soit. L'un d'eux croyait dur comme fer que c'était un péché mortel, et il s'obstinait à le bloquer. Mais qu'il l'accepte ou pas, il brillait littéralement de pouvoir.

— Un métamorphe peut nier sa nature autant qu'il veut : ça ne l'empêche pas de se transformer, fit remarquer Richard.

— A mon avis, c'est pour cette raison que la lycanthropie est généralement qualifiée de malédiction, déclara Dominic.

Richard me fixa avec une expression très éloquente.

— De malédiction, répéta-t-il.

— Tu ne dois pas en vouloir à Dominic, dit Jean-Claude. Il y a cent ans, personne n'envisageait que la lycanthropie puisse être une maladie.

— Vous vous souciez des sentiments de Richard ? raillai-je.

— Ton bonheur est lié au sien, ma petite.

Le nouveau comportement chevaleresque de Jean-

Claude commençait à me perturber sérieusement. Je ne croyais pas en sa sincérité.

— Si Anita ne pense pas pouvoir relever les morts pendant la journée, comment se fait-il qu'elle ait réussi quand même ? interrogea Cassandra.

Elle participait à notre discussion métaphysique comme si c'était un cours universitaire de théorie magique. J'avais rencontré des tas de gens comme elle à la fac : des théoriciens qui ne possédaient pas le moindre pouvoir, mais qui étaient capables de débattre pendant des heures du fonctionnement présumé d'un sort. Ils traitaient la magie comme de la physique avancée, une science pure qu'il n'existait pas de moyen infaillible de tester. Et que le ciel préserve ces réfugiés dans leur tour d'ivoire de mettre leurs théories à l'épreuve en lançant un sort pour de bon. Dominic n'aurait pas déparé au milieu d'eux, à ceci près que lui, il avait des pouvoirs.

— Les deux occasions correspondaient à des situations extrêmes, des cas de force majeure, déclara-t-il. C'est un peu comme le principe qui permet à une grand-mère de soulever le camion qui a roulé sur son petit-fils. Au pied du mur, nous nous découvrons souvent des ressources insoupçonnées.

— Mais ce n'est pas parce que la grand-mère a pu soulever un camion une fois qu'elle pourrait recommencer à volonté, objectai-je.

— Mmmh. Mon analogie n'est peut-être pas parfaite, mais vous voyez ce que je veux dire. Si vous prétendez le contraire, c'est juste pour m'embêter.

Cela me fit presque sourire.

— Donc, selon vous, je pourrais relever les morts en plein jour si je pensais en être capable.

— Oui.

Je secouai la tête.

— Je n'ai jamais entendu parler d'un réanimateur qui puisse faire ça.

— Mais vous n'êtes pas une simple réanimatrice, Anita. Vous êtes une nécromancienne.

— Moi, je n'ai jamais entendu parler d'un nécromancien qui puisse relever les morts en plein jour, affirma Jean-Claude.

Dominic haussa les épaules, un mouvement gracieux qui me rappela Jean-Claude et qui devait nécessiter au moins deux siècles de mise au point.

— Peut-être pas dans la lumière du jour. Mais certains vampires peuvent continuer à se mouvoir entre le lever et le coucher du soleil, pourvu qu'ils soient suffisamment protégés contre ses rayons, et je pense que le même principe s'applique aux nécromanciens.

— Donc, vous ne pensez pas qu'Anita pourrait relever des morts en plein jour et à l'extérieur ? demanda Cassandra.

De nouveau, Dominic haussa les épaules. Puis il éclata de rire.

— Là, vous m'avez eu, ma studieuse beauté. Il n'est pas impossible qu'Anita en soit capable, mais même moi, je n'ai jamais entendu parler d'une chose pareille.

Je secouai la tête.

— Ecoutez, nous pourrons discuter des implications magiques plus tard. Pour l'instant, pouvez-vous m'aider à trouver un moyen de remettre les vampires à leur place sans les abîmer ?

— Définissez « abîmer », réclama Dominic.

— Ne plaisantez pas, le rabroua Jean-Claude. Vous savez très bien ce qu'elle a voulu dire.

— Je veux l'entendre de sa bouche.

Jean-Claude me jeta un coup d'œil et haussa imperceptiblement les épaules.

— Quand la nuit tombera, je veux qu'ils se relèvent en tant que vampires. Si je me plante, je crains qu'ils restent juste morts. Définitivement.

— Vous m'étonnez, Anita. Votre réputation de fléau de la population vampirique locale a peut-être été exagérée.

Je le fixai. Avant que je puisse répliquer quelque chose qui aurait forcément sonné comme une vantardise, Jean-Claude prit la parole.

— Je pense que ce qu'elle a fait aujourd'hui prouve que sa réputation est amplement méritée.

Dominic et lui s'entre-regardèrent. Il me sembla voir quelque chose passer entre eux. Un défi, une reconnaissance, je ne sais pas trop.

— Elle ferait une servante humaine incroyable si seulement un vampire réussissait à la domestiquer, lâcha enfin Dominic.

Jean-Claude éclata de rire. Le son emplit la pièce d'échos qui frissonnèrent et dansèrent sur ma peau. Ils me traversèrent le corps, et l'espace d'un bref instant, je les sentis toucher quelque chose à l'intérieur de moi, là où aucune main n'aurait pu s'aventurer. Dans un autre contexte, ça aurait pu être sexuel. Là, c'était juste dérangeant.

— Ne refaites jamais ça, aboya Richard.

Il frotta ses bras nus comme s'il avait froid ou qu'il tentait d'effacer le souvenir de ce rire invasif.

Jason trottina jusqu'à Jean-Claude et lui fourra son museau dans la main. Il avait aimé ça.

Dominic s'inclina légèrement.

— Toutes mes excuses, Jean-Claude. Je vois que ma remarque était injustifiée. Si vous le souhaitiez, vous pourriez causer sciemment les dégâts que mon maître a causés accidentellement dans votre bureau.

— Mon bureau, rectifiai-je.

Pour ma part, je ne pensais pas que Jean-Claude soit capable de faire physiquement mal à quelqu'un avec sa seule voix. Nous nous étions déjà trouvés ensemble dans des situations où s'il avait pu le faire, il l'aurait fait. Mais c'était inutile d'en parler à Dominic.

Celui-ci s'inclina un peu plus profondément dans ma direction.

— Votre bureau, bien entendu.

— C'est bientôt fini, les blablas et les courbettes ? m'impatientai-je. Pouvez-vous oui ou non nous aider ?

— Je suis plus que disposé à essayer, déclara-t-il aimablement.

396

Je me dirigeai vers lui en me frayant un chemin parmi les gravats. Quand je fus aussi près que la politesse le permettait, et peut-être même à cinq ou dix centimètres de plus, je dis :

— Ces trois vampires ne sont pas des cobayes, Dominic. Nous ne sommes pas en train de nous livrer à une expérience universitaire de métaphysique magique. Vous avez offert de m'enseigner la nécromancie. Je pense que vous n'êtes pas à la hauteur. Comment pourriez-vous m'enseigner quoi que ce soit, quand je suis capable de faire des choses dont vous êtes incapable ? À moins, bien sûr, que vous puissiez également relever des vampires de leur cercueil…

Pendant que je parlais, je ne l'avais pas quitté du regard. Je vis ses yeux sombres se plisser, et la colère pincer ses lèvres. Son ego était aussi important que je l'avais espéré. Je savais qu'il ne me décevrait pas. Dominic ferait de son mieux pour nous aider, parce que sa fierté était en jeu.

— Dites-moi exactement de quelle façon vous avez conjuré le pouvoir, Anita, et j'élaborerai un sort qui devrait fonctionner – si vous possédez les facultés nécessaires pour le contrôler.

Je lui adressai un sourire volontairement condescendant.

— Si vous pouvez l'inventer, je pourrai le lancer.

— L'arrogance n'est pas un trait de caractère très attrayant chez une femme.

— Moi, je trouve ça très attrayant, à condition que ce soit justifié, répliqua Jean-Claude. Si vous veniez juste d'arracher trois vampires à leur repos diurne, ne feriez-vous pas preuve d'arrogance ?

Dominic sourit.

— Si, admit-il.

En réalité, je ne me sentais pas du tout d'humeur arrogante. J'avais peur. Peur d'avoir abîmé Willie, et qu'il ne se relève plus jamais. Je culpabilisais aussi par rapport à Liv et à Damian. Je ne les aimais ni l'un ni l'autre, mais je n'avais pas fait exprès de les mettre dans cet état. Je ne voulais pas éteindre accidentellement la force vitale de quiconque. Si j'avais éprouvé autant d'assurance que j'en avais exprimée en m'adressant à Dominic, mon estomac ne m'aurait pas fait aussi mal.

32

Dominic, Cassandra et moi réussîmes à mettre un sort au point. La partie de notre plan dont j'étais à l'origine n'avait rien de bien compliqué. Je renvoyais des zombies dans leur tombe depuis des années. Je pouvais le faire les doigts dans le nez. Dans la mesure du possible, j'allais régler ça comme n'importe quel autre boulot : je remettrai des morts en terre, rien d'autre. Je commencerais par les zombies, et je m'inquiéterais des vampires plus tard.

Je demandai à Cassandra d'aller chercher un de mes couteaux dans la chambre. Si j'avais servi de focus à un autre réanimateur, je ne l'aurais pas laissé planter ses dents dans ma petite personne, alors, pourquoi fallait-il que ce soit Jean-Claude qui tire avec ses crocs le sang dont nous avions besoin ? Il ne le fallait pas, ou du moins, je ne pensais pas qu'il le faille. Dominic partageait mon avis, mais lui non plus n'était pas sûr à cent pour cent. Donc, les zombies d'abord. Ils nous serviraient de test. Si le couteau ne fonctionnait pas, nous passerions aux canines, mais j'étais bien déterminée à m'accrocher au peu de normalité dont je disposais encore.

J'avais envoyé Stephen chercher un récipient pour recueillir le sang. Il était revenu avec un bol doré. Je me demandais s'il avait fait exprès de le choisir aussi petit, pour m'encourager à ne pas verser trop de sang. Pour un loup-garou, Stephen n'avait pas trop l'air porté là-dessus. Le bol était si bien poli qu'il brillait presque. A l'intérieur, je distinguais des bosselures laissées par un marteau à ciseler. C'était vraiment de l'or, et dès que je le pris en main, je sus qu'il était très ancien. Pourquoi est-ce que tout le monde pense qu'il faut un récipient spécial pour contenir du sang ? Un Tupperware aurait aussi bien fait l'affaire.

Nous nous trouvions toujours dans la salle jonchée de gravats où les zombies attendaient avec une patience dont seuls les morts sont capables. Certains des yeux qui me fixaient étaient enfoncés dans leurs orbites comme les yeux aveugles des poissons morts. Quelques crânes étaient carrément vides, et pourtant, ils semblaient quand même me regarder.

Je leur fis face, le fourreau de mon couteau fixé sur mon avant-bras gauche. Richard se tenait sur ma gauche, Jean-Claude sur ma droite. Conformément à ma requête, ils ne me touchaient pas.

Dominic avait réclamé suffisamment de détails sur le premier triumvirat pour m'embarrasser. Et il était tombé d'accord avec moi : nous pourrions sans doute conjurer le pouvoir sans avoir à nous grimper dessus les uns les autres. Ce qui lui avait valu un paquet de bons points. Après tout, nous prévoyions d'utiliser notre magie ce soir devant toute la meute. Je n'avais pas vraiment envie de me faire sauter devant une quantité pareille d'étrangers. D'accord, Jean-Claude et Richard ne m'avaient pas exactement sautée tout à l'heure, mais ça en avait été assez proche pour que je me réjouisse qu'il n'y ait pas eu de spectateurs.

Mon bel enthousiasme s'estompait. J'avais du mal à rester dans l'ambiance en regardant ces zombies partiellement pourris.

— Mes zombies tiennent le coup mieux que ça, d'habitude, fis-je remarquer.

— Si vous aviez tiré votre pouvoir de deux autres nécromanciens, ils seraient plus solides, déclara Dominic.

— C'est peut-être à cause du manque de contrôle, suggéra Jean-Claude.

Je me tournai vers lui.

— Ce que veut dire Dominic, c'est qu'une partie du

pouvoir qui a servi à les relever venait d'un homme mort.

— Crois-tu vraiment que je sois un homme mort, ma petite ?

Je fixai son visage ravissant et acquiesçai.

— Les vampires que j'ai relevés ne sont que des cadavres. Le pouvoir que nous avons employé est une forme de nécromancie. Et la nécromancie ne fonctionne que sur des sujets morts.

Il pencha la tête sur le côté.

— Je comprends tes paroles, ma petite, mais je ne pense pas que tu y croies. Pas complètement.

Je soupirai.

— Je ne sais plus à quoi je crois, avouai-je.

— En réalité, intervint Dominic, je ne pense pas que le fait que Jean-Claude soit un vampire ait la moindre importance. A mon avis, c'est plutôt dû au fait que ni lui ni Richard ne connaissent rien à l'art de relever les morts. Vous seule possédez ce talent. Avec un peu d'entraînement, vous pourriez sans doute canaliser le pouvoir dans des zombies parfaits, mais d'une certaine façon, Jean-Claude a raison. C'est à cause de votre manque de contrôle qu'ils sont dans cet état.

Il dut lire quelque chose sur mon visage, car il se hâta d'ajouter :

— Vous avez dû gérer simultanément trop de facteurs pour pouvoir prêter attention aux détails. Je pense que vous avez instinctivement libéré ces zombies en l'état, parce que c'est ce que vous faites de mieux. Vous possédez un instinct très sûr.

— Merci. Je crois.

Il sourit.

— Je sais que le temps presse. Comme la présence de Jean-Claude en témoigne, tous les vampires ne dorment pas jusqu'à la tombée de la nuit. Je crains que si l'un de ces trois-là dépasse son heure de réveil, il soit perdu à jamais. Mais je dois vous demander de faire une chose qui n'a rien voir avec votre problème, et tout à voir avec le mien.

— Quel problème ? m'enquis-je.

— Sabin, devina Jean-Claude.

Dominic acquiesça.

— Le temps presse pour lui aussi.

— Sabin, c'est le vampire que j'ai rencontré au club ? interrogea Cassandra.

— Oui. De quoi avez-vous besoin, Dominic ? Si c'est rapide, je vous l'accorde d'avance.

Il sourit.

— Merci, Anita. Concentrez-vous sur l'un de vos zombies. Tentez de le rapprocher de la perfection.

Je fronçai les sourcils.

— Guéris un de tes zombies, ma petite, reformula Jean-Claude.

— On ne peut pas guérir les morts, protestai-je. On peut juste leur donner une apparence plus vivante.

Dominic hocha la tête.

— Ça ferait très bien l'affaire.

— D'habitude, je fais ça pendant le dégagement de pouvoir initial. Je n'ai jamais essayé de modifier mes zombies après les avoir relevés.

— Essayez, je vous en prie.

— Ça aurait plus de chances de fonctionner si nous conjurions le pouvoir du triumvirat.

Il fit un signe de dénégation.

— Je ne suis pas sûr des répercussions que ça aurait sur le sort. Je pense que ce serait prendre un grand risque avec la vie de vos compagnons.

Je le fixai l'espace d'un ou deux battements de cœur.

— Vous laisseriez pourrir Sabin pour sauver mes amis ?

— Vous m'avez demandé de l'aide, Anita. Je ne pense pas que vous soyez le genre de femme à en demander souvent. Je considère le fait que vous vous soyez adressée à moi comme un grand compliment. Et ce serait mal vous en remercier que de mettre vos amis en danger pour sauver le mien. Si vous pouvez guérir un de vos zombies à froid, tant mieux. Si vous ne pouvez pas, nous nous occuperons de ces trois vampires.

— Un sentiment qui vous honore, commenta Jean-Claude.

— Par moments, l'honneur, c'est tout ce qui reste, répliqua Dominic.

L'homme et le vampire semblèrent partager un instant de parfaite compréhension. Des siècles d'histoire, sinon commune, du moins similaire. Et moi, j'étais hors du coup.

Je jetai un coup d'œil à Richard, et nous eûmes notre propre moment de parfaite compréhension. Nous appréciions notre espérance de vie limitée. Le fatalisme que nous avions entendu dans la voix de Dominic nous avait presque fait peur. Quel âge avait-il, au juste ? Je suis capable de deviner pour les vampires, mais jamais pour les serviteurs humains. Et je ne voulais pas poser la question. Le poids des ans dans les yeux bruns de Dominic me faisait redouter la réponse.

Je fixai le ravissant visage de Jean-Claude et me demandai si j'aurais pu me montrer aussi honorable, ou si j'aurais risqué n'importe quoi – n'importe qui – pour le guérir. Le voir mort serait une chose, mais le voir pourrir comme Sabin... Par beaucoup de côtés, ce serait pire que la mort.

Evidemment, Sabin était mourant. Aussi puissant qu'il soit, il ne pourrait pas préserver éternellement son intégrité physique. Ou peut-être que si. Peut-être que Dominic pourrait le coudre dans un sac étanche, comme les gants qu'il portait déjà. Peut-être qu'il pourrait continuer à vivre même après être devenu liquide. Ça, c'était une perspective vraiment atroce.

Je reportai mon attention sur les zombies. Ils soutinrent mon regard sans frémir. L'un d'eux était presque intact. Sa peau grise s'accrochait à ses os comme de l'argile. Un de ses yeux bleus me fixait, mais l'autre s'était ratatiné comme un raisin sec. Cela me rappela ce qui était arrivé à l'œil de Sabin.

Il serait plus facile de dire que je touchai mentalement le zombie et que je le guéris. Que je restaurai son œil et sa chair. Sauf que ce serait inexact. La vérité, c'est que je touchai l'étincelle en moi qui me permettait de relever les morts. Je l'attisai comme une flamme et la projetai à l'extérieur de moi, visant le zombie et chuchotant :

— Vis. Vis.

J'avais déjà contemplé ce phénomène, mais jamais il ne cesserait de me stupéfier. Sa peau flasque se remplit et se lissa. Une teinte rosée se répandit à la surface de son corps comme une vague de chaleur. Ses cheveux pareils à du foin poussèrent et se mirent à onduler, de nouveau bruns et doux. Son œil mort se gonfla comme un minuscule ballon et emplit son orbite. Même ses vêtements en lambeaux se reconstituèrent. Il portait un gilet et une montre à gousset en or, d'un style passé de mode depuis plus d'un siècle.

— Je suis très impressionné, déclara Dominic. Dans une autre tenue, il pourrait passer pour humain.

J'acquiesçai.

— Je fabrique de très beaux zombies, mais ça n'aidera pas votre maître.

— Appelez un des vampires de la salle des cercueils.

— Pourquoi ?

Il sortit un petit couteau en argent d'un fourreau dissimulé dans son dos. Je ne m'étais pas rendu compte qu'il était armé. C'était une négligence de ma part.

— Que comptez-vous faire avec ça ? interrogea Jean-Claude.

— Avec votre permission, je vais entailler un de vos vampires et demander à Anita de refermer la plaie.

Jean-Claude réfléchit quelques instants, puis hocha la tête.

— Juste une petite entaille, alors.

Dominic s'inclina.

— Bien entendu.

Sur un vampire, une petite entaille finirait pas cicatriser d'elle-même comme sur un humain. Si je ne parvenais pas à la refermer, il n'y aurait pas de mal. Même si je n'étais pas certaine que le vampire choisi comme cobaye partagerait ce point de vue.

— Anita ? Vous voulez bien essayer ? demanda Dominic.

J'appelai :

— Damian, venez à moi.

Jean-Claude haussa les sourcils, étonné par mon choix. S'il s'était attendu à ce que j'appelle Willie, il ne me comprenait vraiment pas. Willie était mon ami. Même mort, je ne voulais pas le blesser. Alors que Damian... Quelques heures plus tôt, il avait mentalement violé une femme à la *Danse mortelle*. En comparaison, une petite coupure, ce n'était rien du tout.

Damian entra, et balaya la pièce du regard jusqu'à ce que ses yeux se posent sur moi. Son visage était toujours aussi inexpressif. Plus inexpressif que celui d'une personne endormie : inexpressif comme seul peut l'être un mort.

— Damian, arrêtez-vous.

Il s'arrêta. Ses yeux étaient les plus verts que j'aie jamais vus. Plus verts que ceux de Catherine, plus félins qu'humains.

Dominic vint se planter devant lui. Il posa la lame d'argent sur sa joue et d'un geste vif, tira la pointe vers le bas. Du sang s'écoula de cette parfaite pâleur en un mince filet écarlate. Et le vampire ne réagit pas, ne cilla même pas.

— Anita, dit Dominic.

Je fixai Damian – non, l'enveloppe charnelle de Damian. Et je projetai mon pouvoir vers lui, en lui. Je lui ordonnai de vivre. Tel fut le mot que je lui chuchotai.

Le flux du sang ralentit, puis s'interrompit. Les bords de la plaie se ressoudèrent sans laisser de trace. C'était... facile.

Dominic tira un mouchoir de la poche de sa veste et essuya le sang sur le visage de Damian. Dessous, sa joue pâle était à nouveau intacte.

Ce fut Cassandra qui formula la première ce à quoi nous pensions tous.

— Elle pourrait guérir Sabin.

Dominic acquiesça.

— En effet, elle pourrait. (Il se tourna vers moi avec une expression de triomphe et de soulagement.) Vous aurez besoin du pouvoir du triumvirat pour le relever pendant la journée, mais une fois relevé, je pense que vous pourriez le guérir.

— Une coupure superficielle est une chose, protestai-je. Mais Sabin est… ravagé.

— Essayerez-vous ?

— Si nous arrivons à remettre ces vampires dans leur cercueil sans qu'ils gardent de trace de cette expérience, oui, j'essaierai.

— Demain ?

— Pourquoi pas ?

— J'ai hâte de raconter à Sabin ce que je viens de voir. Il n'a pas eu de raison d'espérer depuis si longtemps… Mais d'abord, nous devons nous occuper de vos amis. Je vous aiderai autant qu'il me sera possible.

Je souris.

— Je m'y connais suffisamment en magie pour savoir que tout ce que vous pourrez faire, c'est me donner des conseils depuis le banc de touche.

— Mais ce seront d'excellents conseils, répliqua-t-il en me rendant mon sourire.

Je le croyais. Dans l'intérêt de Sabin, il voulait que nous réussissions.

— D'accord, allons-y.

Je tendis mes mains à Jean-Claude et à Richard, qui les prirent docilement. Leur contact me fit du bien. Tous deux étaient tièdes et craquants, mais il n'y eut pas de magie instantanée entre nous. Pas d'étincelle.

Je compris que curieusement, nos jeux sexuels de la première fois avaient tenu lieu de rituel. Les rituels ne sont pas indispensables au lancement de tous les sorts, mais ils constituent un moyen de se concentrer, de se préparer à l'incantation. Je n'avais pas de cercle de sang à parcourir. Pas de sacrifice à tuer. Pas de composantes à manipuler. Tout ce que j'avais, c'était les deux hommes qui m'encadraient, mon propre corps, et le couteau sur mon avant-bras.

Je me détournai.

— Il ne se passe rien, constatai-je.

— Qu'est-ce que vous attendiez ? s'enquit Dominic.

Je haussai les épaules.

— Quelque chose. Je ne sais pas.

— Vous essayez trop fort, Anita. Détendez-vous ; laissez le pouvoir venir à vous.

Je roulai des épaules pour atténuer la tension qui les raidissait. En vain.

— Vous n'auriez pas dû me rappeler que certains vampires peuvent se relever avant la tombée de la nuit. C'est la fin de l'après-midi, et nous sommes sous terre. Il est peut-être déjà trop tard.

— Penser à ça ne vous aidera pas.

Je sentis Jean-Claude s'avancer dans mon dos. Avant même qu'il me touche, une vague de pouvoir tiède se déversa sur ma peau.

— Ne me touchez pas, ordonnai-je.

Il hésita.

— Qu'est-ce qui ne va pas, ma petite ?

— Rien.

Je pivotai vers lui. Je levai la main et la tins à quelques centimètres de sa poitrine nue. Alors, je sentis ce courant tiède se déplacer de sa peau jusqu'à la mienne. C'était comme si son corps respirait contre moi.

— Vous sentez ça ?

Il pencha la tête sur le côté.

— De la magie.

— Nos auras, précisai-je.

Je luttai contre l'envie de jeter un coup d'œil à Dominic, comme un joueur de foot qui consulte son entraîneur du regard pour savoir si c'était bien ce qu'il attendait de lui. J'avais peur de détourner les yeux, peur de perdre le contact. Je tendis mon autre main à Richard.

— Approche-toi, mais ne me touche pas.

Il eut l'air perplexe, mais fit quand même ce que je lui demandais.

Lorsque ma main se retrouva à quelques centimètres au-dessus de sa peau, le même courant tiède vint à ma rencontre telle une brise légère et captive. Je sentais l'énergie des deux hommes pulser contre la peau de chacune de mes mains. Fermant les yeux, je me concentrai sur cette sensation. Là. Je percevais une différence, ténue mais indéniable. L'énergie de Richard était un tremblement électrique qui me picotait ; celle de Jean-Claude était froide et lisse.

D'accord, nous pouvions toucher mutuellement nos auras. Et alors ? A quoi cela nous servirait-il ?

D'un geste brusque, je poussai mes mains en avant, à travers leur énergie, comme si je voulais forcer leur corps à la réabsorber. Ils hoquetèrent en même temps. Le choc remonta le long de mes bras et j'inclinai la tête, respirant avec difficulté dans la montée du pouvoir. Puis je la relevai pour soutenir leur regard.

J'ignore ce qui ce lisait sur mon visage, mais quoi que ce soit, cela n'eut pas l'air de plaire à Richard. Il fit mine de reculer. J'enfonçai mes ongles dans son estomac, juste assez pour retenir son attention.

— Ne romps pas la connexion.

Il déglutit. Ses yeux étaient écarquillés, pleins de quelque chose qui ressemblait à de la peur, mais il obéit et se figea. Je tournai mon regard vers Jean-Claude. Lui, il n'avait pas l'air effrayé. Il avait l'air aussi calme et maître de lui-même que je me sentais.

— Excellent, Anita. (La voix de Dominic parvint à mes oreilles, douce et basse.) Combinez leur pouvoir comme s'ils étaient deux autres réanimateurs. Vous servez de focus. Vous l'avez déjà fait. Vous avez remis des morts en terre un millier de fois. Ce ne sera qu'une fois supplémentaire.

— D'accord, entraîneur, soufflai-je.

— Qu'est-ce que tu as dit ? s'étonna Richard.

Je secouai la tête.

— Rien.

Je reculai lentement, les mains toujours tendues vers eux. Le pouvoir s'étira entre nous comme deux cordes jumelles. Il n'y avait rien à voir, mais à en juger l'expression de Richard, nous le sentions tous.

Je sortis mon couteau et saisis le bol doré sans baisser les yeux, le regard toujours rivé sur eux. Quoi qu'en dise Dominic, il y avait une différence entre ce que nous étions en train de faire et combiner mon pouvoir avec celui d'autres réanimateurs. Il y avait du désir. De l'amour. Ou quelque chose dans le genre. Quoi que ce soit, ça nous servait de combustible et de colle. Je n'avais pas vraiment de mot pour le désigner, mais ça ne changeait rien au fait que c'était là.

Tenant le bol dans ma main gauche et le couteau dans ma droite, je revins vers eux.

— Tenez le bol pour moi. D'une main chacun.

— Pourquoi ? s'enquit Richard.

— Parce que je vous le demande.

Il ouvrit la bouche comme pour protester. Je posai le plat de la lame contre ses lèvres.

— Si tu questionnes chacun de mes gestes, tu vas bousiller ma concentration.

J'écartai le couteau de sa bouche.

— Ne refais jamais ça, aboya-t-il d'une voix dure.

J'acquiesçai.

— Comme tu voudras.

Je tendis mon poignet au-dessus du bol et l'entaillai d'un mouvement rapide. Du sang emplit la plaie et tomba en grosses gouttes, éclaboussant les côtés et le fond du récipient doré. Eh oui ! ça faisait mal.

— A toi, Richard.

Je maintins mon poignet au-dessus du bol ; inutile de gaspiller.

— Que dois-je faire ?

— La même chose que moi.

De nouveau, il hésita, puis tendit son bras au-dessus du bol, le poing serré. De ma main gauche toujours ensanglantée, je le retournai pour exposer sa face intérieure, plus tendre. Le bol trembla dans son autre main.

Si Jean-Claude ne l'avait pas également tenu, il aurait sans doute renversé son contenu.

Je levai les yeux vers lui.

— Pourquoi cela te pose-t-il plus de problèmes que de laisser Jean-Claude boire ton sang ?

Il déglutit.

— La plupart des choses ne me posent pas de problèmes quand je pense au sexe.

— Ça, c'est parler comme quelqu'un qui ne possède qu'un seul chromosome X, raillai-je.

Je lui entaillai fermement le poignet pendant qu'il continuait à me fixer. Si je ne l'avais pas aussi bien tenu, il se serait rétracté.

La surprise initiale passée, il ne chercha pas à lutter. Il regarda son sang s'écouler dans le bol et se mélanger au mien. A présent, le fond du récipient disparaissait sous le liquide épais. Je lâchai la main de Richard, et il continua à tenir son poignet au-dessus du bol.

— Jean-Claude ?

Jean-Claude me tendit son poignet gracieux sans que j'aie besoin de le lui demander. Je le tins pour ne pas qu'il bouge, comme je l'avais fait avec celui de Richard. Quand je croisai son regard bleu foncé, je n'y vis pas la moindre peur : seulement une légère curiosité. J'entaillai son poignet, du sang écarlate se déversa de sa chair pâle à l'intérieur du bol. Aussi rouge que le nôtre. Humaine, lycanthrope, vampire : vous n'auriez pas pu dire lequel d'entre nous était quoi juste en nous regardant saigner.

Il n'y avait toujours pas assez de sang pour tracer un cercle de pouvoir autour de plus d'une soixantaine de zombies. En dehors d'un véritable sacrifice, il n'existe aucun moyen de s'en procurer une pareille quantité. Mais ce que je tenais dans mes mains était un cocktail magique extrêmement puissant. Dominic pensait que ça suffirait, et je l'espérais de toutes mes forces.

Un bruit détourna mon attention du sang et de la tiédeur croissante de notre pouvoir. Stephen et Jason étaient accroupis près de nous, le premier sous sa forme humaine, l'autre sous sa forme de loup, mais avec quelque chose d'identique dans le regard. De la faim.

Par-delà leurs têtes, je fixai Cassandra. Elle n'avait pas bougé, mais ses poings étaient serrés, et une pellicule de sueur brillait sur sa lèvre supérieure. Son expression était proche de la panique.

Dominic nous souriait. La vue du sang ne l'affectait pas. Il était le seul autre humain dans la pièce.

Jason poussa un grognement. Un grognement qui n'avait rien de menaçant, mais qui contenait un rythme étrange, comme s'il essayait de parler.

Stephen s'humecta les lèvres.

— Jason veut savoir si nous pouvons lécher le bol.

Je jetai un coup d'œil à Jean-Claude et à Richard. Ils gardèrent le silence, mais la tête qu'ils faisaient en disait long.

— Suis-je la seule personne dans cette pièce qui ne meure pas d'envie de boire ce sang ?

— A l'exception de Dominic… Je le crains, ma petite.

— Fais ce que tu as à faire, Anita, mais fais-le vite, ajouta Richard. C'est la pleine lune, et du sang frais reste du sang frais, pour quelque bonne raison qu'il ait été tiré.

Les deux autres vampires que j'avais relevés s'approchèrent de nous en traînant les pieds. Leur regard était toujours vacant, leur visage dénué d'expression comme celui d'une poupée de luxe.

— Tu les as appelés ? interrogea Richard.

— Non.

— C'est le sang qui les a appelés, révéla Dominic.

Les vampires entrèrent dans la pièce. Cette fois, ils ne me regardaient pas. Ils regardaient le sang, et à l'instant où ils le virent, quelque chose s'embrasa en eux. Je le sentis. De la faim. Il n'y avait personne à la maison, mais la faim était toujours là.

Les yeux verts de Damian fixaient le bol avec cette même faim. Son visage séduisant s'était changé en un masque bestial et primitif.

Je passai la langue sur mes lèvres et ordonnai :

— Arrêtez-vous.

Ils obéirent, mais continuèrent à fixer le sang fraîchement versé sans jamais lever les yeux vers moi. Si je n'avais pas été là pour le leur interdire, ils se seraient peut-être nourris. Nourris comme des revenants – des vampires pareils à des animaux ne connaissant rien d'autre que la faim, incapables de retrouver leur humanité ou leurs esprits.

Mon cœur battait dans ma gorge à la pensée de ce que j'avais failli provoquer. Leur faim n'aurait pas fait la différence entre humains et lycanthropes. La bataille aurait été terrible.

Je m'emparai du bol plein de sang et le pressai contre mon ventre, le couteau toujours dans ma main droite.

— N'ayez pas peur, dit Dominic. Remettez les zombies en terre comme vous l'avez déjà fait un millier de fois par le passé. Concentrez-vous sur cela, et sur cela seul.

— Une chose après l'autre, c'est bien ça ?

— Exactement.

Je hochai la tête.

— D'accord.

A l'exception des trois vampires, tous les occupants de la pièce m'observaient comme s'ils étaient persuadés que je savais ce que je faisais. J'aurais bien voulu que ce soit le cas. Même Dominic semblait confiant. Mais ça n'était pas lui qui devait remette plus de soixante zombies en terre sans cercle de pouvoir.

Je dus faire attention où je mettais les pieds sur le sol jonché de gravats. Il aurait été malvenu de trébucher et de renverser tout ce sang, tout ce pouvoir. Parce que c'était de ça qu'il s'agissait.

Dans mon dos, je sentais Jean-Claude et Richard comme deux morceaux de corde qui s'entortillaient en moi tandis que je me déplaçais. Dominic m'avait prévenue que je les sentirais. Quand je lui avais demandé comme j'en serais capable, ses explications étaient devenues plutôt vagues. La magie est un phénomène trop individuel pour se prêter aux généralisations. S'il m'avait affirmé une chose et que j'en avais éprouvée une autre, ça m'aurait fait douter. Il avait eu raison.

Je plongeai le couteau dans le bol et m'en servis pour projeter du sang sur les zombies immobiles. Seules quelques gouttes tombèrent sur eux, mais chaque fois que le sang en touchait un, je le sentais. C'était comme un impact de pouvoir, une décharge d'énergie.

Je m'arrêtai au centre de la pièce autrefois close, au milieu des zombies. Quand le sang toucha le dernier d'entre eux, le choc qui me parcourut m'arracha un hoquet de douleur. Je sentis le sang se refermer sur les morts. Comme quand je fermais un cercle de pouvoir, sauf que cette fois, la fermeture se produisit à l'intérieur de moi plutôt qu'à l'extérieur.

— Regagnez vos tombes, ordonnai-je. Retournez tous à la terre.

Les morts piétinèrent autour de moi, se positionnant comme des somnambules pour une partie de chaises musicales. Quand chacun d'eux atteignait sa place, il s'allongeait, et la terre se déversait sur lui comme de l'eau. Le sol les engloutit un à un et se lissa par-dessus eux, comme aplati par une main géante et invisible.

J'étais seule dans la pièce, avec la terre qui frémissait encore sous moi comme le pelage d'un cheval infesté de mouches. Lorsque la dernière vibration mourut, je pivotai vers le mur défoncé.

Jean-Claude et Richard se tenaient près de l'ouverture dans la pièce voisine, les trois loups-garous massés autour d'eux. Même Cassandra s'était agenouillée près du loup qui était Jason. Un peu en retrait, Dominic me fixait en grimaçant tel un père très fier de sa fille.

Je m'approchai d'eux, les jambes flageolant un tantinet, et trébuchai sur une pierre. Quelques gouttes de sang s'échappèrent du bol et tombèrent sur la terre battue. Soudain, le loup fut à mes côtés. Il se mit à lécher le sol. Je l'ignorai et continuai à marcher. Maintenant, les vampires.

Jean-Claude et les autres s'écartèrent pour me laisser passer comme s'ils avaient peur de me toucher. A l'exception de Dominic. Je sentis son pouvoir crépiter entre nous, frissonner sur ma peau et le long des cordes qui me reliaient à Richard et à Jean-Claude. Je déglutis et ordonnai :

— Reculez.

— Excusez-moi.

Il fit deux pas en arrière. Je le sentais toujours, mais plus autant.

— Ça ira ?

Je hochai la tête.

Les trois vampires attendaient avec leurs yeux affamés. Je les aspergeai de sang. Ils frémirent lorsque le liquide écarlate les toucha, mais je ne sentis pas de jaillissement de pouvoir. Je ne sentis rien du tout. Et merde.

Dominic fronça les sourcils.

— Le sang est encore tiède. Ça devrait fonctionner.

Jean-Claude se rapprocha. Je le sentis plus que je ne le vis, remontant la ligne de pouvoir qui nous reliait comme un poisson ferré par un pêcheur.

— Mais ça ne fonctionne pas.

— Non, soupirai-je.

— Dans ce cas, ils sont perdus.

Je secouai la tête. Willie fixait le bol de sang avec une expression de prédateur. Je croyais que la pire chose qui puisse lui arriver serait qu'il se rallonge dans son cercueil et qu'il soit vraiment mort. Mais je me trompais. Qu'il ressorte de son cercueil en rampant, sans penser à rien d'autre qu'à boire du sang, sans connaître d'autre sentiment que la faim, serait bien plus atroce. Je ne pouvais pas le libérer, pas encore.

— Quelqu'un a une idée brillante ? lançai-je à la cantonade.

— Donnez-leur le sang dans le bol, suggéra Dominic, mais dépêchez-vous avant qu'il soit froid.

Je ne discutai pas ; je n'avais pas le temps. J'essuyai le couteau sur mon jean et le remis dans son fourreau. Je pourrais toujours le nettoyer convenablement un peu plus tard. Pour le moment, j'avais besoin de mes deux mains.

Je trempai le bout de mes doigts dans le bol. Il était encore tiède, mais à peine. Les yeux du vampire étaient toujours bruns quand ils suivirent le mouvement de ma main, mais ce n'était plus Willie qui me regardait. Ce n'était tout simplement pas lui.

Je portai le bol doré à sa bouche et dis :

— Bois, Willie.

Sa gorge remua alors qu'il déglutissait furieusement, et je sentis quelque chose s'enclencher en moi. Il m'appartenait de nouveau.

— Arrête, Willie.

Il s'arrêta, et je lui repris le bol. Il ne tenta pas de le saisir, ne tenta pas le moindre geste. Ses yeux étaient de nouveau vides et inexpressifs au-dessus de sa bouche ensanglantée.

— Retourne dans ton cercueil, Willie. Allonge-toi dedans, et repose-toi jusqu'à la tombée de la nuit.

Le vampire se détourna et rebroussa chemin dans le couloir. J'espérai qu'il regagnerait bien son cercueil. Je m'en assurerais plus tard. Un de moins ; il en restait. Liv obéit comme une brave petite marionnette. Il n'y avait plus beaucoup de sang dans le bol lorsque je le portai aux lèvres de Damian.

Il but, sa pomme d'Adam jouant au yoyo. Le sang franchit sa gorge pâle et quelque chose m'effleura. Quelque chose qui n'était pas ma propre magie. Quelque chose d'autre. La poitrine de Damian se souleva en une profonde inspiration, comme celle d'un homme qui a manqué de se noyer. Et ce quelque chose me projeta en arrière, m'arracha mon pouvoir et le retourna contre moi.

C'était comme si une porte venait de me claquer au nez, et c'était bien plus que ça. Une force invisible me percuta de plein fouet. Le monde bascula autour de moi. Des taches grises et blanches dévoraient ma vision. Mes propres battements de cœur résonnaient à l'intérieur de ma tête avec une intensité assourdissante. Leurs pulsations me poursuivirent dans les ténèbres. Puis même cela disparut.

33

Lorsque je repris connaissance, la première chose que je vis fut les draperies blanches au-dessus du lit de Jean-Claude. Je sentis un chiffon mouillé sur mon front, et entendis des voix qui se disputaient.

Pendant quelques secondes, je restai allongée sur le dos, me contentant de cligner des yeux. Je ne me souvenais pas comment j'étais arrivée ici. Je me souvenais juste d'avoir été expulsée hors de Damian. Comme une intruse, un parasite contre lequel il avait voulu se protéger. La force qui m'avait frappée n'était pas maléfique. Mais elle n'était pas bienveillante non plus. Disons plutôt neutre.

Les voix étaient celles de Jean-Claude et de Richard. Et leur dispute me concernait. Quelle surprise...

— Comment pouvez-vous la laisser mourir alors que vous avez les moyens de la sauver ? s'exclama Richard.

— Je ne crois pas qu'elle soit mourante, mais même si c'était le cas, je n'envahirais pas son esprit sans sa permission, répondit calmement Jean-Claude.

— Même pour la sauver ?

— Même pour la sauver.

— Je ne vous comprends pas.

— Peu importe. Anita serait d'accord avec moi.

J'ôtai le chiffon de mon front. J'aurais voulu me redresser, mais ça m'aurait demandé trop d'effort.

Richard s'assit sur le lit et me prit la main. Je n'étais pas sûre d'avoir envie de le laisser faire, mais j'étais encore trop faible pour l'en empêcher.

Jean-Claude se tenait derrière lui. Il me fixait. Son visage était inexpressif et parfait – un masque.

— Comment te sens-tu ? interrogea Richard.

Je dus déglutir avant de pouvoir articuler :

— Je ne sais pas trop.

Dominic entra dans mon champ de vision. Il s'était sagement abstenu d'intervenir dans la discussion. Et puis, il était déjà le serviteur humain d'un vampire. Que pouvait-il bien dire ? Que la marque était maléfique, ou qu'elle ne prêtait guère à conséquence ? Dans un cas comme dans l'autre, c'eût été un mensonge.

— Je suis content que vous soyez réveillée.

— Il m'a jetée dehors, croassai-je.

Dominic hocha la tête.

— Je sais.

— Qu'est-ce qui l'a jetée dehors ? s'enquit Richard.

Dominic me regarda. Je haussai les épaules.

— Quand le pouvoir qui anime le vampire est revenu et a trouvé Anita à l'intérieur de son corps, il l'en a expulsée.

Richard fronça les sourcils.

— Pourquoi ?

— Parce que je n'aurais pas dû être là, expliquai-je.

— Ce pouvoir… C'était son âme ? demanda Jean-Claude.

— J'ai déjà senti le contact d'une âme, et ce n'était pas ça, le détrompai-je.

Il me fixa. Je soutins son regard.

Richard toucha la naissance de mes cheveux encore humides.

— Je me fiche que ç'ait été une âme ou le croquemitaine. J'ai cru t'avoir perdue.

— Il semble que je survive toujours, peu importe le nombre de morts autour de moi, fis-je remarquer.

Il se rembrunit. Tant pis pour lui s'il le prenait mal.

— Damian va bien ?

— On dirait que oui, répondit Jean-Claude.

— A propos de quoi vous disputiez-vous, tous les deux ?

Il se tourna vers Dominic.

— Pourriez-vous nous laisser, je vous prie ?

Dominic sourit.

— Avec joie. J'ai hâte de parler avec Sabin. Demain, Richard et vous pourrez le relever, et vous, Anita… (Il m'effleura la joue.) … Vous pourrez le guérir.

Je n'aimais pas qu'il me touche, mais sur son visage, je lus un respect proche de l'adoration qui m'empêcha de lui gueuler dessus.

— Je ferai de mon mieux, me contentai-je d'affirmer.

— En toutes choses, je pense.

Sur ce, il nous souhaita une bonne fin de journée et se retira.

Quand la porte se fut refermée derrière lui, je répétai ma question :

— A propos de quoi vous disputiez-vous, tous les deux ?

Richard jeta un coup d'œil à Jean-Claude par-dessus son épaule, puis reporta son attention sur moi.

— Tu t'es arrêtée de respirer l'espace de quelques secondes. Ton cœur ne battait plus non plus. J'ai cru que tu mourais.

Je fixai Jean-Claude.

— Racontez-moi.

— Richard voulait que je te refasse la première marque. J'ai refusé.

— Malin, le vampire.

Il haussa les épaules.

— Tu t'es montrée extrêmement claire, ma petite. Je ne veux pas que tu m'accuses d'avoir à nouveau essayé de m'imposer à toi. Dans quelque sens que ce soit.

— Est-ce que quelqu'un m'a fait du bouche-à-bouche ?

— Tu t'es remise à respirer toute seule, dit Richard. (Il me pressa la main.) Tu m'as fait une de ces peurs…

Je retirai ma main.

— Donc, tu m'as offerte à lui comme servante humaine.

— Je croyais que nous nous étions mis d'accord

418

pour former une triade de pouvoirs. Peut-être que je ne comprends pas ce que ça signifie.

Je voulais vraiment me redresser, mais je n'étais pas certaine d'y arriver, aussi dus-je me contenter de froncer les sourcils.

— Nous partagerons nos pouvoirs respectifs, mais je ne laisserai pas Jean-Claude me marquer à nouveau. Si jamais il tente de me reprendre par la force, je le tuerai.

— Tu essaieras, ma petite. C'est une danse dans laquelle je n'ai pas envie de me lancer.

— Moi, je vais le laisser me marquer avant de partir rejoindre la meute ce soir, annonça Richard.

Je le fixai, abasourdie.

— De quoi parles-tu ?

— Jean-Claude ne peut pas m'accompagner. Il ne fait pas partie de la meute. Mais si nous sommes liés, je pourrai quand même appeler son pouvoir.

Je luttai pour me redresser, et si Richard ne m'avait pas retenue, je serais tombée. Je m'affaissai dans ses bras, lui enfonçant les doigts dans la chair pour le forcer à m'écouter.

— Tu ne veux pas être son serviteur pour l'éternité, Richard.

— Le lien qui unit un maître et son animal n'est pas le même que celui qui unit un maître et son serviteur humain, ma petite. Il n'est pas aussi intime.

Je n'arrivais pas à voir Jean-Claude par-dessus les larges épaules de Richard. Je tentai de me redresser, et Richard dut m'aider.

— Expliquez-vous.

— Je ne pourrai pas goûter la nourriture à travers lui, comme je pouvais le faire à travers toi. C'est un effet secondaire mineur, mais qui me manquera. Je n'ai rien avalé de solide depuis si longtemps…

— Quoi d'autre ?

— Richard est un loup-garou alpha, d'un pouvoir équivalent au mien sur beaucoup de points. Il aura plus de contrôle sur mon invasion de ses rêves, de ses pensées. Sans doute sera-t-il capable de me bloquer complètement.

— Contrairement à moi.

Jean-Claude baissa les yeux vers moi.

— Avant même que tu commences à explorer tes dons de nécromancienne, tu étais bien plus difficile à contrôler que tu ne l'aurais dû. Maintenant… (Il haussa les épaules.) Maintenant, il n'est pas certain que je serais le maître et toi la servante.

Je réussis à me tenir droite toute seule. Les paroles de Jean-Claude m'avaient quelque peu ragaillardie.

— C'est pour ça que vous ne m'avez pas marquée quand vous en aviez l'occasion, et la possibilité de rejeter le blâme sur Richard, expliquai-je. Après ce que je viens de faire, vous craigniez que nos positions soient inversées. C'est la vérité, n'est-ce pas ?

Il eut un doux sourire.

— Peut-être. (Il s'assit sur le lit, de l'autre côté de moi.) J'ai œuvré pendant plus de deux siècles pour conquérir mon propre territoire. A présent que je suis le Maître de St-Louis, il est hors de question que j'abdique ma liberté. Même pas en ta faveur, ma petite. Tu ne serais pas un maître cruel, mais tu serais un maître exigeant.

— Un maître et un serviteur… Mais les choses ne sont pas toujours aussi manichéennes. Alejandro me l'a appris. Il ne pouvait pas me contrôler, mais je ne pouvais pas le contrôler non plus.

— As-tu essayé ?

Cela m'arrêta net. Je fus forcée de réfléchir et d'admettre :

— Non.

— Tu t'es contentée de le tuer.

Là, il marquait un point.

— Serais-je vraiment capable de vous manipuler ?

— Je n'ai jamais entendu parler d'un autre vampire qui ait choisi un nécromancien aussi puissant que toi comme serviteur humain.

— Et Dominic et Sabin ? contrai-je.

— Dominic ne t'arrive pas à la cheville, ma petite.

— Si je consentais à recevoir la première marque, me la feriez-vous ou pas ?

Richard tenta de me serrer contre lui, mais je me dérobai. Je dus utiliser mes deux bras tendus pour me soutenir ; du moins tenais-je droit par mes propres moyens.

Jean-Claude soupira et baissa les yeux.

— Si nous étions véritablement liés, personne ne pourrait se dresser contre nous. Un pouvoir pareil, c'est très tentant…

Il releva brusquement la tête, me laissant voir ses yeux. Des émotions conflictuelles se mélangeaient sur son visage. De l'excitation, de la peur, du désir, mais aussi de la lassitude.

— Nous pourrions être liés les uns aux autres pour l'éternité, unis dans une lutte tripartite pour le pouvoir. Ce n'est pas une idée plaisante.

— Jean-Claude m'a dit qu'il ne serait pas mon maître, intervint Richard, mais mon partenaire.

— Et tu l'as cru ?

Il acquiesça d'un air terriblement sincère. Je soupirai.

— Doux Jésus, Richard, je ne peux pas te laisser seul une minute.

— Ce n'est pas un mensonge, ma petite.

— Ben voyons.

— Si c'est un mensonge, je le tuerai, affirma Richard.

Je le fixai.

— Tu ne le penses pas vraiment.

— Si.

Quelque chose remua dans ses yeux, quelque chose de profond, de sombre et d'inhumain.

— Une fois que tu as décidé de tuer quelqu'un, ça devient plus facile de décider de tuer d'autres gens, n'est-ce pas ? lançai-je.

Richard ne frémit pas, et il ne détourna pas non plus les yeux.

— C'est vrai, mais là n'est pas la question. Je ne

serai pas le serviteur de quiconque. Ni celui de Jean-Claude, ni le tien, ni celui de Marcus ou de Raina.

— Comprends-tu qu'une fois que tu seras lié à lui, tout ce qui lui fera mal te fera mal aussi ? Qu'en le tuant, tu te tueras toi-même ?

— Je préférerais être mort que prisonnier.

Je voyais la certitude absolue dans son regard. Il le pensait vraiment.

— Ce soir, tu tueras Marcus.

Richard me fixa, et sur son visage passa une expression que je n'y avais encore jamais vue, une violence qui emplit ses yeux et projeta son pouvoir frissonnant à travers la pièce.

— S'il ne se retire pas, je le tuerai.

Et pour la première fois, je le crus.

34

Quelqu'un frappa à la porte.

— Entrez, lancèrent Richard et Jean-Claude en même temps.

Ils s'entre-regardèrent alors que la porte s'ouvrait.

Edward pénétra dans la pièce. Ses yeux bleus et froids nous embrassèrent.

— Qu'est-ce qui t'est arrivé ? me demanda-t-il.

— C'est une longue histoire. Mais ça n'était pas l'assassin, si c'est ce qui t'inquiète.

— Ce n'est pas ça. (Il reporta son attention sur Richard et Jean-Claude.) Vos loups retiennent mon partenaire. Ils ont refusé de le laisser passer sans l'autorisation de quelqu'un. Et ils n'avaient pas l'air de savoir à qui je devais la demander.

Il n'avait pas souri en disant ça, mais je le connaissais assez bien pour distinguer une ombre d'amusement sur son visage.

— Nous sommes chez moi, déclara Jean-Claude. C'est de mon autorisation que vous avez besoin.

Je glissai au bord du lit et laissai pendre mes jambes dans le vide. Richard tendit le bras, comme pour me retenir si je faisais mine de m'étaler. Jean-Claude resta assis sans me toucher ni offrir de le faire. Sur beaucoup de points, il me comprenait mieux que Richard, mais il me connaissait depuis plus longtemps. Il s'était fait à mes petites manies.

Il se leva.

— Je vais chercher votre invité, dit-il à Edward.

— Il vaut mieux que je vous accompagne. Harley ne

vous connaît pas, mais il saura immédiatement ce que vous êtes.

— Qu'est-ce que c'est censé signifier ? m'enquis-je, perplexe.

— Si un vampire inconnu venait te trouver ici et te demandait de le suivre, le ferais-tu ?

— Probablement pas, reconnus-je.

Edward sourit.

— C'est la même chose pour Harley.

Jean-Claude et lui sortirent. Pendant leur absence, je tentai de me relever, juste pour voir si j'en étais capable. J'aime bien être debout quand on me présente de nouvelles personnes – surtout si ce sont des assassins.

Richard fit mine de me prendre le bras, et je me dégageai. Je dus me retenir au mur pour ne pas tomber.

— J'essayais juste de t'aider, protesta-t-il, blessé.

— Ne te donne pas cette peine.

— Mais qu'est-ce qui t'arrive ?

— Je déteste être impuissante, Richard.

— Tu n'es pas Wonder Woman.

Je le foudroyai du regard.

— Je me suis évanouie, pour l'amour de Dieu. Je ne m'évanouis jamais.

— Tu ne t'es pas évanouie, contra-t-il. J'ignore quelle était cette chose qui t'a expulsée de Damian, mais j'étais toujours lié à toi quand ça s'est produit, Anita. Je l'ai sentie m'effleurer. (Il secoua la tête et serra ses bras sur sa poitrine.) Tu ne t'es pas évanouie.

Je m'adossai au mur.

— Quand même, ça m'a fichu une de ces trouilles...

— Vraiment ? (Il s'approcha de moi.) Tu n'as pas l'air effrayé.

— Et toi, tu n'as pas la trouille à l'idée de te lier à Jean-Claude ?

— Ça te perturbe plus que l'idée que je tue pour la première fois ce soir, n'est-ce pas ?

— Ouais.

La porte s'ouvrit, interrompant là notre conversation. C'était aussi bien. Nous venions de trouver un nouveau

424

sujet de discorde. Laisser quelqu'un s'attacher à mon esprit, à mon âme, m'effrayait bien davantage que de tuer.

L'homme qui suivait Edward n'avait pas l'air si impressionnant. Il était mince, et ne mesurait guère que cinq centimètres de plus qu'Edward. Ses cheveux brun roux bouclés commençaient à s'éclaircir en cercle au sommet de son crâne. Il marchait voûté ; je n'aurais su dire si ça venait d'un problème de dos ou juste d'une mauvaise posture. Il portait un T-shirt marron sur un pantalon de velours noir, et des baskets qui, comme le reste de ses fringues, semblaient provenir de l'Armée du Salut. Son blouson d'aviateur en cuir râpé était peut-être un original datant de la Seconde Guerre mondiale. Dessous, j'aperçus deux crosses de flingues : des 9 mm rangés dans un double holster d'épaule, un sous chaque bras.

Je savais que ce genre de holster existait, mais je n'avais encore jamais vu personne en porter un. Je croyais qu'ils servaient juste à frimer. Très peu de gens sont vraiment ambidextres. Sous son T-shirt, je devinai un entrecroisement de lanières qui devaient servir à soutenir quelque chose de dangereux. Dans une de ses mains, il tenait un sac de marin bourré à bloc, et assez grand pour transporter un corps humain. Il n'avait même pas l'air de forcer. Sans doute était-il plus costaud qu'il ne le paraissait.

Ses yeux furent la dernière chose que j'examinai. Ils étaient pâles, d'un gris verdâtre, avec des cils si roux qu'ils semblaient presque invisibles. C'était les plus vides que j'aie jamais vus sur un autre être humain. Comme si Harley ne me voyait pas quand il me regardait. Pas comme s'il était aveugle, non : il voyait quelque chose, mais je ne savais pas trop quoi. Pas moi, en tout cas. Pas une femme. Quelque chose d'autre. Son regard me suffit pour deviner que cet homme évoluait dans un monde de sa création. Qu'il voyait une version de la réalité qui aurait fait s'enfuir en hurlant n'importe qui d'autre. Mais il arrivait à fonctionner, et il ne hurlait pas.

— Voici Harley, dit Edward.

Il nous présenta l'un après l'autre, comme si c'était une réunion ordinaire.

Je fixai les yeux pâles de Harley et réalisai qu'il me faisait peur. Ça faisait un bail qu'un autre être humain ne m'avait pas fait peur par sa simple présence.

Richard lui tendit la main, et Harley la regarda sans la prendre. J'aurais voulu expliquer à Richard pourquoi il aurait dû s'abstenir, mais je n'étais pas certaine de pouvoir.

— J'ai découvert le nom du commanditaire qui a lancé un contrat sur ta tête, annonça Edward sans préambule.

Trois d'entre nous le fixèrent. Harley, lui, continua à me regarder. Ce qui augmenta encore mon malaise.

— Qu'est-ce que tu as dit ?

— Je sais qui nous devons buter.

— Qui ?

— Marcus Fletcher. Le chef de notre meute de loups-garous locale.

Edward sourit, content de lui et encore plus content de l'effet que cette nouvelle produisait sur Richard.

— Tu en es sûr ? demanda ce dernier. Absolument sûr ?

Edward acquiesça en étudiant son visage.

— Te déteste-t-il suffisamment pour tuer Anita ?

— Je ne l'aurais pas cru. (Richard se tourna vers moi, avec une expression aussi stupéfaite qu'horrifiée.) Mon Dieu, même dans mes pires cauchemars, je n'aurais jamais pensé qu'il fasse une chose pareille. Pourquoi ?

— Comment te serais-tu battu ce soir si ma petite était morte ? lança Jean-Claude.

Richard le fixa, si visiblement bouleversé par la traîtrise de Marcus que j'eus envie de lui tapoter la tête et lui dire que tout se passerait bien. J'avais failli me faire tuer deux fois, et je voulais le réconforter. Parfois, l'amour, ça rend vraiment con.

— En tout cas, ça arrange bien nos affaires, déclara Edward sur un ton guilleret.

— Que veux-tu dire ? interrogea Richard.

— Il veut dire que comme tu es censé tuer Marcus ce soir, tu nous épargneras la peine de le faire nous-mêmes, expliquai-je.

— Je n'arrive toujours pas à croire que Marcus ait pu faire une chose aussi…

— Maléfique ? suggérai-je.

Il acquiesça.

— C'est le genre d'idée qui ressemble plus à Raina qu'à Marcus, approuva Jean-Claude.

— Oui, ça ne m'étonnerait pas que ça vienne d'elle, renchéris-je.

— Mais Marcus aurait pu refuser, fit remarquer Richard.

Il passa les mains dans ses cheveux pour les repousser en arrière. Une expression résolue pinçait ses lèvres et contractait ses traits.

— Il faut que ça s'arrête. Il ferait n'importe quoi du moment qu'elle le lui demande, et elle est complètement folle.

Malgré moi, je reportai mon attention sur Harley. Je ne pus m'en empêcher. Il capta mon regard et sourit. Je ne sais pas exactement à quoi il pensait, mais ça n'était pas plaisant, et ça n'était pas joli joli. Avoir Harley comme renfort m'obligeait à me demander si j'étais dans le bon camp.

— Edward, je pourrais te parler une minute en privé ?

D'accord, ça n'était pas très subtil, mais Harley me perturbait trop pour que je m'arrête à ce genre de détail.

Je m'écartai des autres, et Edward me suivit. C'était agréable de savoir que je pouvais traverser la pièce, baisser la voix, et avoir la certitude que la personne dont je parlais ne m'entendrait pas. Jean-Claude et Richard m'entendraient, eux.

Edward me dévisagea, et sur ses traits, je décelai une légère trace d'amusement, comme s'il savait déjà ce que j'allais dire et qu'il trouvait ça marrant.

— Pourquoi n'arrête-t-il pas de me fixer ?

— Tu parles de Harley ?

— Tu sais très bien de qui je parle.

— Il ne fait que regarder, Anita. Ce n'est pas un crime.

— Mais pourquoi moi ?

— Peut-être parce que tu es une fille ?

— Pas à moi, Edward. Je ne sais pas à quoi il pense, mais ce n'est pas un truc sexuel, et si ça l'est, je préfère ignorer les détails.

— Tu n'as qu'à le lui demander.

— Quoi ?

— Demande-lui pourquoi il te fixe.

— Tout bêtement ?

Edward acquiesça.

— Je suis sûr que ça lui plaira beaucoup.

— Est-ce que je veux vraiment savoir ?

— A toi d'en décider.

Je pris une profonde expiration et la relâchai lentement.

— Tu me caches quelque chose, Edward. Vas-y, crache le morceau.

— S'il m'arrive quelque chose pendant la bataille, Harley aura besoin d'une autre personne à protéger.

— A protéger ?

— Il est totalement fiable, Anita. Il couvrira mes arrières sans broncher, et il tuera n'importe qui si je le lui ordonne, mais il n'est pas bon à grand-chose sans instructions spécifiques. Et il n'accepte pas les instructions de n'importe qui.

— Alors, tu m'as choisie ?

Edward secoua la tête.

— Je lui ai dit de choisir lui-même quelqu'un d'autre dans cette pièce.

— Pourquoi moi ?

— Demande-le-lui.

— Très bien.

Je revins vers les autres, et Edward me suivit. Harley

nous regardait comme s'il voyait d'autres choses. C'était foutrement énervant.

— Pourquoi me fixez-vous ? lançai-je.

— Parce que vous êtes la putain d'enfoirée la plus effrayante dans cette pièce, répondit-il d'une voix très calme, comme s'il ne criait jamais.

— Maintenant, je suis sûre que vous n'y voyez pas.

— Je vois ce qui est là, répliqua-t-il.

— Qu'est-ce qui cloche chez vous ?

— Rien du tout.

Je cherchai une meilleure question à poser, et demandai enfin :

— Que voyez-vous quand vous regardez chacun des occupants de cette pièce ?

— La même chose que vous : des monstres.

— Pourquoi ai-je la sensation que les monstres que je vois ne sont pas les mêmes que vous voyez ?

Il eut un léger sourire qui retroussa à peine la commissure de ses lèvres.

— Ils n'ont peut-être pas la même apparence, mais ce sont quand même des monstres. Tous autant qu'ils sont.

Harley était un vrai psychotique ; il avait la carte du club et le bail d'une chambre capitonnée. Le temps que la plupart des gens arrivent au stade où ils ne voient plus la réalité, ils sont tellement atteints qu'aucun retour en arrière n'est possible. Parfois, les médicaments peuvent les aider, mais quand ils n'en prennent pas, le monde est pour eux un endroit terrifiant dans lequel ils ne peuvent pas fonctionner. Mais Harley ne semblait ni terrifié ni incapable de fonctionner. Il avait l'air éminemment calme.

— Quand vous regardez Edward, a-t-il toujours la même apparence ? Je veux dire, est-ce que vous le reconnaissez ?

Harley hocha la tête.

— Et moi, vous me reconnaîtriez ?

— Si je fais un effort pour vous mémoriser, oui.

— C'est pour ça que vous me fixez.

— Oui.

— Que se passera-t-il si Edward et moi mourons tous les deux ?

Harley sourit, mais son regard glissa sur le côté comme si quelque chose de très petit venait de filer à travers la pièce à ras du sol. Le mouvement était si naturel que je ne pus m'empêcher de regarder aussi. Il n'y avait rien.

— Harley, insistai-je.

Il reporta son attention sur moi, mais ses yeux fixaient un point un poil plus haut que ma tête.

— Oui ?

— Que se passera-t-il si Edward et moi mourons tous les deux ?

L'espace d'un seconde, son regard se posa sur mon visage, comme si le brouillard venait de se dissiper.

— Ce serait une très mauvaise idée.

35

Cette fois, il n'était plus question que Marcus se retire. D'une façon ou d'une autre, il devrait mourir ce soir. Richard avait fini par l'accepter. Mais il y avait un risque pour que Raina pousse le reste de la meute à se révolter. Même sans Marcus, la loyauté des loups-garous était suffisamment divisée pour ça.

Jean-Claude avait trouvé une solution : nous leur offririons un meilleur spectacle. Un meilleur spectacle que Marcus et Raina ? Il devait plaisanter. Richard avait accepté de lui laisser choisir le costume qu'il porterait. Et en tant que sa lupa, je devrais en porter un aussi.

Jean-Claude partit avec Richard, et m'envoya Cassandra avec un carton de fringues. Elle était censée m'aider à me changer, dit-elle. J'ouvris le carton. A l'intérieur, il n'y avait qu'un amas de lanières de cuir noir. Non, je ne vous fais pas marcher. Je le sortis du carton, et ça ne s'améliora pas.

— Même si je voulais enfiler ça, je ne saurais pas comment m'y prendre.

— Je vais aller chercher Stephen, proposa Cassandra.

— Je ne me foutrai pas à poil devant lui.

— C'est un strip-teaseur. Il m'a aidée à m'habiller hier soir à la *Danse mortelle*, souvenez-vous. (Elle me tapota la main.) Il se comportera en parfait gentleman.

Je m'assis sur le lit et foudroyai la porte du regard. Il n'était pas question que je porte ce truc.

Une heure plus tard, Stephen et Cassandra me faisaient tourner devant le miroir de la salle de bains pour que je puisse m'admirer. Au début, j'avais trouvé ça embarrassant qu'un homme m'aide à me harnacher ainsi, mais Cassandra avait vu juste. Non seulement Stephen s'était comporté en parfait gentleman, mais il n'avait pas eu l'air ému le moins du monde par ma nudité. C'était comme se préparer pour une soirée avec deux copines, sauf que l'une d'entre elles n'était pas une fille.

Le haut était un soutien-gorge en cuir doublé pour plus de confort, le genre qui vous remonte les seins et vous fait un décolleté affriolant. Mais il était suffisamment serré pour que tout tienne bien en place, et que rien ne puisse s'en échapper. J'avais gardé ma croix, en collant juste un bout de scotch opaque par-dessus pour ne pas incommoder Jean-Claude et ses serviteurs. Je pourrais toujours enlever le scotch quand j'aurais quitté le cirque. Ce soir, il y avait des loups-garous au menu, pas des vampires.

Le bas était un genre de short en cuir ; là où il s'arrêtait, des lanières prenaient le relais. Morte ou vive, je n'aurais jamais accepté qu'on me voie dans cette tenue, même pas pour mettre Richard en valeur, s'il n'y avait pas eu quelques bonus.

Deux fourreaux de cuir contenant chacun un couteau recouvraient le haut de mes bras. Les couteaux étaient de qualité supérieure, avec un pourcentage élevé d'argent dans la lame. Si les manches étaient un peu trop travaillés à mon goût, l'ensemble était parfaitement équilibré, et cela seul comptait. Sur les avant-bras, je portais deux autres fourreaux avec des couteaux plus petits, conçus plutôt pour le lancer, même s'ils avaient un manche digne de ce nom. Ce qui me fait penser que… La bosse que j'avais aperçue sous le T-shirt de Harley. C'était bien un harnais de couteaux de lancer, tout fins et d'aspect innocent jusqu'à ce qu'on les voie en service.

Le short était muni d'une ceinture à laquelle j'avais pu accrocher le holster d'épaule de mon Browning. Edward m'en avait acheté un nouveau. Ce n'était pas le mien, mais il lui ressemblait comme un frère. Harley avait sorti de son sac de marin un holster à clip pour mon Firestar. Je l'avais fixé sur un côté de ma taille pour un dégainer croisé.

Les lanières qui descendaient le long de mes jambes étaient décorés de petits anneaux d'argent auxquels j'avais attaché deux autres fourreaux, un sur chaque cuisse. J'en aurais bien fait autant sur mes mollets, mais je portais des bottes qui me montaient jusqu'aux genoux. Eh oui ! Jean-Claude avait enfin réussi à me faire abandonner mes Nike. Les bottes étaient en daim noir et souple, avec un talon juste un poil plus haut que je ne l'aurais souhaité. Une minuscule fiole bouchée se dissimulait à l'intérieur de chaque revers. J'en sortis une et la levai dans la lumière pour voir ce qu'elle contenait. Le liquide était transparent, mais je compris aussitôt. De l'eau bénite. Un cadeau sympa, venant de mon petit ami vampire.

Je m'observai dans le miroir.

— Depuis combien de temps Jean-Claude gardait-il ce costume en réserve ?

— Un petit moment, répondit Stephen. (Agenouillé près de moi, il ajustait les lanières en tirant dessus.) Nous avions parié qu'il ne réussirait jamais à te le faire porter.

— Qui ça, « nous » ? demandai-je, soupçonneuse.

— Ses sous-fifres.

Stephen se releva, recula pour avoir une meilleure vue d'ensemble et hocha la tête.

— Tu es renversante.

— Je ressemble à une pute pour motards de l'enfer croisée avec une pin-up mercenaire.

— Un peu, oui.

Je pivotai vers Cassandra.

— Soyez honnête.

— Vous avez l'air dangereux, Anita. Vous ressemblez à une arme.

Je me regardai dans le miroir et secouai la tête.

— A un jouet sexuel, vous voulez dire.

— Peut-être à une dominatrice, mais certainement pas à un jouet.

Pourquoi cela ne me réconfortait-il pas ?

Cassandra avait insisté pour m'aider à me maquiller. Elle était beaucoup plus douée que moi pour ça. Des années de pratique, avait-elle grimacé. Mes cheveux tombaient en boucles serrées sur mes épaules. Ils avaient besoin d'une bonne coupe. Mais pour ce soir, ils seraient parfaits. Mon visage était toujours joli, très féminin. Le maquillage est une chose merveilleuse. Mais ma tenue démentait toute prétention de douceur. J'avais l'air de ce que j'étais : quelque chose qui vous tuerait plutôt que de vous embrasser.

Nous sortîmes de la salle de bains. Edward et Harley nous attendaient dans la chambre. Ils avaient amené deux chaises à dossier droit pour s'asseoir sur la moquette blanche, face à la porte de la salle de bains. Je me figeai alors qu'Edward me détaillait de la tête aux pieds. Il ne dit rien, se contentant de m'observer avec un demi-sourire.

— Dis quelque chose, putain.

— Je pourrais dire que ce n'est pas toi, mais d'une certaine façon, ça l'est.

Je pris une profonde inspiration.

— Ouais.

Harley me fixait d'un regard vacant. Il souriait, mais pas à cause de mon costume : à cause d'une musique qu'il était le seul à entendre, ou d'une image qu'il était le seul à voir.

Un long pardessus de cuir était posé sur le lit.

— Un des vampires l'a apporté pour toi, dit Edward. Histoire que tu puisses te couvrir jusqu'au moment crucial.

— Tu t'amuses bien, pas vrai ?

— Je me sentirais mieux si je pouvais protéger tes arrières.

— C'est exactement ce que tu vas faire, avec un fusil à longue portée depuis la colline la plus proche, lui rappelai-je.

— Une lunette de visée nocturne, c'est bien pratique, mais je ne pourrai pas tous les tuer à distance.

— Tu ne pourrais pas tous les tuer même si tu étais en plein milieu de la mêlée.

— Non, mais je me sentirais mieux.

— Tu t'inquiètes pour moi ?

Il haussa les épaules.

— Je suis ton garde du corps. Si tu meurs, les autres gardes du corps se moqueront de moi.

Il me fallut une seconde pour réaliser qu'il venait de faire une blague. Harley le regarda d'un air presque surpris. Lui non plus, il ne devait pas l'entendre plaisanter souvent.

Je m'approchai d'Edward en craquant de toutes part. Le cuir fait toujours ça. Je m'arrêtai face à lui et le toisai de toute ma modeste hauteur – un peu moins modeste grâce aux talons. Il écarquilla les yeux.

— Oui ?

— Je n'imagine pas que quiconque puisse se moquer de toi, Edward.

Il toucha une des lanières de mon costume.

— Si je me baladais fringué comme ça, ça arriverait plus souvent.

Je fus bien obligée de sourire.

— Tu te baladerais probablement fringué comme ça si tu devais descendre dans la clairière avec nous, ce soir.

Il leva vers moi ses yeux bleu pâle.

— J'ai déjà porté pire que ça, Anita. Je suis un excellent acteur quand le besoin s'en fait sentir.

L'humour déserta son visage, laissant derrière lui quelque chose de meurtrier et de déterminé. Edward ferait des choses que je ne ferais pas ; il a encore moins de scrupules que moi, mais sur beaucoup de points, c'est pratiquement mon jumeau. Un avertissement de ce que je risque de devenir, ou une vision de mon futur. Richard aurait opté pour la première solution. Moi, je n'étais pas sûre.

Quelqu'un frappa à la porte. Richard entra sans

attendre qu'on l'y invite. Il avait l'air maussade, mais il se dérida en m'apercevant. Il écarquilla les yeux.

— Je voulais me plaindre de ma tenue, mais… (Il secoua la tête.) Si je me plains, tu vas me tirer dessus, pas vrai ? sourit-il.

— Ne rigole pas.

Son sourire s'élargit. Sa voix était un peu étranglée, mais il parvint à articuler :

— Superbe. Tu es superbe.

Quand vous êtes fringuée comme Barbie Bondage, vous ne pouvez faire que deux choses : mourir de honte ou vous montrer agressive. Devinez ce que je choisis.

Je me dirigeai vers lui en roulant des hanches un peu plus que nécessaire. De ce côté-là, les bottes m'aidaient pas mal. Dans mon regard et sur mes traits, je mis ce que ma tenue promettait : du sexe et de la violence.

Le sourire s'évanouit du visage de Richard, remplacé par de l'avidité et de l'hésitation, comme s'il n'était pas certain que nous aurions dû faire ça en public.

Il portait un pantalon de cuir noir avec des bottes de daim noir pratiquement identiques aux miennes. Ses cheveux gominés en arrière étaient attachés par un ruban noir. Sa chemise de soie d'un bleu vibrant, entre le turquoise et le bleu roi, contrastait superbement avec sa peau bronzée.

Je me plantai devant lui, les jambes écartées, et levai les yeux vers lui comme pour le mettre au défi de trouver ça drôle. Du bout de l'index, j'effleurai ses lèvres, descendis le long de son cou, traçai la ligne de sa clavicule et continuai à la suivre jusqu'à ce que mon doigt disparaisse dans l'échancrure boutonnée de sa chemise.

Puis je fis volte-face, revins vers le lit à grandes enjambées et saisis le pardessus en cuir. Je le jetai sur mon épaule de façon à ce qu'il pende dans mon dos comme un corps flasque, sans cacher grand-chose de ma tenue. Enfin, j'ouvris la porte et m'immobilisai sur le seuil, laissant ma silhouette se découper dans l'encadrement.

— Tu viens, chéri ?

Je m'éloignai sans attendre sa réponse. L'expression de son visage me suffisait. On aurait dit que je venais de le frapper entre les deux yeux avec une masse.

Génial. Maintenant, il ne me restait plus qu'à essayer sur Jean-Claude, et nous pourrions nous mettre en route.

36

Le Bois de Mai était une caverne de ténèbres tièdes. Richard et moi nous tenions à l'extérieur de la grange où Raina tournait ses films pornos. Le lieu de réunion de la meute se trouvait au cœur des arbres qui entouraient la ferme. Les voitures étaient si nombreuses qu'elles occupaient chaque pouce de terrain libre, et que le pare-chocs de certaines touchait presque les troncs.

Il y avait peut-être une lune pleine quelque part au-dessus de nos têtes, mais les nuages étaient si épais, l'obscurité si totale, que c'était comme si nous nous tenions à l'intérieur d'une grotte. Sauf que cette grotte remuait autour de nous. Une petite brise filtrait à travers les frondaisons sombres, telle la main d'un géant invisible caressant les arbres, faisant ployer leurs branches et bruisser leurs feuilles, imprimant à la nuit un mouvement qui me raidissait les épaules. Comme si les ténèbres elles-mêmes étaient douées de vie.

La main de Richard était chaude et légèrement moite dans la mienne. Il avait atténué l'énergie qui suintait par tous ses pores pour que ça ne soit pas trop inconfortable de le toucher. J'appréciais l'effort. Sa cape de cuir chuchota comme il se rapprochait de moi. Attachée en travers de sa poitrine, elle ne lui couvrait qu'une seule épaule. Combinée aux manches bouffantes de sa chemise bleue, elle donnait à son costume un aspect antique.

Richard tira sur ma main pour m'attirer contre son corps, dans l'étreinte de ses bras et le bruissement de sa cape. Soudain, les nuages s'écartèrent, nous baignant d'une intense lueur argentée. Richard avait le regard perdu dans le vide. Il semblait écouter quelque chose que je ne pouvais pas entendre. Sa main se convulsa autour de la mienne d'une façon presque douloureuse. Il baissa les yeux vers moi comme s'il venait juste de se rappeler que j'étais là.

Il me sourit.

— Tu sens ?

— Quoi ?

— La nuit.

Je faillis répondre non, puis me ravisai. Je promenai un regard à la ronde, scrutant les arbres qui remuaient.

— Le bois semble plus vivant ce soir.

Le sourire de Richard s'élargit. Ses dents apparurent brièvement entre ses lèvres, comme s'il allait gronder.

— Oui.

Je tentai de me dégager, mais il me retint.

— C'est toi qui fais ça, constatai-je.

Tout à coup, j'avais l'impression que mon cœur battait dans ma gorge. Je m'attendais à avoir peur de beaucoup de choses ce soir, mais je n'aurais pas pensé que l'une d'elles puisse être Richard.

— Nous sommes censés partager notre pouvoir. C'est ce que je fais. Mais il faut que ce soit mon pouvoir, Anita. La meute ne se laissera pas impressionner par tes zombies.

Je déglutis avec difficulté et me forçai à demeurer immobile. A presser sa main en retour. Je n'avais pas réfléchi à ce que ça signifierait. Ça n'allait pas être moi qui mènerais la danse. Ça ne serait pas mon pouvoir, mais le sien. J'allais servir de combustible à son feu, et non l'inverse.

— C'est la marque de Jean-Claude, dis-je. C'est ça qui agite la nuit.

— Nous espérions qu'elle produirait cet effet, acquiesça Richard.

Et je savais que ce « nous » ne m'incluait pas.

— Comment ça fonctionne ?

— Comme ça.

Cette énergie tremblante jaillit de sa peau comme un torrent de tiédeur, plongea à travers sa main dans la mienne et me submergea comme une vague. Partout où elle me touchait, mes poils se hérissèrent sur son passage, et ma peau frissonna.

— Ça va ?

— Impec, répondis-je, mais ma voix n'était qu'un murmure essoufflé.

Richard me prit au mot. Une barrière tomba, et son énergie me frappa de plein fouet, me percuta comme un coup de poing.

Je me souviens que je tombai, que je sentis les bras de Richard me saisir par la taille pour me rattraper. Puis j'eus l'impression d'être ailleurs. D'être partout. Là-haut dans les arbres, nous fixant avec des yeux qui tentaient de se tourner pour me voir, sauf que je n'étais plus là. C'était comme le vent qui s'ouvre à l'intérieur de moi quand je parcours un cimetière, mais cette fois, ce n'était pas du pouvoir qui se déversait hors de moi. C'était moi.

Je traversai une douzaine de paire d'yeux, effleurai des corps – certains couverts de fourrure, d'autres de peau. Je continuai à filer et touchai Raina. Je sus aussitôt que c'était elle. Son pouvoir se dressa comme un bouclier, me rejetant au loin, mais pas avant que je sente sa peur.

Richard me rappela. Le terme n'est peut-être pas tout à fait exact, car il implique l'usage d'une voix. Quoi qu'il en soit, je regagnai mon corps dans une précipitation d'énergie dorée et écumante. Je voyais la couleur derrière mes yeux, bien qu'il n'y ait rien à voir en réalité. J'ouvris les paupières, même si je n'étais pas certaine à cent pour cent qu'elles aient été closes. L'énergie dorée était toujours là, tourbillonnant à l'intérieur de moi et le long de ma peau. Je contractai mes mains sur les épaules de Richard et sentis son énergie me répondre.

Je n'eus pas besoin de demander ce que je venais

d'éprouver. Je le savais. Voilà ce que signifiait être un alpha – du moins, pour quelqu'un d'aussi puissant que Richard. Il pouvait projeter son essence à l'extérieur de lui et toucher sa meute. C'était grâce à ça qu'il avait empêché le loup-garou de se transformer deux jours plus tôt. Grâce à ça qu'il pouvait partager son sang. Marcus ne pouvait pas le faire, mais Raina, si.

Ni mon pouvoir ni celui de Jean-Claude ne m'avaient jamais paru aussi vivants. C'était comme si j'aspirais l'énergie des arbres, du vent, comme si j'étais branchée sur une monstrueuse batterie, comme si je disposais d'une quantité inépuisable de magie. Je n'avais jamais rien ressenti de pareil.

— Tu peux courir ? demanda Richard.

Cette question signifiait davantage que les mots qui la composaient, et je le sus instinctivement.

— Oh, oui.

Avec un sourire joyeux, il me prit la main et nous projeta dans les arbres.

Même s'il avait été humain, je n'aurais pas pu suivre Richard quand il sprintait. Ce soir, il ne courait pas tant qu'il coulait entre les arbres, comme s'il possédait un sonar qui lui indiquait l'emplacement de chaque branche, de chaque racine, de chaque souche. C'était comme si les arbres s'écartaient pour nous laisser passer. Richard me tirait, pas seulement avec sa main, mais avec son énergie. Comme s'il était entré en moi et nous avait liés l'un à l'autre. Une telle invasion de mon être aurait dû m'effrayer, mais ça n'était pas le cas.

Nous nous déversâmes dans la grande clairière, et le pouvoir de Richard la remplit, submergea les lycanthropes tel un feu sautant d'une branche sèche à une autre et les força à se tourner vers lui. Seuls Marcus, Raina, Jamil, Sebastian et Cassandra n'étaient pas touchés. Seuls, ils réussissaient à le maintenir à distance par la force de leur volonté. Richard balaya tous les autres devant lui, et je sus qu'une partie de ce qui le lui permettait venait de moi. Jean-Claude était distant comme un rêve ou un cauchemar à demi oublié, tout au fond de ce pouvoir sinueux presque enfoui dans la lumière éclatante de Richard.

Je percevais chaque mouvement. C'était comme si le monde était devenu cristallin, comme l'effet d'une poussée d'adrénaline ou d'un choc, lorsque tout paraît dur, tranchant et terriblement clair. Comme une immersion dans la réalité, comme si tout le reste devait n'être à jamais qu'un rêve. C'était presque douloureux.

Marcus était assis sur un trône sculpté dans la pierre, si longtemps auparavant que ses contours avaient été émoussés par les intempéries et les corps. Je compris que cette clairière était le lieu de réunion des lukoi depuis très longtemps. Il portait un smoking brun aux revers de satin et une chemise en tissu doré – pas du lamé, plutôt comme si on avait fait fondre des bijoux pour lui fabriquer un vêtement.

Raina était lovée sur un des accoudoirs de son trône. Ses longs cheveux auburn étaient relevés en un amas sophistiqué de boucles lâches au sommet de son crâne et autour de son visage. Une chaîne en or ornée d'un diamant gros comme mon pouce barrait son front. D'autres diamants brûlaient telles des flammes blanches sur sa gorge. Elle était complètement nue à l'exception d'une couche de fard doré scintillant, assez épaisse pour que ses mamelons paraissent taillés dans du métal. Un bracelet en diamant scintillait autour de sa cheville droite. Trois chaînes en or lui ceignaient les hanches, et c'était tout.

Et je m'étais plainte de ma tenue.

— Richard, Anita, nous salua Marcus. Bienvenue dans notre joyeuse petite famille.

Sa voix était profonde et épaisse. Elle aussi contenait un tranchant de pouvoir, mais ce n'était pas assez. Ça ne serait jamais assez. Richard aurait pu porter un jean et un T-shirt, et il aurait quand même gagné. L'habit ne fait pas le moine, ni le costume le roi.

— Marcus, Raina.

Richard lâcha lentement ma main, et comme il se rétractait, le lien demeura. C'était une ombre de la façon dont j'avais lié à moi son aura et celle de Jean-Claude, mais en plus fort. Il s'écarta et vint se placer quelques pas devant moi. Je le sentais comme une masse large et scintillante. Son énergie était renversante. La chose la plus proche que j'aie jamais sentie était le pouvoir d'un Daoine Sidhe, un fairie de la plus haute noblesse.

— Petit polisson, l'admonesta Raina. Tu as fait d'elle l'une de nous.

— Non, contra Richard. Elle est ce qu'elle a toujours été : elle-même.

— Dans ce cas, comment peux-tu chevaucher son pouvoir ? Comment peut-elle chevaucher le tien ?

Raina se leva et se mit à faire les cent pas devant le trône tel un animal en cage.

— Qu'as-tu fait, Richard ? interrogea Marcus.

— Anita est ma compagne.

— Raina, teste-la.

Raina eut un sourire déplaisant. Elle traversa l'espace découvert qui nous séparait, ondulant des hanches et changeant sa démarche en une danse séductrice. Ce soir, je sentais son pouvoir. Son appétit sexuel imprégnait l'air comme une menace de foudre, picotant ma peau et asséchant ma bouche. Tous les mâles n'avaient d'yeux que pour elle, Richard y compris. Je ne lui en voulais pas. Moi-même, je ne pouvais détacher mon regard d'elle. Ainsi drapée de sa libido à l'état brut, elle était magnifique. Comme si pour elle, le sexe était littéralement le pouvoir.

Je me débarrassai de mon pardessus d'un haussement d'épaules et le laissai glisser à terre. Un hoquet collectif monta de toutes les gorges humaines. Je fis courir mes mains sur la peau nue de ma taille, descendis le long de mes cuisses bardées de cuir et éclatai de rire. Un aboiement bruyant et joyeux. C'était Raina. Je chevauchais son pouvoir, je virevoltais sur le courant de son énergie.

Sans attendre qu'elle arrive à notre niveau, je me portai à sa rencontre et la rejoignis au centre du cercle.

Nous nous tournâmes autour, et je constatai que je pouvais reproduire sa danse pas pour pas. J'attirai en moi son aura de sexe et de violence, l'attirai comme une main plongeant en elle pour lui voler des morceaux de son identité. La peur écarquilla ses yeux et accéléra son souffle.

Raina savait se protéger contre un autre loup-garou, mais mon type de pouvoir était assez différent du leur pour qu'elle ne sache pas s'y prendre avec moi. Je n'avais jamais rien fait de semblable auparavant, et je ne compris pas vraiment ce que j'étais en train de faire jusqu'à ce que Raina recule devant moi. Elle n'alla pas se réfugier auprès de Marcus, mais tout son éclat avait disparu. Elle battit en retraite la queue entre les jambes, et je la goûtai à l'intérieur de mon esprit comme si j'avais léché sa peau.

Je pivotai vers Richard et le rejoignis à grandes enjambées arrogantes dans mes bottes à talons hauts. Tous les hommes présents dans la clairière me regardaient. Je le sentais. Je le savais. Je m'enveloppai de leur désir et le projetai vers Richard. Il se figea, ses yeux sombres emplis d'une chaleur qui était en partie du sexe, en partie de l'énergie, et en partie quelque chose d'autre. Pour la première fois, je compris ce qu'il éprouvait quand il déployait son pouvoir. J'entendis cette musique, la sentis danser à l'intérieur de mon corps.

J'empoignai les revers de son pardessus de cuir et le forçai à se baisser vers moi. Nous nous embrassâmes, et cela me brûla, comme si notre chair n'était pas la seule chose qui fusionnait. Je le relâchai brusquement, et au lieu de scruter son visage, mes yeux se posèrent sur un point de son anatomie situé beaucoup plus bas. Sans le toucher, je sus qu'il était dur et prêt. Je sentais toujours la meute, distante mais palpable.

La grosse tête de loup de Jason m'effleura la cuisse. J'enfonçai mes doigts dans sa fourrure épaisse et compris que si Richard et moi faisions l'amour, la meute le saurait. Ici, ce soir, ils nous accompagneraient. Ce ne serait pas seulement du sexe. Ce serait de la magie. Et tout à coup, je ne trouvais plus ça honteux, ni païen, ni répréhensible.

— Tu ne peux pas les laisser faire ça, dit Raina.

Marcus s'extirpa de son trône et se releva. Il semblait las.

— Non, je suppose que non. (Il fixa Raina, nue, magnifique et terrible.) Mais ce n'est pas ton sang qui sera versé ce soir, n'est-ce pas, mon amour ?

L'ironie dans sa voix était assez épaisse pour marcher dessus, et pour la première fois, je compris que Marcus savait ce qui était Raina. Peut-être l'avait-il toujours su.

Raina s'agenouilla devant lui, les mains agrippant ses jambes. Elle frotta sa joue sur sa cuisse, une de ses mains dangereusement proche de son entrejambe. En cet instant encore, c'était ce qu'elle faisait de mieux, ce qu'elle connaissait le mieux. Le sexe et la douleur.

Marcus caressa doucement ses cheveux. Il baissa les yeux vers elle, et la tendresse sur son visage me donna envie de me détourner. C'était un regard terriblement intime, plus intime et plus puissant que le sexe. Cet abruti était amoureux d'elle. S'il n'avait pas lancé un contrat sur ma tête, j'aurais eu de la peine pour lui.

Marcus s'écarta de Raina et entreprit de traverser la clairière. Son pouvoir s'ouvrit comme une porte, s'écoula tel un torrent électrique sur les loups et sur moi. Il défit sa cravate et les premiers boutons de sa chemise.

— Plus de préliminaires, Richard. Venons-en au fait.

— Je sais que tu as essayé de faire assassiner Anita.

Marcus se figea dans son élan. Ses doigts si fins et si sûrs hésitèrent. Une ombre de surprise passa sur son visage, et fut rapidement remplacée par un sourire.

— Tu m'as déjà surpris deux fois ce soir, Richard. Voyons si tu peux le faire une troisième.

— Je vais te tuer, Marcus. Tu le sais.

Marcus se débarrassa de sa veste.

— Tu peux toujours essayer.

Richard acquiesça.

— A l'origine, je comptais te laisser une chance de te retirer.

— Mais j'ai essayé de faire assassiner ta compagne. Maintenant, tu n'as plus le choix. Tu ne peux pas me laisser en vie.

Marcus défit les manchettes de sa chemise.

— Non, je ne peux pas.

Richard défit l'attache de sa cape et la laissa tomber à terre. Il sortit sa chemise de son pantalon et la fit passer par-dessus sa tête d'un mouvement rapide. Le clair de lune dessinait des ombres sur les muscles de ses bras et de sa poitrine.

Soudain, je ne voulais plus qu'il le fasse. Je pourrais flinguer Marcus, et ce serait terminé. Richard ne me le pardonnerait jamais, mais il serait vivant. Ils ne s'entre-tueraient pas avec leur pouvoir. Ils se serviraient de leurs griffes et de leurs dents pour s'achever. Et tout le pouvoir tremblant, exubérant de Richard ne l'empêche-rait pas de se faire arracher la gorge.

37

Richard se tourna vers moi, vêtu en tout et pour tout de son pantalon de cuir et de ses bottes. Marcus avait demandé qu'ils ne se déshabillent pas complètement, sous prétexte d'épargner la dignité d'un vieil homme. Foutaises. Il y avait dans l'air quelque chose qui ne me plaisait pas, comme si Marcus avait su ce que Richard préparait et qu'il avait pris ses dispositions pour le contrer.

— En tant qu'Ulfric reconnu, c'est à Marcus que revient le droit de choisir la forme sous laquelle nous nous battrons, annonça Richard.

— Quelle forme a-t-il choisi ?

Il leva une main devant mon visage.

— Touche ma main.

Il avait dit ça sur un ton bien sérieux pour une requête aussi modeste. J'effleurai le dos de sa main.

— Non, agrippe ma paume.

De mes doigts, j'enveloppai la partie inférieure de sa main. Avant que je puisse le dévisager ou poser une question, je sentis son énergie emplir sa main comme de l'huile imbibant la mèche d'une lampe. Sa peau ondula sous mes doigts. Je sentis ses os s'allonger, son corps céder comme si ce qui le confinait dans les limites de sa peau, de sa chair et de ses os venait de se dissoudre. C'était presque comme s'il allait s'éparpiller hors de lui ainsi que je l'avais fait quelques minutes plus tôt, sauf que ça n'était pas son essence qui se déployait. C'était son corps.

Il leva son autre main, et je la pris. J'entrelaçai mes

doigts avec les siens et sentis ses os forcer contre ma peau, regardai ses griffes se former alors que sa chair se remodelait comme de la glaise. Aussi lointaine qu'un cri étouffé, j'eus la certitude que j'aurais dû être effrayée ou dégoûtée. Le pouvoir se déversait de ses mains qui se transformaient jusque dans les miennes, coulait entre nous comme un feu froid.

Il s'arrêta lorsque ses mains furent devenues des griffes humaines qui auraient pu me tailler en pièces. Son pouvoir ne s'évapora pas brusquement comme s'il avait appuyé sur un interrupteur. Ce fut plutôt comme un robinet qu'on éteint, et dont le flux diminue progressivement jusqu'à la dernière goutte.

J'étais à genoux, et je ne me rappelai pas m'y être mise. Richard aussi était agenouillé face à moi, les mains serrant toujours les miennes. Il me fallut deux tentatives avant de réussir à articuler :

— Comment peux-tu interrompre ta transformation en plein milieu ?

Il retira prudemment ses mains des miennes, et je frissonnai quand la pointe de ses griffes effleura ma peau.

— Contrôler la transformation, c'est ce qui différencie les loups des moutons, répondit-il.

Je mis une seconde à comprendre qu'il venait de faire une plaisanterie. Il se pencha vers moi et chuchota :

— Si je perds le contrôle pendant la bataille, ou si j'ai le dessous, je me transformerai complètement. Je veux que tu viennes me toucher si je te le demande.

— Pourquoi ?

Son souffle était chaud contre ma joue. Il m'enveloppa de ses bras, m'attira dans le cercle de son corps, ses griffes jouant sur les lanières de cuir de mon costume.

— Je veux que tu sentes la vague de pouvoir. Que tu saches comment ça pourrait être entre nous. (Ses bras se raidirent.) Si je perds, tu pourras chevaucher le pouvoir et t'en servir pour faire sortir mes loups d'ici. Les autres tueront tous ceux dont ils mettent la loyauté en doute.

Je m'écartai suffisamment pour voir son visage.

— Comment puis-je utiliser le pouvoir pour faire ça ?

— Tu le sauras. (Il déposa un doux baiser sur mon front.) Sauve-les, Anita. Promets-le-moi.

— Je te le promets.

Il se releva, et mes mains glissèrent le long de son corps. Je saisis une des siennes. Ses griffes étaient aussi dures, solides et irréelles qu'elles en avaient l'air. J'avais senti son corps se transformer, et pourtant, alors que je levais les yeux vers son séduisant visage et ses mains monstrueuses, je ne m'y faisais toujours pas. Ce qui ne m'empêcha pas de m'accrocher à lui. Je ne voulais pas le laisser partir.

— Attention aux griffes, Anita. Je ne suis plus sous ma forme humaine.

Il voulait dire qu'une égratignure risquait de me contaminer. Ou peut-être pas : qui pouvait le savoir ? Mais cela suffit à me faire lâcher prise. Aussi merveilleuse que soit son énergie, je n'étais pas encore prête à renoncer totalement à mon humanité.

Richard me toisait de toute sa hauteur, et dans ses yeux, il y avait un monde de choses non dites, de choses non faites. J'ouvris la bouche et la refermai.

— Est-ce que tu contrôles aussi bien toutes les autres parties de ton anatomie ?

Il sourit.

— Oui.

J'avais tellement la trouille que je ne pouvais plus parler. Je venais de faire ma dernière plaisanterie. A présent, il ne restait plus que la vérité.

Je me relevai, prenant appui sur ses jambes, et embrassai le dos de sa main. Sa peau était toujours aussi douce ; elle avait toujours le goût et l'odeur de Richard, mais les os en dessous étaient ceux de quelqu'un – ou de quelque chose – d'autre.

— Ne te fais pas tuer !

Il sourit. Dans ses yeux, il y avait une tristesse insondable. Même s'il remportait cette bataille, cela lui coûterait très cher. Il considérerait ça comme un meurtre, aussi justifié soit-il. S'accrocher à sa moralité, c'est bien beau, mais c'est le meilleur moyen de se faire tuer.

Raina donna à Marcus un baiser d'adieu, pressant son corps si fort contre le sien qu'on aurait dit qu'elle essayait de le traverser, de l'écarter comme un rideau pour passer de l'autre côté. Puis elle le repoussa avec un profond rire de gorge, le genre de rire qui vous fait tourner la tête dans les bars. Un son joyeux, légèrement provocant. Elle me regarda depuis l'autre extrémité de la clairière, le rire pétillant toujours dans ses yeux, sur son visage. Ce regard suffit. Je savais qu'elle me tuerait si elle en avait la possibilité.

Comme je pensais plus ou moins la même chose d'elle, je lui adressai un hochement de tête et un salut. Nous verrions bien laquelle de nous deux serait morte au lever du jour. Ce serait peut-être moi, mais si j'avais mon mot à dire, Raina aussi figurerait quelque part sur la liste des victimes. Je pouvais en faire le serment.

Marcus leva ses mains griffues au-dessus de sa tête et pivota lentement sur lui-même.

— Deux alphas vont se battre pour vous. Un seul de nous quittera ce cercle vivant. Un seul de nous vous nourrira ce soir. Buvez notre sang, mangez notre chair. Nous sommes la meute. Nous sommes les lukoi. Nous ne faisons qu'un.

Jason rejeta sa tête en arrière et hurla, si près de moi que je sursautai. D'autres gorges poilues lui firent écho, et même des gorges humaines se joignirent au chœur. Seule au milieu de la meute, je gardai le silence.

Quand le dernier écho se fut dissipé entre les collines boisées, Marcus déclara :

— Ainsi, c'est la mort entre nous, Richard.

— Je t'ai offert la vie. Tu as choisi la mort.

Marcus sourit.

— Je suppose que oui.

Il se jeta directement sur Richard, sans feinter, et si vite que mon regard humain ne put le suivre. Richard plongea à terre, roula sur lui-même et se releva d'un bond. Trois minces lignes sanglantes lui barraient l'estomac. Marcus ne lui laissa pas le temps de se reprendre. Il couvrit la distance qui les séparait comme un mauvais rêve. J'avais déjà vu des lycanthropes se déplacer, et je les avais trouvés rapides, mais la vitesse de Marcus me coupait le souffle.

Il abattit ses griffes sur Richard, forçant celui-ci à reculer vers le bord de la clairière, à l'endroit où se tenait Raina. Richard n'était pas blessé, mais l'enchaînement des attaques adverses l'empêchait de riposter. Pour l'instant, il ne pouvait que se défendre et esquiver.

J'avais une question à poser. Je baissai les yeux vers Jason.

— Si quelqu'un d'autre aide Marcus, ce sera de la triche, n'est-ce pas ?

Je me sentais vaguement stupide de parler à une créature qui ressemblait à un animal, mais le regard de ses yeux pâles n'était pas animal. Je n'étais pas sûre qu'il soit humain, mais il n'était pas animal.

Le loup hocha maladroitement la tête.

Le dos de Richard était pratiquement à portée de Raina. Jamil, le lycanthrope noir que j'avais rencontré deux nuits auparavant, l'avait rejointe. Sebastian se tenait déjà à ses côtés. Et merde.

— S'ils trichent, je peux les flinguer ?

— Oui.

Cassandra s'approcha de nous, se mouvant parmi la meute comme un vent tiède et picotant. Pour la première fois, je perçus réellement son pouvoir, et sus qu'elle aurait pu être lupa si elle l'avait voulu.

Je dégainai mon Browning. Ça me faisait bizarre de le tenir dans ma main, comme si je n'en avais pas vraiment besoin. Pour avoir ce sentiment, je devais canaliser plus de la meute que je n'en avais conscience. Dangereusement plus. J'agrippai la crosse de toutes mes forces pour raviver le souvenir de son contact. Ma mémoire sensorielle me le restitua, dissipant en partie l'ivresse du pouvoir.

Je ne voyais pas d'arme, mais Richard présentait son

dos à Raina et à Sebastian. Je levai le Browning sans le braquer sur eux. Pas encore. Et je hurlai :

— Derrière toi !

Je vis un spasme agiter le dos de Richard. Il tomba à genoux. Autour de moi, le monde ralentit, comme sculpté dans du cristal. La main de Sebastian remua, accompagnée par l'éclat d'une lame en argent. Déjà, je le visais. Marcus ramena une main griffue en arrière, prêt à lacérer la gorge vulnérable de Richard. J'appuyai sur la détente et tournai mon flingue vers Marcus, mais j'allais être trop lente. Ce serait trop tard.

Le sommet du crâne de Sebastian explosa. J'eus une fraction de seconde pour me demander quel genre de munitions Edward avait fourrées dans le Browning. Son corps commença à basculer en arrière. La main de Marcus s'abattit sur Richard, et Richard propulsa la sienne sous son bras levé. Marcus se figea alors que les griffes de Richard pénétraient dans son ventre et remontaient sous ses côtes. La main de Richard plongea dans son corps jusqu'au poignet.

Je gardai le Browning braqué sur Raina, au cas où elle aurait eu dans l'idée de ramasser le couteau.

Marcus enfonça ses griffes dans le dos de Richard. Richard pressa son visage et son cou contre le corps de son adversaire pour les protéger. Marcus frissonna. Richard s'écarta de lui, retirant sa main sanglante de sa poitrine. Il arracha son cœur encore battant et le lança aux loups. Ceux-ci se jetèrent sur la succulente friandise avec des grognements et des glapissements de plaisir.

Richard s'effondra à genoux près du corps de Marcus. Du sang se déversait à gros bouillons du creux de ses reins, là où le couteau l'avait frappé. Je me dirigeai vers lui, sans cesser de tenir Raina en joue.

— Richard, tu vas bien ? demandai-je en m'age-nouillant devant lui, mais sans le regarder.

D'accord, c'était une question idiote, mais qu'est-ce que je pouvais bien dire d'autre ?

— Rengaine ton flingue, Anita. C'est terminé.

— Elle a essayé de te tuer.

— C'est terminé, répéta-t-il.

Il leva la tête, et ses yeux étaient déjà partis. Sa voix se changea en grondement.

— Rengaine-le.

Je fixai Raina et sus que si je ne la tuais pas maintenant, je serais obligée de la tuer plus tard.

— Elle ne nous lâchera pas avant d'avoir eu notre peau, Richard.

Soudain, la main de Richard fut là, trop rapide pour que je puisse la voir. Il m'assena une manchette, et mon Browning vola dans les airs. Ma main était toute engourdie. Je voulus reculer, mais il me saisit, refermant ses mains griffues autour de mes bras.

— Plus de morts… Ce soir.

Il rejeta la tête en arrière et hurla. Sa bouche était pleine de crocs.

Je ne pus réprimer un cri.

— Chevauche le pouvoir, Anita. Chevauche-le, ou enfuis-toi.

Ses mains se convulsèrent autour de mes bras. Je me laissai tomber sur les fesses et tentai de me dégager en plantant mes talons dans le sol. Richard s'écroula sur moi, trop épuisé pour lutter contre moi ou contre sa transformation. Je ne voyais rien d'autre que la brillance du pouvoir derrière mes yeux.

Si j'avais pu respirer, j'aurais crié de nouveau, mais il n'y avait rien d'autre que la force de son pouvoir qui se déversait hors de lui telle une cascade. Les vagues atteignirent les loups, et aux endroits où elles les touchèrent, de la fourrure jaillit. Richard se métamorphosait, et il entraînait les autres à sa suite. Tous les autres. Je sentais Raina se débattre près de nous. Je la sentais résister au changement. Je l'entendis hurler, mais au bout du compte, elle s'effondra sur le sol et se transforma quand même.

Je m'accrochai aux bras de Richard, et de la fourrure coula sous mes mains comme de l'eau. Des muscles se formèrent et s'étirèrent, des os se brisèrent et se ressoudèrent. Mes jambes et mon bassin étaient coincés sous lui. Un liquide transparent s'écoulait de son corps en une douche presque brûlante. Je hurlai et me démenai pour me dégager. Le pouvoir m'envahit, me remplit jusqu'à ce qu'il me semble que ma peau ne pourrait pas le contenir, qu'elle allait éclater.

Enfin, Richard se releva. Il n'était pas un loup mais un homme-loup, à la fourrure couleur de cannelle et d'or. Ses parties génitales énormes et gonflées pendaient sous lui. Il me fixa de ses yeux ambrés et me tendit une main griffue alors qu'il se redressait sur deux jambes légèrement arquées.

Ignorant sa main, je reculai précipitamment en m'aidant de mes pieds et de mes mains. Je me relevai en titubant un peu et le fixai. Sous cette forme, il était encore plus grand – dans les deux mètres dix à vue de nez –, plus musclé et carrément monstrueux. Il ne restait plus rien du Richard que je connaissais. Mais je savais que ça lui avait fait du bien de libérer sa bête. Je l'avais sentie émerger hors de lui comme un second esprit, une seconde âme, se dépliant, le remplissant et explosant hors de sa peau.

Mon corps frémissait encore du contact avec sa bête. Je sentais encore la douceur épaisse de sa fourrure sous mes doigts, comme une souvenir sensoriel qui me hanterait.

Le corps d'apparence très humaine de Marcus gisait sur le sol aux pieds de Richard. L'odeur du sang frais le traversait, les traversait tous. Je la sentais vibrer à l'intérieur de moi. Je baissai les yeux vers l'homme mort et n'eus qu'une envie : me laisser tomber à genoux pour me nourrir. Dans ma tête, je me vis en train de déchirer sa chair, d'enfouir mon visage dans ses viscères encore chauds. Cela m'arracha à ma fascination morbide et me fit reculer.

Je fixai l'homme-loup. Je fixai Richard et secouai la tête.

— Je ne peux pas me nourrir. Je refuse de le faire.

Quand il parla, sa voix était étrange et gutturale.

— Tu n'es pas invitée. Nous festoierons, puis nous chasserons. Tu peux nous regarder. Tu peux nous suivre, ou tu peux t'en aller.

Je reculai lentement.

— Je m'en vais.

La meute se rapprochait à pas feutrés. La plupart de ses membres s'étaient changés en loups gigantesques, mais parmi eux, je distinguai quelques hommes-loups qui m'observaient de leurs yeux étranges. Je ne pouvais pas voir le Browning que Richard avait fait sauter de ma main. Je dégainai mon Firestar et continuai à reculer.

— Personne ne te fera de mal, Anita. Tu es ma lupa. Ma compagne.

Je fixai le regard froid du loup le plus proche.

— Pour l'instant, je suis juste de la nourriture, Richard.

— Tu as refusé le pouvoir.

Il avait raison. Au final, j'avais paniqué, et je m'étais retenue d'absorber toute la dose.

— Peu importe.

Je me faufilai prudemment entre les loups. Ils ne bougèrent pas. Je sortis de la clairière, de la fourrure jusqu'aux genoux comme si je pataugeais dans une mer de poils. Chaque contact avec un animal vivant me faisait sursauter. La panique montait dans ma gorge, et il me restait assez de pouvoir pour sentir que ma peur les excitait. Plus j'avais la trouille, plus j'avais une odeur de bouffe.

J'avais gardé le flingue dans ma main, mais je savais que s'ils se jetaient sur moi, je serais cuite. Ils étaient trop nombreux. Ils me suivirent des yeux, refusant obstinément de s'écarter et me forçant à bousculer leurs corps poilus. Je compris qu'ils se servaient de moi comme apéritif : ma peur épicerait leur nourriture, le contact de mon corps humain donnerait du goût à leurs proies.

Quand je dépassai le dernier loup, un bruit de déchirure me fit tourner la tête. C'était un réflexe, et je ne pus pas m'en empêcher. Le museau de Richard était levé vers le ciel, dégoulinant de sang, mâchant un morceau de viande que je m'efforçai de ne pas identifier.

Je pris mes jambes à mon cou. Les bois à travers lesquels j'avais glissé si facilement avec l'aide de Richard devenaient tout à coup un parcours du combattant. Une course d'obstacles. Je trébuchai, tombai, me relevai et continuai à courir.

Enfin, j'atteignis le parking. J'avais emmené ma voiture, parce que personne d'autre que moi ne rentrerait à la maison ce soir. Dès le départ, j'avais su qu'ils resteraient ici pour leur banquet au clair de lune.

Edward et Harley avaient tout observé depuis une colline voisine. Je me demandai ce qu'ils avaient pensé du spectacle.

38

Edward me fit promettre de retourner au cirque pour une nuit de plus. Marcus était mort, mais si quelqu'un d'autre avait accepté le contrat, il ne le savait sans doute pas encore. Ç'aurait été vraiment dommage de me faire buter après tous les efforts que nous venions de déployer pour me sauver. J'avais déjà atteint le pied de l'escalier, et je me tenais devant la porte bardée de fer quand je constatai que je n'avais pas de clé, et que personne ne m'attendait.

Le liquide transparent qui avait coulé du corps de Richard s'était, en séchant, changé en une substance visqueuse, à mi-chemin entre le sang et la glu. J'avais besoin d'un bain. J'avais besoin de vêtements propres. J'avais surtout besoin de ne plus voir la gueule de Richard pendant qu'il dévorait Marcus. Mais plus j'essayais de ne pas y penser, plus l'image se renforçait dans mon esprit.

Je tambourinai sur la porte jusqu'à ce que mes poings me fassent mal, puis donnai des coups de pied dans le battant. Personne ne vint.

— Et merde ! hurlai-je à personne en particulier, et au monde entier en général. Et merde !

La pression de son corps sur le mien. Ses os et ses muscles glissant comme un amas de serpents. La vague tiède de pouvoir, le moment où j'avais voulu tomber à genoux et me nourrir. Que se serait-il passé si j'avais absorbé tout le pouvoir ? Que se serait-il passé si je ne m'étais pas dérobée au dernier moment ? Me serais-je nourrie de Marcus ? Y aurais-je pris du plaisir ?

Je hurlai sans un son, frappant sur la porte avec le plat de mes mains, avec mes poings, avec mes pieds. A la fin, épuisée, je tombai à genoux, mes paumes en feu toujours pressées sur le bois. J'appuyai ma tête contre le battant et pleurai.

— Ma petite, que s'est-il passé ? (Jean-Claude se tenait derrière moi sur les marches.) Richard n'est pas mort ; je le saurais.

Je me tournai vers lui et pressai mon dos contre la porte. D'une main rageuse, j'essuyai les larmes sur mon visage.

— Non, il n'est pas mort. Loin de là.

— Dans ce cas, qu'est-ce qui ne va pas ?

Il descendit l'escalier comme s'il dansait, d'une démarche trop gracieuse pour qu'on puisse la décrire, même après une soirée passée parmi des lycanthropes. Sa chemise était d'un bleu chatoyant, pas assez foncé pour qu'on le qualifie de marine, avec des manches bouffantes, de larges manchettes, et un col haut mais mou qui ressemblait vaguement à une écharpe. Je ne l'avais jamais vu porter de bleu d'aucune sorte ; ça faisait ressortir la teinte de ses yeux, leur donnait une apparence plus sombre. Il portait un jean noir aussi moulant qu'une seconde peau et des bottes montantes, avec un revers de cuir qui se soulevait légèrement à chacun de ses pas.

Il s'agenouilla près de moi, sans me toucher, un peu comme s'il avait peur de le faire.

— Ma petite, ta croix.

Je baissai les yeux. Elle ne brillait pas, pas encore. Je refermai ma main dessus et tirai d'un coup sec, brisant la chaîne. Puis je la projetai au loin. Elle heurta le mur avec un tintement infime, et un éclat argenté dans la lumière diffuse.

— Heureux ?

Jean-Claude me fixa.

— Richard vit. Marcus est mort. Exact ?

Je hochai la tête.

458

— Alors pourquoi ces larmes, ma petite ? Je ne crois pas t'avoir jamais vue pleurer.

— Je ne pleure pas, protestai-je.

Il effleura ma joue de l'index et me montra celui-ci. Une larme tremblait au bout. Il la porta à ses lèvres et la lécha du bout de la langue.

— Tu as le même goût que si ton cœur s'était brisé, ma petite.

Ma gorge était tellement nouée que je n'arrivais pas à respirer. Plus je m'efforçais de retenir mes larmes, plus elles coulaient vite et fort. Je m'enveloppai de mes bras, et mes mains restèrent collées à la substance poisseuse dont j'étais couverte. Je les écartai de mon corps comme si j'avais touché quelque chose de dégoûtant et fixai Jean-Claude.

— Mon Dieu, que s'est-il passé ?

Il voulut me prendre dans ses bras, mais je le repoussai.

— Vous allez vous en mettre partout.

Il observa la glu épaisse et transparente sur sa main.

— Comment t'es-tu retrouvée aussi près d'un loup-garou en train de se métamorphoser ? (Une idée passa sur son visage.) C'est Richard. Tu l'as vu se transformer.

J'acquiesçai.

— Il était allongé sur moi. C'était… Oh, mon Dieu ! Oh, mon Dieu ! Oh, mon Dieu !

Jean-Claude m'attira dans ses bras. Une fois de plus, je fis mine de le repousser.

— Vous allez pourrir vos fringues.

— Ça ne fait rien, ma petite. Tout va bien.

— Non, ça ne va pas.

Je m'affaissai contre lui, le laissai m'envelopper de ses bras. J'agrippai la soie de sa chemise, enfouis mon visage contre sa poitrine et chuchotai :

— Il a mangé Marcus. Il l'a mangé.

— Richard est un loup-garou, ma petite. C'est ce que font les loups-garous.

C'était si bizarre à entendre, et en même temps tellement vrai, que je ne pus m'empêcher d'éclater de rire –

un son brusque, presque coléreux. Mon rire se changea en une toux étranglée, puis à nouveau en sanglots.

Je m'accrochais à Jean-Claude comme s'il était la dernière chose normale en ce monde. Je me recroquevillai contre lui et pleurai. C'était comme si quelque chose en moi s'était brisé, et que mes glandes lacrymales expulsaient ses débris sur lui.

Sa voix me parvint, vague et distante, comme s'il parlait depuis un bon moment mais que je ne l'avais pas entendu. Il parlait en français, doucement, chuchotait dans mes cheveux, me caressait le dos, me berçait.

Je gisais dans ses bras, silencieuse. Je n'avais plus de larmes à verser. Je me sentais vide, légère et engourdie.

Jean-Claude repoussa mes cheveux en arrière. Puis il m'effleura le front de ses lèvres, comme Richard l'avait fait un peu plus tôt ce soir. Mais même ce souvenir ne suffit pas à me refaire pleurer. Il était encore trop tôt.

— Peux-tu te lever, ma petite ?

— Je crois.

Ma voix résonnait lointaine et déformée à mes propres oreilles. Je me redressai, toujours dans l'étreinte de ses bras, toujours appuyée contre lui. Puis je le repoussai gentiment. Je tenais debout toute seule ; d'accord, je tremblais un peu, mais c'était mieux que rien.

La chemise bleu foncé de Jean-Claude était collée à sa poitrine, couverte de glu de loup-garou et de larmes.

— Maintenant, nous avons besoin d'un bain tous les deux, fis-je remarquer.

— Ça peut facilement s'arranger.

— Je vous en prie, Jean-Claude, pas de sous-entendus sexuels, au moins jusqu'à ce que je sois propre.

— Bien entendu, ma petite. C'était grossier de ma part. Je m'excuse.

Je le fixai. Il se montrait beaucoup trop complaisant. Jean-Claude était certes beaucoup de choses, mais complaisant certainement pas.

— Si vous mijotez quelque chose, je ne veux pas le savoir. Je ne suis pas en état de supporter vos complots machiavéliques et ténébreux ce soir, d'accord ?

Il sourit et s'inclina profondément devant moi, sans jamais me quitter des yeux. Comme on s'incline sur un tatami de judo quand on craint que l'adversaire profite du moindre instant d'inattention pour vous sauter dessus.

Je secouai la tête. Il mijotait bel et bien quelque chose. C'était agréable de savoir que tout le monde n'avait pas changé brusquement. Je pourrais toujours compter sur Jean-Claude. Aussi horripilant qu'il puisse s'avérer, il semble qu'il soit toujours là quand j'ai besoin de lui. Fiable à sa façon tordue. Jean-Claude, fiable ? Je devais être encore plus choquée que je ne le pensais.

39

Jean-Claude ouvrit la porte de sa chambre et entra, m'invitant à en faire autant d'un geste gracieux. A la vue du lit, je m'arrêtai net. Tout le linge avait été changé. A présent, les draps étaient rouges, et des draperies écarlates formaient un demi baldaquin contre le bois presque noir. Les dix ou douze oreillers étaient toujours là, mais à présent, leurs taies aussi étaient d'un rouge brillant. Même après la nuit que je venais de passer, je trouvai ça assez agressif.

— J'aime bien votre nouveau décor... Je crois.

— Les draps avaient besoin d'être changés, et tu te plains toujours que je devrais utiliser plus de couleur.

Je fixai le lit.

— Je ne me plaindrai plus, c'est promis.

— Je vais te faire couler un bain.

Il passa dans la salle de bains sans faire la moindre plaisanterie ou allusion douteuse. C'en était presque énervant.

La personne qui avait changé les draps avait également emporté les chaises dont Edward et Harley s'étaient servis. Je ne voulais pas tacher les draps propres avec cette putain de glu ; aussi m'assis-je en tailleur sur la moquette blanche, en m'efforçant de ne pas trop réfléchir. C'est plus difficile que ça en a l'air. Mes pensées ne cessaient de se poursuivre, comme un loup-garou chassant sa propre queue.

Cette image arracha un cri à ma gorge, et à la fin de ce cri, un son qui ressemblait à un sanglot ou à un gémissement. Je plaquai le dos de ma main sur ma bouche. Je ne voulais pas entendre ce son en sortir. Il avait quelque chose de trop désespéré – de vaincu. Je n'étais pas vaincue, bordel, mais j'étais blessée. Si ce que je ressentais avait été une blessure physique, j'aurais saigné à mort.

Enfin, la porte de la salle de bains se rouvrit. Une bouffée d'air tiède et humide en émergea avec Jean-Claude. Il avait ôté sa chemise, et la cicatrice en forme de croix souillait la perfection de sa poitrine. Dans une main, il tenait ses bottes ; dans l'autre, une serviette-éponge aussi rouge que les draps.

— Je me suis lavé dans l'évier pendant que la baignoire se remplissait, annonça-t-il. (Il s'approcha de moi, pieds nus sur la moquette blanche.) Je crains d'avoir utilisé la dernière serviette propre. Je vais aller t'en chercher d'autres.

Je laissai retomber ma main et acquiesçai. Au prix d'un gros effort, je parvins à articuler :

— D'accord.

Je me levai avant qu'il puisse me tendre la main. Je n'avais pas besoin d'aide.

Jean-Claude s'écarta. L'humidité de la salle de bains avait resserré les boucles noires qui pendaient sur ses épaules, lui donnant presque l'air de friser. Je l'ignorai autant qu'il était humainement possible et passai dans la pièce voisine.

L'intérieur était tiède et brumeux, la baignoire de marbre noir pleine de bulles. Jean-Claude m'offrit un plateau de laque noire pris sur la coiffeuse. Celui-ci contenait plusieurs bouteilles de shampoing, un savon, des sels de bain et ce qui ressemblait à des huiles essentielles.

— Sortez, pour que je puisse me déshabiller.

— Tu as eu besoin de deux personnes pour t'aider à t'habiller tout à l'heure, ma petite. N'auras-tu pas besoin d'aide pour te déshabiller ?

Sa voix était totalement neutre, son visage si immobile et son regard si innocent que je ne pus réprimer un sourire.

Je soupirai.

— Si vous défaites les deux lanières dans mon dos, je devrais pouvoir me débrouiller avec le reste. Mais pas de mains baladeuses.

Je plaquai le soutien-gorge sur ma poitrine parce que l'une des deux lanières allait le détacher. L'autre, me semblait-il, était le pivot de tout le reste du costume.

Les doigts de Jean-Claude s'approchèrent de la lanière fixée entre mes omoplates. Je le regardai faire dans le miroir embué. Il défit la boucle, et le cuir céda avec un léger craquement. Puis il passa à la seconde lanière sans même une caresse superflue. Il la défit également et recula d'un pas.

— Pas de mains baladeuses, ma petite.

Il sortit de la salle de bains, et je le vis disparaître tel un fantôme dans la buée du miroir. Quand il eut refermé la porte derrière lui, je m'attaquai au reste des lanières. J'avais l'impression d'être un oignon dont je pelais les couches de cuir poisseux.

Je déposai le plateau de laque au bord de la baignoire et enjambai le rebord. L'eau était très chaude, un poil trop. Je m'y enfonçai jusqu'au menton, mais je ne réussis pas à me détendre. La glu s'accrochait à ma peau nue en paquets. Je devais m'en débarrasser. Je me rassis et commençai à frotter. Le savon sentait le gardénia, et le shampoing avait une odeur d'herbe. Faites confiance à Jean-Claude pour ne pas acheter ses produits de bain au supermarché, comme tout le monde.

Je me lavai les cheveux deux fois, m'immergeant totalement dans l'eau pour les rincer. J'étais propre comme un sou neuf et vertueuse. Ou propre comme un sou neuf, au moins. La buée des miroirs s'était dissipée, et je n'avais que moi-même à regarder. J'avais nettoyé mon maquillage si sophistiqué. Je lissai en arrière mes épais cheveux noirs dégoulinants. Sous mon front ainsi dégagé, mes yeux étaient énormes, presque noirs, ma peau si pâle qu'on l'aurait dite blanche. J'avais l'air choqué, éthéré, irréel.

On frappa doucement à la porte.

— Ma petite, puis-je entrer ?

464

Je baissai les yeux. Les bulles avaient tenu bon. J'en attirai un paquet sur ma poitrine et répondis :

— Si vous voulez.

Il me fallut un gros effort pour ne pas me recroqueviller dans l'eau. Je m'assis le dos droit, plaçant toute ma confiance en la qualité du bain moussant. Je ne jouerais pas les vierges effarouchées devant Jean-Claude. D'accord, j'étais nue dans mon bain. Et alors ? Personne ne peut vous embarrasser à moins que vous le laissiez faire.

Jean-Claude entra avec deux épaisses serviettes rouges. Il referma la porte derrière lui avec un léger sourire.

— Nous ne voudrions pas laisser sortir l'air chaud.

Je plissai les yeux mais répondis :

— Je suppose que non.

— Où veux-tu que je mette les serviettes ? Ici ?

Il fit mine de les déposer sur la coiffeuse.

— Je ne peux pas les attraper, fis-je remarquer.

— Ici, alors ? demanda-t-il en désignant l'abattant fermé des toilettes.

Il me fixa, toujours vêtu de son seul jean noir. Ses pieds étaient d'une pâleur frappante contre la moquette noire.

— Encore trop loin.

Il s'assit sur le rebord de la baignoire, plaçant les serviettes à terre devant lui. Puis il me détailla comme s'il pouvait faire disparaître les bulles par la seule intensité de son regard.

— Et là, c'est assez près ?

— Peut-être un peu trop.

Du bout des doigts, il effleura les bulles au bord de la baignoire.

— Tu te sens mieux maintenant, ma petite ?

— J'ai dit : pas de sous-entendus sexuels, souvenez-vous.

— Si mes souvenirs sont exacts, tu as dit : pas de sous-entendus sexuels jusqu'à ce que tu sois propre. (Il sourit.) Tu es propre.

Je soupirai.

— C'est bien de vous, de toujours tout prendre au pied de la lettre.

Comme il trempait ses doigts dans l'eau, son épaule pivota suffisamment pour que je puisse voir les traces de fouet dans son dos. Les cicatrices étaient blanches et lisses, et soudain, je brûlais d'envie de les caresser.

Jean-Claude se tourna à nouveau vers moi. Il essuya ses doigts mouillés sur sa poitrine, dessinant des lignes humides et brillantes sur sa cicatrice en forme de croix et le long de son estomac. Ses doigts jouèrent avec la ligne de poils noirs qui disparaissait sous la ceinture de son pantalon.

Je fermai les yeux.

— Que t'arrive-t-il, ma petite ? (Je le sentis se pencher sur moi.) Tu as la tête qui tourne, peut-être ?

Je rouvris les yeux. Il avait incliné tout son torse, le bras droit appuyé sur le bord du fond de la baignoire, le gauche près de mon épaule. Sa hanche saillait tellement au-dessus de l'eau que si j'avais touché sa poitrine, il serait tombé.

— Ne vous inquiétez pas : je ne vais pas m'évanouir.

Son visage descendit à la rencontre du mien.

— Ravi de l'entendre.

Il m'embrassa légèrement, un simple effleurement des lèvres, mais cela suffit à me faire tressaillir l'estomac.

Je hoquetai et le repoussai. Il tomba dans la baignoire, et l'eau se referma sur sa tête, ne laissant dépasser que ses pieds. Il atterrit sur mon corps nu, et je hurlai.

Il émergea brusquement, ses longs cheveux noirs dégoulinants autour de son visage et sur ses épaules. Jamais je ne l'avais vu aussi surpris. Il s'écarta de moi, essentiellement parce que je le repoussais de toutes mes forces, et lutta pour se relever. De l'eau mousseuse cascadait le long de son corps. Il baissa les yeux vers moi. Recroquevillée contre le bord de la baignoire, je le foudroyai du regard.

Il secoua la tête et éclata de rire. Le son emplit la pièce, caressant ma peau comme une main.

— Je suis un homme à femmes depuis près de trois siècles, Anita. Pourquoi ne suis-je aussi maladroit qu'avec toi ?

— C'est peut-être un signe, suggérai-je.

— Peut-être.

Je continuai à le fixer. Il était debout devant moi, avec de l'eau et des bulles jusqu'aux genoux. Trempé de la tête aux pieds. Il aurait dû être ridicule, mais il ne l'était pas. Il n'était que beau et diablement appétissant.

— Comment puis-je vous trouver si beau alors que je sais ce que vous êtes ?

Il s'agenouilla dans l'eau. Les bulles se massèrent autour de sa taille ; dessous, il aurait aussi bien pu être nu. L'eau coulait sur sa poitrine en minces filets. Je voulais le caresser. Je voulais lécher les gouttes sur sa peau. Je repliai mes genoux contre ma poitrine et verrouillai mes bras autour. Je ne me faisais pas confiance.

Jean-Claude se rapprocha de moi. L'eau remua et clapota autour de mon corps nu. Il resta à genoux, si près de moi que son jean touchait mes jambes repliées. J'enfouis ma tête entre mes genoux, mais les battements affolés de mon cœur me trahissaient. Je savais que Jean-Claude percevait mon désir dans l'air.

— Dis-moi de m'en aller, ma petite, et je partirai.

Je le sentis se pencher sur moi, son visage à quelques centimètres au-dessus de mes cheveux mouillés.

Lentement, je relevai la tête.

Il posa une main sur le bord de la baignoire de chaque côté de moi, ce qui amena sa poitrine dangereusement près de mon visage. Je regardai l'eau perler sur sa peau, comme il regardait parfois le sang perler sur la mienne : avec un désir trop impérieux pour pouvoir le nier, un besoin si absolu que je n'avais pas envie de dire non.

Je lâchai mes genoux et me penchai en avant.

— Ne partez pas, soufflai-je.

Je posai mes mains sur sa taille, prudemment, comme si je risquais de me brûler, mais sa peau était fraîche sous l'eau mousseuse et glissante. Fraîche, et lisse au toucher. Je levai les yeux vers son visage, et sus qu'il y avait quelque chose de très proche de la peur sur le mien.

Sur ses traits ravissants, je lus de l'hésitation, comme s'il ignorait de quelle façon réagir. C'était une expression que je n'aurais jamais cru lui voir pendant que j'étais nue dans ses bras.

Je continuai à le fixer tout en approchant ma bouche de son ventre. Je lui donnai un coup de langue rapide, presque craintif. Il soupira ; ses paupières se fermèrent et son corps s'affaissa. Je pressai mes lèvres sur sa peau, buvant l'eau qui s'y attardait encore. Assise, je ne pouvais pas atteindre sa poitrine. Je me mis à genoux, les mains posées de chaque côté de sa taille mince pour ne pas tomber.

L'air était froid contre mes seins nus. Ils étaient sortis de l'eau quand je m'étais redressée. Je me figeai. Je voulais désespérément voir le visage de Jean-Claude, mais j'avais peur de lever les yeux.

Ses doigts effleurèrent mes épaules, glissant sur ma peau humide. Je frissonnai et levai les yeux. Son expression me coupa le souffle. Il y avait là de la tendresse, du désir et de l'émerveillement.

— Tu es si belle, ma petite. (Avant que je puisse protester, il posa un doigt sur mes lèvres.) Tu es vraiment belle. Je ne te mentirais pas sur ce point.

Très doucement, il laissa descendre ses mains le long de mon cou, sur mes épaules et dans mon dos, en une caresse lente et provocatrice. Il s'immobilisa lorsqu'il me tint par la taille comme je le tenais.

— Et maintenant ? demandai-je, d'une voix un peu étranglée.

— C'est toi qui décides, ma petite.

Je lui pétris les flancs, tâtant sa chair pâle, savourant sa densité sous mes mains. J'écartai les doigts et les fis remonter vers ses côtes.

Il m'enlaça un peu plus fort et m'imita. Ses doigts fins mais puissants s'enfonçaient dans ma peau juste assez pour me faire soupirer. Il s'arrêta les pouces sous

468

mes seins. Son contact était léger comme une plume, comme s'il ne me touchait presque pas. Mais ce simple effleurement fit réagir mon corps. Je me raidis, et mes mamelons se durcirent. J'avais envie de lui. Tellement envie de lui que ma peau me paraissait trop large, et douloureuse.

Mes mains étaient pressées sur sa poitrine. Je réalisai qu'il continuait à m'imiter, à reproduire chacun de mes gestes comme un miroir. Il attendait la suite.

Je levai les yeux vers lui et scrutai son visage – cette beauté, ces yeux sombres. Ils ne contenaient aucun pouvoir hypnotique : juste la frange noire et épaisse de ses cils, et des prunelles de la couleur du ciel avant que les ténèbres engloutissent le monde, à l'instant où vous pensez qu'il fait déjà noir, mais où il reste encore une ombre bleue aussi riche que de l'encre à l'ouest. La beauté possède son propre pouvoir.

Je fis glisser mes mains vers le haut, et le bout de mes doigts caressa ses mamelons tandis que je continuais à le fixer, le cœur battant la chamade et le souffle beaucoup trop rapide.

A son tour, il laissa remonter ses mains, qu'il plaça en coupe sous mes seins. Leur contact m'arracha un hoquet. Il se tassa dans l'eau sans me lâcher, se pencha sur moi et m'embrassa doucement les seins, léchant l'eau sur ma peau. Je frissonnai de tout mon corps et dus me raccrocher à ses épaules nues pour ne pas perdre l'équilibre. Tout ce que je pouvais voir, c'était ses longs cheveux noirs à hauteur de ma poitrine.

Je nous aperçus dans le miroir. Je regardai sa bouche se refermer sur un de mes seins, la sentis m'aspirer goulûment. Ses canines me piquèrent la chair. Un instant, je crus qu'il allait me mordre, faire couler deux minces filets de sang chaud, mais il s'écarta et se laissa tomber à quatre pattes dans l'eau. Du coup, j'étais plus grande que lui, et je pouvais enfin voir son visage.

Il ne restait plus la moindre trace d'incertitude sur ses traits. Ses yeux étaient toujours ravissants, toujours humains, mais une obscurité grandissait en eux. Du désir, faute d'un meilleur terme, mais ce genre de regard chez un mâle est trop primitif pour notre vocabulaire limité. C'est la part de ténèbres que chacun de nous porte en soi et qui, occasionnellement, émerge à la surface. Cette part de nous que nous emprisonnons dans nos rêves et nions pendant la journée. Il resta tapi dans l'eau avec cette lueur prédatrice dans le regard, et ce fut moi qui m'approchai de lui.

Je l'embrassai tout doucement. Je caressai ses lèvres de ma langue, et les sentis s'écarter pour moi. Je lui saisis le visage à deux mains et l'embrassai, le goûtai, l'explorai. Il se redressa avec un son à mi-chemin entre un gémissement et un sanglot. Ses bras se nouèrent dans mon dos, et il nous fit rouler dans l'eau comme un requin.

Nous émergeâmes haletants. Jean-Claude s'écarta de moi pour aller s'adosser à l'autre bord de la baignoire. Je respirais si profondément que je tremblais. Mon pouls martelait l'arrière de ma gorge. Je le sentais sur ma langue, pouvais presque jouer avec lui comme avec un bonbon. Puis je compris que ce n'était pas seulement mon cœur que j'entendais. C'était celui de Jean-Claude.

Je voyais une veine battre dans son cou comme si elle était douée d'une vie propre, mais ce n'était pas seulement mes yeux qui la voyaient. Je la sentais comme si elle était mienne. Jamais je n'avais eu une telle conscience du flux de mon sang, de la pulsion tiède de ma peau, des contractions puissantes de mon cœur. De la vie grondant à l'intérieur de moi. Et le corps de Jean-Claude pulsait au même rythme que le mien. Comme s'il chevauchait les battements de mon cœur, le flux de mon sang.

Je percevais son désir, et ce n'était pas seulement une question de sexe, mais pour la première fois, je comprenais que ça n'était pas seulement une question de sang non plus. C'était moi tout entière. Il voulait se réchauffer dans mon corps comme des mains à une flamme, s'imprégner de ma tiédeur, de ma vie. Je sentais son immobilité, un calme d'une profondeur qu'aucun être vivant ne pouvait mesurer, comme une mare d'eau stagnante dissimulée par l'obscurité.

L'espace d'une seconde cristalline, je réalisai que ça faisait partie de mon attirance pour lui : je voulais plonger mes mains dans ce calme, dans ce lieu d'immobilisme et de mort. Je voulais l'étreindre, l'affronter, le conquérir. Je voulais remplir Jean-Claude d'une vague brûlante de vie, et je sus en cet instant que je pourrais le faire, mais que le prix à payer serait de boire une partie de cette eau sombre.

— Mes excuses les plus sincères, ma petite. Tu as failli avoir raison de moi. (Adossé au rebord de la baignoire, il se laissa glisser dans l'eau.) Je ne suis pas venu ici pour me nourrir. Je suis désolé.

Je sentais ses battements de cœur s'éloigner de moi, s'arracher à moi. Mon pouls ralentit. A présent, le seul cœur que j'entendais pulser dans mes oreilles était le mien.

Jean-Claude se releva, l'eau dégoulinant le long de son corps.

— Je vais y aller, ma petite. (Il soupira.) Tu me dérobes ce self-control que j'ai tant lutté pour acquérir. Tu es la seule qui puisse me faire ça, la seule.

Je rampai dans l'eau jusqu'à lui et laissai l'obscurité gagner mes yeux.

— Ne partez pas.

Il me fixa avec une expression en partie stupéfaite, en partie amusée et en partie apeurée, comme s'il n'avait pas confiance en moi – ou comme s'il n'avait pas confiance en lui.

Je m'agenouillai à ses pieds, laissant courir mes mains sur son jean détrempé. J'enfonçai mes ongles dans le tissu plaqué à ses cuisses et levai les yeux vers lui. Mon visage était dangereusement près d'un endroit que je n'avais encore jamais touché, pas même avec les mains. Si près que je ne pus m'empêcher de remarquer combien il était tendu et dur sous le tissu moulant. J'eus une terrible envie de poser ma joue sur son bas-ventre. Je l'effleurai du plat de la main, le touchai à peine, et cela suffit à lui arracher un doux grognement.

Il me fixait comme un noyé. Je soutins son regard.

— Pas de crocs, pas de sang.

Il acquiesça lentement, et dut s'y prendre à deux fois avant de retrouver sa voix.

— Il en sera selon les désirs de ma dame.

Je posai ma joue sur la braguette de son jean, sentis la grosseur large et ferme sous ma peau. Tout son corps se tendit alors que je frottai mon visage contre lui comme un chat. Un son léger s'échappa de sa gorge. Je levai les yeux. Il avait fermé les siens, et rejeté la tête en arrière.

Je saisis la ceinture de son jean et m'y accrochai pour me redresser. De l'eau dégoulina le long de mon corps, laissant de petits amas de bulles sur son passage.

Les mains de Jean-Claude m'entourèrent la taille, mais ses yeux se posèrent plus bas. Il croisa mon regard et sourit. Je l'avais déjà vu des tas de fois, ce sourire disant qu'il pensait à des choses très osées, des choses que vous n'oseriez faire que sous le couvert des ténèbres. Pour la première fois, je voulais tout ce que ce sourire promettait.

Je tirai sur son jean.

— Virez-moi ça.

Il défit prudemment la fermeture Eclair et éplucha le tissu mouillé collé à sa peau. S'il portait des sous-vêtements, je n'eus pas l'occasion de les voir. Son jean atterrit sur la moquette, et soudain, Jean-Claude se retrouva nu devant moi.

Il était pareil à une statue d'albâtre, chaque muscle, chaque courbe de son corps pâles et parfaits. Lui dire qu'il était beau eût été redondant. M'exclamer « mazette ! », ça n'aurait pas été cool. Glousser était hors de question. Ma voix résonna à mes oreilles faible et étranglée, rauque de tous les mots que je ne trouvais pas.

— Vous n'êtes pas circoncis.

— Non, ma petite. Ça te pose un problème ?

Je fis ce que je brûlais d'envie de faire depuis la première fois où mes yeux s'étaient posés sur lui. Je l'enveloppai de mes doigts et pressai doucement. Il ferma les yeux, frissonnant, les mains appuyées sur mes épaules pour conserver son équilibre.

— Non, ça ne me pose pas de problème.

Brusquement, il m'attira à lui, pressant nos deux corps l'un contre l'autre. Le contact de son membre dur et ferme contre mon estomac faillit avoir raison de moi. Je plantai mes ongles dans son dos pour empêcher mes genoux soudain flageolants de céder sous moi.

J'embrassai sa poitrine. Je me dressai sur la pointe des pieds et embrassai ses épaules, son cou. Je fis courir ma langue sur sa peau et le goûtai, fis rouler son parfum dans ma bouche. Nos lèvres s'effleurèrent en un baiser presque chaste. Je croisai mes mains dans sa nuque, arquant les reins contre lui. Il émit un léger grognement.

Il s'accroupit en glissant le long de mon corps, les bras verrouillés dans mon dos, me plaquant contre lui tandis qu'il se dérobait à mon étreinte et me laissait debout, les yeux baissés vers lui.

Il me lécha le ventre à petits coups de langues rapides et humides. Ses mains se promenaient sur mes fesses comme pour m'agacer. Sa langue continuait à aller et venir à l'endroit où mon ventre prenait fin et où commençait quelque chose d'autre. Ses doigts se faufilèrent entre mes jambes. Je hoquetai.

— Que faites-vous ?

Il leva les yeux vers moi, la bouche toujours collée à mon bas-ventre, et redressa la tête juste assez pour parler.

— Devine, ma petite, chuchota-t-il.

Il posa une main sur chacune de mes cuisses et me força à écarter les jambes. Sa main glissa sur moi, m'explorant.

Soudain, ma bouche était complètement sèche. Je m'humectai les lèvres et dis :

— Je crois que mes jambes ne me porteront plus très longtemps.

Il fit courir sa langue sur ma hanche.

— Le moment venu, ma petite, je te tiendrai.

Il descendit le long de ma cuisse en la piquetant de baisers. Un de ses doigts glissa à l'intérieur de moi. Mon souffle s'échappa de ma bouche en un long soupir.

Il embrassa l'intérieur de mes cuisses, faisant courir sa langue et ses lèvres le long de ma peau. La sensation de ses doigts entre mes jambes raidit mon corps, et j'éprouvai les prémisses de quelque chose de monstrueux, de renversant.

Jean-Claude se releva, une main toujours entre mes jambes. Puis il se pencha et m'embrassa, longuement, lentement. Le mouvement de sa main reproduisait celui de sa langue, m'excitait par petites touches. Lorsque ses doigts plongèrent à l'intérieur de moi, je criai et frissonnai contre lui.

Il me laissa debout dans l'eau, seule et frémissante, mais pas de froid. Je n'étais même pas capable de réfléchir suffisamment pour demander où il était passé. Puis il réapparut devant moi, un préservatif à la main, comme s'il venait de le conjurer par magie.

Je le touchai pendant qu'il le déballait. Je le pris dans mes mains et sentis sa douceur soyeuse. Sa peau était incroyablement lisse. Avec un rire tremblant, il se déroba doucement.

Quand il fut paré, il passa ses mains à l'arrière de mes cuisses et me souleva. Il se pressa contre moi sans me pénétrer, frottant son bas-ventre contre l'endroit que sa main avait touché.

— Pitié, chuchotai-je.

Il écarta mes jambes et se coula en moi. Lentement, comme s'il craignait de me faire mal. Quand il fut à l'intérieur de moi comme une épée dans son fourreau, il me dévisagea. Son expression était bouleversante. Des émotions à l'état brut avaient envahi ses traits. De la tendresse, du triomphe, du désir.

— J'ai attendu ce moment si longtemps, ma petite, si longtemps…

Il allait et venait, doucement, d'un mouvement presque hésitant. Je le fixai jusqu'à ce que la succession de ses émotions devienne trop difficile à supporter. Trop d'honnêteté, et dans ses yeux, quelque chose qui ressemblait à de la douleur – quelque chose que je n'avais aucune chance de comprendre.

Le mouvement de ses hanches était toujours lent et prudent, la sensation fabuleuse, mais j'en voulais plus. J'approchai ma bouche de la sienne et dis :

— Je ne m'échapperai pas.

Puis je pressai mes lèvres sur les siennes assez fort pour sentir ses crocs au travers.

Il s'agenouilla dans l'eau, me plaquant contre le bord de la baignoire. Sa bouche dévorait la mienne, et tout à coup, une douleur brève mais vive me traversa. Du sang cuivré et douceâtre envahit ma bouche, envahit la sienne, et il plongea à l'intérieur de moi, plus vite, plus fort. Je le regardais dans le miroir. Je regardais son corps entrer et sortir du mien. Je l'étreignais de mes bras, de mes jambes. Je le serrais contre moi, sentais son sexe plonger à l'intérieur du mien, percevais son désir.

Quelqu'un émettait un gémissement aigu, et ce quelqu'un, c'était moi. J'enroulai mes jambes autour de sa taille. Mes abdominaux se contractèrent et se raidirent.

Je pressai mon corps contre Jean-Claude comme si je voulais l'escalader, le traverser. Je saisis une poignée de ses longs cheveux et observai son visage à quelques centimètres du mien. L'observai pendant que son corps pompait. Les émotions avaient disparu, ne laissant derrière elles qu'un besoin sexuel à l'état pur qui rendait ses traits presque flasques. Du sang coulait au coin de ma bouche ; il le lécha, son corps se raidissant contre le mien.

Il ralentit le rythme. Je sentis l'effort tirer sur ses bras et son dos. Chaque fois qu'il entrait en moi, j'avais l'impression de le sentir jusqu'au milieu de ma poitrine, comme s'il avait démesurément grandi à l'intérieur de moi. Mon corps fut agité d'un spasme autour de lui, et se crispa comme une main. Jean-Claude poussa un cri et perdit son rythme. Il plongea en moi de plus en plus vite, de plus en plus fort, comme s'il voulait fusionner nos deux corps, ne faire de nous qu'une seule chair.

Une vague de plaisir me submergea, me balaya en me picotant tout le corps. Elle explosa sur moi comme une boule de flammes froides, et pourtant, Jean-Claude n'en avait pas terminé. Chaque poussée me pénétrait un peu plus avant, caressant des choses que personne n'aurait jamais dû pouvoir toucher. C'était comme si son sexe pouvait atteindre tous les endroits que sa voix pouvait toucher, comme si ce n'était pas seulement son corps qui plongeait à l'intérieur de moi.

L'espace d'un moment, le monde ne fut plus qu'une blancheur aveuglante, une lumière en fusion. J'enfonçai mes ongles dans le dos de Jean-Claude. Des bruits tombaient de ma bouche, trop primitifs pour qu'on puisse les qualifier de cris. Quand je réalisai que je l'avais griffé jusqu'au sang, je lâchai son dos pour enfoncer mes ongles dans mes propres bras. Je ne lui avais pas demandé ce qu'il pensait de la douleur.

Je me lovai autour de lui, le laissant soutenir tout le poids de mon corps. Il enjamba le rebord de la baignoire en me soulevant hors de l'eau, et rampa à quatre pattes sur la plate-forme de marbre surélevée qui entourait la baignoire tandis que je m'accrochais à son cou. Il descendit vers moi, et je me dégageai. Il glissa hors de moi. Il était toujours aussi dur et aussi prêt qu'au début.

Je le fixai.

— Vous n'avez pas joui.

— Je n'ai pas attendu si longtemps pour que ça se termine si vite.

Il se pencha vers moi, en appui sur ses bras tendus comme s'il faisait des pompes, et effleura de sa bouche une des égratignures sur mon bras. Puis il passa sa langue sur ses lèvres.

— Si tu l'as fait pour moi, je te remercie. Si tu l'as fait pour ne pas me le faire, ça n'était pas nécessaire. Un peu de douleur ne me dérange pas.

— Moi non plus.

Il s'allongea sur le flanc à côté de moi.

— J'avais remarqué.

Il m'embrassa lentement, puis roula sur le dos en me repoussant presque à l'intérieur de la baignoire.

— Je veux te regarder bouger, ma petite. Je te veux au-dessus de moi.

Je passai une jambe en travers de sa taille et glissai lentement sur lui. A cet angle, la pénétration était plus profonde, plus aiguë. Ses mains coururent le long de mon corps, sur mes seins. Il se laissa complètement aller sur le marbre froid. Ses longs cheveux noirs bouclés étaient presque secs ; ils se déployaient autour de son visage en ondulations épaisses. C'était ça que je voulais. Le voir ainsi. Le sentir à l'intérieur de moi.

— Bouge pour moi, Anita.

Je bougeai pour lui. Je le chevauchai. Il se raidit à l'intérieur de moi, et je hoquetai. Je nous regardai dans le miroir. Regardai mes hanches se balancer au-dessus de lui.

— Ma petite, chuchota-t-il, regarde-moi dans les yeux. Que ce soit entre nous comme ça aurait pu être depuis le début.

Je fixai ses yeux bleu marine. Ils étaient ravissants, mais ce n'était que des yeux. Je secouai la tête.

— Je ne peux pas.

— Tu dois me laisser pénétrer ton esprit, comme tu me laisses pénétrer ton corps.

Un spasme l'agita à l'intérieur de moi. C'était difficile de réfléchir.

— Je ne sais pas comment faire.

— Aime-moi, Anita. Aime-moi.

Je baissai les yeux vers lui.

— Je vous aime. C'est la vérité.

— Alors laisse-moi entrer, ma petite. Laisse-moi t'aimer.

Ce fut comme un rideau qu'on écarte. Tout à coup, ses yeux étaient si profonds qu'on aurait pu s'y noyer, pareils à un océan marine infini et brûlant. J'avais conscience de mon corps. Je sentais Jean-Claude à l'intérieur, telle une caresse soyeuse dans mon esprit.

L'orgasme m'atteignit de plein fouet, me prit au dépourvu, ouvrit mon esprit à lui bien davantage que je ne l'avais prévu. M'ouvrit tout grand et me fit tomber dans ses yeux. Il cria sous moi, et je réalisai que je pouvais toujours sentir mon corps, mes mains sur sa poitrine, mon pelvis sur le sien. J'ouvris les yeux, et l'espace d'une seconde étourdissante, je vis son visage s'affaisser dans cet instant d'abandon total.

Je m'effondrai sur lui, laissant courir mes mains le long de ses bras, sentant son cœur battre contre ma poitrine. Nous restâmes immobiles quelques instants, nous reposant dans les bras l'un de l'autre. Puis je me laissai glisser sur le côté et me recroquevillai près de lui.

— Vous ne pouvez plus m'hypnotiser avec vos yeux. Même si je vous laissais me tenir, je pourrais rompre votre emprise à tout moment.

— Oui, ma petite.

— Est-ce que ça vous ennuie ?

Il entortilla une mèche de mes cheveux autour de son doigt.

— Disons que ça ne m'ennuie plus autant qu'il y a quelques heures.

Je me redressai sur un coude pour voir son visage.

— Qu'est-ce que ça signifie ? Maintenant que j'ai couché avec vous, je ne suis plus dangereuse ?

Il me fixa. Je n'arrivais pas à déchiffrer son expression.

— Tu seras toujours dangereuse, ma petite.

Il se redressa à la force de ses abdos pour m'embrasser doucement, puis s'écarta de moi juste assez pour parler, en appui sur ses coudes.

— Il fut un temps où tu aurais pu prendre mon cœur avec un pieu ou une balle. (Il saisit ma main et la porta à ses lèvres.) Aujourd'hui, tu l'as pris avec ces mains délicates et avec le parfum de ton corps.

Il me baisa doucement la main, puis se rallongea en m'attirant sur lui.

— Viens, ma petite. Profite bien de ta conquête.

Je raidis le cou pour éviter qu'il m'embrasse.

— Vous n'êtes pas conquis.

— Toi non plus, ma petite. (Je sentis ses mains remonter le long de mon dos.) Je commence à réaliser que tu ne seras jamais conquise, et c'est le meilleur aphrodisiaque de tous.

— Un défi éternel.

— Jusqu'à la fin des temps, souffla-t-il.

Je le laissai m'attirer à lui et m'embrasser. Une partie de moi ne savait toujours pas si je venais de faire une bonne ou une mauvaise chose. Mais pour ce soir, je m'en fichais.

40

Je m'éveillai entourée de draps rouge sang, nue et seule. Jean-Claude m'avait souhaité une bonne nuit et s'était retiré dans son cercueil. Je n'avais pas tenté de l'en dissuader. Si je l'avais trouvé froid et mort à côté de moi… Disons juste que pour le moment, je n'étais plus en état d'encaisser un choc supplémentaire de la part de mes petits amis.

Petit ami. Une expression appropriée pour désigner un garçon qui porte votre cartable et vous accompagne jusqu'à votre salle de classe. Mais après ce qui s'était passé la nuit dernière, il ne s'appliquait plus vraiment à Jean-Claude.

Je restai allongée sur le dos, serrant les draps de soie sur ma poitrine. Je sentais l'eau de Cologne de Jean-Claude sur les taies d'oreiller, sur ma peau, mais plus encore, je le sentais, lui. Je me blottis dans cette odeur, me roulai dedans. Il avait dit qu'il m'aimait, et pendant un moment la veille, je l'avais cru. Dans la lumière du jour, je n'en étais plus si certaine. C'était idiot de croire à moitié qu'un vampire pouvait être amoureux de moi, mais c'était encore plus idiot d'être à moitié amoureuse de lui. Pourtant, j'aimais encore Richard. Une nuit de sexe débridé n'y changeait rien. Je crois que j'avais plus ou moins espéré que ça serait le cas. Le désir peut peut-être se dissiper aussi rapidement, mais pas l'amour. Le véritable amour est une bête bien plus coriace.

Quelqu'un toqua doucement à la porte. Je dus trifouiller sous trois oreillers avant de trouver mon Firestar. Je le plaquai contre ma cuisse et lançai :

— Entrez.

Un homme pénétra dans la pièce. Il était grand et musclé, avec des cheveux rasés sur les côtés mais longs sur le dessus et attachés en queue-de-cheval dans sa nuque.

Je pointai mon flingue sur lui et serrai les draps sur ma poitrine.

— Je ne vous connais pas.

Il écarquilla les yeux et, d'une voix tremblante, se présenta.

— Je m'appelle Ernie. Je suis censé vous demander si vous voulez déjeuner.

— Non. Et maintenant, sortez.

Il acquiesça sans quitter le Firestar des yeux, mais demeura immobile sur le seuil. Je crus deviner la raison de son hésitation.

— Qu'est-ce que Jean-Claude vous a dit de faire ?

C'est étonnant le nombre de gens qui ont plus peur de Jean-Claude que de moi. Je pointai mon flingue vers le plafond.

— Il a dit que je devais me tenir à votre disposition et faire tout ce que vous voudriez. Et aussi que je devais vous l'expliquer très clairement.

— C'est très clair. Maintenant, sortez.

Ernie hésitait encore. J'en avais assez.

— Ernie, je suis assise à poil dans un lit, et je ne vous connais pas. Sortez, ou je vous flingue pour le principe.

Pour plus d'emphase dramatique, je braquai à nouveau le Firestar sur lui.

Ernie prit ses jambes à son cou, laissant la porte ouverte derrière lui. Génial. Maintenant, j'avais le choix entre marcher jusqu'à la porte toute nue pour la fermer, ou m'envelopper dans un drap king size et trébucher jusqu'à la porte pour la fermer. Ça serait donc le drap.

J'étais assise au bord du lit, le drap plaqué sur ma poitrine et le cul à l'air, serrant toujours mon flingue dans ma main droite, lorsque Richard apparut sur le seuil.

Il portait un jean, un T-shirt blanc, un blouson en jean et des tennis blanches. Ses cheveux moussaient autour de son visage en une masse d'ondulations brun doré. Il s'était fait griffer la figure ; des sillons rouge vif boursouflés se détachaient sur sa joue gauche. La blessure semblait déjà vieille de plusieurs jours, mais il avait dû la recevoir la veille après mon départ.

Dans une main, il tenait mon pardessus en cuir ; dans l'autre, mon Browning. Il resta planté dans l'encadrement de la porte, immobile.

Je ne bougeai pas non plus. Ni lui ni moi ne dîmes rien. Je n'étais pas assez rouée ni assez sophistiquée pour faire face à ce genre de situation. Que dire au petit ami A quand il vous trouve nue dans le lit du petit ami B ? Surtout si le petit ami A s'est changé en monstre la nuit précédente et a dévoré quelqu'un. Je suis persuadée qu'aucun manuel d'étiquette ne contenait la réponse à ce dilemme.

— Tu as couché avec lui, n'est-ce pas ?

Sa voix était basse, presque douce, comme s'il faisait un gros effort pour ne pas hurler.

Mon estomac se noua. Je n'étais pas prête pour cette dispute. J'étais armée, mais j'étais nue. Pour une fois, j'aurais volontiers échangé mon flingue contre des fringues.

— Je dirais bien que ce n'est pas ce que tu crois, mais ça l'est.

Ma tentative pitoyable d'humour retomba à plat.

Richard pénétra dans la chambre comme une tempête qui approche, sa colère chevauchant l'air devant lui en une vague électrique. Son pouvoir se déversa sur moi, et j'eus envie de hurler.

— Arrête de fuir sur moi.

Cela l'arrêta net.

— De quoi parles-tu ?

— Ton pouvoir, ton aura… Ils me pleuvent dessus. Arrête ça.

— Pourquoi ? Ce n'est pas agréable ? Ça l'était la nuit dernière jusqu'à ce que tu paniques, n'est-ce pas ?

Je fourrai le Firestar sous l'oreiller et me levai en maintenant le drap contre moi.

— Oui, c'était agréable jusqu'à ce que tu te métamorphoses sur moi. J'étais couverte de cette espèce de glu transparente, littéralement douchée.

Ce souvenir était encore assez frais pour me faire frissonner et détourner les yeux.

— Donc, tu as baisé Jean-Claude. C'est parfaitement logique.

Je ramenai mon attention sur lui et sentis la moutarde me monter au nez. S'il voulait se battre, il était venu au bon endroit. Je levai ma main droite, sur laquelle s'étalait une monstrueuse ecchymose multicolore.

— C'est toi qui m'as fait ça, quand tu m'as désarmée.

— Il y avait déjà eu assez de morts, Anita. Je ne voulais pas que tu fasses d'autres victimes.

— Tu crois vraiment que Raina va te laisser prendre la place de Marcus sans réagir ? Tu rêves. Elle préférera te tuer.

Richard secoua la tête, les lèvres pincées par l'obstination.

— Je suis l'Ulfric à présent. Je règne sur la meute. Elle fera ce que je dirai.

— Personne ne contrôle Raina, ou du moins, pas longtemps. A-t-elle déjà proposé de s'accoupler avec toi ?

— Oui.

La façon dont il avait prononcé ce mot me fit sursauter. Mon souffle s'étrangla dans ma gorge.

— Et tu l'as fait après mon départ ?

— Ce serait bien fait pour toi, non ?

Sur ce coup-là, je ne pus soutenir son regard.

— Si tu fais d'elle ta lupa, elle laissera tomber. Elle se fichera de venger la mort de Marcus si elle peut conserver son rang.

— Ce n'est pas Raina que je veux. (Quelque chose de si douloureux passa sur le visage de Richard que cela me fit monter les larmes aux yeux.) C'est toi.

— Tu ne peux plus me désirer, pas après ce qui s'est passé la nuit dernière.

— Est-ce pour cela que tu as couché avec Jean-Claude ? Pensais-tu que ça te protégerait contre moi ?

— Je n'étais pas en état de réfléchir aussi clairement.

Il déposa le pardessus et le Browning sur le lit, puis agrippa le montant de celui-ci. Le bois craqua sous la pression de ses mains puissantes. Il sursauta et les retira.

— Tu as couché avec lui dans ce lit. Ici même.

Il posa une main sur ses yeux comme s'il essayait d'effacer une image à l'intérieur de sa tête.

Et il hurla en silence.

Je fis un pas vers lui, la main tendue en avant, et me figeai. Comment pourrais-je le réconforter ? Que pouvais-je bien dire pour apaiser sa souffrance ? Rien du tout.

Il saisit le matelas et le projeta à terre. Puis il agrippa le sommier à deux mains et le souleva.

Je hurlai :

— Richard !

Le lit était en bois de chêne antique, mais il le renversa comme un simple jouet. D'un geste rageur, il arracha le drap housse du matelas. La soie se déchira avec un bruit de peau qu'on retourne. Il était agenouillé sur le sol, le drap massacré dans les mains. Il les tendit vers moi, et les morceaux de tissu tombèrent sans bruit comme du sang.

Richard se releva en titubant. Il heurta le lit, reprit son équilibre et fit un pas vers moi. Le Firestar et le Browning étaient quelque part par terre, perdus sous la soie rouge et le matelas.

Je reculai jusqu'à me retrouver acculée dans un coin. Alors, il ne me resta plus nulle part où aller. Je serrais toujours le drap de dessus contre moi, comme s'il pouvait me protéger.

Je tendis une main vers Richard.

— Qu'attends-tu de moi, Richard ? Que veux-tu que je te dise ? Je suis désolée. Désolée de t'avoir fait de la peine. Désolée de n'avoir pas supporté ce que j'ai vu la nuit dernière. Désolée.

Il se dirigea vers moi sans rien dire, les poings serrés. Je réalisai que j'avais peur de lui. Que je n'étais pas certaine de ce qu'il ferait quand il m'atteindrait, et que je n'avais pas d'arme. Une partie de moi pensait que je méritais qu'il me frappe au moins une fois, que je lui devais bien ça. Mais après avoir vu ce qu'il avait fait au lit, je n'étais pas sûre d'y survivre.

Richard saisit le drap, le tordit dans son poing et m'attira brusquement contre lui. Il se servit du drap pour me faire dresser sur la pointe des pieds. Et il m'embrassa.

L'espace d'une seconde, je me figeai. Je m'étais attendue à des coups, à des hurlements, mais pas à ça. Sa bouche écrasait la mienne, me forçant à écarter les lèvres. A l'instant où je sentis sa langue, je rejetai ma tête en arrière.

Richard me prit par la nuque comme pour me forcer à l'embrasser. La rage qui se lisait sur ses traits était effrayante.

— Je ne suis même plus assez bien pour que tu m'embrasses ?

— Je t'ai vu manger Marcus la nuit dernière.

Il me lâcha si brusquement que je me pris les pieds dans le drap et m'étalai sur le sol. Je voulus me relever, mais le tissu s'était entortillé autour de mes jambes. Il glissa, découvrant un de mes seins. Je luttai pour me couvrir à nouveau. Embarrassée, enfin.

— Il y a deux nuits, tu m'as laissé les toucher, les sucer. Maintenant, je n'ai même plus le droit de les voir.

— Ne fais pas ça, Richard.

Il se mit à quatre pattes devant moi, de sorte que nos yeux se retrouvèrent au même niveau.

— Ne fais pas quoi ? Ne te mets pas en colère juste parce que j'ai laissé le vampire me sauter ? (Il rampa vers moi jusqu'à ce que nos deux visages se touchent presque.) Tu as baisé un cadavre la nuit dernière, Anita. C'était bon ?

Je le fixai à quelques centimètres de distance. Je n'étais plus embarrassée, juste furieuse.

— Ouais, c'était bon.

Il eut un mouvement de recul comme si je l'avais frappé. Son visage se décomposa, et ses yeux balayèrent frénétiquement la pièce.

— Je t'aime. (Il me fixa, les yeux écarquillés et pleins de douleur.) Je t'aime.

Moi aussi j'écarquillais les yeux, pour ne pas que les larmes qui les emplissaient tombent le long de mes joues.

— Je sais, et je suis désolée.

Il se redressa sur les genoux et se détourna de moi. Rageusement, il frappa le sol du plat de ses mains, encore et encore, jusqu'à ce que du sang imbibe la moquette blanche.

Je me relevai mais ne m'approchai pas de lui. J'avais peur de le toucher.

— Richard, ne fais pas ça, je t'en prie. Ne fais pas ça.

Les larmes coulèrent, et je ne pus les retenir. Je m'agenouillai près de lui.

— Tu te fais du mal. Arrête !

Je saisis ses poignets, tins ses mains ensanglantées dans les miennes. Il me fixa avec une expression de souffrance très humaine. Doucement, j'effleurai les traces de griffes sur sa joue. Il se pencha vers moi, le visage inondé de larmes. Son regard me pétrifia. Ses lèvres effleurèrent les miennes. Je ne frémis pas, mais je ne lui rendis pas non plus son baiser.

Il s'écarta de moi, juste assez pour me voir clairement.

— Au revoir, Anita.

Il se leva.

J'aurais voulu lui dire tant de choses, mais aucune d'elles n'aurait servi à rien. Rien ne pourrait effacer ce que j'avais vu la nuit précédente.

— Richard, je… Je suis désolée.

— Moi aussi.

Il se dirigea vers la porte et hésita, une main sur la poignée.

— Je t'aimerai toujours.

J'ouvris ma bouche, mais aucun son n'en sortit. Il ne restait plus rien à dire, sauf :

— Je t'aime aussi, Richard, et je suis plus désolée que des mots ne pourraient l'exprimer.

Il ouvrit la porte et sortit sans un regard en arrière. Quand la porte se fut refermée derrière lui, je m'assis sur le sol, recroquevillée dans mon drap de soie. Je sentais toujours l'eau de Cologne de Jean-Claude sur le tissu, mais à présent, je sentais aussi l'odeur de Richard. Son after-shave s'accrochait à la soie, s'attardait dans ma bouche.

Comme pouvais-je le laisser partir ainsi ? Comment pouvais-je le rappeler ? Je restai assise par terre et ne fis rien, parce que je ne savais pas quoi faire.

41

J'appelai le répondeur d'Edward et laissai un message. Je ne pouvais pas rester où j'étais. Je ne pouvais pas rester dans la chambre de Jean-Claude, à contempler son lit renversé et à me souvenir du regard blessé de Richard.

Je devais foutre le camp de là. Et aussi, appeler Dominic pour le prévenir que je ne viendrais pas. La triade de pouvoir ne fonctionnerait pas sans que nous soyions au moins deux sur place. Jean-Claude dormait dans son cercueil et Richard m'avait plantée. Je n'étais pas certaine de ce que deviendrait notre petit triumvirat, à présent. Je voyais mal Richard traîner dans les parages pour me regarder peloter Jean-Claude si je ne le pelotais pas lui aussi. Et je ne pouvais pas l'en blâmer.

Curieusement, l'idée qu'il puisse coucher avec Raina me rendait toujours verte de jalousie. Je n'avais plus le droit d'éprouver ce genre de sentiment, mais je l'éprouvais quand même. Allez comprendre.

J'enfilai un jean noir, un chemisier à manches courtes et un blazer noir. Je devais bosser ce soir, et Bert me ferait un caca nerveux parce que je portais du noir. Selon lui, ça donne une mauvaise image de notre métier. Qu'il aille se faire foutre. Aujourd'hui, le noir correspondait à mon humeur.

Le Browning dans son holster d'épaule, le Firestar dans son holster de taille, un couteau sur chaque bras, et un autre le long de mon dos. J'étais prête pour le boulot.

J'allais laisser dix minutes de plus à Edward, et s'il

ne m'avait pas rappelée d'ici là, je me tirerais. Si j'avais toujours un assassin aux trousses, je serais presque contente de le voir.

Quelqu'un frappa à la porte. Je soupirai.

— Qui est-ce ?

— Cassandra.

— Entrez.

Elle ouvrit la porte, aperçut le lit ravagé et grimaça.

— J'ai entendu parler de sexe agité, mais à ce point, c'est ridicule.

Elle portait une longue robe blanche qui tombait presque jusqu'à ses chevilles. Des collants blancs et des sandales de toile blanche complétaient sa tenue. Avec ses longs cheveux qui lui pendaient dans le dos, elle avait l'air d'une vision estivale toute en légèreté. Ou d'une photo de David Hamilton.

Je secouai la tête.

— C'est Richard qui a fait ça.

Son sourire s'évanouit.

— Il a découvert que vous aviez couché avec Jean-Claude ?

— Tout le monde n'est-il pas déjà au courant ?

— Pas tout le monde, non. (Elle entra dans la pièce, refermant la porte derrière elle.) Il vous a fait mal ?

— Il ne m'a pas frappée, si c'est ce que vous voulez dire, mais je suis plutôt mal en point.

Elle s'approcha du lit qui gisait sur le côté, saisit un bord du cadre avec une main et se mit à tirer en le retenant de l'autre. Elle manipulait plusieurs centaines de kilos de bois et de métal comme si c'était du polystyrène. Elle déposa doucement le lit à sa place initiale, et je haussai un sourcil.

— C'était très impressionnant.

Elle eut un sourire modeste.

— Un des avantages en nature de la lycanthropie, c'est qu'elle vous permet de soulever pratiquement n'importe quoi.

— Je comprends que ça soit pratique.

Elle se mit à ramasser les oreillers et les morceaux du drap housse. Je me joignis à elle.

— Nous devrions d'abord remettre le matelas, suggéra-t-elle.

— D'accord. Vous avez besoin d'aide ?

Elle éclata de rire.

— Je peux le soulever toute seule, mais comme il est mou, ça ne serait pas très commode.

— Pas de problème.

Je saisis un coin du matelas. Cassandra se plaça sur ma gauche pour prendre l'autre. Une expression étrange passa sur son visage.

— Je suis désolée.

— Quand j'ai dit que Richard et vous formeriez un couple bien assorti, je le pensais. Je veux qu'il soit heureux.

— C'est très flatteur. Je vous aime bien, Anita. Je vous apprécie beaucoup. A mon grand regret.

J'eus à peine le temps de froncer les sourcils avant que son poing délicat jaillisse de nulle part et s'écrase sur ma figure.

Je me sentis basculer en arrière. Je m'écroulai et ne pus empêcher ma tête de cogner contre le sol. Ça ne fit même pas mal. Je n'éprouvai pas la moindre putain de douleur quand les ténèbres se refermèrent sur moi.

42

J'émergeai lentement des ténèbres, m'en extirpai péniblement comme si je m'éveillais d'un profond sommeil. J'ignorais ce qui m'avait réveillée ; en fait, je ne me souvenais même pas m'être endormie.

Je tentai de rouler sur le ventre, et je n'y arrivai pas. Tout à coup, je fus parfaitement consciente, les yeux écarquillés, le corps tendu. J'avais déjà été ligotée, et c'était l'une des choses que j'aimais le moins au monde. L'espace de quelques instants, je succombai à la panique. Je luttai contre les cordes qui me liaient les poignets et les chevilles. Je me débattis comme un beau diable, tirant de toutes mes forces jusqu'à ce que je réalise que je ne faisais que resserrer les nœuds.

Je me forçai à rester immobile. Mon cœur battait si fort dans mes oreilles que je ne pouvais entendre rien d'autre. Mes poignets étaient attachés au-dessus de ma tête, selon un angle assez aigu pour rapprocher mes omoplates et me tendre douloureusement les bras. Le simple fait de redresser la tête pour voir mes chevilles me faisait mal.

Mes jambes étaient attachées ensemble au pied d'un lit inconnu. En me tordant le cou, je réussis à apercevoir la corde qui attachait mes poignets à la tête du lit. Elle était noire et douce, et si j'avais dû deviner, j'aurais dit qu'elle était en soie. Elle ressemblait au genre d'accessoires que Jean-Claude devait garder dans ses placards. Je n'eus le temps de m'interroger qu'une fraction de seconde, car l'instant d'après, la réalité entra dans la pièce, et je crus que mon cœur allait cesser de battre.

Gabriel s'approcha du pied du lit. Il portait un pantalon de cuir tellement moulant qu'on l'aurait dit peint sur sa peau, et des cuissardes noires maintenues en place par des sangles. Il était torse nu. Un anneau d'argent traversait son mamelon gauche, et un autre son nombril. Des clous du même métal étaient plantés le long de la courbe de ses oreilles ; je les vis scintiller alors qu'il contournait le lit. Ses longs cheveux noirs épais lui tombaient devant la figure, encadrant ses yeux gris pâle couleur de tempête. Il passa derrière la tête du lit, et je le perdis de vue un instant avant qu'il entre de nouveau dans mon champ de vision.

Mon cœur s'était remis à battre si fort que j'avais du mal à respirer. On m'avait enlevé mon Browning, mon Firestar et leurs holsters. Mes fourreaux de bras avaient disparu, mais je sentais encore leur grand frère contre mon dos. Je rejetai la tête en arrière. Le couteau n'était plus dedans. Je devais sans doute être reconnaissante à mes ravisseurs de ne pas m'avoir déshabillée pour m'ôter ce fourreau-là. Mais à voir la façon dont Gabriel tournait autour du lit, je me doutais que nous finirions par y venir.

Je tentai de parler, n'y parvins pas, déglutis et essayai à nouveau.

— Que se passe-t-il ?

Ma voix était étonnamment calme.

Un rire de femme, aigu et riche, emplit la pièce. Sauf qu'évidemment, ce n'était pas une pièce. Nous nous trouvions à la ferme où ils tournaient leurs films pornos. La chambre dont j'étais prisonnière n'avait que trois murs. Les projecteurs fixés au-dessus de moi étaient éteints, pour le moment.

Raina pénétra dans mon champ de vision, chaussée d'escarpins à talon aiguille rouge sang. Elle portait ce qui ressemblait à une nuisette de cuir rouge, et découvrait le plus gros de ses longues jambes.

— Bonsoir, Anita. Tu as l'air en forme.

Je pris une profonde inspiration par le nez et la relâchai lentement. Mon cœur ralentit un poil. Bien.

— Vous devriez parler à Richard avant de prendre des mesures trop radicales. La position de lupa est redevenue vacante aujourd'hui.

Elle pencha la tête sur le côté, l'air étonné.

— De quoi parles-tu ?

— Elle a couché avec Jean-Claude.

Cassandra entra à son tour dans la fausse chambre et s'adossa au mur. Elle avait toujours la même tête que d'habitude. Si elle s'en voulait d'avoir trahi Richard, elle n'en laissait rien paraître. Pour ça, je la haïs très fort.

— Tu ne comptes pas coucher avec eux deux ? demanda Raina.

— Je n'en avais pas l'intention.

Chaque fois que j'ouvrais la bouche et que personne ne me touchait, je devenais un peu plus calme. Si Raina avait fait tout ça pour m'écarter de son chemin, elle n'avait pas besoin d'aller plus loin. Par contre, si c'était pour venger Marcus, j'étais dans la merde jusqu'au cou.

Raina s'assit au pied du lit. Je me raidis ; je ne pus pas m'en empêcher. Elle s'en aperçut et éclata de rire.

— Oh, je sens qu'on va bien s'amuser.

— Vous pouvez être la lupa de la meute. Le boulot ne m'intéresse plus.

Elle soupira et fit courir sa main le long de ma jambe, massant ma cuisse d'un air presque absent, comme quand on caresse un chien.

— Richard ne veut pas de moi, Anita. Il pense que je suis corrompue. C'est toi qu'il veut.

Elle serra ma cuisse jusqu'à ce qu'il me semble qu'elle allait se faire pousser des griffes et me lacérer les muscles. Elle réussit à m'arracher un grognement avant de s'arrêter.

— Que voulez-vous ?

— Ta douleur, répondit-elle en souriant.

Je tournai la tête vers Cassandra. Il devait bien y avoir une personne saine d'esprit dans cette pièce.

— Pourquoi les aidez-vous ?

— Je suis la louve de Sabin, révéla-t-elle.

Je plissai les yeux.

— De quoi parlez-vous ?

Raina monta sur le lit à quatre pattes et s'allongea près de moi, lovant son corps contre le mien et me caressant le ventre d'un doigt. C'était un geste nonchalant, comme machinal. Je ne voulais pas être là quand elle commencerait à se concentrer.

— Cassandra était une espionne depuis le début, n'est-ce pas, chérie ?

Cassandra acquiesça et s'approcha du lit. Ses yeux noisette étaient calmes, beaucoup trop calmes. Quoi qu'elle puisse ressentir, elle le dissimulait bien derrière son visage ravissant. Toute la question était de savoir si, derrière ce masque impassible, se cachait quelque chose qui pourrait m'aider.

— Dominic, Sabin et moi sommes un triumvirat. Nous sommes ce que Jean-Claude, Richard et vous auriez pu être.

Je n'aimais pas beaucoup qu'elle parle au passé.

— Vous êtes la femme pour laquelle il a renoncé au sang frais ?

— Je crois que toute vie est sacrée. Je pensais que cela importait davantage que tout le reste pour moi. Mais voir pourrir la beauté dorée de Sabin m'a convaincue du contraire. Je ferais n'importe quoi, n'importe quoi pour l'aider à guérir.

Quelque chose qui ressemblait à de la douleur passa dans son regard, et elle détourna la tête. Quand elle reporta son attention sur moi, son visage était de nouveau impassible, mais l'effort faisait trembler ses mains. Elle s'en aperçut et serra ses bras contre elle pour les immobiliser. Puis elle eut un sourire forcé.

— Je dois réparer les dégâts que je lui ai involontairement causés, Anita. Je suis désolée que vous et les vôtres ayez été mêlés à nos problèmes.

— En quoi suis-je mêlée à vos problèmes ?

Raina fit glisser son bras sur mon ventre et approcha son visage du mien.

— Dominic a conçu un sort pour guérir Sabin de la pourriture qui le ronge. Un transfert d'essence magique, pourrait-on dire. Tout ce dont il avait besoin, c'était du bon donneur.

Elle était si près de moi maintenant que je devais me tordre le cou pour que nos lèvres ne se touchent pas.

— Un donneur parfait, chuchota-t-elle. (Je sentis son haleine tiède sur ma peau.) Un vampire qui possède exactement les mêmes pouvoirs que Sabin, et un serviteur – soit un nécromancien, soit un loup-garou –, lié à ce même vampire.

Je tournai la tête vers elle et la fixai. Je ne pus m'en empêcher. Elle m'embrassa, pressant sa bouche sur la mienne, tentant d'introduire sa langue entre mes lèvres. Je la mordis assez fort pour que le goût cuivré du sang envahisse ma bouche. Elle poussa un cri étranglé et se rejeta en arrière. Puis elle porta la main à sa bouche et baissa les yeux vers moi.

— Tu vas me le payer très cher.

Je lui crachai son sang à la figure. Quelques gouttes retombèrent sur mon menton. C'était une réaction stupide de ma part. La mettre en colère n'allait pas m'aider, mais voir le sang dégouliner sur son ravissant visage en valait presque la peine.

— Gabriel, occupe-toi de Mlle Blake.

Je me raidis. Gabriel glissa sur le lit, se lovant contre moi comme Raina l'avait fait, mais de l'autre côté. Il était beaucoup plus grand, dans les un mètre quatre-vingts, de sorte qu'il dépassait un peu. Mais il compensait amplement ce désavantage par une technique hors pair. Il me chevaucha et se pencha vers moi sur ses bras tendus, comme s'il faisait des pompes. Je vis sa bouche se rapprocher de la mienne, et je ne pus rien faire pour l'en empêcher.

Il lécha le sang sur mon menton, d'un grand coup de langue rapide. Je détournai brusquement la tête. Il me saisit le menton d'une main, me forçant à le regarder en face. Il me tenait comme dans un étau, et ses doigts s'enfoncèrent douloureusement dans ma chair quand je tentai de me débattre. Il avait assez de force pour me broyer la mâchoire, s'il le désirait. Il continua à lécher le sang sur ma bouche et sur mon menton, plus lentement, comme pour faire durer le plaisir.

Je hurlai, puis me maudis intérieurement. C'était ce qu'ils voulaient. La panique ne m'aiderait pas. « La panique ne m'aiderait pas. » Je me répétai ces mots comme un mantra jusqu'à ce que je cesse de tirer sur les cordes. Je ne craquerais pas, pas encore. Pas encore.

Cassandra grimpa à son tour sur le lit. Je ne voyais que sa robe blanche du coin de l'œil. Gabriel me maintenait toujours immobile sous lui.

— Lâche-la, qu'elle puisse me regarder.

Gabriel tourna la tête vers elle et siffla. Un grondement s'échappa des lèvres de Cassandra.

— Je suis d'humeur à me battre ce soir, chaton. Ne me rends pas les choses trop faciles.

— On ne t'attend pas pour la cérémonie ? interrogea Raina. Dominic n'a pas besoin de ta présence pour que le sort fonctionne ?

Cassandra se rejeta en arrière. La voix qui sortit de sa gorge humaine était basse et presque indistincte.

— Je parlerai à Anita avant de partir, ou je ne partirai pas.

Raina vint se placer de l'autre côté du lit.

— Tu ne trouveras jamais d'autre maître vampire qui soit l'égal de Sabin autant que Jean-Claude. Jamais. Tu compromettrais son unique chance de guérison ?

— Je ferai ce qu'il me plaira, Raina, car je suis une alpha. Après la disparition de Richard, je dirigerai la meute. Ne l'oublie pas.

— Ce n'est pas ce que nous avions convenu.

— Nous avions convenu que vous tueriez l'Exécutrice avant notre arrivée. Vous avez échoué.

— Marcus a engagé les meilleurs. Qui aurait pu deviner qu'elle serait si difficile à tuer ?

— Moi, la première fois que je l'ai rencontrée. Tu sous-estimes toujours les autres femmes, Raina. C'est l'une de tes grandes faiblesses. (Cassandra se pencha vers elle.) Tu as tenté de tuer Richard avant que Dominic puisse se servir de lui pour son sort.

— Il allait tuer Marcus.

Cassandra secoua la tête.

— Tu as paniqué, Raina. À présent, Marcus est mort quand même, et tu es incapable de tenir la meute. Trop de ses membres te détestent. Et beaucoup aiment Richard, ou du moins, l'admirent.

Je voulus demander où étaient Jean-Claude et Richard, mais je craignais de le savoir déjà. Dominic allait effectuer une cérémonie, un sacrifice, mais il avait besoin de Cassandra pour que ça fonctionne. Je ne voulais surtout pas qu'elle se presse de le rejoindre.

— Vous étiez l'alibi de Dominic, dis-je. Ce n'est pas que je m'en plaigne, mais pourquoi suis-je toujours vivante ?

Elle baissa les yeux vers moi.

— Gabriel et Raina veulent vous filmer. Si vous me donniez votre parole de ne pas chercher à venger la mort de vos deux hommes, je me battrais pour qu'ils vous libèrent.

J'ouvris la bouche pour promettre. Elle m'agita un index sous le nez.

— Pas de mensonge, Anita. Pas entre nous.

— Trop tard pour ça, répliquai-je.

Elle acquiesça.

— C'est vrai, et cela me chagrine plus que vous ne pourriez le croire. En d'autres circonstances, nous aurions pu être amies.

— Je sais.

Et ça rendait la situation encore plus pénible. Rien de tel que la trahison pour frotter du sel dans les plaies. Maintenant, j'aurais pu comparer mes notes avec celles de Richard.

— Où sont Richard et Jean-Claude ?

Elle me fixa.

— Vous croyez encore pouvoir les sauver, n'est-ce pas ?

J'aurais haussé les épaules, si j'avais pu.

— J'y pensais.

— Vous avez servi d'appât et d'otage pour nous assurer de leur coopération.

Gabriel s'était allongé sur moi. Il était lourd. Une femme ne remarque jamais combien un homme est lourd quand elle s'amuse sous lui, mais là, j'étais loin de m'amuser. Ses pieds pendaient dans le vide ; il avait croisé les bras sur ma poitrine et appuyé son menton dessus, et il m'observait, comme s'il avait toute la journée devant lui, toute la nuit, tout le temps du monde.

— Je suis très surprise que tu aies rompu avec Richard aujourd'hui, Anita, déclara Raina. Nous lui avons envoyé une mèche de tes cheveux avec une note disant que ta main suivrait s'il n'obéissait pas. Il est venu seul et sans en parler à personne, comme nous le lui avions demandé. C'est vraiment un imbécile.

Ça ressemblait bien à Richard de se comporter ainsi, mais après ce qui s'était passé entre nous, ça m'étonnait quand même.

— Vous n'avez pas pu convaincre Jean-Claude de se livrer pour une mèche de mes cheveux.

Raina se déplaça légèrement pour que je puisse mieux la voir. Elle sourit. Sa lèvre commençait déjà à désenfler.

— Exact. Nous n'avons même pas essayé. Jean-Claude aurait su que nous te tuerions de toute façon. Il serait venu avec tous ses vampires et avec tous les loups qui lui sont loyaux. Ç'aurait été un bain de sang.

— Dans ce cas, comment l'avez-vous eu ?

— Cassandra l'a trahi. N'est-ce pas, Cassandra ?

Cassandra nous fixa.

— Si Richard n'avait pas rompu avec vous, vous auriez pu guérir Sabin. A l'origine, solliciter votre aide n'était qu'une excuse pour pénétrer dans le territoire de Jean-Claude. Mais nous avons compris que vous étiez plus puissante que Dominic ne le pensait. Nous avons été très surpris que vous ne portiez aucune marque vampirique. Vous étiez censée faire partie du sacrifice, mais sans une marque au minimum, ça ne fonctionnera pas.

Vive moi !

— Vous m'avez vue guérir le zombie et la coupure de Damian. Je peux sauver Sabin, dis-je sur un ton pressant. Vous savez que j'en suis capable, Cassandra. Vous l'avez vu.

Elle secoua la tête.

— La maladie a atteint le cerveau de Sabin. Si vous l'aviez soigné aujourd'hui, ça aurait peut-être marché. Mais il faut qu'il soit sain d'esprit pour que le sort fasse effet. Un seul jour de délai supplémentaire, et il sera peut-être trop tard.

— Si vous tuez Jean-Claude et Richard, je n'aurai plus le pouvoir de guérir Sabin. Si Dominic est venu ici dans l'intention de nous sacrifier tous les trois, le sort doit requérir notre présence à tous les trois.

Quelque chose passa sur son visage. J'avais vu juste.

— Dominic n'est pas certain que ça fonctionnera sans un serviteur humain, n'est-ce pas ? insistai-je.

Cassandra secoua la tête.

— Il faut que ce soit ce soir.

— Si vous les tuez tous les deux et que le sort ne marche pas, vous aurez détruit l'unique chance de Sabin. Notre triumvirat peut le guérir. Vous le savez.

— Non, je n'en sais rien. Vous me promettriez la lune si vous pensiez que ça pourrait vous sauver tous les trois.

— C'est vrai, mais je pense quand même que nous pouvons le guérir. Si vous tuez Jean-Claude et Richard, ça ne sera plus possible. Laissez-nous au moins essayer. Si ça ne marche pas, vous pourrez toujours les sacrifier demain. Je laisserai Jean-Claude me faire la première marque. Ou bien nous guérirons Sabin, ou bien nous serons le sacrifice parfait pour le sort de Dominic.

Je voulais tant qu'elle m'écoute, qu'elle me croie…

— Sabin sera-t-il encore en état d'incanter sa partie du sort demain soir ? interrogea Raina en se rapprochant de Cassandra. Une fois que son cerveau aura pourri, il ne restera rien d'autre à faire que l'enfermer dans une boîte avec des croix. L'enterrer à tout jamais.

Cassandra serra les poings. Un léger tremblement parcourut tout son corps, et une peur atroce s'inscrivit sur son visage.

Raina se tourna nonchalamment vers moi.

— Sabin ne mourra pas, comprends-tu ? Il se changera en une petite flaque de vase, mais il ne mourra pas. N'est-ce pas, Cassandra ?

— Non. (Cassandra avait presque crié.) Non, il ne mourra pas. Il deviendra seulement fou. Mais il aura toujours le pouvoir du triumvirat. Nous devrons l'enfermer et prier pour que les sorts de Dominic soient assez puissants pour le contenir. Si nous n'y parvenons pas, le conseil nous forcera à le brûler vif. Ce sera le seul moyen de le tuer pour de bon.

— Mais si vous faites ça, objecta Raina en souriant, Dominic et toi mourrez aussi. Toutes ces marques vampiriques vous entraîneront en enfer avec lui.

— Oui, dit Cassandra. Oui.

Elle me fixa avec de la colère et de l'impuissance dans les yeux.

— Suis-je censée vous plaindre ?

— Non, Anita, vous êtes juste censée mourir.

Je déglutis avec difficulté et tentai de penser à quelque chose d'utile. Ce n'était pas évident avec Gabriel allongé sur moi, mais si je ne trouvais pas une solution, nous allions tous mourir.

Cassandra sursauta comme si quelqu'un l'avait touchée. Un picotement d'énergie s'écoula d'elle et me balaya le corps, me donnant la chair de poule. Gabriel fit courir ses doigts le long de mes bras, histoire de prolonger la sensation.

— Je dois y aller, déclara Cassandra. Avant la fin de la nuit, vous regretterez peut-être de ne pas avoir été sacrifiée. (Son regard passa de Raina à Gabriel.) Vous trancher la gorge serait plus miséricordieux, et surtout plus rapide.

J'étais d'accord avec elle, mais je ne savais pas trop

quoi dire. Nous discutions des différentes manières de me tuer, et aucune d'entre elles ne me tentait vraiment.

Cassandra baissa les yeux vers moi.

— Je suis désolée.

— Si vous êtes sincère, détachez-moi et donnez-moi une arme.

Elle eut un sourire plein de regret.

— Sabin m'a ordonné de ne pas le faire.

— Et vous faites toujours ce qu'on vous demande ?

— Sur ce point-là, oui. Si vous aviez vu la beauté de Jean-Claude pourrir sous vos yeux, vous feriez n'importe quoi pour l'aider, vous aussi.

— Qui essayez-vous de convaincre : moi, ou vous ?

Elle vacilla légèrement, et je sentis à nouveau son pouvoir me balayer le corps. Gabriel me lécha le bras.

— Je dois y aller. Le cercle sera bientôt fermé. Encore une fois, je suis désolée.

— Si c'est l'absolution que vous cherchez, je vous conseille de prier. Dieu vous pardonnera peut-être. Moi pas.

Elle continua à me fixer l'espace d'un battement de cœur, tandis que la langue de Gabriel allait et venait le long de mon bras.

— Qu'il en soit ainsi. Adieu, Anita.

Elle tourna les talons et disparut dans un flou blanc, comme un fantôme courant en accéléré.

— Bien, se réjouit Raina. A présent, nous pouvons régler la lumière et tourner un bout d'essai.

Les projecteurs s'allumèrent, et je fermai les yeux pour me protéger contre leur éclat aveuglant.

Gabriel remonta le long de mon corps. Je rouvris les yeux.

— Nous voulions te déshabiller et t'attacher les membres en croix, mais Cassandra ne nous a pas laissés faire. Maintenant qu'elle n'est plus là… (Il posa une main de chaque côté de ma tête, sur mes cheveux déployés.) Nous t'avons maquillé le visage pendant que tu étais inconsciente. Nous pourrions incorporer le maquillage corporel au spectacle ; qu'en penses-tu ?

Je tentai de penser à quelque chose d'utile, mais une fois de plus, rien ne me vint à l'esprit. Rien du tout. Gabriel se pencha sur moi, approchant son visage du mien et entrouvrant les lèvres sur ses crocs. Pas des crocs de vampire, mais des petits crocs de panthère. Richard m'avait expliqué que Gabriel passait tellement de temps sous sa forme animale qu'il n'arrivait plus à se retransformer complètement. Génial.

Il m'embrassa, doucement d'abord, puis plus fort, insinuant sa langue dans ma bouche. Il s'écarta juste le temps de chuchoter :

— Mords-moi.

Et il se remit à m'embrasser. La douleur l'excitait. Je le trouvais déjà bien assez survolté, mais sa langue jouait pratiquement au yoyo avec mes amygdales, et c'était dur de ne pas lui donner ce qu'il réclamait. Il passa une main sur mes seins, et enfonça ses doigts dans le gauche avec assez de force pour m'arracher un hoquet.

— Mords-moi, et j'arrêterai.

Je lui mordis la lèvre. Je le mordis jusqu'à ce qu'il ait un mouvement de recul, et que sa chair humide s'étire entre nous. Du sang coula de sa bouche dans la mienne. Je lâchai prise et le lui crachai à la figure. Il était assez près que moi pour que ça retombe en une pluie rosâtre.

Dans un éclat de rire, il essuya sa lèvre ensanglantée et mit ses doigts dans sa bouche pour les sucer.

— Sais-tu comment je suis devenu une panthère-garou ? demanda-t-il.

Je le fixai sans mot dire. Il me gifla. Des étoiles explosèrent dans mon champ de vision.

— Réponds-moi, Anita.

Quand je pus à nouveau me concentrer, j'articulai :

— C'était quoi, la question ?

— Sais-tu comment je suis devenu une panthère-garou ?

Je ne voulais pas jouer à ça. Je ne voulais pas participer à l'idée qu'il se faisait d'une conversation sur l'oreiller, mais je ne voulais pas non plus qu'il me frappe une seconde fois. Il n'en faudrait pas beaucoup plus pour que je m'évanouisse. Et si jamais je me réveillais, je serais encore en plus mauvaise posture que maintenant. Je sais, c'est difficile à croire, mais c'était la vérité.

— Non, répondis-je.

— J'ai toujours aimé la douleur, même du temps où je n'étais qu'un simple humain. Un jour, j'ai rencontré Elizabeth. C'était une panthère-garou. Nous avons baisé ensemble, et je lui ai demandé de se transformer pendant que nous le faisions. Elle a commencé par refuser : elle avait peur de me tuer.

Il se pencha sur moi. Du sang coulait de sa lèvre en grosses gouttes lentes. Je clignai des paupières et détournai la tête pour ne pas m'en prendre dans les yeux.

— J'ai failli mourir.

Son sang dégoulinait le long de ma joue.

— Est-ce que ça en valait la peine ?

Gabriel se mit à lécher le sang sur mon visage.

— C'était le meilleur coup de ma vie.

Un cri monta dans ma gorge. Je le ravalai, et cela me fit mal. Il devait y avoir un moyen de m'en sortir. Il devait y en avoir un.

— Allonge-toi sur elle comme tu le feras pendant que la caméra tournera, réclama une voix masculine, qu'on puisse faire des essais de lumière.

Je réalisai qu'il y avait toute une équipe autour de nous. Un réalisateur, un caméraman et une douzaine d'autres personnes qui s'affairaient sans essayer le moins du monde de me venir en aide.

Gabriel sortit un couteau de sa cuissarde. Le manche était noir, mais la lame avait l'éclat de l'argent. Je le fixai. Je ne pus m'en empêcher. J'avais déjà eu les jetons avant, mais jamais à ce point. La peur me brûlait la gorge, menaçait de se déverser de ma bouche en hurlements. Ce n'était pas la vue du couteau qui m'effrayait. Quelques instants plus tôt, j'aurais donné n'importe quoi pour que Gabriel tranche mes liens. A présent, j'aurais donné n'importe quoi pour qu'il ne le fasse pas.

Il posa une main sur mon ventre et glissa un genou entre mes jambes attachées. Les cordes étaient si serrées qu'elles ne lui laissaient pas beaucoup de marge de manœuvre, ce dont je fus reconnaissante. Il inclina son torse et tendit le bras vers le pied du lit. Je sus ce qu'il allait faire avant même de sentir céder les liens de mes chevilles. Il me libéra les jambes et plaqua les siennes contre moi presque en même temps. Je n'eus pas la possibilité de me débattre ou d'en profiter pour lui décocher une ruade. Il avait déjà fait ça auparavant.

Il tortilla des hanches contre moi, écartant suffisamment mes jambes pour que je puisse le sentir à travers mon jean. Je ne hurlai pas : je gémis, et je détestai ça. Mon visage était pressé contre sa poitrine, juste au-dessus de son téton percé. Ses poils rêches me grattaient la joue. Son corps me recouvrait presque complètement. Le caméraman ne devait pas voir grand-chose d'autre que mes mains et mes jambes.

J'eus une idée très étrange.

— Vous êtes trop grand, dis-je.

Gabriel dut se redresser légèrement pour me regarder.

— Quoi ?

— La caméra ne pourra rien filmer d'autre que votre dos. Vous êtes trop grand.

Il redescendit légèrement sur moi, en appui sur ses bras tendus. Il avait l'air pensif. Sans cesser de m'écraser, il tourna la tête vers le caméraman.

— Tu la vois, Frank ?

— Non.

— Et merde ! (Gabriel me fixa un instant, puis sourit.) Ne bouge pas. Je reviens tout de suite.

Il glissa au bas du lit. Les jambes libres, je pus enfin m'asseoir. Mes mains étaient toujours attachées au-dessus de ma tête, mais ça ne m'empêcha pas de me recroqueviller contre la tête du lit. C'était une immense amélioration.

Gabriel, Raina et deux types plutôt débraillés conféraient à voix basse. Je captai quelques bribes de leur discussion.

— On pourrait peut-être la suspendre au plafond ?

— Il faudrait modifier tout le décor.

J'avais réussi à gagner un peu de temps, mais pour faire quoi ? J'avisai une longue table sur un côté de la pièce. Mes armes étaient posées dessus, rangées parallèlement comme des accessoires. Tout ce dont j'avais besoin se trouvait là, mais comment pouvais-je mettre la main dessus ? Raina n'allait pas me filer un couteau pour que je puisse me libérer. Non, Raina ne le ferait pas. Mais Gabriel, peut-être.

Il revint vers le lit, se mouvant comme s'il avait plus de muscles qu'un humain – ou plus de quelque chose d'autre. Il se déplaçait comme un félin, si un félin avait pu se déplacer sur deux pattes.

Il s'agenouilla près de moi et entreprit de détacher la corde de la tête du lit, sans me libérer les poignets pour autant.

— Pourquoi ne pas simplement la couper ? demandai-je.

— Frank m'en veut déjà d'avoir coupé la première. C'est de la soie naturelle. Ça coûte cher.

— Ravie d'apprendre que Frank est financièrement responsable.

Gabriel me saisit le visage, me forçant à soutenir son regard.

— Nous allons modifier le décor et t'attacher debout. Je vais te baiser, et au moment où tu jouiras, je me transformerai et je te taillerai en pièces. Peut-être même que tu survivras comme j'ai survécu.

Je déglutis et, très prudemment, lâchai :

— C'est vraiment votre fantasme ?

— Oui.

— Ça ne peut pas être le meilleur.

— Que veux-tu dire ?

— Me violer alors que je suis impuissante… Je suis sûre que ça n'est pas votre idée d'un coup phénoménal.

Il grimaça, découvrant ses crocs.

— Oh que si !

Ne panique pas. Ne panique pas. Je me laissai aller contre lui, et il me lâcha le visage pour que je puisse le faire, mais tira sur la corde pour s'assurer que mes mains restent bien en vue. Il avait définitivement déjà fait ça.

Je me forçai à me détendre contre sa poitrine nue, mes mains attachées pressées contre sa peau. Levant la tête vers lui, je soufflai :

— Vous ne préféreriez pas avoir une lame en vous pendant que vous le faites ?

Je touchai l'anneau d'argent dans son téton, tirai dessus jusqu'à ce que sa chair se tende, et il hoqueta.

— Vous ne voulez pas sentir la brûlure de l'argent en vous pendant que vous me prenez de force ? (Je me dressai sur mes genoux pour rapprocher mon visage du sien.) Vous ne voulez pas savoir que j'essaye de vous tuer pendant que vous me baisez ? Votre sang inondant mon corps pendant que vous me violez – ce n'est pas ça, votre plus grand fantasme ?

J'avais chuchoté la dernière phrase contre ses lèvres.

Gabriel s'était figé. Il ne bougeait plus du tout. Je voyais son pouls faire tressauter sa gorge. Son cœur battait vite et fort sous mes mains. Je tirai d'un coup sec sur l'anneau dans son téton, et il poussa un long gémissement alors que l'attache cédait. Du sang coula sur sa poitrine. Je levai l'anneau, et il lâcha la corde pour que je puisse bouger mes mains. Je tins le bijou ensanglanté entre nos lèvres, comme si nous allions tous deux l'embrasser.

— Vous n'aurez qu'une seule chance de me baiser, Gabriel. D'une façon ou d'une autre, Raina veillera à ce que je meure ce soir. Vous n'aurez pas d'autre occasion.

La pointe de sa langue darda entre ses lèvres et se saisit de l'anneau, l'arrachant à mes doigts. Il le fit rouler dans sa bouche et l'en ressortit tout propre, me l'offrant sur le bout de sa langue. Je le pris et le serrai dans ma main.

— Tu veux juste que je te donne un couteau.

— Je veux vous planter une lame d'argent dans le corps, si profond que le manche vous fera des bleus.

Il frissonna, et son souffla s'échappa de sa bouche en un long soupir.

— Vous ne retrouverez jamais personne comme moi, Gabriel, insistai-je. Jouez avec moi, et je serai le meilleur coup que vous ayez jamais tiré.

— Tu essaieras de me tuer.

Je promenai mes doigts sur la ceinture de son pantalon en cuir.

— Evidemment. Mais avez-vous vraiment été en danger de mourir depuis votre première fois avec Elizabeth ? Depuis qu'elle s'est transformée sous vous, avez-vous jamais craint pour votre vie pendant une séance de baise ? Avez-vous jamais chevauché cette frontière mince et brillante entre le plaisir et la mort ?

Il se détourna de moi, refusant de soutenir mon regard. Je lui pris le menton de mes mains liées et le forçai à reporter son attention sur moi.

— Raina ne vous a pas laissé faire, n'est-ce pas ? Et elle ne vous laissera pas non plus faire ce soir. Vous êtes un alpha, Gabriel, je le sens. Ne la laissez pas vous priver de ça. Ne la laissez pas me voler à vous.

Gabriel me fixa, nos deux corps l'un contre l'autre, nos visages assez proches pour un baiser.

— Tu me tueras.

— Possible. Ou c'est vous qui me tuerez.

— Tu survivras peut-être. J'ai bien réussi, moi.

— Est-ce que vous baisez toujours Elizabeth ces jours-ci ? demandai-je en l'embrassant doucement, et en faisant courir mes dents sur sa peau.

— Elizabeth m'ennuie.

— Est-ce que vous m'ennuieriez, Gabriel ? Si je survivais, deviendriez-vous ennuyeux ?

— Non, chuchota-t-il.

Et je sus que je le tenais, juste comme ça. Ou bien j'avais entre les mains le début d'un plan brillant, ou bien j'avais gagné du temps et de nouvelles options.

Dans un cas comme dans l'autre, c'était une amélioration.

La véritable question, c'était de savoir de combien de temps disposaient Jean-Claude et Richard. Combien de temps avant que Dominic les découpe ? Si je ne pouvais pas les rejoindre à temps, je ne voulais pas les rejoindre du tout. S'ils mouraient tous les deux, je préférais presque que Gabriel m'achève. Presque.

43

Ils me laissèrent attachée au lit, mais Gabriel fixa à mes avant-bras mes deux couteaux dans leur fourreau. Puis il brandit dans la lumière le couteau plus long dont la place était dans mon dos. Je crus qu'il ne me le rendrait pas, mais au final, il écarta mes cheveux sur le côté et le glissa entre mes omoplates.

— Ne coupe pas les cordes jusqu'à ce que je sois dans le champ. Je veux que la caméra sache pourquoi tu as peur. Promets-moi de ne pas tout gâcher.

— Donnez-moi un flingue, et j'attendrai que vous soyez sur moi pour appuyer sur la détente, promis-je.

Gabriel sourit et m'agita un index sous le nez, comme il l'aurait fait pour réprimander un enfant.

— Tss, tss. Rien de trop radical.

Je pris une profonde inspiration et la relâchai.

— Vous ne pouvez pas m'en vouloir d'essayer.

Il éclata d'un rire aigu et nerveux.

— Je suppose que non.

Nous avions la lumière et la caméra. Il ne nous manquait plus qu'un peu d'action. Gabriel avait essuyé le sang sur sa poitrine et remis son anneau dans son téton. Nous allions tout recommencer à zéro. Mes ravisseurs avaient même nettoyé mon menton et rafraîchi mon maquillage. Pour le maquillage, c'était Heidi, la jeune femme lycanthrope, qui s'en était chargée. Ses yeux étaient un peu trop écarquillés, et ses mains tremblaient quand elle me toucha.

Tout en me tamponnant le visage, elle chuchota :

— Faites attention quand il vous embrassera. Une fois, il a mangé la langue d'une fille.

— Vous pouvez me procurer un flingue ?

Elle frissonna, et ses yeux roulèrent dans leurs orbites sous l'effet de la panique. Elle secoua la tête.

— Raina me tuerait.

— Pas si elle est morte.

Heidi secoua la tête encore et encore, tout en reculant pour s'écarter du lit.

La plupart des autres membres de l'équipe s'étaient barrés. Quand le réalisateur avait compris qu'ils allaient manquer de techniciens pour le tournage, il avait offert des primes. De grosses primes, et quelques-uns de ses gars avaient accepté de rester. Les autres étaient partis sans demander leur reste. Le porno, passe encore, mais ils ne voulaient pas faire de snuff. D'un autre côté, même s'ils refusaient de regarder Gabriel me tuer, ils ne faisaient rien pour l'en empêcher. Peut-être que l'un d'eux appellerait la police. C'était une idée agréable, mais je ne comptais pas trop là-dessus.

Une vague de pouvoir me submergea, me picotant la peau et remuant quelque chose au plus profond de mon corps. La sensation disparut aussi vite qu'elle était arrivée, mais une odeur s'attarda sur ma peau comme si j'avais traversé le fantôme de quelqu'un. L'odeur de l'after-shave de Richard me chatouilla les narines. Richard essayait de communiquer avec moi, soit à dessein, soit parce que la peur l'y poussait. Dans un cas comme dans l'autre, le temps pressait. Je devais les sauver. Je le devais. Pour ça, il fallait que j'amène Gabriel assez près pour le tuer. Près de moi. Un mal pour un bien, me raisonnai-je.

— Alors, ça vient ? lançai-je crânement.

— Tu sembles bien impatiente, pour quelqu'un qui est sur le point de mourir dans d'atroces souffrances, fit remarquer Raina.

Je souris. Et je m'arrangeai pour que ce sourire contienne tout ce que désirait Gabriel : de l'assurance, du danger, du sexe.

— Je n'ai pas l'intention de mourir.

Gabriel soupira.

— Allons-y.

Raina secoua la tête et sortit du champ de la caméra.

— Baise-la, Gabriel. Fais-lui crier ton nom avant de la tuer.

— Très volontiers, chuchota-t-il.

Il s'avança sur le plancher de la fausse chambre à coucher.

Je dégainai un des couteaux fixés à mes avant-bras et tranchai la corde qui m'attachait à la tête du lit. Mes poignets étaient toujours entravés. Je fixai Gabriel tout en faisant pivoter la lame pour entailler la corde entre mes mains. Il aurait pu en profiter pour me sauter dessus, mais il ne le fit pas. Il se contenta de contourner le lit d'un pas glissant pendant que je me libérais.

Il finit à genoux près du lit, les yeux rivés sur moi. Je reculai lentement, le couteau dans ma main droite. Il n'était pas question que je reste sur ce putain de lit.

Gabriel rampa sur le matelas à l'instant où j'en descendais de l'autre côté. Il imitait chacun de mes mouvements, avec une grâce presque douloureuse. Il scintillait littéralement d'énergie contenue. Il ne faisait rien d'autre que ramper sur un lit, mais la promesse de violence et de sexe chevauchait l'air comme de la foudre.

Il était plus rapide que moi. Son allonge était presque deux fois supérieure à la mienne. Et il avait indubitablement plus de force musculaire. La seule chose qui jouait en ma faveur, c'est que j'avais l'intention de le tuer le plus vite possible, alors qu'il voulait me violer d'abord. Autrement dit, j'étais prête à faire des choses qu'il ne ferait pas. Du moins, pas tout de suite. Si je ne prenais pas le dessus très rapidement, j'étais foutue.

Je me laissai tomber sur un genou et me tendis, un couteau dans chaque main. Il voulait s'approcher de moi. Il voulait même que je le blesse ; donc, inutile de feinter et de nous tester réciproquement. Je le laisserais venir à moi, et je l'éventrerais.

Le pouvoir tourbillonna dans mes entrailles, et

explosa sur moi en une vague de sensations. L'odeur des bois en été était si forte qu'elle m'étouffait presque. L'espace d'une seconde, je ne vis plus la pièce. J'aperçus un autre endroit, des morceaux épars et mélangés comme ceux d'un puzzle renversé par terre. Je me repris dans un sursaut avec trois pensées en tête : la peur, l'impuissance et le besoin.

Quand ma vision s'éclaircit, Gabriel était penché sur moi, les sourcils froncés.

— Qu'est-ce qui t'arrive, Anita ? Cassandra t'a frappée trop fort ?

Je secouai la tête et pris une inspiration tremblante.

— Vous savez seulement parler, ou vous êtes aussi capable de mordre ?

Il eut un sourire, un rictus paresseux qui découvrit ses crocs. Et soudain, il fut là.

Je frappai sans réfléchir, un pur réflexe dénué de pensée. Gabriel s'écarta d'un bond ; du sang coula le long de son estomac en une fine ligne écarlate. Il frotta ses doigts sur la plaie en un geste lent et sensuel, puis les porta à sa bouche et les lécha de même. Posant pour la caméra. Il rampa à nouveau sur le lit et s'enveloppa des draps blancs, s'enroula dedans jusqu'à ressembler à une momie. Ceci fait, il se pencha en arrière, exposant son cou. Presque à ma portée.

— Viens jouer, Anita.

C'était tentant, et c'était censé l'être, mais je n'étais pas si bête. Un peu plus tôt, j'avais vu Richard déchirer des draps comme de vulgaires feuilles de papier.

— Je reste ici, Gabriel. Si vous me voulez, venez me chercher.

Il roula sur le ventre.

— Je pensais que tu me laisserais te poursuivre. Ce n'est pas drôle.

Je souris.

— Approchez-vous, et ça le deviendra.

Il se dressa sur ses genoux. Les draps étaient souillés de sang lorsqu'il s'en débarrassa. Soudain, il fut de

512

nouveau à côté de moi, si vite que je ne le vis pas bouger. Il me dépassa avant que je puisse réagir.

Je me laissai tomber sur le cul, m'efforçant désespérément de le garder dans mon champ de vision. Mais il se tenait là, juste hors de ma portée. Une seconde plus tard, une vive douleur me parcourut le bras droit. Je jetai un coup d'œil. Des sillons sanglants couraient de mon épaule jusqu'à mon coude. Gabriel leva une main devant son visage, et des griffes jaillirent de dessous ses ongles.

— Miaou, dit-il.

Mon cœur battait dans ma gorge. Je tentai de le ravaler, et n'y parvins pas. Il m'avait griffée. Ce qui signifiait que, même s'il ne me tuait pas, je me couvrirais peut-être de poils dans un mois.

Ce n'était pas un cri que vous auriez pu entendre avec vos oreilles. Ce n'était pas un cri du tout. Je n'avais pas de mot pour le décrire, mais je sentis Richard crier à l'intérieur de moi. Son pouvoir se déversa sur moi, et le long de cette ligne, je perçus Jean-Claude. Quelque chose de serré et de douloureux l'empêchait de monter à la surface. Je tentai de me relever et titubai.

— Qu'est-ce qui ne va pas, Anita ? Je ne t'ai pas fait si mal que ça.

Je secouai la tête et me redressai. Gabriel ne viendrait pas à moi. Le désespoir gagnait Richard. J'étendis cette flamme de pouvoir à l'extérieur de moi et pus sentir le sort de Dominic. Il tentait de le masquer, mais il ne pouvait pas me le dissimuler. Pas à moi. L'énergie de son sort enflait. Le moment du sacrifice approchait. Je n'avais pas le temps de jouer avec Gabriel.

— Cessez de tourner autour du pot, aboyai-je. Je croyais que vous me vouliez...

Il plissa les yeux.

— Tu mijotes quelque chose.

— Et comment ! Maintenant, baisez-moi, Gabriel, si vous avez les couilles pour ça.

Je m'adossai au mur en espérant que ça suffirait, et en sachant pertinemment que ça ne serait pas le cas. Je renvoyai un filet de pouvoir à Richard, espérant qu'il saisirait l'allusion et ne m'interromprait plus pendant les prochaines minutes. S'il me distrayait au mauvais moment, tout serait fini.

Gabriel faisait les cent pas devant moi, comme pour me mettre au défi de m'avancer et de lui sauter dessus. Je fis ce qu'il pensait que je ferais. Je bondis, mais il n'était déjà plus là. C'était comme si j'avais essayé de trancher de l'air.

Une de ses mains s'abattit sur moi et entailla le dos de ma main gauche. J'attaquai avec ma main droite, en m'efforçant de ne pas lâcher mon autre couteau. Il frappa de nouveau ma main gauche, pas avec ses griffes cette fois, mais d'un simple revers. Un spasme parcourut mes doigts, et le couteau vola dans les airs.

Puis son corps me percuta de plein fouet, me plaquant à terre. Je lui plongeai mon couteau restant dans le ventre avant que mon dos touche le sol. Ce qui signifie que j'encaissai la totalité de l'impact, et que je restai sonnée l'espace d'un battement de cœur. Mais un battement de cœur, c'était tout ce dont Gabriel avait besoin.

Il passa ses mains sous mes bras, non pas pour les immobiliser, mais pour les écarter du couteau planté dans son ventre. Simultanément, il me cloua à terre de tout son poids. Je m'attendais à ce qu'il arrache le couteau, mais il n'en fit rien. Au contraire : il pressa le manche contre mon corps et poussa. Enfonça la lame dans ses entrailles jusqu'à la garde et continua à pousser. Le manche me meurtrissait l'estomac, y creusait un cratère douloureux.

Gabriel frissonna au-dessus de moi. Il souleva son torse, continuant à m'immobiliser avec son bassin et ses jambes, se frottant contre moi pour que je sente combien il était dur et prêt. Il arracha la lame dans un jaillissement écarlate et l'abattit si vite que mes bras n'étaient qu'à mi-chemin de mon visage lorsque la pointe se planta dans la moquette. Il l'enfonça jusqu'à la garde dans le plancher de contreplaqué en dessous, si près de ma tête qu'il me coinça une mèche de cheveux.

Puis il défit le bouton de mon jean. Il ne me tenait même pas les mains, mais je n'avais plus qu'un couteau. Si je le perdais, je ne pourrais pas le tuer. Nous étions sur le point de découvrir à quel point je me maîtrisais.

Le pouvoir de Richard me submergea à nouveau, mais il n'était plus tout à fait pareil. Moins frénétique, plutôt comme s'il essayait de me chuchoter quelque chose, de m'offrir quelque chose. Dans un éclair de lucidité, je réalisai ce que c'était. La première marque. Jean-Claude et Richard – car c'était eux – ne pouvaient pas me la faire à distance sans ma permission. J'étais trop puissante pour qu'ils me l'imposent, psychiquement, du moins.

Gabriel m'immobilisait toujours les jambes avec ses hanches. Il glissa la main dans mon jean, les doigts recourbés vers l'extérieur. Ses griffes jaillirent à travers le tissu et il tira vers le haut, déchirant l'entrejambe jusqu'à mon pubis.

Je hurlai et laissai faire Richard. Mieux vaut le monstre que vous connaissez, plutôt que le monstre qui essaye de s'introduire de force dans votre culotte. Une ligne de chaleur me parcourut le corps. Ça avait été encore plus simple quand Jean-Claude l'avait fait seul, dans le temps. Même à présent que je savais de quoi il s'agissait, je ne sentis pas grand-chose.

Immédiatement après, en revanche, je me sentis beaucoup mieux. Plus lucide, plus calme. Gabriel hésita sur moi.

— Qu'est-ce que c'était que ce bordel ?

La peau de ses bras nus était piquetée de chair de poule. Le pouvoir l'avait effleuré au passage.

— Je ne sais pas de quoi vous parlez, mentis-je.

Pliant le bras en arrière, je saisis le couteau planté dans le sol et tirai pour le déloger. Gabriel déchira mon jean à deux mains, et il se fendit par le milieu, ne laissant rien entre lui et moi que ma culotte et son pantalon de cuir. J'étais placée dans un mauvais angle pour m'emparer du couteau, et je l'avais seulement à moitié dégagé lorsque Gabriel glissa sa main dans ma culotte.

Je hurlai. Je hurlai :

— Richard !

Le pouvoir me submergea. Avec Jean-Claude, j'avais regardé ses yeux bleu marine brûlants entrer en moi. Avec Richard comme focus, il n'y avait rien à voir, mais des tas d'odeurs à sentir : la forêt, sa peau, le parfum de Jean-Claude… Je les goûtais tous les deux dans ma bouche, comme deux vins capiteux bus une gorgée après l'autre.

La main de Gabriel se figea sur mon pubis. Il me fixait.

— Qu'est-ce que tu viens de faire ?

Sa voix n'était qu'un murmure.

— Vous pensiez vraiment que ça serait facile de me violer ? ricanai-je.

J'éclatai de rire, et cela l'énerva. Dans ses yeux gris tempête, je décelai quelque chose d'assez proche de la peur. Il avait retiré sa main de ma culotte. Ne plus le sentir là était un soulagement infini. Je ne voulais plus jamais qu'il me touche ainsi. Plus jamais.

Deux options s'offraient à moi. Je pouvais bluffer et espérer m'enfuir, ou je pouvais le relancer et me tuer. La seconde marque ne m'avait pas donné tellement plus de pouvoir. En fait, elle donnait aux garçons plus de pouvoir sur moi que l'inverse. Donc, je devais m'en remettre au sexe.

— Qu'est-ce qui se passe ? interrogea Raina hors champ.

— Gabriel n'est plus très sûr de lui, répondis-je.

Je me redressai sur les coudes. Mes cheveux étaient toujours coincés sous le couteau qu'il avait planté dans le sol, et comme je tirais vers le haut, une mèche s'arracha de mon cuir chevelu. Ça ne me fit pas très mal, mais je savais que même cette minuscule douleur exciterait Gabriel. Ce qui fut le cas.

J'étais assise par terre, les jambes écartées autour de ses cuisses. Il glissa ses mains sous mes fesses et me souleva, puis se cala en arrière sur ses genoux pour soutenir mon poids. Comme il me dévisageait, je vis quelque chose glisser à travers ses yeux, le sentis trembler dans ses mains. Pour la première fois, il pensait que j'avais vraiment une chance de le tuer, et sa peur décuplait son excitation.

Il m'embrassa la joue.

— Sors ton dernier couteau, Anita. Sors-le.

Il se pencha vers moi et me mordit doucement la figure. Je sentis la pression de ses crocs sur ma mâchoire, dans mon cou. Il enfouit sa tête dans le creux de mon épaule et appuya de plus en plus fort, tout en léchant ma peau.

Je ne sortis pas le couteau. Je passai mes main dans ses cheveux épais pour les écarter de son visage. Ses dents s'enfonçaient lentement dans ma chair. Ses mains glissèrent à l'intérieur de ma culotte, palpant mes fesses sous le tissu. Je me raidis, puis me forçai à me détendre. Ça allait marcher. Ça devait marcher.

J'effleurai son visage. Plus bas, je sentis ses crocs me transpercer la peau et faire couler mon sang. Je hoquetai, et ses griffes se plantèrent en moi. Je continuai à caresser ses joues, ses pommettes, ses tempes. Il releva la tête pour reprendre son souffle, les yeux écarquillés et le regard vague, les lèvres entrouvertes. Je lui saisis le visage à deux mains et l'attirai vers moi pour l'embrasser. Il ferma les yeux.

Je fis pivoter mes poignets vers l'intérieur et posai mes pouces sur ses paupières closes. J'eus le temps de sentir ses cils papilloter avant de lui enfoncer mes doigts dans les yeux, rageusement, comme si je voulais lui traverser le cerveau et ressortir de l'autre côté de son crâne.

Gabriel se rejeta en arrière et hurla. Ses griffes me lacérèrent le dos. Je hoquetai, mais au lieu de perdre mon temps à crier, je sortis mon couteau géant du fourreau fixé entre mes omoplates.

Ce fut Raina qui cria à ma place.

Je plongeai la lame sous les côtes de Gabriel. Jusqu'à

517

son cœur. Il tenta de reculer, de se dégager, mais ses genoux étaient coincés sous moi. Il eut beau arquer le dos, il ne réussit pas à se laisser tomber en arrière. Je le transperçai de mon couteau, sentis la pointe ressortir de l'autre côté de sa cage thoracique.

Soudain, Raina fut près de nous. Elle me saisit par les cheveux et m'arracha à lui. Je volai dans les airs, percutai le faux mur de la chambre et poursuivis ma trajectoire. Le mur explosa.

Je gisais sur le ventre, réapprenant à respirer. Mon pouls battait si fort dans ma tête que l'espace de quelques secondes, j'eus l'impression d'être sourde. L'engourdissement se dissipa petit à petit, et mon corps me fit savoir qu'il était égratigné et contusionné, mais qu'il n'avait rien de cassé. Pourtant, il aurait dû. Deux marques, et soudain, j'étais Anita le bélier humain. Quand c'était arrivé la première fois, je ne l'avais pas apprécié à sa juste valeur. A présent, c'était une autre histoire.

Je n'étais pas gravement blessée, hourra, mais il fallait encore que je me dépatouille de Raina. Tous les autres fileraient sans demander leur reste une fois qu'elle serait morte. Toute la question était de savoir comment la tuer.

Levant les yeux, je compris que j'avais atterri près de la table aux accessoires. Mes flingues étaient posés dessus. Etaient-ils chargés ? Si je m'en emparais et qu'ils ne l'étaient pas, Raina me tuerait. Evidemment, si je restais là à saigner sans rien faire, elle me tuerait aussi.

J'entendis ses hauts talons s'approcher de moi. Je me redressai sur les genoux, puis me relevai et me jetai sur la table. Elle ne pouvait pas me voir à travers les restes du mur, mais elle pouvait m'entendre. Elle se précipita en faisant cliqueter ses talons ridicules.

Je saisis le Firestar et roulai par-dessus la table dans le même mouvement. Je m'immobilisai sur le dos, les yeux levés vers elle alors qu'elle bondissait par-dessus la table. J'ôtai le cran de sécurité avec le pouce et appuyai sur la détente. La balle l'atteignit dans le haut du ventre. L'impact parut la ralentir dans son élan, et j'eus le temps de lui loger une deuxième balle dans la poitrine.

Raina tomba à genoux, ses yeux couleur de miel écarquillés par le choc. Elle tendit une main vers moi, et je pédalai en arrière sur mes fesses. Je regardai la lumière s'éteindre dans ses yeux. Elle s'affaissa sur le flanc, ses longs cheveux se répandant sur le sol telles des vagues auburn.

Les techniciens avaient pris la fuite. Seule Heidi restait accroupie contre le mur, sanglotant, les mains plaquées sur ses oreilles comme si elle avait aussi peur de partir que de rester.

Je me relevai en prenant appui sur la table. A présent, je voyais le corps de Gabriel. Du sang et un fluide transparent dégoulinaient sur son visage depuis ses orbites. Il ne s'était toujours pas affaissé. Son cadavre demeurait agenouillé en une étrange parodie de vie, comme s'il faisait juste semblant d'être mort et qu'il allait rouvrir les yeux à tout moment.

Edward entra dans la grange. Il portait un fusil à pompe en bandoulière. Harley le suivait avec une mitraillette. Il balaya la pièce du regard et s'arrêta enfin sur moi.

— Anita est-elle dans cette pièce ?

— Oui, répondit Edward.

— Je ne la reconnais pas, déclara Harley.

— Ne tire pas. Je vais la chercher pour toi.

Edward s'approcha de moi en assimilant chaque détail de la scène.

— Quelle quantité de ce sang t'appartient ? demanda-t-il.

Je secouai la tête.

— Comment m'as-tu trouvée ?

— J'ai essayé de te rappeler. Personne ne savait où tu étais passée. Et personne ne savait non plus où étaient passés Richard, Jean-Claude et Raina.

Je sentis Richard hurler à travers moi, et cette fois, je

ne luttai pas. Je laissai son cri s'échapper par ma bouche. Si Edward ne m'avait pas retenue, je serais tombée.

— Nous devons rejoindre Jean-Claude et Richard. Tout de suite !

— Tu n'es même pas en état de marcher, protesta-t-il.

Je lui agrippai les épaules.

— Aide-moi, et j'y arriverai.

Edward ne discuta pas. Il se contenta d'acquiescer et de passer un bras autour de ma taille.

Harley lui tendit mes couteaux et le Browning. Je me trouvais à peine à quelques centimètres de lui, mais il n'essaya pas de me toucher. Il regarda à travers moi comme si je n'étais pas là. Peut-être que pour lui, je ne l'étais pas.

Je me débarrassai des restes de mon jean, ce qui ne me laissa que ma culotte et mes Nike en dessous de la taille. Mais au moins, je pouvais courir, et il fallait que nous courions. Je le sentais. Je sentais le pouvoir croître dans la nuit estivale. Dominic préparait sa lame.

Nous nous élançâmes, et je priai. Priai pour que nous arrivions à temps.

44

Nous courûmes jusqu'à ce qu'il me semble que mon cœur allait éclater, zigzaguant entre les arbres, esquivant dans l'obscurité des choses que je ne sentais qu'à moitié et ne voyais pas du tout. Des ronces griffaient mes jambes nues. Une branche me cingla la figure. Je trébuchai, mais Edward me rattrapa.

— Qu'est-ce que c'est ? demanda Harley.

Une vive lueur blanche brillait à travers la végétation. Ce n'était pas un feu.

— Une croix, répondis-je.

— Hein ?

— Ils ont immobilisé Jean-Claude avec une croix.

J'avais dit ça sans réfléchir, mais alors que les mots quittaient ma bouche, je sus qu'ils étaient vrais. Je m'élançai vers la lumière. Edward et Harley m'imitèrent.

Ils étaient sur mes talons lorsque je jaillis de la lisière des arbres. Par pur réflexe, je tendis le Browning devant moi. J'eus une seconde pour embrasser la scène du regard.

Au centre de la clairière, Richard et Jean-Claude étaient attachés avec des chaînes si nombreuses et si épaisses qu'ils pouvaient à peine remuer, et encore moins s'échapper. Un crucifix pendait autour du cou de Jean-Claude, brillant comme une étoile captive parmi les maillons métalliques. Quelqu'un avait noué un bandeau sur ses yeux, comme s'il craignait que l'éclat de la croix ne le blesse. Plutôt étrange, vu que ses ravisseurs avaient l'intention de le tuer. Ces gens étaient des assassins, mais des assassins attentionnés.

Richard était bâillonné. Il avait réussi à libérer une de ses mains, et Jean-Claude et lui se touchaient le bout des doigts, luttant pour maintenir ce contact.

Dominic les toisait, vêtu d'une robe de cérémonie blanche. Sa capuche était rejetée en arrière, et dans une de ses mains écartées, il tenait une épée courte moitié aussi longue que j'étais haute. Quelque chose de petit et de sombre pulsait dans son autre main, quelque chose qui avait l'air vivant. C'était un cœur. Celui de Robert le vampire.

Sabin était assis dans le trône de pierre de Marcus, vêtu comme lors de nos précédentes rencontres. Sa capuche relevée dissimulait son visage, ou ce qu'il en restait. De l'autre côté du cercle de pouvoir, Cassandra était une tache blanche éblouissante, le troisième point du triangle qu'elle formait avec ses deux hommes. Mes deux hommes à moi gisaient ligotés sur le sol.

Je pointai le Browning sur Dominic et tirai. La balle quitta le canon. Je la sentis, je l'entendis, mais je ne la vis pas s'approcher de Dominic. En fait, je ne la vis aller nulle part. Je vidai mes poumons et essayai à nouveau.

Dominic pivota vers moi. Son visage barbu était calme, dénué de toute peur.

— Vous appartenez aux morts, Anita Blake. Ni vous, ni aucune de vos créatures ou de vos possessions ne pouvez franchir ce cercle. Vous n'êtes venue que pour voir mourir vos amis.

— Vous avez perdu, Dominic, alors pourquoi les tuer ?

— Nous ne retrouverons jamais ce dont nous avons besoin ailleurs, répondit-il.

Sabin prit la parole d'une voix épaisse et indistincte, comme s'il avait du mal à former ses mots.

— Ça doit être ce soir.

Il s'extirpa de son trône et repoussa sa capuche en arrière. La chair de son visage avait presque complètement disparu ; il ne restait que des mèches de cheveux pendouillantes et des tissus putréfiés. Un liquide sombre suintait du trou de sa bouche. Peut-être avait-il déjà perdu la tête, au propre comme au figuré. Mais ça n'était pas mon problème.

— Le conseil vampirique vous a interdit de vous combattre les uns les autres jusqu'à ce que le projet de loi de Brewster ait été adopté ou rejeté, leur rappelai-je. Si vous lui désobéissez, il vous fera tuer.

Je m'avançais peut-être un peu sur ce coup-là, mais j'avais fréquenté assez de Maîtres de la Ville pour savoir qu'ils prenaient toute désobéissance très au sérieux. Et les membres du conseil étaient en quelque sorte les plus puissants, les plus impitoyables de tous les Maîtres de la Ville. Ils ne se montreraient pas plus cléments que les autres, mais beaucoup moins.

— Je suis prêt à courir le risque, articula Sabin avec difficulté.

— Cassandra vous a-t-elle parlé de mon offre ? Si nous ne pouvons pas vous guérir demain, je laisserai Jean-Claude me marquer. Ce soir, vous n'avez qu'une partie des éléments nécessaires au fonctionnement de votre sort. Vous avez besoin de moi, Sabin. D'une façon ou d'une autre, vous avez besoin de moi.

Je me gardai bien de leur dire que j'étais déjà marquée. De toute évidence, ils ne l'avaient pas senti. S'ils l'avaient su, tout ce que j'aurais pu leur offrir, c'était de mourir ce soir même avec les garçons.

Dominic secoua la tête.

— J'ai examiné le corps de Sabin, Anita. Demain, il sera trop tard. Il ne restera plus rien à sauver.

Il se laissa tomber à genoux près de Richard.

— Vous ne pouvez pas en être certain, protestai-je.

Il déposa le cœur qui battait encore sur la poitrine nue de Richard.

— Dominic, je vous en supplie ! (Les mensonges étaient inutiles, désormais.) Je suis marquée. Nous sommes le sacrifice parfait. Ouvrez le cercle pour moi. Laissez-moi pénétrer à l'intérieur.

Il leva les yeux vers moi.

— Si vous dites la vérité, vous seriez beaucoup trop

dangereux ensemble. A vous trois, dans le cercle, vous pourriez nous neutraliser. Voyez-vous, Anita, je fais partie d'un véritable triumvirat depuis des siècles. Vous n'avez aucune idée du pouvoir dont vous disposez. Richard et vous êtes plus puissants que Cassandra et moi. Vous auriez pu devenir une force avec laquelle il aurait fallu compter. Le conseil lui-même aurait eu des raisons de vous craindre. (Il éclata de rire.) Peut-être nous pardonnera-t-il rien que pour ça.

Puis il entonna une incantation qui fit tourbillonner son pouvoir autour de moi.

Je m'approchai du bord du cercle et le touchai. J'eus l'impression que ma peau tentait de se désolidariser de mes os. Je basculai en avant et glissai le long d'une chose qui ne pouvait pas être là. Jean-Claude hurla. Moi, j'avais beaucoup trop mal pour ça. Je gisais recroquevillée sur le sol près du cercle, et chaque fois que je respirais, je sentais le goût de la mort et de la pourriture dans ma bouche.

Edward s'accroupit près de moi.

— Que se passe-t-il ?

— Sans vos partenaires, vous ne possédez pas le pouvoir nécessaire pour forcer ce cercle, Anita.

Dominic se releva, brandissant son épée à deux mains, prêt à frapper.

Dolph avait réussi à entrer dans le cercle où Cassandra, Sabin et lui avaient pris le cœur de Robert. J'empoignai la chemise d'Edward.

— Franchis le cercle. Maintenant. Et tue ce fils de pute.

— Si tu ne peux pas, comment le pourrais-je ?

— Tu n'as pas de magie en toi.

Ce fut l'un de ces rares moments où vous comprenez combien la confiance est une notion géniale. Edward ignorait tout de la cérémonie, et pourtant, il ne discuta pas. Il accepta ce que je lui dis, et il obéit. Je n'étais pas sûre à cent pour cent que ça marcherait, mais il le fallait.

Dominic abattit son épée. Je hurlai. Edward franchit

le cercle comme s'il n'était pas là. La lame mordit dans la poitrine de Richard, clouant le cœur battant de Robert à son corps. La douleur me parcourut tel un spasme. Je sentis la pointe de l'épée pénétrer la chair de Richard. Puis je ne sentis plus rien du tout, comme si quelqu'un avait appuyé sur un interrupteur.

Edward tira. Son coup de fusil à pompe atteignit Dominic en pleine poitrine.

Dominic ne s'effondra pas. Il baissa les yeux vers le trou fumant, puis les releva vers Edward. Il dégagea l'épée courte du corps de Richard, récupéra le cœur enfilé sur la lame et fit face à Edward, l'épée dans une main et le cœur dans l'autre. Edward tira à nouveau, et Cassandra lui bondit sur le dos.

Harley pénétra dans le cercle à son tour. Il saisit Cassandra par la taille et l'arracha à Edward. Ils tombèrent ensemble et roulèrent sur le sol. Une détonation résonna. Le corps de Cassandra tressauta, mais son poing délicat se leva et s'abattit sur son adversaire.

Edward continua à tirer jusqu'à ce que le visage de Dominic ne soit plus qu'une bouillie sanglante de fragments d'os. Alors, le nécromancien tomba à genoux. Sa main tendue lâcha le cœur, qui s'écrasa sur le sol près du corps terriblement immobile de Richard.

Sabin s'éleva dans les airs.

— Tu me le paieras de ton âme, mortelle.

Je passai mes doigts sur le cercle. Il était toujours là. Edward braqua son fusil sur le vampire. Le cœur de Robert pulsait et scintillait dans l'éclat blanc de la croix.

— Le cœur, tire dans le cœur !

Edward n'hésita pas. Il pivota et tira sur le cœur, qui explosa en une pluie de morceaux de viande froide. La seconde d'après, Sabin le percuta. Il vola dans les airs et atterrit sur le dos, immobile, le vampire à cheval sur lui.

Je poussai ma main en avant. Elle ne rencontra aucune résistance. Tenant mon flingue à deux mains, je canardai Sabin en me dirigeant vers lui. Je lui logeai trois balles dans la poitrine, le forçant à lâcher Edward pour se redresser.

Il leva une main devant son visage squelettique, en un geste presque suppliant. Le long du canon du Browning, je visai son œil valide et appuyai sur la détente. La balle l'atteignit au-dessus des restes décomposés de son nez. Elle fit un joli trou en ressortant à l'arrière de son crâne, projetant du sang et de la cervelle sur l'herbe. Sabin bascula en arrière. Je lui tirai deux balles supplémentaires dans la tête, jusqu'à ce qu'il semble que je l'aie décapité.

— Edward ?

C'était Harley. Il se tenait debout devant le corps immobile et mort de Cassandra. Son regard fou cherchait la seule personne qu'il reconnaissait.

— Harley, c'est moi. C'est Anita.

Il secoua la tête comme si j'étais une mouche importune.

— Edward, je vois encore des monstres. Edward !

Il leva sa mitraillette vers moi, et je sus que je ne pouvais pas le laisser tirer. Non, c'était plus que ça – ou moins. Je brandis mon Browning et tirai sans prendre le temps de réfléchir. La première balle le fit tomber à genoux.

— Edward !

Il déclencha une rafale qui passa à quelques centimètres au-dessus de la tête des deux hommes ligotés. Je lui tirai une autre balle dans la poitrine, et lui en logeai une de plus dans le crâne avant qu'il s'effondre.

Je m'approchai de lui, agrippant mon Browning à deux mains. S'il avait remué ne serait-ce que le petit doigt, j'aurais tiré encore. Il ne remua pas. Je ne savais rien de Harley, sinon qu'il était complètement maboule et qu'il s'y connaissait en armes à feu. Maintenant, je n'en saurais jamais plus, parce qu'Edward ne me fournirait pas d'autres informations. D'un coup de pied, j'envoyai valser sa mitraillette au loin et me dirigeai vers les autres.

Edward s'était assis dans l'herbe. Il se frottait l'arrière du crâne. Il me regarda m'éloigner du cadavre de Harley.

— C'est toi qui as fait ça ?

Je lui fis face.

— Oui.

— J'ai tué des gens pour moins que ça.

— Moi aussi, répliquai-je. Mais si tu veux qu'on se batte, laisse-moi d'abord détacher les garçons. Je ne sens plus Richard.

Je n'osais pas prononcer le mot « mort » à voix haute – pas encore.

Edward se releva. Il tremblait légèrement, mais il était debout.

— Nous nous battrons plus tard.

— Plus tard, acquiesçai-je.

Edward alla s'asseoir près de son ami. J'allai m'asseoir près de mon amant et de mon autre petit ami.

Je rengainai le Browning, ôtai la croix du cou de Jean-Claude et la projetai dans les bois. Des ténèbres de velours nous enveloppèrent. Je me penchai pour défaire ses chaînes, et l'une d'elles passa près de ma tête en tournoyant.

— Et merde, jurai-je.

Jean-Claude se redressa, écartant les chaînes de son corps comme si elles eussent été un simple drap. Il garda son bandeau pour la fin.

Déjà, je rampais vers Richard. J'avais vu l'épée lui transpercer le cœur. Il devait être mort, mais lorsque je cherchai son pouls dans son cou, je le trouvai. Il battait sous ma main comme une arrière-pensée diffuse, et mes épaules s'affaissèrent de soulagement. Il était vivant. Merci, mon Dieu.

Jean-Claude s'agenouilla de l'autre côté du corps immobile de Richard.

— Je croyais que tu ne pouvais plus supporter son contact. C'est ce qu'il m'a dit avant qu'ils le bâillonnent. Ils avaient peur qu'il appelle sa meute à l'aide. J'ai déjà appelé Jason et mes vampires. Ils ne tarderont plus à nous rejoindre.

— Pourquoi je ne le sens plus dans ma tête ?

— Parce que je le bloque. Sa blessure est très grave, et j'ai plus l'habitude que toi de gérer ces choses-là.

J'ôtai le bâillon de la bouche de Richard et effleurai ses lèvres. Le souvenir de la façon dont j'avais refusé de l'embrasser un peu plus tôt me rongeait.

— Il est mourant, n'est-ce pas ?

Jean-Claude brisa les chaînes de Richard plus prudemment qu'il ne l'avait fait avec les siennes. Je l'aidai à les dégager de dessous son corps. Richard gisait sur le sol, vêtu du T-shirt blanc dans lequel je l'avais vu pour la dernière fois. A présent, le devant était imbibé de sang. Soudain, je ne voyais plus en lui que Richard. Je ne pouvais même plus imaginer sa bête. Et je me fichais bien qu'il la porte en lui.

— Je ne peux pas le perdre, pas comme ça, m'affolai-je.

— Richard est mourant, ma petite. Je sens qu'il nous échappe.

Je levai les yeux vers Jean-Claude.

— Vous m'empêchez toujours de le sentir, n'est-ce pas ?

— Je te protège.

Sur son visage, je vis une expression qui ne me plut guère. Je lui touchai le bras. Sa peau était froide.

— Pourquoi ?

Il se détourna. Je tirai sur son bras avec force, pour l'obliger à me regarder en face.

— Pourquoi ?

— Même avec deux marques seulement, Richard peut essayer de nous drainer tous les deux pour rester en vie. Je l'en empêche.

— Vous nous protégez tous les deux ?

— Quand il mourra, je pourrai protéger l'un de nous, ma petite, mais pas les deux.

Je le fixai.

— Vous êtes en train de dire que quand il mourra, il vous entraînera avec lui ?

— Je le crains.

Je secouai la tête.

— Non. Pas tous les deux. Pas en même temps. Putain, vous n'êtes pas censé pouvoir mourir !

— Je suis désolé, ma petite.

— Nous pouvons partager le pouvoir comme nous l'avons fait pour relever les zombies et les vampires, comme nous l'avons fait tout à l'heure.

Jean-Claude s'affaissa soudain en avant, une main posée sur le corps de Richard.

— Je ne t'entraînerai pas dans la tombe avec moi, ma petite. Je préfère penser que tu nous survivras.

J'enfonçai mes doigts dans le bras de Jean-Claude. Je touchai la poitrine de Richard. Un souffle frissonnant remonta le long de mon bras.

— Je survivrai, mais dans quel état ? Plutôt mourir que de vous perdre tous les deux.

Il me fixa longuement.

— Tu ne comprends pas ce que tu me demandes.

— Nous sommes un triumvirat à présent. Nous pouvons le faire, Jean-Claude. Mais il faut que vous me montriez comment.

— Nous sommes puissants au-delà de mes rêves les plus fous, ma petite, mais même cela ne suffira pas à tromper la mort.

— Il m'en doit une.

Jean-Claude frémit comme s'il souffrait.

— Qui t'en doit une ?

— La Mort.

— Ma petite...

— Faites-le, Jean-Claude, faites-le. Quoi que ce soit, quoi que ça nécessite... Faites-le, je vous en supplie !

Il s'effondra sur Richard et souleva la tête avec difficulté.

— La troisième marque. Elle nous liera à jamais, ou elle nous tuera tous.

Je lui tendis mon poignet sans hésiter.

— Non, ma petite. Si ce doit être notre seule fois, viens à moi.

Il gisait à moitié en travers du corps de Richard, les

bras ouverts pour moi. Je m'allongeai dans son étreinte, et quand je touchai sa poitrine, je constatai que son cœur ne battait pas. Je pivotai pour fixer son visage à quelques centimètres de distance.

— Ne me laissez pas.

Ses yeux bleu marine s'emplirent de feu. Il écarta mes cheveux sur le côté et dit :

— Ouvre-moi ton esprit, ma petite. Ouvre-le à nous deux.

Et j'obtempérai, baissant toutes les défenses que j'aie jamais eues. Je tombai en avant, en avant, dans un long tunnel noir au bout duquel brillait un feu bleu. La douleur déchira les ténèbres comme un couteau blanc, et je m'entendis hoqueter. Je sentis les crocs de Jean-Claude se planter en moi, sa bouche adhérer à ma chair comme une ventouse, me suçant, me buvant.

Un vent balaya l'obscurité à travers laquelle je chutais, me rattrapant comme un filet avant que je touche ce feu bleu. Il sentait la terre humide et l'odeur musquée de la fourrure. Et aussi quelque chose d'autre : du chagrin. Le chagrin de Richard. Pas parce qu'il allait mourir, mais parce qu'il m'avait perdue. Même s'il survivait, il m'aurait perdue, et parmi ses nombreux défauts figurait une loyauté au-delà de toute raison. Une fois amoureux, il était le genre d'homme qui resterait, quoi que la femme puisse faire. Un chevalier errant dans tous les sens du terme. Un idiot – et je l'aimais, non pas malgré ça, mais à cause de ça. J'aimais Jean-Claude en dépit de lui-même. J'aimais Richard pour ce qu'il était.

Je ne le perdrais pas. Il n'en était pas question. Je m'enveloppai de son essence comme d'un drap, sauf que je n'avais pas de corps. Je le tins de toutes mes forces dans mon esprit et lui laissai sentir mon amour, mon chagrin, mon regret. Jean-Claude était là, lui aussi. Je m'attendais presque à ce qu'il proteste, à ce qu'il sabote la connexion, mais il n'en fit rien. Ce feu bleu s'éleva dans le tunnel à notre rencontre, et le monde explosa en une myriade de formes et d'images incompréhensibles. Des fragments de souvenirs, de sensations, de pensées, comme les pièces de trois puzzles différents secoués et lancés dans les airs.

Je courais dans la forêt à quatre pattes. Les odeurs me faisaient tourner la tête. Je plantai mes crocs dans un poignet délicat, et ce n'était pas le mien. Je regardai le pouls battre dans le cou d'une femme, pensai au sang, à la chair tiède et, de manière lointaine et diffuse, au sexe. Les souvenirs se succédaient de plus en plus vite, défilaient comme sur un manège de fête foraine. Puis les ténèbres commencèrent à les dévorer, telle de l'encre se propageant à la surface d'une flaque d'eau. Lorsqu'il n'en resta plus rien, je flottai l'espace d'une impossible seconde, avant de m'éteindre comme la flamme d'une bougie.

Néant.

Je n'eus même pas le temps d'avoir peur.

45

Je m'éveillai dans une chambre d'hôpital rose pâle. Une infirmière en uniforme du même rose se penchait sur moi en souriant. La peur me fit tourner la tête comme du champagne. Où était Richard ? Où était Jean-Claude ? Mais ce que je parvins finalement à articuler, ce fut :

— Comment suis-je arrivée ici ?

— Votre ami vous a amenée.

L'infirmière se redressa et fit un signe de tête.

Assis dans une chaise contre le mur du fond, Edward feuilletait un magazine. Il leva les yeux, et nos regards se croisèrent. Son visage était impassible.

— Edward ?

— Mes amis m'appellent Ted, Anita, tu le sais bien.

Il arborait ce sourire affable qui ne pouvait signifier qu'une chose : il se faisait passer pour ce bon vieux Ted Forrester. C'était la seule de ses identités légales que j'aie jamais rencontrée. Même les flics pensaient qu'il était bien Ted.

— Infirmière, pourriez-vous nous laisser quelques minutes ?

La femme nous jeta un regard curieux, mais sourit et obtempéra.

Je tentai de saisir la main d'Edward, et réalisai que j'avais une perfusion plantée dans le bras gauche. Je le saisis de la main droite, et il la tint dans la sienne.

— Ils sont vivants ?

Un frémissement imperceptible retroussa la commissure de ses lèvres.

— Oui.

Un soulagement tel je n'en avais encore jamais éprouvé me submergea. Je m'affaissai contre la tête du lit, vidée.

— Que s'est-il passé ?

— Tu as été admise aux urgences souffrant de multiples griffures de lycanthropes et d'une très vilaine morsure de vampire. Il t'a pratiquement drainée, Anita.

— C'était peut-être nécessaire pour nous sauver.

— Peut-être.

Edward s'assit au bord du lit. Sa veste s'entrebâilla suffisamment pour révéler son flingue dans un holster d'épaule. Il vit que je le fixais.

— La police pensait aussi que les monstres risquaient de revenir se venger. Elle a même posté un flic devant ta porte.

Nous ne nous tenions plus la main à présent. Edward baissa les yeux vers moi, et quelque chose de très froid passa sur son visage.

— Etais-tu obligée de tuer Harley ?

Je faillis dire oui, mais je me retins à temps. Je me repassai la scène dans ma tête. Enfin, je soutins le regard bleu et vide d'Edward.

— Je ne sais pas, avouai-je. Quand tu étais assommé, il ne pouvait plus te voir. J'ai essayé de lui parler, mais il ne m'entendait pas, ou il ne voulait pas m'écouter. Il a levé sa mitraillette. Et j'ai tiré. Tu as vu son corps. Je lui ai même mis une balle dans la tête. Le coup de grâce.

— Je sais.

Sa voix, son visage ne trahissaient rien. C'était comme regarder parler un mannequin, sauf que ce mannequin était armé, et moi pas.

— Je n'ai même pas envisagé de ne pas tirer, Edward. Je n'ai pas hésité un seul instant.

Il inspira profondément par le nez et expira par la bouche.

— Je savais que c'était ce qui s'était passé. Si tu m'avais menti, je t'aurais tuée.

Il se leva et alla se planter au pied du lit.

— Alors que je suis désarmée ?

J'avais tenté de parler sur un ton léger, mais ça n'avait pas marché.

— Regarde sous ton oreiller.

Je glissai une main dessous, et la ressortis avec le Firestar. Je le posai dans mon giron, sur mes jambes recouvertes d'un drap blanc.

— Et maintenant ?

— Tu me dois une vie.

Cela me fit sursauter.

— Je t'ai sauvé la vie la nuit dernière, lui rappelai-je.

— Nos propres vies ne comptent pas. Nous nous couvririons l'un l'autre quoi qu'il arrive.

— Dans ce cas, je ne vois pas de quoi tu parles.

— Parfois, j'ai besoin de renforts. Des renforts dans le genre de Harley. La prochaine fois, c'est toi que j'appellerai.

Je voulais protester, parce que je craignais le genre d'embrouille dans laquelle Edward pouvait m'entraîner, mais je ne le fis pas. En fixant ses yeux vides, en tenant le flingue qu'il avait fourré sous mon oreiller, je sus qu'il n'hésiterait pas. Si je refusais son marché, il me tirerait dessus, et nous découvririons une fois pour toutes qui de nous deux était le meilleur.

Je baissai les yeux vers le Firestar.

— J'ai déjà un flingue dans les mains. Il ne me resterait qu'à viser.

— Tu es blessée. Tu as besoin d'un avantage.

Il avait glissé la main à l'intérieur de sa veste, sans toutefois empoigner son flingue.

Je déposai le Firestar sur les draps près de moi et le fixai en me radossant à mes oreillers.

— Je ne veux pas faire ça, Edward.

— Viendras-tu quand je t'appellerai ?

J'y réfléchis une brève seconde, puis lâchai :

— Oui, je viendrai.

Il m'adressa le sourire affable de Ted Forrester.

— Je ne saurai jamais à quel point tu es bonne jusqu'à ce que tu essayes de me tirer dessus.

— Nous pouvons vivre sans, répliquai-je. Au fait, pourquoi cette invitation à t'accompagner à la chasse aux monstres maintenant ? Et ne me dis pas que c'est à cause de Harley.

— Tu l'as tué, Anita. Tu l'as tué sans réfléchir. Et même avec le recul, tu n'éprouves pas le moindre regret.

Il avait raison. Je ne culpabilisais pas du tout. C'était effrayant, mais c'était vrai.

— Donc, tu m'as invitée à jouer avec toi parce que désormais, je suis aussi sociopathe que toi.

— Oh, je reste encore beaucoup plus sociopathe. Je n'aurais jamais laissé un vampire me planter ses dents dans le cou. Et je ne sortirais pas avec un loup-garou.

— Est-ce que ça t'arrive seulement de sortir avec quelqu'un ?

Il se contenta de m'adresser ce sourire irritant qui signifiait qu'il n'avait pas l'intention de répondre. Et pourtant, il le fit.

— Même la Mort a des besoins.

Edward avec une petite amie ? Ça, il faudrait que je le voie pour le croire.

46

Je sortis de l'hôpital sans cicatrices permanentes.
Mais ça n'était pas ce qui m'avait préoccupée le plus.
Richard avait touché les blessures que Gabriel m'avait
infligées, avec une expression très sérieuse. Personne
n'avait eu besoin de le dire à voix haute. Dans un mois,
nous saurions.

Les docteurs avaient proposé de m'admettre dans un
foyer pour lycanthropes – comprenez : une prison –
durant la prochaine pleine lune. Il faut être volontaire
pour devenir pensionnaire d'un de ces établissements,
mais une fois entré là-bas, il est presque impossible
d'en ressortir. Je leur avais dit que je me débrouillerais.
Ils avaient insisté, et je les avais envoyés se faire foutre.

Je passai la pleine lune suivante avec Richard et la
meute, attendant de voir si j'allais me joindre à leur
danse de mort. Ce ne fut pas le cas. Ou bien j'avais eu
une chance incroyable, ou bien, de la même façon
qu'un vampire ne peut pas contracter la lycanthropie, je
ne le pouvais pas non plus. Après ça, Richard n'avait
plus rien voulu avoir affaire avec moi. Je ne pouvais pas
l'en blâmer.

Je l'aime toujours. Je pense qu'il m'aime toujours.
J'aime aussi Jean-Claude. Mais ce n'est pas le même
genre d'amour. Bien que je ne puisse pas l'expliquer,
Richard me manque. Il m'arrive de l'oublier brièvement lorsque je suis dans les bras de Jean-Claude. Mais
ça finit toujours par revenir.

Le fait que nous soyons tous deux liés à Jean-Claude
ne facilite pas les choses. Par deux fois déjà, Richard a

accidentellement envahi mes rêves. Le sentir si près de moi est plus douloureux que des mots ne pourraient l'exprimer. Richard a essayé de se maîtriser, mais en fin de compte, il a accepté de laisser Jean-Claude lui enseigner assez de contrôle pour qu'il ne nous fuie plus. Ces jours-ci, il parle avec Jean-Claude plus souvent qu'avec moi.

Le triumvirat ne nous sert à rien. Richard est trop en colère contre moi. Et il se déteste trop. Je ne sais pas comment il s'en sort avec la meute. Il a interdit à quiconque de parler des affaires de la meute avec moi, mais il n'a pas encore choisi de nouvelle lupa.

Willie McCoy et les autres vampires que j'ai relevés sans le vouloir ne semblent pas conserver de séquelles, ce qui est un gros soulagement. La naissance du bébé de Monica est prévue pour août. Son amniocentèse était négative. Les tests n'ont relevé aucune trace du syndrome de Vlad. Elle a l'air de penser que je suis son amie, à présent. Ce n'est pas le cas, mais il m'arrive de lui filer un coup de main. Jean-Claude joue le bon maître ; il prend soin d'elle et du bébé. Monica n'arrête pas de parler de mes futures soirées de baby-sitting. J'espère qu'elle plaisante. Tatie Anita, qu'elle m'appelle. Ça me ferait dégueuler, si Tonton Jean-Claude n'était pas encore plus tordant.

Mon père m'a vue à la télé dans les bras de Jean-Claude. Il a appelé et laissé un message très inquiet sur mon répondeur. Les gens de ma famille sont catholiques et très croyants. Pour eux, un bon vampire, ça n'existe pas.

Peut-être qu'ils ont raison. Je ne sais pas. Puis-je continuer à être le fléau des morts-vivants alors que je couche avec le suceur de sang en chef ?

Et comment.

DANS LA MÊME COLLECTION